Brent Weeks

Sphären der Macht

BRENT WEEKS

SPHÄREN DER MACHT

ROMAN

Deutsch von Michaela Link

blanvalet

Die Originalausgabe erschien unter dem Titel
»The Broken Eye (03 The Lightbringer) Part One«
bei Orbit, Hachette Book Group USA, Inc., New York.

MIX
Papier aus verantwortungsvollen Quellen
FSC® C083411
FSC
www.fsc.org

Verlagsgruppe Random House FSC® N001967
Das für dieses Buch verwendete
FSC®-zertifizierte Papier *Super Snowbright*
liefert Hellefoss AS, Hokksund, Norwegen.

3. Auflage
Deutsche Erstveröffentlichung Februar 2015
bei Blanvalet, einem Unternehmen der Verlagsgruppe Random House GmbH, München

Dieses Werk wurde vermittelt durch die Literarische Agentur Thomas Schlück GmbH, 30827 Garbsen.

Umschlaggestaltung: Isabelle Hirt, Inkcraft, unter Verwendung
einer Illustration von Larry Rostant
Kartenillustration: Chad Roberts Design
Redaktion: Alexander Groß
HK – Herstellung: sam
Satz: Vornehm Mediengestaltung GmbH, München
Druck und Einband: CPI books GmbH, Leck
Printed in Germany
ISBN 978-3-7341-6029-5

www.blanvalet.de

Für Kristi, die immer besser wird –
und mich dazu bringt, es ihr gleichtun zu wollen.
Und für meine Mom, die einem Siebenjährigen,
der das Lesen hasste, eine lebenslängliche Liebe
zu Büchern eingepflanzt hat.

»Wer einer Gemeinschaft nicht bedarf,
ist entweder ein Tier oder aber ein Gott.«

Aristoteles

I

Die beiden Schwarzgardisten traten an die Tür der Weißen, und der jüngere der Gebrüder Gräuling klopfte an. Nachdem sie die üblichen fünf Sekunden abgewartet hatten, öffnete er die Tür, und die Brüder traten ein.

Die Weiße war nicht in ihrem Bett. Sie hatte sich ungeachtet ihres hohen Alters zusammen mit ihrer ebenfalls betagten Kammersklavin vor der offenen, nach Osten gehenden Balkontür der Länge nach zu Boden geworfen und betete zur aufgehenden Sonne hin. Kalter Wind umwehte die beiden alten Frauen.

»Hohe Herrin«, begann Gill. »Ich bitte um Verzeihung. Wir müssen Euch etwas zeigen.«

Sie blickte zu den beiden auf und erkannte sie sofort. Manche der Edelleute und der Luxlords nahmen die jüngsten der fertig ausgebildeten Schwarzgardisten nicht recht ernst. Ein Urteil, das traf, schon weil es zum Teil verdient war. Gavin wusste, dass er noch vor einem Jahr nicht schon mit siebzehn zu einem vollwertigen Schwarzgardisten befördert worden wäre. Aber die Weiße behandelte ihn niemals so, als stünde er unter den anderen. Er wäre mit Freuden für sie in den Tod gegangen, selbst wenn man ihm gesagt hätte, dass sie am nächsten Tag an Altersschwäche sterben würde.

Sie brach ihr Gebet ab, und die beiden jungen Männer halfen ihr in den Rollstuhl, aber als nun die alte Kammersklavin mit ihren Hüftproblemen durch den Raum watschelte, um die Balkontür zu schließen, wurde sie von Gill daran gehindert.

»Sie muss vom Balkon aus zusehen, *Caleen*«, sagte Gavin.

Gavin wickelte die Weiße sanft, aber geschickt in ihre Decken. Sie hatten gelernt, wie viel feinfühlige Rücksichtnahme ihr Stolz und wie viel Schmerz ihr Körper ertragen konnte. Gavin rollte sie auf den Balkon hinaus. Sie beschwerte sich nicht, dass sie das doch auch selbst hätte tun können. Vor nicht allzu langer Zeit hätte sie sich beschwert.

»In der Bucht«, sagte Gill.

Die Bucht von Kleinjasper lag in ihrer ganzen Pracht unter ihnen. Heute war das Fest von Licht und Dunkelheit, die Tagundnachtgleiche, und der Morgen schickte sich an, zu einem Herbsttag zu werden, wie man ihn sich besser nicht erhoffen konnte: die Luft frisch, aber der Himmel strahlend blau, das Wasser ruhig statt des üblichen Wellengangs. Die Bucht selbst war verdächtig leer. Die Flotte war immer noch auf See, um in Ru gegen den Farbprinzen zu kämpfen und seinen Vormarsch aufzuhalten. Mit Sicherheit hatte die Schlacht inzwischen bereits stattgefunden, und es blieb nur noch die Kunde abzuwarten, ob sie über ihren Sieg jubeln durften oder sich für einen Krieg rüsten mussten, der die Sieben Satrapien zerreißen würde. Daher die Gebete der Weißen, vermutete Gavin. Kann man für den Ausgang eines Ereignisses beten, nachdem es bereits stattgefunden hat? Können Gebete dann noch irgendetwas bewirken?

Bewirken sie überhaupt etwas?

Die Weiße wartete stumm, den Blick auf die Bucht gerichtet. Gavin fürchtete, dass sie ins Leere starrte. Hatten sie sie zu spät gestört? Aber die Weiße vertraute ihnen; sie stellte keine Fragen, sondern wartete einfach, während sich die Minuten in die Länge zogen.

Und dann bog schließlich eine schemenhafte Kontur um die Westseite von Großjasper. Zuerst war es kaum möglich, einen Eindruck von der Größe des Ungetüms zu gewinnen. Es tauchte in hundert Schritt Abstand vor den hohen Mauern auf, die ganz Großjasper umgaben und auf denen sich nun Menschen drängten und sich gegenseitig anrempelten, um etwas zu sehen. Vom Meeresdämon war zuerst nur die Bugwelle zu erkennen, die er links und rechts auf seinem Weg durch die See hinter sich herzog.

Der Meeresdämon beschleunigte sein Tempo. Sein kreuzförmiges, halb geöffnetes Maul sog die Fluten in den ringförmigen Schlund und stieß sie durch seine jetzt voll geöffneten Kiemen über die ganze Länge seines Körpers wieder aus, so dass etwa alle fünfzig Schritt große, fächerartige Wasserfontänen zu den Seiten und nach hinten spritzten. Dann zischte das Meer vor wirbelnder Luft und strudelndem Wasser.

Der Meeresdämon näherte sich der Mole, die die Westbucht schützte. Gerade fuhr eine Galeere in schneller Fahrt auf einen Durchlass in der Mole zu, um hinauszugelangen. Der Kapitän wusste nicht, was ihn erwartete.

»Der arme Idiot«, murmelte Gill.

»Kommt darauf an, ob das Auftauchen des Meeresdämons Zufall oder ein Angriff ist«, bemerkte die Weiße mit unheimlicher Ruhe. »Wenn der Meeresdämon diesseits der Mole erscheint, ist dieses Schiff vielleicht das Einzige, was entkommt.«

Die Galeerensklaven hoben ihre Ruder aus dem Wasser wie ein einziger Mann, im Bemühen, das Meer so wenig wie möglich aufzuwühlen. Meeresdämonen verteidigten verbissen ihr Revier, aber sie waren keine Räuber auf Beutejagd.

Der Meeresdämon schwamm unbeirrt an der Galeere vorbei. Gavin Gräuling stieß erleichtert den Atem aus und hörte die anderen ebenso ausatmen. Aber dann tauchte der Meeresdämon ab und verschwand in einer plötzlichen Nebelwolke.

Als er wieder erschien, war er in blinder Wut entbrannt. Das Wasser um ihn herum kochte. Er hielt aufs offene Meer hinaus.

Es gab nichts, was sie tun konnten. Der Meeresdämon legte eine gute Strecke zurück, bevor er kehrtmachte und beschleunigte. Er zielte direkt auf den Bug der Galeere, als wolle er den Kopf-an-Kopf-Zusammenstoß mit seinem Widersacher.

Irgendjemand fluchte leise.

Der Meeresdämon rammte die Galeere mit ungeheurer Wucht. Mehrere Seeleute flogen von Deck: einige ins Meer, einer durch die Luft, bis er gegen den knotigen, stacheligen Kopf des Dämons prallte.

Einen Moment lang sah es so aus, als würde das Schiff den Aufprall überstehen. Dann zerbarst der Bug. Holz und Splitter flogen nach allen Seiten. Die Masten brachen.

Die gesamte Galeere – das heißt, die übrig gebliebene Hälfte – wurde zurückgedrückt, zehn Schritt, zwanzig, dreißig, und gewaltige Gischtfontänen spritzten in die Luft. Das Vorwärtsdrängen des Meeresdämons wurde nur kurz gebremst. Dann erhob sich sein gewaltiger Hammerkopf noch höher aus dem Wasser und drückte immer weiter, so dass die Galeere in die Wellen hinabgepresst wurde. Plötzlich zersprang der aus feuergehärtetem Holz gefertigte Rumpf des Schiffes wie ein Tontopf, den man an eine Wand geschleudert hatte.

Der Meeresdämon tauchte ab, und das durch hundert Taue an seinen großen, stacheligen Kopf geheftete Wrack wurde mit ihm in die Tiefe gezogen.

Hundert Schritt weiter stieg eine riesige Luftblase an die Oberfläche, als unter Wasser die letzten Schiffsdecks zerbrachen. Aber das Schiff selbst kam nicht wieder nach oben. Von ihm blieb nur Treibgut, jedoch nicht annähernd so viel, wie eigentlich zu erwarten gewesen wäre. Das Schiff war einfach fort. Vielleicht eine Handvoll Männer aus einer Besatzung von Hunderten ruderte in den Wellen wild mit den Armen. Die meisten von ihnen konnten nicht schwimmen. Gavin Gräuling hatte als Teil seiner Schwarzgardisten-Ausbildung schwimmen gelernt, und dass die meisten Seeleute es nicht konnten, war ihm schon immer völlig hirnrissig erschienen.

»Dort.« Gill deutete aufs Meer. »Man kann die Spur der Luftblasen sehen.«

Der Meeresdämon war nicht durch die Öffnung der Mole in die Bucht eingedrungen, Orholam sei Dank. Aber was er nun im Schilde zu führen schien, war schlimmer.

»Hohe Herrin«, meldete sich hinter ihnen unvermittelt eine Stimme zu Wort. Es war Luxlord Carver Schwarz, der Mann, der für all die profanen Details der Verwaltung der Chromeria verantwortlich war, welche nicht unter die Zuständigkeit der Weißen fielen. Er war ein hochgewachsener, langsam kahl werdender Mann mit olivfarbener Haut, der eine ilytanische Kniehose und ein Wams trug. Was von seinem langen dunklen Haar noch übrig war, war mit vielen weißen Strähnen durchzogen. Gavin hatte ihn nicht kommen hören. Er war Schwarzgardist und hatte sein Kommen nicht bemerkt. »Ich bitte um Entschuldigung, ich habe angeklopft, aber niemand hat reagiert. Das Ungeheuer hat die Jasperinseln jetzt fünfmal umkreist. Ich habe Befehl gegeben, dass die Geschütze auf der Kanoneninsel erst feuern sollen, falls der Meeresdämon angreift. Man will dort wissen, ob sie das eben Geschehene als Angriff einstufen sollen.« Die Verteidigung von Kleinjasper war eigentlich sein eigener Zuständigkeitsbereich, aber Luxlord Schwarz war vorsichtig in seinen Entscheidungen, und wo immer möglich vermied er es, Verantwortung zu übernehmen.

Was konnte eine Kanonenkugel gegen ein solches Ungeheuer schon ausrichten?

»Sagt ihnen, dass sie warten sollen«, antwortete die Weiße.

»Ihr habt gehört, was sie gesagt hat!«, brüllte der Schwarze und legte seine mit vielen Ringen geschmückte Hand an den Mund. Auf dem Dach, ein Stockwerk über dem Balkon der Weißen, befand sich einer seiner Sekretäre, der einen über einen halben Meter breiten, polierten Spiegel hielt und sich lauschend über die Dachkante beugte.

»Ja, Hoher Herr!« Der Mann beeilte sich, das Signal aufblitzen zu lassen, während eine jüngere Frau ihn an der Dachkante ersetzte und mitzuhören versuchte, ohne den Anschein zu erwecken, etwas erhaschen zu wollen, was sie nicht hören sollte.

Der Meeresdämon hielt sich jetzt dicht an der Küste und durchschwamm Wasser, das so seicht war, dass man seinen Rücken sehen konnte. Das Ungeheuer durchbrach den Pier des Hafenmeisters und schien es kaum zu bemerken. Dann erreichte es die Nordspitze von Großjasper.

»Verdammte Scheiße.« Alle hatten das Gleiche gedacht, aber laut ausgesprochen hatte es die Weiße. Die Weiße? Fluchte? Gavin Gräuling hätte gedacht, dass sie solche Schimpfwörter nicht einmal kannte.

Die Menschen auf dem Lilienstiel hatten das Ungetüm aus den Augen verloren, als es nahe an Großjasper herangekommen war, und der Meeresdämon raste nun auf diese Verbindungsbrücke zu, bevor dort irgendwer reagieren konnte.

Der Lilienstiel schwamm exakt auf der Höhe der Wellen. Ohne Stützpfeiler formte das gelbe und blaue Luxin ein Gitterwerk, das grün erschien. Die Brücke hatte über Hunderte von Jahren hinweg der anbrandenden See widerstanden, und die chromaturgischen Fertigkeiten, die zur Schöpfung eines solchen Kunstwerks vonnöten waren, überstiegen vielleicht selbst die

Möglichkeiten eines Gavin Guile höchstpersönlich. Mehr als einmal hatte die Brücke als Wellenbrecher für Schiffe gedient, die während heftiger Stürme außerhalb der Molen gefangen gewesen waren, und sie hatte Hunderte von Leben gerettet. Der erste, zufällige Kontakt des Meeresdämons mit der Brücke brachte nun das ganze Gebilde ins Wanken und riss Hunderte Menschen von den Füßen.

Sein gewaltiger Körper glitt zehn, zwanzig Schritt das glatte Luxin entlang, dann verlangsamte er seine Geschwindigkeit, schien durch die Berührung verwirrt. Die Verwirrung währte jedoch nur einen Moment, und um das Ungeheuer herum stiegen neue Dampfschwaden auf. Der Kopf des Meeresdämons tauchte in die Wellen, und er raste aufs Meer hinaus; sein riesiger Schwanz peitschte das Wasser neben dem Lilienstiel, ließ über fast die ganze Länge der Brücke Sturzbäche regnen.

Dann, draußen auf See, machte er kehrt.

»Befehlt der Kanoneninsel zu feuern!«, rief die Weiße.

Die Kanoneninsel lag in der Bucht auf der gegenüberliegenden Seite des Lilienstiels. Die Wahrscheinlichkeit, dass die Kanoniere von dort aus trafen, war gering.

Aber eine winzige Chance auf Ablenkung war besser als gar keine.

Die erste Feldschlange feuerte sofort; die Männer mussten den Befehl schon erwartet haben. Der Schuss ging mindestens tausend Schritt weit und verfehlte sein Ziel um mindestens hundert. Die anderen fünf Kanonen der Insel, die in die richtige Richtung zeigten, erhoben nun der Reihe nach ihre Stimme, ein leuchtendes Aufblitzen, etwas später folgte das Geräusch ihres Feuers, und das Donnern erreichte die Menschen auf dem Turm ungefähr zur selben Zeit, als sie das Wasser aufspritzen sahen. Jeder Schuss verfehlte sein Ziel. Der am nächsten kommende Spritzer im Wasser war über fünfzig Schritt von dem

Ungeheuer entfernt. Kein einziger vermochte den Meeresdämon abzulenken.

Die Männer begannen mit einer Geschwindigkeit und Effizienz nachzuladen, wie sie nur das Produkt unermüdlicher Übungen sein konnten. Dennoch würden sie es nicht schaffen, rechtzeitig eine weitere Salve abzufeuern. Der Meeresdämon war einfach zu schnell.

Auf dem Lilienstiel herrschte jetzt Chaos. Ein Pferdegespann war umgestürzt, die Pferde waren in Panik geraten und hatten ihren Wagen mitten auf der Brücke zur Seite gedreht und den Weg blockiert, so dass nur wenige Männer und Frauen von der Brücke herunter nach Großjasper gelangen konnten. Einige kletterten über und unter den um sich tretenden, beißenden Pferden hindurch.

In wilder Flucht stürmte alles auf der anderen Seite von der Brücke. Menschen stürzten, wurden niedergetrampelt. Einige wenige brachten sich noch rechtzeitig in Sicherheit.

»Carver«, sagte die Weiße. Ihre Stimme klang abgehackt. »Geht jetzt und sorgt dafür, dass man sich um die Toten und Verwundeten kümmert. Ihr seid schneller als ich, und ich muss sehen, wie die Sache endet.«

Luxlord Schwarz war zur Tür hinaus, bevor sie zu Ende gesprochen hatte.

Vierhundert Schritt weit draußen. Dreihundert.

Die Weiße streckte eine Hand aus, als könne sie den Meeresdämon allein mit ihrer Willenskraft abwehren. Halblaut flüsterte sie unaufhörlich drängende Gebete.

Zweihundert Schritt. Einhundert.

Eine zweite dunkle Form schoss plötzlich von der anderen Seite unter der Brücke hindurch, und der gewaltige Zusammenstoß mit dem Meeresdämon ließ das Wasser dreißig Meter in die Höhe schießen. Der Meeresdämon wurde in die Luft geschleudert, flog gekrümmt zur Seite. Eine schwarze Gestalt, selbst riesig, aber doch winzig im Vergleich zum Meeresdämon, hatte ihn von unten getroffen. Beide stürzten krachend zurück ins Wasser, keine zwanzig Schritt vom Lilienstiel entfernt.

Die gewaltigere Körpermasse des Meeresdämons trieb seinen Leib bis hin zur Brücke und ließ eine Wand aus Wasser an die Brückenröhre knallen und darüber hinwegfluten. Das gesamte Bauwerk wurde von der Wucht der Welle erschüttert – aber nicht zerschmettert.

Im Sprühnebel aus Wasser und Blas tauchten eine Schwanzflosse und ein schwarzer Hinterleib auf. Dieser krachte auf den Meeresdämon herab, und dann schoss der Wal aus der Bucht von Kleinjasper hinaus. Seewärts, weg von der Brücke.

»Ein Wal«, hauchte die Weiße. »War das …«

»Ein Pottwal, Hohe Herrin«, erklärte Gill. Er hatte die Geschichten über diese Raufbolde des Meeres stets geliebt. »Ein schwarzer Riese. Mindestens dreißig Schritt lang, mit einem Kopf wie ein Rammbock. Ich habe nie von einem so großen gehört.«

»Es gibt in der Azurblauen See keine Pottwale mehr. Schon seit …«

»Vierhundert Jahren. Seit die Ewigdunklen Pforten geschlossen wurden. Obwohl ein paar noch weitere hundert Jahre überlebt haben oder vielleicht auch … Bitte entschuldigt, dass ich Euch ins Wort gefallen bin«, sagte Gill.

Sie schenkte ihm keine Beachtung. Sie waren alle zu sehr auf das Geschehen konzentriert. Der Meeresdämon war offensichtlich benommen. Sein rot glühender Körper hatte sich blau verfärbt und war unter die Wasseroberfläche gesunken, aber schon während das Meer noch immer von den Erschütterungen des Zusammenstoßes aufgewühlt war, konnten sie das rote Leuchten von neuem aufglühen sehen. Das Wasser zischte.

Eine von dem großen Körper unter den Wellen ausgelöste Wasserbewegung schloss sich an, und das Ungetüm machte kehrt und nahm Fahrt auf – um dem Wal nachzujagen.

Die Weiße sagte: »Diese Walart ist angeblich ziemlich aggress…«

Vierhundert Schritt vom Ufer entfernt erfolgte eine weitere Wassereruption, als die beiden Riesen erneut zusammenstießen.

Pottwale waren in der Azurblauen See die einzigen natürlichen Feinde der Meeresdämonen gewesen. Aber die Meeresdämonen hatten sie vor langer Zeit restlos ausgerottet. Angeblich.

Sie sahen zu, wie die Giganten abermals aneinandergerieten, diesmal weiter draußen, weiter südlich. Schweigend beobachteten sie das Geschehen, während sich unter ihnen die Rettungskommandos daranmachten, den Lilienstiel zu räumen.

»Ich habe gedacht, diese Wale seien für gewöhnlich … blau?«, wollte die Weiße von Gill wissen, ohne sich vom Meer abzuwenden.

»Dunkelblau oder grau. Es werden noch weiße erwähnt, aber das ist möglicherweise ein Mythos.«

»Dieser schien schwarz, nicht wahr? Oder liegt es daran, dass meine Augen immer schlechter werden?«

Die Brüder sahen einander an.

»Schwarz«, sagte Gill.

»Definitiv schwarz«, beteuerte Gavin.

»Bilhah«, wandte sich die Weiße an ihre Kammersklavin. Es war, soweit sich Gavin erinnerte, das erste Mal, dass sie sie beim Namen nannte. »Welcher Tag ist heute?«

»Das Fest von Licht und Dunkelheit, Herrin. Der Tag, an dem Licht und Dunkel darüber streiten, wem der Himmel gehört.«

Die Weiße drehte sich immer noch nicht um. Leise sagte

sie: »Und zur Tagundnachtgleiche, wenn wir wissen, dass das Licht sterben muss, wenn ein Sieg nicht möglich ist, werden wir gerettet – nicht von einem weißen Wal, sondern von einem schwarzen.«

Die anderen nickten weise, und Gavin hatte das Gefühl, gerade einen bedeutsamen Moment zu verpassen. Er ließ seinen Blick in die Runde schweifen. »Und?«, fragte er. »Was bedeutet das?«

Gill schlug ihm auf den Hinterkopf. »Nun ja, genau das ist die Frage, nicht?«

2

Aus Gavin Guiles Handflächen blutete es in einem warmen, dicken Grau auf den glitschigen Ruderschaft. Er hatte geglaubt, für einen Mann, der vorwiegend mit Worten arbeitete, recht ansehnliche Schwielen zu haben, aber nichts kann einen wirklich auf zehn Stunden pro Tag am Ruder vorbereiten.

»Riemen!«, wandte sich Nummer sieben mit erhobener Stimme an die Aufseherin. »Mehr Verbände für *Seine Heiligkeit.*«

Seine Worte ließen auf so manchem bleichen Gesicht ein Grinsen aufscheinen, doch verlangsamten die Galeerensklaven ihr Tempo nicht. Die großen Kalbsledertrommeln dröhnten im Takt wie der Pulsschlag eines Wals. Diese Geschwindigkeit hielten die geübten Männer den ganzen Tag über bei, wenn auch nur mit Mühe. Auf jeder Bank saßen drei Männer, und bei Bedarf konnten zwei von ihnen das Ruder lange genug allein bedienen, um ihren dritten Mann trinken, essen oder den Eimer benutzen zu lassen.

Die »Riemen« genannte Frau kam mit einer Leinenrolle. Sie bedeutete Gavin, die Hände auszustrecken. Riemen war die stämmigste Frau, der er je begegnet war, und er hatte seit zwanzig Jahren jede Schwarzgardistin kennengelernt. Er nahm seine blutigen Klauen von den Rudern. Er konnte die Finger weder öffnen noch schließen, und es war noch nicht einmal Mittag. Sie würden bis Einbruch der Dunkelheit rudern. Zu dieser Jahreszeit bedeutete das sechs weitere Stunden. Strap rollte das Leinentuch auseinander. Es schien verkrustet.

Gavin ging davon aus, dass es für ihn schlimmere Dinge zu befürchten gab als eine Infektion. Doch als sie nun seine Hände mit geschickten, wenn auch unsanften Bewegungen umwickelte, roch er etwas Kraftvolles, Harz, überlagert von etwas wie Gewürznelken, und er hörte das leise, bebende Splittern von zerbrechendem, ultraviolettem Luxin.

Für einen Moment war der alte Gavin zurück, und in Gedanken suchte er nach Möglichkeiten, wie er sich die Dummheit dieser Leute zunutze machen könnte. Es war schwierig, direkt von zerbrechendem Luxin zu wandeln, aber für Gavin Guile war nichts schwierig. Er war das Prisma; es gab nichts, was er nicht tun …

Es gab nichts, was er *tun* konnte. Nicht mehr. Er war farbenblind geworden. Er konnte überhaupt nichts mehr wandeln. Im schwachen Licht der langsam schwingenden Laternen verschwamm die Welt in Grauschattierungen.

Riemen zog den letzten Knoten auf seinem Handrücken zu und knurrte. Gavin verstand das als sein Signal und hob die erschöpften Arme zurück ans Ruder.

»V-v-verhindert Infektion«, sagte einer seiner Rudergefährten, Nummer acht, aber manche der Männer nannten ihn Fuckelot. Gavin hatte keine Ahnung, warum. Die Ruderer bildeten eine raue Gemeinschaft mit ihrem eigenen Jargon und ihren ganz eigenen Witzen, und er gehörte nicht dazu. »Hier unten im Schiffsbauch kann dich eine Infektionen so schnell töten wie ein Tritt.«

Ultraviolettes Luxin verhinderte Infektionen? Das lehrte die Chromeria nicht, aber deshalb musste es nicht falsch sein. Vielleicht war es auch einfach eine der Neuentdeckungen seit Kriegsbeginn, und niemand hatte ihm davon berichtet. Aber seine Gedanken wanderten stattdessen zu seinem Bruder, der sich in seiner Gefangenschaft die eigene Brust aufgeschlitzt hatte. Wie war es möglich, dass der Gefangene in der Hölle, die er selbst für ihn geschaffen hatte, keiner Infektion erlegen war?

War der Wahnsinn des Gefangenen, der Gavin zu dem Schluss geführt hatte, er müsse seinen Bruder töten, gar kein Wahnsinn gewesen, sondern nur Fieber?

Doch jetzt war es ohnehin zu spät. Er erinnerte sich wieder daran, wie seinem Bruder Blut und Hirnmasse aus dem Schädel gequollen waren und die Wand seiner Zelle rot gefärbt hatten.

Gavin legte seine verbundenen Hände wieder auf das stark abgenutzte Ruder, dessen Schaft mit dem Schweiß, dem Blut und dem Öl vieler Hände getränkt war.

»Rücken gerade, Sechs«, sagte Nummer acht. »Du kriegst einen Hexenschuss, der dich umbringt, wenn du alles mit dem Rücken machst.« So viele Wörter ohne einen Fluch, das grenzte an ein Wunder.

Acht hatte sich irgendwie Gavins angenommen. Gavin wusste, dass es nicht reine Wohltätigkeit war, die den drahtigen Angari veranlasste, ihm zu helfen. Gavin war der dritte Mann an ihrem Ruder. Je weniger Gavin schuftete, umso mehr mussten sich Sieben und Acht ins Zeug legen, um Schritt zu halten, und Kapitän Kanonier legte Wert auf Geschwindigkeit. Er war nicht scharf darauf, sich noch länger nahe am Ort des Falls von Ru aufzuhalten.

Noch eine Woche, dann würde die Chromeria Piratenjäger aussenden: Freibeuter, die per schriftlicher Verfügung ermächtigt waren, die Sklavenfänger zu jagen, die über die Wracks der Invasionsflotte hergefallen waren und Schiffbrüchige gerettet hatten, um sie zu versklaven. Meist versuchten die Sklavenfänger, für jene, die wohlhabende Verwandte hatten, ein Lösegeld zu erpressen, aber viele dieser Schiffe würden sicherlich direkt die großen Sklavenmärkte von Ilyta ansteuern, wo sie ihre menschliche Fracht straflos abladen konnten. Andere würden näher gelegene Sklavenmärkte anlaufen, wo Beamte ohne Skrupel für die entsprechenden gefälschten Dokumente sorgen würden, die bestätigten, dass diese Sklaven in fernen Häfen legal an Bord genommen worden waren. So mancher Sklave dürfte dabei seine Zunge verlieren, damit er seine Geschichte nicht weitererzählen konnte.

Dahin habe ich meine Leute geführt, Karris. In Sklaverei und Tod.

Gavin hatte einen Gott getötet und die Schlacht trotzdem verloren. Als der Gottesbann aus den Tiefen aufgestiegen war, hatte er die Flotte der Chromeria zerschmettert, ihre Hoffnungen zusammen mit all dem vielen Treibgut über Bord geworfen.

Wenn ich zum *Promachos* erklärt worden wäre, wäre es nicht passiert.

Die Wahrheit aber war, dass Gavin nicht nur seinen Bruder hätte töten sollen; er hätte auch seinen Vater töten sollen. Selbst wenn er noch ganz am Ende Kip geholfen hätte, Andross Guile zu erdolchen, statt die beiden trennen zu wollen, wäre Andross nun tot, und Gavin läge wohlbehalten in den Armen seiner Frau.

»Hast du je das Gefühl gehabt, dass du nicht hart genug durchgegriffen hast?«, wandte sich Gavin an Sieben.

Der Mann ruderte drei kräftige Züge, bevor er schließlich antwortete. »Weißt du, wie man mich hier nennt?«

»Ich glaube, jemand hat dich Orholam genannt, oder? Vielleicht weil du Sitz Nummer sieben hast?« So wie die Sechs die Zahl des Menschen war, so war die Sieben Orholams Zahl.

»Das ist nicht der Grund.«

Eigentlich ein freundlicher Typ. »Warum dann?«

»Du bekommst keine Antworten auf deine Fragen, weil du sie nicht abwartest«, entgegnete Orholam.

»Ich habe in meinem Leben wahrlich schon genug gewartet, alter Junge«, sagte Gavin.

Noch zwei weitere lange Ruderzüge, dann meinte Orholam: »Nein. In allen drei Punkten: nein. Ein dreimaliges Nein. Aller guten Dinge sind drei – manche Leute achten darauf.«

Ich nicht. Geh zum Teufel, Orholam. Und der, nach dem du benannt bist, gleich mit.

Mit schmerzverzogenem Gesicht stellte sich Gavin der vertrauten Qual des Ruderns und fügte sich wieder in das Rudertempo ein: ausholen und strecken, sich gegen die Fußbank stemmen und durchziehen. Auf dem *Bitteren Kolben* arbeiteten über hundertfünfzig Ruderer, achtzig Mann auf diesem Deck und siebzig auf dem Deck darüber. Öffnungen zwischen den Decks stellten sicher, dass Trommeltöne und Befehle oben wie unten gehört wurden.

Aber nicht nur Geräusche fanden ihren Weg zwischen dem oberen und dem unteren Deck. Gavin hatte gedacht, dass sein Geruchssinn nach einigen Tagen völlig abgestumpft war, aber es schien immer neue Düfte zu geben, die seine Nase attackierten. Die Angari sahen sich gern als ein sauberes Volk, und vielleicht waren sie das auch – Gavin hatte keinerlei Anzeichen von Ruhr oder Schweißfieber bei den Galeerensklaven entdeckt, und jeden Abend machten unter den Sklaven Eimer die Runde; der erste war voller Seifenwasser, mit dem sie sich benetzen konnten, und der zweite gefüllt mit sauberem Meerwasser zum

Abspülen. Doch was verschüttet wurde und nach unten rann, tropfte natürlich auf die Sklaven im unteren Deck und sickerte, noch schmutziger geworden, hinab in die Bilge. Die Decks waren immer glitschig, der Schiffsraum heiß und feucht, jeder schwitzte beständig, die Belüftung durch die Luken war unzureichend, es sei denn, der Wind wehte stark, und von der Flüssigkeit, die vom Deck darüber auf Gavins Kopf und Rücken tropfte, ging ein verdächtiger Gestank aus.

Schritte trappelten die Stiegen herab, der leichte Tritt eines erfahrenen Seemanns. Finger schnippten an Gavins Ohr, aber er wandte nicht einmal den Kopf. Er war jetzt ein Sklave; er musste seine Rolle spielen, oder er würde für seine Unverschämtheit verprügelt werden.

Riemen nahm Gavins Hände vom Ruder, schloss die Ketten auf und pfiff Nummer zwei heran. Die Nummern eins und zwei standen an der Spitze der ständigen Veränderungen unterworfenen Sklavenhierarchie: Sie durften vorn sitzen und sich ausruhen sowie ohne Ketten Botengänge erledigen, und sie mussten meist nur rudern, wenn ein anderer Sklave krank oder vor Erschöpfung ohnmächtig wurde.

Nachdem Riemen ihm die Hände hinter dem Rücken gefesselt hatte, sah sich Gavin Kapitän Kanonier gegenüber, der am oberen Ende des Treppenaufgangs stand. Kanonier war Ilytaner, mit nachtschwarzem Haar und einem wilden, gelockten Bart. Über seinem nackten Oberkörper trug er ein offenes, kostbares Brokatwams und dazu eine weite Matrosenhose. Sein Auftreten hatte die einnehmende Intensität eines Wahnsinnigen oder Propheten. Er führte Selbstgespräche. Er redete mit dem Meer. Er glaubte, nicht seinesgleichen zu haben, weder auf Erden noch im Himmel – und was das Abfeuern von Waffen jeder Größe betraf, hatte er nicht ganz unrecht. Vor nicht allzu langer Zeit war Kanonier von einem Schiff gesprungen, das Gavin kurz zuvor in Brand gesteckt und mit Schüssen durchlöchert hatte. Gavin hatte Kanonier aus einer Laune heraus das Leben geschenkt.

Was du anderen an Gutem tust, bringt dich um.

»Komm nach oben, kleiner Guile«, sagte Kapitän Kanonier. »Mir gehen die Gründe aus, dich am Leben zu lassen.«

3

Aus Kips Handflächen blutete es in einem leuchtenden Rot auf das glitschige Ruder in seinen Fingern. Auf den Innenflächen hatten sich Blasen gebildet. Die Blasen hatten sich mit farbloser Flüssigkeit gefüllt, und die empfindliche Haut darunter war aufgerissen. Blut hatte sich wie rotes Luxin mit der Blasenflüssigkeit vermischt. Die unablässig am Ruder aufgescheuerten Blasen platzten und bluteten. Er verlagerte seinen Griff. Neue Blasen bildeten sich, farblos. Füllten sich mit Rot. Platzten.

Doch er sah die Farbe nicht. Konnte gar nichts sehen. Er konnte sich die Farben nur vorstellen, die auf ihn warteten, sobald er die Augenbinde loswurde, die Zymun ihm umgelegt hatte, um ihn am Wandeln zu hindern. Zymun, der Polychromat, der sich dem Farbprinzen angeschlossen hatte. Zymun, der in Rekton versucht hatte, Kip zu töten, und der in Garriston einen Mordanschlag auf Gavin verübt hatte. Zymun, der auch jetzt eine Pistole auf Kips Kopf gerichtet hielt. Zymun, sein Halbbruder.

Zymun, den er töten würde.

»Worüber lächelst du?«, fragte Zymun.

Das Ruderboot hüpfte und schlingerte auf den Wellen, wie

schon während der beiden letzten Tage. Ohne die Hilfe seiner Augen konnte sich Kip nicht durch das Chaos der Wellen hindurchschlängeln, nicht im richtigen Moment rudern und dann pausieren, wenn es angebracht war. Von Zeit zu Zeit zog er an einem Ruder und spürte, wie es aus dem Wasser glitt. Er zögerte hilflos, bis Zymun eine Richtungsangabe blaffte. Zwei Tage ging das nun schon so. Zwei qualvolle Tage lang.

Am ersten Tag hatte es der Augenbinde eigentlich nicht bedurft: Kips Augen waren zugeschwollen gewesen. Während der Schlacht hatte er sich versehentlich selbst getroffen, und dann hatte ihm Zymun einen Hieb ins Gesicht versetzt. Er hatte ein Dutzend kleiner Schnittwunden auf der linken Seite seines Gesichts und an seinem linken Arm, die er sich zugezogen hatte, als eine Zinne des grünen Gottesbanns, von einer Kanonenkugel getroffen, zu Granatsplittern zerborsten war. Andross Guile hatte ihm einen Dolch in die Schulter gerammt und ihm eine Schnittwunde über den Rippen zugefügt.

Wäre da nicht seine Schwarzgardisten-Ausbildung während der letzten Monate gewesen sowie die Tatsache, dass eine Waffe auf seinen Kopf zielte, hätte sich Kip nicht einmal rühren können. Unter den gegebenen Umständen verwandelte die unvertraute Anstrengung seine Muskeln zu einer unbeholfenen, zittrigen Masse. Sein Rücken war die reine Qual. Seine Beine, die er ständig anspannen musste, während er versuchte, in dem hüpfenden Boot nicht das Gleichgewicht zu verlieren, waren die Hölle. Seine Arme und Schultern waren irgendwie sogar noch schlimmer dran. Und seine Hände erst! Gütiger Orholam, es war, als hätte er sie in pures Elend getaucht. Seine verbrannte linke Hand, deren Heilung zuvor allmählich eingesetzt hatte, war jetzt eine Klaue. Es tat weh, sie zu krümmen, es tat weh, sie zu lockern, es tat weh, gar nichts zu machen.

Kip war fett, verängstigt und völlig fertig.

»Mehr nach Backbord«, befahl Zymun gelangweilt. Er hielt nicht genug von Kip, um weiterzuverfolgen, warum er gelächelt hatte. Er war zu schlau, um sich Kip wegen jeder kleinen Provokation vorzunehmen, und der Wellengang war heute zu stark, als dass er das Risiko eingegangen wäre, um einer flüchtigen Freude willen das Gleichgewicht zu verlieren.

Kein einziges Mal hatte er angeboten, Kip an den Rudern abzulösen.

Nur die Angst hielt Kip aufrecht. Es war anstrengend, sich zwei Tage lang pausenlos zu fürchten, und allmählich begann es, Kip ein klein wenig zornig zu machen.

Aber was konnte er tun? Er war blind und so schwach, dass er nicht einmal einen Kampf gegen ein Kätzchen gewonnen hätte; seine Muskeln würden bestimmt bei jeder Bewegung verkrampfen oder ihren Dienst versagen. Zymun beherrschte das Spielfeld. Er hatte die Karten in der Hand: sechs Farben und eine Waffe.

Aber sobald Kip das Ganze so betrachtete, als sei es ein Neun-Könige-Spiel, schwand seine Panik dahin. Er stellte sich vor, das Spiel mit der Geduld eines Blauen zu analysieren. Konnte Zymun ein auch nur annähernd so furchteinflößender Gegner sein wie Andross Guile? Nein. Aber wenn man ein fürchterliches Blatt auf der Hand hatte, konnte man auch gegen einen schlechten Gegner verlieren.

Zymun konnte Kip jeden Augenblick töten. Mühelos und ohne Strafverfolgung oder sonstige Vergeltung fürchten zu müssen, denn niemand würde es je erfahren.

Also, so weit, so schlecht – aber was bedeutete das?

Kips bester Trumpf war Zymuns Faulheit. Zymun wusste, dass sie rudern mussten, ansonsten könnten sie Piraten in die Hände fallen und versklavt werden. Zymun wollte nicht selbst rudern, daher würde Kip nichts passieren, solange er Zymun nicht so sehr verärgerte, dass er seine Faulheit überwand, und nicht irgendeine Situation eintrat, in der Zymun ihn nicht mehr brauchte.

Zymun hatte hervorragende Karten, aber eine hervorragende Karte, die man nie spielt, ist eine wertlose Karte.

Zymun hatte eine lächerlich übersteigerte Meinung von sich selbst – er hatte bereits ausführlich über all die Dinge gesprochen, die er unternehmen würde, sobald er die Chromeria erreicht hatte. Kip kam in diesen Geschichten nicht vor, was Kip bereits alles sagte, was er über seine eigene Zukunft zu wissen brauchte. Aber Zymuns übersteigerte Selbsteinschätzung bedeutete auch, dass er andere in gleichem Maße unterschätzte. Kip tat so, als ob er sich geschlagen gebe, und Zymun ließ sich davon täuschen. Natürlich war er der Überlegene, so glaubte er. Und dass diese Tatsache Kip natürlich am Boden zerstört habe, dass er begriff, wie hilflos er war.

»Ich hatte wirklich erwartet, dass dich in Garriston die Haie erwischen würden«, sagte Kip und legte widerstrebende Bewunderung in seine Stimme.

Bei all seiner Arroganz war Zymun kein Idiot. Sobald die Sonne unterging, verlor er den Vorteil, den ihm das Luxin gab. Dann hatte er nur noch drei Trumpfkarten: die Pistole, Kips Verletzungen sowie die Tatsache, dass seine eigenen Muskeln nicht von einem Dutzend Stunden mörderischer Anstrengung ruiniert waren. Jedes Mal, wenn sich Kip in der vergangenen Nacht auf seinem Platz vorn unter der Bank in ihrem kleinen Boot im Schlaf umgedreht hatte, war Zymun sofort aufgewacht, die bereits gespannte Steinschlosspistole auf Kip gerichtet.

Die Wahrscheinlichkeit, versehentlich erschossen zu werden, wenn Zymun im Schlaf zusammenzuckte, war deprimierend hoch.

»War kein angenehmes Bad«, sagte Zymun. Nach kurzem

Schweigen fügte er hinzu: »Ich hatte erwartet, dass der Wasserfall in Rekton dich erwischen würde.«

Verärgert hätte der schnippische Kip beinahe ihr nächstes Treffen zur Sprache gebracht – in dem Rebellenlager, als Zymun Kip nicht erkannt hatte. Aber es war nicht gerade ein Beweis von gesundem Menschenverstand, jemanden zu verhöhnen, der über eine Vielzahl sicherer Möglichkeiten verfügte, einen umzubringen.

»Da haben wir wohl noch etwas anderes gemeinsam«, erwiderte Kip. »Wir sind schwer zu töten.« Er hätte sich nicht die Mühe zu machen brauchen, irgendwelche illusorischen Bande zwischen ihnen herstellen zu wollen. Zymun war so gefühllos wie ein Reptil. Die meiste Zeit über musste der Kerl das bestimmt zu verbergen suchen, überlegte Kip. Ihm gegenüber tat er das nicht. Ein weiteres Indiz dafür, dass Kip nicht mehr viel Zeit blieb.

»Das Blut der Guiles fließt in unseren Adern«, sagte Zymun. »Aber du wirst auf ewig ein Bastard bleiben. Ich werde Großvater beweisen, wer ich bin, und zum Erben werden. *Dem* Erben.«

Kip ruderte. »Bist du dir sicher?«, fragte er. »Dass Karris deine Mutter ist? Ich habe niemals auch nur das leiseste Gerücht darüber gehört.« Er fand es unerträglich, eine Augenbinde zu tragen und genau auf den Klang von Zymuns Stimme hören zu müssen, statt nach den flüchtigen Zuckungen und Grimassen Ausschau zu halten, die vielleicht die Wahrheit verrieten.

»Sie war mit dem Prisma verlobt, als sie mich gezeugt haben. Das macht mich in den Augen der meisten Menschen zum legitimen Nachkommen. Als er ihr Verlöbnis aufgelöst hat, ist sie zu Verwandten gegangen.«

»Nach *Tyrea*?«, fragte Kip. Dort hatte er Zymun zum ersten Mal gesehen – als der sich den Anweisungen seines Meisters widersetzt und Feuerbälle auf Kip geschleudert hatte. So hatte er Kip dazu gezwungen, in den Wasserfall zu springen.

»In den Blutwald. Eine kleine Stadt namens Apfelhain. Ich bin erst später nach Tyrea gegangen. Es war der einzige Ort außerhalb der Chromeria, wo ich wandeln lernen konnte.«

»War das Großvaters Idee?«, hakte Kip nach. Es klang ganz nach Andross Guile. Verschaffe dem Jungen Erziehung und Ausbildung und halte ihn von der Bildfläche fern. Die ideale versteckte Karte. Während er so zur perfekten Waffe geschliffen wurde, war Zymun zugleich jede Möglichkeit genommen, in der Chromeria seinen eigenen Kreis von Verbündeten aufzubauen. Er wäre ideal, um ihn gegen Gavin oder das Spektrum einzusetzen, aber für Andross selbst würde er keine Gefahr darstellen. Der Junge begriff nicht einmal, wie zynisch sich Andross seiner bediente.

Vermutlich bin ich selbst ein wenig zynisch geworden, weil ich das alles so deutlich sehe. Oder vielleicht bin ich auch nur dort zynisch, wo Andross Guile mit im Spiel ist.

Wie auch immer – Zymun antwortete nicht. Vielleicht antwortete er auch mit einem Nicken.

Über zwei Tage hinweg hatte Zymun kein einziges Mal nach Karris gefragt. Er schien der Ansicht zu sein, dass ihre Stellung in der Schwarzen Garde sie zwar als Mutter akzeptabel machte, ihr selbst aber nicht genug Macht verlieh, um wirklich interessant zu sein. Er sparte sich seine Fragen auf, um sich für sein Treffen mit Andross Guile zu rüsten. Kip wünschte sich, dessen Zeuge sein zu können.

Als Kips Ruder das nächste Mal aus einer Welle glitt, hustete er heftig. Er schnaubte in seine Hand und schob die Augenbinde ein ganz klein wenig seine Nase empor. Husten, selbst ein nur vorgetäuschtes Husten, tat höllisch weh. Er hatte eine Menge Meerwasser geschluckt, als er in die Azurblaue See gesprungen war, um Gavin Guile zu retten.

Er hatte sich einst selbst als den Schildkrötenbären betrachtet, mit einer speziellen Begabung dafür, Betrafungen wegzustecken. Er musste sich wirklich mal eine andere spezielle Begabung zulegen. Die hier war fürchterlich.

Kip ruderte weiter. Zymun hatte ihn gezwungen, sein Hemd auszuziehen – damit er es sehen konnte, wenn Kip versuchte, Luxin zu horten, und um sich selbst damit zu wärmen. Die Wolkendecke und der Herbstwind sorgten am Morgen und abends für empfindliche Kühle. Durch sein Rudern und Schwitzen fiel Kip die mangelnde Wärme aber nicht sonderlich auf.

Am Ende jedes Ruderschlages, wenn er den Kopf ganz automatisch in den Nacken legte, wandelte Kip ein winziges bisschen Blau unter der Augenbinde. In dem schwachen, grauen, durch Wolken gefilterten Licht war die See eine Nebelsuppe, und seine Wimpern und die Augenbinde ließen kaum noch Farbe hindurchdringen, doch er brauchte nicht viel. Er konnte nicht viel auf einmal aufnehmen, sonst würde Zymun es womöglich bemerken. Da er jedes Mal nur ganz wenig nahm, war Kips Haut dunkel genug, um das Luxin zu tarnen, während es von seinen Augen über sein durch die Augenbinde verdecktes Gesicht den Rücken hinunterwanderte und, außer Sicht, unter der Haut seiner Beine und seines Hinterns verschwand. Zymun hatte einige Male seinen Schädel und die von der Augenbinde verdeckte Haut kontrolliert, daher konnte Kip gar nicht vorsichtig genug sein.

Jetzt, da er sich sicher war, dass Kip nicht wandeln konnte, ging Zymun davon aus, dass Kip bei Nacht angreifen würde, wenn Zymuns eigene Fähigkeiten am schwächsten waren. Aber als ein Vollspektrum-Polychromat wusste Kip, dass Schwäche keine Sache der Farben war. Wenn die Zeit nur knapp genug war, machte es keinen Unterschied, ob Zymun über ein Dutzend sichere Methoden verfügte, ihn zu töten, oder bloß über eine. Und wenn Zymun, eben weil er ein Dutzend Tötungsmöglichkeiten hatte, leichter zu überraschen war, als wenn er nur eine einzige hätte, dann machten ihn diese zusätzlichen Möglichkeiten letztendlich sogar schwächer.

Manche denken, dass man Neun Könige gegen den Menschen spielt, nicht gegen die Karten. Es klingt klug, ist aber selten wahr.

Am späten Nachmittag hatte Kip genug Luxin. Es kostete ihn seine ganze Konzentration, zu rudern und den Schmerz zu verdrängen und dabei langsam das Luxin seinen Rücken und seinen Nacken hinauf bis in seine Kopfhaut zu ziehen. Um Luxin zu wandeln, musste es sich mit Blut verbinden. Die meisten Wandler wählten die Methode, die Haut an ihren Handgelenken oder unter den Fingernägeln aufzureißen. Nach einer Weile bildete sich Narbengewebe, der Körper passte sich an. Aber man *musste* das Luxin nicht durch eine Stelle am Körper drücken, die man zuvor schon verwendet hatte, und Kip hatte das auch nicht vor. Mit jedem verschenkten Sekundenbruchteil wurde sein Tod wahrscheinlicher.

Das kleine bisschen Blau, das er in sich aufgesogen hatte, ließ alles so logisch erscheinen. Kips Sinne waren geschärft und filterten das Rauschen des Windes und seinen eigenen keuchenden Atem heraus. Er erahnte, dass Zymun ihm direkt gegenübersaß. Kip wusste, wo die Bank war, und an der Art, wie das Ruderboot gleichmäßig im Wasser lag, konnte er erkennen, dass Zymun in der Mitte der Bank saß. Kip konnte von Zeit zu Zeit hören, wie sich Zymun auf seinem Platz bewegte, wenn er hinter sie oder zum Ufer blickte.

Das Blau konnte Geräusche jedoch nicht dämpfen, sondern sie nur filtern. Der böige Wind machte einen großen Teil der Informationen, die Kip hätten hilfreich sein können, unbrauchbar. Noch konnte das Blau all die Qual seines Körpers betäuben.

Kip hatte mit seinen schwindenden Kraftreserven so gut wie möglich gehaushaltet und sich eine Spur erschöpfter gestellt, als er tatsächlich war, so dass er sich nach jedem Ruderschlag einen Moment der Erholung gönnen konnte – so wog er Zymuns Faulheit gegen sein eigenes Überleben ab.

Es musste heute sein. Und es musste bald sein. Er hatte nicht mehr viel Kraft übrig.

Kip krümmte sich zusammen, ächzte vor Schmerz und ließ die Ruder los. Er täuschte einen Wadenkrampf vor. Die Bewegung war so schnell, dass sie ihm vermutlich beinahe eine Pistolenkugel zwischen die Augen eingetragen hätte. Mit beiden Händen massierte er sein Bein, schätzte ab, bewegte probeweise, streckte nicht nur die Beine, sondern auch die Hände und Arme.

Ein plötzliches Schnauben und ein kurzer Aufschrei wurden laut.

Er stemmte die Beine weiter auseinander als zuvor, wodurch sie weniger fürs Rudern tauglich, aber hoffentlich besser für einen plötzlichen Sprung in Stellung waren, lehnte sich wieder auf seinen Platz zurück und tastete blind nach den Rudern. Er tat so, als habe er nichts bemerkt, aber er war halb gestorben.

Zymun musste kurz eingenickt gewesen sein. Kip hatte seinen Feind geweckt. Wenn er mit seinen vom Blau geschärften Sinnen doch nur noch ein paar Sekunden gewartet hätte …

Hatte er aber nicht. Das half ihm jetzt nicht weiter. Und Hauptmann Eisenfaust hatte ihnen eingeschärft: Zurückblicken nutzt nichts. Grüble über deine Fehler nach, wenn du in Sicherheit bist. Aber *bring* dich zuerst in Sicherheit.

»Wenn du glaubst, ich würde dir helfen, bist du verrückt«, sagte Zymun.

Der Schmerz der Armbewegung ließ Kip aufstöhnen. Er wusste nicht, ob er noch die Kraft haben würde, um einen Satz durch das Boot zu machen. Er tastete blind um sich, verfehlte die Ruder, die er losgelassen hatte. Dann sagte er: »Je länger ich nach den Rudern suche, desto länger kann ich mich ausruhen.«

»Die rechte Hand. Nach oben und nach vorn. Noch ein Stück weiter hoch. Nimm die Kette, Dummkopf.«

Das in seiner Dolle befestigte Ruder hüpfte auf und ab und schwankte mit der Bewegung der Wellen hin und her. Es klatschte gegen Kips Fingernägel. Kip ächzte. Er krümmte das Handgelenk, um an seine Fessel zu kommen, und folgte der Kette zum Ruder. Er hatte die Kette nicht vergessen. Aber lieber dumm wirken.

Und besser nicht den Eindruck erwecken, als würde er die genaue Länge dieser Kette abschätzen. Kip schnappte sich das Ruder. Dann wiederholte er die Prozedur mit der linken Hand und begann erneut zu rudern.

»Mehr nach Backbord«, sagte Zymun gelangweilt. »Genau so, ja.«

Es gab nur eine Möglichkeit, die Sache erfolgreich durchzuziehen. Kip musste Zymun ins Wasser werfen, ohne selbst hineinzufallen. Sobald Zymun einmal im Wasser war, würde seine Pistole nutzlos sein. Er hätte nur Zeit zu einer einzigen Luxin-Attacke, welcher Art auch immer. Da alles Luxin Gewicht hatte, würde diese Aktion – völlig ungeachtet der Farbe des Luxins, das er nach Kip schleuderte – Zymun im Gegenzug tief unter Wasser drücken.

Wenn Zymun ihn mit diesem ersten Angriff verfehlte, hatte Kip eine Chance. Er würde rudern müssen wie ein Verrückter. Sobald er sehen konnte, wie weit sie vom Ufer weg waren, konnte er entscheiden, ob er das Risiko eingehen wollte, umzukehren und Zymun zu töten, oder ob er ihn besser einfach im Meer seinem Schicksal überließ. Nach Zymuns unmöglicher Flucht durch die von Haien wimmelnden Gewässer beim letzten Mal plante Kip, auf Nummer sicher zu gehen und ihn diesmal zu töten …

Doch wenn Kip zu langsam war, würde er getroffen werden. Ohne eine Vorstellung davon, in welche Richtung er rudern sollte – und das in seinem geschwächten Zustand –, würde er sterben. Auch wenn er sie beide ins Wasser stürzen ließ, würde er sterben. Selbst wenn Kip gesund wäre – Zymun war der bessere Schwimmer.

Er hatte nur eine winzige Chance. Kip war bereit, sie zu ergreifen. Seine Augen, unter der Binde vorm Licht geschützt, waren nun natürlich geweitet, die Pupillen vergrößert. Er versuchte sie bewusst schmal zu machen, ein Kniff, den jeder erfahrene Wandler von einem Moment auf den anderen einsetzen konnte. Wenn ihn das Licht blendete, würde er nicht treffen. Wenn …

Zymuns Gewicht verlagerte sich. »Orholam«, sagte er.

Der Moment war so plötzlich gekommen, dass Kip ihn beinahe verpasst hätte.

»Eine Galeere«, fügte Zymun hinzu. Das blaue Luxin, das Kip aufgenommen hatte, verriet ihm, dass Zymuns Stimme gedämpft war, weil er zur Seite schaute, zu der Galeere hinüber. »Ich glaube, es sind Piraten.«

Jetzt! Blaues Luxin schoss Kip durch die Haut an den Schläfen. Mit Fingern aus blauem Luxin zog er sich die Augenbinde vom Kopf – und sprang.

4

»Ich rieche jeden harzigen Furz, und ich streiche mein Deck ganz grob, kleiner Guile. Rot, grau und knochenweiß, verstehst du? Ich kenne luxinige Gerüche«, sagte Kanonier, als er Gavin auf das Deck des *Bitteren Kolbens* führte. »Oder, das trifft's noch besser, ich streiche alles braun und matschig, klar? Klar?«

Gavin trat mit bleiernem Herzen ans Licht. »Klar«, antwortete er. Weil er statt Hirn Scheiße im Kopf hatte. Lustig, nicht?

»Luxinig? Luxisch? Luxizinisch?«, fragte Kanonier. Der Kerl liebte die Sprache, so wie ein Frauenprügler seine Frau liebt.

»Luxinisch, aber mir gefällt deine Version besser.«

»Pah.«

Es war kurz vor Mittag, und die kabbelige See warf die leichte Galeere stärker hin und her, als Gavin erwartet hätte. Diese angarischen Schiffe waren anders. Aber was zuvor das Wichtigste seines ganzen Lebens gewesen war – das Licht –, erschien ihm nun bedeutungslos. Es war ein trüber, wolkiger Tag, aber dennoch voller Licht – für ein Prisma. Doch dieses Licht küsste seine Haut wie eine Geliebte, die noch einen letzten Moment wartet, bevor sie geht. Wo ihm zuvor die funkelnden Farbspektren eine unvorstellbare Macht verliehen hatten, erfüllten ihn die Grau-, Weiß- und Schwarzschattierungen nun mit Verzweiflung. Er hatte geglaubt, sich an den Verlust seiner Farben gewöhnt zu haben, aber sich diesem Verlust in der Dunkelheit eines Gefängnisses zu stellen war das eine, doch etwas ganz anderes war es, sehen zu müssen, dass sein Gefängnis die ganze Welt war. Und Kanonier wusste es. Er hatte in der Nacht seiner Gefangennahme einen einzigen Blick in Gavins Augen geworfen und sofort Bescheid gewusst.

Warum also ist Kanonier jetzt paranoid?

Weil er Kanonier ist.

»Runter auf die Knorpel«, sagte Kanonier.

Gavin sank auf die Knie, die er breit auf dem Deck spreizte, so dass ihn das Rollen des Schiffes nicht umwarf. Er hätte nicht sagen können, ob das Dehnen der Beine ein angenehmer oder ein unangenehmer Schmerz war, aber solange ihm nicht der Kopf oder irgendeine andere wichtige Gliedmaße abgehackt wurde, war jede Pause vom Rudern eine gute Sache.

Kanonier sah ihn an. »Was ist aus dem Gavin Guile geworden, der über den Dreh- und Angelpunkt seiner Wünsche die ganze Welt aushebelte?«

Auf einer gewissen Ebene war es das Klarste, was Kanonier bisher zu ihm gesagt hatte, aber Gavin hatte Kanonier erzählt, dass er nicht Gavin sei. Es war wahrscheinlich eine der dümmsten Sachen, die er im letzten Jahr gemacht hatte, allerdings gab es auch eine Menge Mitbewerber um diese Auszeichnung. »Er ist gestorben.« Das sollte funktionieren, egal welchen Gavin Kanonier meinte.

»Tragisch. Wie?«

Die Kunst im Umgang mit einem Wahnsinnigen bestand darin, niemals Überraschung zu zeigen. Und sie auch nicht zu erwarten. Nun, auch Gavin konnte den Dolch der undurchsichtigen Worte schwingen. »Mir sind die Barmherzigkeiten ausgegangen, bis ich nur noch die Gnade der Musketenkugel übrig hatte. Klickediklack, klickediklack. Bumbum. Fleischsackbarmherzigkeit. Gelbe Zelle rot. Der Leber Tod.«

Kanonier verschränkte die Arme vor der Brust. Er sah Gavin an, als würde er kein bisschen schlau aus ihm. »Wirre Rede.«

»Ich strebe.«

»Böser Knabe.«

»Dein Sklave.«

»Den ich gerettet habe.«

»Vom Seemannsgrabe?«

»Und deine Gabe.«

Er deutete auf seine große weiße Muskete, die einige Schritt entfernt an einem Türrahmen lehnte.

Gavin verstummte, um Kanonier den Sieg zu lassen. Er hätte schon gern einen genaueren Blick auf dieses merkwürdige Ding geworfen, aber Kanonier schien zugleich damit angeben zu wollen und eine paranoide Angst zu haben, dass ihm jemand seinen Besitz stehlen könnte. Gavin durfte dem, was Kanonier kostbar war, nicht allzu viel Aufmerksamkeit schenken. Aber auch nicht zu wenig.

Kanonier lachte, besiegelte seinen Sieg und nahm Gavins Zögern als ein Eingeständnis der Niederlage. Sie hatten dieses Spiel schon früher gespielt. Das lag jetzt viele, viele Jahre zurück. Wenn er sich nicht völlig in der Macht dieses Mannes befände und Kanonier nicht vollkommen wahnsinnig wäre, so dachte Gavin, hätte er ihn vielleicht gemocht. Kanonier fuhr fort: »Ich nehme die Leute, die an Ceres' Busen gewesen sind, nicht allzu ernst. Die wässrigen Küsse ihres Meeres machen die Menschen wahnsinnig, und die Guiles sind sowieso allesamt von Anfang an nicht sonderlich bei Sinnen gewesen. Erzähl geradeaus, ohne Umschweife, so wie eine Musketenkugel fliegt. Bist du Dazen Guile, von den Toten zurückgekehrt? Sag mir das jetzt und nicht nur die halbe Geschichte.«

Was nicht ganz das bedeutete, was es wörtlich bedeutete. Kanoniers Geduld war kürzer als seine Lunten. Also gab Gavin ihm die Kurzfassung: »Er ist nie gestorben. Ich habe meinen Bruder in der Schlacht von den Getrennten Felsen gefangen genommen. Seine Freunde und Freundinnen sahen besser aus als meine, daher habe ich die Kleider meines Bruders angezogen und seinen Platz eingenommen. Aber vor nicht einmal einem Monat habe ich beschlossen, dass mein eingekerkerter Bruder komplett wahnsinnig geworden war, und ich habe ihn getötet.«

Es war so einfach, die Worte auszusprechen. Gavin hatte geglaubt, dass es unmöglich sein würde, die Wahrheit zu sagen, die zu verbergen er sich so lange so viel Mühe gegeben hatte. Aber er fühlte nichts. Er sollte jetzt doch irgendetwas fühlen, oder?

»Die See, sie schickt mir Mysterien zur Erfrischung«, sagte Kanonier.

Gavin war sich diesmal sicher, dass Kanonier absichtlich das falsche Wort benutzt und eigentlich Erforschung gemeint hatte. »Du bist wirklich erfrischend und weckst neue Lebensgeister. Kein Wunder, dass du Ceres' Liebling bist.«

Kanonier spuckte ins Wasser, aber Gavin konnte erkennen, dass er sich freute. »Du bist *Dazen*? Volltreffer? Direkt ins Schwarze?«

»Ich habe so lange blind ins Dunkle geschossen, dass ich mir jetzt nicht mehr sicher bin, wer oder was ich bin. Doch ich *war* Dazen. Ohne Umschweife, geradeaus geschossen.« Gavin wusste nicht recht, warum er das tat und bei Gesprächen die Sprechmuster der anderen aufnahm. Doch das hatte er schon immer getan, hatte Akzente und eigenartige Ausdrucksweisen nachgeahmt, wenn er zu lange Zeit am gleichen Ort verbracht hatte.

»Das sagst du nur, weil du weißt, dass Kanonier für Dazen gearbeitet hat«, erwiderte Kanonier. »Du lügst. Versuchst dir einen Vorteil zu verschaffen.«

»Na klar. Und bevor ich meinen Bruder getötet habe, hat er mir erzählt, dass dein Geburtsname Uluch Assan war. Du warst ihm so wichtig, dass das seine letzten Worte gewesen sind.«

Kanoniers Augen glitzerten gefährlich. »Nicht unmöglich für ein Prisma, einen alten Namen in Erfahrung zu bringen.«

»Bevor du eingewilligt hast, für mich zu arbeiten – für mich, Dazen –, vor all den Jahren, hast du mir Lügengeschichten darüber erzählt, wie du einen Meeresdämon getötet hast; damals, als wir in den Sklavenquartieren saßen und diesen abscheulichen Pfirsichlikör tranken. Und als du beteuert hast, dass es so etwas wie ultraviolettes Luxin unmöglich geben könne, da haben wir ein kleines Spiel mit einer Gänsefeder gespielt, um deine Zweifel zu ersticken.«

Ein beunruhigter Blick glitt über die Züge des Piratenkapitäns. »Kanonier hat drei Versuche gebraucht, um diese verdammte tanzende Feder zu treffen. Aber die Feder war von einem Adler, keiner Gans.«

Es hatte keinen Sinn, ihn zu korrigieren. Gavin fuhr fort: »Ich hatte befürchtet, dich so wütend gemacht zu haben, dass du nicht für mich arbeiten würdest. Also habe ich dich sie treffen lassen … beim sechsten Versuch, du verdammter Lügner.«

Kanonier erstarrte. Mist. Der Kerl erzählte so oft Lügen, um sich größer zu machen, als er war, dass er vielleicht seine Version für die Wahrheit hielt. Wohl nicht das richtige Schlachtfeld für dich, Gavin. Kanonier schritt plötzlich davon, in Richtung Mittschiff.

Gavin, auf seinen schmerzenden Knien, blieb, wo er war. Das Dehnen war jetzt unangenehm und tat ihm nicht gut, dessen war er gewiss. Die beiden Matrosen, die ihn begleitet hatten, wirkten verwirrt, schienen nicht zu wissen, was von ihnen erwartet wurde.

»Öffnet ihm die Festhalterchen!«, rief Kanonier. Er stöberte in einem Fass herum.

Die Seemänner schlossen Gavin die Ketten auf, hielten ihn aber weiter auf den Knien.

Kanonier schnappte sich etwas aus dem Fass und warf es in Richtung Gavin. Er versuchte vergebens, es mit seinen bandagierten, steifen Händen zu fangen, und es plumpste aufs Deck. Ein Seemann hob das Ding auf und gab es ihm zurück. Ein großer, runzliger Apfel.

»Bringt ihn aufs Vordeck«, befahl Kanonier. »Passt gut auf ihn auf, wie auf einen aborneanischen Silbergroschen. Ein in die Enge getriebener Guile ist wie ein Meeresdämon in eurem Badezuber.«

He, hätte nicht gedacht, dass du je badest. Doch Gavin sprach es nicht laut aus. Es gab wenig zu gewinnen, indem er den Mann verspottete, der ihn gefangen hatte, seinen Meister, und es gab vieles zu verlieren. Zähne zum Beispiel.

Die Matrosen stellten Gavin auf die Füße und zerrten ihn zum Bug. Sie drehten ihn um, zwangen ihn wieder auf die Knie. Kanonier war vierzig Schritt weit von ihm weg, am entferntesten Punkt achtern. Er hielt eine leuchtend weiße Muskete in der Hand. Oder ein Musketenschwert? Die Waffe hatte eine einzige Klinge, über die sich eine doppelte Linie von schwarzen Kringeln, die sich immer wieder kreuzten, bis an die Spitze hinaufzog und dabei eine Reihe von glänzenden Edelsteinen umrahmte. In den Schwertrücken war eine kleine Muskete eingelassen, von der letzten Handbreit abgesehen, die ausschließlich Klinge war.

Gavin hatte eine vage Erinnerung an das Ding, die ihm aber sogleich wieder entglitt. Sie hatte irgendetwas mit jener Nacht zu tun; es hatte einen Zusammenstoß mit seinem Vater gegeben, und Grinwoody und Kip waren auch irgendwie beteiligt gewesen. Er war schon zuvor schlimmer Gewalt ausgesetzt gewesen und hatte viele Stunden Zeit dadurch verloren, und natürlich hatte er im Krieg Menschen kennengelernt, die sich an ihre Verletzungen nicht mehr erinnern konnten. Aber da war auch irgendetwas mit Kanonier; wie er ihn aus den Wellen gefischt hatte. Hatte er ihn dann mit der flachen Seite der Klinge geschlagen? So musste es wohl gewesen sein. Gavins Prellungen waren noch immer nicht ganz abgeheilt, aber er hatte keine Stichwunden, sonst wäre er inzwischen wahrscheinlich tot.

Trotzdem, was für ein schrecklicher Einfall. Einen Musketenlauf so dick zu machen, dass er der Gewalt explodierenden Pulvers standhielt, bedeutete, eine Waffe zu schaffen, die viel zu klobig und zu schwer war, um als taugliches Schwert zu dienen. War das Ganze nur eine Art sonderbarer Scherz?

»Wenn du Dazen bist, wirst du dich an unsere kleine Vorführung erinnern«, rief Kanonier.

Das bezog sich nun natürlich auf jenes Ereignis im Zusammenhang von Dazens und Gavins Aufeinandertreffen, von dem Gavin Guile – der echte Gavin Guile – gehört haben *musste.* Eine »Erinnerung« an die Vorführung konnte nichts beweisen. Aber offenbar begriff Kanonier das nicht.

»Das Meer war an jenem Tag ruhig, und du warst nur zwanzig Schritt entfernt«, sagte Gavin.

An jenem Tag hatte sich Kanoniers Schiffsjunge in die Hose gemacht, als er in seiner zitternden ausgestreckten Hand einen Apfel über seinen Kopf hielt. Später hatte Gavin die Geschichte gehört, dass der Junge den Apfel auf dem Kopf gehabt habe. Niemand vermochte ihm zu erklären, wie wohl ein Junge auf einem schaukelnden Schiff einen Apfel auf dem Kopf hätte balancieren können. Aber es ergab zweifellos eine bessere Geschichte.

Zwanzig Schritt ergaben eine gute Geschichte. Vierzig waren Selbstmord. Kanonier mochte der beste Schütze der Welt sein. Es spielte keine Rolle. Selbst mit einer genau identischen Pulverladung und einem mit dem genau gleichen Druck gestopften Schusspflaster und einer makellos gerundeten Musketenkugel ohne Gussfehler, selbst ohne Wind und ohne schlingerndes Deck war eine Muskete aus vierzig Schritt Entfernung nur innerhalb einer Fläche treffgenau, die vielleicht so groß war wie Gavins Kopf. Auch wenn so mancher gerne etwas anderes glauben wollte – aus dieser Entfernung ein kleineres Ziel zu treffen war in Wahrheit reines Glück. Gavin wusste, was für ein guter Schütze Kanonier war. Er glaubte ihm nicht, dass er einen Meeresdämon getötet hatte, aber wenn irgendjemand auf der Welt so etwas allein durch Treffgenauigkeit bewerkstelligen *könnte*, dann Kanonier.

Und es gab ein Problem, wenn sich Arroganz mit Könnerschaft und Wahnsinn vermählte – in einer Ehe mit drei Partnern ist immer einer zu viel. Eine Störung durch die Realität war da unwillkommen. Kanonier hatte die letzten zwanzig Jahre damit zugebracht, andere davon zu überzeugen, dass er nicht danebenschießen konnte; jetzt schien er auch sich selbst davon überzeugt zu haben.

»Kanonier kriegte grade großartigere Knarre als, als, als …« Der Pirat verfiel ins Fluchen, wütend darüber, dass ihm keine weiteren Alliterationen einfielen, um »als vor zwanzig Jahren« zu ergänzen.

Es war keine rasende Wut, nur Frustration, aber Gavin hatte erlebt, dass Kanonier einen Menschen erschießen konnte, einfach weil er Hunger hatte. Kanonier würde die Sache durchziehen.

Gavin wurde flau im Magen. Was konnte er tun, ohne zu wandeln? Vielleicht die beiden Seeleute neben ihm niederschlagen – und was dann? Vom Schiff springen? Es war kein Ufer in Sicht. Sie müssten lediglich wenden und ihn wieder auflesen. Und seinem Körper die Kraft zuzutrauen, die beiden Seeleute zu überwältigen und zu springen, bevor Kanonier auf ihn schießen konnte, war bestenfalls optimistisch. Vielleicht würde er nach allem, was sein geschundener Körper in letzter Zeit hatte mitmachen müssen, nicht einmal mehr schwimmen können.

Ihn überkam eine Erschöpfung, die nicht nur körperlicher Natur war. Das jetzt? Das sollte sein Ende sein?

Gavin hatte zu viele Schlachten miterlebt, um zu glauben, dass es eine Macht gab, die Menschen beschützte, die leben sollten. Einer der größten Schwertkämpfer der Welt war, außer Sichtweite des Feindes, an seiner Seite getötet worden – ein unerklärlicher Querschläger hatte ihn in die Nieren getroffen. Ein Hengst, der ganze Satrapien wert gewesen war, war nach der Schlacht über einen Leichnam gestolpert und hatte sich das Bein gebrochen. Ein General bekam die Ruhr, weil er das Wasser und Fleisch seiner Männer geteilt hatte, statt gesondert an seiner Offizierstafel zu speisen. Tausend Beleidigungen und Erniedrigungen, tausend Geschichten, die ohne Moral oder tieferen Sinn endeten, lediglich mit dem Tod.

Krieg ist die Ursache, alles andere ist Wirkung.

Gavin biss in den Apfel. Er war süß und säuerlich zugleich. Der beste Apfel, den er in seinem ganzen Leben gekostet hatte.

Stolz, du wolltest dass ich zumindest ein kleines Stück von dir im Leibe habe? Bitte schön. Nimm mich ganz, verdammt noch mal. Gavin erhob seine Rednerstimme: »Kapitän Kanonier, ich glaube nicht, dass irgendjemandem auf der Welt dieser Schuss gelingen kann. Du hältst dich für so gut? Ich nicht. Ich glaube, du bist noch besser. Wenn dir dieser Schuss gelingt, wirst du auf ewig eine Legende sein. Geht er daneben, dann bist du einfach bloß ein weiterer kleiner Pirat, der große Reden schwingt.« Gavin steckte sich den Apfel in den Mund, hielt ihn mit den Zähnen fest, drehte den Kopf zur Seite und zeigte Kanonier nur sein Profil.

Alles auf Deck stand still.

Also sterbe ich mit einem Apfel im Mund. Meinem Vater wird das zweifellos nicht so recht passen. Und Karris wird zu Recht vor Zorn außer sich sein.

Weil er sich umgedreht hatte, konnte Gavin nicht sehen, wie Kanonier reagierte, ob er wütend oder erheitert war. Auch die Reaktion der anderen Matrosen konnte Gavin nicht sehen. Er sah nur graues Meer und grauen Himmel. Das einzige Licht, das ihm gewährt wurde, war das Licht der Hässlichkeit. Er begann gerade zu bedauern, dass er seine letzten Worte darauf verschwendet hatte, einen Piraten zu verhöhnen, als ihm etwas Nasses über das Gesicht klatschte.

Er fragte sich, ob es seine Zähne waren. Da war er, jener verzögerte Moment, den man erlebt, wenn man schwer verletzt wird und sich nicht sicher ist, was passiert ist. War er tot? Dieser Blitz, war das vielleicht sein explodierender Schädel? Er hatte das Bellen der Muskete nicht gehört, aber so etwas passierte schon mal.

Auf Deck brach Jubel aus. Der Apfel war weg.

Einer der Matrosen hob einige Brocken vom Boden auf. Er setzte sie wieder zusammen. Hielt sie hoch.

Und rief: »Käpt'n Kanonier hat ihn perfekt entkernt!«

Kanonier schien den Jubel gar nicht zu bemerken. Er legte sich sein weißes Musketenschwert über die Schulter und stolzierte zu Gavin herüber. Dieses Stolzieren beängstigte Gavin noch mehr als Kanoniers ganz normaler Wahnsinn. Es bedeutete, dass auch Kanonier überrascht war, dass ihm der Schuss geglückt war. Bei Orholams Eiern. »Niemandem auf der Welt hätte dieser Schuss gelingen können«, verkündete Kanonier. »Käpt'n Kanonier ist er gelungen!«

»Käpt'n Kanonier!«, brüllte die Besatzung.

Triumphierend stand Kanonier über Gavin. Er zwirbelte eine Strähne seines verfilzten Bartes und kaute daran. »Fesseln!«, blaffte er den Matrosen neben Gavin an.

Sie legten Gavin wieder in Ketten, aber er nahm es kaum wahr.

Orholam sei Dank, Karris hätte ihm nie verziehen, wenn er sich hätte umbringen lassen. Ja, falls er je einmal freikam, würde er ihr diese Geschichte lieber verschweigen.

Kanonier legte das Musketenschwert auf seine Handflächen. Jetzt zeigte er es her, um damit anzugeben, daher nahm Gavin an, dass es nun sicher – sogar ratsam – war, Bewunderung zu zeigen. Die Klinge war wunderschön, mit einer Art von weißem Lack überzogen, wie Gavin vermutete, und geschmückt mit Juwelen, die so groß waren, dass es sich dabei um Halbedelsteine handeln musste. Gavin war kein Experte, was das Schmieden von Schwertern anging, aber die Waffe wirkte eher wie ein prunkvolles Paradestück denn wie das Werkzeug eines Kriegers. Die Juwelen schienen die Klinge ganz zu durchdringen – was sie schwächen musste –, und wieso war die Klinge mit schwarzen Kringeln bemalt? Man musste immer einen Kunsthandwerker in der Nähe haben, um die Farbe ständig neu aufzutragen. Eine einzige Aussparung in der Klinge gab einer Hand Halt, um die Waffe beim Feuern ruhig zu halten, was die Klinge zusätzlich schwächte. Gavin sah kein Steinschloss, keine Pfanne, keinen Schlaghebel, keine Möglichkeit, den Griff fest und gerade zu halten, um genau zielen zu können oder den Rückstoß abzufedern. War das Ganze nur ein Scherz? Die Waffe war ohnehin zu dünn, um eine zuverlässige Muskete abzugeben.

»Ich lade sie nicht einmal«, sagte Kanonier. Er wusste, dass Dazen seine Wertschätzung für meisterhafte Feuerwaffen geteilt hatte. »Sie macht ihre eigenen Kugeln, und sie treffen genauer als … nun ja, du hast es gesehen. Der Abzug klappt herunter, wenn sie geladen ist.«

»Aber wie … wie?«, fragte Gavin. Es war natürlich ein Ding der Unmöglichkeit. Aber ihm war gerade auf vierzig Schritt Entfernung auf Deck eines schlingernden Schiffes ein Apfel aus dem Mund geschossen worden. Im Moment war er bereit, eine Menge zu glauben.

Kanonier griff nach dem Knauf der Muskete, drehte daran und zog. Eine kleine, verrauchte Pulverkammer wurde sichtbar. Kanonier kippte schwarzes Pulver aus seinem Pulverhorn hinein, schob zu und brachte den Knauf wieder an seinen Platz. Er verlängerte sich und wurde zu einem kleinen Gewehrschaft. Kanonier grinste wie ein Scholar im ersten Jahr nach einem gelungenen Streich.

Und da war es wieder, das Indiz, dass Kanoniers Verrücktheit mindestens zur Hälfte nur Schau war. Kanonier hatte völlig normal und fehlerfrei gesprochen. Wenn Gavin so darüber nachdachte, ergab es sofort einen Sinn. Kanonier war exzentrisch. Er hatte immer Wörter falsch verwendet. Aber für exzentrisch oder dumm gehalten zu werden konnte bedeuten, unter den harten Männern, die er anführte, zur Zielscheibe des Spotts zu werden. Daher musste er absolut verrückt sein. Menschen werden nervös, wenn sie es mit Wahnsinn zu tun haben, fragen sich, ob er ansteckend ist, und gehen auf Abstand. Ideal für einen neuen Kapitän, der nicht nur weiter Kapitän sein, sondern zu einer Legende werden will.

»Wie treffgenau?«, fragte Gavin.

»Hab einen Spitzbuben auf vierhundert Schritt Entfernung getroffen. Die Kugel flattert nicht. Eine bessere Magie als all die Magie, die du einst beherrscht hast, gickeliger Guile.« Kanonier legte die Muskete an die Schulter und zielte auf eine in zweihundert Schritt Entfernung dahinfliegende Möwe. Er feuerte, gerade als sie tiefer hinabglitt – und verfehlte sie. »Natürlich macht sie trotzdem nicht alles für dich. Dafür schätze ich sie nur umso höher. Sie verlangt immer das Beste, wie das Meer.«

Doch Gavin hatte nicht auf den Schuss geachtet. Er betrachtete die Muskete. Auf dem Teil, der durch den verlängerten Knauf sichtbar geworden war, schienen sich kleine Einstellringe und Drehknöpfe zu befinden, die mit winzigen Runenzeichen markiert waren. Dass Kanonier ihn nicht darauf aufmerksam gemacht hatte, führte Gavin zu der Annahme, dass der Pirat noch nicht dahintergekommen war, welchem Zweck sie dienten.

»Darf ich mal?«, fragte Gavin.

Kanonier sah ihn an und lachte. »Auch wenn du einmal das Prisma gewesen bist: Kanonier ist nicht so närrisch, dir Magie in die Hände zu legen.« Er spuckte ins Meer, dann griff er nach einem Lumpen und machte sich daran, die Schwarzpulverreste von der Klinge zu wischen. »Man muss sehr sorgfältig auf sie achten. Gefährlich wie Ceres, der da.« Er versank in Gedanken, und Gavin fragte sich, ob Kanonier ihn nur deshalb auf Deck geholt hatte, um mit seiner Muskete zu prahlen.

Nicht, dass es ihm etwas ausgemacht hätte. Jede Pause von den Rudern war Erholung. Natürlich wäre es ihm lieber, wenn in seinen Pausen keine Musketen in seine Richtung abgefeuert würden, aber in der Not darf man eben nicht wählerisch sein.

»Wie viel Lösegeld soll ich für dich verlangen?«, fragte Kanonier.

Aha, dann hat er mich also raufgeholt, um mit mir zu reden? Und obwohl er die Sache mit dem Lösegeld im Kopf hatte, konnte er es sich trotzdem nicht verkneifen, auf meinen Schädel zu schießen? Vielleicht war der Wahnsinn doch nicht *reine* Schau. »Mein Vater hält mich für tot. Verdammt, Kanonier, ich halte mich selbst für tot.« Und wie aus dem Nichts war die Erinnerung wieder da, frisch und scharf: Grinwoody, der dazwischenging und sich in ihren Kampf stürzte, zwei Messer und vier Menschen, und Gavin hatte erkannt, dass es keine Möglichkeit gab, Kip aus dem Gewirr von Händen und ungünstigen Winkeln zu retten – außer die Klinge in seine eigene Brust umzulenken.

Welcher Teufel hat mich da nur geritten? Oh, Karris, habe ich es nur getan, um etwas zu tun, was dich auf mich stolz machen könnte?

Aber der Gedanke an Karris war zu schmerzhaft. Für ihn war sie ganz Farbe in einer Welt aus Grau.

Und sein eigener Vater hatte nur den Dolch gewollt. Der, vermutete Gavin, jetzt zum Musketenschwert geworden war. Das Messer des Blenders hatte Andross diese Waffe genannt. Sich zu fragen, ob der eigene Vater sich mehr um Gold scherte als um einen selbst, war das eine. Jeder Sohn eines jeden reichen und mächtigen Mannes muss das fürchten – aber dass sein Vater ihn wegen eines Dolches töten würde? Sein eigener Vater?

»Der Junge«, sagte Gavin. »Wo ist er?«

»Hab ihn über Bord geworfen, für Ceres. Als Dank. Ceres und ich sind jetzt quitt.« Kanonier lächelte unangenehm. »Wie viel, kleiner Guile? Hölle noch mal, fünf mal Hölle, wie soll ich dich nennen? Dazen? Kommt mir vor, wie mit einem Geist zu reden.«

»Du kannst mich Gavin nennen. Es ist einfacher. Und du kannst so viel Lösegeld verlangen, wie es dir gefällt. Je lächerlicher die Summe, umso besser. Er wird dich so lange hinhalten, bis ihm seine Spione bestätigen, dass du mich wirklich in deiner Gewalt hast. Aber die traurige Wahrheit ist, dass er die Sache absichtlich vermasseln wird – so dass du mich umbringst, er sich aber hinterher dich schnappen kann. Er wird es so aussehen lassen, als wärst du blutrünstig und als trüge er keine Schuld daran, dass du mich getötet hast. Er will mich nicht, Kanonier.«

Kanonier grinste, als gefiele ihm die Herausforderung, und wieder war die Maske zurück. »Also, solange er dich ebenso gerne haben will wie Pocken und Filzläuse, warum sollte Kanonier dich schön sauber an der Seite seiner eigenen glücklichen Juwelen ausruhen lassen?«

Hoppla. Aber Gavins güldene Zunge war um die Antwort nicht verlegen. »Wenn du mich tötest, braucht er gar nicht erst so zu tun, als ob er mich freikaufen wolle. Das bedeutet, dass er auch gar kein Schiff mit Schätzen beladen wird. Er wird bloß mit Kriegsschiffen kommen.«

Kanonier legte finster die Stirn in Falten. Er sprang auf die Bordwand, ging in die Hocke, wobei er sich mit einer Hand an der Takelage festhielt, und dachte nach. »Du bist wirklich schrecklich hilfreich.« Kanonier spuckte erneut in den Ozean. »Es ist schon komisch, das mit den Angari. Habe ihre Galeerensklaven immer gefüttert, als seien es Freie. Hast du das gesehen? Ich behandle sie richtig gut. Die besten Sklaven der Besatzung werden in den Hafen mitgenommen, bekommen richtiges Essen vorgesetzt und dürfen sogar in eines dieser Tittenhäuser. Dabei bleibt immer mal wieder einer von ihnen auf der Strecke, aber es bringt die ganze Besatzung dazu, hart zu arbeiten. Sie gut zu füttern macht sie stark. Verringert die Frachtmenge, da man so viel Essen laden muss. Aber diese kleine Galeere hier kann zwei- oder dreimal so schnell fahren wie fast alles andere auf der Azurblauen See. Bei richtigem Wind könnte mich die eine oder andere Galeasse erwischen, aber wenn ich genug Platz habe, kann ich gegen den Wind kreuzen und sie abhängen. Sie sind in diesem Schiff durch die Stromschnellen der Ewigdunklen Pforten geschossen. Es ist leicht wie ein Korken und schnell wie eine Schwalbe. Ein perfektes Schiff für einen Piraten, solange man hinlänglich Fracht zusammenraffen kann. Wunderschönes kleines Schiff. Und dann die vier Drehbassen und die lange Deckskanone. Das hier ist die beste Galeere mit der besten Besatzung auf dem ganzen Meer …« Kanonier senkte die Stimme zu einem Flüstern. »Und trotzdem hasse ich sie. Eine einzige Kanone! Nur eine. Ich sollte Pash Vecchios großes Schiff verlangen, wie heißt es noch gleich?«

»Die *Gargantua*?«, fragte Gavin.

»Genau!«

»Das könnte schwierig werden …«

»Dein Vater ist der Rote. Er ist reicher als Orholam persönlich. Du bist das Prisma. Sie würden alte Huren wieder zu Jungfrauen machen, um dich zurückzubekommen.«

»Ich habe die *Gargantua* versenkt. Vor der Schlacht am Hafen von Ru.«

Im nächsten Moment hatte Kanonier die Pistole aus seinem Gürtel gezogen, sie gespannt und sie über Gavins rechte Augenhöhle gedrückt. Eine mörderische Wut funkelte in seinen Augen. Egal welcher Teil seines Wahnsinns nur Schau war, dieser war es jedenfalls nicht. Nicht ohne Mühe entspannte er die Pistole wieder. »Dieser Gefangene ist über-ausgelassen«, sagte Kanonier. »Bringt ihn zurück an sein Ruder, bis er sich abreagiert hat.«

5

Teia und einige andere Schwarzgardisten beendeten ihre Morgenübungen auf dem hinteren Deck des *Wanderers,* als am Horizont die Sonne aufging. Sie und Kruxer sowie fünf weitere frischgebackene Schwarzgardisten waren die Einzigen aus ihrem Ausbildungskurs auf diesem Schiff. Die übrigen befanden sich mit der anderen Hälfte der verbliebenen voll ausgebildeten Schwarzgardisten auf einem anderen Schiff. Auch wenn sie ständig daran erinnert wurden, dass sie noch nicht alle Gelübde abgelegt hatten und damit selbst noch keine vollen Schwarzgardisten waren, bedeutete das nicht, dass die Schwarzgardisten den Grünschnäbeln das tägliche Trainingsprogramm erleichterten. Kruxer war dem Beispiel der Schwarzgardisten mannhaft gefolgt, und die Übrigen waren wiederum Kruxer so gut gefolgt, wie sie konnten, und hatten sich durch komplizierte Übungsanordnungen gekämpft, die sie bisher zwar gesehen, aber noch nicht selbst gelernt hatten.

Ihr Anführer, Hauptmann Eisenfaust, nahm keine Notiz von den Mühen der Neuzugänge. Der legendäre Krieger war schon immer undurchschaubar gewesen, aber während der vergangenen Woche hatte er sich noch unerbittlicher gezeigt als gewöhnlich. Teia wusste nicht, ob die Übungen (und der fürchterliche Pfusch, den sie mit ihnen trieben) einer bestimmten pädagogischen Technik folgten oder ob der Anführer der Schwarzgardisten einfach nicht sah, was sie da machten. Achtlos wischte sich der Hauptmann mit einem nassen Tuch über den Kopf, um sich abzukühlen. Auf seiner Kopfhaut wuchsen jetzt borstige Haarstoppeln. Nach der Schlacht von Ru hatte er aufgehört, sich kahl zu rasieren und den Schädel mit Öl zu salben. Der genaue Anlass war der Wunderschuss gewesen – der Volltreffer auf einen neugeborenen Gott über eine Distanz von sechstausend Schritt, im Anschluss an ein Gebet. Er schaute zu der aufgehenden Sonne hinüber, deren Scheibe sich noch nicht ganz vom Horizont gelöst hatte, runzelte finster die Stirn, wickelte sich seine Ghotra um den Kopf und stieg die steilen Stufen zum Mittschiff hinunter.

Teia versuchte, den Schmerz aus ihrem Knöchel zu vertreiben, den sie sich verrenkt hatte, als sie mitten in einer unvertrauten Übung über ein Seil – auf einem Schiff nannte man das wohl *Tau* – gestolpert war, und ging hinüber zur Bordwand, wo Kip und Gavin Guile vor einer Woche ins Meer gestürzt waren.

»Schwer zu glauben, nicht wahr?«, sagte Kruxer und trat neben sie an die Reling. Der kleine Daelos, der Schatten zu Kruxers Sonnenschein, kam mit ihm.

Kruxer hätte Hunderte von Dinge meinen können. Schwer zu glauben, dass sie in einer Schlacht gekämpft hatten? Dass sie verloren hatten? Dass sie gegen einen echten Gott gekämpft hatten? Schwer zu glauben, dass Gavin Guile tot war? Aber er meinte nichts von alledem, und Teia wusste es. »Unmöglich«, sagte sie mit ausdrucksloser Stimme.

»Wie wirst du damit fertig?«, fragte er.

Die Ellbogen auf die Reling gelegt, drehte sie sich um und sah ihn ungläubig an. Manchmal konnte Kruxer der beste Mensch sein, dem sie je begegnet war. Manchmal war er ein kompletter Idiot. »Es ist gelogen, Kruxer. Es sind alles Lügen.«

»Aber der Rote lügt doch nicht einfach«, widersprach Kruxer unsicher. Vielleicht sollte sie es ihm nicht zum Vorwurf machen. Kruxer war mit guten Menschen in Autoritätspositionen aufgewachsen, und er war selbst gewissenhaft und anständig, daher hegte er nicht das gleiche reflexartige und respektlose Misstrauen gegen die Mächtigen wie das Sklavenmädchen Teia.

»Komm schon, Teia«, sagte Daelos. »Du weißt, dass Brecher Andross Guile beschuldigt hat, seine Aufnahme in die Schwarze Garde hintertrieben zu haben. Und wir wissen, dass Brecher sich an jenem Abend betrunken hat. Wenn man bedenkt, wie impulsiv er immer war, verstehe ich nicht, was daran so schwer …«

»Ist«, unterbrach ihn Teia.

»Was?«, fragte Daelos.

»Wie kannst du es wagen, Kip aufzugeben? Geh weg, verschwindet alle beide. Ihr kotzt mich an.«

Daelos verdrehte die Augen, als habe er es mit einer unvernünftigen Frau zu tun. Am liebsten hätte sie ihm gezeigt, was sie tun würde, wenn sie tatsächlich unvernünftig wäre. Kruxer dagegen wurde einfach bleich und stieß sich von der Reling ab. Teia wusste, dass er nur gekommen war, um sich nach ihr zu erkundigen, wie das ein guter Anführer tut. Aber gute Absichten entschuldigen nicht alles. Sie gingen ohne ein weiteres Wort.

Du bist unhöflich und unfair und solltest dich entschuldigen, T.

Aber sie tat es nicht.

Andross Guile hatte gesagt, er habe Kip in jener Nacht verspottet, wie er das immer tat. Er hatte zugegeben, keine sonderliche Liebe für ihn zu empfinden. Vielleicht hätte er so bald nach der Schlacht nichts zu dem Jungen sagen sollen. Aber hätte er auch wissen sollen, dass Kip betrunken war? Er hätte nie erwartet, dass Kip ihn angreifen würde.

Gavin Guile und der Sklave von Andross hätten versucht dazwischenzugehen. Kip habe Gavin versehentlich mit einem Messer durchbohrt, und als Gavin Guile über Bord gefallen war, sei Kip so außer sich gewesen, dass er hinter ihm hergesprungen sei.

Und dabei blieb es. Wachhauptfrau Karris Weißeiche – oder, jetzt, da sie Gavin geheiratet hatte, Wachhauptfrau Guile? – war völlig außer sich gewesen und hatte geschrien, dass sie sich irren müssten, dass Andross lüge. Teia hatte gedacht, dass sie sich im nächsten Moment auf Andross stürzen würde, doch da hatte Hauptmann Eisenfaust eingegriffen und Karris buchstäblich von Deck getragen. Seither war sie nicht mehr zum Vorschein gekommen.

Niemand sonst widersprach dem Roten. Es hatte zahlreiche angespannte Gespräche zwischen Hauptmann Eisenfaust und den Schwarzgardisten gegeben, die den Auftrag gehabt hatten, Gavin in jener Nacht zu beschützen. Das Prisma hatte die Männer ins Bett geschickt, und wer hätte auch gedacht, dass er am Abend ebenjenes Tages, an dem er einmal mehr seinen Heldenmut unter Beweis gestellt hatte, in Gefahr sein würde? Er hatte einen Gott getötet!

Nein, hatte Teia sich einzuschalten versucht, das sei Kip gewesen.

Irgendwie erschien es wohl kleinlich, die Sache jetzt richtigzustellen, nachdem sie das Prisma verloren hatten, und alle hatten sie angesehen, als würde sie auf sein Grab spucken. Die Menschen hatten das Prisma angehimmelt, und alle in der Flotte hatten ihm an jenem Tag erneut ihre Treue erwiesen, indem sie an seiner Seite gekämpft hatten.

Das verringerte nicht die Last der Schuld der Schwarzgardisten. Sie hatten versagt. Sie kamen nach Hause, während ihr Schutzbefohlener tot war. Es war ein Schandfleck, der für immer an ihnen haften bleiben würde.

Das Stimmengemurmel unter ihr verscheuchte alle weiteren Gedanken. Teia ließ ihren Blick über die Seeleute schweifen. Die meisten von ihnen waren Männer. Diese bemühten sich, nicht aufzufallen, wenn sie die weiblichen Schwarzgardisten angafften – oder waren zumindest vorsichtig geworden, seit Essel einem von ihnen die Nase gebrochen hatte –, aber sie gafften trotzdem weiter. Teia allerdings gafften sie nicht an: keine Hüften, keine Brüste, klein und kurzes Haar. Wenn sie überhaupt wahrgenommen wurde, konnte Teia bestenfalls hoffen, als eine Art Maskottchen unter die Fittiche der rauen Männer genommen zu werden. Neun von zehn von ihnen könnte sie zu Brei schlagen, aber das wussten sie nicht. Im Moment war sie allerdings dankbar dafür, nicht beachtet zu werden.

Die Kajüte direkt unter ihr war die von Andross Guile. Sie hatte hier gelauscht, wann immer sie während der vergangenen Woche eine Gelegenheit dazu gehabt hatte. Wenn sie nicht spionierte, kletterte sie in die Takelage und ließ sich von den Matrosen nützliche Tipps geben, um ein wenig von ihrer Arbeit zu erlernen. Sie hatte auch vorgegeben, an dieser Stelle zu beten, und ganz still dagesessen. Und sie hatte so getan, als würde sie trauern. Genau von hier aus war Kip ins Meer gesprungen oder gestoßen worden war. Einmal hatten sich ihre geheuchelten Tränen in echte verwandelt. Sie hatte Kip mehr gemocht, als ihr bewusst gewesen war.

Während sie so auf Deck saß, trat Hauptmann Eisenfaust an sie heran. Sie machte Anstalten aufzustehen, aber er bedeutete ihr, sitzen zu bleiben.

Eine lange Minute stand er neben ihr da, und sie hätte seine schweigende Gesellschaft zu schätzen gewusst, wäre sie nicht besorgt gewesen, er könnte herausfinden, warum sie genau diese Stelle gewählt hatte.

Schließlich sagte er: »Kip – Brecher – hat mich gebeten sicherzustellen, dass mit deinen Freilassungspapieren alles klargeht. Und das werde ich auch tun. Du weißt, dass du einer unserer besten Rekruten bist. Du weißt, dass die Schwarze Garde dringend gute Leute braucht. Aber das ist deine Entscheidung. Als ich in deinem Alter war, habe ich ein Gelübde abgelegt, weil man es von mir erwartete, nicht weil ich es selbst wollte oder es für richtig hielt. Dir werde ich das nicht antun, Teia.«

Und dann ging er.

Sie verschränkte die Beine und dachte daran, ihren Freibrief entgegenzunehmen – und was dann? Nach Hause gehen? Einen Ladenbesitzer heiraten? Ein Handwerk erlernen? Welches Handwerk denn? Der Gedanke war allzu ungewohnt, ein viel zu großer Sprung nach allem, was sie in den letzten Monaten erlebt hatte. Sie verschob ihre Überlegungen auf später und spitzte die Ohren, um Andross Guiles Stimme zu hören. Anfangs hatte er sein Fenster nie geöffnet, aber in den letzten paar Tagen war es ständig offen gewesen. Morgens hatte sie die beste Gelegenheit, etwas zu hören. Sobald der Wind auffrischte, war es unmöglich. Aber bisher hatte sie in sieben Tagen nichts von Belang gehört. Im Wesentlichen waren es unverfängliche Befehle an seinen Kammersklaven, Grinwoody, gewesen, den alten Parianer, dem Andross Guile völlig zu vertrauen schien.

Heute schien es ein weiterer verschwendeter Tag zu werden. Teia hörte wenig. Andross und Grinwoody waren nach all den Jahren so gut aufeinander eingespielt, dass ihre Sprache einsilbig und voller stillschweigend verstandener Auslassungen war.

»Irgendwelche Hinweise, dass er sich nicht selbst etwas vormacht?«

»Keiner. Wenn wir entsprechende Beweise bekommen, wird es natürlich für einen von uns zu spät sein.«

»Und so oder so zu spät für uns. Verdammt«, sagte Andross. Seine Stimme war die lautere. Er stand am Bullauge. »Ich war so nah dran, Grinwoody. Sein Griff war fast in meinen Händen.«

»Es war mein Versäumnis, Herr.«

»Nein, du hast mir das Leben gerettet – wieder einmal.«

»Meine Kräfte sind nicht mehr, was sie einst waren, Herr. Ich habe mich überraschen lassen.«

Teia runzelte die Stirn und zog, um sich zu wärmen, ihren grauen Rekrutenmantel fester um sich. Grinwoody hatte sich überraschen lassen? Von Kip? Also *hatte* Kip die beiden angegriffen? War das möglich? Kip hätte nichts so Idiotisches getan, oder?

Nun ja, natürlich hätte er das. Aber ein Mordversuch? Nein, nicht Kip. Er konnte auf jemanden losgehen, um ihm wehzutun, aber nicht um zu verkrüppeln, nicht um zu töten, und sie kannte ihn, wenn er wütend war.

»Betrachtet die Dinge von der positiven Seite, Herr. Ihr werdet dieses Jahr nicht befreit werden.« Grinwoodys Tonfall klang drollig, aber er ließ Teia frösteln. Hatte Andross Guile vor, seinen Halo zu brechen? Warum konnte Grinwoody es so unbekümmert verkünden?

Eine Hand kam aus dem Bullauge. In einem Wirbel von Federn sauste eine Brieftaube in die Luft und erschreckte Teia, aber niemand schien ihrer Überraschung oder dem Vogel irgendwelche Aufmerksamkeit zu schenken – in den letzten Tagen waren viele Tauben ausgesandt worden.

Dann schloss Andross das Bullauge, und die Stimmen verloren sich. Teia wäre gern sofort aufgestanden und gegangen, aber ihr war nur zu bewusst, dass sie direkt über Andross' Kajüte auf dem Deck saß. Selbst die Verlagerung ihres geringen Gewichts könnte das Holz knarren lassen. Sie wartete noch einige Minuten und tat so, als meditiere sie. Kip war ihr Übungspartner gewesen. Er hatte mit Andross Guile um irgendetwas gespielt – sie wusste noch immer nicht, was sein Einsatz gewesen war –, um ihre Papiere von ihm zu gewinnen. Und dann hatte er sogleich versucht, sie freizulassen. Er hatte ihr zugehört, als sie über Strategien gesprochen hatten, und ihr das Gefühl gegeben, sie, eine Sklavin, könnte vielleicht zum ersten Mal in ihrem Leben einen klugen Beitrag leisten.

Teia merkte plötzlich, dass sie die Faust so fest sie konnte um die kleine Phiole mit Olivenöl geschlossen hatte, die sie um den Hals trug. Sie löste die Finger von dem Symbol ihrer Sklaverei. Das Geschenk war eine mahnende Drohung von Aglaia Crassos gewesen: Olivenöl, angeblich um dereinst ihre Arbeit in den Sklavenbordellen zu erleichtern. Olivenöl, um sie dreißig bis fünfzig Männer am Tag überleben zu lassen. Wann immer Teia glaubte, keine Kraft mehr zu haben, berührte sie diese kleine Erinnerung an ihr Sklavendasein. Die Erinnerung an das, was ihr drohen könnte. An das, woraus zu befreien Kip ihr versprochen hatte.

In den kurzen Monaten, in denen sie zusammen trainiert hatten, war Kip für sie mehr geworden als nur ihr Partner, er war ihr bester Freund geworden.

Und sie hatte es bis jetzt nicht begriffen. Dass sie nicht da gewesen war, als er sie gebraucht hatte, machte sie ganz elend. Er konnte nicht wirklich tot sein. Wenn er nicht in Panik geraten war, hatte er bis zum Morgen im Wasser treiben können. Teia hatte keine Berichte von Haien gehört – nicht, dass das viel besagte. Die Überlebenden wollten sich nicht mit dem aufhalten, was so leicht auch ihnen hätte zustoßen können.

Wenn er bis zum Morgengrauen durchgehalten hatte, hatte ihn wahrscheinlich ein Sklavenschiff aufgelesen. Danach zu urteilen, wie viel Kip am Tag zuvor gewandelt hatte, musste er lichtkrank gewesen sein, selbst wenn er ansonsten unverletzt geblieben war. Er hatte sogar seine Brillentasche in seiner Koje gelassen. Er würde erst einmal für eine ganze Weile hilflos gewesen sein.

Wenn Kip überhaupt noch lebte, war er wahrscheinlich in ebendiesem Moment an ein Ruder gekettet.

Und es gab nichts, was Teia oder irgendjemand sonst für ihn tun konnte.

6

Zymun stand aufrecht da, beschattete die Augen mit einer Hand, die schwere Pistole war direkt nach unten auf das Deck gerichtet. Kip warf sich nach vorn, ließ die Ruder durch die offenen Dollen nach oben schnellen. Erst das plötzliche Klatschen eines Ruders auf Wasser erregte Zymuns Aufmerksamkeit. Er schaute zu dem Geräusch hinüber statt zu Kip.

Kips Arme waren zu schwach, als dass er sie mit dem vollen Gewicht der Ruder darin nach vorn hätte werfen können. Aber er wollte auch keinen Schönheitspreis gewinnen. Er ließ die Hände sinken und rammte Zymun die Schulter in die Seite. Er erwischte den kleineren Mann auf der Höhe des Ellbogens und schmetterte dadurch seine Hand mit der Pistole wieder nach unten, und als beide im Moment des Aufpralls in die Höhe flogen, sagte Kips stämmiger Körper: »Hier hast du meinen ganzen Schwung, Bruder. Ein Geschenk für dich.«

Zymun flog in die Luft. Seine Knöchel schlugen auf dem Dollbord auf, und er überschlug sich auf eine Weise, die Kip mit tiefer Genugtuung erfüllte. In einiger Entfernung vom Boot machte es einen großen Platscher, und im gleichen Moment stürzte Kip. Er knallte mit der Wange aufs Deck. Mit den Armen hinterm Rücken, die durch das Gewicht der Ruder herabgezogen wurden, gab es keine Möglichkeit, sich aufzufangen.

Aber er fiel ins Boot, und das war alles, was zählte.

Mit einer Riesenkraft, von der er gar nicht gewusst hatte, dass er sie besaß, stemmte sich Kip in eine aufrechte Position. Schon zog er blaues Luxin in sich hinein, und in seinem Freudenrausch darüber, wieder wandeln zu können und seinen Peiniger im Wasser planschen zu sehen, hätte er es beinahe übersehen: Das Boot war ringsum von Luxin umgeben. Rotem und gelbem Luxin. Eine lange Leine führte von all dem Luxin zu Zymun.

Zymun kam an die Oberfläche, und Kip sah die bedrohliche Mündung der Pistole in seiner Hand. Die Waffe zeigte direkt auf Kip. Der Abzugshahn schlug auf die Batterie des Steinschlosses, als Zymun abdrückte. Und nichts geschah. Die Waffe war nass geworden. Zymun verschwand hinter einer Welle.

Kip wandelte sich hastig blaue Klingen in jede Hand und durchschnitt die grünen Luxin-Ketten, die seine Handgelenke an die Ruder fesselten.

Zymun machte mit der Hand eine weit ausholende, spritzende Kreisbewegung. Kip wusste, dass er nach der Leine griff.

Er sprang von der gegenüberliegenden Seite des Ruderbootes.

Noch während er auf den Wellen aufschlug, wusste Kip, dass er das Falsche getan hatte. Warum hatte er, statt zu wandeln, um sich vom Boot loszuschneiden, nicht gewandelt, um Zymuns Leine zu durchtrennen?

Dumm, Kip, dumm.

Er war immer noch unter Wasser, trat um sich und versuchte, sich so weit wie irgend möglich von Zymun zu entfernen, als es ihm so vorkam, als hätte ein Meeresdämon das Meer gepeitscht. Er tauchte auf und sah einen hohe schwarze Rauchsäule und orangerote Flammen, wo das Boot gewesen war. Zymun konnte er nicht entdecken; das Boot war zwischen ihnen gewesen.

Zymun war zweifellos der bessere Schwimmer, selbst wenn Kip gesund und munter gewesen wäre. Heute würde es keine Rache für Kip geben. Wenn Zymun ihn sah, würde er ihm nachjagen. Wenn Zymun ihm nachjagte, würde er ihn ertränken.

Kip schaukelte noch einige Momente in den Wellen. Er konnte nicht schwimmen. Seine Arme waren Bleigewichte, und obwohl seine Beine noch nicht gefühllos waren, so würden sie es doch bald sein. Sein Fett würde ihn im Meer treiben lassen, wenn er nicht in Panik geriet, aber treibend konnte er nicht von Zymun wegkommen, geschweige denn von der Piratengaleere. Kip hielt danach Ausschau, aber vom Wasser aus konnte er das Schiff nicht sehen.

Und es würde keinerlei Schwierigkeiten haben, sie zu finden, nicht nach dem Leuchtfeuer, in das Zymun ihr Boot verwandelt hatte.

Oh. Ganz einfach. Kip hätte eigentlich längst auf die Lösung kommen sollen.

Er zog so viel Blau in sich hinein, wie er halten konnte, und wandelte Röhren um seine Hände. Die Röhren ließen Wasser durch seine Finger strömen, und dann ließ er Luxin aus jeder Röhre herausschießen, so dass es das Wasser hinausdrückte. Es war wie beim Rückstoß einer Muskete: Indem man Wasser zurückdrückt, schiebt es einen nach vorn. Kip wandelte die Röhren, um sie unter seine Achseln zu klemmen, holte tief Luft und drehte den Kopf Richtung Ufer.

Das Allerbeste war, dass Zymun nichts davon gesehen hatte.

Er bewegte sich viel langsamer als damals Gavin Guile bei seinem Kampf gegen den Meeresdämon. Kip wusste, dass er irgendetwas falsch machte, aber er wusste nicht was. Doch auch so war er immer noch drei- oder viermal schneller, als er hätte schwimmen können. Und schon bald begriff er, dass seine relativ niedrige Geschwindigkeit ein Segen war. Er zog keine

Welle hinter sich her, die den Piraten verraten würde, wo er sich befand.

Eine Stunde später – oder vielleicht kam es ihm auch nur so lange vor – taumelte er an Land. Er musste den Schutz der Bäume erreichen. Wenn er in Sichtweite der Galeere zusammenbrach und einschlief, wäre alles vergebens. Also ging er weiter, und seine nackten Füße ließen den sonnenbeschienenen Sand knirschen. An der atashischen Küste gab es zahlreiche schöne Strände wie diesen. Palmen wiegten sich leise in der Brise. Er erreichte ihren Schatten und drehte sich schließlich um, um zu Zymun zurückzuschauen.

Das brennende Boot war verschwunden, gesunken, selbst der schwarze Rauch verzog sich. Die Galeere aber hatte die Stelle erreicht, von wo er sich erhoben hatte. Kip wusste nicht viel über Galeeren, aber die hier war klein. Vielleicht dreißig Schritt lang, doch es war schwer, das aus dieser Entfernung abzuschätzen. Die Piraten hatten keine Flagge gehisst. Nicht die Galeere von Kanonier.

Sie hatten jedoch ihre Fahrt gestoppt, und Kip sah Männer auf der ihm abgewandten Seite des Schiffes ein Tau ins Wasser werfen.

Also lebte Zymun noch. Kip wurde es bang ums Herz. Wenn Kip von Piraten – oder auch ganz normalen Seeleuten – gefangen genommen worden wäre, hätte er sich Sorgen gemacht, dass man ihn in die Sklaverei zwingen könnte. Er hätte schreckliche Angst gehabt. Er hätte geglaubt, kaum eine Überlebenschance zu haben. Was Zymun anging, hatte er keine solchen Ängste oder vielmehr Hoffnungen. Zymun würde wahrscheinlich noch vor Ende der Woche Kapitän dieser Galeere sein.

Orholam möge ihn mit allen Plagen heimsuchen. Orholam möge ihn blenden. Orholam möge im Leben und im Tod alles Licht von ihm nehmen.

Doch Kip war nun erst einmal sicher. Er brauchte Wasser. Dann Essen. Dann einen Weg nach Hause. Aber nichts würde ihm im Weg stehen. Das waren alles Nebensächlichkeiten. Sein Leben war eine Nebensächlichkeit. Aber seine Nachricht war es nicht. Die Männer und Frauen auf dem Schiff hatten Gavin Guile in jener Nacht über Bord stürzen sehen, nachdem ihn eine Klinge durchbohrt hatte. Sie mussten ihn für tot halten. Kip wusste es besser, und Kip war der Einzige, der wusste, dass Kanonier ihn in seiner Gewalt hatte.

Und wenn sich die Götter selbst gegen ihn wenden sollten – Kip würde seinen Vater zurückholen.

7

Die Pistole war nutzlos. Schlimmer noch, Zymun hatte sie voller Wut ins Wasser geworfen. Er trieb in den Wellen und sah zu, wie das Piratenschiff näher kam. Sie glaubten ohne Zweifel, ihn zum Sklaven machen zu können. Sie würden es ohne Zweifel versuchen.

Er konnte sich ein Lächeln nicht verkneifen. Es gibt im Leben so wenige echte Gelegenheiten, ohne böse Folgen zu töten.

Er hätte gern mehr Farben zur Verfügung gehabt, aber Blau würde genügen müssen. Er zog das blaue Luxin in seine Schultern und seinen Rücken, wo es von den Ärmeln seiner Jacke bedeckt sein würde. Er war nicht gut darin, Luxin zu bunkern. Es war unbequem, und es gelang ihm nie, seine Haut ganz davon zu säubern; es blieb immer ein blassblauer Schimmer zurück, als sei er am Erfrieren. Er beherrschte unzählige Künste meisterhaft, aber diese Meisterschaft zu verbergen zählte nicht dazu.

Inzwischen war das Ruderboot so weit verbrannt, dass seine letzten schwelenden Planken mit einem Zischen in die Wellen tauchten. Hoffentlich würden die Piraten sich nicht wundern, wie ein Ruderboot so viel Rauch produzieren konnte. Vielleicht würden sie glauben, dass es Teer oder Schwarzpulver transportiert hatte.

Zumindest sah es ganz danach aus, als ob Kip tot wäre. Zymun hatte ihn nach der Explosion des Bootes weder gesehen noch gehört, und er ging nicht davon aus, dass er rechtzeitig hatte entkommen können. Er selbst hatte sich unter Wasser in Sicherheit gebracht, um der Wucht der Explosion und den umherfliegenden Splittern zu entgehen. Schade, dass er sein Boot verloren hatte. Er hätte ahnen sollen, dass Kip irgendetwas versuchen würde. Ein gerissener Hund und schneller, als man es von einem dicken Jungen mit einer Augenbinde je erwarten würde.

Doch das war jetzt egal. Die Piraten würden ihn aus dem Wasser fischen, und das hätten sie in jedem Fall getan, auch wenn er sein Boot noch gehabt hätte. Er brauchte nur zu warten. Das Schwimmen war kein Problem. In Apfelhain, wo er aufgewachsen war, vergnügten sich alle Jungen und Mädchen gern beim Schwimmen, sprangen von der großen Seilschaukel oder ließen sich von der Strömung über die glatten Steine des Wasserfalls mitnehmen.

Binnen Minuten war die Galeere da. Sie warfen ihm ein Tau zu, dann folgten Gurte, und ein zahnloser Seemann rief ihm zu, dass er hinaufklettern solle.

Was sollte ich wohl sonst tun, du Schwachkopf? Im Wasser bleiben?

Zymun kletterte. Er sprang gelenkig über die Reling, ohne den gezückten Schwertern, die vier Männer auf ihn richteten, Beachtung zu schenken. Niemand hatte eine Muskete angelegt.

Gut. Dennoch hielt er den Blick gesenkt und wartete darauf, wer zuerst sprechen würde.

»Jung«, sagte der Maat. Er war der zahnlose Mann und so hässlich, wie ein Tag an den Rudern lang war. »Mager, aber nicht zu zart. Und in seinem Alter wird er sich schnell abhärten und tüchtiger werden. Er kommt uns gerade recht. Trench hat gestern Blut gehustet. Das gibt uns eine Möglichkeit, ihn zu schonen. Orholam meint es gut mit uns.«

»Ihr wollt mich versklaven?«, fragte Zymun im Tonfall eines verängstigten Jungen.

Der Kapitän ergriff das Wort. Er war ein Atashi mit geflochtenem Bart, allerdings hatte er braune Augen statt blauer, wie sie bei seinem Volk sonst die Regel waren. »Versklaven ist so ein harter Ausdruck. Wir arbeiten hier alle. Sagt Orholam nicht, dass alle Männer Brüder sind? Du wirst neben deinen Brüdern an einem Ruder arbeiten.«

»Und wenn ich mich weigere?«, fragte Zymun. Er ließ das blaue Luxin an der Unterseite seines Arms entlangfließen. Wenn er die Hände in die Seiten stemmte, wäre es praktisch unsichtbar.

»Wir alle arbeiten«, wiederholte der Kapitän brüsk. »Mein Schiff, meine Welt.«

Zymun könnte jetzt seinen Vorschlag unterbreiten. Könnte zu erkennen geben, dass er ein Polychromat war. Dieser Kapitän wirkte nicht übermäßig streitlustig. Er hatte Zymun nicht geschlagen, obwohl er die Möglichkeit dazu gehabt hatte.

»Ich habe eine bessere Idee«, begann er. »Wie wäre es, wenn …« Er schoss einen Stachel blauen Luxins durch das Gesicht des Mannes, der ihm am nächsten stand. Das scharfe Luxin durchdrang glatt die Adlernase des Mannes und fuhr ihm ins Gehirn. Zymun hatte eine so große Luxin-Masse verschossen, dass ihn der Rückstoß herumwirbeln ließ. Diese Drehung nutzte er, um eine weitere Klinge aus blauem Luxin hervorzuschleudern und einem anderen Mann die Hand am Gelenk abzuhacken. Dann schoss er ihm einen stumpfen Stein aus blauem Luxin in die Brust und warf ihn um. Im Nu hatte Zymun einen neuen tödlichen Stachel in der Hand, der sich langsam in seinen Fingern drehte, und richtete ihn auf den Kapitän.

Sein so plötzliches, schnelles und so rasch wieder beendetes Handeln hatte den Sklavenhändlern die Fassung geraubt. Sie reagierten nicht, und auch Zymun stand still. Jede Bewegung hätte sie erschreckt. Wenn das ganze Schiff ihn angriff, könnte er vielleicht alle töten, aber er konnte dieses Schiff nicht steuern. Er kannte sich damit nicht aus. Er nutzte die Pause, um seine Luxin-Vorräte wieder aufzufüllen.

»Wie wäre es«, wiederholte Zymun, »wenn ich mich für ein Weilchen Eurer Besatzung anschlösse? Ich bin ein Polychromat, Kapitän. Jetzt eben habe ich nur eine Farbe benutzt. Sechs kann ich wandeln. Wenn Ihr mir die Kajüte des Maats gebt, werde ich drei Monate lang für Euch kämpfen – oder drei Schlachten lang, je nachdem, wie es kommt. Meine Magie wird den entscheidenden Unterschied machen. Drei Schlachten, die Ihr garantiert gewinnt. Dann, wenn ich meinen Dienst vollauf erfüllt habe, bringt Ihr mich nach Großjasper und lasst mich mit dem Anteil der Schätze, den ich Eurer Meinung nach verdient habe, von Bord gehen. Ihr werdet weiterhin der Kapitän sein, und ich werde Euch nichts wegnehmen. Wir werden als Freunde auseinandergehen.«

»Oder?«, fragte der Kapitän. Seine Hand zuckte zu der Pistole an seinem Gürtel.

»Oder ich töte Euch und biete Eurem Ersten Offizier den gleichen Handel an. Womöglich wird er nicht allzu schnell zu Eurer Verteidigung eilen, wenn er weiß, dass er durch Nichtstun selbst ein reicher Mann wird.«

»Barrick war ein guter Mann«, sagte der Kapitän und warf einen Blick auf den Toten. Den anderen, Handlosen, hatte der Blutverlust bereits ohnmächtig gemacht. Er konnte noch immer gerettet werden.

»Wisset also«, fuhr Zymun ungerührt fort, »dass ich bald der wichtigste Mann in den Sieben Satrapien sein werde, und ich könnte in der Zukunft einen Kerl von Eurem Talent gebrauchen.«

Der Kapitän ließ seinen Blick von Zymun zu seinem Maat schweifen, der das Geschehen mit versteinerter Miene verfolgte. Dann tauchte er die Finger in einen Beutel, zog etwas Tabak heraus und schob ihn sich unter die Lippe. Er starrte den immer noch blutenden Mann auf dem Deck an. »Rawl, verbinde ihn.«

Der Maat, offenbar hieß er Rawl, tat wie ihm geheißen. Der Kapitän sagte immer noch nichts zu Zymun.

Zymun zeigte keine Reaktion und wartete; in seiner Hand drehte sich noch immer langsam der drohende Tod des Kapitäns.

Der Kapitän spuckte braunen Saft auf das Deck. Er klatschte ins Blut. Finster verzog er die Miene. »Abgemacht«, sagte er schließlich. »Ich habe ein paar offene Rechnungen, bei denen Ihr mir vielleicht helfen könntet. Wenn Ihr mir helfen könnt, einen ganz speziellen Piraten zu überwältigen, werde ich Euch schon nach einer Schlacht gehen lassen, bei meiner Ehre als Sohn einer Hure und eines Seemanns.« Ein wenig zaghaft streckte er die Hand aus. Diese plötzlich aufscheinende Angst erleichterte Zymun ungemein. Ein Mann, der ihn so sehr fürchtete, obwohl er bisher nur in Ansätzen gesehen hatte, wozu Zymun in der Lage war, würde nicht so schnell versuchen, ihn hinters Licht zu führen. Perfekt.

»Was ist das für ein Pirat?«, fragte Zymun.

»Er hält sich gern für einen ganz besonderen Meister an der Kanone. Nennt sich Käpt'n Kanonier.«

8

Als der *Wanderer* den Pier erreichte, wartete Teia bereits an ihrem Stammplatz an der Reling. Zusätzlich zu dem üblichen Gedränge von Seeleuten, Hafenarbeitern, Händlern und Fischern und hie und da ein paar Edelleuten wimmelte es auf den Piers von Großjasper von einfachen Leuten, die herausfinden wollten, ob ihre Freunde und Angehörigen wieder nach Hause gekommen waren.

Gleichzeitig drängten sich zahlreiche ruthgarische Soldaten im Hafen, damit beschäftigt, Schiffe zu beladen, um sich dem Kampf anzuschließen, von dem Teia und ihre Freunde gerade zurückgekehrt waren.

Die Passagiere des Schiffes drängten sich mittschiffs, wo die Ausstiegsplanke heruntergelassen werden würde. Teia hüpfte auf die Reling und hielt sich mit einer Hand in der Takelage fest, um nicht das Gleichgewicht zu verlieren. Sie machte einen Schritt über die Reling, umfasste das Hanfgewebe mit beiden Händen und ließ sich daran an der Schiffsseite herunter. Es erfüllte sie mit plötzlicher Freude, dass sie noch wusste, wie das ging. Zu ihrem früheren Unterricht hatten tägliche Akrobatikübungen gehört, aber seit sie mit der Schwarzen Garde trainierte, war das weggefallen.

Während sie in der Takelage hing, konnte Teia bereits die Menschen sehen, die sich am Pier drängten und verzweifelt darauf warteten, weitere Neuigkeiten zu erfahren. Andross Guiles

Flaggschiff war das erste Schiff der dezimierten Flotte, das den Hafen erreichte. Die Nachricht von der Niederlage hatte die Jasperinseln bereits via Brieftaube erreicht, aber die Menschen dürsteten nach Einzelheiten. Mit einem dumpfen Stoß schlug das Schiff gegen das Pier. Ein Matrose hing neben Teia in den Tauen, grinste sie an und sprang nun als Erster hinunter, um eilends die Taue an den riesigen Pollern festzumachen. Teia hüpfte einen Moment später hinab. Klein, wie sie war, konnte sie nicht so weit springen wie er und plumpste mitten in die wogende Menge von schwatzenden Neugierigen, Freunden und Familienangehörigen, sowie von Wein- und Imbissständen für jene, die es gar nicht erwarten konnten, den Geschmack von Zwieback und abgestandenem Wasser endlich hinter sich zu lassen.

Es war ein seltsames Gefühl der Erleichterung, von einer achtlosen Menschenmenge verschluckt zu werden. Teia war klein genug, um einfach zu verschwinden. Ihre Akrobatik- und Kampflehrerin daheim in Abornea war nur geringfügig größer gewesen als Teia, und sie hatte sie dazu angehalten, Menschenmengen zu erkunden und sich mit ihren Stimmungen vertraut zu machen – von der wütenden Meute, die nach einem Pferderennen, bei dem ihr Favorit verloren hatte, aus dem Hippodrom strömte, bis hin zu der sich erwartungsvoll drängenden Menge bei der Ankunft der Tänzer und der Menagerien mit exotischen Tieren vor den Sonnentagsfestlichkeiten in Odess.

Es gab eine Form von geschärftem Bewusstsein, die man nur in den Klauen einer solchen Bestie kultivieren konnte. Tausend oder zehntausend Leiber mochten sich um einen herum bewegen, aber man konnte nur vielleicht das Dutzend in unmittelbarer Nähe wahrnehmen, vor allem, wenn man klein war. Und am meisten musste man sich seiner eigenen Bewegungen bewusst sein, im Geschubse und Geschiebe der Körper das richtige Maß und den richtigen Zeitpunkt suchen. Teia duckte sich, tauchte und rutschte und schob sich durch die Körper, ihre Bewegungen fließend, ihr Denken ganz Teil ihres Körpers.

Ihre Lehrerin, Magistra Lilienfeld – mit dem Körper einer jungen Frau und einem Gesicht so zerklüftet wie das Rote Kliff –, hatte Teia und die Tochter ihres Herrn sogar mitten in eine revoltierende Meute in den »Schatten« mitnehmen wollen, dem jahrhundertealten angarischen Elendsviertel in Odess, aber Teias Herr hatte es nicht erlaubt.

Die vertraute Schönheit der in der Sonne glänzenden sieben Türme der Chromeria weckte heute keine Freude in ihr. Sie hatte keine besonderen Verpflichtungen. Hauptmann Eisenfaust hatte zu seinen Schwarzgardisten nur gesagt: »Nehmt euch den Tag frei. Morgen bei Tagesanbruch wie gewöhnlich auf dem Übungsfeld.«

Eine rastlose Energie erfüllte Teia. Sie musste loslaufen. Eine gute Übung war das ohnehin. Je besser sie die Stadt kannte, desto leichter würde sich ihre Ausbildung bei der Schwarzen Garde gestalten. Aber heute gab es da etwas, was sie tun musste. Sie merkte, dass sie schon wieder unwillkürlich nach dieser verdammten Phiole gegriffen hatte, was ihr eine kostbare Hand raubte, die sie doch brauchte, um sich einen Weg durch die Menge zu bahnen.

Du denkst zu viel nach, T.

Sie hatte gerade den Hafenbereich hinter sich gelassen, als ein Mann sie anrempelte. Sie hatte noch schnell genug reagieren können, um ihn nur zu streifen. Es konnte nur Absicht gewesen sein.

Aber er war fort, und nun hielt sie etwas in der Hand.

Teia drehte sich um, und als sie in ihrer Bewegung innehielt, verlor sie ihren Schwung, verlor ihren Rhythmus. Die Menge schob sie mit sich zu dem Basar hinüber, der an den Hafenbereich angrenzte. Sie hatte den Mann nicht einmal gesehen. Hatte einen dunklen Umhang gesehen, vielleicht einen grauen Kittel … verdammt, alles weg. Als sei sie eine blutige Anfängerin. Sie steuerte aus dem Menschenstrom heraus und sah nach, was sie in der Hand hielt. Einen Zettel.

Sie wusste auf der Stelle, dass ihr nicht gefallen würde, was dort geschrieben stand. »Teia, Paryl-Sicht. Sofort.«

Teia hatte nur kurz regulären Unterricht in ihrer speziellen Farbe erhalten, aber ihre Lehrerin Magistra Martha Martens hatte ihr eingeschärft, dass es für andere nicht nur beunruhigend, sondern regelrecht erschreckend war zu sehen, wie die Pupillen einer Frau wuchsen, bis das Weiß ihrer Augen verschwand. Diese Veränderung der Augen war gleichwohl nötig, um Paryl sehen zu können, das auf dem Spektrum so weit unterhalb von Infrarot angesiedelt war wie wiederum Infrarot unter dem sichtbaren Rot. Früher hatte sie die Pupillen schnell geweitet und dann rasch wieder zusammengezogen, aber das war sehr anstrengend. Doch jetzt setzte Teia einfach die verdunkelte Brille auf, die sie von Hauptmann Eisenfaust bekommen hatte, und entspannte ihre Augen, weiter, immer weiter.

Das erste Paryl sah sie auf der Brust eines breitschultrigen Wachmanns der Chromeria, über die etwas geschrieben stand. Die Buchstaben, schimmernd, schwebend, zart und leichter als Luft, glühten: »Bestochen.«

Ihre Brust schnürte sich zu. Was? Warum? Plötzlich ganz passiv, stand sie mit offenem Mund da, wie ein Neuankömmling auf den Jasperinseln, der gafft, statt sich zu bewegen, zu arbeiten, zu planen.

»Kann ich Euch helfen, Fräulein?«, fragte der Wachmann, als er ihren Blick bemerkte.

Teia schüttelte den Kopf und schlüpfte an ihm vorbei. Sie betrat den Markt, wo ein Ausrufer auf seiner kleinen Kiste stand und sie ansah. Über seinem Kopf schwebten die Wörter: »Einer von uns.« Hatte er sie angestarrt?

Wer waren sie? Was taten sie? Warum zeigten sie ihr das? Es bedeutete offensichtlich, dass sie einen Paryl-Wandler hatten. Einen begabten. Auf alle Fälle war er begabter als Teia, wenn er Wörter wandeln konnte, die von Dauer waren. Oder er war ganz in der Nähe und hatte dieses Leuchtsignal nur wenige Momente vor ihrer Ankunft dort angebracht.

Auf einer Gassenwand standen die Wörter: »Hier entlang, Teia.«

Sie erstarrte.

Auf einer anderen Wand: »Wir werden dir nichts tun.«

Von wieder einer anderen Wand erhob sich ein Wölkchen aus freigesetztem Licht, als sich ein Mann genau dort mit der Hand abstützte, wo vergängliche Wörter platziert worden waren: »Nur wir können ...« Der Rest war verschwunden, und selbst diese Buchstaben lösten sich auf, als der Mann die Hand bewegte, ohne sie zu sehen.

Teias Herz hämmerte. Durchatmen, Teia. So werden Menschen verrückt. Wenn sie Dinge sehen, die niemand sonst sieht, sich Verschwörungen einbilden.

Aber Wahnsinnige sind wahnsinnig, weil sie sehen, was *nicht* da ist.

Teia war in ihrem ganzen Leben nur zwei weiteren Paryl-Wandlern begegnet. Magistra Martens, die ihr auf Veranlassung ihrer ehemaligen Besitzerin Aglaia Crassos ein paar Unterrichtsstunden gegeben hatte, und einem Mann, der einer Frau Paryl in den Hals gestoßen und sich aus dem Staub gemacht hatte, während die Frau unter Krämpfen gestorben war.

Teia hatte die Gasse erreicht: »Hier entlang, Teia.«

Jener Mann, der Meuchelmörder, hatte massives, festes Paryl benutzt, um zu töten, wie in den alten Geschichten. Magistra

Martens hatte beteuert, dass festes Paryl ein Ding der Unmöglichkeit sei. Oder zumindest, dass sie es selbst nicht wandeln könne. Wenn Teia lernen könnte, solides, hartes Paryl zu wandeln, würde sie sich auch dagegen verteidigen können, nicht wahr? Vielleicht konnten diese Leute es ihr beibringen.

Gelähmt, unentschlossen, untätig und aufgrund dieser Passivität wütend auf sich selbst, blickte Teia die Gasse hinunter. Der größte Vorteil von Paryl war, dass niemand außer einer Handvoll Menschen auf der Welt es wahrnehmen konnte. Wenn jemand anders ihre Morde sehen könnte, würden diese Attentäter ihre stärkste Waffe verlieren.

Was Teia zu einer Bedrohung ihrer Macht machte. Teia hatte einen Mord gesehen. Womöglich befürchteten sie, dass sie auch den Mörder gesehen hatte.

Also, Teia, willst du ganz allein einem Mann gegenübertreten, von dem du weißt, dass er schon einmal eine Unschuldige ermordet hat, und für den bereits deine bloße Existenz eine Bedrohung darstellt?

Wenn sie die Sache aus diesem Blickwinkel betrachtete, schrumpfte der ganze Rest von Teias Neugier von einer dicken, saftigen Traube zu einer garstigen kleinen Rosine. Teia verabscheute Rosinen. Liebte Trauben. Sie waren ganz und gar nicht dasselbe, was immer die Leute auch sagten.

Wenn der Mann sie einfach hätte umbringen wollen, hätte er das bereits tun können. Mit seinen Paryl-Botschaften hatte er bewiesen, dass er sich in ihrer Nähe bewegen konnte, ohne dass sie ihn bemerkte. Also wollte er sie allein haben, sie zuerst aus der Menge wegführen. Warum?

Es konnte nichts Gutes bedeuten. Der Mann war ein Mörder. Wenn dein Feind etwas von dir will, lass es ihn nicht haben.

Sie rannte los.

Teia zog den ein oder anderen verblüfften Blick auf sich, als sie davonstürmte, aber es war ihr egal. Solange niemand »Haltet den Dieb!« rief, würde sich niemand groß um ein Mädchen scheren, das durch die Gassen rannte. Sie erreichte die nächste belebte Kreuzung und schlüpfte so schnell wie menschenmöglich durch die dort versammelte Menge. Sie glitt zwischen einem Ochsenpaar und dem von ihm gezogenen, hoch mit Heu beladenen Karren hindurch, bevor der Mann auf dem Karren auch nur zu schimpfen ansetzen konnte. Sie lief am Rand des kleinen Springbrunnens in der Mitte der Kreuzung vorbei und drückte sich durch die Schlange der dort um Wasser Anstehenden. Dann rannte sie zur nächsten Straße, blieb stehen, ging einige Schritt zurück und wich in eine Gasse aus. Sie lief die Gasse hinunter, rutschte beinahe auf glitschigen Abfällen aus, bog in der nächsten Straße in die Gegenrichtung ein, lief die Straße hinab und dann die wiederum nächste Straße wieder hoch.

Es begann zu nieseln. Teia hatte nicht einmal die aufziehenden Wolken bemerkt. Sie nahm die dunkle Brille ab, warf ihren Rucksack auf den Boden, wendete ihren Umhang, so dass seine mattblaue Seite nach außen zeigte, nahm den Rucksack wieder auf, trug ihn nun aber vor ihrem Bauch, und deckte den Umhang darüber. Sie zog die Kapuze ins Gesicht und mischte sich unter die durch den Regen eilenden Menschenmassen.

Im Laufen begann sie in ihrem Rucksack zu stöbern. Sie hatte nicht viel bei sich, was ihr zur Tarnung dienen konnte, aber sie hatte einen hellgelben Schal und ein Schultertuch. An der nächsten Wegkreuzung drückte sie sich in die Verkaufsbude eines Händlers, als wolle sie sie lediglich als kleine Abkürzung in die nächste Gasse nutzen. Sie nahm die Kapuze ab und zog ihr rotes Schultertuch hervor – vielleicht war es aber auch grün; die Schwarzgardisten ihrer Einheit spielten einander gern kleine Streiche, und sie kannten Teias Farbenproblem, vermutlich hatte ihr keiner von ihnen offen die Wahrheit gesagt.

Sie band sich das Tuch ums Haar und warf den Schal über ihre Schultern, verknotete ihn schnell. Dann zog sie das Kinn ein und ging auf dem gleichen Weg, wie sie hereingekommen war, wieder hinaus, wobei sie den Umhang geschlossen hielt und die Wölbung ihres Rucksacks so vor sich in Stellung brachte, dass es aussah, als sei sie schwanger. Um die Tarnung zu vervollständigen, legte sie eine Hand auf den Bauch.

Teia ging direkt an einem hochgewachsenen Mann in einem grauen Umhang vorbei, der die Abkürzung durch den Laden nahm und hinaus auf die Gasse eilte. Vielleicht war es ein Zufall. Vielleicht war er einfach nur ein Mann, der im Regen schnell nach Hause kommen wollte.

Nachdem sie zwei Straßenzüge in einem behutsamen und quälend langsamen Watschelgang zurückgelegt hatte, eine Hand auf ihren geschwollenen Leib gelegt, begann sie erneut zu rennen – aber nicht nach Hause. Sie lief zu dem Brauhaus, wo sich Martha Martens, wie sie ihr einmal mitgeteilt hatte, ein Zimmer genommen hatte.

Das Brauhaus »Der Jungfernkuss« war in einem niedrigen quadratischen Gebäude untergebracht. Es war weiß getüncht, wie fast alle Gebäude auf Großjasper, mit einem Kuppeldach in Knallrosa. Die Holztüren waren schmucklos – abgesehen von der stilisierten Abbildung einer jungen Frau im Profil, die ihre Lippen zum Kuss spitzte. Inschrift gab es keine. Teia klopfte resolut an die Tür.

Ein junges Lehrmädchen, das nicht älter als zehn sein konnte, öffnete. »Hat eine Martha Martens hier ein Zimmer genommen?«, fragte Teia.

Die großen braunen Augen des Mädchens wurden noch größer. Sie zögerte. »Könnt Ihr einen Moment hier warten? Ich bin gleich wieder da.«

Seltsames Geschöpf. Und Teia mochte es nicht, wenn sich Menschen seltsam benahmen, während ihr Leben auf dem Spiel stand. Ihre Kehle war immer noch wie zugeschnürt. Aber sie ließ diese Anspannung in ihren Körper strömen und wappnete sich für einen Angriff. Man war schneller, wenn man kampfbereit, aber entspannt war, das wusste sie, aber die dafür nötige Gelassenheit konnte sie im Moment unmöglich aufbringen.

Sie blickte sich im Regen um, fasste jeden Passanten ins Auge, aber der Regen war stärker geworden, und es waren nur noch wenige Menschen auf der Straße. Teias letzte Unterredung mit Magistra Martens war nicht gut verlaufen. Die ältere Frau war der Ansicht gewesen, dass allein schon das öffentliche Gespräch über die Möglichkeit eines Meuchelmords mittels Paryl eine wahre Hetzjagd auf alle Paryl-Wandler zur Folge haben würde. Kurz darauf hatte Teia die Magistra als ihre Privatlehrerin verloren, nachdem Andross Guile ihre Herrin Aglaia Crassos irgendwie dazu gebracht hatte, ihm Teias Sklavenpapiere zu überschreiben, und seither hatte sie Magistra Martens nicht wiedergesehen.

Die Tür wurde wieder geöffnet, und eine drahtige Frau mit Schürze winkte Teia herein. »Bel!«, blaffte die Frau. »Du lässt eine Besucherin draußen im Regen stehen? Wo sind deine Manieren, Mädchen?«

Die kleine Bel machte ein betroffenes Gesicht. Dann flitzte sie davon.

»Sie ist eine Heulsuse«, sagte die Brauerin und seufzte. Sie trug ein Kopftuch nicht unähnlich der Ghotra eines Mannes, damit ihr beeindruckend üppiger brauner Haarschopf ihr während der Arbeit nicht in die Quere kam. Und offensichtlich war sie bei der Arbeit: Ihre Haut glänzte vor Schweiß, und die

Adern ihrer dürren Unterarme waren hervorgetreten. »Ich muss auf die Bierwürze aufpassen, also entschuldigt, wenn ich ein wenig schroff bin, aber wer seid Ihr und was wollt Ihr?«

»Teia. Adrasteia. Ich bin gekommen, um mich nach meiner alten Magistra Martha Martens zu erkundigen. Ist sie hier?« Teia hatte sich ihren nassen Schal vom Kopf gezogen und ihren Umhang ausgeschüttelt, wodurch der Rucksack über ihrem Bauch sichtbar wurde.

»Huch, ich habe schon gemeint, Ihr wärt im sechsten Monat, und ich hab gedacht, dass sie es mir wohl erzählt hätte, wenn dem so wäre«, sagte die Brauerin mit Blick auf Teias unechten Bauch. »Martha ist weg. Und Ihr seid nicht der erste Mensch, der nach ihr fragt. Ich werde Euch sagen, was ich ihm gesagt habe, denn es ist die Wahrheit. Eine gute Mieterin. Etwas empfindlich, aber eine gute Frau. Ich weiß nicht, wo sie hingegangen ist. Sie hat ihre Stellung in der Chromeria verloren, und nur wegen der war sie hier, daher fand ich es nicht weiter ungewöhnlich, dass sie fortgegangen ist.« Die Brauerin ging zu einem Abstelltisch und griff darunter. »Aber Euch sage ich noch etwas. Sie hat einen Brief hinterlassen, den ich nur einem Mädchen namens Teia aushändigen soll. Damit Ihr Bescheid wisst: Der Mann, der sich nach ihr erkundigt hat, hat mir Geld angeboten, wenn ich Euch hier festhalte.«

Teia war zum Kampf bereit. Ihr Blick glitt vom Gesicht der Frau auf deren Bauchgegend. Die Bewegung kommt aus dem Zentrum, alles andere kann man mit dem peripheren Gesichtsfeld wahrnehmen.

»Ich habe das Geld nicht genommen. Ich bin kein Unmensch, und er hatte etwas Komisches an sich. Eine Glatze mit einem roten Haarkranz ringsum, seltsame Kette. Hab sie kaum gesehen, aber mein Vater hat früher Zähne gezogen. Diese Kette bestand ganz aus menschlichen Zähnen. Einfach ekelhaft – darüber möchte ich lieber gar nichts wissen. Lest schnell Euren Brief und verschwindet. Ich würde es ihm durchaus zutrauen, dass er das Haus in ebendiesem Moment beobachtet. Ach ja, und faltet den Brief nicht. Martha legte großen Wert darauf. Wenn Ihr wollt, könnt Ihr den Hinterausgang nehmen.«

Um den Hinterausgang zu erreichen, würde Teia durch ein unvertrautes Gebäude gehen müssen, von der Öffentlichkeit abgeschnitten, allein und leicht angreifbar. Vielleicht war die Frau so hilfsbereit, wie sie zu sein schien. Schließlich hätte sie ihr nicht zu erzählen brauchen, dass der Mann hier gewesen war. Aber Teia war zu lange Sklavin gewesen. Sie würde sich nie von jemand anderem abhängig machen.

Vorsichtig nahm sie den Brief entgegen, öffnete ihn langsam und hielt dabei ein Auge auf die Brauerin.

»Ihr könnt ihn ins Feuer werfen, wenn Ihr wollt«, sagte die Frau. »Ich muss mich um die Bierwürze kümmern. Orholam wache über Euch, Mädchen.« Die Brauerin drehte ihr den Rücken zu und ging zurück an ihre Arbeit.

»Teia«, begann der Brief, »meine Arbeit mit Dir ist getan. Ich habe erfahren, dass mein Bruder sehr krank geworden ist, daher kehre ich auf meinen Familienhof in Maelans zurück. Bitte entschuldige, dass ich so plötzlich aufbreche, aber ich bin mir sicher, unsere Herrin wird für Dich sorgen. Orholam möge Dich segnen.« Das war alles, darunter ihr Namenszug und das Ganze sorgfältig gefaltet. Soweit Teia wusste, hatte Martha Martens gar keinen Bruder. Sie weitete ihre Augen sofort für Paryl.

Tatsächlich, da stand etwas in Paryl geschrieben. Jetzt, wo es dem Licht ausgesetzt war, begann es zu zerfasern. Kein Wunder, dass Martha nicht gewollt hatte, dass Teia den Brief faltete. Es hätte die geheime Nachricht zerstört. »Es ist alles wahr. Die Morde, alles. Den Orden des Gebrochenen Auges gibt es wirklich, und jetzt sind sie hinter Dir her. Orholam möge mir vergeben, dass ich Dich in alldem alleinlasse, aber gegen diese Leute kann man nicht kämpfen. Fliehe, Teia! – Martha Martens.«

9

Karris Guile, geborene Weißeiche, stapfte die Stufen vom obersten Stockwerk des Prismaturms zum Dach hinauf. Sie war direkt vom Anlegeplatz gekommen und hatte kaum ihre Taschen auf den Boden ihres neuen Zimmers geworfen – Gavins Zimmer –, als seine Kammersklavin Marissia ihr auch schon schüchtern die Nachricht übergeben hatte. Es war seltsam, dass die Weiße sie in diesem Regen aufs Dach rief.

Karris streckte den Kopf zur Tür hinaus und sah die Weiße in viele Decken gehüllt in ihrem Rollstuhl sitzen, das Gesicht in den Wind und den peitschenden Regen gedreht. Sie amüsierte sich prächtig. Links und rechts von ihr standen zwei große junge Männer, Gill und Gavin Gräuling. Sie waren Schwarzgardisten wie Karris und hatten geschworen, die Weiße und das Prisma zu beschützen und zu verteidigen. Der Unterschied war nur, dass diese Männer ihre Pflicht erfüllt hatten. Jeder von ihnen hielt einen gewachsten Stoffschirm über die Weiße, um den Regen von ihr fernzuhalten. Aber die alte Frau schien es zu genießen, wie ihr der Wind den Regen ins Gesicht peitschte, obwohl die Schwarzgardisten ihr Bestes taten, um das zu verhindern.

»Wachhauptfrau«, sagten die Brüder und nickten ihr, da sie die Hände voll hatten, nur zu, statt zu salutieren.

»Ihr dürft gehen«, beschied ihnen die Weiße. »Bitte wartet an der Treppe auf mich. Drinnen. Nun wird Karris mich bewachen.«

Gill gab Karris seinen Regenschirm, und die Männer zogen sich zurück. Karris umfasste ihn mit beiden Händen und schützte die Weiße so gut wie möglich. Über dem Gesicht der alten Frau lag indes eine kindliche Freude. Die Augen jedes Wandlers nahmen die Farbe an, die sie wandelten, aber die jeweiligen Muster waren individuell einzigartig. Karris hatte rote Sterne auf einem grünen Untergrund. Orea Pullawrs hellgraue Augen hatten sich mit zwei farbigen Bogen gefüllt: oben blau und unten grün. Um ihr Leben zu verlängern, hatte sie über lange Jahre hinweg mit dem Wandeln aufgehört, und so waren in den letzten Jahren die Farben in ihren Augen verblasst. Aber in der Folge des Mordanschlags auf sie in ihren eigenen Gemächern war der blaue Bogen wieder leuchtend geworden und spannte sich am äußersten Rand der Netzhaut. *Das* hatte Karris erwartet. Aber das Grün leuchtete ebenfalls, was Karris verriet, dass die Weiße auch Grün gewandelt hatte. Ihr blieb nicht mehr viel Zeit.

»Ich habe gehofft, es würde die Einflüsse wieder ins Gleichgewicht bringen«, erklärte die Weiße, »da die Wildheit von Grün für mich über viele Jahre hinweg so oft die schwerfällige Logik von Blau ausgeglichen hat. Nach dem Mordversuch ist mir bewusst geworden, dass ich mich damit zufriedengegeben hatte, dazusitzen, zuzusehen und zu warten. Aber die Zeit des wartenden Dasitzens und Zusehens ist vorbei, nicht wahr, mein Kind?«

»Bitte, verlasst mich nicht«, sagte Karris. Ihr Magen krampfte sich zusammen, aber sie schluckte das Schluchzen hinunter. Überrascht holte sie tief Luft. Sie hätte geglaubt, sich besser unter Kontrolle zu haben.

»Aber so ist diese Welt nun mal, nicht wahr?«, fuhr die Weiße fort. »Wir gehen allein voraus, oder wir bleiben verlassen zurück. All meine lieben Freunde aus meiner Jugend sind bereits tot. Nur mein einziger alter Feind hält noch die Stellung. Ich weiß beinahe nicht, was ich ohne ihn tun würde. Karris, wir schultern schwerere Lasten, als wir glauben ertragen zu können, und durch das Tragen werden wir stärker. Seid Ihr bereit?«

»Ihr könnt nicht aufgeben und sterben«, widersprach Karris zornig. »Ihr seid das Beste, was wir haben. Niemand kann Euch ersetzen.«

Unerwarteterweise kicherte die Weiße. »Worte, die jeder Größenwahnsinnige gern hört. Aber wahr sind sie nur für die durch und durch schlechten und die wirklich riesengroßen Menschen. Ich bin keins von beidem, Karris. Ich bin lediglich ganz gut, meine Niederlagen sind nicht unerheblich und von trauriger Häufigkeit. Dass ich nicht schlecht bin, macht mich vielleicht besser als so manchen meiner Vorgänger, aber das Gute und das Große sind zwei grundverschiedene Dinge, die sich selten zusammen einstellen.«

Karris seufzte. Sie wusste nicht, ob sie von Gavin sprechen konnte, ohne in Tränen auszubrechen. Außerstande, das Mitgefühl in den Augen der Weißen zu ertragen, wandte sie den Blick ab. »Ich fühle mich so betrogen.«

»Von Gavin? Weil er gestorben ist?« Die Chromeria sprach davon nicht, noch nicht – da Gavin allen so viel bedeutet hatte. Und sie wussten ja nicht, ob er wirklich tot war. Aber die Weiße sprach von Angst und Zorn, und solche Dinge waren nicht an klare Beweise gebunden.

»Vom Dritten Auge. Sie hat mir gesagt, wenn Gavin die Schlacht überstehe, werde er zumindest bis zu dem Tag vor dem Sonnentag leben. Ich habe geglaubt … ich habe geglaubt, wir hätten es geschafft. Die Schlacht war vorbei, nicht wahr?

Ich bin zu Bett gegangen, im Glauben, von Küssen geweckt zu werden.« Stattdessen waren es Schreie gewesen und Tod. Kip hatte versucht, Andross Guile umzubringen, sagten sie; Gavin sei dazwischengegangen, sei versehentlich verletzt worden und über Bord gegangen. Dann war ihm Kip nachgesprungen. Das Schiff hatte in der Dunkelheit weder Kip noch Gavin wiederfinden können.

»Selbst wenn das Dritte Auge wirklich immer die Wahrheit sieht, wovon ich nicht überzeugt bin, zwingt sie nichts dazu, stets wahrheitsgemäß zu sagen, was sie sieht«, gab die Weiße zu bedenken. »Indem sie Euch belogen hat, hat sie vielleicht eine größere Tragödie von der Welt abwenden können.«

»Ich habe ihr geglaubt«, sagte Karris schlicht. Sie fühlte sich so leer. Sie war gefangen. Sie wollte sich an die Hoffnung klammern, weil sie ihn nicht selbst hatte sterben sehen und weil es ihr wie Verrat vorkam, wenn sie ihn aufgab. Aber auf der anderen Seite sah sie auf jedem Gesicht Resignation. Er war tot, und Arbeit wartete. Es gab ein beängstigendes Machtvakuum und Parteien, die es unbedingt ausfüllen wollten, es gab Ketzer zu bekämpfen und, und, und. Sie konnte nicht trauern, bis sie die Wahrheit kannte. Aber ihr war klar, dass sie sie vielleicht niemals erfahren würde.

»Ich habe gehört, es habe auch hier ominöse Vorfälle gegeben«, sagte Karris. »Irgendetwas über einen Meeresdämon, der gegen einen Wal gekämpft hat?«

»Das war vor zwei Wochen. Genau am Tag der Schlacht.« Sie ließ sich nicht weiter darüber aus. Sie merkte es, wenn Karris versuchte, das Thema zu wechseln.

Der Regen peitschte sie. Es wurde kühl.

»Ich sollte Euch hineinbringen«, murmelte Karris. Vermeide das Thema. Schieb es beiseite. Stell dich dem später, wenn du allein bist.

»Nein.« Das eine Wort der Weißen war wie ein Peitschenhieb. Sie hatte gesprochen und erwartete vollen Gehorsam. »Lasst mich Eure Augen sehen, Mädchen.«

Karris und die alte Frau blickten sich unverwandt an. Einst war Karris stolz auf ihre Augen gewesen, jetzt schämte sie sich ihrer. Sie war stolz auf deren Schönheit gewesen, Rubinsterne, die auf einem smaragdenen Untergrund erstrahlten, die Farben rein, hell und kräftig. Jetzt dominierten die Sterne, und ihre Augen zeigten sie als eine Frau, der nur noch einige wenige Jahre blieben. Eine Frau, der es an Selbstbeherrschung fehlte, um die vierzig zu erreichen.

»Ihr müsst aufhören zu wandeln. Ganz und gar und ab sofort«, befahl die Weiße.

Es war, als würde ihr befohlen, mit dem Atmen aufzuhören.

»Ich weiß, was ich verlange«, sprach die Weiße weiter. Natürlich wusste sie es: Sie hatte selbst das Gleiche getan. Aber das machte es für Karris nicht leichter. »Und das ist keine Bitte. Es ist ein Befehl.«

»Ja, Hohe Herrin«, erwiderte Karris steif. Sie hatte gedacht, dass ihr die Weiße ein wenig Mitgefühl wegen des Todes ihres Ehemannes spenden würde. Anscheinend war hier keine Milde zu erwarten. Karris' Kiefer waren fest zusammengebissen, ihr Gesicht so ausdruckslos, wie es ihr möglich war. »Wenn ich mich entschuldigen dürfte«, sagte sie und wandte sich von ihr ab.

»Dürft Ihr nicht«, sagte die Weiße scharf.

Karris blieb stehen. Sie war eine Schwarzgardistin; sie wusste alles über unbedingten Gehorsam. Sie hielt den Rücken abgewandt, beherrschte sich.

»Ihr habt Gavin Guile geheiratet, das Prisma«, sagte die Weiße. »Damit seid Ihr all Eurer Pflichten als Schwarzgardistin enthoben. Ihr werdet euer Amt ab sofort niederlegen.«

Karris hörte auf zu atmen. Ihre Knie wurden schwach. Ein Windstoß riss ihr den Regenschirm aus den kraftlosen Fingern und hatte ihn vom Dach geworfen, ehe sie auch nur blinzeln konnte. Sie stand da und ließ sich bereitwillig vom durchdringenden Regen peitschen. Kälte von außen wie von innen. Alles, was sie war, seit sie mit dem dummen Mädchen abgeschlossen hatte, das es genossen hatte, wenn Jungen um sie kämpften, alles, was sie je aus sich gemacht hatte, war eine Schwarzgardistin. Mit Müh und Not war ihr einst erlaubt worden, sich um eine Aufnahme in die Eliteeinheit zu bemühen, und sie war zur Wachhauptfrau aufgestiegen und hatte festgestellt, dass sie dort zufrieden war.

Zwei Tage lang hatte sie alles gehabt: den Mann und die Arbeit, die sie liebte, eine schwere Aufgabe und die Möglichkeit, sie im Kreise derer zu bewältigen, die sie bewunderte – liebte. Ihrer Schwestern und neuen Brüder, die die Brüder ersetzt hatten, die in ihrer Jugend im Feuer gestorben waren. Und dann hatte sie Gavin verloren und gedacht, es könnte nicht mehr schlimmer kommen. Und jetzt zog ihr die Weiße – ausgerechnet die Weiße! – den letzten Halt unter den Füßen weg.

»Ich verstehe nicht ganz, warum das so ein Schock für Euch ist«, sagte die Weiße gelassen. »Eine Schwarzgardistin, die mit einem Prisma verheiratet ist? Ihr hättet wissen müssen, dass kaum etwas anderes dabei hätte herauskommen können. Wart Ihr so von Euren Leidenschaften eingenommen, dass Ihr überhaupt nichts mehr gedacht habt?«

»Ihr habt gesagt … Ihr habt gesagt, dass mein Fall die Ausnahme sei, die die Regel beweise!«, brachte Karris heraus.

»Das war nur, um Euch zu erlauben, Eurem Herzen zu folgen und dann in Ehren Euren Abschied zu nehmen, damit ich Euch nicht unehrenhaft ausschließen musste.«

»Was macht das schon für einen Unterschied?!«, rief Karris.

Gill Gräuling streckte den Kopf durch die Tür, und er und Gavin traten nach draußen aufs Dach, blieben jedoch auf ein Zeichen der Weißen, wo sie waren. Ungerührt standen sie im Regen, aber Karris kannte diese Haltung – wie Hunde an der Leine, bereit, auf ein Wort hin anzugreifen.

»Das eine bedeutet Schande und das andere Ehre, und wenn Ihr den Unterschied nicht erkennt, habt Ihr größere Probleme, als wir sie hier erörtern können«, unterstrich die Weiße.

»Aber … aber er ist fort! Tot! Die Sache hat sich erledigt. Ich … ich habe gedacht, dass …« Karris hatte gedacht, dass die Regeln nicht für Gavin galten und dass er nach ihrer Heirat für sie eintreten und sie dadurch die offiziellen Regeln dieses eine Mal ebenfalls umgehen konnte. Sie hatte gedacht, dass sie vielleicht dieses bisschen Glück verdiene und dass Orholam am Ende doch Mitleid mit ihr gehabt hatte.

»Er ist verschollen. Das ist nicht dasselbe. Noch nicht. Nicht, was mein Vorhaben angeht. Einige aus dem Spektrum werden ihn natürlich sofort für tot erklären wollen, aber wir werden andere Probleme bei der Ernennung eines neuen Prismas haben. Doch zumindest muss bis zum Sonnentag ein neuer Erwählter benannt werden. Den müssen wir zuvor finden.« Sie drehte ihr Gesicht wieder in den Regen, genoss seine Feuchtigkeit auf dem Gesicht und schien Karris bereits entlassen zu haben.

»So ist das also?«, begehrte Karris auf. »Jetzt, da ich meinen Zweck erfüllt habe, soll ich beiseitegeschoben werden?«

»In diesem Leben sind wir keine Kleidungsstücke, die man waschen und wieder anziehen kann, Karris. Wir sind Kerzen, die Licht und Hitze geben, bis wir ausgebrannt sind. Ihr habt heller gebrannt als die meisten. Das hat seinen Preis. Und Mittelmäßige wie ich? Schwache Flammen brennen länger.«

»Ich bin noch *nicht* am Ende«, wandte Karris zornig ein.

»Dann seid Ihr vielleicht kein so zartes Blümchen, wie Ihr geglaubt habt«, sagte die Weiße.

Sie fügte nichts hinzu und sah Karris nicht an. Karris spielte mit dem Gedanken davonzustürmen, zu fluchen, zu weinen. Stattdessen blieb sie im Regen stehen und ließ ihn ihren Zorn kühlen, ihre Wildheit zähmen, während er ihr Haar durchnässte. Sie brauchte zwei Anläufe, um die Worte herauszubringen. »Die meiste Zeit wollte ich es eigentlich einfach auf sich beruhen lassen, aber … warum habt Ihr mich – *mich* – ausgesandt, um mich in Rask Garaduls Armee einzuschleusen?«

»Damals in Tyrea?«

»Es ist noch nicht *so* lange her«, erwiderte Karris. »Rask war in mich verliebt. Ich hatte keine Ahnung davon. Ihr habt mich ohne Vorwarnung da hineingeschickt. Ich bin gefangen genommen worden. Hätte getötet werden können.«

Die Augen der Weißen schienen Karris abzuschätzen. »Habt Ihr jemals mitten in einer Schlacht eine Waffe aufgehoben? Vielleicht nachdem Ihr Eure eigene verloren hattet?«

»Ein Mal eine Muskete, in Garriston. Als ich versucht habe, damit zu schießen, hat sie nicht gefeuert.«

»Hm. Das kommt vor.« Mehr sagte die Weiße nicht.

»Ich? Ich war eine Waffe, die Ihr einfach aufgehoben habt? Ohne zu wissen, wie ich funktionieren würde? Das ist … das ist … völliger *Blödsinn.* Ihr kennt mich! Ich bin ja wohl wirklich keine Unbekannte für Euch. Und genauso wenig ein Notbehelf auf dem Schlachtfeld. Ihr hättet jeden Schwarzgardisten und hundert andere Soldaten oder Sklaven losschicken können. Die Hälfte von ihnen hätte sich genauso gut geschlagen wie ich.«

»Es war nicht mein Ziel, einen Kampf zu gewinnen; mein Ziel war es, eine Waffe zu testen.«

»Was?«

»Ihr habt viele Stärken, Karris Guile, aber Ihr greift trotzdem immer wieder auf die gleichen zurück. Ihr habt Angst, über das Altbewährte hinauszugehen. Ich habe Euch Möglichkeiten gegeben, andere Aufgaben zu bewältigen, die man leicht mit ein wenig Schmeichelei oder Bestechung hätte erledigen können, aber Ihr habt immer den direkten Weg gewählt und Euch auf Befehlsgeber und Hierarchien verlassen. Aber dann, als ich mich bereits darauf vorbereitete, mich von Euch zu trennen, habt Ihr etwas Brillantes getan, das mir gezeigt hat, dass Ihr in der Lage wart, selbstständig zu denken. Ihr *mögt* es einfach, wenn andere die Befehle geben. Also habe ich Euch in eine Situation gebracht, in der es eine hochwichtige Aufgabe zu erledigen gab, aber keinerlei Anweisungen, wie sie zu bewältigen war. Ich wusste, dass Ihr dabei sterben könntet, und ich hätte schwer an Eurem Tod getragen – weil ich Euch in diesem Fall falsch eingeschätzt hätte. Stattdessen habt Ihr die Sache mit Bravour erledigt, und jetzt habe ich etwas noch Besseres gewonnen als Euer Vertrauen.«

Karris runzelte finster die Stirn. »Und das wäre?«

»Ihr vertraut Euch selbst. Zumindest ein bisschen mehr.«

Karris schüttelte den Kopf. »Warum beraubt Ihr mich dann meiner Stellung? Ich verstehe, dass Andross Guile mir etwas nehmen will, was ich liebe, aber Ihr? Warum kämpft Ihr nicht für mich?« Und da waren sie wieder, die heißen Tränen, die zu strömen drohten. Ihre Kehle schnürte sich zu.

Die Weiße blinzelte, und ihr Gesicht verwandelte sich in Sekundenschnelle mit einer Kraft, die ihren Zügen neue Jugend einhauchte. »Hört mir zu, Karris Guile. Ich werde *niemals* aufhören, für Euch zu kämpfen!« Sie lehnte sich zurück und sah mit einem Mal wieder ganz alt aus. »Mir wird kalt bei diesem Regen. Bringt mich hinein. Aber bevor wir gehen, habe ich einen neuen Auftrag für Euch, Karris Guile. Einen, der Eurem neuen Status angemessen ist.«

»Meinem neuen Status? Als Witwe? Als ehemalige Schwarzgardistin?«

»Als eine Frau ohne Arbeit und mit reichlich freier Zeit.«

Es war ein Schlag ins Gesicht. Karris' Zorn erwachte aufs Neue. »Soll ich Pullover stricken und Socken stopfen, Hohe Herrin?«

»Ich habe meine Beweglichkeit verloren. Das macht es viel zu leicht nachzuverfolgen, mit wem ich mich treffe. Ihr, Karris, sollt meine Spione leiten.«

10

Teia überquerte den Lilienstiel, die Brücke zur Chromeria, als sie eine Gruppe junger Schwarzgardisten zurückkommen sah. Sie waren mit ihr auf dem Schiff gewesen. War sie wirklich nur so kurz fort gewesen, dass die anderen Grünschnäbel erst jetzt die Brücke erreichten? Sie spähte noch einmal in die umliegenden Gassen, und trotz des Regens setzte sie erneut für einen Moment ihre dunkle Brille auf. Sie öffnete die Augen weit und weiter, bis sie nur noch aus Pupillen bestanden. Sie blickte nach links und rechts und überprüfte gründlich die Kreuzung. Sie schaute hinter sich, weit in die Gasse hinein, suchte nach irgendeinem Zeichen von Paryl oder dem Attentäter. Nichts.

Sie nahm die Brille ab, steckte sie in die Tasche und stürzte sich mitten in den Verkehr, der beständig über die Brücke strömte, vorbei an den Wachen der Chromeria, die in verspiegelter Rüstung in den sonst für gewöhnlich leeren Schilderhäuschen standen. Der Krieg. Der Krieg war jetzt Wirklichkeit geworden, und sie waren auf einen Angriff vorbereitet. Hier. Irgendwie unwirklich.

»Ist es wahr?«, fragte eine der Wachen die Schwarzgardisten. »Ist das Prisma tot?«

»Verschollen«, antwortete einer von ihnen.

»Verschollen? Was soll das heißen? Wie eine Münze, die man nicht mehr findet? Wenn jemand auf See geblieben ist und für verschollen erklärt wird, ist er mehr als einfach gerade nicht auffindbar. Ich habe gehört, Ihr habt auf der Suche nach ihm tagelang die Ufer durchkämmt. Seid ihr Jungs nicht dafür da, zu verhindern, dass er unauffindbar wird?«

Einer der Schwarzgardisten-Grünschnäbel, Ferkudi, knurrte und wollte sich auf den Wachposten stürzen. Aber die anderen hielten ihn zurück und zogen ihn Richtung Turm.

»Ihr habt unser Prisma sterben lassen!«, rief der Wachmann. »Was taugt ihr überhaupt, wenn ihr zulasst, dass während eurer Wache ein Prisma ertrinkt? Ist denn kein Einziger von euch hinterhergesprungen?«

Ferkudi fluchte, und Kruxer baute sich direkt vor dem Wachmann auf. Er blieb bewegungslos stehen und sagte etwas, was Teia nicht hören konnte. Der Wachposten sagte kein Wort mehr, aber ihm liefen Tränen übers Gesicht.

Diese Menschen liebten Gavin. Sie kannten ihn kaum, aber sie weinten.

Nein, das stimmte vielleicht nicht ganz. Sie kannten ihn nicht persönlich, aber Gavin war, schon länger als Teia auf der Welt war, überall gegenwärtig gewesen. Die Gerüchteküche musste brodeln auf den Jasperinseln, schon da die offizielle Formulierung so lächerlich unvollständig war: »Verschollen.«

Verschollen und verloren. Damit sollte man zu Beginn eines Krieges nicht leichtfertig umgehen – eines Krieges, dessen bisherige Schlachten beide, nun ja … Rückschläge für die Chromeria gewesen waren.

Gavin war für diese Menschen nahezu ein Gott gewesen, und

sie hatten zwei Schlachten verloren, obwohl er auf ihrer Seite gekämpft hatte. Wie würde es ihnen da erst ohne ihn ergehen?

Diese Frage hatten sich die Schwarzgardisten bereits seit Tagen gestellt. Und ihr eigenes Versagen war auch ihnen nicht entgangen.

Doch Teia sagte nichts und ging mit gesenktem Kopf vorbei.

Obwohl der Lilienstiel mit einer durchsichtigen und unglaublich stabilen Kuppel aus blauem und gelbem Luxin überdacht war, ging Teia zunächst zwanzig oder dreißig Schritt weit hinein, ehe sie ihre Kapuze abnahm. Es war Flut, und der Wind blies Schaumkronen auf die Wellen. Der Lilienstiel spannte sich auf Höhe des Wasserspiegels hinüber, so dass die Wellen jetzt gegen die Brücke klatschten, wobei diese nicht einmal vibrierte. Sie war ein Symbol für die Chromeria selbst. Alles Toben und Tosen der Welt wogte auf und krachte dagegen, und die Chromeria stand fest und unverändert, ungerührt, unerschütterlich.

Es war dennoch immer unheimlich, durch den Lichttunnel zu gehen und das anbrandende Wasser hoch über den eigenen Kopf klatschen zu sehen, so dass es manchmal sogar über die Röhre hinüberschwappte. Es hatte Versuche gegeben, die Brücke mit Fässern von Schwarzpulver in die Luft zu sprengen. Mindestens drei Versuche waren vereitelt worden. Ein Wagen war bis ins Innere des Lilienstiels vorgedrungen, und der rasende tellarische Freischärler darin hatte es, aus schweren Wunden blutend, noch im Sterben geschafft, seine Fracht zu zünden.

Die von der Röhre eingeschlossene Explosion war aus beiden Seiten herausgedonnert, wie eine in zwei Richtungen zugleich abgefeuerte Muskete. Dutzende waren gestorben, doch die Brücke hatte gehalten. Vor über zweihundert Jahren war Ahhana die Geschickte, eine Superchromatin und Gelbwandlerin, die führende Wandlerin beim Bau der Brücke gewesen. Noch jetzt gab es Ingenieure, die sich über eine Reihe von Lehrmeistern als ihre Nachfolger ausgaben – so berühmt war diese Frau gewesen.

Teia versuchte, sich diese ungeheure Stabilität ins Gedächtnis zu rufen, als eine Welle gegen die Brücke klatschte und über sie hinwegbrandete.

Sie mied die anderen: Ferkudi und ein paar seiner Freunde aus den vorausgegangenen Schwarzgardisten-Kursen. Als sie nun jedoch fröhlich lachten, keine zwei Minuten nachdem sie voller Trauer und Kampfbereitschaft gewesen waren, sah Teia sie für einen Moment so, wie ihre Ausbilder sie sehen mussten: als Kinder, sechzehn, siebzehn Jahre alt, die über die unbeholfenen Kussversuche von irgendwem lachten und doch im selben Moment auch Krieger waren – zugleich tödlich und faul, unerbittlich und albern, Männer und Kinder.

Du denkst zu viel, Teia.

Irgendwie schaffte sie es in den Aufzug, ohne dass die anderen sie unter den Mitfahrenden bemerkten. Das war der Vorteil daran, klein und zierlich zu sein. Manchmal wollte man eben übersehen werden. Ihr war nicht nach Reden zumute, sie wollte jedoch auch nicht für unfreundlich gehalten werden. Aber sie waren ohnehin zu sehr mit sich selbst beschäftigt.

Als die Rekruten ausstiegen, blieb Teia im Aufzug und verließ ihn erst auf der Etage von Kips Zimmer. Die Schreiber waren in den Tagen unmittelbar vor dem In-See-Stechen der Flotte zu beschäftigt gewesen, um irgendwelche Alltagsdinge zu erledigen. Das hatte bedeutet, dass Teia und Kip Teias Papiere nicht hatten einreichen können. Was wiederum bedeutete, dass sie, streng genommen, immer noch eine Sklavin war. Da Kip nicht mehr da war, musste sie diese Papiere unverzüglich einreichen. Wenn sich der alte Andross Guile ihrer erinnerte, würde er sie mit Sicherheit als den Besitz seines Enkelsohns für sich beanspruchen, und wenn es nur war, um Kip eins auszuwischen.

Du Idiot, Kip, warum musstest du auch Andross Guile attackieren? Von allen Menschen greifst du ausgerechnet ihn an?

Und wo war Kip jetzt? Würde er je wieder nach Hause kommen?

Nach Hause kommen? Wo Andross Guile und eine Schlinge auf ihn warteten?

Kip konnte durchaus noch am Leben sein, aber trotzdem würde Teia ihn wahrscheinlich nie wiedersehen. Er war nur über die wenigen Monate der Ausbildung hinweg ihr Partner gewesen, aber das war eine sehr intensive gemeinsame Zeit gewesen. Sie waren zusammen Ausgestoßene gewesen und hatten zusammen gekämpft, sowohl im wörtlichen wie im übertragenen Sinn. Sein Verlust zerriss Teia das Herz.

Sie zog an der Phiole mit Olivenöl, die sie immer noch um den Hals trug. Sie würde sie tragen, bis sie von den Sekretären die Bestätigung erhalten hatte, dass ihre Freilassungspapiere vollständig vorlagen und die Sache unwiderruflich war. Dann würde sie die Phiole zerschmettern. Schon bald, hoffte sie.

Der Schlüssel drehte sich mühelos im Schloss, Teia öffnete die Tür und trat schnell ein.

»Hallo, kleine Taube«, sagte ein Mann aus der Dunkelheit. »Dreh dich um.«

Kurz erstarrte Teia, dann drehte sie sich um, eine Hand an der Klinke. »Wer seid Ihr?«, fragte sie. »Was tut Ihr hier?«

»Zwei ... hervorragende ... Fragen«, antwortete der Mann. Er hatte helle Haut und Sommersprossen, und in einem vergeblichen Versuch, seine Glatze zu verbergen, hatte er sich die Strähnen seines orangefarbenen Haarkranzes über den Schädel gekämmt. Er trug die Kleidung eines reichen Kaufmanns sowie einen dünnen schwarzen Umhang und hielt in einer Hand einen Petasos mit breiter Samtkrempe. Aber am auffälligsten waren seine Augen. Sie waren bernsteinfarben. Nicht als

Folge des Wandelns von Gelb oder Orange, sondern von Natur aus. Er lächelte und zeigte blendend weiße Zähne. »Wenn wir uns in der Öffentlichkeit bewegen, wirst du mich Meister Spitz nennen.«

Was die naheliegende Frage aufwarf: »Aber unter u…«

»Mörder.«

»Wie bitte?«, fragte Teia. Angst durchzuckte sie, und das konnte sie nicht ausstehen.

»Mörder. Mehr eine Art Titel. Mörder Spitz. Ich hatte früher mal einen richtigen Namen. Hab ihn aufgegeben.«

Was weitere naheliegende Fragen aufwarf. Aber zum Teufel mit ihm. »Was wollt Ihr hier?«, fragte sie scharf.

»Dich anwerben.«

»Keine Chance. Und jetzt raus mit Euch.« Er wollte sie anwerben?

Er machte keine Anstalten zu gehen. »Du hast unten im Hafenviertel eine gute Entscheidung getroffen, auch wenn sie mir das Leben schwerer gemacht hat. Bist ein schlaues Mädchen, nicht wahr? Du siehst das Paryl, tust aber, als würdest du es nicht beachten. Du hast dich einem Feind mit unbekannten Fähigkeiten gegenübergesehen, der dich bittet, dich an einem Ort seiner Wahl mit ihm zu treffen – und du hast dich dafür entschieden, dich nicht auf diesen Kampf einzulassen. Das war … klüger, als man bei deinen jungen Jahren erwarten würde. Deshalb will ich dich nur umso mehr. Ich habe eine Aufgabe für dich. Und wenn du sie erledigst, werde ich dir deine Papiere geben.«

»Welche Papiere?« Teia stellte sich dumm.

»Ach?«, erwiderte er verschmitzt. »Nachdem ich gerade deine Intelligenz so gelobt habe? Du bist noch ein Kind, nicht? Aber ein ungeschliffenes Juwel. Wenn du meinen Auftrag noch heute ausführst, werde ich dir deine Papiere geben, das schwöre ich bei meiner Seele und bei meiner Hoffnung auf Erleuchtung. Wenn nicht, werde ich sie Andross Guile übergeben, für den ich in der Vergangenheit gearbeitet habe. Eine kleine Erinnerung daran, wer und was du bist, wird ihm genügen, um dir das Leben schwer zu machen, meinst du nicht auch? Glaubst du, diese Freilassungspapiere werden jemals das Tageslicht erblicken, wenn ich sie dem Hohen Luxlord Guile übergebe?«

Die Antwort lag nahe. »Woher weiß ich, dass Ihr sie mir geben werdet?«

»Meine Versprechen sind mir heilig. Wenn du jedoch noch einmal versuchst, meine Pläne zu durchkreuzen, indem du dich an eine andere Stelle wendest ...«

Teia ging auf ihn los, schlug mit der Faust nach seiner Kehle.

Und fiel prompt kraftlos in seine Arme. Er hob sie mühelos hoch und legte sie so sanft wie ein Liebhaber auf Kips Bett. Sie konnte überhaupt nichts mehr fühlen. Ihr Körper war einfach weg, nur noch ein schwarzer Fleck für ihre Sinne. Sie roch diesen seltsamen Mann namens Mörder. Er roch nach Orangenschale, Ingwer und Minze, belebend, sogar anziehend. Sie hasste ihn dafür.

Er lächelte breit und zeigte die weißesten, perfektesten Zähne, die sie je gesehen hatte, dann kümmerte er sich darum, dass ihre Glieder richtig lagen. Er legte zwei Finger an ihre Oberlippe, nicht um ihr zu bedeuten zu schweigen, sondern um nach ihrem Atem zu fühlen, und zog sie dann, offenbar befriedigt, zurück. »Kannst du sprechen?«, fragte er.

Sie öffnete den Mund, aber sie hatte keine Kontrolle über ihre Atemluft, konnte nicht schreien, nicht einmal flüstern. Irgendetwas stimmte da ganz und gar nicht. Ihre Verwirrung drohte in Panik umzuschlagen.

»Der Körper ist ein solches Rätsel, findest du nicht auch? So unglaublich viele Dinge, die jeden kleinen Moment fehlerfrei ablaufen müssen, damit diese Fleischmasse funktioniert.« Er hob ihren schlaffen Arm hoch und ließ ihn los. Er fiel leblos herab. »Und ich will dir sagen, was das Interessanteste ist: Je mehr man weiß, desto besser begreift man, wie groß das Rätsel ist. Die klügsten Chirurgen in den Satrapien glauben noch immer, dass das Blut, ohne sich zu bewegen, in unseren Gliedern ruht, dass es höchstens abnimmt und zunimmt wie die Gezeiten, vielleicht sogar mit dem Mond in Verbindung steht. Meine Leute dagegen wissen seit Jahrhunderten, dass das Blut im Körper zirkuliert, dass das Herz eine Pumpe ist. Wir wissen es, weil wir es sehen können. Doch selbst für uns, die wir klar sehen, was hundert Generationen von Chirurgen noch nicht entdeckt haben, gibt es Rätsel. Letztendlich sind auch wir nicht viel besser als sie. Es ist ein Unterschied des Grades, nicht des Wesens. Ich weiß, dass ein Zwicken hier oder ein Kristall dort, wenn ich Glück habe, dies und das bewirken wird. Du hast dich sehr schnell bewegt. So schnell. Spürst du schon ein Kribbeln in den Füßen? Blinzle einmal für Ja, zweimal für Nein.«

Teia spürte nichts. Sie war eine Gefangene, eingekerkert in ihrem eigenen nicht reagierenden Leib. Sie spürte, wie sich in ihren Augen Tränen bildeten. Dann ein Kribbeln, zuerst in dem einen Fuß, dann auch im anderen. Sie blinzelte beinahe unwillkürlich.

»Gut. Es sollte jetzt jeden Moment auch in deinen Fingern zu kribbeln beginnen.«

Er hatte recht. Trotz all seiner angeblichen Unwissenheit lag er genau richtig. Das machte es nicht weniger beängstigend, nur war es eine etwas andere Angst.

Mörder fuhr fort: »Hör auf, über deine Angst nachzudenken. Dein Gefühlssinn wird bald zur Gänze wiederhergestellt sein. Ich bin sehr gut in dem, was ich tue. Wenn du wieder sprechen kannst, will ich, dass du rätst, wie ich das gemacht habe.«

Teia mochte es ganz und gar nicht, brav und fügsam zu sein, aber der Mann hatte etwas Betörendes an sich. Außerdem hatte er recht. Sie holte tief Luft und stellte fest, dass sie es in ihrer Brust spüren konnte. Orholam sei Dank.

Es kostete sie noch einige weitere Atemzüge und wachsende Frustration, bis sie sich genug entspannen konnte, um die Augen ganz zu öffnen und Paryl zu sehen. Und was sie sah, raubte ihr den Atem.

Der ganze Raum war erfüllt von Paryl. Eine gasartige, leuchtende Paryl-Wolke erfüllte alle Ecken und Winkel. Ja, das Paryl schien sogar ihren und Mörders Körper zu überziehen. Es ging *durch sie hindurch.* Mörder hatte sich diese Eigenschaft des Paryls zunutze gemacht, um in ihren Körper einzudringen und dort etwas zu manipulieren. Ihre Schwarzgardisten-Ausbildung hatte gerade erst begonnen, sich vertieft der Frage zuzuwenden, welche Arten von Wunden zu welchen Schädigungen führten. Sie wusste, dass das ein Thema war, mit dem sich die voll ausgebildeten Schwarzgardisten beschäftigten. Und ihre eigenen Erfahrungen in der Schlacht, wo sie Tote, Sterbende und Verletzte hatte sehen müssen, waren für sie immer noch zu frisch, als dass sie sie in dieser Hinsicht hätte analysieren können. Aber sie hatte in ihrer Kindheit auf dem Anwesen von Lady Luzigari miterlebt, wie Tiere geschlachtet wurden. Ziegen, Schweine und Rinder. Die Köchin bevorzugte einen tiefen Schnitt über die Kehle, um das Tier ausbluten zu lassen, aber ihr Ehemann Amos hatte gern seine Axt genommen.

Er war der Typ Mann, der nie im Krieg gewesen war, aber gern darüber redete, welche Großtaten er in diesem Fall vollbracht hätte. Das Schlachten eines Tieres kam da dem Morden im Krieg noch am nächsten. Teia hatte seine Axt herabsausen sehen, und als die Klinge das Rückgrat durchtrennte, war der Ochse schlaff und leblos zu Boden gesunken. Als er einmal betrunken gewesen war, hatte er einen Fehler gemacht und mit seinem unbeholfenen Hieb nur einen Wirbel durchtrennt; die Hinterbeine der Kuh waren erschlafft, während das Vorderteil noch gestanden hatte.

»Ihr habt mir ins Rückgrat gezwickt«, sagte Teia.

Mörder strich ihr zärtlich über die Wange. »Klug. Stimmt so weit. Aber ich würde dir nicht empfehlen, anderen wahllos ins Rückgrat zu zwicken, um es selbst auszuprobieren. Wenn du es falsch machst, setzt das Herz oder die Lunge aus. Ich habe sechs Versuche gebraucht, bis ich es richtig hinbekommen habe. Und dann, als ich glaubte, die Sache zu beherrschen, habe ich einen Jungen auf Dauer gelähmt. Musste es so hindrehen, dass es aussah, als sei er in einen Brunnen gefallen. Er hat noch sechs Monate gelebt, bis jemand vergessen hat, ihm Wasser zu geben, und er sich verabschiedete.«

»Wie viele von Euch gibt es?«, fragte Teia.

»Wenig genug, um uns immer nach neuen Leuten suchen zu lassen. Genug, dass wir niemanden zu nehmen brauchen, der für seine Pflichten nicht taugt. Kannst du dich jetzt bewegen?«

»Ja. Darf ich?« Teia verachtete sich dafür, dass sie fragte, aber Mörder war wie ein wildes Tier. Jede plötzliche Bewegung könnte ihn in Aktion treten lassen.

»Mach den Mund auf«, sagte er. Sie tat es. »Braves Mädchen.«

Daumen und Zeigefinger ausgebreitet, schob er ihr die Lippen nach oben und unten, als sei sie ein Pferd. Sie zuckte zurück.

»Halt still!«, zischte er.

Sie erstarrte.

Er drückte ihre Lippen hinauf und hinunter, zog sie weg, um besser in ihren Mund schauen zu können. Dann steckte er ihr einen langen, zierlichen Finger in den Mund und tastete ihre Zähne einen nach dem anderen ab, suchte nach jeder kleinen

Unvollkommenheit. In seinen Augen schimmerte eine seltsame Freude.

Teia verspürte den jähen, heftigen Impuls, ihm den Finger abzubeißen. Sie wusste nicht, warum ihr seine Berührungen so sehr wie eine Schändung vorkamen, aber sie fühlte sich beschmutzt, und seine Augen waren vor Lust geweitet, nicht von Magie.

Und dann war er fertig. Er zog den Finger aus ihrem Mund. Der Finger war feucht. Er roch daran, dann hielt er ihn ihr unter die Nase.

»Petersilie«, sagte er. »Kau Petersilie, dann hast du nicht mehr so starken Mundgeruch.« Dann saugte er an seinem Finger. »Riech mal.« Er hielt ihr den Finger unter die Nase.

Sie schnupperte. Für sie roch es nach Spucke. Igitt. Warum hatte sie ihm überhaupt gehorcht?

»Sehr viel besser, meinst du nicht auch?«, fragte Meister Spitz.

Teia sagte nichts. Ihr Magen krampfte sich zusammen, und sie vertraute ihrer Stimme nicht. Plötzlich war sie sich sicher, dass er sie dazu hatte verleiten wollen, ihn zu beißen. Was hätte er getan, wenn sie ihm eine solche Rechtfertigung geliefert hätte? Es war wie ein Alptraum, aus dem sie nicht erwachen konnte.

Er stand auf. »Klug. Und jung. Du wirst einmal ganz überragend sein, Adrasteia. Falls du am Leben bleibst. Falls du nicht bei einem Besitzer landest, der beschließt, dir dieses Temperament zu nehmen und dich auf die bei jungen Frauen wie dir wirkungsvollste Weise seelisch zu brechen. Ich weiß, du glaubst, so stark zu sein, dass dich nichts brechen kann. Es ist eine tröstliche Lüge, aber stell sie nicht auf die Probe. Glaub mir, niemand ist so stark. Aber ich verlange nicht, dass du in Angst lebst, Adrasteia. Ich schlage nur vor, dass du jene Vernunft walten lässt, die du bereits an den Tag gelegt hast. Denke nicht nur daran, welche Konsequenzen es für dich haben wird, wenn du es jemandem erzählst. Überleg mal, was mit Hauptmann Eisenfaust passiert, wenn er sich für deine Sache starkmacht. Vielleicht würde die Sache glimpflich verlaufen, wenn ich deine Papiere einem gewöhnlichen Sklavenhalter übergäbe. Aber wenn du Hauptmann Eisenfaust gegen Andross Guile ausspielst? Wer, glaubst du, würde in diesem Kampf gewinnen? Eisenfaust ist ein guter Mann und wird für dich in den Untergang gehen, wenn du es ihm erzählst.«

Teia hätte ihn am liebsten umgebracht. Wie konnte er es wagen, Eisenfaust zu bedrohen?

»Oder vielleicht kannst du dich an Karris wenden? Du hast schließlich schon mit ihr trainiert.«

Daran hatte Teia überhaupt noch nicht gedacht, obwohl sie sich jetzt, wo er es sagte, sicher war, dass sie genau das getan hätte. Karris war eine Frau aus der Schwarzen Garde, eine Bogenschützin, und sie war eine gute Frau, die wusste, welche außergewöhnlichen Lasten sie zu tragen hatten. Aber dass Meister Spitz daran gedacht hatte, raubte ihr allen Mut. Er wusste alles, und er war schnell, schneller, als es ihm zustand. Natürlich hatte er sich auch auf diese Begegnung vorbereitet.

Hinter dieser Tatsache verbarg sich ein wichtiger Gedanke, aber Teias Angst versperrte ihr jeden Zugang zu ihm. »Was würde dann mit ihr geschehen?«

»Vielleicht gar nichts. Der Hohe Luxlord Guile hasst sie ohnehin schon. Natürlich gehört sie jetzt, da sie Gavins Ehefrau – oder Witwe – ist, nun mal zur Familie. Also könnte ich mir vorstellen, dass die Weiße Karris dazu drängen wird, Frieden mit dem alten Mann zu schließen. Karris dürfte kein sonderliches Interesse daran haben, sich einer weiteren Streitsache zu verschreiben, die sie in direkte Gegnerschaft zu einem

Mann bringt, der bekanntermaßen zu den missgünstigsten und nachtragendsten in den Sieben Satrapien gehört. Wie sehr mag sie dich wirklich? Vielleicht nimmt sie sich auch deiner an, und du raubst ihr nicht nur die Möglichkeit eines Friedensschlusses mit ihm, sondern er gewinnt. Das Gesetz ist auf seiner Seite, also wird er gewinnen. Und was wird er dir dann antun, um ihr eins auszuwischen?«

Teia leckte sich über die Lippen. »Er könnte ja ebenfalls Frieden wollen, oder? Er könnte mich als eine Geste guten Willens gehen lassen.«

»Guter Wille?« Er kicherte, als sei ihre Bemerkung drollig. »Andross Guile ist voller Willen, das gebe ich zu, aber sehr wenig davon ist *gut*.«

Die Launen der Großen zermalmten das Leben jener, die sich unter ihnen abplagten. Es war immer riskant, ihre Aufmerksamkeit auf sich zu ziehen. Teia war dem Untergang geweiht.

»Natürlich hast du recht«, fuhr Mörder Spitz fort. »Rein logisch gesehen *ist* das eine Möglichkeit. Du wirst wohl abwägen müssen, wie gut da deine Chancen stehen. In der Zwischenzeit rate ich dir, ein wenig in Deckung zu gehen. Wir werden dir bald Anweisungen erteilen. Ein einziger einfacher Auftrag, und du bist frei. Pardon, kleine Korrektur: Ein einziger einfacher Auftrag und ein Treffen danach, wenn du deine Sache gut machst, denn meine Herren würden gern selbst noch einen Versuch unternehmen, dich für uns anzuwerben.« Er ging zur Tür. »Denk gründlich über all die Nachteile eines überhasteten Handelns nach. Es steckt so unendlich viel in dir, Adrasteia.« Er schlüpfte hinaus und schloss die Tür. Das Letzte, was sie von ihm sah, war das Siegel auf der Rückseite seines Umhangs: die lautlose Nachtjägerin, die Eule, die Schwingen ausgebreitet, die Krallen ausgestreckt. Sie war beinahe unsichtbar in schwarzem Garn auf schwarzen Stoff gestickt.

Teia sprang auf und rannte zur Tür, nicht ohne sich noch einen Dolch zu schnappen, der an seinem Haken an der Wand hing. Sie legte die Hand auf die Klinke, um die Tür aufzureißen – und blieb stehen.

Sekunden verrannen. Öffne die Tür, Teia. Lauf ihm nach und stoß ihm den Dolch direkt in den Rücken!

Sie schloss die Tür ab. Ließ sich schwer aufs Bett fallen. Ihre winzige Olivenölphiole war wie ein schwerer Anker, der sie in die Tiefe zog. Wieder eine Sklavin, nachdem die Freiheit so nah gewesen war. Das war schlimmer als der Tod. Sie kroch unter die Decke und rollte sich zu einem Ball zusammen. Aber sie weinte nicht.

Es tropfte aus ihren Augen, aber sie weinte nicht. Verdammt.

11

Rudern. Der Schmerz war entweder erträglich geworden oder so vertraut, dass er ihm keine volle Beachtung mehr schenkte.

Zehn Tage nachdem Kanonier den Apfel in Gavins Mund mit einer Musketenkugel entkernt hatte, schlugen die Trommler in Reaktion auf irgendeinen Befehl, den die Sklaven nicht hören konnten, ein seltsames Signal. Gavin sah seine Rudergefährten an. Von dem Mann neben ihm, Orholam, erwartete er nichts. Den Spitznamen trug er wegen seiner Nummer – sieben –, aber Gavin hatte mit der Zeit begriffen, dass unter der Namensgebung der angarischen Sklaven noch ein dunklerer Sinn für Humor steckte. Die Sieben strahlte Freundlichkeit aus, aber der Sklave sagte fast nie etwas, und selbst wenn, dann war es selten hilfreich. Dass es eben diese Charakterzüge waren, die ihm den Namen Orholam eingetragen hatten, war so lästerlich und respektlos, dass der Höchste Luxiat, der oberste Repräsentant von Orholams Anbetung auf Erden, zehn Minuten lang lachen musste, als er es endlich verstanden hatte.

Er hatte sich beinahe von seinem Gelächter erholt, als Fuckelot eine Flut von derbsten Schimpfwörtern über ihn ergoss, und endlich hatte Gavin auch diesen Namen verstanden, der Vielflucher, was neue Lachsalven bei ihm auslöste.

Die Aufseherin, Riemen, hatte ihren eigenen, viel offensichtlicheren Namensvetter eingesetzt, um ihn zum Schweigen zu bringen.

Rudern. Die verschiedenen Schmerzen konnten aufgelistet werden, aber selbst die Erstellung so einer Liste war ermüdend langweilig. Seine Mitgefangenen waren interessanter als die aufgescheuerten Stellen, die Blasen, die Krämpfe, die Schwellungen.

Fuckelot war hilfreicher als Orholam und drückte sich wortreicher aus. Gavin hatte davon gehört, dass Seeleute und Bierkutscher ständig fluchten, aber das war ihm nur als eine Redensart erschienen. Fuckelot war irgendwie nicht richtig im Kopf, er spie Tag und Nacht einen wahren Strom von Flüchen und Schimpfwörtern aus, offenbar ohne es wirklich zu wollen.

Jetzt grinste er Gavin an. »Schlacht«, sagte er. Er grunzte. Sein Kinn und sein Hals zuckten wiederholt. »Sie geben uns das Signal, damit wir unsere Kraft im richtigen Moment einsetzen.« Dann fing er wieder an, Schimpfwörter zu flüstern, als bedeute es eine Erleichterung.

»Machen sie uns von den Ketten los?«, fragte Gavin und ruderte und ruderte. »Du weißt schon, für den Fall, dass wir sinken?« Nur ein Witz. Na ja, nicht ganz.

»Sieg oder Tod«, rief Riemen.

»Rudert zur Hölle!«, antworteten die Sklaven.

»Rührt euch vom Fleck für den dunklen Jack!«, rief sie.

»Rudert zur Hölle!«

»Und gleich wieder zurück!«, rief sie.

Sie ruderten schneller, im Takt der Trommeln.

»Rudert!«, rief sie im Rhythmus mit den Ruderbewegungen.

»Zur Hölle und zurück!«

»Rudert!«

In weniger als einer Minute flogen sie förmlich über die Wellen. Die Aufseherin verschwand nach oben auf Deck. Dann kam sie zurück. »Wir haben uns bis auf eine Meile angenähert. Der Wind ist ungünstig. Zwanzig Minuten, wenn ihnen nicht der Atem ausgeht.« Sie kicherte. »Drei, Vier und Fünf, wenn ihr diesmal euer Ruder vor dem Zusammenstoß nicht ganz einzieht, setzt es für jeden fünf Peitschenhiebe.«

»Ihr müsst uns rechtzeitig Bescheid geben«, beschwerte sich Drei.

Gavin erwartete, dass er dafür den Riemen zu schmecken bekommen würde, aber die Aufseherin war gut gelaunt.

»Was für ein Schiff ist es?«, erkundigte sich Drei.

»Eine aborneanische Galeere.«

Gemurmel. Schlechte Neuigkeiten. »Wie beladen?«, fragte jemand.

»Wenig Tiefgang.«

Flüche. Wenn das Schiff einen tüchtigen Kapitän hatte, lief es bei der Jagd darauf hinaus, welche Sklaven im besseren Zustand waren – oder besser motiviert werden konnten. Für die Motivation sorgte im Wesentlichen die Peitsche. Wenig Tiefgang bedeutete, dass das Schiff schneller als normal war und dass es keine volle Ladung zum Plündern gab, wenn sie es enterten. Für eine Piratentruppe war das die schlimmste aller Welten.

»Kleine Fischlein, seid ihr bereit zu schwimmen?«, brüllte Riemen.

»Direkt zur Hölle und direkt wieder zurück!«, riefen sie, aber nun klangen ihre Stimmen eindeutig weniger aufgeregt.

»Rudert!«, rief sie. Auf irgendein unsichtbares Signal hin beschleunigte der Trommler das Tempo.

Gavin legte sich mit aller Kraft ins Ruder. Mit jedem Ruderschlag standen die Ruderer auf, beim Ausheben des Ruders aus dem Wasser setzten sie sich und wiederholten dann das Ganze. Dieses angarische Schiff verfügte über eine spezielle Vorkehrung, die, so wusste es einer der Männer, der zuvor Galeerensklave auf einem ruthgarischen Schiff gewesen war, auf der gesamten Azurblauen See einmalig war: eine schräg gestellte Fußbank, die es den Sklaven ermöglichte, ihre ganze Kraft in jeden Ruderschlag zu legen. Das erleichtere das Rudern, sagte er. Und macht das Schiff schneller, dachte Gavin.

»Sie sind wahre Sprinter!«, schrie Riemen vergnügt. »Lasst mal sehen, ob sie uns ein Rennen liefern können, Jungs!«

Sie hielten ihr Tempo.

Zwei Minuten später kam Riemen wieder herunter: »Wir holen auf. Die können uns unmöglich abschütteln!«

Verhaltener Jubel unter den Sklaven.

»Hä hä, heute Abend zwei Maß, äh, Starkwein für die ersten, äh, sechs Bänke!«, sagte Fuckelot. Er fluchte zwölfmal laut, als habe er den ganzen Schwall zurückgehalten, um einen vollständigen Satz herausbringen zu können. »Oder den Tod!« Er lachte.

Nur für die ersten sechs Ruderbänke – so dass die Männer weiter hinten einen Grund hatten, ihr Bestes zu geben und auf Beförderung zu hoffen. Das war nur eine von vielen angarischen Traditionen, die Kanonier beibehalten hatte, nachdem er das Schiff samt Besatzung in seine Gewalt gebracht hatte. Die Angari kannten alle möglichen Methoden, um ihre Sklaven zu motivieren. Gavin fragte sich, ob die Angari anständiger und klüger waren oder ob es bei ihnen einfach an Sklaven mangelte.

Karris, ich schufte unter Wahnsinnigen und Mördern.

Dann ist es ja nicht viel anders als daheim, oder?, fragte sie ihn vor seinem inneren Auge.

Wie sehr er sie doch liebte.

Karris, könntest du mich für ein Weilchen an den Rudern ablösen?

Ich wünschte, ich könnte es, Liebster.

Er sah, wie ihr Gesicht sich voller Mitleid verzog, und es schnitt ihm ins Herz. Was war aus ihm geworden? Er war schmutzig, verschwitzt, stinkend, bärtig, hatte kurz geschorenes Haar, und er diente Sklavenhaltern. Blinzelnd vertrieb er den Gedanken. Konzentrierte sich auf sein Ruder.

Riemen sagte: »Leonus, Wasser. Wir können es nicht gebrauchen, dass uns im entscheidenden Moment jemand ohnmächtig wird.«

Leonus war ein ständig grinsender, verwachsener Seemann mit der dunkelschwarzen Haut eines Ilytaners, aber völlig ohne ilytanischen Akzent. Er rasierte sich sein borstiges Haar an den Schädelseiten und ließ es darüber eine verknotete Krone bilden. Er glaubte, dass die Sklaven ihn wegen seiner Missbildung hassten, was er bei jeder Gelegenheit an ihnen ausließ, womit er ihnen jede Menge echter Gründe gab, ihn zu hassen. Mit einem Becher an einem langen Griff bewegte er sich durch ihre Reihen. Seine Aufgabe verlangte dabei beträchtliches Geschick von ihm – einem Mann Wasser zu geben, der ständig aufstand und sich wieder setzte, sich immerzu bewegte, und zusätzlich kamen Leonus in regelmäßigen Abständen ein langes Ruder und zahlreiche Arme in den Weg. Wenn er glaubte, dass die Aufseherin nicht hinsah, nutzte Leonus jede Gelegenheit, um den Sklaven den Becher ins Gesicht zu schlagen, wobei immer mal wieder

Lippen aufplatzten und Zähne zerbrachen. Sie waren jedoch so durstig, dass sie das lieber hinnahmen, als sich wegzudrehen. Leonus gehörte zu der Sorte von menschlichem Abschaum, die genau daran die allermeiste Freude hatte.

Damals, in Gavins früherem Leben, hatte eine der größten Bürden der Führerschaft darin bestanden, solche Männer ausfindig zu machen und sie jeder Befehlsgewalt zu entheben. Alle kurzfristigen Erfolge, die ihnen die Angst einbrachte, die sie ihren Männern einbläuten, wurden letztendlich wieder zunichtegemacht, denn sie verdarben die Moral und hielten die Männer davon ab, selbst die Initiative zu ergreifen.

Gavin hörte eine Peitsche niedersausen und Leonus hinter sich aufschreien. Riemen rief: »Du sollst sie nicht schikanieren, Leonus! Wenn du weiter meine Jungs vom Rudern abhältst, werde ich dir den Arsch mit den Seepocken vom Schiffsrumpf abwischen. Hast du verstanden?«

Selbst Orholam musste darüber grinsen, wiewohl jeder Sklave ein betont gefasstes Gesicht machte, sobald Leonus seine Bank passierte. Riemen war so widerlich wie eine Latrine und so ausladend wie der Ozean und hatte mehr Tätowierungen als vier andere Seeleute zusammen, und Leonus fürchtete sie zu Recht. Schweigend und hasserfüllt gab der missgebildete Mann jedem Wasser zu trinken.

Bei dieser gesteigerten Geschwindigkeit schwitzten die Sklaven ausgiebig, und die immer heiße, immer feuchte Kabine wurde nur noch heißer und feuchter. Ein Sklave, der einen Muskelkrampf im Bein hatte, schrie auf und sackte zusammen. Seine Rudergefährten gaben sich alle Mühe, auch ohne ihn das Tempo zu halten.

In Sekundenschnelle war Riemen über ihm und schlug ihn unbarmherzig mit der Peitsche. Nach sechs oder acht Hieben schloss sie die Ketten des Sklaven auf und schleuderte den

Mann mit aller Gewalt den Mittelgang hinunter. Nummer zwei nahm hastig seinen Platz ein.

Die Aufseherin wirkte erfreut darüber, dass sie ihr Tempo nicht gedrosselt hatten. Sie lief den Gang auf und ab, suchte bei den Männern nach Zeichen von Erschöpfung und ging dann weiter nach achtern. Gavin hörte die Schreie der Sklaven und das Klatschen von Leder, den dumpfen Aufprall von Fäusten und Füßen auf Fleisch. Es war Wahnsinn, einen Menschen für etwas zu schlagen, was er nicht kontrollieren konnte – und über einige lange Ruderschläge hinweg fragte sich Gavin, warum die ansonsten recht vernünftige Frau das tat.

Ah, vorbeugende Brutalität. Schlag den Mann, der nichts für seinen Krampf kann, damit andere keinen Krampf vortäuschen, um eine Pause machen zu können.

Ungerecht, aber wahrscheinlich wirkungsvoll. Gavin war sich nicht sicher, ob er Riemen dafür mehr bewunderte oder mehr hasste.

Die Tür zum Hauptdeck zwei Treppenaufgänge über ihnen öffnete sich einen Spaltbreit und ließ Mittagslicht die vom Schweiß glitschigen Stiegen herabsickern. Die Aufseherin stieg hinauf, und Leonus nahm ihren Platz unten ein, um ihre herabgerufenen Befehle zu wiederholen.

»Hundert Schritt! Dreht nicht bei!«, rief die Aufseherin.

»Hundert Schritt!«, rief Leonus. »Trommler, an den Platz!«

Niemand hatte Gavin erklärt, was er zu tun hatte und was nun in welcher Reihenfolge geschah, aber ein zweiter Trommler gesellte sich zum ersten und hieb auf eine große, hohl klingende Trommel, um die erste zu verstärken. Dabei schlug er jedoch genau das gleiche Tempo, nur vor den Sklaven auf der Backbordseite.

»Äh, verfickte Kacke, hört auf unseren Trommler, verdammt, nicht auf ihren«, sagte Fuckelot. »In letzter, äh …« Er fluchte, schimpfte und ächzte für eine Weile und wurde zusehends frustrierter darüber, dass er nicht deutlich sprechen konnte. Schließlich stieß er hervor: »In letzter Sekunde ziehen wir die Ruder ein. Aber erst, äh, äh, nach einem Endspurt.«

»Nach Backbord, siebzig Schritt!«, rief die Aufseherin.

Ein gedämpfter Knall von der langen Deckkanone, die am Bug des *Bitteren Kolbens* befestigt war, erschütterte das Deck wie ein Faustschlag. Rufe oben auf Deck. Polternde Füße. Eine Muskete wurde oben abgefeuert, dann hörte man das wütende Schreien von Kanonier. Natürlich erlaubte er niemandem auf Deck, aus dieser Entfernung zu schießen, traute es keinem anderen als sich selbst zu, von so weit weg zu treffen.

Gavin knirschte mit den Zähnen, seine Beine zitterten, seine Arme brannten, und Schweiß tropfte ihm in die Augen. Bei diesem Tempo berührten die Sklaven kaum noch mit dem Hintern die Holzbänke.

Ein hohes, lautes Krachen ertönte von irgendeiner Muskete, aber jetzt klang es ganz anders, klang als … ja, das konnte nur Kanoniers Muskete sein.

Der *Bittere Kolben* drehte nach Steuerbord ab. Vermutlich, dachte Gavin, versuchen sie, direkt hinter das andere Schiff zu kommen, damit es keine Breitseite abfeuern kann. Das konnte nur klappen, wenn ihr eigenes Schiff erheblich schneller war.

»Steuerbord, Schlachtgeschwindigkeit!«, schrie Riemen.

»Steuerbord, Schlachtgeschwindigkeit!«, schrie Leonus.

Der Trommler auf der Steuerbordseite erhöhte seine Schlaggeschwindigkeit und trommelte drei Schläge, während der Trommler auf der Backbordseite zwei schlug. Dadurch drehte sich der *Bittere Kolben* nahezu ohne Geschwindigkeitsverlust nach Backbord.

»Schlachtgeschwindigkeit, alle!«, schrie Riemen.

»Schlachtgeschwindigkeit, alle!«, schrie Leonus.

Sie flogen über die Wellen und warfen ihr ganzes Gewicht in jeden Ruderzug. Jetzt gab es keinen Sprechgesang mehr, dafür fehlte den Männern die Luft. Die Hitze war unerträglich. Gavin hörte das Klatschen einer Peitsche, aber seine ganze Welt war reduziert auf seinen Schmerz – in den Schultern und der Lunge, in Beinen und Rücken, in Waden und Armen …

»Auf mein Kommando hin zieht ihr die Ruder auf Backbord ein«, rief die Aufseherin. Bevor Leonus den Befehl auch nur vollständig wiederholen konnte, schrie Riemen: »Jetzt!«

Die Trommler ließen drei harte Schläge ertönen und stoppten abrupt.

Die Sklaven drückten ihre Ruder nach unten, wodurch sich die Ruderblätter aus dem Wasser hoben, und zogen sie dann an Deck, Stück für Stück, bis sie in voller Länge im Schiff waren und bei einem Zusammenstoß nicht abbrechen konnten.

Als die Trommeln verstummten, die Sklaven nach Luft rangen und die Männer über ihnen sich auf den Aufprall vorbereiteten, war für einen Moment kein Geräusch als das friedliche Rauschen der Wellen zu hören.

Dann brach die Hölle los.

12

Kip ging schuhlos eine Stunde den Strand entlang, bis er Blasen an den Füßen bekam. Er ging eine halbe Stunde mit Blasen an den Füßen, bis die Blasen platzten und bluteten. Er ging weniger als eine Minute lang auf blutenden Füßen, bis ihm das Offensichtliche bewusst wurde.

Er ließ sich schwer in den Sand fallen und seufzte. Seit

wie vielen Monaten wandelte er nun schon? Die Chromeria lehrte, dass man nicht zuerst daran denken sollte, seine Probleme mit Wandeln zu lösen, aber das war genau verkehrt herum gedacht.

Magie war für *alles* nützlich. Nur, dass sie einen umbrachte. Man sollte immer zuerst an sie denken. Dann konnte man entscheiden, ob es ein kleines Quäntchen Tod wert war.

Letzten Endes war es vielleicht dasselbe. Vorausgesetzt, dass man rechtzeitig daran dachte, bevor man in einem fernen Winkel der Satrapien auf einem Strand verblutete, weil man verdammt noch mal zu blöde war.

Er nahm das grüne Blätterdach des Dschungels als Quelle und wandelte eine biegsame grüne Sohle zum Laufen, und nachdem er eine Minute lang überlegt hatte, wandelte er sich ein vollständiges Paar Stiefel aus grünem Luxin. Weil seine Füße bereits blutig waren, ließ er zwischen seinen Füßen und der untersten Schicht der Sohle ein Stück offen, so dass er die Haftung der Schuhe jederzeit unmittelbar anpassen konnte. Dieses Verfahren näherte sich gefährlich der Grenze, jenseits derer Magie auf eine Weise eingesetzt wurde, die sie – inkarnativ – zum Teil des eigenen Körpers machte. Aber hier draußen gab es keine Lehrer und Magister. Kip ging weiter und passte seine Stiefel an, bis er mit ihnen zufrieden war. Er versuchte sich diesen Entwurf einzuprägen, falls er ihn irgendwann wieder brauchen sollte.

Jeder Wandler machte es so, begriff er. Sie ließen sich taugliche Konstruktionen einfallen und prägten sie sich ein, damit sie schnell darauf zurückgreifen konnten. Nur, dass schlichte Gemüter Schuhe entwarfen, während die Genies Gleiter entwickelten. Die Zahl der Entwürfe, die man so ersinnen konnte, während sich das eigene Spektrum an Farben entwickelte, musste nach und nach bis ins Unendliche gehen. Hatte sich

Gavin Guile tausendmal tausend Entwürfe ins Gedächtnis eingeprägt, oder hatte er sich einfach ein derart vertieftes Verständnis der Magie angeeignet, dass er sich keine Entwürfe mehr einzuprägen brauchte? Er schuf lediglich, was auch funktionierte. So wie man nicht darüber nachzudenken braucht, wie man eine Treppe hinaufgeht, die eine Spur steiler ist als die Treppen, an die man gewöhnt ist. Man macht es einfach.

Je mehr Kip über Magie lernte, desto beeindruckter war er von denen, die sie geschickt einzusetzen wussten.

Andererseits war auch er selbst einmal aus reinem Instinkt zum grünen Golem geworden.

Du hast Potenzial, Kip.

Und weißt du, was *Potenzial* bedeutet?, antwortete er sich.

»Dass man bis jetzt noch nichts aus seinen Fähigkeiten gemacht hat.«

Es war irgendwie tröstlich, den Klang der eigenen Stimme zu hören.

Er ging weiter. Ob unter Segeln oder gerudert, Galeeren konnten zwölf bis fünfzehn Meilen am Tag zurücklegen. Doch nach maximal vier Tagesstrecken brauchten die meisten Galeeren frische Vorräte. Da die Zahl der Galeeren inzwischen zurückging – sie wurden mehr und mehr durch Schiffe ersetzt, die größere Strecken am Stück zurücklegen konnten –, hatten viele der vom Galeerenverkehr lebenden Küstenstädte ihre liebe Not. In ein oder zwei Generationen würden sie aufgegeben werden müssen, aber noch gab es sie. Also musste sich innerhalb von maximal sechzig Meilen eine Stadt befinden.

Vorausgesetzt, er war nicht genau zwischen zwei Städten abgesetzt worden, musste Kip offensichtlich nur in die richtige Richtung gehen, um die nähere zu finden. Aber er hatte eine Augenbinde getragen. Die nächste Stadt könnte ein oder zwei Meilen im Süden sein, während er nach Norden ging.

Natürlich müsste es dazwischen auch kleinere Städte geben, wie jenes Fischerörtchen ganz nahe am Kopf von Ru, wo die Wale verrückt geworden waren und dann auch die Menschen.

Vorausgesetzt, all diese Städte waren nicht aus Angst vor der anrückenden Armee von Farbwichten verlassen worden. Dann nämlich konnte er gehen und gehen, bis er tot umfiel, und …

Nicht sehr hilfreich, Kip.

Er hatte Hunger. Nein, denk nicht darüber nach. Über alles andere, aber nicht darüber.

Wenn Kip acht Meilen am Tag gehen konnte, sollte er es im schlimmsten Fall in sieben Tagen zu einer Stadt schaffen. Im schlimmsten Fall. Das konnte er schaffen. Dazu brauchte er nur Wasser. Theoretisch konnte er ziemlich lange von seinem Fett zehren, obwohl er langsamer gehen würde, je schwächer er wurde. Er stellte fest, dass er imaginäre Abakus-Perlen hin und her schob, während er seine Berechnungen anstellte. Komisch, das half.

Jedenfalls half es ihm beim Rechnen. Jemand Klügeres würde wahrscheinlich einfach sein Hirn abschalten und gehen. Im Hirnabschalten war Kip immer ungefähr genauso gut gewesen wie im Mundhalten.

Eine direkte Leitung vom Hirn zum Mund, pflegte seine Mutter zu sagen.

Er ging davon aus, dass er acht Meilen am Tag zu Fuß zurücklegen konnte. Hier, an den sich weithin ohne Hindernisse erstreckenden Stränden, schien das auch sehr gut möglich, aber Kip wusste, dass es andere Bereiche der Küste gab, die felsig waren, wo die Klippen bis ans Meer reichten oder wo Urwald und Wellen fast direkt aneinanderstießen. Manchmal ragten Landzungen meilenweit ins Meer hinaus. Wenn Kip immer der Küstenlinie folgte, hätte er eine viel längere Strecke zu bewältigen als die sechzig Meilen, die ein Schiff zwischen den Städten zurücklegte. Wenn er nicht direkt der Küste folgte, ging er das Risiko ein, sich in einem unbekannten Urwald zu verirren.

Einige Minuten lang musste er sich ganz auf seine Atmung konzentrieren, seine Kehle war zugeschnürt, das Engegefühl in seiner Brust schien ihn ersticken zu wollen.

Aber trotzdem ging er weiter. Verbissen wie die Kiefer einer Bulldogge weigerte er sich, stehen zu bleiben. Er war der Schildkrötenbär, und den Schildkrötenbär hält nichts auf. Was war das Schlimmste, was geschehen konnte? Dass er scheiterte? Er war schon oft genug gescheitert. Dass er starb? Er war jetzt schon oft genug beinahe gestorben. Manchmal war es beängstigend, manchmal entsetzlich, manchmal berauschend und oft völlig unkontrollierbar, ganz gleich, ob man das Richtige oder das Falsche tat. Aber man gibt nicht auf und überlässt sich dem sicheren Tod, nur weil weitermachen *vielleicht* tödlich sein könnte. Kip war eine jämmerliche, fette Enttäuschung, aber er gab nicht so leicht auf.

Plötzlich musste er grinsen. Eine jämmerliche, fette Enttäuschung – die, wenn auch unter zahlreichen einschränkenden Umständen, einen König umgebracht, das Prisma gerettet und einen Gott getötet hatte. Nicht schlecht für einen Fettwanst. Verdammt, einmal hatte er sogar Andross Guile überlistet.

Seltsam, dass ihn die Vorstellung, Andross Guile überlistet zu haben, stärker beeindruckte als das Töten eines Gottes.

Die Sache mit dem Gott kam ihm jedoch mehr wie Glück vor, als hätte Orholam die Umgebung nach einem geziemenden Werkzeug zur Rettung seines Prismas abgesucht, und als er kein passendes fand, hatte er eben Kip ausgewählt, weil er gerade am nächsten war.

Kip hielt einen Moment inne.

Ich bin ziemlich gemein zu mir, dachte er. Ich würde niemandem erlauben, so mit einem meiner Freunde umzugehen.

Eine Stunde später stieß er auf einen Bach. Er nahm einen Schluck, in der Hoffnung, dass es Trinkwasser war. In Wahrheit hatte er kaum eine andere Wahl. Langsam trank er mehr und wartete, um sich zu vergewissern, dass er sich nicht übergeben musste, dann trank er weiter. Er stand auf und wünschte, er hätte einen Wasserschlauch gehabt.

Sein Blick streifte seine grünen Luxin-Stiefel. Mann, wenn ich doch nur eine Möglichkeit hätte, einen Wasserschlauch zu machen!

Mit einem Seufzen wandelte er einen grünen Beutel. Magie zuerst, immer zuerst die Magie, Kip. Er schöpfte eine Menge Wasser, dann verformte er das Grün, bis es bequem über seinen Rücken hing. Wandelte Trägerriemen für seine Schultern, wandelte einen Gürtel.

Magie. Und so nützlich – es ist wie ... Magie.

»Die Gespräche mit diesem Wahnsinnigen bringen mich noch um den Verstand!«, sagte Kip.

Sehr witzig. Wenn du vergisst, dass es ironisch gemeint ist, weißt du, dass es nun bald um dich geschehen ist.

Während er weiterging, beschloss er, all die *Praktika* nachzuholen, die er verpasst hatte. Leider hatte seine Schwarzgardisten-Ausbildung auf seinem bisherigen Stand fast ausschließlich aus Nahkampftraining bestanden. Die Idee dahinter war, dass damit das Fundament für die gesamte weitere Ausbildung gelegt wurde. Auf den Schiffen, die zum Kopf von Ru unterwegs gewesen waren, hatte man sie in den Grundlagen des Umgangs mit dem Schwert unterrichtet und ihnen gezeigt, wie man eine Muskete nachlud. Die anderen Rekruten hatten das bereits alles gewusst. Einige von ihnen hatten seit Jahren mit Waffen trainiert. Manche waren erfahren im Bogenschießen und im Umgang mit anderen Waffen, die Kip kaum je überhaupt in der Hand gehalten hatte. Er lag weit, weit zurück.

Aber ich kann ein grüner Golem werden.

Was mir jetzt ja prächtig weiterhilft.

Es kam ihm so vor, als würde die Küste einen Bogen beschreiben und auf eine Landspitze zulaufen, aber die Sonne als Orientierungspunkt reichte nicht aus, um seine Vermutung zu bestätigen. Ben-hadad, der im gleichen Kurs gewesen war wie er, hatte einmal gesagt, er habe gelernt, einen Sextanten zu wandeln, so dass er sich niemals mehr verirren würde. Natürlich brauchte man zusätzlich immer noch einen Kompass, und während man ein Gehäuse und einen entsprechenden Gegenstand wandeln konnte, auf dem man den Stein der Weisen treiben lassen konnte, so war es doch nicht möglich, aus Luxin einen Magneteisenstein zu wandeln. Manche Dinge ließen sich eben nur auf die beschwerliche Art bewerkstelligen.

Leicht oder beschwerlich – Kip fehlten die Fähigkeiten, die ihn gerettet hätten. Das war der Preis, den ihn ein verlorenes Neun-Könige-Spiel gekostet hatte – sein Großvater hatte ihm die Teilnahme an den Praktika verboten.

Kip versuchte jetzt, intuitiv zu erfassen, was andere generationenlang studiert hatten. Und? Bin ich nun ein magisches Genie oder nicht?

Moment! Warum verschwende ich meine Zeit mit Gedanken über Sextanten, Kompasse und Wasserschläuche? Ich könnte einen Gleiter machen. Er hatte gesehen, wie das ging. Er hatte sogar geholfen, einen anzutreiben.

Aber wenn er sich einem so komplizierten Gerät wie einem Gleiter nicht gewachsen zeigte, könnte es sein, dass er plötzlich mitten auf dem Meer in der Patsche saß, ohne jede Möglichkeit, ans Ufer zu gelangen. Kip könnte sich dann treiben lassen, aber das Meer würde ihn nicht einfach direkt nach Großjasper schwemmen, und wenn er Gavins Trick mit den Düsen versuchte, um zu schwimmen, würde er seinen Halo durchbrechen, noch ehe er die halbe Strecke zurückgelegt hatte.

Ich kann so viele Farben wandeln. Es ist, als hätte ich eine Werkzeugkiste mit allen erdenklichen Hilfsmitteln, und ich bin zu blöd, sie zu benutzen.

Zu *unwissend* vielleicht eher, antwortete ihm eine freundlichere Stimme.

Und es stimmte. Man gibt einem Wilden nicht die Schuld daran, dass er nicht lesen kann.

Aber man würde ihm auch nicht die eigenen Briefe zum Lesen anvertrauen.

Es begann zu dämmern, und Kip wandte seine Gedanken anderen Problemen zu. Er fand einen sauberen Fleck am Rand des Strandes, unter dem Schutz der Palmen. Er setzte seinen Wasserbeutel ab, blickte zum dunkler werdenden Himmel hinauf und sammelte genug Blau, um einen blauen Luxin-Behälter mit einem Loch in der Oberseite zu wandeln und zu versiegeln. Dann stellte er sich auf den Strand, sah in die sinkende Sonne und sammelte so viel Rot, wie er konnte, langsam und geduldig. Die roten Leidenschaften durchfluteten ihn, aber er schenkte ihnen keine Beachtung und füllte einfach den blauen Behälter damit auf, bis er randvoll war mit jenem roten Luxin, das man Brandgelee nannte.

Er hatte nicht richtig nachgedacht, und als das Behältnis voll war, hatte die Sonne nicht mehr genügend Kraft, um Kip mit Infrarot zu versorgen. Jetzt musste er sein Feuer mit der Hand machen. Im immer schwächer werdenden Licht brauchte er eine halbe Stunde, um einen Stein zu finden, der wie ein Zündstein aussah.

Eine weitere halbe Stunde schlug er Steine gegeneinander. Nichts funkte. Er hätte schreien können. Er zog seine Hose hoch, setzte sich hin und rieb sich das Gesicht. Er wollte seinen Gürtel enger schnallen und stellte fest, dass er schon beim letzten, engsten Loch angelangt war. Es war noch keine sechs Monate her, da hatte er gerade noch das erste Loch zubekommen und gebetet, nicht noch dicker zu werden, weil er nicht wusste, woher er das Geld oder das Leder für einen neuen Gürtel bekommen sollte. All seine übrige Kleidung war von der Chromeria ersetzt worden, aber es war ihm als Verschwendung erschienen, sich von seinem Gürtel zu trennen. Außerdem hatte er den Gürtel in einer ihrer seltenen nüchternen Phasen von seiner Mutter geschenkt bekommen.

Kip zog den Gürtel aus. Einer der Zündsteine hatte eine scharfe Spitze, mit der er ein neues Loch hineinbohren konnte.

Sein Blick fiel auf die Schnalle. Die Metallschnalle. Mensch Kip, du bist so blöd, dass es wehtut. Er kratzte mit der Schnalle über den Zündstein, den er gefunden hatte, und Wunder über Wunder, er schlug Funken. Ohne Probleme entfachte Kip das Gelee. Es brannte wunderbar. Dann setzte er sich hin und zog den Wasserschlauch heran, während am Himmel die ersten Sterne erschienen. Vielleicht konnte etwas Wasser seinen Hunger ein wenig abmildern.

Der grüne Luxin-Beutel war versiegelt. Kip hatte keine Möglichkeit gewandelt, ihn zu öffnen. Wenn es draußen hell gewesen wäre, hätte er mehr Grün wandeln und das grüne Luxin einfach öffnen und mittels Wandeln wieder verschließen können. Stattdessen musste er es nun behandeln wie ein rein stoffliches, nichtmagisches Objekt.

Am liebsten hätte er geweint. Oder geschrien. Oder einen Wutanfall bekommen. Stattdessen bohrte er schließlich mit dem scharfen Zündstein ein Loch in eine dünne Stelle des Wasserbeutels. Er hielt den Beutel über den Kopf und trank von dem warmen Wasserstrom, bis sein Durst gelöscht war.

Kips Licht begann zu flackern, als das Brandgelee unter die Höhe des Loches im Behälter herabbrannte. Da ein Docht fehlte, um das Gelee hinauf an die Luft zu leiten, ging dem Feuer jetzt die Nahrung aus, und es erlosch. Kip starrte es an, als hätte es ihn persönlich verraten. Er könnte natürlich den öllampenartigen blauen Behälter mit dem Gelee zerbrechen. Er hatte die Wände nicht sehr dick gemacht. Aber dann würde das gesamte Brandgelee in etwa einer halben Stunde verbrennen. Wenn Kip seine Brillen gehabt hätte, hätte er auch das Feuerlicht zum Wandeln benutzen können – aber er hatte sie nicht bei sich. Die waren alle noch auf dem Schiff. In der Nacht, in der Gavin beinahe getötet worden war, hatte Kip die Brillentasche nicht bei sich getragen.

Er hat um meinetwillen diesen Dolchstoß empfangen. Kip hatte geglaubt, dass Gavin ihn mochte, dass er ihm gefiel, so wie einem ein gut abgerichtetes Haustier gefällt. Ein Mann bei Verstand mochte eine Gefahr eingehen, um seinen Hund zu retten, aber nur ein Idiot würde für einen Hund sterben, nicht wahr? Gavin Guile war kein Idiot. Er kannte seinen eigenen besonderen Stellenwert im Lauf der Dinge, und die Dinge hätten für ihn nicht besser laufen können – er hatte gerade Karris geheiratet, hatte in einen knappen Sieg umgebogen, was fast eine entscheidende Niederlage gegenüber dem Farbprinzen geworden wäre. Kip hatte es in seinen Augen gesehen, als er Andross als Rotwicht entlarvt und ihn angegriffen hatte: Gavin hatte es gewusst; jedenfalls das von seinem Vater. Er hatte keinerlei Überraschung gezeigt. Er hatte diese Karte in der Hand behalten, um sie bei der richtigen Gelegenheit auszuspielen. Und Kip hatte es in die Welt hinausposaunt – der schnippische Kip, der genau das sagte, was er dachte, der redete, ohne zu überlegen, und damit Pläne gefährdete, die er nicht einmal ansatzweise durchschaute.

Aber während sie miteinander rangen und zu viert mit zwei Messern kämpften, hatte Gavin genauso gewusst – das hatte Kip in jenem Moment sehen können –, dass Kip Hebel und Kraft fehlten, um Andross und Grinwoody daran zu hindern, das Messer in Kips Brust zu vergraben. Was Kip in dem Moment nicht gesehen hatte, aber jetzt wusste, war, dass ihre Hände derart ineinander verflochten gewesen waren, dass Gavin die Klinge nur in eine einzige Richtung hatte lenken können, nämlich auf sich selbst. Er hatte es mit Absicht getan. Er hatte sich natürlich nicht erdolcht – er war nicht lebensmüde –, aber sobald die Klinge eine neue Richtung genommen hatte, hatten Grinwoody und Andross sofort fest zugestochen. Vielleicht wussten sie nicht, was sie taten, oder sie konnten sich nicht mehr bremsen, oder es war ihnen einfach egal gewesen.

Warum sollte Gavin mich retten, wenn er doch gewusst hat, dass es sein eigenes Leben kosten würde?

Gavin hatte sein Leben für ihn gegeben. Das Prisma selbst, das beste Prisma seit Jahrhunderten, vielleicht aller Zeiten. Was bedeutete das? Was sagte das über Kips Wert aus?

Der Gedanke war zu groß. Die Gefühle, die dahinter aufstiegen, zu beängstigend. Kip war das verlorene Kind, dessen Mutter ihn in einem Schrank voller Ratten vergessen hatte. Er war doch kein …

Eine Träne tropfte von seiner Wange und traf auf seinen vorgewölbten Bauch. Woher war die denn gekommen?

Er rieb die Tränen mit einer schmutzigen Pfote weg, wieder Kip, der Bär.

Und was zum Teufel war überhaupt mit diesem Messer passiert? Das Messer des Blenders, hatte Andross Guile es genannt. Ein Messer, das Gavin nicht tötete, sondern stattdessen in ihm wuchs. Und wie ist meine Mutter an so etwas herangekommen?

Das war besser, sicherer, mehr Kopfsache. Kip konnte darüber nachdenken. Aber nicht lange, wie sich herausstellte. Er war erschöpft. Hatte sich keine Pritsche zum Schlafen gewandelt oder eine Decke – konnte man eine Decke aus Luxin machen? – oder irgendeine Art von Hemd. Er hatte sich nicht einmal eine profane Unterlage hergerichtet, die seinen Schlaf vielleicht hätte bequemer machen können. Er brach den Deckel der blauen Luxin-Lampe ab und ließ einen Funken hineinschnippen.

Mein Vater liebt mich. Kein anderer als Gavin Guile höchstpersönlich findet, ich sei es wert, gerettet zu werden.

Zischend fing das Luxin Feuer, und Kip spürte Wellen von Wärme, die die Nachtkälte zurückdrängten. Bald würde das Feuer ausgehen, aber Kip hoffte, dann schon zu schlafen.

Er hatte recht. Kaum hatte seine nackte Schulter den Sand berührt, da begann er auch schon von Göttern und Ungeheuern zu träumen.

13

~ *Der ehemalige Priester* ~

Eins.

»Krieg ist immer eine Ausrede für das Ungeheuerliche«, sagt Auria zu mir. Wir sind hoch genug geklettert, dass wir die Fackeln der Angreifer unter uns nicht mehr sehen können. Nur schwaches Licht durchdringt den Nebel auf der Landspitze, doch allmählich wird es stärker.

»Jeder, der Angari tötet, vollbringt Orholams Werk«, erwidere ich.

»Darjan, alle sind seine Kinder, selbst die Ungehorsamen, und was du da vorhast, ist verboten«, widerspricht Auria. Ihre dunklen Locken sind mit Blut verklebt, ihr Gesicht wirkt bleich, hat nicht den für sie normalen Mahagoniton – das macht das schlechte Licht, hoffe ich, nicht der Blutverlust. Nicht die Angst jedenfalls, das weiß ich. Auria hat noch nie in ihrem Leben Angst gehabt. Es gibt hundert gute Gründe, warum ich auf sie hören sollte. Karris Schattenblender selbst – die Witwe und Erbin von Lucidonius persönlich – hat mir Auria in unserer Ausbildung vorangestellt. Sie ist älter als ich. Und auch weiser.

Aber ich bin stärker.

»Ich kann es nicht ausstehen, auf das Licht warten zu müssen«, erkläre ich. Ich besitze eine von Lucidonius' wunderbaren Brillen, gefertigt von seiner eigenen Hand. Seit er von uns gegangen ist, sind sie geradezu zu heiligen Reliquien geworden, so wie alle mit ihnen umgehen. Gut gemacht sind sie jedenfalls, jeder würde das zugeben. Und absolut revolutionär. Nicht, dass niemand zuvor daran gedacht hätte, Metallerze zu geschmolzenem Glas zu schmelzen, um damit das Glas zu färben. Es war nur so, dass sie die Feuer nicht heiß genug machen und das Erz nicht rein genug bekommen konnten. Lucidonius hat auch dieses Problem gelöst und dadurch unter Beweis gestellt, dass er nicht nur ein magisches, sondern auch ein praktisches Genie gewesen ist. Er konnte einem damit richtig auf den Geist gehen, aber diese Brillen haben wirklich alles verändert, für alle Wandler. Ein Linsenschleifer war er, ihr mächtiger Lucidonius. Noch neben allem anderen. Hat unser Leben in tausendfacher Weise verändert. Uns wie Blätter in einem Sturm hinter sich hergezogen.

Und eine fürchterliche Unordnung hinterlassen, sobald der Sturm vorüber war.

»Wie der Stolz die erste Sünde ist, so ist die Macht die erste

Versuchung«, doziere ich. Das hat Lucidonius gepredigt und ist mächtig geworden, mächtiger als die heidnischen Priester und Propheten. Heidnische Priester wie ich. Ich beginne zu wandeln.

Ich war ein *kaptan* des *andar qassis gwardjan.* Lucidonius' Worte hatten irgendwie mein Herz verändert, aber ich frage mich noch immer, ob sie jemals meinen Geist verändert haben. Oder vielleicht ist es auch umgekehrt gewesen. Seine Worte haben ausgereicht, um mich all meine Annehmlichkeiten aufgeben zu lassen, meinen Rang, meine Stellung, mein Ansehen, aber wenn ich jetzt auf meine neue Heimat hinabschaue, wo die Straßen rot vom Blut meiner neuen Nachbarn und einzigen Freunde sind, denke ich, dass Orholam mich vielleicht nicht genug verändert hat.

Jede Farbe stammt von Orholam, hatte Lucidonius gesagt, ein Prisma über den Kopf gehalten und Frieden und Bruderschaft zwischen Farben und Ländern gepredigt. Es war vielen sinnvoll erschienen, insbesondere aber vielleicht jenen wie mir, die nicht nur eine Farbe wandeln können. In meinem Land ist meine Meisterschaft im Grün immer gerühmt worden, aber meine Verwendung von Blau hat mein Bruder-*qassisin* verdammt. Obwohl es mich zu einem besseren *gwardjan* gemacht hat.

Vielleicht steckte auch kein Sinn hinter alledem. Vielleicht lag Lucidonius lediglich etwas richtiger als jene, die vor ihm gekommen waren. Vielleicht ist das, was ich zu tun im Begriff stehe, keine Sünde gegen Orholam, diesen seltsamen Wüstengott, der am Himmel und überall lebt, unsichtbar, statt auf Erden zu wandeln wie ein richtiger Gott. Oder vielleicht ist es doch eine Sünde. Er wird mir verzeihen müssen, denn obwohl ich kein *andar qassis gwardjan* mehr bin, kann ich nicht aufhören, ein *gwardjan* zu sein. Das bin ich nun einmal. Das, wozu Orholam mich gemacht hat, wenn Lucidonius die Wahrheit verkündigt hat.

Ich ziehe Licht in mich hinein, und meine grüne *dschinnījah* ist da, mir so vertraut wie die Gesichter meiner toten Ehefrauen – meiner geliebten Ehefrauen, die gezwungen worden waren, in den Flammen des Orgiasten die Schande und das Verbrechen meines Glaubensabfalls zu sühnen.

»Ich habe dich vermisst«, flüstert Aeshma an meiner Haut, ihre Berührungen sind Liebkosungen.

Ich habe sie ebenfalls vermisst. Natürlich habe ich das. Aber das weiß sie.

Ich habe erwartet, dass sie ärgerlich wird, hochmütig, dass sie mich dafür bestraft, ihr den Rücken zugekehrt zu haben. Aber sie ist schlauer. Zuerst will sie mich unter Kontrolle bekommen. Dann wird sie mich bestrafen. Sie wird auch nicht versuchen, mein Verlangen wieder zu entfachen, das einstmals so stark war, jetzt aber wie tot scheint, seit meine Annaiah und meine Siana verbrannt sind. Stattdessen wartet sie. Vielleicht liest sie in meinem Gesicht, dass die einzige Lust, die ich suche, die Lust der Schlacht ist, der roten Rache. Vielleicht kann sie mich selbst nach all der Zeit noch direkt fühlen.

»Ich hätte dich zum nächsten Atirat gemacht«, sagt sie klagend. Sie legt mir die Hand aufs Handgelenk, als ich anfange, dort Luxin aus meiner Haut fließen zu lassen. »Du warst zum Gott bestimmt.«

»Der Dämon ist in deinen Augen«, sagt Auria. »Siehst du wirklich sie, oder siehst du sie so, wie sie will, dass du sie siehst?«

Ich erinnere mich daran, wie Lucidonius das Lichtprisma zu mir drehte, als meine *dschinnījah* vor mir stand und Gotteslästerungen in mein Ohr schrie. Die plötzliche Flut von anderen Farben zeigte mir, was die Priester der anderen Farben sahen, wenn sie sie anblickten. In jeder anderen Farbe war Aeshma ein entsetzliches Monstrum. Kein Wunder, dass die übrigen *qassisin kuluri* mit uns im Krieg lagen, uns Dämonenanbeter nannten. Und dann holte Lucidonius einen Spiegel hervor, und in diesem Licht des vollen Spektrums sah ich, dass selbst das Grün eine dünne Maske war.

Aeshma war keine Schönheit. Sie war ganz Krankheit und Hässlichkeit.

Ich zerschmetterte das Prisma, zerschlug den Spiegel und fluchte, Lucidonius habe es verzaubert, er habe mich getäuscht, mir Lügen gezeigt. Aber ich befand mich im Irrtum. Später habe ich den gleichen Kniff angewandt, als ich andere Dschinnen fand, die töricht genug waren, sich vor den Augen ihrer Priester zu manifestieren. Das Lichtprisma, das wir verwendeten, war ein ganz profanes Prisma ohne Magie, der Spiegel schlichtes Silber und Glas. Schließlich bekamen *Die Zweihundert* heraus, dass wir sie zu enttarnen vermochten. Sie erzählten jenen, die ihnen ins Garn gegangen waren, ausgeklügelte Lügen, um zu erklären, warum sie nun gar nicht mehr erscheinen würden – gaben die Schuld dem Makel, den Lucidonius in die Welt gebracht hatte. In Wahrheit wollten sie nicht so leicht demaskiert werden.

Aeshma schweigt jetzt. Ich weiß, dass sie unter *Den Zweihundert* eine der Führenden war, fast wäre sie gar eine der Neun gewesen. Ein neuer Atirat wird nicht allein dadurch geboren, dass ein Mann alle anderen menschlichen Anwärter besiegt. Seine Partner-*dschinnījah* muss ebenfalls all ihre Rivalen bezwingen.

Die Rüstung umhüllt meinen Körper. Ich halte nur einzelne Punkte an allen Gelenken offen. Diese Methode ist nicht so praktisch und flexibel wie jene, die ich früher einmal angewendet habe – mit jeder Pore, jeder Schweißdrüse, jedem Haar eine Kontaktstelle. Damals hatte ich meine *dschinnījah* die Rüstung kontrollieren und sie bewegen lassen. Sie reagierte auf Gefahren, die ich gar nicht sehen konnte, und ihr unsterblicher Wille ergänzte meinen sterblichen Willen. Wir beide waren auf eine Weise eins gewesen, wie es mir nicht einmal mit meinen Ehefrauen möglich gewesen war.

Ich ziehe Blau ein, sehe über den Rahmen meiner grünen Brille zu dem heller werdenden Himmel empor. Blau ist sicher, jedenfalls für mich. Ich habe meinen Willen nie an einen Blauen gebunden. Für mich ist es nur ein Werkzeug, wenn auch eines, das meine Leidenschaften lindert und abkühlt. Meine *dschinnījah* hätte mir niemals erlaubt, viel Blau zu wandeln. Sie war zu eifersüchtig. Ich hatte geglaubt, das sei einfach ihre Natur, aber jetzt begreife ich, dass sie mich ganz für sich allein brauchte, wenn sie ihre Kämpfe mit den anderen Dschinnen gewinnen wollte. Ein Atirat, der kein reiner Grüner war? Unmöglich.

Wie der Stolz die erste Sünde ist, so ist die Macht die erste Versuchung.

Seltsam, dass Lucidonius das im Präsens formuliert hat, wo er doch eine Schöpfungsgeschichte erzählte. Nicht: Der Stolz *war* die erste Sünde. Dadurch lässt sich der Satz genauso gut auf uns anwenden wie auf das Erste Licht. Ein raffinierter Kunstgriff.

»Mein Herz gehört dir, Darjan, aber ich kann dich nicht retten, wenn du mich nicht helfen lässt«, sagt Aeshma. Ihre Stimme ist der meiner toten Annaiah so ähnlich, dass mir klar wird, dass sie selbst das noch von ihr gestohlen hat. Schlaues, schlaues Mädel.

»Du darfst nicht darauf hören, was sie sagt, Darjan«, sagt Auria in der profanen Welt, mit einer schwächer werdenden Stimme. »Du weißt, dass sie lügt.«

Ich weiß.

»Beweise mir, dass ich dir vertrauen kann«, sage ich laut. Ich hoffe, dass Auria denkt, ich würde mit ihr sprechen; und ich hoffe, meine *dschinnījah* denkt, dass ich mit ihr spreche.

Das Licht ist jetzt gut so. Ich beginne auf das Dorf zuzulaufen. Eine andere Farbe könnte sich hineinschleichen, in der Hoffnung, dass die Angreifer schlafen, erschöpft von einer langen Nacht voller Mord und Schlimmerem. Das ist nicht die Art von Grün. Meine *dschinnījah* singt von Kampfeswut und Blutrausch, und ich weiß, dass sie mich zu gut kennt.

Wut ist nicht allein den Roten vorbehalten. Ich wandle genug Blau, um den Dornenschwertern, die aus meinen Händen sprießen, scharfe Schneiden zu geben. Meine Beine sind ummantelt mit Luxin, das meine Knie beschützt, jeden Schritt elastischer macht, das meinen Bewegungen die Macht meines Willens verleiht und mich befähigt, weiter zu springen als jeder Sterbliche, sicher zu landen und schneller zu laufen als ein angreifender Grizzlybär. Ich stehe im Begriff, zu einer Bestie zu werden.

Ich sehe die Toten: Eine junge Frau, Lucia Martenus, liegt auf der Seite, ihr Kopf aufgeschlagen wie ein Ei, ihr schwangerer Bauch ein Dutzend Mal mit Klingen durchstoßen. Ihre jüngere Schwester ist tot, sie wurde näher an der Stadt niedergemetzelt. Die beiden haben versucht, gemeinsam zu fliehen. Ruy Garos liegt mit dem Gesicht zur Stadt da, seine Mistgabel mitten in der klebrigen Pfütze seines Blutes. Vielleicht hat er noch versucht, Lucias Flucht zu decken. Er hatte das Mädchen immer geliebt, obwohl sie statt seiner den Säufer der Stadt geheiratet hat.

Für gewöhnlich behandelten die angarischen Plünderer die Bewohner von Atans Stadt, als hielten sie Ernte. Merze die kampffähigen Männer aus, schneide den jungen Männern den Daumen der rechten Hand ab, so dass sie immer noch arbeiten und sich fortpflanzen können, und mache die hübschesten Frauen zu Sklavinnen und Konkubinen. Jahre später pflegten die Angari dann zurückkommen, nachdem sie lange genug gewartet hatten, bis die Bewohner wieder ein wenig neuen Wohlstand aufzubauen vermochten, ohne aber schon so stark zu werden, dass sie den Angreifern echte Schwierigkeiten machen konnten. Natürlich töteten die Plünderer auch jene, die sie reizten. Manchmal töteten sie nur zum Spaß. Manchmal verstümmelten sie zur eigenen Unterhaltung. Aber das hier … das war etwas anderes. Das war reine Bestrafung. Ein Massaker.

Alle sind tot. Ich sehe den kleinen Gonzalo, den einfältigen Sohn des Hufschmieds. Er ist mit einer Pike aufgespießt worden, die ihm hinten eingeführt wurde. Die Spitze der Pike ragt aus seinem klaffenden Mund zum Himmel empor.

Ich brülle los, wecke das ganze gottverdammte Lager, und meine Aeshma kommt wieder über mich, faulig stinkend und schön, eine von Krankheit zerfressene Hure. Sie ist so hässlich wie das, was ich zu tun im Schilde führe, und meine Seele ist ein geringer Preis, um für die Rache zu bezahlen. Sie macht mich zum Monstrum. Ich bin ein Ungeheuer geworden. Ich bin ein Gott geworden. Mein ist die Rache.

14

Die Galeeren stießen mit einem so heftigen Aufprall zusammen, dass die Hälfte der Sklaven von ihren Bänken nach hinten kippte. Ein Sklave schrie auf, als ihm die Ketten am Handgelenk den Arm auskugelten. Der *Bittere Kolben,* der die andere Galeere unterhalb der Mitte getroffen hatte, versank tief in den Wellen, dann wurden beide Schiffe emporgehoben, und der *Bittere Kolben* schob sich seitlich an die feindliche Galeere heran.

Die Ruder der anderen Galeere, durcheinandergewirbelt und aus den Händen ihrer Ruderer gerissen, brachen wie Kleinholz, als der *Bittere Kolben* an ihrem Rumpf entlangkratzte. Geschütze wurden von den Hauptdecks beider Schiffe abgefeuert, und zwischen Wutgebrüll, Angstschreien, und Schmerzenslauten ertönte das Knallen von Musketen.

Gavin zog sich am Ruder über ihm hoch und rappelte sich auf in dem Glauben, seinen Teil an der Schlacht geleistet zu haben, aber bei den Angari lief die Sache anders.

»Los!«, rief Riemen. Ein Holzsplitter, dicker als Gavins Daumen, hatte ihr die Schulter durchbohrt. Sie schien es gar nicht zu bemerken. Bei Orholams Bart, sie war hart im Nehmen. »An die Ruder! Wir werden es diesen verdammten …«

Ein Donnern und berstendes Holz schnitten ihr das Wort ab. Die Frau verschwand in einem grellen Lichtblitz, als die feindliche Kanone ein Loch ins Deck sprengte, sofort gefolgt von einer dicken Wolke schwarzen Rauchs, der alles mit Schwefel und rauchgetränktem Sonnenlicht erstickte. Der Lärm war ohrenbetäubend. Gavin nahm nur noch das sich in seinen Händen bewegende Ruder wahr.

Im beißenden Qualm kniff er die Augen zusammen, keuchte und hustete. Er tat sein Möglichstes, seinen Rudergefährten zu helfen, brauchte aber eine gewisse Zeit, um zu begreifen, was sie überhaupt machten. Sie stießen mit dem Ruder wiederholt nach draußen, Fuckelot gab die Richtung an, Orholam drückte es hoch, und Gavin störte meistens nur.

Über den Wellen, keine fünf Schritt von ihnen entfernt, sah er durch den Rauch die auf und ab hüpfenden Umrisse von Matrosen der anderen Galeere, wie sie versuchten, ihre Kanonen nach dem Zusammenstoß wieder in Schussposition zu bringen. Geladene Kanonen. Direkt auf die Bänke der Sklaven gerichtet. Gavins Mitsklaven – zumindest jene, die unverletzt waren und schon zuvor gekämpft hatten – stießen mit den Rudern hinüber, um die Seeleute am Abfeuern der Kanonen zu hindern; um zu verhindern, dass Tod in den *Bitteren Kolben* gesandt wurde.

Gavin kam Orholam und Fuckelot zu Hilfe und stach ihr Ruder direkt in ein aus dem Rauch auftauchendes aborneanisches Gesicht. Es war ein Schiffsjunge, keine zwölf Jahre alt. Der Junge brach mit zerschmettertem Gesicht zusammen, die Lunte fiel ihm aus der Hand.

Fuckelot versuchte, Befehle zu rufen, aber unter dem Druck der Situation verfiel er in krampfhaftes Fluchen. Orholam hatte die beste Sicht, und so stach und stach Gavin, bemüht, aus Orholams Bewegungen herauszulesen, was dieser beabsichtigte, und warf seine ganze schwindende Kraft in seine Anstrengungen. Ab und zu spürte er ein Knirschen, wenn das Ruder gegen etwas Weicheres als Holz stieß.

Der Wind trieb den Rauch kurz auseinander, so dass Gavin erkennen konnte, dass Enternetze vom einen Schiff zum anderen geworfen worden waren, über die nun Männer kletterten. Er meinte, Kanonier irgendwo lachen zu hören, trunken vom Wahnsinn der Schlacht.

Die andere Galeere war größer als der *Bittere Kolben,* und Gavin konnte sehen, wie sich drüben die Ruderer unter ihren Bänken zusammenkauerten, in der Hoffnung, die ihr Schiff enternden Piraten würden an ihnen vorübergehen. Manche taten es. Manche hieben im Vorbeieilen nach den hilflosen Sklaven, spalteten Köpfe und Schultern und hackten magere, vom Hunger ausgezehrte Arme ab. Weil sie es konnten. Weil der Mensch gerne tötet.

»Scheiße«, sagte Fuckelot.

»Scheiße«, pflichtete Gavin ihm bei.

Als sich der Rauch langsam verzog, sah Gavin ein Mädchen aus einer der Kajüten der gegnerischen Galeere stürzen. Sie trug Männerkleidung, aber ihr langes dunkles Haar hüpfte und flatterte, während sie floh. Einen Moment später erschien ihr Verfolger. Es war einer von Kanoniers Männern. Er hielt seine Hose mit einer Hand fest. Sie musste ihm gerade erst entkommen sein.

Kämpfend, kleiner Wuchs, energisch und unterschätzt – das Mädchen erinnerte Gavin an Karris, als sie sich damals ineinander verliebt hatten. Es war unerträglich, dass irgendjemand einfach …

»Seid ihr dabei?«, fragte Gavin seine Rudergefährten.

Er hatte keine Zeit, um sich zu vergewissern. Die junge Frau rannte vorbei, auf ein in die Handelsgaleere geschlagenes Loch zu. Gavin und Fuckelot stemmten sich ins Ruder. Orholam steuerte es. Es traf den Piraten, der hinter dem Mädchen her war, in den Unterkiefer. Der Mann stürzte, wand sich auf dem Boden, und Schweiß und Zähne spritzten durch die Luft.

Die junge Frau rannte weiter. Während sie auf die Öffnung und das Meer zueilte, tauchte vor ihr wie aus dem Nichts ein Matrose auf. Sie verlangsamte ihr Tempo nicht, wich nicht aus. Stattdessen stürmte sie direkt in den hageren Mann hinein. Sie prallten zusammen, und der Schwung des Mädchens warf sie beide ins Wasser. Sie verschwanden außer Sicht.

Gavin sah Orholam an. Der reckte den Kopf, so weit er konnte, zuckte dann aber die Achseln. Er konnte nichts sehen.

Die Kämpfe dauerten noch einige Minuten an, aber ihr Teil schien getan. Der Kampf beschränkte sich auf die andere Galeere, und die erschöpften Ruderer des *Bitteren Kolbens* ließen sich auf ihren Bänken zusammensacken. Einige übergaben sich. Gavin hielt nach Riemen Ausschau. Da war nichts als Blut. Eine ganze Bank von Sklaven war an der Backbordseite in Fetzen gerissen worden, außerdem hatte es einen Sklaven auf der anderen Seite des Gangs erwischt. In der Wand steuerbord klaffte ein Loch, wo die Kanonenkugel ausgetreten war.

Er entdeckte einen tätowierten Arm, der vielleicht zu Riemen gehört hatte.

Die bucklige Gestalt von Leonus humpelte zu den blutbespritzten Überresten hinüber. »Die Götter sind gütig«, sagte er und kicherte. »Zu manchen von uns.« Unter Schmerzen beugte er sich vor und hob etwas auf. Es war Riemens Peitsche, an die sich noch im Tod ihre Hand klammerte. Mit Gewalt öffnete Leonus ihre Finger und warf ihren tätowierten Arm ins Meer. »Sieht so aus, als hättet ihr hübschen Jungs einen neuen Aufseher. Oder will jemand meiner Vorgängerin folgen?«

15

Kip half sich mit Wandeln über die beschwerlichen Stunden hinweg. Die mit dem Wandeln verschiedener Farben verbundenen Gefühlswallungen lenkten ihn für eine Weile ab, während die Sonne mühsam am Himmelszelt emporkroch. Ein paar Stunden lang. Einen Tag. Aber der nagende Hunger war stärker als Luxin.

Der Wille ist ein Messer aus Blei, genauso biegbar. Am Ende gewinnt der Körper immer.

An diesem zweiten Tag ohne Nahrung wandelte er nur, was notwendig war. Er hatte bereits seinen Wasserbeutel repariert, seine Stiefel angepasst und einen Sonnenschutz für seine sonnenverbrannte Haut gewandelt, nachdem er zu dem Schluss gekommen war, dass er einfach nicht dahinterkam, wie man Luxin-Kleidung wandelte.

Am dritten Tag musste er aufhören, dem Strand zu folgen, als er eine zerklüftete Landspitze voller Felsen und Klippen erreichte. Er nahm den Weg durch den Dschungel. Als er, um nicht die Richtung zu verlieren, über Berge von Wurzeln stieg und steile Hügel hinaufkletterte, verirrte er sich. Das Blätterdach ließ kaum Licht hindurch, und er war schlapp vor Hitze. Was sollte er machen? In seiner Dummheit fiel ihm nichts anderes ein, als einen Bachlauf zu suchen und sich hineinzulegen.

Eine Berührung an seiner Hand weckte ihn. Dort saß ein winziger, schwarz-orangefarbener Frosch. Wo der Bauch des Tieres Kips Haut berührte, brannte sie – der Frosch sonderte ein beißendes Sekret ab. Kip zuckte zusammen, und der Frosch hüpfte davon. Dann sah Kip an sich herab, und seine bewusste Wahrnehmung folgte dem, was seine Augen sahen, wie ein träge den Hang hinabgleitender Erdrutsch.

Er war über und über mit Blutegeln bedeckt. Dutzenden von Blutegeln. Ihm war schwindlig. Ihm war übel. Er wälzte sich auf alle viere und erbrach Wasser und Magensäure über seine Hände. Er stand auf und taumelte in den Dschungel, ließ seine Ausrüstung liegen, riss sich die Hose vom Leib und fiel. Die Welt war heißer Nebel. Er kotzte abermals. Verlor sich selbst, wurde nicht bewusstlos, verlor aber die Selbstwahrnehmung, wie ein Tier, ein wildes Wesen.

Fand sich einige Zeit später wieder, nackt, in einem wandernden Fleckchen Sonnenlicht sitzend. Er starrte zum wolkenlosen, unbarmherzigen Himmel hinauf. Konnte es nicht ertragen, sich selbst anzusehen, konnte diese sich windenden, fetten schwarzen Egel nicht ertragen, die an ihm hingen, ihre aufgeblähten Bäuche mit seinem Blut füllten. Sie wandelten Blut für ihre Blutmagie. Sein Blut.

Schschhhhhh, der Wind wehte durch die Zweige. *Schschhh.*

Er zog blaues Licht in sich hinein, das blaue Blut der Schöpfung. Licht ist Leben. Er sog Blau auf, bis es ihn ausfüllte, bis er nur Gedanke war.

Sein rasendes Herz verlangsamte sich. Er schloss die Augen und ließ das Blau durch sich hindurchströmen. Es füllte ihn mit gesteigertem Bewusstsein. Einunddreißig Doppelkiefer, jeweils vorn und hinten an den aufgeblähten Leibern der Egel befindlich, klebten an seiner Haut. Dazu kamen vier Egel, die nur mit einem Ende an Kips Haut hingen, da das andere durch seine Bewegungen abgefallen war. Mit dem Blau in sich erinnerte sich Kip an einen lang vergessenen Ratschlag zur Entfernung von Blutegeln. Nicht mit Feuer, Alkohol oder Zitronensaft, da rächten sie sich, indem sie, bevor sie losließen, ihre Widerwärtigkeit in ihre Bisswunden erbrachen. Stattdessen löste man ihre festgesaugten Münder, vorn und hinten, mit dem Fingernagel von der Haut. Man brauchte einen Fingernagel – und Geduld.

Kip stieg erneut die Galle hoch, aber wieder starrte er zum Himmel empor, bis sein Inneres ein friedlicher, stiller Teich war. Doch nein, das brachte er nicht fertig. Nicht mehr als sechzig Mal. Er verlor das Blau vollkommen und war beinahe wieder das wilde Tier, gefangen in seiner Haut mit den Egeln, als sei er in einem Schrank voller Ratten eingeschlossen …

Ruhig. Behutsam. Er zog Blau und noch mehr Blau in sich hinein. Er hatte kaum die Willenskraft, sich zu öffnen, verstand kaum, was die wirbelnde Farbe beinahe ganz von allein tat. Sie füllte seinen Körper, fand jeden Zahn, jede ypsilonförmige kleine Schnittwunde.

Sammle deinen Willen.

Er hatte keinen Willen. Er tastete nach Infrarot für Leidenschaft, nach Grün für Wildheit.

Nein, dein Wille. Luxin ist dein Werkzeug; du bist nicht das Werkzeug des Luxins. Steh auf.

Kip hatte immer noch keine Willenskraft gesammelt, aber er stand auf, fühlte sich verfolgt. Er wusste, was zu tun war, aber dieses Wissen war, wie zu wissen, dass man einen Berg erklimmt, einfach indem man hinaufsteigt. Orholam gib mir Kraft.

Das hat er bereits getan. Jetzt mach Gebrauch davon.

Arme und Beine ausgestreckt, ballte Kip die Fäuste und senkte den Kopf. Die Kraft durchströmte ihn nicht in Form eines Schreis von Wut und Allmacht, sondern stattdessen in Tropfen stiller Tränen. Sie folgte seinem Blut, fand winzige Münder, schloss sie, entfernte sie, sonderte das vergiftete Blut von ihm ab und drängte es ebenfalls heraus aus seinem Leib.

Einer nach dem anderen fielen die Egel herunter. Fielen von seinen Armen. Fielen von seinen Beinen. Fielen von seiner Brust. Fielen von seinem Rücken. Fielen von seinem Hintern. Gütiger Orholam, hab Erbarmen – fielen von seinen Lenden. Fielen von seinem Gesicht.

Aus Kip strömte das Blut von sechsundsechzig winzigen Wunden. Das Gift der beißenden Egel bewirkte, dass das Blut frei floss. Kip fragte sich, wie viel Blut er wohl verloren hatte. Einige Egel näherten sich seinen Füßen, auf der Suche nach einer neuen Nahrungsquelle. Er machte einen Schritt von ihnen weg. Er hatte keinen Ekel mehr für sie übrig. Es gab nur noch Probleme und deren Lösung.

Ach, ganz einfach. Er wandelte blaue Käppchen über jedem Biss. Doch mit dem ersten Schritt, den er machte, schüttelte er gleich ein Viertel der blauen Käppchen ab. Natürlich. Blau war zu starr; sobald er sich bewegte, musste er seine Verbände verlieren.

Er lehnte sich an einen Baum, setzte sich, wandelte einen blauen Kokon um sich herum, versiegelte ihn, versiegelte seine Wunden und schlief ein.

Er erwachte zweimal, um sich zu übergeben, und wusste nicht, ob er daran gedacht hatte, seine Verbände oder seinen Käfig danach neu zu wandeln.

Er träumte oder hatte Visionen oder tat Dinge, fast ohne sich dessen bewusst zu sein. Eine leise weinende Frau im grauen Morgenlicht, ihr Haar ein großer krauser Kranz um ihren Kopf. »Warum weinst du?«, hörte Kip eine Stimme fragen, und erst, als die Worte heraus waren, begriff er, dass es seine eigene Stimme war.

»Ich weine, weil du leidest, und einzig den zweiten Söhnen von Am steht es zu, Mitleid ohne Leidenschaft zu empfinden. Und selbst das nicht während des Lebens.« Sie stand auf, und ihre Erscheinung veränderte sich plötzlich, schien zwischen jener würdevollen Frau und etwas gänzlich anderem zu changieren. »Schlafe«, sagte sie mit friedvollem Strahlen. »Du wirst während meiner Wache nicht sterben.«

Alles versank in Fieber, Alpträumen und Schweiß, in schlotternder Kälte, Donner und kühlem Wasser. Er hörte die Laute von kreischenden Vögeln, heulenden Affen, und etwas wie ein Hund bellte ihn an, aber es ging alles so schnell, zu schnell, es brauste über die Oberfläche der Zeit hinweg, als befände er sich im Gleiter seines Vaters. Licht blitzte über sein Gesicht und verschwand, als handele es sich um eine Sache von Sekunden, obwohl er wusste, dass es jeweils ganze Tage sein mussten. Er hatte eine vage Erinnerung daran, ein breites Blatt vor sein Gesicht gehalten zu haben, als ein mächtiger Wolkenbruch Himmel und Erde erschütterte – ein Blatt, in dem er Wasser fing und zu seinen Lippen lenkte.

Als er erwachte, war er wieder er selbst.

Er fühlte sich klar im Kopf, aber schwach. Er löste seinen blauen Kokon auf, und lichtkrank, wie er war, hätte er sich bei der Berührung des Luxins beinahe erneut erbrochen. Im Schlamm rund um seinen Kokon waren Abdrücke von Pfoten, große, jedoch nicht von Wölfen, er kannte Wolfsspuren aus seiner Kindheit in Tyrea. Er fand jedoch keine menschlichen Fußabdrücke, nicht einmal seine eigenen. Die Frau war eine Halluzination gewesen, ein Fiebertraum.

Wie viel war Traum oder Wahnvorstellung gewesen? Er holte tief Luft, untersuchte sich selbst, prüfte seine Umgebung. Keine Blutegel, keine Frösche, keine Stürme. Jedenfalls jetzt nicht mehr.

Auf wackligen Beinen stand er auf. Er konnte nicht sagen, wie lange er hier gewesen war. Der einzige Hinweis auf die verstrichene Zeit waren seine verschorften Bisswunden. Also waren die Egel real gewesen. Er untersuchte die Verletzungen. Egelbisse heilen im Allgemeinen langsamer als die meisten anderen Wunden, aber das blaue Luxin hatte dabei nachgeholfen, und so schätzte Kip, dass sein fast bewusstloser Zustand keine Woche gedauert hatte.

Der Hunger hatte seine nagende Dringlichkeit verloren. Kip verspürte eine eigenartige Reinheit, die Heiterkeit von Heiligen und Asketen und von völlig Verrückten. Die Klarheit einer Seele vielleicht, die sich von ihrer fleischlichen Hülle löst. Er ging eine Stunde lang, bis ihm bewusst wurde, dass er nackt war. Dann galt sein erster Gedanke nicht dem Peinlichen dieser Situation, sondern dem fehlenden Schutz. Seine Haut war ein schlechter Schirm gegen die Unbilden eines Marsches durch den Dschungel.

Er begann, im Gehen zu wandeln. Er versuchte es zuerst mit Grün. Es war so reichlich vorhanden, dass es sich einfach aufdrängte. Aber er gab es bald wieder auf. Zu schwer, zu rau, um es auf der Haut zu tragen. Als er an einer Ansammlung trompetenförmiger, leuchtend gelber Blumen vorbeikam, blieb er stehen. Er versuchte, aus Gelb Stoff zu weben, aber stets entwischte ihm jener ideale Punkt der feinen Vermaschung, an dem Gelb fest und stabil blieb, ehe er ein größeres Stück hatte wandeln können. Je kleiner die Menge Gelb war, die er stabil zu machen versuchte, desto einfacher war es.

Die untergehende Sonne fiel auf ein Spinnennetz, und Kip war wie gebannt von seiner Schönheit. Eine winzige Motte flog in das Netz und blieb kleben. Die Spinne kroch heran, um sie zu töten, aber was Kip in seinen Bann schlug, war das Netz an sich. Er streckte ultraviolette Luxin-Fäden nach dem Netz aus – zartere Finger, als seine Finger es jemals sein konnten. Die Fäden, mit denen das Netz festgemacht war, waren wie Stahlseile, aber an den Fangfäden klebten winzige Punkte von Spinnensekret, die von weiteren Fäden umwickelt waren. Sie machten das Netz klebrig, hielten jedoch auch die Fäden zugleich gespannt und elastisch, so dass das Netz nicht zerriss, wenn es direkt angegriffen wurde, sondern nachgab und sich dehnte, bis sich das Opfer darin verfing.

Ultraviolett. Ultraviolett war die Lösung. Nicht hierfür, aber …

Es war, als kreisten die Einzelteile des Problems um seinen Kopf, gerade eben außer Reichweite. Die Sonne ging unter, und Kip begann zu frieren. Er hatte sich nicht einmal einen Schutz gewandelt. Er saß die ganze Nacht wie in Kältestarre. Als die Sonne wieder aufging, hatte er die Lösung.

Er wob Ultraviolett zu winzigen Kettengliedern, wie zu einer einzigen Kette, doch statt jedes Glied zuzuhämmern, wie Waffenschmiede das machten, konnte er einfach, einen nach dem anderen, vollständige Ringe wandeln, so dass er der Kette alle Schwachpunkte nahm. Dann tränkte er diese Konstruktion mit gelbem Luxin; musste seinen Willen auf jedes winzige Glied richten, um es zu versiegeln. Es dauerte eine halbe Stunde. Kein Problem.

Die zweite Kette war viel schwieriger, denn er musste jede Schlaufe durch zwei Schlaufen der ersten Kette fädeln. Nach einer Stunde hatte er zwei miteinander verbundene Kettenstränge als Material für ein Kettenhemd aus gelbem Luxin.

Zwei unmöglich kurze, verbundene Kettenstränge aus gelbem Luxin. Da hätte er beinahe aufgegeben. Stattdessen saß er nur da und starrte. Fast ohne zu denken. Das Wasser eines Flüsschens strömte auf seinem Weg ins Meer vorbei, und Kip sah ihm zu. Offenes Luxin strömte noch immer in seine Fingerspitzen, und er berührte das Wasser, als sei es offenes Luxin, das vorüberfloss, das Blut der Erde.

Für einen Moment spürte er Orholam selbst, den Schöpfer, der größer war als diese Erde, diese Schöpfung, durch die er aber wirkte, als sei das gesamte Universum Luxin in Seinen offenen Händen. Ein Blitz, blendend helles, weißes Licht, die Empfindung von Leben, Licht, als Kip durch das Wasser zum Meer gezogen wurde, zu jedem Wasser, dass das Meer berührte, Licht, das in Tausende von Adern hinausstrahlte, Flüsse als Arterien, die voll Energie aufleuchteten. Überall, gleichzeitig, nicht nur als ein Ornament von Linien auf einer Karte, sondern bis in die Tiefe hinab. Wasser, das dem Ruf der Sonne folgte und als Nebel aufstieg, zu Wolken wurde. Wasser, das sich über die Abgründe legte, sich über versunkene Städte schmiegte. Wale und Meeresdämonen waren kaum groß genug, um Kips Bewusstsein zu berühren, Riesen huschten wie winzige Fische in alle Richtungen, doch dieses Leben war zu klein für ein menschliches Auge, das in Orholams Licht badete; das vernunftlose Leben dieser Kreaturen selbst sang Seinen Lobgesang, einfach durch ihr *Sein.*

Kip verlor das Bewusstsein.

Als er erwachte, lag der Stoff für sein Kettenhemd in seinem Schoß, zwanzig Reihen breit. Er streckte die Beine aus, um sie zu lockern, schüttelte die Verspannungen ab, die er sich im Schneidersitz sitzend zugezogen hatte. Er starrte auf die Kettenreihen, als wollten sie ihn verhöhnen. Er hatte diese zusätzlichen Reihen doch nicht gewandelt, oder? Er war nicht er selbst gewesen, aber er glaubte dennoch, sich an alles erinnern zu können, was er getan hatte.

Kip starrte auf das Wasser und berührte es wieder; sein Willen war offen für alles. Doch jetzt war es einfach nur Wasser.

»Ich will meinen Vater retten«, flüsterte er.

Stille.

»Ich würde jeden Preis zahlen«, sagte er.

Aber Licht duldet keine Lüge. Er hörte nichts.

Ein Teil von Kip hatte schon von seinen frühen Jahren an das Gefühl gehabt, für etwas Großes bestimmt zu sein. Vielleicht ging das allen so. Es hatte keine Rolle gespielt, wie er nach außen hin erschien, dass ihre Sucht seine Mutter hirnlos gemacht hatte, dass er fett und hässlich war. Wie sehr er sich auch selbst verachtete, ein Teil von ihm hatte immer geglaubt, dass er eines Tages, *eines Tages* die Fundamente der Erde erschüttern würde. Dass etwas Erstaunliches in ihm steckte, das darauf wartete, herausgelassen zu werden. Dass ein Schicksal mit ihm verknüpft war.

Jeden Stein, den sie nach ihm geworfen hatten, hatte er hingenommen, und er hatte diese Steine dazu verwendet, einen kleinen Altar für sich zu errichten. Andross Guile, wie er gelacht hatte, als er Kip vom Lichtbringer erzählte. »Die alten Prophezeiungen sagen, er werde von seiner Jugend an ein ›großer‹ Mann sein, was im parianischen Original auch ein Wortspiel sein könnte – eine andere Bedeutung des Wortes für ›groß‹ ist ›rundlich‹. Was … *nun ja* …«

Er würde Götter und Könige erschlagen.

Das habe ich getan.

Er würde ein Genius der Magie sein.

Was, wenn ich das bin?

Gavin hatte gesagt: »Mach dir durch diese Dummheiten nicht dein Leben kaputt, Junge, es gibt keinen Lichtbringer.«

Und doch glaubte Kip daran. Er wollte glauben. Musste glauben.

»Ich versuche immer wieder, dich als das nächste Prisma zu zeichnen, und ich kann es nicht«, hatte der Spiegel, Janus Borig, ihm gesagt. Und dann, als sie starb, hatte sie gesagt: »Ich weiß jetzt, wer der Lichtbringer ist.«

Sie meinte mich. Sie muss mich gemeint haben.

Aber ringsum war nur Stille.

Kip stand auf. Er folgte dem Fluss zum Ufer, wandte sich dort nach Norden. Bei Sonnenuntergang fand er ein einsames Bauernhaus. Eine ältere Frau im schlichten Bauernkleid stand davor und sang ihr Lied in die untergehende Sonne, in einer Sprache, die Kip nicht kannte. Sie sah ihn schon von Ferne, lächelte und winkte ihn heran, während sie weitersang. Es klang nach den Flüssen und den Winden und den Tiefen des Meeres und der Wärme und dem Licht eines Feuers, das einem Kind die Angst vor der Dunkelheit nimmt. In ihrem Lied lagen das Versprechen des kommenden Morgens und der Trost eines schlagenden Mutterherzens.

Für Kip, der seit Tagen kein gesprochenes Wort gehört hatte, war der wohlklingende Singsang dieser Silben in einer fremden Sprache, die er sich nicht zu übersetzen mühte, der ideale sanfte Übergang von den nackten Schrecken des Dschungels zu den kargen, schwer erarbeiteten Annehmlichkeiten dieses Bauernhauses im Grenzland.

»Du bist es also«, sagte sie, als sie ihr Lied beendete, das Kip tief zu Herzen ging. Ihre Stimme war leise und ruhig, und sie bewegte sich langsam, als sei er ein wildes Tier. Sie lächelte. »Hab gedacht, ich hätte falsch gehört. ›In Licht gekleidet‹?«, fragte sie in den Himmel hinein. Sie lachte herzlich, und dieses so vollkommen menschliche Geräusch ließ Kip wie aus einem Traum erwachen.

Aber erst nach und nach.

Er merkte, dass er immer noch nackt war. Er hielt den gewandelten Stoff für sein Kettenhemd vor sich, aber ohne Eile, ohne Verlegenheit. Ihn durchfuhr ein Gedanke, der ihm zugleich sehr merkwürdig vorkam: Bei den Einheimischen gibt es wohl so eine Sitte – die Sitte, sich zu kleiden. Selbst wenn es hier keine Dornen gibt, die mir die nackte Haut aufzureißen drohen – ich sollte da wohl mitmachen.

Die Einheimischen? Du meinst die *Menschen,* Kip?

Ach ja, da war er wieder. Er selbst, der schnippische Kip. Ein Teil von ihm war froh, dass dieser Kip nicht für immer verschwunden war.

Sie blickte ihm tief in die Augen, sah ihn zu sich kommen, und ihre ledrige, sommersprossige Haut runzelte sich fröhlich. »Er hat mir gesagt, dass ich heute etwas Besonderes erwarten solle. Habe bei meinen ganzen Wasch- und Webearbeiten wie auf glühenden Kohlen gesessen. Und plötzlich hatte ich diese kleine Wendung ›in Licht gekleidet‹ im Kopf.« Sie zuckte die Achseln. »Hab mir dann eingeredet, dass es vielmehr ›leicht gekleidet‹ heißen müsse. Nun, das bist du doch auch, oder? Gute Sache, dass dich der Große Gute erst jetzt geschickt hat, junger Herr. Ich bin ohnmächtig geworden, als ich meinen Mann das erste Mal nackt sah. Kein *wyrthig,* ich schwöre. Das hat ihm gehörig die Illusionen geraubt, das kann ich dir sagen, und es hat Jahre gedauert, bis ich mich an den Anblick gewöhnt habe. Der Herr des Lichts erinnert mich von Zeit zu Zeit immer mal wieder gerne daran. Aber komm, kümmern wir uns erst mal um dich.«

Und so geschah es. Sie nahm Kip mit ins Haus, fütterte ihn mit der Suppe, die sie bereits auf dem Herd stehen hatte, wobei sie ihm nur von der Brühe gab, dann badete sie ihn, versorgte seine Wunden und legte ihn ins Bett. Als er zwei Tage später erwachte, gab sie ihm wieder zu essen. Coreen war Witwe, aber mehrere ihrer Söhne und Töchter lebten in Gehweite, und mindestens eines ihrer Kinder kam jeden Tag zu Besuch. Als Kip ihr also mitteilte, dass er zur Chromeria müsse, fand sie mit deren Hilfe heraus, dass zwei Tage später ein Handelsschiff in See stechen sollte, das genug Platz hatte, um Kip mitzunehmen – kostenlos. Kip verbrachte noch einen weiteren Tag im Bett, dann stand er auf.

Sie entwickelten ein gutes Verhältnis, scherzten und neckten einander, als würden sie sich seit Jahren kennen. Sie erinnerte ihn an Sansons Mutter daheim in Rekton. Sie hatte für ihn immer Extrakuchen, Gebäck oder süße Törtchen gebacken, und sie hatten eine Art ungezwungenes Spiel gespielt, bei dem Kip versuchte, eine oder zwei der Leckereien zu stehlen, ohne dass sie es bemerkte. Das gelang ihm fast nie, und wenn einmal doch, stellte sie ihm irgendeine Frage, die er dann mit vollem Mund zu beantworten versuchte.

Sie hat sich um mich gekümmert, im Wissen, dass meine Mutter es nicht tat, und sie hat es auf eine Weise getan, dass ich mich nie deswegen schämen musste. Um meinetwillen hat sie ein Spiel daraus gemacht. Dass das lustig war, hatte Kip stets verstanden, aber die menschliche Güte, die darin steckte, begriff er erst jetzt.

Und sie ist tot. Wie sie alle.

Vielleicht waren Coreens Scherze und ihr Lachen ebenfalls ein Zeichen der Güte. Sie hatte gesehen, dass Kip kaum bei Verstand war; sie hatte ihn schwitzend und schreiend aus einem neuen Alptraum nach dem anderen erwachen sehen, und sie hatte ihn behandelt, wie eine Mutter den unverbesserlichen Freund ihres Sohnes behandeln würde. Kip erfuhr, dass ihr verstorbener Ehemann ein namhafter Veteran des Krieges der Prismen gewesen war, auch wenn sie nie durchblicken ließ, auf welcher Seite er gekämpft hatte; Kip fragte nicht danach, und das war auch das Vernünftigste. Ihr Sinn für Humor war der eines Kriegers: schwarz und unbeschwert zugleich, dem Tod gegenüber respektlos, so respektlos, wie der Tod allem anderen gegenüber ist.

Aber sie war auch von einer Wärme, die ungemein anziehend war, und ein Teil von Kip wollte für immer bei ihr bleiben.

An seinem letzten Tag vor der Abreise reparierte und richtete Kip alles, was es in und außerhalb ihrer Hütte zu tun gab. Bekleidet mit den Sachen ihres verstorbenen Ehemanns, denen Coreen mit Nadel und Faden zu Leibe gerückt war, bis sie ihm gut passten, wandelte er einige gelbe Luxin-Fackeln, fertigte mehrere Feuersteine an, um ihr das Feuermachen zu erleichtern, versuchte sich darin, Grün zu wandeln, um die Gemüsegärten ihrer beiden Töchter fruchtbarer zu machen, und reparierte die gebrochene Achse eines Heuwagens, indem er sie in festes gelbes Luxin hüllte – er hatte doch tatsächlich im Unterricht etwas Nützliches gelernt! Kaum zu glauben.

Am Morgen seines Aufbruchs erklärte Coreen: »Ich kann dich nicht gehen lassen, ohne zu sagen, was ich zu sagen habe. Habe ich mir das verdient?«

»Natürlich.«

Sie holte tief Luft. »Kip, der Herr will nicht, dass du glaubst, du seist wertlos, aber er mag wollen, dass du dich für weniger wert hältst, als du es gegenwärtig tust. Er will, dass deine Augen das Ganze sehen, damit du das richtige Bild von *dir* hast. Es geschieht aus Liebe, verstehst du? Wenn du das aufgibst, was nicht in deiner Macht liegt, gibst du keine Krone auf, du wirfst ein Joch ab. Ich habe dir von meiner Prüderie in meiner Jugend erzählt. Ich war ein schönes Mädchen, und obwohl ich es nie laut gesagt hätte, hielt ich mich für tugendhafter als Orholam selbst. Meine falsche Tugend – nicht Sittsamkeit und Bescheidenheit, sondern Stolz – hat das Glück aus meinem Ehebett vertrieben. Ich hatte gekämpft, um eine Tugend zu bewahren, und ich dachte, weil ich so hart kämpfen musste, müsse sie mein höchstes Gut sein. Meinen Anspruch darauf aufzugeben, auf jene herabblicken zu können, die ich nicht billigte, war wie der Verlust eines Körpergliedes. Aber weißt du, wie es ist, wenn man versucht, mit drei Beinen zu laufen?«

Die Sache begann, ungemütlich intim zu werden, und Kip hatte Angst vor dem, was sie als Nächstes sagen würde. »Ihr habt mich nackt gesehen, Ihr wisst, dass ich genau das tue«, witzelte er. Er grinste.

Sie schüttelte den Kopf, als hätte sie gewusst, dass sie in dieses Fettnäpfchen tappen würde. Sie zielte mit ihre Suppenkelle auf Kips Nase. »Kip, die Späßchen beiseite, oder ich mache ein paar Bemerkungen über deine Männlichkeit, die du nie mehr vergessen wirst.«

Kip schluckte. »Ja, gnädige Frau. Entschuldigung, gnädige Frau.«

»Meinen Irrtum berichtigen zu müssen war für mich wie der Verlust eines Körpergliedes, aber das war es wert. Ein guter Vater lässt seine Kinder nicht in der Patsche sitzen. Orholam ist ein guter Vater, Kip.«

»Gerade jetzt beschäftigt es mich mehr, ein guter Sohn zu sein.« Weiche aus, lenke ab, lass sie nicht fragen, was ich aufgeben sollte.

»Dann bist du weiser, als es deinen Jahren entspricht«, sagte sie, und er fragte sich, ob er umsonst nervös geworden war oder ob sie ihm das Weitere einfach gnädig ersparte. Dann trat ein Funkeln in ihre Augen. »Ach, und Kip …«

»Oh nein. Bitte nicht. Was denn?«

»Das ist kein *Körper*glied. Ein guter, kräftiger Schössling vielleicht. Also, mein Ehemann … *das* war ein Körperglied, wie ein

Stamm. Ich will nur so viel sagen: Schamgefühl war vielleicht nicht der einzige Grund, warum ich in Ohnmacht gefallen bin.«

»Ich habe Entschuldigung gesagt«, winselte Kip.

Sie kniff ihm in die Wange. »Ich weiß, aber du hast es verdient. Keine Sorge. Du hast mehr als genug, um zufriedenzustellen. Größer als die meiner eigenen Söhne und, wenn meine Töchter die Wahrheit sagen, auch größer als die ihrer Ehemänner.«

»Oha! Diese Leute muss ich kennenlernen!«

16

Karris nippte in der *Wegscheide* langsam an ihrem Kopi. Das aufputschende Getränk war eine schlechte Wahl, um ihre Nervosität zu lindern. Sie saß im Fenstergeschoss, den großen, prächtigen Buntglasfenstern gegenüber, die einst der Stolz der tyreanischen Botschaft gewesen waren. Sie fragte sich, wie der Besitzer der *Wegscheide* dieses Gebäude hatte kaufen können und was es ihn gekostet hatte. In den Jahren seit dem Untergang Tyreas hatte sich die *Wegscheide* zum elegantesten Kopihaus, Restaurant sowie Brau- und Rauchhaus der Stadt entwickelt, und außerdem beherbergte sie – treppab, außer Sichtweite von Gästen mit empfindlichem Gemüt – auch ihr berühmtestes Bordell.

Schon deshalb fragte sie sich, wer der Besitzer war.

Die Art Information, die eine Meisterspionin herauszufinden in der Lage sein sollte, oder?

Man ließ sie nicht lange warten. Das war wohl eines der Vorrechte, die ihre neue Position mit sich brachte. Sie war die rechte Hand der Weißen, und niemand würde die Weiße warten lassen. Der Mann, der ihr gegenübersaß, war ein ilytanischer Bankier, der Spross einer bedeutenden Familie von Handelsleuten, der Onestos, fünfundzwanzig Jahre alt, und wahrscheinlich wurde er erst jetzt wie ein Erwachsener behandelt: Frisch von einer der Satrapien, wo er sein Gewerbe erlernt hatte, nach Hause geholt, hatte man ihm nun die Aufgabe anvertraut, sich mit der Braut – oder Witwe – des Prismas zu treffen. Mit fünfundzwanzig konnte man ihn gerade so als einen Erwachsenen behandeln, weil er noch weitere fünfzig Jahre seiner Lebensspanne vor sich hatte. Wie anders war das Leben der Stumpfen doch.

Turgal Onesto trug seinen feinsten Sonnentagsstaat und roch nach einem kostbaren Parfüm, das Karris hätte einordnen können, wäre sie in diesen verpfuschten sechzehn letzten Jahren eine Dame gewesen statt einer Kriegerin. Er setzte sich und schluckte. Es war lange her, dass man ihn das letzte Mal gebeten hatte, Bericht zu erstatten. Die Weiße hatte ihn als Knaben angeworben. Karris ihrerseits fühlte sich auch nicht viel besser. Sie hatte kein Kleid mehr getragen, seit Garadul, dieser Hund von einem König, sie gefangen genommen und dazu gezwungen hatte. Am liebsten hätte sie ihre Schwarzgardisten-Kleider getragen, aber die hatte man beschlagnahmt und ihr verboten. Karris wusste immer noch nicht, ob sie ihr auf Befehl von Hauptmann Eisenfaust weggenommen worden waren oder ob die Weiße dahintersteckte. Keiner wollte sich dazu äußern, was ihr verriet, dass, wer immer es getan hatte, mit der Zustimmung des anderen gehandelt hatte.

Und jetzt war sie hier und vermittelte durch die Kleidung, die sie gewählt hatte, eine sehr öffentliche Botschaft. Weil ihr Ehemann das Prisma war, trug sie im Wechsel Gewänder aus allen Satrapien, um zu zeigen, dass sie keine Satrapie den anderen vorzog. Heute bedeutete das, dass sie eine weite weiße Seiden-

Abaya trug, raffiniert bestickt mit Garn, das mit dem Farbstoff der Purpurschnecke gefärbt war, die Jilbab jedoch herabgelassen – Sittsamkeit war auf den Jasperinseln kein so hohes Gut wie im parianischen Inland und im Hochland. Neben dem traditionellen Weiß der Trauer – denn die Parianer glaubten, dass der Tod ein Übergang ins Licht war und nicht in die Dunkelheit – hatte sich Karris auch für einen Hauch leuchtender Farben entschieden, kein reines Beerdigungsweiß. Sie trug einen bunten Schal, weiß, blau, rot, lila und grün, obwohl sie ihr Haar weiß gebleicht hatte.

Mein Ehemann ist verschollen, darum trauere ich, so die Aussage ihrer Kleidung, aber er ist nicht tot. Die üppige Pracht ihrer Kleider drückte aus, dass sie erwartete, ernst genommen zu werden, dass sie ihren Platz als eine Frau einnahm, die ihre Mittel und Wege hatte, um Einfluss auszuüben. Sie hatte sogar eine Schwarzgardistin als Leibwache. Dass es ihre untersetzte Freundin Samite war, machte die Sache geringfügig besser. Doch die Frau nahm ihre Pflichten ernst, stand neben dem Tisch und beobachtete alles und jeden, und sie behandelte Karris, als sei sie nur mal wieder eine ihrer üblichen Schutzbefohlenen und Gefahren gegenüber zweifellos blind, taub und stumm.

»Es dient dazu, Euch zu entlasten, damit Ihr Eure volle Aufmerksamkeit Eurer eigentlichen Aufgabe widmen könnt«, hatte die Weiße ihr erklärt.

Karris schlug die Beine übereinander, als der Bankier sich setzte. Es war ein Thawb, was sie trug, kein Kleid, sagte sie sich. Trotzdem gab es ihr das Gefühl, nackt und verletzbar zu sein. Schlimmer noch, sie hatte sich dieses Kleidungsstück nicht einmal selbst aussuchen können. Marissia hatte ihr in der vergangenen Nacht geholfen und nach den Vorgaben gefragt, die Karris erfüllt haben wollte. Karris hatte ihr entsprechend geantwortet, obwohl sie der Sklavin nichts von ihrer Aufgabe mitgeteilt hatte. Die Sklavin hatte ihr Schweigen in diesem Punkt akzeptiert und Karris lediglich gesagt, dass sie zu Bett gehen könne; sie würde sich darum kümmern.

Als Karris erwachte, lag das Gewand schon bereit. Es passte perfekt. »Wie …?«, hatte sie zu einer Frage angesetzt, als Marissia ihr die Schnürbänder zugebunden hatte.

»Der Schneider hatte noch immer Eure Maße.«

Karris sah die Sklavin an. »Ich bin seit Jahren in keiner Schneiderei mehr gewesen.«

»Und mir ist aufgefallen, dass Ihr seither ein wenig abgenommen habt, daher habe ich einige Änderungen vorgeschlagen«, sagte Marissia mit ruhiger Stimme.

Dieses Auge fürs Detail und ihr Gedächtnis – einfach ihre verdammte Tüchtigkeit –, das war zum Aus-der-Haut-Fahren. Gavin hatte sich diese Frau also nicht nur zum Bettwärmen gehalten. Vielleicht war sie darin gar nicht so gut … Vielleicht hatte er bloß …

Was lässt du da für Wahnvorstellungen in deinem Kopf spuken, Karris? Sie ist schön, sie ist tüchtig, sie war jahrelang Gavins Kammersklavin. Karris hatte sich vorgenommen, nicht eifersüchtig auf das zu sein, was Gavin während der Zeit getan hatte, in der sie keinen Anspruch auf ihn hatte erheben können. Es war nicht fair. Es war nicht richtig … und sie konnte es nicht sein lassen. Sie sollte eigentlich glücklich sein, dass er nur mit seiner Kammersklavin geschlafen hatte und nicht auch mit jeder anderen Frau, die ihn mit Freuden in ihrem Bett gehabt hätte.

Aber feststellen zu müssen, dass Marissia ungemein tüchtig war, rief in Karris etwas Hässliches wach. Sie sollte diese Frau gebührend zu schätzen wissen. Um Orholams willen, sah sie jetzt eine Sklavin als Rivalin an? Lächerlich! Sie konnte diese Frau von einem Moment auf den anderen vor die Tür setzen. Aber das wäre auch nicht fair, oder? Marissia versuchte, gut und unauffällig zu dienen – sie verbarg sogar noch, wie gut sie diente, um von Karris nicht weiter beachtet zu werden. Vermutlich für den Fall, dass Karris so schäbig war wie … na ja, so schäbig, wie sie eben war.

Ich würde die Existenzgrundlage einer Frau zerstören und ihr ihren Lebenszweck nehmen. Und aus welchem Grund eigentlich? Weil sie Gavin gut gedient hat?

Zweifellos weil sie ihm die ganze Nacht lang gut gedient hat.

Aber was ist denn schon dabei? Das ist ihr Leben, ihre Pflicht. Wäre ich glücklicher mit ihr, wenn sie ihrem Herrn in armseliger Aufsässigkeit schlecht gedient hätte, wie andere Sklaven das tun? Hat Gavin je ein Wort über Param oder Naelos verloren, als du sie dir ins Bett geholt hast, im Wesentlichen, um ihm eins auszuwischen? Sie hatte sich von Param in völliger Finsternis lieben lassen, so dass sie sich vorstellen konnte, er sei Dazen. Aber zumindest waren beide aus ihrem Leben verschwunden.

Als ob ich nichts von der Sache mit Marissia gewusst hätte!

Aber er ist weg, Karris. Er ist weg.

Die Woge der Trauer kam wie aus dem Nichts. Karris' Kehle schnürte sich zu; ihre Augen wurden feucht.

Sie stieß zischend den Atem aus, wandte den Blick ab, riss sich zusammen. Turgal blinzelte und wiederholte: »Können wir uns einen Schutzschild machen lassen?«

»Ja, ja, natürlich.« Karris gab der schönen Frau, die als Empfangsdame fungierte, ein Zeichen. Turgal konnte den Blick nicht von der Frau abwenden. Nicht sehr diskret, gerade für einen Bankier. Einen Moment lang fühlte sich Karris alt und übergangen. Turgal sah die Empfangsdame so an und nicht sie …

Sie verfluchte sich innerlich selbst. Sie hatte sich sittsam gekleidet, eigens *damit* sie einen seriösen Eindruck machte, und jetzt … Ruhig, Karris, komm wieder ins Lot.

Sie bedeutete der Empfangsdame, ihnen einen Schutzschild zu wandeln, und zahlte bei ihr. »Darf ich Euch noch etwas Kopi bringen, meine Dame? Und mein Herr, wünscht Ihr auch etwas zu trinken?«

Karris bestellte eine neue Tasse Kopi und der Bankier ein Bier. Die Empfangsdame verschwand kurz in der Küche und kam fast sofort wieder zurück. Sie stellte Turgals Bier und Karris Kopi-Tasse nebst Unterteller auf den Tisch, wandelte die unsichtbare ultraviolette Blase, die ihr Gespräch für andere unhörbar machte, sowie die Belüftungsöffnungen, damit die Luft zirkulieren konnte. Sie schenkte dem jungen Bankier ein breites, perfektes Lächeln, verbeugte sich tief genug vor ihnen beiden, um ihr Dekolleté zu zeigen, und ging an ihren Platz zurück.

Nachts arbeitet sie vermutlich ein Stockwerk tiefer.

Und seit wann bin ich eigentlich so prüde geworden? Als seien meine männlichen Kollegen von der Schwarzen Garde so rein wie der Morgentau gewesen.

Nachdem Turgal Onesto einen Schluck Bier getrunken hatte, sagte Karris: »Ich muss die Verfügungsgewalt über die Konten meines Mannes übernehmen.«

»Wie Ihr zweifellos wisst, äußern sich die Onestos niemals über den Status oder die Existenz von Konten. Welche Konten hattet Ihr denn im Sinn?« Er lächelte sie wenig überzeugend an.

»Welche Konten? Was meint Ihr damit? Alle«, sagte Karris. Sie hatte gewusst, dass die Sache nicht einfach werden würde. Der unmittelbare Anlass für dieses Treffen war natürlich der, die Kontrolle über Gavins Konten zu erhalten. Wozu sonst sollte man sich mit einem Bankier treffen? Dass Turgal Onesto außerdem einer der Spione der Weißen war, verlieh dem Treffen einen möglichen doppelten Nutzen.

»Ich fürchte, dass wir Konten nicht nach Namen führen, nur nach Nummern. Das verhindert, dass feindselige Edelleute,

Könige, Eltern und andere Personen Konten an sich reißen, die im Privaten eröffnet worden sind«, erklärte Turgal. Er lächelte freundlich. Er mochte ein alberner Geck sein, aber ein Gespräch wie dieses führte er offensichtlich nicht zum ersten Mal.

Außerdem log er. Dessen war sich Karris sicher. Auf jeden Fall würden die Onestos die Namen der Kontoinhaber immer im Auge behalten.

»Was passiert, wenn ein Kontoinhaber stirbt?«, fragte Karris.

»Nichts. Die Onestos erfahren es nicht einmal. Wir können es unmöglich herausfinden. Wie gesagt, wir verbinden Konten nicht mit Namen.«

»Was passiert mit dem *Geld*?«

»Es bleibt natürlich auf dem Konto.«

»Aha, für wie lange?«

»Wenn es auf einem Konto über eine Generation hinweg – das sind nach alter Tradition vierzig Jahre – keine Geldbewegungen gibt, wird das Geld für neue Kredite verfügbar gemacht.«

Was eine doppelte Lüge war, wirklich ein fein ausgedachtes Lügenpaar. Das Geld wurde von vornherein überhaupt nie beiseitegelegt. Sobald Geld eingezahlt wurde, wurde es andernorts verliehen. Und mit »verfügbar gemacht« meinte er, dass es dann in den persönlichen Schatztruhen seiner Familie verschwand. Das war wahrscheinlich auch nicht ganz ungerechtfertigt. Wenn eine ganze Familie ausgelöscht wurde – wie es in den zahlreichen Kriegen, die seit Einstieg der Onestos ins Bankenwesen die Sieben Satrapien erschüttert hatten, zweifellos viele Male geschehen war – und wenn sich keine Erben meldeten, was sollten sie auch sonst mit dem Geld machen? Es verschenken? Es war eine Nebeneinkunft, mit der sie das Risiko fauler Kredite kompensieren konnten.

Wenn die Onestos wenig Interesse am Aufspüren von Erben hatten, bot das natürlich auch eine leichte Möglichkeit, die eigenen Konten aufzupolstern. Doch zu viel von alledem würde ihrem Ruf schaden. Eine Bank war nur so gut wie ihr Ruf. Also war der Anschein von besonders korrekter Geschäftsmoral von größter Wichtigkeit. Allerdings hatten Generationen von inzwischen längst verstorbenen Onestos diesen Ruf auf solche Höhen gehoben, dass es durchaus möglich schien, dass Turgal und Konsorten jetzt glaubten, sich auf diesem Ruf ausruhen und sich bereichern zu können.

Und wenn sie das glaubten, hatten sie wahrscheinlich recht. Ihre Kinder und Enkelkinder würden dafür bezahlen müssen, natürlich, aber diese Genugtuung würde Karris nicht mehr erleben.

»Bevor Ihr hierhergekommen seid«, begann Karris, »habt Ihr Euch alle Konten meines Mannes angesehen, um festzustellen, worüber ich wohl reden würde. Habt Ihr die Kontounterlagen mitgebracht?«

Er blinzelte. »Ich kann mich hinsichtlich Existenz oder Status nicht äußern …«

»Also ein Ja. Und Ihr habt sie mitgebracht. Ihr habt die Nummern notiert.« Es würde, so hatte die Weiße vermutet, eine ganze Reihe verschiedener Kontonummern sein, und Turgal Onesto besaß nicht das Zahlengedächtnis seiner Vorfahren. Die Weiße hatte gemeint, dass es eine klare Verletzung der Familienpolitik wäre, die Kontonummern aufzuschreiben. Die Onestos glaubten an das Auswendiglernen von allem und jedem. Was man im Kopf hatte, konnte nicht gestohlen werden, zumindest nicht ohne dass man selbst von dem Diebstahl erfuhr.

Karris war überrascht, dass die Weiße so viel über eine bloße Kaufmannsfamilie wusste, aber die Weiße glaubte an die Notwendigkeit, so viel wie möglich über alle zu wissen, die irgendeine Form von Macht besaßen. In hundert Jahren, sagte sie, würden die Onestos wahrscheinlich angesehener und hochstehender sein als die meisten der verbliebenen siebenundachtzigeinhalb von hundert Adelshäusern in den Sieben Satrapien.

Es war ein Witz gewesen, und Karris hatte die Pointe nicht begriffen. Zwölfeinhalb Prozent war der übliche Zinssatz, den die Onestos berechneten. Zwölfeinhalb von hundert verbleiben … Dann begriff sie. Sie hatte sich schon gefragt, ob es wirklich genau hundert Adelsfamilien in den Satrapien gab. Sogar Witze verrieten Karris, wie viel sie noch zu lernen hatte.

Er griff nach der schmalen Schriftrollenschatulle, die er auf dem Rücken trug.

Aber die Weiße hatte Karris nicht nur mit einem Netzwerk von Augen und Ohren ausgestattet, sondern auch von Fingern. Langen Fingern.

Turgal Onesto griff in die Schriftrollenschatulle und fand nichts. Er drehte sie auf den Kopf. Nichts. Leer. Sein Gesicht verlor erst alle Farbe, dann wurde es grün.

»Sagt mir, dass Ihr die Nummern zumindest chiffriert habt. Eure Familie muss Dutzende von Geheimcodes kennen.«

»Natürlich. Natürlich. Ein Rückschlag, aber keine Katastrophe. Ihr habt recht …« Er griff in die Tasche, die er mitgebracht hatte. Tastete suchend darin herum. Wurde erneut bleich.

»Ihr habt den Dechiffrierschlüssel zusammen mit der verschlüsselten Information bei Euch gehabt?« Karris rieb sich die Stirn. »Das ist jetzt kein schlechter Witz, oder?«

Turgals geweitete Augen sprachen Bände.

»Euer Großvater wird wenig erfreut sein.«

»Die meisten Leute wissen nicht einmal, dass es ein Geheimcode ist«, sagte Turgal. »Es ist nur ein Stück Holz, ein Kegel. Wenn man nicht das genau gleiche …« Er verstummte. »Ihr! Ihr habt das getan.«

»Turgal, hört mir zu.«

Die Adern an seinem Hals traten hervor. Haben wir da etwa

einen Wutanfall, hm? Schön, soll er doch ruhig etwas versuchen, bitte sehr. Sie würde schon herausfinden, wie viel Bewegungsfreiheit ihr in diesem Thawb blieb. Und wie peinlich es für einen Mann auch sein mochte, von einer Bogenschützin eins in den Hintern verpasst zu kriegen – um wie viel peinlicher wäre es, von einer Frau in einem Thawb gedemütigt zu werden?

Die Kleidung der Schwarzen Garde war eine Rüstung, die Karris so manchen Kampf erspart hatte. Schläger kämpften nicht, um ihren Kampf letztendlich zu verlieren. Neue Kleidung, neue Regeln.

Dann begriff sie, dass seine mangelnde Kooperationsbereitschaft möglicherweise etwas mit ihrer Wahl einer parianischen Kleidung zu tun gehabt hatte. Die Onestos stammten ursprünglich aus Ilyta, und zwischen Ilyta und Paria hatte es über lange Zeit hinweg Zwistigkeiten gegeben. Vor allem gab es Konflikte mit den ilytanischen Wohlhabenden, die sich ungerecht besteuert fühlten, wenn sie ihre Handelsware während des Winters auf dem Landweg durch Paria transportieren mussten.

Viele der auf Großjasper aufgewachsenen Edelleute rühmten sich, diese kleinlichen Streitigkeiten hinter sich gelassen zu haben, aber Turgal war eben nicht hier groß geworden. Er wirkte wie ein x-beliebiger junger, reicher Geck aus der Stadt, aber er hatte die Vorurteile der älteren Generation übernommen.

Karris fragte sich plötzlich, ob Marissia sie mit Absicht so angezogen hatte. Aber Karris hatte doch nicht erwähnt, dass sie sich mit einem Ilytaner treffen wollte, oder? War ihr irgendetwas herausgerutscht, und Marissia wollte ihr auf diese Weise einen Strich durch die Rechnung machen, oder hatte sie eben nichts gesagt, und Marissia hätte ihr umgekehrt vielmehr geholfen, diesen Fehler zu vermeiden, wenn sie sie eingeweiht hätte?

»Turgal, ich hätte diese Sache auf ein Dutzend verschiedene

Weisen durchziehen können. Ich hätte unsere Begegnung verzögern und erst einmal bei Eurem Vater auftauchen können, mit all den richtigen Nummern. Ich könnte Euch jetzt bloßstellen und vernichten. Stattdessen mache ich das hier.« Karris fischte den Kegel und zwei Stück Papier aus ihrer Tasche. Sie gab ihm beides zurück und zog ein drittes Papier heraus, auf das der korrekt entschlüsselte Geheimcode notiert war. All das war in der kurzen Zeit geschehen, während er zu diesem Treffen unterwegs gewesen war. »Ich will Euch nicht vernichten«, sagte Karris. »Aber ich verlange Euren Respekt.«

Er schien willenlos in sich zusammenzusinken. »Der ist Euch sicher. Bitte, ich bin bei meinem Großvater ohnehin schon nicht mehr gut angesehen. Er würde mich enterben. Und dann kann ich Euch auch nicht mehr von Nutzen sein, stimmt's? Stimmt's?«

»Ich habe nicht die Absicht, Euch zu vernichten, Turgal. Ich will, dass Ihr all dieses Geld nehmt und es auf ein neues Konto umbucht – nur für den Fall, dass noch jemand diese Zahlen hat. Das muss noch heute geschehen.«

»Das kann ich tun«, antwortete er.

»Der Hohe Luxlord Andross Guile könnte versuchen, dieses Geld in seinen Besitz zu bringen.«

»Mein Großvater erledigt alle Geschäfte mit ihm immer persönlich. Aber wenn das Geld auf einem neuen Konto liegt, wird nicht einmal Andross Guile an es herankommen.«

Das war auch klug von dem Großvater. Turgal würde mit dem alten Hund keine zwei Minuten durchstehen. »Gut«, sagte Karris. »Und nun, als Zeichen meines guten Willens: Eure alten Rivalen, die Adinis, planen, ihre wichtigsten aborneanischen Lagerhäuser von den Elendsquartieren in den Schatten nach Ostland zu verlegen. Sie brauchen mehr Lagerraum, und der Hafen dort ist besser. Sie haben genau das Gelände gefunden, das sie benötigen, und still und leise die entsprechenden Grundstücke aufgekauft. Ein paar jedoch haben sich geweigert zu verkaufen, und die werden jetzt von ihnen schikaniert. Wenn Eure Familie es wünscht, könnt Ihr diese Grundstücke kaufen, einfach indem Ihr den Besitzern sagt: ›Die Sonne scheint auf die Gehorsamen.‹ Die Weiße erwartet, dass Ihr jedem von ihnen trotzdem einen anständigen Preis macht, als Gegenleistung, weil sie an Euch verkaufen. Ihr Eurerseits könnt diese Grundstücke mit einem riesigen Gewinn an die Adinis weiterverkaufen – oder, wenn Ihr das vorzieht, den Verkauf verweigern, um ihnen zu schaden. Sagt Eurem Großvater, dass Ihr die Familien, die an ihn verkaufen, vor der Rache der Adinis beschützen müsst und dass er, egal wie er entscheidet, sein schnellstes Schiff losschicken sollte. Diese Angelegenheit ist bereits drei Wochen alt.«

Turgals Augen leuchteten auf. »Wenn das alles wahr ist, wird es mich in den Augen meines Großvaters unentbehrlich machen. Das ist …«

»Sehr großzügig von uns. Wir sind miteinander im Geschäft, Turgal Onesto, und Ihr werdet feststellen, dass wir gute Partner sind. Es ist in unserem Interesse, dass Ihr es zu etwas bringt, aber nur solange wir einander helfen.«

»Ja«, erwiderte er. »Das leuchtet mir völlig ein.«

»Bitte, versteht mich richtig, Turgal. Manche interpretieren solche Gefälligkeiten als ein Zeichen mangelnder Willensstärke. Wenn es eines gibt, was wir in der Chromeria im Überfluss haben, dann ist es starker Wille. Wenn Ihr uns Ärger macht … aber das braucht niemals zu geschehen. Wir werden von Euch nicht mehr verlangen, als Ihr uns geben könnt. Habt Ihr verstanden?«

Er hatte. Sie sah in seinen Augen, dass er binnen Minuten vom Verängstigten zum Geretteten und dann zum getreuen

Vasallen geworden war. Karris wünschte nur, sie hätte irgendetwas von alledem allein leisten können. Stattdessen waren all ihre Druckmittel und jede Bestechung Vorschläge der Weißen gewesen.

Aber andererseits, so unterrichten Meister eben ihre Schüler, nicht?

Karris bedeutete der Empfangsdame, dass sie fertig waren und der Schutzschild entfernt werden konnte. Die Frau kam sofort herüber. Karris verabschiedete sich von Turgal Onesto und steckte der Empfangsdame ein dickes Trinkgeld zu. Diese reichte Karris diskret ein Bündel von Dokumenten aus Reispapier: ihre Berichte.

Das gesamte Gespräch mit Turgal Onesto – so gut es für Karris verlaufen war – war für die Weiße nur eine interessante Nebensache gewesen; es ging dabei darum, eine mögliche zukünftige Quelle aufzutun und Karris' finanzielle Unabhängigkeit zu sichern. Tatsächlich hatte der Bankier eines der größten Konten übergangen, von dem er entweder nichts wusste oder dessen Nummer er wirklich auswendig kannte. Das spiele keine Rolle, soll er seinen kleinen Sieg haben, hatte die Weiße gesagt. Es konnte als Druckmittel dienen, auf das sie später zurückgreifen konnten, falls sie ihn gefügig machen mussten. Die wahre Quelle hier war die schöne Empfangsdame und Ultraviolettwandlerin, Mahshid Roshan, die jeden sah und jeden kannte und alles hörte, entweder direkt oder über die anderen Bedienungen und Sklaven. Sie war eine der besten Spioninnen der Weißen, und Karris brauchte sie.

Karris stand auf, darauf bedacht, die Frau nicht so genau ins Auge zu fassen, die für sie einfach eine x-beliebige Dienerin sein sollte, und machte sich auf den Weg. An der Tür entließ sie Samite, die schmollend die Lippen verzog, aber ging.

Zumindest für den nächsten Teil ihres Tages konnte sie auf

ihre alte Schwarzgardisten-Schulung zurückgreifen – sie musste sicherstellen, dass sie zwischen ihren Begegnungen nicht verfolgt wurde.

Es war fast eine Erleichterung für sie, als sie bemerkte, dass ihr in der Tat jemand folgte.

17

Ungeachtet der Tatsache, dass viele Rekruten der Schwarzen Garde gerade aus einem echten Krieg zurückgekehrt waren, ging ihre Ausbildung sogleich wieder weiter, und ihre Ausbilder behandelten sie immer noch, als wüssten sie kaum irgendetwas. Das mochte auch stimmen, aber dennoch ärgerte es Teia ungeheuer. Woche für Woche verstrich, und die Ausbilder benahmen sich, als sei nichts geschehen, als habe sich nichts verändert.

»Es soll euch so etwas wie Normalität vermitteln«, sagte Ben-hadad zu ihr, nachdem das Training sie wieder einmal alle atemlos gemacht hatte und nicht wenige sich übergeben mussten. Die anderen waren bereits auseinandergegangen. Für die neuen Schwarzgardisten gab es immer irgendeine Pflicht, die rief, eine Arbeit oder etwas zum Lernen, was eigentlich schon gestern hätte erledigt werden müssen. »Ein geordnetes Leben. Ihr seid an einem Ort gewesen, wo alles verrückt und chaotisch war. Dann kommt ihr zurück, und es ist alles wieder unter Kontrolle. Es ist zur Beruhigung gedacht. Die Welt hat sich über Nacht verändert. Das Prisma ist weg, wahrscheinlich tot. Die Chromeria hat jetzt zwei große Schlachten in einem Krieg verloren, den wir zunächst alle nur für ein kleines Scharmützel gehalten haben. Alles ist zum Teufel gegangen, und jeder hat Angst. Normalität? Das ist eine Gnade. Und für uns Übrige ist es noch schlimmer, weißt du.«

»Wie meinst du das?«, fragte Teia.

»Für die von uns, die nicht nach Ru gegangen sind. Die Vorgesetzten greifen hart durch und lassen uns alle doppelt so hart trainieren, und wir wissen, dass es größtenteils um euretwillen geschieht. Ihr seid wie Kriegshelden zurückgekehrt. Du warst gerade erst eine Rekrutin geworden, und wir haben alle bereits gehört, wie du den Angriff auf den Kopf von Ru angeführt hast.«

»Ihn angeführt?«, fragte sie ungläubig. »Ich bin nur für eine Weile vorangegangen.«

»Du hast dich für einen Soldaten der Blutröcke ausgegeben, ihre Patrouille in einen Hinterhalt geführt und damit eine ganze Einheit gerettet und so die Mission geschützt, durch die dann ein Gott getötet wurde. Ohne dich wäre nichts von alledem passiert.«

»So war das gar nicht«, wandte Teia ein.

»Also, wie herum ist es dir lieber?«, fragte Ben-hadad.

»Was …«

»Dass alle, bis auf ein Raunen hier und da, dem Geschehenen keine Beachtung schenken oder dass alle dich bewundern, obwohl du weißt, dass das tatsächlich Passierte weniger glorreich war als die Geschichten darüber?«

Teia warf ihm einen mürrischen Blick zu. »Aha, hm.« Verdammt.

»Es ist nicht das erste Mal, dass es die Schwarze Garde mit jungen Kämpfern zu tun hat«, fügte Ben-hadad hinzu.

»Seit wann bist du eigentlich so weise geworden?«, fragte sie. »Wir waren weniger als einen Monat fort, und selbst deine Brille funktioniert jetzt!«

Ben-hadad grinste. »Mir wurde meine dritte anerkannt«, erklärte er.

»Was?! Deine dritte Farbe?«, fragte Teia. Ben-hadad war ein Bichromat gewesen, der im Frühjahr angekommen war – zu spät für den eigentlichen Schulunterricht, aber er war in einem anderen Schwarzgardisten-Kurs untergekommen. Wie seine Brille mit den doppelten, einzeln herunterklappbaren Gläsern demonstrierte, hatte er immer schon Blau und Gelb wandeln können, und Grün schien in Reichweite zu sein. »Aber …« Sie hatten sich Sorgen gemacht, dass er, wenn er als Polychromat anerkannt wurde, zum Verlassen der Schwarzen Garde gezwungen würde. Polychromaten waren zu wertvoll, um sie in Gefahr zu bringen.

»Krieg verändert alles. Du weißt, wie stark sich die Reihen der Schwarzen Garde gelichtet haben. Die lassen einen Schwarzgardisten nicht so schnell gehen, wenn er sich bereits in der Ausbildung befindet. Selbst wenn ich ein Polychromat bin.«

»Wie lange weißt du es schon?«, hakte Teia nach. Es kam durchaus vor, dass sich die Fähigkeiten eines jungen Menschen unter zwanzig noch entwickelten; die meisten Bichromaten und Polychromaten begannen mit nur einer Farbe und dehnten ihr Spektrum allmählich aus. Aber Ben-hadad hatte es in einem irgendwie merkwürdigen Tonfall gesagt.

»Ich bin jetzt seit drei Monaten in der Lage, verlässliches Grün zu wandeln.«

»Du Scheißkerl!«, schimpfte sie. »Warum hast du es mir nicht erzählt?«

»Du warst so mit Kip beschäftigt. Die ganze Zeit, im Dienst und wenn ihr freihattet.«

»Er ist mein Partner.«

»War.« Ben-hadads Augen weiteten sich, als habe er etwas verraten.

»Was soll das heißen?«, fragte Teia.

Ben-hadad biss die Zähne zusammen, sein Blick verfinsterte sich, und dann sagte er: »Der Krieg verändert alles. Ich wollte sagen, dass er vielleicht auch *daran* etwas verändert hat. Du weißt schon.«

»Was weiß ich?«

»Kip ist tot, Teia. Das Ganze ist jetzt Wochen her. Wenn einer von unserer Seite ihn aufgelesen hätte, hätten wir inzwischen davon gehört. Wenn ein Sklavenhändler ihn gefunden hätte, hätte er ein Lösegeld gefordert. Diese Kerle behalten eine solche Beute wie den Sohn eines Edelmannes nicht.«

»Er ist nicht tot.«

»Selbst wenn du recht hättest, wäre er für uns tot. Selbst wenn er überlebt hätte, er hat den Roten angegriffen, Teia. Er kann kein Schwarzgardist mehr sein.«

»Der Rote lügt. Es ist völlig unmöglich, dass Kip ihn …«

»Weil Kip ja noch niemals zuvor aus einem verrückten Impuls heraus gehandelt hat, nicht wahr? Er ist ja so ungeheuer ausgeglichen und besonnen. Bei Orholams Eiern, Teia. Es spielt nicht mal eine Rolle, was wirklich passiert ist. Der Rote ist der Rote. Und er ist das Oberhaupt seiner Familie. Der verdammte Andross Guile. Wenn Kip hierher zurückkommt, wäre es Selbstmord. Er ist raus aus deinem Leben. Ich habe einfach gedacht …« Er blies den Atem aus und schien ganz klein zu werden. »Hör mal, es tut mir leid, dass ich irgendwas gesagt habe. Damit wollte ich nicht …«

»Nicht was? Nicht *was*?«, fragte Teia aufgebracht.

»Sieh mal, ich – verdammt! Vergiss es!« Er stürmte davon.

Arschloch! Teia richtete ihren wütenden Blick auf ein kleines Sklavenmädchen, das sie anstarrte.

»Vergebt mir, Herrin«, sagte das Mädchen und schluckte. Sie hatte das Haar zu Zöpfen frisiert und konnte nicht älter als zehn sein. Es hatte in der nahen Vergangenheit keine Kriege gegeben, in denen sie gefangen genommen worden sein könnte, was bedeutete, dass das Mädchen von seinen Eltern verkauft worden war. Verraten worden war.

Teia zwang ihr Gesicht, zu einer ruhigen Maske zu erstarren. Nicht nötig, ein hilfloses Kind mit einer Wut zu erschrecken, die sich gar nicht gegen es selbst richtete. »Ja, *Caleen*?«

»Ein Mann hat mich geschickt, damit ich Euch sage, dass er sich unverzüglich mit Euch treffen müsse. Er ist in Eurem Zimmer.«

»Ein Mann? Wie hat er ausgesehen?«, wollte Teia wissen.

»Groß, Herrin. Rotes Haar? Lächelt viel?«

Teias lautes Fluchen erschreckte das Sklavenmädchen. »Entschuldige. Du darfst gehen. Danke.«

Es war Zeit. Meister Spitz hatte die Aufgabe für sie. Eine Aufgabe erledigen, und sie würde frei sein. Klar. Teia wusste, wie das funktionierte. Eine Aufgabe, um sie nur noch tiefer hineinzuziehen. Für wie dumm hielt er sie eigentlich? Andererseits, welche Wahl hatte sie?

Wie schrecklich konnte es sein?

Sie wollte nicht darüber nachdenken. Sie ging eilig zu ihrem Zimmer – Kips Zimmer. Vor der Tür zögerte sie kurz. Dann fiel ihr ein, dass Meister Spitz sie, was immer sie tat, schnell, unsichtbar und ohne eine Spur zu hinterlassen töten konnte, und sie öffnete die Tür.

Meister Spitz saß auf ihrem Bett, die Beine elegant überkreuzt, die Hände im Schoß gefaltet. Er schenkte ihr ein breites, schönes, falsches Lächeln. »In einer Stunde legt ein Schiff an. Es heißt *Rote Möwe* und kommt aus Grünhafen. An Bord ist ein Mann, ein Stumpfer, Dravus Weir, unverkennbarer Hut, rot, gelb und grün. Er trägt ein Bündel Papiere bei sich. Vielleicht in einem Kurierköfferchen mit silbernen Schnörkelverzierungen an den Seiten. Aber vielleicht hat er die Papiere auch an anderer Stelle verstaut.«

»Ihr wisst, dass ich rotgrünblind bin. Und wenn die Papiere nicht in dem Koffer sind, werde ich sie so oder so nicht sehen können«, erwiderte Teia. »Ihr wisst …«

»Ich bin mir vollauf über deine Einschränkungen im Klaren. Doch will ich herausfinden, wozu du in der Lage bist«, sagte Meister Spitz. »Von dir wird erwartet, ihn um diese Papiere zu … erleichtern, bevor er den Sitz des Botschafters des Blutwaldes erreicht. Dravus Weir ist ein Spion, daher wird er auf der Hut sein. Was immer geschieht, er darf dich nicht wiedererkennen können. Ich werde seine Papiere gegen deine Papiere eintauschen. Hast du verstanden? Deine Freiheit gegen einen einzigen kleinen Diebstahl.«

Natürlich hatte sie verstanden. Ihr graute vor dieser Aufgabe, schon seit … »Sagtet Ihr in einer Stunde?«, fragte sie. So lange würde sie allein schon brauchen, um dort hinzukommen.

Er lächelte sein Haifischlächeln.

»Raus hier«, befahl sie.

»Entschuldige?«

»Ich muss mich umziehen. Ich gehe nicht in den Kleidern eines Grünschnabels der Schwarzgardisten. Sofort. Ich habe keine Zeit für Euren Unsinn.«

Er gab ihr eine so heftige Ohrfeige, dass es sie zu Boden warf. »Vergiss nicht, wer hier die Befehle gibt, *Caleen.* Entweder du zeigst Respekt, oder ich muss ihn dir beibringen.«

Teia stand auf zittrigen Beinen auf und ballte die Fäuste. Keine Zeit verschwenden, Teia.

Sie schlüpfte aus ihrer grauen Rekrutenhose und der Jacke und während sie nun ihre Scholarenkleider anzog, warf sie Meister Spitz Blicke zu, die töten könnten. Die Scholarenkleider waren weniger auffällig als ihre Rekrutenkluft, aber immer noch auffälliger, als ihr lieb sein konnte.

Leider war sie nicht reich genug, um mehr als zwei Garnituren Kleider zu besitzen.

Meister Spitz beschränkte sich darauf, ihr untätig zuzusehen. »Was ist das für eine Phiole, die du da am Hals trägst? Öl? Parfüm?«

»Nichts Besonderes.«

Er hakte nicht nach. »Ich werde vor dem Gasthaus warten, der *Wegscheide*. In zwei Stunden.«

Einige Minuten später eilte Adrasteia bereits durch die überfüllten Nachmittagsstraßen von Großjasper und verdrängte ihre Angst durch Betriebsamkeit. Einmal erregte sie die Aufmerksamkeit einer Straßenbande, aber es gelang ihr, die Männer abzuschütteln. Es kostete sie jedoch einige weitere Minuten. Einmal glaubte sie Kip zu sehen, wie er aus einem winzigen Laden in einer Seitengasse trat, aber es war nur ihre Einbildung – oder ihr schlechtes Gewissen.

Dieser eine Auftrag, dann war sie frei.

Es würde natürlich keine echte Freiheit sein. Sie würde sich vielmehr nur in etwas noch Schlimmeres verstrickt haben. Aber ihre Papiere zu bekommen würde bedeuten, dass sie nicht mehr den Besitzer wechseln konnte. Sie wäre immer noch eine Sklavin, aber nur inoffiziell, eine Sklavin von Meister Spitz. Sich von einem einzigen Mann zu befreien wäre hundertmal leichter, als sich von allen Gesetzen der Satrapien zu befreien.

Ich bin eine Sklavin, keine Idiotin.

Aber wäre sie lieber an Meister Spitz gebunden als an ihre alte Herrin Aglaia Crassos? Mörder Spitz war brutal, aber Aglaia war eine ehrbare Frau. Er versteckte sich im Schatten; sie versteckte sich im Licht. Teia würde ihr Glück nun bei den Schatten versuchen.

Erledige deine Aufgabe, Teia. Die erfordert deine ganze, ungeteilte Aufmerksamkeit.

Es war unmöglich. Sie hatte keine Zeit, um sich die nötigen Hilfsmittel und Verkleidungen zu besorgen. Sie hatte sich kein Wissen über den Mann verschafft, den sie ausrauben sollte. Ob noch mehr hinter dieser Sache steckte? Es konnte schon sein, dass Mörder Spitz sich einfach nicht darüber im Klaren war, dass er das Unmögliche verlangte, aber wahrscheinlich ging es um mehr.

Bestimmt ging es um mehr. Teia war sich ganz sicher. Aber wenn mehr dahintersteckte, was konnte es dann sein? Lockte er sie in eine Falle, damit sie scheiterte? Warum?

Hör auf zu denken. Dafür ist später noch Zeit. Zuerst einmal musste sie dafür sorgen, dass sie Erfolg hatte. Auch wenn das schmucklose weiße Kleid einer Schülerin der Chromeria, die ihr Haar mit einem goldfarbenen Schal zurückband, weniger auffällig war als ihre Rekrutenkleider, war es für ihr Vorhaben immer noch nicht gut genug.

Zehn Straßen weiter fand sie endlich, wonach sie suchte: einen Jungen, vielleicht zwölf Jahre alt – es war wichtig, dass er nicht älter war –, der ganz allein und sehr emsig den Boden vor einem Laden fegte. Er trug Lehrlingskleider und einen einfachen Hut mit einer breiten Krempe.

Sie verfiel in einen wiegenden Gang. Er blickte auf, starrte sie an, wandte schüchtern den Blick ab und sah dann wieder zu ihr hin.

»Hallo, mein Hübscher«, sagte sie und ging direkt auf ihn zu.

»Wer? Wo?«, stammelte er und schaute nach links und rechts. Er lief rot an. »Ich? Oh …«

Sie küsste ihn auf den Mund, zog ihm den Hut vom Kopf und presste sich an ihn. Sein ganzer Körper erstarrte. Sie ließ ihn los. »Danke«, sagte sie und setzte sich seinen Hut auf den Kopf.

Seine Kinnlade klappte herunter, aber er blieb sprachlos.

Ehe sie um die Ecke ging, blickte sie zurück und warf ihm eine Kusshand zu. Er streckte seinen Zeigefinger in die Höhe, bewegte sich jedoch nicht. Der Besen war vergessen auf die Pflastersteine zu seinen Füßen gefallen.

Sie rannte schnell zwei Straßen weiter, nur für den Fall, dass er zur Besinnung kam. Dann begann sie die Wäscheleinen der Häuser ringsum nach Kleidungsstücken in ihre Größe abzusuchen. Wäsche durfte eigentlich nur in den heißen Stunden um die Mittagszeit herum getrocknet werden, damit die Lichtstrahlen der Tausend Sterne, wenn sie am späten Nachmittag oder Abend benötigt wurden, freie Bahn hatten, aber natürlich hielt sich nicht jeder an die Vorschriften. Teia war selbstverständlich sehr flexibel in dem, was sie stahl. Für den Fall, dass sich die beschaffte Hose als zu groß herausstellte, hatte sie einen Gürtel dabei, und solange Hemd oder Jacke nicht riesig waren, würde sie damit zurechtkommen. Aber zu weite Kleider waren schlabberig, und wenn sie rennen musste, wollte sie keine Hose, die ihr auf die Knöchel herabfiel.

Sie verlangsamte ihr Tempo, als sie sah, was sie wollte. Eine Knabenhose und eine Jacke, ein Stockwerk weit oben zusammen auf einer Leine, und direkt darunter hielt ein Pferdekarren. Ein Mädchen von vielleicht sechs Jahren hielt das Pony und passte auf den Karren auf, solange ihr Vater und ihre Mutter im Haus waren.

Teia rannte los, sprang hinten auf den Karren und stieg auf die Seitenwand der Ladefläche wie eine Katze, die über einen Zaun spaziert. Sie schnappte sich Hose und Jacke, stützte sich im Abspringen mit einem Fuß auf den Kutschersitz und ließ sich unten auf der Straße abrollen.

Keine fünf Schritt von dem kleinen Mädchen entfernt kam sie wieder auf die Beine.

Sie zwinkerte der Kleinen zu und lächelte. Dann verbeugte sie sich. Das Kind wirkte so erschrocken, dass Teia dachte, es würde vielleicht gar nicht reagieren.

Doch dann brach die Kleine in Tränen aus.

Teia ging davon, so schnell sie konnte, und bog gerade um die nächste Ecke, als die Mutter des kleinen Mädchens auch schon zu ihrer Tochter herausgelaufen kam.

Glücklicherweise war das Kind so verstört, dass es nicht erklären konnte, dass da soeben eine Frau vom Himmel gefallen war. Teia kam ungestört davon.

Sie mied die Hauptstraßen, ging lieber das geringe Risiko ein, überfallen zu werden, als sich durch große Menschenmengen wühlen zu müssen. Dann duckte sie sich in den Torbogen einer Bäckerei. So spät am Tag waren die Bäckereien geschlossen und die Lichter gelöscht.

Teia zog die Hose unter ihrem Kleid an, schaute nach links und rechts die Straße hinunter und sah nur ein paar Frauen, die ihr keine Aufmerksamkeit zu schenken schienen, dann schlüpfte sie aus ihrem Kleid. Sie warf sich die Jacke über, faltete rasch das Kleid, zog Hose und Jacke mit ihrem Gürtel zusammen und bauschte alles, so dass es sich ausbeulte. Setzte den Hut auf, schob ihr Haar hinein und stopfte dann das zusammengelegte Kleid direkt über ihrem Bauch unter Jacke und Unterhemd. Der Gürtel hielt es fest, so dass ihre kleinen Rundungen verschwanden und ihre Brust flach wirkte.

Es war schon betrüblich, dass sie nur so wenig zu tun brauchte, damit sie wie ein Junge aussah.

Zehn Minuten später war sie wieder unten am Hafen. Wenn man von See her kam, waren es die Kuppeln und Sterne der Stadt und die sieben glänzenden Türme der Chromeria, die alle

Ehrfurcht des Betrachters beanspruchten. Kam man von der Stadt her, war es etwas ganz anderes. Das Hafengelände ausgedehnt zu nennen wäre noch eine Untertreibung. Großjasper war eine der größten Städte der Welt, und fast alle Güter mussten per Schiff hergebracht werden. Für Außenstehende wirkte das gesamte System wie völliges Chaos, obwohl Teia einmal einen Mitschüler, dessen Vater Hafenarbeiter war, in höchsten Tönen von der Symmetrie und dem kunstvollen Aufbau des Ganzen schwärmen gehört hatte. Ihr kam es wie ein Ameisenhaufen vor. Tausende von Menschen, die durcheinanderwogten, ein Wirrwarr von Schiffen jeder Größe, Karren, die hinein- und hinauswollten, Schlangen von stämmigen Männern, die alle in eine Richtung gingen, und Frauen mit Abakussen, die für Zwecke, die Teia nicht einmal erahnen konnte, Perlen zählten.

Teia ging direkt zu einem Mann, dessen Aufgabe es war, die Fragen von Arbeitern zu beantworten und sie in diese oder jene Richtung zu schicken. »Die *Rote Möwe*?«, erkundigte sie sich und senkte die Stimme um eine Oktave.

»Pier zwölf, grüne Seite.«

Wenn sie ihm sagte, dass »grüne Seite« einer farbenblinden Person nicht sonderlich half, würde sie nur zusätzliche Aufmerksamkeit auf sich lenken, daher hielt Teia den Mund und ging.

Die *Rote Möwe* lag bereits vor Anker, und noch bevor sie Pier zwölf überhaupt erreicht hatte, machte sie einen Gecken mit einem breiten Hut in verschiedenen Farbschattierungen aus, darunter Gelb. Ihr Mann. Ein erstaunliches Glück.

Er wirkte von der Schifffahrt ein wenig mitgenommen und erleichtert, nun wieder festen Boden unter den Füßen zu haben. Er pfiff vor sich hin.

Teia zog Paryl in sich hinein und hielt es lose in der Hand. Sie hatte es nicht zentriert gewandelt, so dass es rasch wieder in sein Lichtspektrum zerfiel, nun aber zu einem Strahl gebündelt. Sie entspannte die Augen und zog den Kopf ein, damit die Hutkrempe ihre Augen so gut wie möglich verdeckte. Es musste schnell gehen. Auf keinen Fall konnte sie eine Brille aufsetzen, ohne dass ihre Tarnung aufflog – Brillen konnten sich nur Wohlhabende leisten. Doch wenn jemand ihre Pupillen sah, würde er oder sie wahrscheinlich laut aufschreien.

Das Paryl-Licht schnitt durch seine Gewänder, durch sein Haar, auch wenn es aus dieser Entfernung nicht stark genug war, um auch seine ledernen Handschuhe und die schweren Stiefel zu durchdringen. Sie musterte ihn sorgfältig, als er vorbeiging.

Gürtelschnalle, Schwert, Münzen in einer Brusttasche. All diese Dinge leuchteten weiß in ihrem Gesichtsfeld auf. Aber kein silbern verziertes Dokumentenköfferchen.

Wenn er die Dokumente bei sich hatte, steckten sie entweder in seinen Stiefeln, in den Handschuhen oder längs unter seinem Gürtel – oder sie waren aus so dünnem Papier gemacht, dass das Paryl direkt durch sie hindurchging. Wie immer es sich verhielt, sie tappte im Dunkeln.

Sie heftete sich an seine Fersen, ließ einen Abstand von dreißig oder vierzig Schritt. Wenn er die Papiere in der Botschaft des Blutwaldes abliefern wollte, hatte sie ungefähr fünfzehn Minuten Zeit, sie sich rechtzeitig zu schnappen. Sie kannte Großjasper gut, aber sie wusste nicht, wie gut dieser Spion die Stadt kannte. Die Viertel zwischen dem Hafen und dem Botschaftsbezirk waren längst nicht so schlimm wie die sich weiter nördlich anschließenden.

Der Spion schritt zielsicher voran, auch wenn er sich ab und zu suchend umblickte. Nie zog er eine Karte zurate oder fragte nach dem Weg. Also kannte er die Stadt.

Solange er so vorsichtig war, konnte Teia ihm nicht in einem geringeren Abstand folgen. Als ein magerer Armenjunge mit einem Hut getarnt, konnte sie sich unauffällig in der Menge verbergen, aber der Kerl war ein Spion. Bestimmt würde er sie bemerken, bevor sie ihn einholen und bestehlen konnte.

Wenn er die Stadt kannte und auf direktem Weg die Botschaft ansteuerte, dann würde er an zwei Stellen Seitengassen zwischen den großen Hauptstraßen durchqueren müssen.

Es war ein Wagnis, aber es war die beste Möglichkeit, die Teia blieb.

Der Spion strich sich über den linken Handschuh, als wolle er sich davon überzeugen, dass etwas noch da war. Das war es. Glück!

Teia bog nach links ab, wo sich zwei Straßen teilten und er die rechte genommen hatte. Nach einem halben Häuserblock begann sie zu rennen. Kaum jemand beachtete sie. Lehrlinge rannten oft, wenn sie Aufgaben für ihre Herren erledigten.

In schnellem Tempo umrundete sie mehrere Blocks. Die Straßen waren hier nicht mehr so voll. Teia bog in die Straße ein, wo sie den Spion abfangen wollte. Zu spät. Ein Stück vor ihr überquerte er gerade eben die Straße. Sie fluchte leise und machte kehrt.

Eine letzte Chance blieb ihr noch. Diesmal rannte sie aus Leibeskräften, um es rechtzeitig bis zur anderen Gasse zu schaffen. Sie war klein genug, dass man sie immer noch für einen spielenden Jungen hätte halten können. Sie versuchte, sich ihre Panik nicht anmerken zu lassen. Sie hatte nur noch eine einzige Möglichkeit.

Sie bog in die Querstraße ein und schaffte es zur Einmündung der Gasse.

Nachdem sie einige Male tief durchgeatmet und versucht hatte, ihre Nerven und ihre zitternden Hände zu beruhigen, duckte sie den Kopf so tief, dass man ihr Gesicht nicht sehen konnte, und verschwand in die Gasse. Er befand sich am gegenüberliegenden Ende und kam in ihre Richtung. Ihr Herz hämmerte so heftig, dass ihr ganzer Körper erbebte. Es war sonst niemand in der Gasse. Wenn sie sich beeilte, konnte sie ihn abpassen, während er gerade eine Stelle passierte, an der sich die Gasse zu einem schmalen Durchlass verengte. Perfekt.

Teia hielt den Kopf gesenkt und den Hut über die Augen nach unten gezogen. Die Sache würde ohne viel Eleganz über die Bühne gehen. Sie würde ihn im Vorbeigehen anrempeln und die Dokumente an sich reißen, und wenn er es nicht sofort bemerkte, so vermutlich doch binnen weniger Sekunden. Hier gab es keine Menschenmenge, keine Ablenkungen. Sie musste einfach hoffen, schnell genug zu sein, um davonzukommen. Sie hielt bereits nach Fluchtwegen Ausschau – aber das sollte sie vielleicht lieber lassen. Aufgepasst! Zuerst musste sie sich die Papiere schnappen, das war das Wichtigste.

Sie erreichte die enge Stelle im gleichen Augenblick wie der Spion. Sie tat, als stolpere sie. Er hob die Hände und stieß sie weg. Sie griff nach den Papieren, aber dabei erwischte sie auch ein Stück Ärmel, und in dem Moment, als sie die Briefe herausriss, drehte der Spion sich um. Mist!

Und dann geschah etwas so schnell, dass sie nicht folgen konnte. Der Schatten dieses schmalen Durchlasses in der Gasse erwachte zum Leben, löste sich von der Wand, deren Teil er gewesen war, und hielt ihren Arm fest.

Er schleuderte sie zu dem Spion zurück. Etwas Warmes spritzte über ihre Lippen und ihren Hals. In wilder Panik hob der Spion die Hände – seine Kehle war aufgeschlitzt, aus seiner Halsschlagader sprudelte Blut und ergoss sich über Teia.

Teia stieß den Spion von sich, und er stürzte zu Boden, nach Luft schnappend wie ein Fisch. Der schattenhafte Meuchelmörder drückte ihr etwas in die Hand. Ein blutiges Messer.

Sie erkannte ihn an seiner Größe, seiner Statur und an seinen Augen, denn ansonsten war er zur Gänze verhüllt; seinen Umhang hatte er sich weit über den Kopf gezogen, und die Kapuze war vorne mit Haken zusammengeklammert, so dass sie sein Gesicht verhüllte und nur seine Augen unbedeckt ließ. Mörder Spitz.

Er ließ sie los, trat schnell zurück und stieg über den zu seinen Füßen sterbenden Spion, als sei es nichts Besonderes, soeben einen Mann ermordet zu haben.

»Du bist jetzt eine Mörderin«, sagte er. »Lauf, oder es geht dir an den Kragen.« Sein Umhang begann zu schimmern, zuerst um seine Augen, etwas wie kleine Rauchwölkchen sauste in Spiralen seinen Körper hinunter, Lichter funkelten auf, und er verschwand.

Sie hörte das Auftreten seiner Stiefel in der Gasse, aber da war nichts zu sehen. Sie versuchte es mit Paryl-Sicht, aber sie konnte ihre Augen nicht kontrollieren. Sie war erstarrt. Sie blickte an sich selbst herab – blutverschmiert, ein blutiges Messer in der Hand, ein sterbender Mann zu ihren Füßen.

Eine gellende Seemannspfeife ertönte, das unverwechselbare Drei-Töne-Signal des Hilfsalarms. »Viel Glück«, sagte die Luft. Sie konnte das breite Grinsen von Mörder Spitz hören, auch wenn sie es nicht sehen konnte.

Teia stand noch einen weiteren Moment wie gelähmt da. Zweihundert Schritt die Gasse hinunter sah sie einen Wachmann. Er sah sie ebenfalls, ein blutiges Messer in der Hand, über einen toten Mann gebeugt. Sie rannte los.

18

Gavin hoffte, eine Gelegenheit zur Flucht zu haben, wenn das Schiff in den Hafen einlief. Oder zumindest eine Gelegenheit, eine Botschaft zu übermitteln. Und wenn nicht einmal das, so hoffte er, dass die natürliche Neigung der Seeleute zur Prahlerei das ihre dazu tun würde, die Chromeria von seinem Schicksal wissen zu lassen. Aber auch wenn Kanonier halb verrückt sein mochte, so war er doch nicht dumm. Nachdem er die ilytanische Galeere geentert hatte, hatten sie direkt den nächsten Hafen angesteuert. Die ilytanischen Seeleute, die den Angriff überlebt hatten, waren an ihre eigenen Ruder gekettet worden, um die getöteten Sklaven zu ersetzen; sie bekamen frische Ruder aus den Vorräten auf dem *Bitteren Kolben* und wurden strikt von der Besatzung des *Kolbens* ferngehalten.

Und damit auch von Gavin.

Der *Bittere Kolben* war ein gutes Stück vor der nächsten Stadt, wie auch immer sie hieß, vor Anker gegangen. Die Sklaven meinten, es handele sich um Corrathquell. Allerdings waren mehr als die Hälfte der Sklaven Angari, denen die Azurblaue See fremd war, daher konnte sich Gavin gut vorstellen, dass alle nur rieten und Orten irgendwelche Namen gaben, um sich dadurch die Illusion zu verschaffen, eine gewisse Kontrolle über die Dinge zu haben. Die andere Galeere, *Der Zorn der Meere* – ein bombastischer Name, aber die Ilytaner hatten wenig Sinn für Bescheidenheit –, war mit Kanoniers erstem und dem dritten

Maat bemannt worden, wobei letzterer den ersten Maat hasste, sowie außerdem noch mit Leonus, der alle und jeden hasste.

Gavin erschien Kanoniers Wahl ein kluger Schachzug. Von Männern, die einander hassten, ging eine viel geringere Gefahr aus, dass sie sich gegen einen zusammentaten. Wenn die beiden Maate mit völlig unterschiedlichen Geschichten darüber zurückkehrten, wie viel sie für die Galeere und die Fracht bezahlt bekommen hatten, konnte Kanonier Leonus fragen. Kein absolut narrensicheres Verfahren, aber einigermaßen verlässlich, vor allem wenn man das nächste Mal andere Männer schickte.

Die an Bord gebliebenen Männer der Besatzung waren unglücklich darüber, dass sie keine Gelegenheit zu einem Landurlaub bekamen, aber Kanonier machte ihrem Murren rasch mit entsprechenden Prügeln ein Ende.

Die Maate und Leonus kamen am nächsten Morgen zurück, nachdem sie den *Zorn der Meere* und die Sklaven verkauft hatten – und zweifellos die Nacht in einem Bordell verbracht hatten, aber das war eine Gebühr, die jeder kluge Kapitän zu zahlen bereit war. Sie lichteten die Anker und stachen sofort in See. Der einzige Proviant, den die Männer mitgebracht hatten, waren Fässer mit Schiffszwieback und solche mit Branntwein. Davon bekamen die Galeerensklaven alle eine Ration, diejenigen in den ersten sechs Reihen eine doppelte. Leonus gab ihnen jedoch allen etwas zu wenig und zwackte so viel für sich selbst ab, dass ihm davon ausgesprochen schlecht wurde.

Es war außerdem ausgesprochen dumm. Wenn er nur einige wenige von ihnen übers Ohr gehauen hätte oder nur jene weiter hinten, hätte er die gleiche Menge Branntwein stehlen können. So aber brachte er die Sklaven als Ganzes gegen sich auf.

Nachdem sie einige Stunden unterwegs gewesen waren, wurde Gavin in Ketten gelegt, von seinem Ruder losgemacht und nach oben verfrachtet. Er wurde aufs hintere Schiffsdeck gebracht, wo Kanonier wartete.

Man zwang Gavin erneut, sich hinzuknien, und dann wurde er an einen Ring an Deck gekettet. Er wehrte sich nicht, verzog nicht das Gesicht.

»Du bist ein Problem«, sagte Kanonier. Er entließ Leonus und den anderen Seemann, die Gavin nach oben gebracht hatten. Kanonier hatte sich sein seltsames weißes Musketenschwert über die Schultern gelegt und die Arme darüber gebreitet. Vorne ließ er die Hände herabhängen, als sei es ein Joch.

»Ich bitte um Entschuldigung«, erwiderte Gavin. Mit schnellen Blicken studierte er erneut die Klinge: weiß und schwarz, sieben schillernde Edelsteine. Wenn er Farben hätte sehen können, wäre es wahrscheinlich noch beeindruckender gewesen.

»Wie lange dauert es, bis sie bekanntgeben, wer dich ersetzt?«, fragte Kanonier.

»Männer wie dich und mich kann man nicht ersetzen, Kanonier, man kann ihnen nur folgen.«

Ein schnell aufblitzendes Grinsen. Dann jedoch: »Beantworte die Frage, Sechs.«

»Prismen und zum Prisma Erwählte werden traditionell nur am Sonnentag ernannt. Wenn er oder sie vor dem Sonnentag stirbt, werden die meisten der Pflichten auf andere übertragen, und das Ausgleichen der Farben wird sozusagen über Handarbeit erledigt – das heißt, Wandler überall auf der Welt bekommen gesagt, dass sie nicht so viel von einer Farbe, sondern mehr von einer anderen wandeln sollen.«

»Endlich gute Neuigkeiten«, sagte Kanonier. Dann spuckte er über Deck. »Und was heißt ›traditionell‹?«

»In Kriegszeiten sind viermal vorzeitig Prismen ernannt worden, und man hat die abschließenden Zeremonien bis zum Sonnentag aufgeschoben.«

»Also könntest du bereits ersetzt worden sein?«, fragte Kanonier. »Dann ist es wohl gut, dass du ein tüchtiger Ruderer bist.«

Ach so. Kanonier befürchtete, dass Gavin im Wert sank, wenn er ihn nicht rechtzeitig vor der Ernennung eines neuen Prismas gegen Lösegeld verhökerte. Bei Orholams hängenden Eiern, als sei Gavin ein Besitzstück. Misstönend schepperte der Gedanke durch sein Gehirn, die Erschütterungen fegten Sand und Staub von scheinbar glatten Oberflächen und enthüllten die darunter verborgenen rostigen Nägel. Zum Rudern gezwungen zu werden war das eine. Sogar geschlagen zu werden war zwar hart und ärgerlich, aber nichts Schlimmeres, als es Gavin vom Training her gewohnt war. Muskelkater? Hatte er fünfhundert Tage ohne Unterbrechung gehabt, als er den Gleiter entwickelt hatte. Es hatte Männer und Frauen gegeben, die versucht hatten, ihn zu töten; wo immer er hinging, war er gehasst und gefürchtet worden. Aber wirklich ein Sklave zu sein?

Nein, hier besuchte er ein unerfreuliches Land. Es war *nicht* sein neues Zuhause. Ein tüchtiger Ruderer? Er würde fliehen oder befreit werden, das stand außer Frage. Er war kein Ruderer; er ruderte nur eben mal eine gewisse Zeit lang.

Gavin besaß Sklaven. Wenn ihre Gesichter einen ungewohnten Ausdruck annahmen, wenn er Angst, Verzweiflung oder Abscheu in ihnen sah, überlegte er, ob er es mit einem Mordanschlag zu tun hatte – und wenn nicht, kümmerte er sich nicht weiter darum. Um die Sklaven kümmerte er sich auch nicht weiter. Weil sie der Beachtung nicht wert waren.

Der einzige Sklave, den er wie einen Menschen behandelt hatte, war Marissia gewesen. Zumindest zu ihr war er gut gewesen. Mehr als gut. Er war der Sklavin, die ihm am nächsten gestanden hatte, ein vorbildlicher Besitzer gewesen. Das musste doch etwas zählen.

»Und du bist dir sicher, dass dein Vater dich nicht zurückhaben will?«, fragte Kanonier.

»Du hast gesehen, wo dieses Schwert war, nicht wahr?«, fragte Gavin zurück. Er meinte an dem Tag, an dem Kanonier ihn aus dem Wasser gefischt hatte. Er selbst erinnerte sich nicht, aber man hatte ihm gesagt, er sei auf dem verdammten Ding aufgespießt gewesen. »Das war mein Vater.«

Das stimmte so weit. Gavin hatte die Klinge in seine eigene Brust gelenkt, als er sah, dass es entweder ihn oder Kip treffen würde. Ein seltsamer Anflug von verrücktem Heldentum. Und jetzt war Kip ertrunken. Was zeigte, wozu Heldentum doch gut war.

»Was willst du?«, fragte Gavin.

Kanonier breitete die Arme aus, nahm Sonne in sich auf. Seine Jacke teilte sich über seiner nackten, sehnigen Brust, während das elfenbeinweiße und ebenholzschwarze Musketenschwert mühelos auf seiner Schulter balancierte. »Kanonier will eine Legende«, sagte er.

»Du hast zwei. Der Meeresdämonentöter! Du bist seit deinem sechzehnten Lebensjahr eine Legende. Und du hast mich gefangen genommen, eine größere Legende kann man sich wohl kaum vorstellen.«

»Na ja, wenn du das sagst …«, meinte Kanonier grinsend.

»Ich hab gedacht, falsche Bescheidenheit wäre nichts für einen Mann wie Kanonier«, entgegnete Gavin.

Kanonier stutzte. »In der Tat, nein.« Er wurde nachdenklich. Schließlich machte er eine Handbewegung und deutete auf sein Schiff, seine Besatzung, selbst auf sein wundersames Schwert. »Es ist nicht genug. Verstehst du? Gerade du verstehst es, nicht wahr? Ich war noch ein Junge, als ich damals das andere gemacht habe. Das kann doch nicht der Wipfel meines Lebens gewesen sein, oder?«

Gavin verkniff sich ein Grinsen über die Wortverwechslung. Nicht einmal den leisesten Anflug von gut gemeintem Spott würde Kanonier dulden, nicht jetzt.

»Es war zur Hälfte Glück«, fuhr Kanonier fort. Er schüttelte den Kopf. »Ein Mann ist mehr als eine einzige Tat, nicht wahr?« Aber er wartete nicht auf Gavins Antwort und deutete mit grimmiger Heiterkeit zum Horizont. »Dort, siehst du es?«

Gavin konnte es nicht sehen.

Kanonier knurrte, betrachtete Gavins Ketten, beschloss aber, sie ihm nicht abzunehmen. »Wir werden von einer Galeere verfolgt. Gehört einem gewissen Mongalt Shales. Er hat mir Rache geschworen. Vor zwei Jahren war ich der Kanonier des berühmten Kapitäns Giles Gerber. Kennst du ihn?«

Gavin musste den Kopf schütteln.

Kanonier knurrte wieder, als sei das ein Mangel, würde aber eine zu weitläufige Abschweifung bedeuten, um Gavin jetzt ins Bild zu setzen. »Ist natürlich ein Pirat. Wir haben eine Galeere aufgespürt und sie verfolgt, und ich hab einen Schuss vomFerngeschütz am Bug abgegeben. Hat nicht nur den ersten Maat vom Steuerrad geblasen – ich hab das ganze Rad weggeblasen. Aus dreihundert Schritt Entfernung. Ich gebe zu, war ein wenig Glück im Spiel bei diesem Treffer. Da das Schiff nicht mehr wenden konnte, war der Kampf im Nu vorbei. Es ist nicht mal irgendwer sonst gestorben.«

»Und der Maat, den du vom Steuerrad geblasen hast, war mit Shales verwandt?«, riet Gavin.

»Seine Schwester. Seitdem verfolgt er mich. Hat mich in einer Schlafbaracke in Wiwurgh aufgespürt. Hat einen Kampf vom Zaun gebrochen. Hab ihm die Hälfte seiner Zähne ausgeschlagen. Hat mich in einem Hurenhaus in Smussato gefunden. Mich zum Duell gefordert. Ich hab Pistolen vorgeschlagen. Er sagte, Schwerter. Hab ihn mit einem Dutzend Schnittwunden und einer gebrochenen Hand liegen lassen. Hat mich in einem Schankhaus in Odess gefunden. Hat mich wieder zum Duell gefordert. Hab mir ausbedunkt, dass wir Pistolen aus vierzig Schritt Entfernung abfeuern. Er hat daneben geschossen. Ich hab ihn zwischen den Beinen erwischt, hab aber nie erfahren, ob ich ihn entmannt hab oder nicht. Mehr ein Streifschuss, aber ich hab Blut gesehen. Er hat überlebt, also kann es nicht so schlimm gewesen sein. Hab gedacht, das würde ihn endlich davon abbringen.«

Du hast geglaubt, die Kastration eines Mannes würde seiner Jagd nach Rache ein *Ende* setzen?

»Er verfolgt mich auch jetzt. Ich halte genug Abstand, um meinen Spott mit ihm zu treiben. Um ihn denken zu lassen, dass er mich einholen wird, wenn nur der Wind günstig ist oder ich einen einzigen Fehler mache. Bin mir nicht sicher, wie er seine Besatzung bei Stange hält. Könnte mir vorstellen, dass sie eines Tages meutern werden.«

»Du lässt also ein womöglich tödliches Problem einfach schwären, weil … warum? Weil du dich langweilst?« Dass Kanonier seinen Verfolger nicht getötet hatte, bedeutete entweder, dass Kanonier ein besserer Mensch war, als Gavin gedacht hatte, oder ein viel, viel schlechterer.

»Kanonier gefällt dieses Wort. Was bedeutet es?«

Welches …? Ach so, schwären. »Schlimmer werden. Wie eine Wunde, die brandig wird oder aus der Eiter läuft.«

»Wusste doch, dass es ein gutes Wort ist. Du bist ein kluger Mann, Prisma. Schwänen.«

»Schwären«, rutschte es Gavin heraus.

Für einen Sekundenbruchteil glitt etwas wie Blutdurst über Kanoniers Gesicht. »Schwären«, sagte er bedächtig. »Was würde dein Vater tun, wenn ich ihm deine Augen schickte?«

Gavin spürte einen Stich von Abscheu und Furcht und unterdrückte das Gefühl. »Das kommt darauf an.«

»Sag es bitte.«

»Er würde zweifellos eine öffentliche Zurschaustellung seiner Trauer veranstalten. Zweifellos eine einstudierte Vorführung, die zu verpassen mir leidtut. Er würde dich trotzdem verfolgen – aber sag mir, sind meine Augen noch immer prismatisch?«

Kanoniers Faust kam aus dem Nichts und traf Gavins Wange mit voller Wucht. Auf den Knien und in seinen Ketten unfähig zur Gegenwehr, krachte Gavin schwer auf Deck. Er hörte ein mechanisches Geräusch und schaute auf. Blut füllte seinen Mund, und er sah, dass Kanonier das geladene Musketenschwert gespannt hatte und damit auf Gavins Kopf zielte.

»Du machst dich wohl über mich lustig, was?«, fragte Kanonier.

Was? Wieso? »Meine Augen«, wiederholte Gavin. »Sehen sie wie Prismen aus? Reflektieren sie noch immer das Licht?«

»Nein, reines Blau«, antwortete Kanonier und sah ihn über den Lauf hinweg an. »Ach so, prismisch. Klar, 'tschuldigung.« Er legte sich die Waffe wieder auf die Schulter. »Prismisch?«

»Genau«, sagte Gavin.

»Prismisch?«

»Na ja, prismatisch«, räumte Gavin ein.

»Prismatisch. Genau. Deine Augen war'n früher wirklich ganz prismatisch gewesen. Wenn Kanonier sie jetzt ausstechen und an Papa schicken würde, würde der vielleicht denken, dass ich seinen Jungen doch nicht hab. Sieht ganz so aus, als würdest du deine Guckerchen behalten. Natürlich könnt ich auch nur eins ausstechen. Einfach so.«

Karris, könntest du bitte herkommen und meinen Arsch retten? Solange es noch einen Arsch zu retten gibt? Bitte! »Weißt du, Kanonier, ich mag dich wirklich sehr. Aber du machst mir Angst.«

Kanonier lächelte breit, und die gefährliche Situation ging vorüber. Er blickte wieder aufs Meer hinaus.

Gavin wollte etwas sagen, dann besann er sich eines Besseren. Kanonier wirkte grüblerisch. Sollte er ruhig nachdenken.

»Eine große Muskete und eine unmögliche Aufgabe«, sagte Kanonier nach einer langen Minute.

»Hm?«

»Das ist es, was ich will. Das ist alles.« Er betrachtete das Musketenschwert, das er aus Gavins Leib gezogen hatte, irgendwie ohne dass Gavin an alledem gestorben war. »Ich wollte immer die perfekte Muskete bauen. Diese hier hat meinen Traum zerstört. Eine so gute bekomme ich nie hin. Früher wollte ich die Stromschnellen der Ewigdunklen Pforten befahren. Ein Traum, den dieses Schiff zerstört hat. Es ist alles bereits getan worden.« Er stampfte aufs Deck. »Kanonier wurde zu spät geboren. Die letzte unmögliche Aufgabe auf dieser Welt hat er in seiner Jugend bewältigt.«

Er sank in sich zusammen, und die leuchtende Sonne vermochte seine Dunkelheit nicht länger zu durchdringen.

»Ich glaube nicht, dass das stimmt«, sagte Gavin. »Es gibt ein Dutzend Herausforderungen, die es wert sind …«

Der Knauf der Muskete zuckte durch die Luft, krachte in Gavins Magen und raubte ihm den Atem.

»Glaub ja nicht, dass du mich geschichtigen kannst, Guile. Ich bin kein Kind, das du um deine Greiferchen wickeln kannst. Bringt ihn nach unten!«, brüllte er. »Sofort! Bevor Kanonier unserer Beute den Kopf wegbläst!«

19

Sobald Teias Füße über die Pflastersteine klatschten, setzte ihr bewusstes Denken einfach aus. Sie war wie ein Tier. Sie erreichte eine schmale Kreuzung in der Gasse und merkte, dass sie das blutige Messer noch immer in den Händen hielt. Schlitternd kam sie zum Stehen, drehte sich um, schleuderte das Messer die Seitengasse hinunter, wandte sich dann in die andere Richtung und rannte weiter. Das laute Klirren von Stahl auf Stein kam ihr vor wie eine weitere schrille Alarmglocke. Sie rieb sich das Gesicht mit dem Ärmel. Als sie den Arm sinken ließ, war der Stoff blutig.

Sie war über und über mit Blut besudelt. Lieber Orholam, rette mich. Teia rannte die Häuserreihe entlang, bog ein wenig langsamer in die Hauptstraße ein und lief auf die Wand des ersten Ladens zu. Es war das Geschäft eines Webers und Wollkämmers; die breiten Fensterläden waren geöffnet, und einige der Waren wurden auf der Straße zur Schau gestellt. Als sie am Verkaufstisch im Inneren des Ladens eine alte, zahnlose Frau ausmachte, hockte sich Teia hinter einen Ständer mit gewebten Ghotras aus Ziegenwolle. Wenn die Frau herauskam, würde die sich öffnende Tür Teia vor ihrem Blick verbergen.

Sie hatte nur einen kurzen Moment Zeit, um sich zu fragen, ob sie eine katastrophale Entscheidung getroffen hatte; dann ertönten die Pfeifen. Teia hörte Männer keine zehn Schritt entfernt übers Pflaster rennen. Die Wachleute. Sie bliesen in ihre

Pfeifen, ein hohes, zorniges Geräusch. Doch sie rannten zum Ort des Mordes hin, nicht davon weg. Versuchten erst einmal herauszufinden, was geschehen war, und noch nicht, denjenigen zu fangen, der es getan hatte.

Es war die pure Qual, nichts sehen zu können, aber Teia blieb unten, und wenige Sekunden später öffnete sich quietschend die Tür, und die Alte sowie eine weitere Frau verließen den Laden und gingen an Teia vorbei.

»Was glaubst du, was haben die jetzt schon wieder vor?«, fragte die jüngere Frau.

Teia schwang sich durch das offene Fenster in den Laden und huschte mit leichten, schnellen Schritten die Treppe hinauf. Der große Raum im oberen Stockwerk war bis zu den Dachsparren mit Rohwolle vollgestopft, doch die Tür zum Dach war verriegelt und verschlossen.

»Jofez?«, rief eine Männerstimme. Anscheinend hatte dieser Mann ihre Schritte gehört. »Bist du oben?«

Oh, die schwarzen Abgründe der Hölle!

Sie hörte Schritte auf der Treppe und trat hinter einen der Wollstapel. Der Mann hatte keine Laterne mitgenommen, aber sie hatte auch keine, und ihre Augen waren nicht an die Dunkelheit gewöhnt. Schon vorhin war sie vor Schreck erstarrt, und die Angst hatte es ihr unmöglich gemacht, bewusst die Pupillen zu erweitern. Was, wenn ihr das immer so erging? Was, wenn es ihr bestimmt war, gerade dann zu versagen, wenn es wirklich zählte? Was, wenn …

Teia schloss die Augen, atmete tief aus und öffnete dann die Augen wieder. Sie spürte das Dehnen, als ihre Pupillen sich erweiterten, hin zur verbesserten Nachtsicht und bis ins Infrarote hinein.

Der warme Klecks von einem Mann, der oben auf dem Treppenabsatz stand, erschien weichgezeichnet in ihrem Gesichtsfeld – so deutlich, wie es bei Infrarot eben möglich war. Am heißesten war sein Gesicht, und heiß war überall auch seine nackte Haut, trüber und dunkler erschien er dagegen dort, wo Kleider die Haut bedeckten, mit Ausnahme der Lendengegend und der Achselhöhlen.

Sie versuchte, den Mann zu umrunden, aber indem sie ihn immer im Blick behielt, statt auf die Dunkelheit um sich herum zu achten, stieß sie mit dem Fuß gegen das Holzgestell unter einem Stapel Rohwolle. Ein dumpfes Geräusch ertönte.

»Jofez?«, wiederholte der Mann und kam näher.

Infrarot war hier nicht gut genug. Mit einer ihr bisher unbekannten Schnelligkeit entspannte Teia ihre Augen weiter und wandelte eine Paryl-Fackel, aber das Paryl-Licht konnte all die schwere Wolle nicht durchdringen. Das half ihr nicht weiter.

Komm schon! Ihre Verzweiflung verlieh ihr Willenskraft, und das Paryl-Licht wurde schärfer und brach sich an den Rändern der Wollstapel Bahn. Es erhellte sie nur schwach, aber es reichte, um die Gestalt zu sehen, die, nur wenige Schritte von ihr entfernt, nun näher herantrat. Sie schlängelte sich vorsichtig zwischen den Wollstapeln hindurch und konnte jetzt jedes Detail auf dem Boden leicht ausmachen und alle Geräusche vermeiden.

»Melina, wenn das wieder deine verdammte Katze ist, bring ich sie um. Jagt mir ständig eine Höllenangst ein und fängt nicht mal Ratten.« Er grummelte weiter vor sich hin, als er die Treppenstufen hinabstieg. »Was zum Teufel ist da draußen los?«, fragte er. Endlich hatte auch er die Pfeifen gehört.

Dann war er fort.

Adrasteia atmete tief durch. Ihr war das Paryl fast ausgegangen, daher ließ sie das Licht erlöschen.

Sie hatte nicht viel Zeit. Der Speicher hier war eine Sackgasse, also musste sie weg. Sie bahnte sich einen Weg durch die Wollstapel, bis sie auf gewaschene und gebleichte Wolle stieß, die sie an Geruch und Textur erkannte. Sie griff sich etwas davon und rieb sich damit die Hände ab. Sie hatte keinen Spiegel und somit keine Ahnung, wo genau sie überall voller Blut war, aber sie musste sich schnellstens so gut wie möglich reinigen. Sie steckte die benutzte Wolle tief in den Haufen hinein – vielleicht würden sie der Katze die Schuld geben und glauben, sie hätte hier eine Ratte getötet. Tut mir leid, Leute.

Dann schlüpfte sie aus den gestohlenen Jungenkleidern und rieb sich Gesicht, Brust und Arme mit dem sauberen Rücken der Jacke ab, in der Hoffnung, alles Blut wegzuwischen. In der Dunkelheit zog sie ihr Kleid an, nestelte an den Schnüren.

Beeil dich, Teia. Mach, dass du wegkommst.

Sie erwog, die blutigen Kleider hierzulassen, aber es würde vielleicht nur Minuten dauern, bis jemand mit einer Laterne die Treppe heraufkam, und wenn die Wachmänner eins und eins zusammenzählten, würden sie sofort anfangen zu fragen, ob irgendjemand Ungewöhnliches beim Verlassen des Ladens gesehen worden war. Irgendwer in der Nachbarschaft würde sich erinnern, eine Scholarin gesehen zu haben, und die Suche würde schnell eingegrenzt werden.

Also würde sie die blutigen Kleider mitnehmen müssen, direkt unter ihren Nasen vorbei. Sie faltete die Sachen so fest zusammen, wie sie konnte, zog ihren Hut vom Kopf, stopfte die Sachen hinein, ging die Treppe hinunter, bemüht, sich von nichts und niemandem den Aufruhr in ihrer Brust anmerken zu lassen.

Niemand war im Laden, aber etliche andere Ladenbesitzer und Passanten strömten draußen Richtung Gasse, um zu sehen, was geschehen war. Teia suchte sich auf Blutspuren ab. Ihr Kleid schien sauber – sie hatte sich Sorgen gemacht, dass in ihr Unterhemd gesickertes Blut vielleicht auch in das Kleid darunter hätte fließen können, aber soweit sie es erkennen konnte, hatte sie Glück gehabt. Sie sah sich nach einem Spiegel um. Es war keiner im Laden.

Mit bis zum Hals klopfendem Herzen schwang sie sich wieder über den Fensterrahmen, und dabei fiel ihr Blick auf ihre Hand – da war Blut unter ihren Fingernägeln und bildete Bögen um jede Nagelhaut. An beiden Händen.

Oh verdammt.

Sie trat auf die Straße hinaus und schlüpfte hinter die alte Frau. Der Mann und die jüngere Frau waren bereits in die Gasse hineingegangen und überließen es der Alten, auf den Laden aufzupassen.

Teia warf einen Blick über die Schulter und wäre dabei fast mit einem anderen Ladenbesitzer zusammengestoßen, der auf der Straße stand und hin- und hergerissen schien, ob er sich um seinen Laden kümmern oder selbst nachsehen sollte. »Sie sprechen von Mord«, wandte er sich an Teia.

»Gütiger Orholam, das ist ja schrecklich«, erwiderte sie. Sie meinte es ernst. Eine heftige Gefühlswallung stieg in ihr auf. Sie schluckte mühsam, ballte die Fäuste und biss die Zähne zusammen.

Nicht jetzt, Teia. Nicht. Jetzt.

»Aber so etwas passiert hier bei uns nicht«, fuhr er fort. »Wir sind gute Menschen.«

Sie gab einen zustimmenden Laut von sich und ging weiter. Er nahm kaum von ihr Notiz.

Es war die Hölle, gegen den Strom der Neugierigen zu laufen und zu wissen, dass jeder Blick über die Schulter sie schuldbewusst erscheinen lassen würde. Sie hörte jemanden rennen. »Platz da! Platz da! Die Wache kommt!«

Sie ging weiter. Zwanzig Schritt hinter ihr ertönte eine schrille Pfeife.

Du darfst nicht rennen. Du siehst aus wie ein hilfloses kleines Mädchen. Der Wachmann wird dich nicht angreifen; er wird dich nur am Arm packen. Dann gehst du auf ihn los. Wenn du stattdessen wegrennst, wird er sich auf dich stürzen. Gegen sein ganzes Gewicht hast du keine Chance, dann bist du tot.

Die Pfeife ertönte abermals, fast direkt an ihrem Ohr. Wenn er deinen Arm packt, dreh dich mit ihm um und ramm ihm den Ellbogen an den Kopf, um ihn zu betäuben. Dann renn. Zwei Straßen weiter gibt es einen unterirdischen Kanalisationsgraben. Dort kannst du weitersehen.

Dann begriff sie anhand der stampfenden Schritte, dass es nicht nur ein Wachmann war, sondern zwei. Zwei? Bei zweien würde ihr Plan nicht funktionieren.

Sie erstarrte.

Die beiden Wachmänner rannten direkt an ihr vorbei.

»Macht Platz für die Wache! Aus dem Weg!«, bellte einer von ihnen. Sie liefen weiter und wurden dann von der Menge verschluckt.

Einen Straßenzug weiter nahm alles seinen normalen Lauf, die Menschen wussten nichts von dem Tod in solcher Nähe. Teia erreichte einen Brunnen inmitten eines Marktplatzes. Einige der Straßenverkäufer waren bereits dabei, ihre Waren abzuräumen. Sie setzte sich auf den Brunnenrand und ließ die Finger durchs Wasser gleiten, als hätte sie gerade nichts weiter zu tun. Dann richtete sie sich auf, blickte sich um, ob jemand sie beobachtete, und rieb sich die Fingernägel an der zusammengefalteten Jacke ab.

»Was tust du da?«, fragte ein kleiner Junge. Dass er wirklich süß war, machte ihn nur noch lästiger. Zweifellos der Sohn eines der Händler.

»Ich bin eine Wandlerin«, antwortete sie. »Fort mit dir, oder ich stecke dich in Brand.«

Die Augen des Jungen weiteten sich. Sie tat so, als wolle sie sich auf ihn stürzen, und er flitzte davon. Sie rieb sich hastig die andere Hand ab und stand auf. Sie musste hier weg, musste die blutigen Kleider loswerden.

Einige Straßen weiter stieß sie auf eine große schlammige Pfütze. Sie täuschte ein Stolpern vor und warf die zusammengelegten Kleider mitten in die Pfütze, dann stampfte sie darauf. Schlammflecken über Blutflecken. Sie zog die vor Dreck triefenden, tropfnassen Kleider aus der Pfütze und steckte sie angewidert zurück in den Hut.

Niemand schien irgendetwas bemerkt zu haben.

In der nächsten Straße warf sie die Kleider und den Hut auf einen Müllhaufen.

Sie machte einen Bogen um einige weitere Straßenzüge, um sicherzustellen, dass sie nicht verfolgt wurde, hielt dann wieder an einem Brunnen und schrubbte sich Gesicht und Hände. Zufriedengestellt machte sie sich schließlich auf den Rückweg zur Chromeria.

Niemand hielt sie an. Niemand wusste etwas. Sie war damit durchgekommen. Sie hatte sogar noch immer die Briefe. Jedoch war ihr Kopf noch nicht klar genug, um zu verstehen, was gerade geschehen war.

Die Rückkehr in die Chromeria war wie der Eintritt in eine andere Welt. Eine Welt ohne Mord, ohne Schatten, die jäh zum Leben erwachten. Eine sichere Welt. Sie überquerte den Lilienstiel und ging auf den Eingang zum Turm des Prismas zu, wo ihr Zimmer lag.

Sie war fast an der Tür angelangt, als sie einen Mann bemerkte, der große Ähnlichkeit mit Kip hatte. Er lehnte an der Wand und blätterte in Spielkarten, als lerne er sie auswendig. Als sei da nichts Seltsames dabei.

Er sah nicht auf.

»Kip?«, fragte sie. »Kip!« Sie lief zu ihm hinüber und schlang die Arme um ihn. »Du lebst!«

Er erwiderte ihre Umarmung nicht, und für einen Moment kam ihr der schreckliche Gedanke, dass es doch nicht Kip war. Sie ließ ihn los, trat einen Schritt zurück. Er sah tatsächlich anders aus: Er hatte wahrscheinlich noch einmal drei Septs abgenommen, und seine breiten Schultern traten immer deutlicher aus seinen zurückgehenden Fettpolstern hervor. Seine Kieferpartie wirkte ausgeprägter, sein Gesicht war härter geworden, ohne den Babyspeck, der es weich gemacht hatte. Aber es war Kip. Und noch etwas war anders an ihm. Sie hatte geglaubt, ihn in der Stadt gesehen zu haben – und es stimmte. Und plötzlich schnürte ihr Angst die Kehle zu.

»Ich bin gerade angekommen. Ich konnte es kaum erwarten, dich zu sehen«, sagte er. Da lag keine Freude in seiner Stimme. »So hatte ich mir das nicht vorgestellt.«

Plötzlich spürte sie ein Bleigewicht im Magen. Das Atmen fiel ihr schwer. Ihre Schuldgefühle gruben sich tief in ihre Züge. Was Kip nicht entging.

»Kip.« Das Wort war kaum mehr als ein Flüstern. Das Atmen fiel ihr unheimlich schwer. »Kip, ich bin eine Sklavin. Du verstehst nicht, was das bedeutet.«

»Du bist keine Sklavin.«

»Wie lange bist du mir gefolgt?«, fragte sie. Er konnte ihr nicht lange gefolgt sein, ohne dass sie es bemerkte, oder?

Kips Gesichtsausdruck wechselte hin und her, mal sah er aus wie ein Welpe, den man getreten hatte und der nicht verstehen konnte, warum, mal wie ein harter Mann, der seine Wunden verbarg. »Du solltest vielleicht dieses blutige Unterhemd ausziehen, bevor noch jemand anders es bemerkt.«

Sie geriet in Panik und eilte davon, aber seine langen Schritte hielten mühelos mit ihr mit. Wann war er so groß geworden?

Natürlich hatte er ihr nicht den ganzen Weg von der Stadt her folgen können. Was hatte er gesehen? Vielleicht war er ihr lange genug gefolgt, um sie beim Stehlen der Kleider zu sehen. Schlimm, aber kein Verdammungsurteil, und er hatte das Blut gesehen, das war schlimmer, aber immer noch kein Verdammungsurteil.

Andererseits, wenn er alles gesehen hatte – aus einem unverstellten Blickwinkel –, musste er wissen, dass sie keine Mörderin war. Wenn er *fast* alles gesehen hatte, würde er sie vielleicht für eine halten.

Und welchen Preis kostete es, wenn sie es ihm verriet? Du bist eine Sklavin, Teia, keine Idiotin. Was bedeutet es? Denk nach!

Sie betraten den Aufzug zusammen mit einem anderen Scholaren, und so blieb es Teia erspart, sich weitere Lügen aus den Fingern saugen zu müssen.

Die Frage ist nicht, was *ich* tue, die Frage ist, was tun *sie*? Es gab hier nicht nur einen Faden zu verfolgen, sondern zwei.

Als sie und Kip aus dem Aufzug stiegen, stockte ihr plötzlich der Atem. Es war so einfach: Alles, was sie für Lady Verangheti gestohlen hatte – in Wirklichkeit für Lady Aglaia Crassos, was sie aber nicht gewusst hatte –, war aus Metall gewesen, so dass Teia es deutlich hatte erkennen können. Aber es waren auch alles leicht identifizierbare Stücke gewesen. Damit sie leicht erkennen konnte, was sie stehlen sollte, hatte sie geglaubt. Aber dem war nicht so.

Sie hatten alles, was sie gestohlen hatte, aufbewahrt, so dass sie sie später erpressen konnten – es waren alles Beweisstücke dafür, dass sie eine Diebin war.

Kip packte sie grob am Arm und zog sie herum. Erneut fiel ihr auf, wie groß er geworden war. All die Stellen, an denen Fett gewesen war, waren durch Muskeln ersetzt worden, das aber so langsam, dass keiner von ihnen etwas bemerkt hatte – bis jetzt, wo er einige Wochen lang gehungert haben musste, um so viel abzunehmen.

»Teia, verdammt, sag mir die Wahrheit!«

Es war nicht fair, dachte sie, wie Jungen das machen. In der einer Sekunde sind sie große Kinder, und in der nächsten können sie dir den Arm abreißen.

Als sie in das Gesicht ihres Freundes aufblickte – nein, ihres Herrn; bis diese Papiere alle Instanzen passiert hatten, war er trotz allem immer noch ihr Herr –, spürte sie, wie etwas in ihr zerbrach, aber es war ein schönes, süßes Gefühl, es war Honig, der aus einer zerbrochenen Wabe tropfte. Er wusste Bescheid. Sie musste ihm alles sagen und das Beste hoffen. Selbst wenn er zurückschreckte, selbst wenn er weglief, würde sie nicht länger mit dieser Bürde allein sein. Die bloße Aussicht darauf erfüllte sie mit Licht und Hoffnung.

Kip schien zu bemerken, wie fest er ihren Arm umklammerte, und ließ ihn los. »Bist du in eine Schlägerei geraten oder so?«, fragte er.

Teias Herz begann wieder zu schlagen. Er wusste es also doch nicht. Wellen der Erleichterung durchströmten sie.

Kip zog die Brauen zusammen, und sie sah, dass er merkte, dass er es vermasselt hatte.

»Ich muss mich umziehen, und wir müssen dieses Gespräch irgendwo führen, wo man uns nicht belauschen kann«, sagte sie. Sie hatte wieder die Kontrolle und konnte sich etwas Zeit zum Nachdenken verschaffen.

Bestimmt war sie nicht der einzige Mensch, der ein Interesse daran hatte zu erfahren, dass Kip zurück war. Bestimmt lauerten überall Spione, um allen Mächtigen zu berichten, dass er hier war. Bestimmt würden zumindest die Weiße und der Rote sowie der Hauptmann der Schwarzen Garde sofort aktiv werden, wenn sie erfuhren, dass Kip hier war. Wie lange brauchten die Spione hier eigentlich für so etwas?

Andererseits wäre es das Beste für Teia, wenn sie es zu den Waschräumen schaffte, bevor sie einem der Diener der mächtigsten und interessiertesten Menschen in den Sieben Satrapien begegnete.

»Es dürfte für uns beide besser sein, wenn ich mich vorher waschen kann, Kip«, sagte sie, während sie weitereilte.

Gerade als sie die Quartiere der Mädchen erreichten, sah sie Gavins Kammersklavin Marissia aus der Richtung von Kips Zimmer kommen. Teia hielt den Kopf gesenkt. »Ich bin in fünf Minuten wieder da«, sagte sie, während sie sich durch die Tür schob. »Vielleicht auch in zehn.«

Die Mädchenquartiere waren menschenleer. Orholam sei Dank für solche kleine Zeichen der Gnade. Die meisten Mädchen waren im Unterricht, bei der Arbeit oder beim Abendessen – was Teia daran erinnerte, dass sie seit dem Frühstück nichts zu sich genommen hatte. Sie schloss die Tür hinter sich, dann wartete sie und lauschte.

»Kip«, sagte Marissia mit gepresster Stimme. »Ich bin hocherfreut, Euch lebend zu sehen. Ihr werdet oben verlangt, unverzüglich …«

»Es tut mir leid, aber ich bin beschäftigt …«

»… bei einer Krisensitzung des Spektrums. Das ist keine Bitte, Kip. Ihr könnt mit mir kommen, und wir können die Sache vielleicht aus der Welt schaffen, oder die Wachmänner des Schwarzen werden Euch ergreifen und wahrscheinlich verprügeln, und der Rote wird bekommen, was er will. Was denkt Ihr Euch dabei, Zeit mit einer Sklavin zu verschwenden? Ihr hättet Euch sofort bei der Weißen melden sollen. Betet zu Orholam, dass Eure Torheit uns keine Menschenleben kostet.«

»Ich bin erst vor zehn Minuten hier angekommen und …«

»Sofort, Kip.«

Für einen kurzen, dummen Moment wollte Teia hinausgehen und Marissia ohrfeigen. Wie konnte sie es wagen, so mit ihrem Freund zu sprechen? Sklavin? Sklavin? Du bist selbst eine Sklavin, du dumme …

Teia rückte dicht an die Tür heran, um zu hören, wie Kip reagieren würde. Als die Tür plötzlich aufflog, schlug sie ihr gegen die Wange, so dass Teia beinahe die Sinne schwanden, auch wenn sie sie nicht sonderlich hart getroffen hatte.

»Glaub ja nicht, dass du unbemerkt geblieben bist, *Caleen*«, sagte Marissia leise durch den Türspalt. »Warum hast du deine Freilassungspapiere nicht eingereicht? Was für ein Spiel spielst du? Für wen?«

Die Tür fiel zu, und Schritte verhallten. Teia trieb allein im Ozean, ein Tonnengewicht um ihren Hals gekettet.

Immer eins nach dem anderen, suchte sie ihre Panik zu besänftigen. Du bist nach wie vor voller Blut, Dummerchen. Das zuerst. Sie trat an ihr Bett, öffnete ihre Truhe und zog ein sauberes Unterhemd heraus. Dann ging sie ins Badezimmer, goss Wasser in ein Becken und betrachtete sich in einem der Spiegel.

Nachdem sie sich durch einen raschen Blick davon überzeugt hatte, dass niemand kam, zog sie ihr Kleid aus. Als sie den Blutspritzer quer über ihrem Unterhemd sah – dunkler, wo das Blut getrocknet war, aber oben an ihrem Hals immer noch leuchtend rot, wo ihre Wärme und ihr Schweiß das Blut flüssig gehalten hatten –, verspürte sie den plötzlichen Drang, es sich herunterzureißen, zu weinen, sich zu übergeben. Dieser Mann, der Ausdruck in seinen Augen, dieses Wissen, dass er starb und dass es nichts gab, was er tun konnte …

Sie holte tief Luft und stützte sich am Becken ab.

Sorgsam darauf bedacht, sich kein Blut ins Gesicht zu

schmieren, zog sie das Unterhemd aus. Ihr erster Impuls war, das Unterhemd ins Wasser zu tauchen und zu versuchen, es zu waschen. Dann besann sie sich. Es war Blut. Die Flecken würden nicht ganz herausgehen und nur das Wasser in eine blutige Sauerei verwandeln. Stattdessen suchte sie ihren Körper nach Anzeichen von Blut ab. Sie tauchte den Saum ins Wasser und wischte sich am Hals und zwischen den Brüsten ab.

Grundgütiger Orholam, sie hatte Blut im *Ohr.* Und sie bekam es nicht weg.

Ihr krampfte sich der Magen zusammen, aber sie zwang sich, nicht zu brechen. Langsam tauchte sie ein weiteres sauberes Stück Stoff ins Wasser und reinigte damit fein säuberlich ihr Ohr, die Haut hinter ihrem Ohr, ihre Wange. Sie überprüfte noch einmal ihre Hände. Entfernte die Rückstände unter zwei Fingernägeln. Dann legte sie das ruinierte Unterhemd sorgfältig so zusammen, dass keine Blutflecken zu sehen waren, trocknete sich mit dem Handtuch ab und schlüpfte in ihr frisches Unterhemd.

Sie versuchte, den Spiegel anzulächeln. Matt.

Besser bekam sie es nicht hin.

Jetzt musste sie das Unterhemd loswerden – den letzten direkten Hinweis auf den Mord, der mit ihr in Verbindung gebracht werden konnte. Die Unterhemden waren auf der Rückseite nummeriert, damit die WäscheskIaven sie den entsprechenden Mädchen zurückgeben konnten. Teia zerriss das Hemd und trennte die Nummer heraus, was schwerer war, als sie erwartet hatte. Nur ein kleines Stoffquadrat, nicht einmal so breit wie ihr Daumen, und sehr dünn. Sie steckte es in den Mund und schluckte es hinunter.

Sie stopfte das Hemd in den Sack für die Menstruationstücher und machte sich auf den Weg zu Kips Zimmer. Ihre Augen zur Paryl-Sicht erweitert, öffnete sie vorsichtig die Tür, überzeugt, dahinter wieder auf diesen verdammten Mann zu stoßen. Es war niemand da, keine Falle, kein Hinterhalt, doch auf Kips Ankleidekommode lag ein Brief. Teia trat langsam näher. Sie war sich sicher, dass dieses Papier noch nicht hier gewesen war, als sie den Raum verlassen hatte.

Auf dem Brief stand: »T., wie versprochen. – M.S.«

War der Brief auch schon hier gewesen, als Marissia den Raum untersucht hatte? Teia schnürte sich erneut die Kehle zu. Orholam, was hätte sie getan, wenn sie mit Kip zusammen hereingekommen wäre und er das hier vorgefunden hätte? Das Gewicht der Geheimnisse war erdrückend.

Einen Brief von Mörder Spitz zu öffnen war, wie nach einer Schlange zu greifen. Teia langte vorsichtig danach, sah, dass nur Papier darin war, und beugte sich zurück, während sie ihn öffnete.

Es waren ihre Papiere, die Besitzurkunde für ihren eigenen Körper. Unterzeichnet, alles in Ordnung. Bereit, eingereicht zu werden.

Teia ging nach unten, stellte sich für einige Minuten in einer Schlange an und reichte schließlich dem Schreiber ihre Papiere. Er überprüfte alles doppelt und dreifach, dann tuschelte er mit einem älteren Schreiber, der ihm einen Schlüssel gab. Der Mann kam mit mehreren dicken Geldstöcken heraus. Er zählte das Geld für Teia ab und ließ sie ein Dokument unterschreiben, in dem sie bestätigte, dass sie beabsichtigte, der Schwarzen Garde beizutreten, dann gab er ihr die Geldstöcke.

»Herzlichen Glückwunsch«, sagte er. »Ihr seid hiermit von allen Treueschwüren, außer denen gegenüber der Schwarzen Garde und der Chromeria, entbunden.« Er lächelte sie an und tätschelte ihre Hand. »He, Kopf hoch, hm? Ihr seid *frei.*«

Teia hatte erreicht, was sie mehr als alles andere ersehnt hatte, wonach sie über Jahre hinweg gestrebt hatte, und sie war reicher, als sie es sich je hätte träumen lassen, und doch hatte sie sich nie im Leben weniger frei gefühlt.

20

Karris führte den Spion, der ihr folgte, ziellos durch die übelsten Gegenden von Großjasper. Sie war Hunderte Male durch die Armenviertel gegangen und nie nervös gewesen, aber heute war etwas anders. Ohne den Schutz ihrer Schwarzgardisten-Kleidung fühlte sie sich seltsam verwundbar. Es gefiel ihr nicht. Nein, ganz und gar nicht. Sie nickte Ladenbesitzern zu, die sie seit über zehn Jahren kannte, und sie reagierten kaum. Sie erkannten sie nicht, wenn sie einen Thawb trug.

Schlimmer noch, deren Söhne mit ihren buschigen Augenbrauen erkannten sie auch nicht. Sie konnte es natürlich, je nachdem, mit etwa fünf von ihnen auf einmal aufnehmen. Aber die Röcke eines Thawbs zerrissen allzu leicht, und ihre eigenen Erinnerungen daran, wie sie vor nicht einmal zwei Monaten in jener Gasse verprügelt worden war, waren noch zu frisch, um sie überheblich werden zu lassen. Sie verspürte einen Stich genau jenes Gefühls von Hilflosigkeit, vor dem sie ihr Leben lang geflohen war.

Jemand pfiff ihr hinterher. Sie ballte die Fäuste. Verdammt, all ihre Instinkte waren hier fehl am Platz. Es war, als habe die Welt sich verändert und niemand habe sich die Mühe gemacht, sie davon in Kenntnis zu setzen – alles nur weil sie einen Thawb trug. Wenn sie hinging und dem Pfeifer ins Gesicht schlug, hätte das nicht die gleiche Einschüchterung zur Folge, wie wenn sie dasselbe in ihrer Schwarzgardisten-Kleidung getan hätte. Stadtviertel, die für ihr Opfer hätten gefährlich sein sollen, waren stattdessen nun gefährlich für sie.

Es kam ihr wie ein Eingeständnis des Versagens vor, als sie nun ihre grüne Brille aufsetzte, um diese Männer wissen zu lassen, dass sie eine Wandlerin war. Orholam sei Dank, dass sie zumindest diese Möglichkeit hatte. Eine einzige missbilligend über die Brille hochgezogene Augenbraue genügte, und die Männer, die sich auf der Straße versammelt hatten, bekamen bleiche Gesichter und zerstreuten sich.

Das machte sie nachdenklich. Andere Frauen mussten jeden Tag mit dergleichen Dingen fertigwerden, ohne Blutvergießen, ohne Zwischenfälle – und ohne eine Wandlerbrille. Karris wusste wirklich nicht, wie sie das schafften. Sie fragte sich, ob das sie selbst, in ihrer Stärke, nicht irgendwie auch schwächer erscheinen ließ. Eine andere Frau hätte die Situation entschärft, bevor sie sich überhaupt zu einer Gefahr hätte entwickeln können. Karris wusste nur, wie man einschüchterte, wie man auf die eine oder andere Weise Überlegenheit demonstrierte. Sie hatte seit so langer Zeit gewandelt, dass sie nicht wusste, wie sie mit einem Leben ohne Wandeln fertigwerden könnte. Ein Gedanke, der sie demütig werden ließ.

Und jetzt konnte sie nicht aufs Wandeln zurückgreifen. Nicht ohne Weiteres. Sie konnte die Brille tragen, aber wenn sie wandelte, würde die Weiße es erfahren. Und selbst wenn sie es nicht erfuhr – würde Karris sie belügen, falls sie fragte?

Nein. Nicht die Weiße.

Sie wurde immer noch verfolgt.

Sie setzte die Brille ab und ging geradeaus weiter, bis sie die Gasse fand, die sie gesucht hatte – lang, ohne weitere Zugänge und ohne Parallelstraßen. Wenn er ihr wirklich weiter folgen wollte, musste ihr Beschatter ihr auch in diese Gasse nachgehen. Sie trat in den Weberladen an der Ecke der Gasse. »Schals?«, fragte sie. »Seide, wenn möglich? Ich bin zu einer Hochzeit eingeladen.« Sie lächelte nichtssagend, und die entzückte Verkäuferin verschwand, ganz wie Karris es erwartet hatte, im rückwärtigen Teil des Ladens und ließ sie ungestört zurück. Karris legte einen Danar auf den Verkaufstisch, um für ihren Vorwand und die Nutzung des Ortes als Hinterhalt zu bezahlen, und versteckte sich zwischen den Stoffballen, die frei von der Decke herabhingen.

Ihr Schatten ging unbekümmert an der Tür vorbei.

Im nächsten Moment war Karris auch schon über ihm. Ein seitlicher Tritt – den linken Fuß hinter den rechten gestellt, in den Hüften Kraft gesammelt, und der rechte Fuß knallte mit der Wucht eines Pferdetritts seitlich in die Schulter des passierenden Mannes. Ihre geringe Körpergröße spielte keine Rolle, wenn sie ihre ganze Kraft so perfekt einsetzte. Der Mann flog auf die Zehenspitzen hoch und wurde zur Seite geworfen. Mit einem knirschenden Geräusch krachte er drei Schritt weiter gegen die Mauer der Gasse. Noch bevor er überhaupt am Boden hatte zusammensacken können, war Karris auf ihm; die Finger um seine Luftröhre geschlossen, drückte sie ihn gegen die Mauer, die Faust der anderen Hand geballt.

Der Mann war in einer unbehaglichen Kauerstellung gefangen. Er stöhnte. Er hatte einen Hut getragen, der jetzt zu seinen Füßen lag. Der vielleicht Vierzigjährige hatte sonnengebräunte, schmierige Haut, und im Gesicht trug er etwas, was entfernt einem verwahrlosten atashischen Bart mit eingeflochtenen Perlen glich.

Er ächzte. »Hat mir gesagt, dass Ihr mich vielleicht schlagen würdet. Hab mir gedacht, so 'ne kleine Frau, wie fest kann die schon schlagen?«

»Wer hat dich geschickt?«, fragte Karris.

»Dafür ist er zu vorsichtig, Mädchen. Er hat mir gesagt, ich soll Euch sagen, dass Ihr auch eine weitere bittere Lektion hättet erhalten können, so wie beim letzten Mal. Es ist ein Zeichen der Gnade.«

»Was? Eine weitere Lektion?«

»Als Ihr zusammengeschlagen wurdet. Und damit hatte ich nicht das Geringste zu tun, also lasst es nicht an mir aus. He, was dagegen, wenn ich mich hinsetze oder aufstehe?«

Karris ließ den Mann los.

»Meinen Dank.« Er sah sie an und erbleichte. »Neun Höllen. Ihr seid die weiße Schwarzgardistin, nicht wahr? Diese Frau, verändert einfach ihr Haar. Dieser Schweinehund. Mich auf Euch zu hetzen. Ihr habt nicht mal gewandelt.«

»Sag mir etwas, was mich überzeugt, dir nicht wehzutun.«

»Schön, zum Teufel mit ihm. So viel hat er mir auch nicht bezahlt. Er hat mir gesagt, ich solle Euch hinhalten, die Sache möglichst in die Länge ziehen. Er hat nicht mal eine Zeit angegeben, wann ich mich wieder mit ihm treffen und ihm erzählen soll, was ich in Erfahrung gebracht habe. Gibt es irgendeinen anderen Ort, wo Ihr jetzt eigentlich sein solltet?«

Karris glaubte es nicht. Aber sie ließ sich von den Worten des Mannes nicht beirren. Möglich, dass er nur redete, um sie abzulenken, damit seine Freunde sie überrumpeln konnten. Aber es war niemand sonst in der Gasse.

»Wie heißt du?«, fragte sie.

Er verzog das Gesicht. Gab auf. »Dayan Dakan.«

»Du schuldest mir jetzt was, Dayan Dakan.«

»Ach, Blödsinn.«

Wenn derjenige, der ihn angeheuert hatte, wollte, dass die Sache möglichst lange dauerte, dann musste sie so viel Zeit wie irgend möglich wiedergutmachen. Sie rannte los und kam auf eine sehr undamenhafte Weise schwitzend in der Chromeria an. Sie hatte überlegt, sich ein Pferd zu leihen, war aber zu der Auffassung gelangt, dass sie damit eher langsamer wäre. Nicht in allen Straßen war Reiten erlaubt, und ein Leihpferd zu besorgen würde auch erst einmal Zeit kosten, daher war rennen schneller, auch wenn der Thawb dabei hinderlich war. Sie sprang in den Aufzug und fuhr in das höchstmögliche Stockwerk.

»Gibt es etwas Neues?«, fragte sie die Schwarzgardisten oben am Ausgang des Aufzugs. Einer war dieser neue Kerl, Gill Gräuling, der andere der hochgewachsene Eunuch Lytos.

Sie sahen einander an. Keiner sagte etwas.

»Wo ist Euer Begleitschutz?«, fragte Lytos.

Samite nach dem Besuch in der *Wegscheide* wegzuschicken war vielleicht nicht die allerbeste Idee gewesen, aber sie hatte jetzt nicht vor, mit Lytos darüber zu diskutieren.

»Gill, du schuldest mir noch was«, sagte sie. »Und durch das hier sind wir nicht mal ansatzweise quitt.«

Er seufzte. Er hätte offensichtlich lieber vergessen, dass er damals jene Hure in Gavins Zimmer gelassen hatte. Er räusperte sich und sagte: »Das Spektrum ist zu einer Krisensitzung zusammengekommen. Sie hätte bereits vor einer Stunde anfangen sollen, aber der Gelbe und die Infrarote konnten es nicht früher schaffen. Sie fangen gerade an.«

Lytos warf dem jungen Mann einen eindringlichen Blick zu.

»Was?«, fragte Gill. »Sie ist eine von uns.«

In Lytos' Augen trat ein verärgertes Funkeln.

»Was denn?«

»Danke, ihr seid beide großartig«, sagte Karris. Sie huschte in Gavins Zimmer – es kam ihr immer noch allzu seltsam vor, es als ihr eigenes Zimmer zu betrachten – und rang mit der Entscheidung, ob sie sich umziehen musste oder ob sie den Schweiß einfach mit etwas Puder bekämpfen sollte. Sie sah sich nach Marissia um. Für eine Kammersklavin verbrachte sie nicht gerade viel Zeit in ihrem Zimmer.

Jetzt *will* ich, dass Marissia hier ist. Nicht sehr konsequent, oder, Karris?

Sie wischte sich das Gesicht mit einem Tuch ab und klatschte dann schnell Puder darauf, kämpfte eine halbe Minute mit ihrem Haar und entschied, dass die Weltgeschichte jenen gehört, die sich auch blicken lassen. Sie ging zum Aufzug.

»Donnerwetter, das war schnell. Ihr seht verd…«, begann Gill.

»Kein Wort, Junge. Kein. Einziges. Wort.« Hatte sie wirklich gerade einen Neunzehnjährigen »Junge« genannt?

Sie näherte sich dem Versammlungsraum des Spektrums sowie den davorstehenden Schwarzgardisten und wünschte sich plötzlich, sie würde etwas glamouröser aussehen.

»Lady Guile«, sagte der ranghöchste von ihnen. Ihr alter Kollege.

»Wachhauptmann Klingenmann. Guten Tag.«

»Die Sitzungen des Spektrums sind nur für das Spektrum, Karris, und das weißt du«, sagte er und trat vor sie hin.

»Ich bin als die Repräsentantin meines Ehemannes hier.« Ein lahmer Versuch, und sie wussten es beide.

»Karris, bitte, mach keine Szene.«

»Es heißt Lady Guile, vielen Dank, und eine Lady macht keine Szenen.«

Wachhauptmann Klingenmann war für einen Moment verwirrt. Und ein Moment war alles, was Karris brauchte, um ihre zierliche Gestalt an ihm vorbeizuschlängeln und die Tür zu öffnen.

»Lady …« Er brach abrupt ab, als die Tür aufschwang und Karris hineinschlüpfte.

Karris ging so unbekümmert zu Gavins Platz hinüber, als sei

sie Gavin Guile höchstpersönlich. Dort setzte sie sich. Sie sah nicht, wie der Rest des Spektrums ihr Erscheinen aufnahm, weil sich ihre ganze Aufmerksamkeit auf Andross Guile konzentrierte. Er lächelte hinter seiner dunklen Brille. Der Mistkerl. Er wirkte nicht im Mindesten überrascht. Für einen Moment wankte Karris' feste Überzeugung, dass der Mann, der sie beschattet hatte, von ihm ausgeschickt worden sein musste. Aber wenn nicht von Andross, von wem dann?

»Hallo, Tochter, es ist so schön von dir, dass du dich zu uns gesellst«, begrüßte Andross sie. Sein Schatten, Grinwoody, stand wie immer neben ihm und flüsterte ihm ins Ohr. »Ich denke, damit ist das Quorum mehr als erfüllt, und wir sind beschlussfähig. Wollen wir anfangen?«

Karris wusste, dass sie nicht gerade eben erst angefangen hatten, aber Andross versetzte seine Seitenhiebe gern auf eine ausdruckslos-trockene Weise. Die Bemerkung zielte vielleicht gar nicht einmal auf sie. Sie sah sich im Raum um und bemerkte, dass nur die Infrarote fehlte. Die Frau war in einem fort schwanger und stillte für gewöhnlich eines ihrer Bälger, aber durch beides ließ sie sich normalerweise nicht von ihren Pflichten abbringen.

»Wir können weitermachen, wo wir waren, Andross«, verkündete die Weiße.

Es *war* also nur ein Seitenhieb gewesen. Nun, zum Teufel mit ihm. Jetzt war Karris hier. Es war ein Sieg, wenn auch ein kleiner.

»Aus Gründen, die wir erörtert haben, bevor alle Nachzügler in diesen heiligen Saal gelassen wurden«, sagte Andross, »müssen gewisse drastischere Maßnahmen warten. Unsere Beauftragten durchkämmen in ebendiesem Moment die Meere und Strände. Bis dahin müssen wir mit dem Blatt spielen, das uns gegeben wurde, nicht wahr?«

Karris hatte keine Ahnung, wovon er redete, aber sie konnte mehrere der Farben am Tisch verkniffen nicken sehen. Wenn sie erst vor wenigen Minuten in einem sogar noch privateren Kreis miteinander gesprochen hatten, musste es sich um etwas sehr Geheimes handeln. Er hatte den Plural verwendet, *alle*, die hinzugekommen waren. Das bedeutete, dass er nicht nur Karris' Erscheinen im Raum meinte. Das Spektrum musste sich ohne diensttuende Sklaven getroffen haben, sogar ohne die Schwarze Garde. Was war so geheim, dass die Schwarze Garde nicht teilnehmen durfte?

An der Miene der Weißen konnte Karris ablesen, dass es ihr nicht gefiel, wenn auf solche Geheimnisse auch nur indirekt hingewiesen wurde.

»Und inzwischen sind wir im Krieg.«

Klytos Blau rutschte auf seinem Sitz umher, als wolle er sprechen, wage es aber nicht, seine Stimme zu erheben, nicht gegen Andross Guile.

Doch Andross Guile brauste zornig auf. »Ihr wollt es leugnen, Klytos? Immer noch? Wie viele von unseren Schiffen müssen sie versenken? Wie viele von unseren Leuten müssen sie töten? Wir haben es mit nichts Geringerem zu tun als mit den alten Göttern und mit diesen Ketzern, die sie zurückbringen wollen. Wir werden in diesem Winter eine kleine Atempause haben – aber es ist eine Atempause, die unseren Feinden mehr helfen wird als uns. Nur wenige Schiffe können während der Winterstürme die Azurblaue See überqueren, und unsere Feinde sind zu Fuß. Wir haben nur jene paar wenigen ruthgarischen Soldaten und die Überreste der atashischen Streitkräfte unter diesem Idioten, General Azmith.«

»Das ist mein Cousin!«, sagte Delara Orange. Ihr Gesicht war schlaff und gerötet, die Augen blutunterlaufen.

»Dann habt Ihr einen Idioten in Eurer Familie. Oder sind es zwei?«, schoss Andross zurück.

Sie schnaubte und verstummte. Es bedeutete jedoch eine stillschweigende Zustimmung, und Karris kam der Gedanke, dass Andross vielleicht sogar eher noch untertrieb, wenn Delara so leicht einräumte, dass ihr Cousin dumm war.

»Ihr müsst ihm eine Nachricht zukommen lassen«, fuhr Andross fort, »und ihm klarmachen, dass er nur Verzögerungsgefechte führen darf. Unter keinen Umständen darf er einen Kampf größeren Ausmaßes riskieren.«

»Haben wir diese Befehle nicht bereits erteilt?«, fragte die Weiße.

»Doch.« Andross führte das nicht näher aus, und für Karris war das auch nicht nötig. Sie hatte erlebt, wie ruhmsüchtige Männer andere in den Tod schicken konnten. Und Andross gab ungern einen Befehl, ohne die Mittel und Wege zu haben, auch dessen Durchsetzung zu erzwingen.

»Verzögerungsgefechte?«, hakte die Weiße nach. »Wie viel Boden sollen wir dem Feind denn geben?«

Andross seufzte. »Wir müssen unsere Truppen für den Frühling zusammenziehen. Realistischerweise werden wir sie nicht daran hindern können, in den Blutwald vorzurücken.«

»Da sind die Grenzstädte. Ochsfurt, Steinigfeld, Gerberswind, Mangrovenkap. Wollt Ihr vorschlagen, dass wir sie einfach untergehen lassen?«, fragte die Orangefarbene leise und mit entsetzter Stimme.

»Was schlagt Ihr vor, wie wir sie retten?«, fragte Andross zurück. »Habt Ihr gute Alternativen parat? Bitte. Klärt mich auf.«

»Ich – ich kann einfach nicht glauben …«

»Wir weisen die Leute an, ihre Städte zu verlassen und alles in Brand zu setzen, damit die anrückende Armee des Farbprinzen hungern muss. Satrap Weidenzweig wird das nicht gefallen, aber wenn sie es nicht tun … Wir müssen der

Möglichkeit ins Auge sehen, dass wir den Blutwald verlieren werden.«

»Ihr wollt, dass sie die Urwälder abbrennen? In der Regenzeit?«, fragte Delara.

»Ich will, dass sie diesen Krieg in einer entscheidenden Konfrontation und ohne Verluste auf unserer Seite gewinnen. Ich will keinen einzigen Unschuldigen leiden lassen. Ihr fragt, was ich will? Seid keine Narren. Wir *müssen* siegen. Also brauchen wir die Blutwäldler, um Brunnen zu vergiften. Wir brauchen sie, um Tiere zu schlachten. Sie müssen ihre Felder abfackeln und große Urwaldgebiete fällen und auch den letzten ihrer Rotwandler dazu zwingen, den Halo zu brechen, wenn es nötig ist, um den Wald in Brand zu stecken. Wir brauchen ihren Sieg, damit wir in neun Monaten nicht darüber reden, welche Dörfer wir in Ruthgar aufgeben müssen.«

Er ließ das so im Raum stehen, und niemand sagte etwas.

»Mittlerweile haben wir den größten Teil unserer Flotte verloren. Wir könnten beginnen, eine neue aufzubauen, aber mein Vorschlag ist, dass wir das gar nicht erst zu tun brauchen. Wir brauchen nur diese neuen Streitgleiter, die die Schwarze Garde entwickelt hat …«

»Die Gavin erfunden hat«, unterbrach Karris.

»Ja, natürlich. Die Schwarzgardisten haben sie lediglich perfektioniert. Ganz wie es dir gefällt, meine Liebe.«

Sie verstummte, tief getroffen. Wie machte der Mistkerl das? Wie ließ er sie bloß so klein aussehen?

Andross fuhr fort: »Mit den Streitgleitern können wir das Meer beherrschen, ohne die Kosten für eine ganze Flotte aufbringen zu müssen. Wir wissen, dass dieser Farbprinz mit ilytanischen Piraten zusammengearbeitet hat, und auf diese Weise können wir verhindern, dass er sich über den Seeweg mit neuen Vorräten eindeckt.«

Dieser Farbprinz. Mein Bruder.

»Wir können uns die spezifischen Taktikerörterungen für später aufsparen«, warf die Weiße ein.

»In Ordnung«, räumte der Rote ein. »Aber wir können uns schon einmal auf den folgenden Punkt einigen: Unsere letzte Schlacht war eine Katastrophe. Wir können keinen Krieg aus der Ferne führen. Wir benötigen einen Promachos.«

Delara Orange lachte laut auf. »Und Ihr habt Eure Sache bei der letzten Schlacht so gut gemacht, dass wir Euch wählen sollten, was?«

Andross blaffte ohne die geringste Pause zurück: »Ihr seid eine Schande, konntet Ihr doch Eure Satrapie nicht einmal gegen einen kleinen Plünderer aus *Tyrea* halten. Ihr habt zugelassen, dass sich diese Sache von einer kleinen Bagatelle zu einem riesigen Problem ausgewachsen hat. Eure Verteidigung war so grauenhaft schlecht, dass ich mich frage, ob wir uns nicht in Gesellschaft einer Verräterin befinden. Ich hatte niemals offiziell das Kommando über diese unfähigen Leute, auf die Ihr als unsere Generäle bestanden habt, anders als es bei einem Promachos der Fall wäre, also besinnt Euch und prüft Euer Gedächtnis. Vielleicht habt Ihr es auf dem Grund einer Flasche gelassen.«

»Ihr habt uns daran gehindert, uns zu verteidigen!«, schrie Delara. »Ihr habt Eure Hilfe verweigert. Ihr seid zu spät gekommen, und das wusstet Ihr auch. Ihr wollt, dass wir *Euch* zum Promachos machen?«

»Genug«, ging die Weiße dazwischen.

»Ich habe nicht von mir gesprochen. Ich bin zu alt. Die Bürde ist zu groß, und ...«

»Ich habe alle verloren, die ich gelie...«, rief Delara.

»Genug!«, blaffte die Weiße. »Delara, Ihr habt unser Mitgefühl, und Ihr habt immer noch Euer Stimmrecht, das Ihr verlieren werdet, wenn Ihr nicht zugegen seid, um davon Gebrauch zu machen. Gebt das nicht auf. Also, was schlagt Ihr vor, Hoher Luxlord Guile?«

Ich bin zu alt? Die alte Spinne gab das zu? Karris konnte es kaum glauben. Wen wollte er stattdessen vorschlagen?

»Ihr alle wisst, dass ich bisweilen Meinungsverschiedenheiten mit meinem Sohn hatte, aber keiner von uns kann die einigende Wirkung leugnen, die er auf die Sieben Satrapien ausübte. Er war eine Repräsentationsfigur, aber dabei auch allgemein beliebt. Durch seinen Verlust haben wir ein wichtiges Band verloren, um all die auseinanderstrebenden Satrapien zusammenhalten. Aus Gründen, die wir alle allzu gut kennen sollten, wird es …« Er hielt inne, wählte seine Worte sorgfältig. »Außer Orholam hat Erbarmen mit uns, scheint es doch, als würde es an diesem Sonnentag kein neues Prisma geben, aber nach uraltem Gesetz *müssen* wir einen als Prisma Erwählten benennen. Also müssen wir alle Ausschau halten nach Orholams Auserwähltem. Ich bin mir sicher, wir werden alle viel Zeit im Gebet verbringen. Wir werden uns so gut wie möglich für ein Jahr ohne ein Prisma durchschlagen müssen. Das bedeutet, die alten Regeln behalten ihre Gültigkeit. Alle Wandler arbeiten zusammen, um jene zu ersetzen, die sich dem Feind angeschlossen haben.«

Karris schaute in die Runde und sah überall angespannte, graue Gesichter. »Ihr dürft Gavin nicht aufgeben«, sagte sie. »Er ist nicht tot. Ihr solltet Eure Bemühungen darauf konzentrieren, ihn zu finden.«

»Natürlich werden wir das«, erwiderte Andross mit sanfter Stimme. Er lächelte entschuldigend, als habe er es mit einer hysterischen Frau zu tun, die den offensichtlichen Tod ihres Ehemanns einfach nicht akzeptieren konnte. »Das sind nur Pläne für den Fall der Fälle.«

Karris hätte ihm am liebsten einen Schlag ins Gesicht versetzt.

»Warum können wir kein neues Prisma ernennen?«, fragte Arys Infrarot.

Karris sah, dass mindestens zwei der neueren Farben sich die gleiche Frage stellten, aber Andross antwortete sofort: »Das ist kein Thema für eine offene Sitzung.«

»Ihr nennt das eine offene Sitzung?«

»Nur die Farben selbst und das Hohe Magisterium dürfen diese Themen erörtern«, erklärte die Weiße, sichtlich unglücklich, Andross beipflichten zu müssen; aber sie tat es trotzdem. »Und auch nicht die einen ohne die anderen.«

Karris biss die Zähne zusammen. Andross wollte auf irgendetwas hinaus, und sie konnte nicht erkennen, was es war.

Andross fuhr fort: »Wir haben schon früher in Zeiten solch harter Prüfungen zusammengearbeitet, und wir können es wieder tun. Wir *werden* es wieder tun. Doch wie dem auch sei, unsere Bedürfnisse, unser Krieg und unsere Völker können nicht bis zum Sonnentag warten, um Einheit zu finden. Bevor wir alles verlieren, müssen wir uns zwei schmerzhaften Wahrheiten stellen: Mein Sohn ist tot, und wir brauchen einen Promachos.«

»Er ist nicht tot«, widersprach Karris.

»Tochter, es spricht für deine Treue und deine Liebe, dass du gegen alle Hoffnung hoffst, aber die Vernunft verlangt einen schonungslosen Umgang mit der Wahrheit. Gavin ist …

»Am Leben«, unterbrach eine Stimme von der Tür. »Er wurde von einem ilytanischen Piraten namens Kanonier gefangen genommen.«

Jedes Gespräch verstummte sofort. Karris erhaschte einen kurzen Blick auf Marissia, bevor die Tür hinter Kip geschlossen wurde, der gerade das Wort ergriffen hatte. Kip! Kip war am Leben?

Und Gavin? Karris' Herz tat einen Sprung. Sie spürte ein Kribbeln bis hinunter in die Fingerspitzen. Es gab Hoffnung.

Echte Hoffnung, kein stures Festhalten an der bloßen Möglichkeit.

In den Wochen seit der Schlacht hatte Kip sich verändert. Zum einen musste er gehungert haben, denn er wirkte jetzt nur noch feist statt fett. Er sah aus wie ein Guile. Kräftiges Kinn, blaue, kluge, leuchtende Augen, vom Wandeln grün umrändert, breite Schultern, breite Brust, dicke, aber immer noch ungeformte Arme. Aber die größte Veränderung lag in Kips Verhalten. Da war nichts Schnippisches, Sarkastisches, Scherzendes an ihm, jedenfalls nicht in diesem Moment. Er war konzentriert, ruhig, von dieser Versammlung der mächtigsten Menschen auf der Welt unbeeindruckt.

»Der Bastard kehrt also zurück«, sagte Andross Guile.

»Genug von diesem Unsinn, Großvater«, entgegnete Kip. »Mein Vater hat ein und für alle Mal festgelegt, was ich bin.«

»Er …«

»Seht mich an, Großvater«, blaffte Kip. »Ich bin Guile. In Körper, Blut und Willen. Leugnet es.« Falls Ihr es wagt, fügte seine Haltung hinzu.

Die Luft schien vor Anspannung zu vibrieren, als die beiden einander ins Auge fassten. Keiner sagte ein Wort. Selbst Kips Dolch von einem Satz war nicht die Klage eines Knaben gewesen: Er hatte nicht gesagt, ich bin *ein* Guile. Er hatte gesagt, ich bin Guile, als hätte er alles zusammengefasst, was es ausmachte, ein Teil dieser Familie zu sein. Als sei er ihr Gipfel; was in mancher Hinsicht der Wahrheit entsprach, überlegte Karris. Er war der einzige Guile-Erbe.

Der einzige Erbe, von dem sie wussten. Es gab dort draußen immer noch einen Guile-Bastard, von dessen Existenz sie keine Ahnung hatten. Von dem sie niemals erfahren durften. Ihr Magen krampfte sich zusammen.

Die Luft veränderte sich. Karris hätte nicht sagen können,

woher sie es wusste, aber sie wusste, dass Andross überzeugt worden war. Jetzt zog er den Moment lediglich deshalb in die Länge, weil er Zeit schinden wollte – oder vielleicht auch zu seinem eigenen perversen Vergnügen, aber es war wohl eher Ersteres, glaubte Karris. Er hatte mit Kips Rückkehr nicht gerechnet. In seinem Gehirn ordnete er die Karten neu, allen anderen drei Runden voraus.

Schließlich legte sich die Andeutung eines Lächelns um seine Lippen. Er hob die Hände zu einer Geste des Sich-Fügens. »Bitte, lass uns an diesen Neuigkeiten teilhaben, Enkelsohn.«

»Was hat Grinwoody Euch von den Ereignissen erzählt? Auf dem Schiff, meine ich? Schließlich habt Ihr Eure Brille getragen, und es war dunkel.«

Was machte Kip da? Was kümmerte ihn, was Grinwoody gesagt hatte? Warum sollte er Andross Guile, seinem Feind, diese Schutzmöglichkeit anbieten? Karris wurde flau im Magen. Kip bot der alten Spinne einen Ausweg, bot ihr eine Vertuschungshilfe. Was sollte da vertuscht werden?

Es wäre keine Vertuschung nötig, wenn Andross Guile nichts Schlimmes getan hatte. Das bedeutete, dass er die Schuld an Gavins Verschwinden trug. Orholam verfluche ihn.

»Ich glaube nicht, dass es zu deinem wahrheitsgemäßen Bericht irgendeiner Wiederholung dessen, was andere gesagt haben, bedarf«, sagte Andross Guile. Er wies den entgegengestreckten Olivenzweig zurück.

Kip zuckte die Achseln. »Grinwoody und ich hatten eine Auseinandersetzung. Ich war mit meinem Vater gekommen, den Ihr zu Euch gerufen hattet. Grinwoody wollte nicht, dass ich dabei war. Sicher war er davon überzeugt, dass Ihr mich nicht dort haben wolltet. Er – ein Sklave – hat Hand an mich gelegt, daher habe ich ihn die Treppe hinuntergestoßen. Das war sehr grob von mir, und ich entschuldige mich dafür, Großvater. Ich sollte deinen Besitz nicht so rüde anfassen. Mit den Strapazen der Schlacht jenes Tages in den Gliedern … Egal, jedenfalls rannte er erneut auf uns zu, und …«

Kip zögerte. Grinwoodys Augen wirkten tot. Der Sklave, der nicht einmal für sich selbst sprechen konnte. Er wusste, dass, wenn Mühlsteine wie die Guiles aufeinandertrafen, selbst der getreueste Sklave ohne Zögern geopfert und von einem Moment auf den anderen zermahlen werden konnte, sobald Andross glaubte, sich durch dieses Opfer einen Vorteil zu verschaffen.

»Und er ist in mich hineingestolpert. Ich bin wiederum in meinen Vater gestolpert, es gab ein Hin und Her, während wir alle versuchten zu verhindern, dass er über Bord fiel. Aber er ist ins Wasser gefallen. Ich bin ihm nachgesprungen. Ich weiß, Grinwoody kann nicht schwimmen, also wäre es sinnlos gewesen, wenn er es getan hätte, obwohl er es angeboten hatte. Es war meines Vaters eigene Schuld, dass er seine Schwarzgardisten entlassen und darauf bestanden hatte, dass sie zu Bett gingen. Anderenfalls hätte man ihn wohl leicht retten können. Stattdessen habe ich meinen Vater an die Wasseroberfläche gezogen und versucht, ein Leuchtsignal zu entzünden. Aber statt von Euch gerettet zu werden, wurden wir von Kapitän Kanonier aus dem Wasser gezogen. Er sprach einige Gebete an das Meer und warf mich anschließend wieder hinein.«

»Aber du hast gesehen, dass mein Sohn am Leben war?« Andross wirkte aufgewühlt, schien Kips Worten keinen Glauben zu schenken.

»Ja, Herr. Ich bin mir sicher. Es überrascht mich, dass Ihr noch keine Lösegeldforderung erhalten habt. Kanonier hat das Prisma erkannt, Herr.«

Die Weiße nickte. »Gavin hat von diesem Piraten schon gesprochen. Meinte, er sei ein ziemliches Original, aber wohl nicht ganz richtig im Kopf.«

»Grinwoody«, blaffte Andross und drehte sich in seinem Sitz um. »Hattest du nicht gesagt, das Prisma sei bewusstlos gewesen, als es in die Wellen stürzte?«

Grinwoody warf sich der Länge nach zu Boden. »Herr, Gnade. Ich … ich habe gedacht, er hätte sich auf dem Weg nach unten den Kopf gestoßen. Ich war mir sicher, dass er bereits untergegangen war, ehe der Junge hinter ihm hersprang. Mein Herr und Meister, es tut mir so leid. Ich habe Schande über mich und Euch gebracht.«

Stille. Die Karten neu ordnen. »Nein«, sagte Andross. »Es ist allein meine Schande. Ich hätte meinen Sohn niemals aufgeben dürfen. In diesem Jahr, da ich so viel verloren habe …« Die Stimme versagte ihm, als würden ihn seine Gefühle überwältigen. Er legte sich die Hand aufs Herz und machte dann das Zeichen der Vier und der Drei. »Orholam sei Lob und Preis.« Es klang sogar aufrichtig. Vielleicht liebte der alte Mann Gavin auf seine eigene Art irgendwie doch.

»Orholam sei Lob und Preis«, hallte es rings um den Tisch wider.

Andross fuhr fort, bevor ihn jemand unterbrechen konnte. »Ich hätte mich bei einer so wichtigen Angelegenheit niemals auf das Wort eines Sklaven verlassen dürfen. Ich werde ihn später entsprechend bestrafen. Kip! Du hast meinen Sohn zweimal gerettet und mir die Neuigkeit von seinem Überleben gebracht. Du wärmst das Herz eines alten Mannes. Ich werde dich gebührend belohnen.«

»Er ist mein Vater. Eine Belohnung ist nicht notwendig«, entgegnete Kip.

»Ich bestehe darauf. Komm später in meine Gemächer. Jetzt bist du entschuldigt«, schloss Andross Guile.

Die Übrigen beobachteten, wie Kip mit seinem Weggeschickt-Werden rang. Er wollte nicht gehen, aber er sah offensichtlich keine Möglichkeit, es zu vermeiden. Nach einem Moment verneigte er sich und verließ den Raum.

Karris war sich sicher, gerade eine Bestechung miterlebt zu haben, aber sie war sich nicht darüber im Klaren, wer hier wen bestochen hatte. Vielleicht beide einander gegenseitig. Ihre unglaubliche Dreistigkeit, das vor dem ganzen Spektrum zu tun. Und wie unglaublich brillant, auch noch damit durchzukommen.

Doch wenn dieses Zwischenspiel Andross Guile aus dem Konzept gebracht hatte, so ließ er sich nichts davon anmerken. »Das ist ja wunderbar. Es wird so manche echte Herausforderung bedeuten, meinen Sohn zurückzubekommen, bevor irgendjemand anders sich ihn holt, aber ich denke, wir können diese Schwierigkeiten meistern.«

Als Kip hinaustrat, kam Arys Infrarot durch die Tür, hochschwanger und außer Atem.

»Was steht auf der Gesprächsordnung?«, fragte sie und schritt an Karris vorbei zu ihrem Sitz. Diesmal hatte sie ihr jüngstes Kind nicht bei sich, doch sie stank nach Luxin und Sex. Karris war nicht naiv, alle wussten, dass die Grünen, die Roten und vor allem die Infraroten es liebten, Sex und Wandeln miteinander zu kombinieren. Es intensivierte Gefühle und Empfindungen. Karris war es egal, mit wem Arys ins Bett ging, aber vom Sex gerötet und danach stinkend zu einer Spektrumssitzung zu kommen war etwas, was Arys nicht getan hätte, wenn sie noch im Vollbesitz ihrer geistigen Kräfte gewesen wäre.

Die Last des Regierens bringt uns alle um.

Karris hatte geglaubt, dass Arys noch mindestens zwei Jahre hätte, aber jetzt war sie sich da nicht mehr so sicher. Wenn Infrarote sich dem Ende ihrer natürlichen Lebensspanne näherten, neigten sie dazu, ein ausgeprägtes Territorialdenken zu entwickeln und mit wilder Leidenschaft jene zu beschützen, die sie liebten. Und natürlich packte sie eine ausschweifende Wollust, aber eine Frau in Arys' Position sollte das keinesfalls zeigen. Schon gar nicht öffentlich.

Für einen Moment starrte Andross Arys eindringlich an, dann schenkte er ihr keine Beachtung mehr.

Delara Orange ergriff das Wort: »Wenn statt unserer der Farbprinz das Prisma freikauft, dann sind wir ruiniert. Es würde jede Moral untergraben. Sie würden ihn als Geisel halten, um zu gewährleisten, dass wir nicht angreifen, und dann ...«

»Nein, nein, nein«, unterbrach Andross. »Versteht Ihr nicht, was es bedeutet, die Streitgleiter zu haben?«

Leere Blicke. Andross feixte. Er liebte es, wenn seine überlegene Intelligenz einen derart unleugbaren Ausdruck fand.

»Wie soll sich da ein Pirat lange vor uns versteckt halten können? Wie gegen uns kämpfen? Wir beherrschen die Meere, auch wenn das bisher noch niemand weiß.«

»Wenn wir die Meere beherrschen, warum knöpfen wir uns den Farbprinzen dann nicht direkt vor?«, fragte Delara.

»Weil er sich an Land befindet«, antwortete Andross.

»Ich bin nicht dumm, herzlichen Dank auch. Ich meine, wenn das Meer uns gehört, warum unsere Männer nicht an der vorteilhaftesten Stelle an Land gehen lassen? Hinter den feindlichen Linien vielleicht, und ...«

»Habt Ihr überhaupt je einen der Streitgleiter gesehen? Wir würden tausend Wandler ausbrennen, um auch nur ein einziges Transportschiff zu bewegen. Wir können den anderen den Zugang zum Meer verwehren, wir können die See nach meinem Sohn absuchen, und mit Granaten und anderen Waffen können wir die Söldnerschiffe im Dienste des Farbprinzen versenken, aber bis wir unsere eigene Flotte wieder aufgebaut haben, können sich unsere Armeen nur über Land bewegen.«

»Also ändern sie nicht wirklich etwas«, sagte Klytos Blau.

»Abgesehen davon, dass sie sicherstellen, dass man uns nicht unerwartet angreifen kann, und dass wir immer genau wissen, wo der Farbprinz sich gerade aufhält, und das Wochen bevor er weiß, wo sich unsere Truppen befinden, ja, abgesehen davon, würde ich sagen, ändern sie *nichts*.« Andross' Stimme troff vor Verachtung. »Was im Augenblick zählt, ist, dass Gavin in nicht allzu langer Zeit unser sein wird. Wir können natürlich nicht garantieren, dass wir ihn lebend bekommen werden. Aber es wird ihn niemand sonst bekommen.«

Und da war wieder die Schlange in ihm. Dass seine Worte wahr waren, machte sie nicht beruhigender. Die Weiße hätte das Gleiche gesagt, aber sie hätte zuerst die mit dieser Tatsache verbundenen Gefühle angesprochen – die denkbare Möglichkeit, Gavin durch einen Unfall oder durch die Raserei eines Piraten zu verlieren.

Aber dann ging Karris all das auf, was sie gehört hatte, und es versetzte ihr einen Schlag. Gavin lebte. Gavin *lebte*. Die Tränen der Erleichterung überkamen sie wie aus heiterem Himmel, raubten ihr die Sicht. Sie wollte nicht vor Andross Guile weinen, wollte vor dem Spektrum keine Schwäche zeigen, doch ein einzelner Schluchzer entrang sich ihren Lippen.

Alle im Spektrum sahen sie an, und Karris musste den Kopf senken und die Augen fest zukneifen, um nicht vollkommen zusammenzubrechen.

Sie sollte die Augen offen halten. Sie war jetzt eine Spionin. Sie sollte aufmerksam sein. Sich nützlich machen.

Er lebte. Da war Hoffnung und Licht, Leben und Barmherzigkeit. Es war Orholam selbst, der die aufziehende Dunkelheit durchdrang.

Ausnahmsweise einmal nutzte Andross Guile Karris' Schwäche nicht zum Nachtreten. Stattdessen sagte er: »Lasst uns alle Botschaften sowie unsere Späher ausschicken und unseren Satrapen von dieser Neuigkeit Bericht erstatten. Aber vor allem lasst uns alle beten. Denn ohne Orholams Hand ist unsere Lage in der Tat sehr düster. Wir sollten uns bald wieder treffen, aber für den heutigen Tag, denke ich, haben wir genug gesehen und gesagt. Hohe Lady Pullawr?«

Lasst uns beten? Und das sagte Andross Guile? Wie erschüttert war er denn? Der Mann machte bei jeder sich bietenden Gelegenheit den Glauben lächerlich.

Die Weiße machte das Zeichen der Vier und der Drei, und der Rest des Spektrums folgte ihrem Vorbild. Sie legten die Hände auf den Tisch, die Innenflächen nach oben, aufnahmebereit, offen für das Licht, offen für die Wahrheit. »Vater der Lichter, Heiliger, Orholam« – sie behauchte das »H« gemäß der alten Aussprache. »Gerechter Vater, Starker Turm von Kalonne, Allbarmherziger, Tröster der Geknechteten, Hüter der Waisen, guter Lehrer, Befreier, unerschütterlicher Verteidiger, Retter, Kämpfer der Gerechtigkeit, oberster Richter, würdig der Ehre, Heilsmächtiger, heller Morgenstern, Feuer in der Nacht, Hoffnung des letzten Stammes, nimmermüder Heiler, der du wiederaufrichtest, was gebrochen war, Vater, König und Gott.«

Beim letzten Wort durchrieselte Karris ein Schauder, noch durch ihre Tränen hindurch. Geradeso wie parianische Männer ihr Haar aus Respekt bedeckten, damit ihre Pracht nicht mit derjenigen Orholams in Konkurrenz trat, gab es Weisen, mittels derer man nur in besonderen Situationen das Wort an Orholam richtete – dieser Name selbst war mehr ein Titel, ein Euphemismus, um äußerste Ehrerbietung zu zeigen und deutlich zu machen, wie hoch über den heidnischen Göttern er stand. Indem sie das Wörtchen Gott aussprach, klein und doch so groß in seinem Bedeutungsgehalt, gab die Weiße zu erkennen, für wie außerordentlich ernst sie die Situation erachtete.

»Gott«, hauchte die Weiße.

Absolute Stille legte sich über den Raum. Karris bildete sich ein, das Spiel des Lichts auf ihrem Gesicht zu spüren.

»Gott, du bist Gott allein. Gott, bitte rette uns.«

Nach der langen Einleitung hatte Karris mehr Beredsamkeit, mehr Flehen, mehr ... Worte erwartet. Die Anrede war länger gewesen als der Brief.

Dann begriff sie, dass genau das der Punkt der Weißen war. Das Hauptaugenmerk aller Beredsamkeit sollte auf Orholam liegen. Sein waren die Schönheit, die Erhabenheit und die Macht. Er kannte ihre Not. Er wusste, wie er ihnen am besten helfen konnte. Diese Ketzerei war nicht nur eine Bedrohung der irdischen Ordnung, sie war eine Bedrohung der Verehrung Orholams überall in den Sieben Satrapien, sie bedeutete eine Verhöhnung, einen Abfall. Die Weiße verkündete lediglich ihre Glaubenstreue und flehte um die Hilfe des Herrn für sie alle, seine treuen Vasallen. Was gab es letztlich auch mehr zu sagen?

Es war ein Spiegelbild genau der Hilfe, die auch die Blutwäldler in jenen Grenzstädten erflehen würden und die ihnen zu verwehren das Spektrum stillschweigend übereingekommen war. Ihr müsst sterben, so ihre Übereinkunft, ohne auch nur darüber abzustimmen: Ihr müsst sterben, damit wir unsere Ziele erreichen können.

Karris hoffte nur, dass Orholam nicht genauso hartherzig und pragmatisch mit ihnen verfuhr.

21

Teia zögerte draußen vor der Tür zum Trainingsraum, tief unter dem Turm des Prismas, und sie blickte auf ein Band aus blauem Licht, das den Boden beleuchtete. Sie hatte den Boden noch nie mit farbigem Licht beleuchtet gesehen. Sie hatte nicht einmal gewusst, dass das möglich war.

Sie hörte das unmissverständliche Trommelgeräusch eines Menschen, der einen Boxsack mit Kombinationsschlägen traktierte, und seltsamerweise beruhigte sie dieses brutale Geräusch. Wer immer da drinnen war, trainierte – und war daher kein Feind. Obwohl seine Bewegungen ihr verraten hatten, dass Mörder Spitz oft trainieren musste, war es irgendwie unmöglich, sich ihn beim Training vorzustellen. Er war nur die Endgültigkeit des Handelns, nicht die Vorbereitung darauf.

Teia öffnete die Tür mit dem Schlüssel, den Hauptmann Eisenfaust ihr gegeben hatte, und trat ein. Sie kam gerade rechtzeitig, um Hauptmann Eisenfaust förmlich explodieren zu sehen. Seine Fäuste schossen vor und boxten in rasendem Tempo gegen den ramponierten Ledersack voller Sägespäne; im nächsten Moment stürmte er auf einen Hindernisparcours zu. Im Rennen zog er zwei Übungsschwerter.

Das Agieren mit auch nur einem Schwert in der Hand oder am Gürtel war ein Teil der Schwarzgardisten-Ausbildung, mit dem Teias Kurs noch gar nicht begonnen hatte – und während ihrer kurzen Teilnahme an der Schlacht am Kopf von Ru war ihr sofort bewusst geworden: Auch nur mit einer in der Scheide steckende Waffe zu rennen und zu kämpfen war ein hartes Stück Arbeit. Ecken und Vorsprünge, von denen man wusste, dass man problemlos um sie herumkam, erwischten einen plötzlich an der Hüfte, brachten einen aus dem Schritt. Eine Stichwaffe offen zu tragen war noch schlimmer, denn man musste sie per Hand lenken. Wenn einem die Klinge an einem Türrahmen stecken blieb, während man selbst sich weiterbewegte ... nicht so gut.

Also war es selbst schon ein Stück Ausbildung, Hauptmann Eisenfaust dabei zuzusehen, wie er mit zwei Langschwertern durch einen Hindernisparcours lief. Sein Oberkörper war nackt, und der Hauptmann trug nur seine enge schwarze Hose und die Stiefel mit der Sohle aus gekochtem Kautschukbaumsaft, die voll ausgebildete Schwarzgardisten gestellt bekamen: gut haftend und fast lautlos. Zuzusehen, wie er aus völligem Stillstand plötzlich in Fahrt kam, war, als beobachte man einen Löwen, der zum Sprung ansetzt – ein Spannen der Muskeln, ein Aufblitzen von Fleisch, und dann war er auch schon losgeprescht, mit fast voller Geschwindigkeit nach nur vier Schritten.

Er sprang über ein Hindernis, das höher war als Teias Brust, rannte direkt auf eine Wand zu, in der nur ein rundes Loch von einem Schritt Durchmesser war, und sprang – hechtete voran, seine Schwerter stießen durch das Loch, die Schultern berührten kaum die schmale Öffnung, sein Körper rutschte problemlos hindurch. Er rollte sich geschmeidig ab und sprang auf, schwang die Schwerter.

Er rannte auf eine andere Wand zu, lief sie hinauf und verlor dabei kaum an Geschwindigkeit. Sein Schwung schien förmlich in die Wand zu fließen, erfüllte seine Beine; die Hände und die Schwerter an der Brust, die Hüften angespannt. Er sprang von der Wand weg, wirbelte im Uhrzeigersinn in der Luft herum, die Klingen blitzten auf und trafen in der Drehbewegung je eine Strohpuppe zu beiden Seiten, die sich jeweils in einer Kiste drei Meter über dem Boden befanden und vom Hals abwärts vor Treffern geschützt waren.

Der Schwung der Bewegung beider Schwerter von links nach rechts hatte zur Folge, dass Eisenfaust auf der Seite landete. Er stürzte, fing den Fall ab und sprang wieder auf. Er wirkte verärgert. Teia erkannte das Problem. Ohne seine Geschwindigkeit aufrechtzuerhalten, konnte er unmöglich die Kluft überwinden, die das nächste Hindernis bildete, zumindest nicht ohne stehen zu bleiben und wieder zurückzugehen und dadurch kostbare Zeit zu verlieren.

Er sah Teia natürlich, aber er sah auch, dass sie in keiner unmittelbar dringlichen Angelegenheit hier war, daher sagte er nichts. Er ging zu seinem Ausgangspunkt zurück und wiederholte die Übung.

Als er diesmal die Wand hinaufrannte, rammte er die Schwerter – jedes war mit blauem Luxin umhüllt – gegen die Wand, ließ sie los, verdrehte den Körper, packte sie nun jedes mit der anderen Hand und sprang in gerader Linie von der Wand herab, ließ die Klingen von beiden Seiten durch die Puppen schneiden und landete sicher. Er stürmte, ohne Geschwindigkeit zu verlieren, auf die Kluft zu und sprang darüber, hüpfte sofort von einer Rampe, die zu klein war, um darauf stehen zu bleiben und wieder Anlauf zu nehmen, dann machte er einen Satz und griff nach einem Seil, das über der nächsten Kluft hing.

Er verlor bei dieser Aktion ein Schwert, aber nun wirbelte er auf den Boden hinunter und lachte.

»Der persönliche Hindernisparcours des Prismas. Natürlich mogelt er ständig gewaltig mit Luxin. Er hat mich, bevor er abgereist ist, dazu herausgefordert, seine Bestzeit zu unterbieten. Ich glaube, ich könnte es knapp geschafft haben.«

Als er näher kam, fiel Teia plötzlich einmal mehr die schiere Größe und Körperlichkeit des Hauptmanns auf. Ihr Blick auf seine nackte, narbige Brust schien ihm zu Bewusstsein zu bringen, dass er nur halb bekleidet war. Merkwürdigerweise schien es ihm peinlich zu sein – selbst nach vielen Jahren in der Schwarzen Garde hatte er die alten parianischen Gepflogenheiten noch nicht vollkommen abgelegt. Er griff sich seinen Überrock und zog ihn an.

»Zum Trainieren hier?«, fragte er Teia. »Ich kann dir ein paar Übungen zeigen.«

Teia starrte ihn an, irgendwie außerstande zu sprechen. Sie dachte daran, ihm alles zu erzählen. Aber Mörder Spitz könnte in ebendiesem Raum stehen.

»Du hast deine Papiere eingereicht, nicht wahr?«, fragte er weiter. Er hatte ihre Geldstöcke gesehen.

»Oh. Ja.«

»Wirst du fortgehen?«

»Kann ich das denn?«, fragte Teia. Es erschien ihr noch immer unmöglich.

»Wenn du das Geld an die Schwarze Garde abgibst, bist du frei. Du könntest als Söldnerin mehr Geld verdienen, wenn du bei uns bleibst und unmittelbar vor den Abschlussgelübden gehst, aber manche verlassen uns auch an dem Punkt, wo du jetzt stehst. Für Leute wie dich, die als Sklaven groß geworden sind, ist der Gedanke an echte Freiheit manchmal zu verlockend, um ihn auch nur noch einen weiteren Tag aufzuschieben. Manche reden auch nur davon. Ich habe Schwarzgardisten gekannt, die volle fünfzehn Jahre davon gesprochen haben, ihre Verpflichtung zurückkaufen zu wollen – fünfzehn Jahre *nach* den Abschlussgelübden, verstehst du –, um die Welt zu bereisen. Treg stand in seinem letzten Jahr vor der Pensionierung und sprach immer noch davon, dieses Verpflichtungspapier zurückzukaufen.« Eisenfaust grinste, aber dann verflog das Grinsen. »Er hat es nicht von Garriston zurückgeschafft.«

»Ich will mehr als alles andere in meinem Leben eine Schwarzgardistin sein, aber …« Teia verließ der Mut.

Hauptmann Eisenfaust schwieg, verschränkte nur seine fleischigen Arme vor der Brust und wartete. Jedoch war es ein geduldiges, kein forderndes Schweigen. Hier stand ein Mann vor Teia, der so beschäftigt war, dass er selten mehr als fünf Stunden pro Nacht schlief, aber wenn er es mit seinen Schwarzgardisten zu tun hatte – selbst mit den Grünschnäbeln –, war er immer ganz und gar da und stand zur Verfügung, ohne Hast und Ungeduld. Teia war nie wirklich aufgefallen, wie großzügig er mit seiner kostbaren Zeit umging, aber jetzt, da sie es am eigenen Leib erfuhr, begriff sie, wie oft sie es zuvor bereits miterlebt hatte, und sie fügte es der langen Liste von Dingen hinzu, die sie am Hauptmann bewunderte. Aber …

Ich bin keine Sklavin. Nicht mehr. Und ich lasse mich nicht zum Opfer machen. Ich werde nicht dasitzen und alles über mich ergehen lassen, selbst wenn ich durch mein Handeln sterben sollte. »Ich werde erpresst«, sagte Teia.

»Womit haben sie dich denn drangekriegt?«

Dass er so gar nicht überrascht war, verblüffte sie so sehr, dass sie nur sagte: »Diebstahl.«

»Wie?«

»Ich bin jahrelang als Taschendiebin ausgebildet worden. Es war nicht meine freie Entscheidung, versteht Ihr? Meine Herrin. Mit meiner Paryl-Sicht kann ich sehen, wo Münzen und Schriftrollenschatullen und dergleichen versteckt sind. Die meiste Zeit habe ich Ausbilder und Erzieher bestohlen, die für Aglaia Crassos gearbeitet haben – die, wie ich gerade erfahren habe, die ganze Zeit über meine wahre Herrin gewesen ist. Aber erst heute habe ich herausgefunden, dass die Leute, die dahintersteckten, klüger waren, als ich es ihnen zugetraut hatte.«

»Hmm.« Hauptmann Eisenfausts Gesicht war so friedvoll wie ein See bei Morgengrauen. Er ließ mit nichts erkennen, was er dachte. Sie hatte jedoch Angst, dass plötzlich irgendein Ungeheuer aus diesem Frieden hervorbrechen könnte, daher fuhr sie rasch fort.

»Sie hatten darauf gesetzt, dass ich in die Schwarze Garde aufgenommen würde, und wussten, dass sie keine Macht mehr über mich haben würden, sobald ich einmal frei war, also habe ich immer nur Dinge stehlen müssen, die leicht wiederzuerkennen sind. Sie haben sie wahrscheinlich alle an irgendeinem Ort versteckt, den sie mit mir in Verbindung bringen können.«

»Deshalb also hast du am Kopf von Ru gewusst, wie du dich zu verkleiden hattest«, sagte Eisenfaust. »Wie gut bist du?«

»Im Stehlen?«, fragte Teia. Sie hatte nicht erwartet, dass das seine erste Frage sein würde. »Besser als im Kämpfen.« Nicht, dass ihr diese Tatsache gefiel.

»Was würdest du sagen, wenn ich dir mitteilte, dass ich ebenfalls für Aglaia Crassos arbeite?«, fragte er.

Das Herz rutschte ihr in die Hose. Auf der Suche nach einem Fluchtweg fiel ihr Blick auf die Tür. Der Hauptmann trat gelassen zwischen sie und die Tür.

»Nein«, flüsterte sie. Flehte. »Nein, bitte.«

Sie hatte keine Chance. Unmöglich konnte sie einen Kampf gegen Hauptmann Eisenfaust gewinnen, wenn er sie aufhalten wollte. Es war Wahnsinn, auch nur daran zu denken.

Aber welche Möglichkeit hatte sie sonst? Einfach aufgeben?

Ihre einzige Hoffnung war Paryl, und selbst das war eine schwache Hoffnung. Während der Schlacht am Kopf von Ru hatte sie etwas mit Paryl bewerkstelligt, das alle in Sichtweite glauben ließ, sie würden verbrutzeln und verkohlen, aber es war in Wirklichkeit völlig harmlos gewesen. Wenn sie sich daran erinnern konnte, wie genau sie das hinbekommen hatte, würde es vielleicht genügen.

»Entspann dich«, sagte Eisenfaust. »Es stimmt nicht. Ich arbeite nicht für sie. Es überrascht mich nur, dass dir dieser Gedanke nicht gekommen ist. Wer erpresst wird, wird für gewöhnlich paranoid.«

Sie seufzte vor Erleichterung. »Herr, ich stecke so tief in meinen eigenen Problemen, dass ich mir gar nicht vorstellen kann, wie schlimm mein Leben wäre, wenn sie Euch auch noch in die Klauen bekommen hätte.«

»Kannst du mir die Gegenstände beschreiben?«

»Ja, Herr.«

»Schreibst du es mir auf?«

»Ja, Herr.«

»Tu das. Ich kümmere mich darum. Wenn …«

»Herr?«

»Wenn das alles ist. Du verstehst mich?«

Alles? Das Eingeständnis, irgendwelchen Tand gestohlen zu haben, war eine Sache, aber was war mit Teias persönlicher Verstrickung in einen Mordfall? Würden sie ihr glauben? Was war wahrscheinlicher: dass Teia einen Diebstahl vermasselt hatte, in Panik geraten war und einen Mann erstochen hatte oder dass sie in irgendeine Intrige unsichtbarer Meuchelmörder hineingeraten war?

Und selbst wenn sie ihr Glauben schenkten, würde Meister Spitz es irgendwie herausfinden. Sie würde aufwachen, und er würde wieder in ihrem Zimmer sein. Und er würde Bescheid wissen. Der Gedanke machte ihre Knie weich wie Apfelmus.

»Ist das alles?«, hakte Hauptmann Eisenfaust nach.

»Ja, Herr«, antwortete Teia.

»Dann lass uns gehen und mit der Weißen sprechen.«

Mit der Weißen sprechen?! Oh nein. Nein, nein, nein. Selbst die besten Lügner konnten einen schlechten Tag haben. Teia konnte es sich nicht leisten, dass heute dieser Tag war.

22

Die Zeit wurde mit solch perfekter Regelmäßigkeit gemessen, dass sie ihre Bedeutung verlor. Jeder Tag von Gavin hatte einen ähnlichen Rhythmus. *Durchziehen. Drehen. Strecken. Drehen. Durchziehen.* Rauf, runter, das Leben umgrenzt durch das ewig gleiche Oval von Arbeit und Erholung und den Übergang von einem zum anderen. Einatmen, ausatmen, versuchen, die Bewegung so schmerzlos wie möglich zu machen. Wachen, schlafen und möglichst keine Zeit dazwischen. Vor Morgengrauen auf, Haferschleim essen, zu Mittag dann mehr Haferschleim, manchmal mit einer Scheibe Obst darin, gegen den Skorbut, Bohnen an den meisten Abenden, Fleisch, wenn sie besonders gute Arbeit geleistet hatten. Das Schiff legte nur einmal die Woche an. Allerdings gingen sie auch bei anderen Gelegenheiten vor Anker, um sich mit frischem Wasser zu versorgen und damit die Seeleute eine Möglichkeit zur Jagd hatten. Aber die meisten Tage waren ein verschwommener Nebel, der tägliche Trott des pumpenden Blutes oder der zuschlagenden Peitsche, die herabfiel, gehoben wurde, für einen Moment in der Luft zögerte und erneut zuschlug.

Vor Morgengrauen auf, Haferschleim essen. Wenn möglich an den Kübel für die Notdurft. Dann rudern. Haferschleim. Dann wenn möglich an den Waschkübel.

Das Tempo fraß Meile für Meile, und dabei hielten sie das ideale Gleichgewicht zwischen Geschwindigkeit und Anstrengung. Wenn sie mit einem Notfall konfrontiert waren – oder wenn sie selbst der Notfall waren, der andere konfrontierte –, mussten die Sklaven die zusätzliche Energie bringen können, um dem Verhängnis zu entfliehen oder es über andere zu bringen. Aber das bedeutete nicht, dass sie langsam ruderten, nicht mit dieser Besatzung, nicht mit diesem Kapitän, nicht mit diesem verfluchten Aufseher Leonus.

Sie ruderten in einem gemessenen Tempo, und es blieb das gleiche, wenn das Wetter schlecht war und das leichte Angari-Schiff wie ein Korken auf den Wellen hüpfte und Erbrochenes und Wasser an den Füßen der Sklaven vorbeischwappten. Selbst als das Wetter so schlecht wurde, dass andere Schiffe zum Überwintern im Hafen blieben, behielten sie ihre Geschwindigkeit bei. Diese Männer hatten die Ewigdunklen Pforten befahren. Ein Sturm war für sie eine lächerliche Nichtigkeit, dafür hatten sie nur Verachtung übrig.

Gavin konnte die Trommeln im Schlaf hören. Wenn er unter seiner Bank lag, ging sein Atem im gleichen Rhythmus weiter wie beim Rudern. Seine Hände heilten, bildeten neue Schwielen, rissen auf, bluteten wieder, frische Qual jeden Morgen.

Leonus war ein Idiot, aber die Sklaven beherrschten ihre Sache, und nicht einmal seine schlechte Führung konnte sie in ihrem Tun sonderlich beeinträchtigen.

Vor Morgengrauen auf, Haferschleim essen, die anderen Sklaven rieben Salbe in schmerzende Knie, Hände und Rücken ein, zögerten den Tag hinaus, da sie am Ruder nicht mehr von Nutzen waren. Leonus erwürgte einen Mann, den ihm seine Rudergefährten nach einem Streit schließlich gemeldet hatten. Er hatte sich seit Wochen, vielleicht seit Monaten nicht ausreichend in die Riemen gelegt. Ein Wort genügte, und er wurde vor ihren Augen ermordet. Eine Warnung an die Übrigen, vermutete Gavin. Gavin nahm an, dass für gewöhnlich so ein Missetäter erst einmal ausgepeitscht wurde, um sicherzustellen, dass er nicht simulierte, und dann stieß man ihn beim nächsten Hafenaufenthalt ab und verkaufte ihn für ein Butterbrot an irgendeine andere Schiffsbesatzung, die verzweifelt genug war, um einen alten, kaputten Sklaven zu nehmen. Andere Sklaven wurden Bettler, einige wenige Glückliche in eines der Gnadenhäuser der Luxiaten aufgenommen.

Gavin wusste nicht, wie lange es her war, seit er aufgegriffen worden war. Er wusste nicht, wo sie waren. Sie hatten fünf Schiffe gekapert und waren immer wieder umgekehrt, hatten gejagt oder Mongalt Shales aufholen lassen, zig Male. Nach dem, was Gavin wusste, konnten sie überall vor der Küste von Paria, Ilyta oder Atash sein. Sein Haar war wie das aller anderen Sklaven kurz rasiert worden, wegen des Ungeziefers. Ein Piratenhaarschnitt war kein Ausbund an Schönheit, aber wundersamerweise waren diese Angari zumindest frei von Läusen. Saubere Leute. Hielten sich für fortschrittlich.

Eines Abends, nach einer besonders guten Woche, in der sie zwei reich beladene Galeeren geentert hatten, belohnte Kanonier die Sklaven. Doppelte Rationen Starkwein, und die Sklaven durften bei Nacht auf Deck kommen, wenn auch angekettet und in kleinen Gruppen.

Gavin war an Orholam gekettet. Sie saßen auf dem Deck, der Wein hielt sie warm. Sie bekamen ihn so selten, dass er auf leeren Magen schnell und kräftig zu wirken begann.

Träge blickte Gavin zu den Sternen empor und versuchte anhand der Sternbilder herauszufinden, wo sie waren. Vor der ruthgarischen Küste vielleicht?

»Weißt du, warum man mich Orholam nennt?«, fragte der alte Mann.

»Weil du gütig bist und irgendwie nutzlos«, sagte Gavin grinsend.

Aber Orholam grinste nicht. »Bitte, keine Gotteslästerung, junger Guile. Nicht mit mir. Nicht heute Nacht.« Er machte eine Pause. »Ich war ein Prophet von Elelyōn in einem kleinen Dorf an der parianischen Küste zwischen den Ewigdunklen Pforten. Der Ort war natürlich sehr abgeschieden. Keine Schiffe, die anlegten oder in See stachen, unser gesamter Handel musste über beschwerliche Bergpässe abgewickelt werden, selbst unsere Namen, Orholam noch mal, klangen eigenartig für parianische Ohren. In meiner Jugend wurde mein Dorf von einem Angari-Schiff geplündert, das es irgendwie durch die östliche der Ewigdunklen Pforten geschafft hatte. Das Dorf wurde niedergebrannt, meine Mutter vor meinen eigenen Augen getötet, mein Vater auf eine so schändliche Weise ermordet, dass ich gar nicht darüber sprechen möchte; meine kleinen Geschwister wurden entweder versklavt oder umgebracht, ich weiß es nicht. Ich bin entkommen. Ich habe die Winternacht im Kadaver eines unserer Ochsen verbracht, den sie zum Spaß geschlachtet hatten. Sie haben nicht einmal das Fleisch mitgenommen. Lachende junge Männer. Ich hatte als Prophet unter Demistocles gedient. Du kennst ihn nicht? Dann werde ich mich kurzfassen. Orholam begann schon zu mir zu sprechen, als ich noch ein Kind war. Unter Demistocles' Anleitung lernte ich zu unterscheiden, wann es die Stimme des Allerhöchsten war, die sprach, und wann ich nur meine eigenen Wünsche hörte. Ich wurde arrogant. Ich beschwor Wunder, und sie geschahen. Meinst du, dass deine Chromaturgie ein Wunder ist? Sie ist bloße Wissenschaft – Männer, die Ziegelsteine bewegen. Aber meine Macht? Orholams Macht, entfesselt vom Himmel selbst? Das ist wie Blitze im Vergleich zu einer Kerze. Aber – und so viel will ich dir lassen – euch Wandlern ist ein viel größerer Spielraum gegeben. Ihr macht so vieles selbst. Aber für uns alle, Wandler und Propheten gleichermaßen, gilt: Orholam hat's gegeben, Orholam hat's genommen. Wir nennen ihn den Herrn des Lichts, aber wir vergessen, dass er in *allem* der Herr ist.«

Eine Predigt. Von einem Mann, den sie Orholam nennen. Genau das, was Gavin brauchte. Zumindest war es mal etwas anderes, und eine ordentliche Dröhnung Wein im Kopf kann selbst die Religion erträglich machen.

»Eines Tages, auf den Tag ein Jahr, nachdem ich alles verloren hatte, was ich liebte, gebot mir der Allerhöchste, eine angarische Witwe zu heilen. Lepra. Doch mein Herz war verhärtet, und stur trug ich den Kopf allzu hoch, und so wandte ich mich stattdessen von ihr ab. Am nächsten Morgen trug mir Elelyōn auf, mich zu den Angari zu begeben und ihnen Prophezeiungen zu bringen. Stattdessen floh ich. Nicht weil ich Angst davor hatte, in den Stromschnellen der Ewigdunklen Pforten zugrunde zu gehen, sondern weil ich wusste, dass das nicht geschehen würde. Ich wusste, dass er barmherzig ist. Ich hatte Angst, dass sie meine Worte befolgen würden, wenn ich ihnen auftrug, Buße zu tun, und ich wollte keine Gnade für sie. Ich wollte, dass sie brannten. Männer, Frauen und Kinder, Eunuchen, Diener und Sklaven, Fremde, die ihre Gestade aufsuchten, der Pöbel wie der König, der Soldat wie der Kaufmann. Ich wollte, dass Feuer über sie alle kam.« Sein Ausdruck nahm eine Wildheit an, die Gavin schon früher gesehen hatte, wenn auch nicht auf dem freundlichen Gesicht dieses Mannes. Ein Antlitz, gezeichnet von der ätzenden Säure des Durstes nach Rache.

Und dann folgte Qual, tiefer als alle Worte. »Sogar der bloße Name Angari, wünschte ich, sollte verbrennen, so dass ihn niemand mehr kennen würde. Ich rannte davon, in die andere Richtung, so weit ich konnte, bis ich schließlich an der Quelle des Großen Flusses in die Hände von Flusspiraten geriet. Ich wurde verkauft und wieder verkauft, und irgendwann ließ man mich weit über Land marschieren, bis ich dann schließlich an die Angari verkauft wurde. Ausgerechnet. Als könne es gar niemand anders sein. Ich habe fünfzehn Jahre lang gedient, und zehn davon lebte ich in Hass. Ich bin schon immer langsam im Lernen gewesen, aber Orholam ist geduldig. Elelyōn hat seit vielen Jahren nicht mehr zu mir gesprochen, aber an dem Tag, an dem wir dich aus dem Wasser gefischt haben, hat er es getan. Und wieder gestern Nacht, als er mir sagte, dass du jetzt bereit seist. Nicht um zu hören. Noch nicht. Aber um zu sprechen.«

»Zu sprechen?«, fragte Gavin. »Was für ein seltsamer Prophet du doch bist, gehst durchs Leben und *hörst zu*.« Er betrachtete das Sternenzelt über ihnen. Schönheit in Schwarz und Weiß.

Sie mussten irgendwo vor Melos sein, wenn Gavin die Sternenkarten richtig im Kopf hatte, und natürlich täuschte ihn seine Erinnerung nicht. Sich zu erinnern war sein Fluch.

»Ich habe nichts zu sagen.«

Sehr leise, sehr sanft, erwiderte Orholam: »Er sagte, du würdest gotteslästerliche Dinge sagen. Dass du das Geschwür aufstechen müsstest, damit vor allem anderen zunächst das Gift herausfließen kann.«

»Wenn er bereits weiß, was ich sagen werde, warum betrachten wir es dann nicht einfach als gesagt?«, fragte Gavin. Es hatte ironisch klingen sollen, aber es kam irgendwie schlimmer heraus.

»Es ist nicht so, dass er es hören muss. Es ist so, dass du es sagen musst.«

Gavin wandte sich ab. »Ich habe keine Ahnung, wovon du sprichst.«

»Lügner.«

Gavin knurrte: »Wie kannst du es wagen? Weißt du denn nicht …«

Orholam sah zu den Seeleuten, die bei Gavins erhobener Stimme herübergeblickt hatten, aber die Männer schienen nicht in der Stimmung, ihre Gespräche zu unterbrechen, solange die beiden keinen handfesten Kampf begannen. Dann fuhr er fort: »Ob ich denn nicht weiß, wer du bist? Ha. Weißt du, das gehörte mit zu dem, was mir am Prophet-Sein so gefiel. Ein Prophet ist der Sklave des Allerhöchsten. Ein Sklave, aber einen solch erhabenen Herrn zu haben, gibt uns die Befugnis, mit *einer* Stimme zu Satrap, Soldat, Diener oder Sklave zu sprechen. Ich habe geglaubt, das würde mich auch so bedeutsam wie einen Satrapen machen. Tatsächlich ist es einfach so, dass wir vor ihm alle gleich klein sind, Ameisen und Fliegen, die unter dem Blick eines Giganten darüber streiten, wer den Vorrang hat.«

»Das ist jetzt mehr die Art Gerede, die ich von einem Propheten erwarten würde.«

Verletztes Schweigen, aber dann sagte Orholam: »Es kommt mir seltsam vor, oh du kläglich ruinierter Mensch, dass du, der du die Antwort auf so vieler Menschen Gebete warst, kein eigenes Gebet haben solltest, nicht einmal jetzt, in Gefangenschaft und in Erwartung des Todes. Ich habe fünfzehn Jahre gehabt, um über meinen Zorn auf das Dasein hinwegzukommen. Diesen Luxus hast du nicht.«

»Zorn auf das Dasein? Das ist eine Dummheit. Eine Dummheit, ebenso wie die Tatsache, dass du fünfzehn Jahre als Sklave einen Luxus nennst. Ich war das Prisma. Wieso sollte ausgerechnet ein Prisma lamentieren?«

»Besser ein ehrlich undankbarer Mensch als ein Lügner, der trotzdem noch immer undankbar ist.«

»Nenn mich noch einmal Lügner, und du wirst deine Zähne fressen.«

»Lass mich dir etwas sagen, oh Sklavenprisma. Wenn Orholam deine Unterwerfung verlangt, kannst du dich jetzt unterwerfen, und du wirst deinen Weg einfach finden; oder später, und du wirst deinen Weg hart und schwer finden; oder niemals, und du wirst dich zermalmt finden.«

»Weil er gern straft und grausam ist.«

»Weil er der König ist. Und je länger du in die falsche Richtung gehst, desto weiter wirst du rennen müssen, um dorthin zurückzukommen, wo du hättest sein sollen.«

»Er ist kein König. Er existiert nicht. Er ist ein tröstliches Märchen, eine Kerze, die gegen die Dunkelheit unserer Ängste emporgehalten wird. Da ist nur das Nichts. Es bringt genauso wenig, ihn zu verfluchen, wie zu ihm zu beten. Wir sind wie der Mann, der, nachdem er gestolpert ist, dem Stein vorwirft, nach seinem Fuß gegriffen zu haben.«

»Warum dann die Furcht, wieder zu ihm zu sprechen?«

»Zuerst nennst du mich einen Lügner und jetzt einen Feigling?«

»Du brauchst mehr ehrliche Männer in deinem Leben. Oder bessere Ohren. Orholam weiß, dass trotz all der Spiegel, die er dir gegeben hat, du dich selbst immer noch nicht sehen konntest, daher hat er dir das Augenlicht genommen. Vielleicht wird es deine anderen Sinne schärfen?«

»Fahr zur Hölle«, sagte Gavin. Aber etwas von jener atemlos die Brust zuschnürenden Angst stieg wieder in ihm auf. Er war entlarvt. Woher wusste der alte Mann, dass er nicht sehen konnte?

Oh, aber natürlich. Wenn Gavin wandeln könnte, wäre er nicht hier. Dass der Kerl über Gavins Verlust seiner Farben Bescheid wusste, seine Farbenblindheit, war kein übernatürlicher Einblick, es war eine reine Schlussfolgerung.

Orholam lachte. »Nein, auf mich wartet Besseres als die Hölle. Denn ich habe endlich demütig das Knie gebeugt. Unsere vortrefflichen Gastgeber haben Macht nur über meinen Körper.

Die Freiheit ist für mich nur eine Frage der Zeit. Diese Ketten können mich nicht halten. Ich könnte Orholam bitten, sie mir abzunehmen, und sie würden von meinen Handgelenken fallen.«

»Beweise es«, höhnte Gavin.

Kurz legte sich ein Anflug von Ärger über die Züge des Propheten. »Es ist wohl nur gerecht, dass du mich in Versuchung führen willst zu tun, was mich überhaupt erst hierhergebracht hat. Nein, ich werde die Macht, die mir anvertraut wurde, nicht missbrauchen. Ich bin wegen mir selbst hier gelandet, aber er hat mich auch wegen dir hergeschickt, Prisma.«

»Aha«, sagte Gavin.

»Orholam macht keine Fehler, oh Guile, du Mann der List. Du bist Prisma geworden durch seinen Willen. Das war kein Versehen. Es gibt Dinge, die nur du tun kannst.«

»Nicht mehr«, sagte Gavin. Eine Wolke am Horizont leuchtete von innen auf, als ein Blitz in sie fuhr.

Besser, er wäre nicht geboren worden. Besser, er wäre nicht als Prisma geboren worden. Wenn er nur nicht mit dem Lichtspalten angefangen hätte, wenn er nur kein Vollspektrum-Polychromat gewesen wäre, wenn er nur Gavin nichts von seiner Polychromatie erzählt hätte, in der Hoffnung, die Kluft wieder zu überbrücken, die sich wie aus dem Nichts zwischen ihnen aufgetan zu haben schien, als ihm Gavin weggenommen worden war, um zum Erwählten, dem nächsten Prisma, erklärt zu werden – dann wäre jetzt alles gut. Sein älterer Bruder hatte Dazens Begabung als Verrat aufgefasst, als würde ihm Dazen dadurch das Einzige wegnehmen, was ihn zu etwas Besonderem machte.

Also hatte der echte Gavin zurückgeschlagen, indem er verraten hatte, dass sein jüngerer Bruder mit Karris durchbrennen wollte.

Und nun saß der falsche Gavin auf dem schaukelnden Deck

des Schiffes und leerte seinen Becher Starkwein bis zur Neige. Er hatte es bis zu diesem Moment nicht begriffen. Jahrelang hatte er gedacht, dass Karris die Nerven verloren hatte. Er hatte ihrer Zofe die Schuld gegeben. Oder auch seiner eigenen schlechten Planung.

In Wahrheit hatte sein älterer Bruder es herausgefunden, und zur Rache hatte er das Geheimnis verraten. Die Weißeiches hatten dann Karris' Zofe so sehr eingeschüchtert, dass sie die Sache preisgegeben hatte. Das erklärte die Schuld auf dem Gesicht der Frau in jener Nacht – es war echte Schuld gewesen, die er dort gesehen hatte, aber es war nicht die Schuld des Verrats gewesen; es war die Schuld, zu schwach gewesen zu sein, um dem Druck standzuhalten. Einem Druck, der für jeden in ihrer Position zu groß gewesen wäre.

Dieser Blick der halben, ungerechten Schuld war der Grund gewesen, warum Dazen sie auf der falschen Seite einer verschlossenen Tür hatte verbrennen und sterben lassen, womit er unwissentlich alle Übrigen ebenfalls zum Tode verurteilt hatte. Ein Moment der Schuld, einer Schuld, die nicht mal die ihre gewesen war, hatte zum Tod all dieser Menschen geführt. Es war Dazens Sünde gewesen, sich in Karris zu verlieben, der kleine Betrug, mit der Frau durchbrennen zu wollen, die sein Bruder haben wollte, aber nicht liebte. Das hatte zu Gavins riesengroßem Betrug geführt. Gavins Sünde und Dazens wilde Rachsucht, die ätzende Säure, die seine Seele gezeichnet hatte. Jeder hatte in einer eskalierenden Spirale den anderen mit Rache heimgesucht, bis die Satrapien brannten.

»Dein Vater hat Gavin zum Prisma erwählt, aber Orholam hat dich erwählt. Verrät dir das nichts?«,' fragte Orholam.

Für einen Moment raubte die Nennung des richtigen Namens Gavin den Atem, dann erinnerte er sich daran, dass er in seinem Schock über die Gefangennahme, in einem Moment blinder Narrheit, Kanonier erzählt hatte, dass er Dazen war. Keine Prophetie. Orholam war der Ruderer neben ihm auf der Bank. Er hatte es lediglich mitgehört.

Aber wenn er es mitgehört hatte, wer hatte es dann noch gehört?

Gavin kicherte. Ziemlich weit unten auf der Liste der Dinge, über die ich mir Sorgen machen sollte, oder? Verdammt. Ich habe fünfzehn Jahre gebraucht, um den Mut aufzubringen, dir zu sagen, wer ich wirklich bin, Karris, und einem Schiff voller Piraten habe ich es binnen Minuten verraten.

»Mein Vater hat ihn gewählt, weil er der Ältere war«, sagte er.

»Dein Vater, der Abkömmling von Iron Ataea Guile? Geleitet durch eine Tradition des Erstgeburtsrechts, die deine Familie nur selten befolgt hat? Dein Vater, der selbst der jüngere Bruder gewesen ist?«

»Er hat ihn gewählt, weil er Willen in ihm gesehen hat.«

»Und den hatte sein zweiter Sohn offensichtlich nicht«, sagte Orholam spottend, aber sanft. »Was dein Vater in dir gesehen hat, war es, was ihn dich ablehnen ließ, und genau dasselbe ist es auch, weshalb Orholam dich erwählt hat.«

»Und was ist das?«

Orholam lächelte. »Irgendwann wirst du es herausfinden.«

»Du hast ganz schön Mumm, weißt du das? Du sitzt hier oben und trinkst mit mir, und du sagst mir, was für ein schrecklicher Mensch ich bin, und dann beleidigst du meinen Bruder und meinen Vater und lächelst dabei.«

Orholam zuckte traurig die Achseln. »Deshalb gibt es auch nur so wenige Propheten. Es kostet uns allzu häufig das Leben. Die Wahrheit erregt Anstoß bei Menschen, die die Dunkelheit lieben.« Er sah zu den Seeleuten auf dem Deck hinüber, die immer noch trunken und laut redeten. Einige waren bereits eingenickt. »Ich glaube, sie haben uns vergessen.« Er streckte die Hand aus und nahm Gavins Zinnbecher. Dann wartete er einen Augenblick, sah zu den Piraten, erhob sich ruhig und gleichgültig auf die Knie und tauchte den Becher tief in das Fass hinein, um ihn erneut mit Starkwein zu füllen. Er reichte Gavin den Becher und ließ sich wieder in Sitzposition fallen.

Das war zumindest eine gewisse Entschädigung. Mehr Wein. »Auf den Nutzen, den es bringt, einem Propheten zuzuhören«, sagte Gavin. Er stieß mit dem Irren an und trank.

»Soll ich den Sturm mit Blitz und Feuer über uns kommen lassen?«, fragte Orholam.

»Ich dachte, du wolltest deine Macht nicht missbrauchen.«

»Ach. Stimmt. Hatte ich ganz vergessen.« Er trank. »Sieht so aus, als käme der Sturm ohnehin in unsere Richtung.«

Am Bug schloss Kanonier trunken Wetten darauf ab, welche Schüsse er bewerkstelligen konnte oder nicht. Es war jedoch niemand bereit, gegen ihn zu wetten, daher beschimpfte er seine Männer als Feiglinge. Es wirkte heiter und entspannt, doch er hatte gerade einen Zinnbecher aus dem Mund eines trinkenden Piraten geschossen und die Muskete dabei mit einer Hand abgefeuert, während er mit der anderen stolz seine Männlichkeit hin und hergeschwenkt und in großen Achtern ins Meer gepinkelt hatte.

»Sind eigentlich alle auf See wahnsinnig?«, fragte Gavin.

»Ein wenig Wahnsinn verhindert, dass du verrückt wirst«, meinte Orholam. »Der da, der Ceres verflucht? Hat jung geheiratet. Ein Mädchen namens Ceres. Sie dachten, es sei ein lustiger Zufall, als sie erfuhren, dass Ceres eine alte heidnische Meeresgöttin war. Seine beiden großen Lieben seien eins, witzelten sie. Sie beging Selbstmord, als er auf einer seiner Reisen war. Hat sich ertränkt. Er gibt sich die Schuld daran. Lag aber wirklich nicht an ihm, Verrücktheit tritt häufig im Alter von etwa zwanzig in Erscheinung. Ein grausamer Feind hat ihm gesagt, Ceres habe gehört, dass Kanonier sie betrüge.«

Gavin fluchte leise. »Woher weißt du das?«

»Orholam hat es mir erzählt.«

Gavin sah ihn an.

»Nur ein Spaß. Wenn du mal so lange wie ich auf einem Schiff warst, kriegst du jeden guten Tratsch zu hören. Diese Geschichte habe ich von einem Mann, der ihn schon gekannt hat, als er noch nicht mal den Namen Kanonier angenommen hatte. Aber an seinen Geburtsnamen kann ich mich nicht mehr erinnern, erschien mir damals nicht sonderlich interessant. Sag mal, du bist ein Träumer, also einer der Träume träumt, nicht wahr?«

»Ich träume ab und zu«, bestätigte Gavin herablassend. »Das tut jeder.« Aber sein Magen krampfte sich zusammen. Er zog es vor, wenn sein Prophet stumm war und lieblich lächelte.

»Eindringliche Träume. Träume, die dir eine Scheißangst machen, nicht wahr? Du wachst voller Panik auf, und deine Brust ist so zugeschnürt, dass du keine Luft mehr bekommst, und du bist in Schweiß gebadet?«

Volltreffer. Gavin zuckte die Achseln: Mag sein.

»Du wirst einen Traum haben, heute Nacht, morgen, ich weißt es nicht, aber bald. Behalte ihn im Gedächtnis. Präge ihn dir genau ein.«

»Du hast nicht die Macht, mich Träume träumen zu lassen«, wandte Gavin ein.

»*Ich* kann es nicht. Es ist ein Spiel, das Orholam und ich gespielt haben, damals. Ich sage, er wird etwas tun, von dem ich glaube, dass es seinem Willen entspricht, und dann muss er es irgendwie tun, sonst steht *er* schlecht da, nicht ich.«

»Tolles Spiel.«

»Aber das ist nur die halbe Geschichte. Wann immer ich das

tue, gibt er mir etwas auf, was mir unmöglich erscheint und was zu tun ich zu große Angst habe oder was mir einfach zu peinlich ist. Am Anfang waren es simple Sachen, aber damals fielen sie mir sehr schwer. Er sagte zum Beispiel: ›Geh hin und sage dieser Frau, dass ihr Mann sie liebt.‹ Und ich kam mir wie ein Idiot vor, ein Verrückter, einfach zu einer Fremden hinzugehen und so etwas zu sagen, aber ich habe mich zusammengerissen und es getan – und dieses schmächtige Mädchen sieht mich an, als hätte ich ihr mit einem Hammer zwischen die Augen geschlagen, und bricht in Tränen aus. Wie es weiterging, habe ich nicht mitbekommen, aber ein Jahr später sehe ich sie mit ihm, sie strahlen beide, und sie hat ein Baby im Arm. Sie sieht mich an und zwinkert mir zu. Später wurde es schwerer. ›Geh hin und sage dem Gouverneur, dass er binnen eines Monats tot sein wird, wenn er noch ein einziges Mal die Frau seines Bruders anfasst.‹ *Diese* Sache hat mich nicht gerade beliebt gemacht. Doch der Gouverneur hat sich danach gerichtet. Ohne auch nur ein einziges Wort zu mir zu sagen. Aber die Frau des Bruders? Sie hat versucht, mich umzubringen.«

Die Blitze näherten sich, und jetzt sahen auch die betrunkenen Seeräuber das Gewitter kommen.

»Anker lichten!«, rief Kanonier trunken. »Weckt die Sklaven. Wie fegen mit dem Sturm über die Wogen!«

Ein Pirat entdeckte Gavin und Orholam an dem Platz, wo sie an den Mast gekettet waren, und kam herbei, um sie schnell hinunter zu ihrer Ruderbank zu bringen. Das Letzte, was Gavin sah, bevor er unter Deck gestoßen wurde, war Kanonier, der auf der Reling balancierte, die eine Hand in der Takelage, mit der anderen schwenkte er ein Pistolenschwert. Blitze fuhren krachend herab und tauchten seine Gestalt in helles Licht.

»Ceres!«, rief Kanonier, und seine Wangen glänzten vor Tränen – oder vielleicht war es auch nur der Regen. »Ceres, du

Miststück! Töte mich, wenn du kannst! Ich trotze dir! Ich …« Und dann übertönte das Grollen des Donners alles andere.

23

»Herr? Ihr scheint nicht überrascht«, wandte sich Teia an Eisenfaust. »Habt … habt Ihr es etwa gewusst?«

»Wirke ich auf dich wie ein blutiger Anfänger, Grünschnabel?«

»Herr?«

»Die Schwarze Garde ist das Beste vom Besten. Auf die eine oder andere Weise versuchen die verschiedenen Adelshäuser die meisten unserer Schüler unter ihre Kontrolle zu bringen. Sie waren dabei oft genug erfolgreich, um auch uns vorsichtig werden zu lassen.«

»Ihr habt es also gewusst?«

»Komm mit.«

Er setzte vorsichtig seine Ghotra auf, und sie gingen zum Aufzug. »Wenn ich dich ansehe, frag mich, ob ich möchte, dass du am Kontrollpunkt bleibst«, unterwies er sie. Er stellte die Gewichte ein, und sie fuhren mit dem Aufzug nach oben, wo die Schwarzgardisten sie am Kontrollpunkt begrüßten.

»Ist die Weiße da?«, fragte er.

»Ja, Herr«, antwortete Samite.

Eisenfaust wartete einen Moment und sah Teia dann an.

»Ihr wollt, dass ich hierbleibe, Herr?«, fragte Teia. So vorsichtig war Eisenfaust? Bei Samite? Er machte sich Sorgen, dass seine eigenen Schwarzgardisten Bericht erstatteten … worüber? Dass Teia ihn zu einem Treffen mit der Weißen begleitete? Ein solches Treffen wäre doch völlig unverfänglich, oder? Aber dass er so vorsichtig war, bedeutete, dass er selbst dieses Treffen vor einem Verratenwerden bewahren wollte – durch Schwarzgardisten, mit denen er all seine Erwachsenenjahre hindurch zusammengearbeitet hatte. Ein Teil von Teia verlor allen Mut. Sie wollte, dass zumindest die Schwarze Garde rein war. Irgendetwas musste rein und gut sein, auch wenn sie selbst es nicht war. Sein Vorgehen ließ den so arglos wirkenden Hauptmann der Schwarzen Garde durchtriebener erscheinen, als sie es je vermutet hätte.

»Es dauert nicht lange«, antwortete Eisenfaust, als würde er kurz über die Sache nachdenken, ohne ihr viel Bedeutung beizumessen. »Komm.«

Gemeinsam begaben sie sich zum Zimmer der Weißen. Die Schwarzgardisten dort meldeten sowohl ihn als auch Teia an – Teia war überrascht, dass sie sogar ihren Namen wussten. Man sollte die Schwarze Garde eben niemals unterschätzen, dachte sie.

Die Weiße entließ ihre alte Kammersklavin und ihren Sekretär, als sie hereinkamen. Die alte Frau hatte gewandelt, seitdem Teia sie das letzte Mal gesehen hatte. Es ließ sie gesünder wirken, aber Teia wusste, dass es nur ein falscher Anstrich von Gesundheit war. Wenn die Weiße für sich entschieden hatte, dass ihr das Wandeln erlaubt sei, dann bedeutete das, dass sie sich am kommenden Sonnentag der Befreiung unterziehen wollte.

Die Weiße musterte Teia genauso, wie Teia die Weiße musterte. Teia fragte sich, was die alte Frau wohl dabei sah.

»Aglaia«, begann Hauptmann Eisenfaust ohne Einleitung. »Hat sie im Diebstahl unterwiesen. Wahrscheinlich hat sie das Diebesgut behalten, um sie zu erpressen. Erklärt Teias Verkleidungskünste. Sie ist zu mir gekommen. Unaufgefordert.«

Die Weiße wirkte ungerührt sowohl über diese Eröffnungen

als auch darüber, dass Eisenfaust ohne Vorwarnung damit hereingestürmt war. »Wann hast du herausgefunden, dass es keine Lady Verangheti gibt?«, wandte sie sich an Teia.

»Unmittelbar vor unserer Abreise – Moment, Ihr wisst auch davon?«, sagte Teia.

»Wenn man sich schon die Mühe macht, Spione zu haben, geziemt es einer Dame, auch die besten zu haben«, erwiderte die Weiße. Sie lächelte schwach. »Wie hast du herausgefunden, dass sie dich erpressen wollte? Sicher hast du, nachdem Andross Guile sie gezwungen hat, dich an ihn zu verkaufen, geglaubt, nun frei zu sein – zumindest frei von ihr.«

»Das habe ich«, bestätigte Teia. Die Wahrheit war allerdings komplizierter. Sie hatte das nämlich noch bis heute geglaubt.

Ihr erster Gedanke war gewesen, dass Aglaia Meister Spitz geschickt hatte, um erneut ihre Netze um sie zu legen. Aber warum ihr einen Mord in die Schuhe schieben?

So ging Lady Crassos normalerweise nicht vor. Als Lady Verangheti war sie diszipliniert gewesen und hatte Teia gezwungen, immer schwierigere Diebstähle zu begehen, hatte sie gezwungen, sich mehr und mehr in ihrem Netz zu verfangen, so dass sie rettungslos darin festsaß, ehe sie überhaupt auf die Idee kommen konnte, sich zu wehren. Lady Verangheti wäre immer Schritt für Schritt vorgegangen, ohne etwas zu überstürzen: Sie hätte Teia immer schwierigere Aufgaben gegeben, bis sie anfing, sich zu sträuben, und ihr dann eröffnet, dass Teia die ganze Zeit über ihr eigenes Grab gegraben hatte; dann würde sie sie zwingen, immer schlimmere Dinge zu tun, bis Teia absolut alles für sie tun würde. Eine solche Spionin – vor allem wenn sie es bis in die Schwarze Garde schaffte – wäre eine ganz hervorragende Waffe. Und Lady Crassos schien schlau genug, nichts zu tun, was Teia frühzeitig aus diesem Netz herausreißen könnte.

Wie etwa der Schock, Zeuge eines Mordes zu sein.

Nachdem sie einen Mord mit angesehen hatte, wäre Teia womöglich direkt zu Hauptmann Eisenfaust gegangen und hätte ihm alles erzählt. Dieses Risiko wäre Lady Crassos nicht eingegangen.

Also, warum sollte sie Teia einen Mord anhängen?

Es gab keinen Grund. Nicht den geringsten. Lady Crassos steckte nicht dahinter.

Vor der Schlacht von Ru hatte sich ihre Herrin überhaupt nicht für die Ermordung auf dem Marktplatz interessiert, die Teia mit angesehen hatte. Wenn sie eine Meuchelmörderin aus Teia hatte machen wollen, hätte es für sie keinen Grund gegeben, so zu tun, als wisse sie nichts von der Sache. Es wäre ein großartiges Mittel gewesen, um Teia bei der Stange zu halten: Wenn du nicht gehorchst, Adrasteia, kann ich dich genauso töten lassen. Niemand kann mich aufhalten.

Im Übrigen war es *immer noch* ein gutes Mittel. Ein gutes Mittel, weder der Weißen noch Hauptmann Eisenfaust noch Kip oder irgendjemandem sonst etwas von Mörder Spitz zu erzählen.

Teia merkte, dass sich ihr Schweigen allmählich verdächtig in die Länge zog. »Ich konnte nicht richtig glauben, dass ich frei war, und ich hatte da so ein schreckliches Gefühl, und je länger ich darüber nachdachte, desto wahrscheinlicher schien es mir, dass sie ein Beweisstück meiner Taten aufheben würde, um es gegen mich zu verwenden. Sie ist … wirklich beängstigend.« Was eine Untertreibung war. »Aber woher wisst Ihr davon? Habt Ihr es beide gewusst?«

Teia schaute zu Eisenfaust hinüber. Stumm erwiderte er ihren Blick. Dann sagte er: »Adrasteia, in diesem Spiel muss man entweder schlau wie eine Schlange sein oder jemandem uneingeschränkt vertrauen, der es ist. Ich habe mich immer für Letzteres entschieden.« Er neigte den Kopf in Richtung Weiße.

Seltsam, nur wenige Augenblicke zuvor hatte er noch so abgespannt gewirkt, und jetzt schien er wieder ganz der alte Eisenfaust, zu direkt, um diplomatisch zu sein. Teia fragte sich, ob es etwas mit dem sehr öffentlichen Verlust seines Glaubens zu tun hatte – und mit dessen nicht minder öffentlicher Wiedergewinnung.

»Komm her, Kind«, sagte die Weiße. Als Teia näher trat, musterte die alte Frau sie eingehend, untersuchte ihre Augen mit scharfem Blick. »Hauptmann, ist da eine minimale Violettverfärbung in ihren Augen, oder mache ich mir etwas vor?«

Der Hauptmann starrte Teia in die Augen. »Könnte sein. Ich würde es aber nicht sehen, wenn ich nicht gezielt danach suchen würde.«

»Eine Spektralblutung also. Trifft offenbar sogar die Paryl-Wandler.« Die Weiße stieß einen Seufzer aus. »Oh, Kind, wenn du doch nur zwei verschiedene Mädchen sein könntest. Ich würde euch so gerne beide beobachten. Aber das Beobachten schließt die Verwendung aus, und es gibt nur eine von dir. Orholam kennt dieses Dilemma vermutlich selbst am besten. Trotzdem.« Sie richtete ihren Blick himmelwärts, obwohl dort nur die Decke war, als wolle sie den Schöpfer des Universums sanft tadeln. »Erzähl mir von deiner Familie, Tochter.«

»Das geht Euch nichts …« Teia biss sich auf die Zunge, als ihr bewusst wurde, mit wem sie sprach. Sie schluckte. Es war eine ganz allgemeine, sogar freundliche Frage, aber Teia hatte das Wissen von der Schande ihrer Familie so lange für sich behalten, dass ihr jede Nachfrage als persönlicher Angriff erschien.

»Hohe Dame, vielleicht ist jetzt nicht der richtige Zeitpunkt«, schaltete sich Hauptmann Eisenfaust ein. »Wir haben nur wenige Minuten …«

Die Weiße wandte den Blick nicht von Teia ab, aber ihr Ton wurde schärfer. »Ich bin dafür bekannt, ein eingehendes Interesse an jungen Menschen an den Tag zu legen. Dem Alter sind seine Verschrobenheiten gestattet. Wenn Ihr geht, Hauptmann, werdet Ihr die Achseln zucken und denken: ›Man weiß ja, wie sie mit jungen Menschen ist.‹ Und dann lächeln und Eurer Arbeit nachgehen, und die Spione werden das Gleiche tun. Deine Familie, Kind.«

»Mein Vater ist Kaufmann. War. Jetzt Tagelöhner. Zwei Schwestern, jünger. Meine Mutter ist nicht der Rede wert.«

»Dein Dich-Schämen sagt etwas anderes.«

Teia biss die Zähne zusammen. Sie starrte zum Fenster hinüber. Es war die Weiße, die da fragte. Dass Teia auch nur daran dachte, *nicht* zu antworten, war im Grunde gottlos; und ungehorsam war es in jedem Fall.

Sie antwortete, aber ihre Stimme war ausdruckslos. »Meine Mutter hat während einer der Reisen meines Vaters eine Zeit lang den Verstand verloren. Hat jeden Mann nach Hause gebracht, der mit ihr ins Bett steigen wollte. Hat schließlich einen gefunden, der sie hinreichend mochte, um für eine Weile zu bleiben. Sie veranstaltete Feste, die wir uns nicht leisten konnten, engagierte Tänzer und Musikanten, wie reiche Leute es tun. Wir waren nicht reich. Sie hat uns ruiniert. Und als mein Vater zurückkam, glaube ich, hat sie gedacht, er würde sie umbringen. Ich glaube, sie hat sogar gehofft, dass er das tut. Sie hatte uns alle in die Sklaverei verkauft, um die Schulden zurückzuzahlen, die sie angehäuft hatte. Mein Vater verkaufte alles, was er noch besaß – im Wesentlichen sein Schiff –, und kaufte meine Schwestern zurück. Bis dahin war mein Talent bereits offenbar geworden, und ich war zu wertvoll. Er hatte nicht das Geld, um mich loszukaufen, und konnte sich eine solche Summe auch nicht borgen.«

»Und was hat er mit deiner Mutter gemacht?«, fragte die Weiße.

»Nichts.« Es war ihr unmöglich, ihre Verbitterung zu verbergen. Vater, warum hast du nicht um mich gekämpft? Warum hast du diejenige vorgezogen, die dich verraten hat?

»Und wie geht es dir damit, wenn du daran denkst?«

»Ich verachte ihn für seine Schwäche.«

»Statt ihn für seine Güte zu bewundern. Interessant.«

»Ist es denn Güte, nichts zu tun, wenn einem Unrecht widerfährt?«, begehrte Teia auf.

»Du hast keine Ahnung, was er getan oder nicht getan hat. Eltern beschützen ihre Kinder häufig vor der Wahrheit der Kämpfe, die sie ausfechten, und zu diesem Zeitpunkt hast du bereits woanders gelebt, warst schon Sklavin. Du urteilst zu schnell und zu hart. Etwas, was du zu überwinden lernen solltest. Nur ein Narr urteilt allein mit dem Herzen.«

Teia nahm den Tadel hin, so ungerecht er auch war. Ihr Vater hatte diese verrückte Hure tatenlos wiederaufgenommen, irgendetwas von Liebe und Vergebung geschwafelt. »Sind wir fertig?«, fragte sie.

»Weißt du«, sagte die Weiße, »dass ich zwei Töchter hatte? Ich erinnere mich noch gut an ihre Jugendjahre. Es war die Hölle.«

Teia musste gegen ihren Willen grinsen. Ich bin mir sicher, dass du das ein Stück weit auch verdient hast. »Wo leben sie jetzt? Sie sind nicht auf Großjasper, oder?«

»Sie sind tot. Eine starb während der Blutkriege und eine unmittelbar darauf. Sie wurde von Männern getötet, die nicht wahrhaben wollten, dass die Blutkriege vorbei waren. Sie dachten, ihre Seite hätte noch nicht genügend Rache geübt. Die Kinder meiner Töchter wurden getötet oder rasch illegal irgendwohin versklavt. Vielleicht sind sie immer noch dort draußen und leiden. Ihre Großmutter ist die Weiße, einer der mächtigsten Menschen aller Satrapien, und sie sind Sklaven; all mein Reichtum und meine tausend Spione sind da nichts wert, denn wer nimmt schon einen Sklaven wahr?« Ihre Augen schienen feurig zu glühen. »Die Sklaverei ist ein Übel, ohne das unsere Welt nicht funktionieren kann, aber dennoch bleibt sie ein Übel.« Sie verzog das Gesicht. »Was auch der Grund ist, warum ich nicht will, dass jene, die an mich gebunden sind, *dadurch* gebunden sind, zumindest soweit das in meiner Macht steht. Eisenfaust?«

Der Hauptmann nahm ein Bündel Papiere vom Schreibtisch der Weißen und reichte es Teia. Es bestand aus Abschriften von Quittungen, die sie gar nicht alle lesen konnte, zumindest nicht im schnellen Überfliegen, und einem Brief in einer alten, vertrauten Handschrift, die sie sofort erkannte. Die Handschrift ihres Vaters.

»Meine Schulden sind alle auf deinen Namen bezahlt worden, Adrasteia. Ich habe bereits Investoren in Aussicht, die im kommenden Frühling eine der neuen Karavellen kaufen wollen. Ich stelle gerade eine Besatzung zusammen. Ich habe dir gegenüber versagt, aber du hast mich nie im Stich gelassen. Sobald ich kann, werde ich nach Großjasper kommen oder wo immer du stationiert bist. Den Schwestern geht es gut. Kallea hat einen Metzger geheiratet, erwartet im Frühling erstes Kind. Ehemann taugt nichts, aber zumindest ist sie in der Nähe. Marae hofft jetzt, Offizier zu heiraten. Guter Mann. Gibt's Neues?« Er hatte vermutlich kein weiteres Papier zur Verfügung gehabt, denn die letzten Sätze waren dicht an dicht geschrieben und noch kürzer als gewöhnlich.

Ihre Schwester erwartete ihr erstes Kind? Kallea war jetzt fünfzehn Jahre alt. Viele arme Mädchen heirateten natürlich so jung. Aber Teia hatte Mühe, das alles zu verstehen. Das waren Fakten und Mitteilungen über ein anderes Leben; ein Leben, das nicht das ihre war. So etwas passierte Teia nicht.

»Warum?«, fragte Teia. Es musste ein Haken an der Sache sein, eine Falle, ein Trick, der das alles wieder verschwinden ließ. Es war zu schön, um wahr zu sein. »Warum?«

»Weil ich manchmal Gutes tun kann«, antwortete die Weiße. »Es sind keine Bedingungen damit verbunden, Teia. Die Tragödien, die mich heimgesucht haben, haben auch ein paar Vorzüge mit sich gebracht. Reichlich Geld zum Beispiel. Welche Verwendung hat eine sterbende alte Frau für Geld? Ich kann dich damit so großzügig beglücken, wie Orholam mich beglückt hat. Licht, Leben und Freiheit, mein Kind.«

Es rollte über Teia hinweg wie ein tosendes Erdbeben. Sie musste dagegen ankämpfen, es wegschieben. »Wie habt Ihr …? Gerade jetzt?«

»Wir haben schon angefangen, die Dinge in die Wege zu leiten, als du deine Aufnahmeprüfung für die Schwarze Garde gemacht hast. Wir wollen, dass alle Bewerber uns aus freien Stücken wählen. Das geht nicht immer, aber wir versuchen es zumindest jedes Mal. Diese Papiere haben wir erhalten, als du in Ru warst. Seither wollte ich immer nach dir schicken lassen. Ich war sehr beschäftigt.«

»Ihr wolltet … die ganze Zeit …?«

»Im Rahmen des großen Ganzen war es für uns eine Kleinigkeit, Teia, und wir wussten, wie groß und bedeutend es wohl für dich sein würde.«

Teia blieb die Luft weg. Weinen würde sie später, aber in diesem Moment konnte sie kaum atmen, konnte kaum glauben, wie gütig diese sterbende Frau war und wie standhaft ihr Vater gewesen war und dass das Leben ihrer Schwestern sich so weit von dem ihren wegbewegt hatte, dass Teia sie von ihrer Position aus in mehrfacher Hinsicht aus den Augen verloren hatte. Die Weiße hatte Gutes getan für Menschen, die Teia wahrscheinlich nie wieder sehen würde. In diesem Moment des Mitgefühls fühlte sie sich jedoch zugleich irgendwie auch einsamer als während all der Jahre der Ausbildung und des Stehlens in Schande, als sie ihr wahres Ich unter allerlei Masken verborgen hatte – und zwar nicht nur unter den Verkleidungen, die man ihr beigebracht hatte.

»Sie ist nicht der einzige Mensch gewesen, der mich erpresst hat«, platzte Teia heraus. »Da gibt es noch jemand anderen, Schlimmeren.«

Und sie erzählte ihnen von Meister Spitz. Und von dem Spion und dem Mord und der Flucht, und dass Kip sie gesehen hatte und vom Diebstahl ihrer Papiere und wie sie sie zurückbekommen hatte. Und als sie damit fertig war, fühlte sie sich endlich frei. Sie konnte durchatmen.

Merkwürdigerweise wirkte die Weiße jetzt jünger und lebendiger denn je. Ihre Augen leuchteten kampfbereit. »Teia«, fragte sie, »wie mutig bist du?«

Zehn Minuten später begleitete Hauptmann Eisenfaust Teia zur Tür und teilte ihr mit, dass er gleich nachkommen wolle.

Als die Tür hinter ihr zugefallen war, sah er die Weiße skeptisch an. »Ihr habt das geplant.«

»Ich hatte darauf gehofft.«

»Ihr habt von dem anderen gewusst. Diesem Mörder Spitz.«

Sie äußerte sich nicht dazu. »Freundlichkeit kann Ketten brechen, die List nicht zu brechen vermag.«

»Ist es das, was Ihr seid? Ein verschlungenes Ineinander aus Freundlichkeit und List?«, fragte er.

»War nicht der Stab mit den Schlangen einst das Symbol der Weißen?«, fragte sie. Mit einem Schlag schwand ihre Launigkeit. »Der Orden des Gebrochenen Auges, Harrdun. Schon andere haben behauptet dazuzugehören, aber wie viele von ihnen hatten Schimmermäntel? Wir haben hier eine Möglichkeit.«

»Sie zu zerschlagen?«

»Oder sie in unsere Reihen zurückzuholen. Aber, ja, wahrscheinlich eher Ersteres. Ketzerei ist ein Pferd, das in seine Zügel beißt und nicht mehr loslässt, es sei denn, es wird geschlagen.«

»Eine seltsame Ausdrucksweise von Euch, die einen Mann, aber kein Pferd schlagen würde.«

»Ein Pferd kann es nicht verdienen.«

»Nun, ich hoffe, dieses schmalschultrige Füllen kann das Gewicht tragen, das ihr ihm aufgesattelt habt. Wenn ja, wird sie ein wahres Streitross.«

»Falls ich sie damit nicht vorher umbringe«, sagte die Weiße grimmig. »Ich weiß. Man verliert im Training sowohl Männer als auch Pferde. Aber ist das ein Grund, nicht zu trainieren?«

»Das ist kein Training.«

Sie machte eine Bewegung, als wolle sie sich weiter mit ihm streiten, dann lehnte sie sich in ihrem Rollstuhl zurück. Sie nahm eine Kette vom Hals und förderte einen Schlüssel zutage, der unter ihrem Halsausschnitt verborgen gewesen war.

»Der Hauptschlüssel für alle nicht öffentlich zugänglichen Bibliotheken. Deswegen seid Ihr hergekommen, nicht wahr? Ihr hattet den Termin bei mir schon, bevor das Mädchen aus Großjasper zurückgekommen ist. Wonach seid Ihr auf der Suche?«

»Es ist nur eine Idee. Ein Verdacht. Narrheit.«

»Aber wenn Ihr etwas findet, werde ich es als Erste erfahren?«

Er nahm ihr den Schlüssel ab und steckte ihn weg. Es bedeutete stillschweigende Zustimmung.

»Seid auf der Hut, Harrdun. Meine Verteidigungsmöglichkeiten sind allmählich überstrapaziert.«

Er ging zur Tür.

»Harrdun«, sagte sie.

Er blieb stehen.

»Die Ghotra. Ihr tragt sie wieder.«

Er brummte.
»Sie steht Euch.«

24

Gavin träumte nach dem Sturm, aber er wusste, dass es kein Traum war. Es war eine Erinnerung. Für einen kurzen Moment kämpfte er dagegen an. Nein, bitte nicht das. Orholam, hab Erbarmen mit mir, nicht …

Es war sein erster Sonnentag als Prisma. Er befand sich in seinen eigenen Räumen oben in dem Gebäude, das jetzt sein Turm war. Es war kurz nach Mittag, und die Morgendämmerungs- und Mittagsrituale waren zu Ende. Jetzt musste er nur noch vierhundert Wandler ermorden.

Es klopfte an der Tür, und seine Mutter kam herein. Gavin hatte kaum die Zeit gehabt, nach Hause zu gehen, schnell etwas zu essen und zu baden. Seine Kammersklavin Shala – eine Frau im Alter seiner Mutter, die seine Mutter anstelle der Kammersklavin des eigentlichen Gavin eingestellt hatte, offenbar in der Absicht, ihren zweiten Sohn für den Rest seiner Tage keusch leben zu lassen – hatte seine Brust rasiert, und zwei der Hohen Luxiaten, Daeron Utarkses und Camileas Malargos, hatten seinen ganzen Körper mit Öl und Myrrhe gesalbt. Die Schwestern zweier Männer, die er betrogen hatte, Hand an seinen nackten Körper legen zu lassen, war eine Erfahrung, die er ungern hätte wiederholen wollen, denn die beiden hatten seinen gesamten Körper gesalbt …

Ein Prisma war nicht sein eigener Herr; ein Prisma gehörte ganz den Satrapien, außerdem Orholam, seiner Familie und dem Frieden, und was, wenn alle ihr Stückchen abgebissen hatten, dann noch an Krümeln übrig blieb, daran mochte er sich gerne selbst gütlich tun.

Sein kupferfarbenes Haar wurde zurückgebunden, und die Hohen Luxiaten setzten auf seine Stirn eine Krone, die mit einem einzelnen Diamanten von der Größe eines Rotkehlcheneis verziert war. Er trug ein Zeremonienhemd aus roter Seide und Goldbrokat, das vorne offen war, mit Ärmeln, so kurz, dass sie verkümmert wirkten. Auch seine Hose war aus roter Seide und so eng, dass er dachte, sie müsse reißen, wenn er sich zu schnell bewegte. Aber er war Orholams Hand auf Erden; es geziemte ihm, männlich und potent auszusehen. Orholam war schließlich eine schöpfende Macht, ein zeugendes Wesen. Inwieweit sich der Schöpfungs- und der Fortpflanzungsaspekt miteinander deckten, wechselte, je nachdem, welche Hohen Luxiaten gerade das Sagen hatten. In der Schöpfung solle sich der Schöpfer spiegeln, argumentierten sie. Wie oben, so unten.

Dass die vom Prisma geleitete Anbetung sich oft in eine Anbetung *des* Prismas verwandelte, schien niemanden zu stören. Jedenfalls niemanden, der Macht besaß. Nach Gavins Verständnis der Theologie stellte das ein Problem dar, aber er war ein betrügerischer Hochstapler, und ein zu lauter Protest könnte ihn womöglich entlarven. Er tat, was man ihm sagte.

Felia Guile entließ nun Shala sowie einen jungen, finster blickenden Schwarzgardisten namens Eisenfaust. Als die beiden fort waren, sagte sie leise: »Mein Sohn, wenn du das jetzt auch noch schaffst, wirst du für die nächsten tausend Jahre Prisma sein. Du hast dich den ganzen Tag großartig gehalten, besser noch als zuvor, als du … jünger warst.« Sie meinte, dass er es besser gemacht hatte als der richtige Gavin.

»Ich habe in meinem Leben bereits mehr als vierhundert Menschen getötet. Das wird schon kein Problem sein.« Der träumende Gavin trennte sich plötzlich von dem jungen Gavin seiner Erinnerung. Hatte er das wirklich geglaubt, oder hatte er nur versucht, seine Mutter zu beeindrucken? Er hatte sich so inständig gewünscht, sie nicht zu enttäuschen. Sie war selbst großartig gewesen, und er hatte ein Stück weit gewusst, was sie alles riskiert haben musste, um ihn am Leben zu erhalten. »Die hier werden sich nicht einmal wehren«, fügte er mit einem schiefen Grinsen hinzu.

Felia lächelte nicht. »Zieh dein Hemd aus, ich muss dich salben.«

»Ich bin bereits gesalbt worden.«

»Nicht damit.« Sie förderte einen kleinen Krug mit einer öligen, gelblich orangefarbenen Paste darin zutage und begann die Masse sorgfältig in seine Haut zu reiben, aber nur an den Stellen, die nicht von der Kleidung bedeckt sein würden, als sei die Paste ungeheuer kostbar.

»Was ist das?«, wollte er wissen.

Sie beantwortete die Frage nicht, sondern sagte stattdessen: »Gavin, ich weiß, bisher hast du deine Pflichten als Höchster Luxiat nicht ernst genommen, aber heute Nacht ... Deine Führung der Satrapien, dein Ins-Gleichgewicht-Bringen der Farben für die ganze Welt; das alles sind Notwendigkeiten, aber im Moment sind sie weit weg. Diese Nacht ist die eine blutige Säule, auf der all deine Macht ruht. Es spielt keine Rolle, dass nur du und der oder die Zeugnis Ablegende in jedem Raum sein werdet. Wenn ein Prisma seine Pflichten auf die leichte Schulter nimmt oder seine Freude daran findet oder sich besinnungslos betrinkt, um sich für diese Bürde zu wappnen – es spricht sich immer herum. Diese Prismen halten sich nie länger als ihre sieben Jahre, und viele halten sich nicht einmal so lange. Der Sonnentag bedeutet den Tod einer gesamten Gemeinschaft, einer ganzen Versammlung von Zusammengehörenden. Unsere gemeinsame Verehrung sieht sich dabei einer tiefen und letzten persönlichen Glaubenserfahrung gegenüber.«

»Ich hatte nicht die Absicht, meine Pflicht auf die leichte Schulter zu nehmen, Mutter. Ich hab nur versucht, die Spannung zu lindern.«

Sie überging seine Worte. »Du hast für jeden nur zwei Minuten. Wir hätten jedem lieber fünf Minuten mit dir gegeben, aber allein schon die ungeheure Anzahl an Wandlern, die sich im Krieg ausgebrannt haben, macht das unmöglich.«

»Wir hätten früher anfangen können.«

»Das Hohe Magisterium und das Spektrum sind übereingekommen, dass es nur mehr Aufmerksamkeit auf den Krieg und all seine Wunden lenken würde, wenn wir diese Befreiung über Tage hinziehen würden. Sie wollen, dass wir nach vorne blicken. Die Wandler verstehen das alle. Die meisten haben bereits bei rangniederen Luxiaten die Beichte abgelegt. Einige jedoch befürchten, dass die Luxiaten über ihre Sünden Buch führen, um sie in der Zukunft gegen ihre Familien verwenden zu können …«

»Das ist streng verboten!«

War er so jung gewesen? So naiv?

»Sehr streng. Aber es passiert. Wir versuchen diese Auswüchse so heimlich wie möglich zu unterbinden, aber viele der Luxiaten stammen aus Adelsfamilien, und da ist die Versuchung oft zu groß für sie; sie kommen nicht umhin, die eine oder andere hilfreiche Einzelheit weiterzugeben. Wie gesagt, einige von denen, die bereits gebeichtet haben, dürften ihre schlimmsten Sünden für sich behalten haben, um sie allein dem Prisma zu offenbaren. Du wirst plötzlich im Besitz vieler dunkler Geheimnisse sein. Bei deinem Gedächtnis bedeutet das, über ein machtvolles Werkzeug zu verfügen. Und so sollte es auch sein. Aber teile diese Geheimnisse mit niemandem. Nicht mit deinem Vater.

Nicht mit mir. Er wird dich unter Druck setzen, es doch zu tun. Wenn ein Prisma etwas Derartiges an die eigene mächtige Familie weiterverriete, würde es damit die eigene Macht tausendmal stärker untergraben, als es der Fall ist, wenn ein einfacher Luxiat etwas durchsickern lässt.«

»Natürlich«, sagte Gavin. Er hatte einen plötzlichen Geistesblitz – von der Art, wie er es im Rückblick von einem jungen Mann gar nicht erwarten würde. »So mancher stirbt auch mit drückenden Sünden auf der Seele, nur damit das Prisma nichts davon erfährt, nicht wahr?« Er war jung gewesen, aber nicht dumm.

»Zweifellos. Prisma Eichenkron hat nichts getaugt, aber seine Vorgängerin, Prisma Eirene Malargos, zeichnete sich dadurch aus, dass sie auch solchen Menschen gegenüber Barmherzigkeit an den Tag legte. Nachdem sie jemandem, der ihr Feind gewesen war, die Beichte abgenommen hatte, hat sie gefragt, ob der Betreffende noch irgendwelche verschwiegenen Sünden habe, für die sie gemeinsam Orholams Vergebung erflehen könnten. Das entspricht eigentlich nicht der rechtgläubigen Lehre, verstehst du, denn Sünden auszusprechen bedeutet, sie ans Licht zu bringen, und ist theologisch gesehen notwendig; aber es war auch sehr barmherzig von ihr. So etwas spricht sich herum, weißt du. Sie war sehr beliebt.«

»Klingt mir nach einer guten Idee.«

»Prisma Malargos überdauerte zwei Amtszeiten, aber vielleicht nur, weil das Spektrum niemals Grund hatte, sie zu fürchten. Sie hat nie ihre Familie bevorzugt behandelt, noch eines der Ziele, die ihr persönlich teuer waren, in den Vordergrund gestellt. Sie war eine Repräsentationsfigur, mehr nicht. Überleg dir genau, ob du dieses Schicksal für dich willst.«

Er wandte das Gesicht, um die sanfte Frau anzusehen, die sich so oft liebevoll um ihn gekümmert hatte. Dieses Stählerne.

War sie von Natur aus wie aus Stahl und hatte es nur vor der Welt verborgen, oder war es einfach bloß so, dass sie alles tun würde, um ihren letzten lebenden Sohn zu beschützen? »Ich habe den Satrapien reichlich Grund gegeben, mich zu fürchten, Mutter. Ein wenig Liebe dürfte da nicht schaden.«

Sie neigte den Kopf. »Wie Ihr wünscht, Vater.« Stets die Orangefarbene, wusste Felia Guile genau, wann sie diese religiöse Anrede mit einem spielerischen Grinsen verbinden musste.

Diesmal tat sie es nicht. Sie schenkte ihm jenen Respekt, den er auch als junger Mann immer noch von seiner Mutter ersehnte. Der Respekt, den ihm Zehntausende andere entgegenbrachten, wurde dadurch eher noch verstärkt als unterhöhlt. So etwas vermochte nur eine Mutter.

Sein Vater brachte ihm jedenfalls keinerlei Respekt entgegen.

Sie schloss den Krug. »Die Paste, die ich aufgetragen habe, wird durch die anderen Öle, mit denen du gesalbt worden bist, bis zum Morgengrauen halten. Sie besteht aus einer Mischung aus winzigen Partikeln von unvollkommen gewandeltem gelbem Luxin-Staub und Ultraviolett. Mit ein wenig Ultraviolett kann man den ganzen Körper leuchten lassen, selbst in einem verdunkelten Raum. Es ist ein bemerkenswerter Anblick. Setze es sparsam ein, und geh nicht zu nah an die Fackeln heran, sonst nimmt das Luxin Schaden. Die Herstellung durch die Gelben ist unglaublich schwierig, und es ist ein sorgsam gehütetes Geheimnis. Wenn du magst, kann all das Gold in deiner Kleidung ebenfalls erleuchtet werden. Hier geht es um die letzten und heiligsten Augenblicke im Leben eines Wandlers. Mach sie zu etwas Besonderem, Gavin.«

»Mit Schnickschnack und magischen Tricks?«

Seine Mutter holte tief Atem. »Ich meine mich zu erinnern, dass Dazen nach der Schlacht am Blutgrat einem Befehlshaber die höchste Ehrauszeichnung seiner Armee hat zuteilwerden lassen, nachdem dieser den Feind mit Täuschungen besiegt hatte, die jene Feinde nicht für zwei Herzschläge in die Irre geführt hätten, hätten sie einen klaren Kopf gehabt.«

Sie wartete. Aber er weigerte sich, ihr die Befriedigung eines Eingeständnisses, dass sie recht hatte, zu geben.

»In bestimmten Momenten jedoch sind zwei Herzschläge eine Ewigkeit«, fuhr sie fort, wobei sie seine eigenen Worte zitierte. »Ich darf vielleicht vorschlagen, dass du zu leuchten beginnst, sobald du das Messer hineingerammt hast, und heller erstrahlst, während der Wandler stirbt, um ihm oder ihr als ein Symbol ihres ewigen Lohns zu erscheinen. Aber ... Ihr seid das Prisma, Vater.«

Sie konnte erstaunlich zynisch sein, seine liebe Mutter.

»Ich bin ein Betrüger«, flüsterte er.

Sie schlug ihm ins Gesicht, und Zorn brach durch eine Fassade, die sie so gelassen zur Schau trug, dass er ihr Vorhandensein gar nicht bemerkt hatte.

Doch sofort war dieser Zorn wieder verflogen. Seine Mutter verrieb die Paste erneut auf seiner von ihrem Schlag brennenden Wange. Ihre Stimme war leise, aber jedes Wort war sorgfältig abgewogen und klang messerscharf: »Wir sind alle Betrüger. Wir sind alle Betrüger, und wir tun alle das Beste, was wir tun können, um einen Turm von Täuschungen und fehlplatzierten Hoffnungen nicht einstürzen zu lassen. Enttäusche uns nicht, mein geliebter Sohn.«

Dann machte der Traum einen Sprung: Da war der lange Gang in den Innenhof, da waren der Jubel und die Lobpreisungen, da waren die Gebete eines anderen Hohen Luxiaten, der ihn und seine Arbeit segnete. Erlesene Speisen und kostbare Weine standen bereit. In einigen Fällen hatten ganze Gemeinden die Pilgerreise nach Kleinjasper unternommen, um von einem geliebten Wandler Abschied zu nehmen, der besonders gute Dienste geleistet hatte: was in diesem Jahr Wandler bedeutete, die sich im Krieg durch herausragende Heldenhaftigkeit ausgezeichnet hatten.

Obwohl es ein Fest war, streiften Schwarzgardisten durch die Menge und behielten all die Wandler im Auge, die fast Farbwichte waren. Alle paar Jahre gab es einen Zwischenfall, und so kurz nach einem erbitterten Krieg hatten sie allen Grund, auf der Hut zu sein.

Und dann wurde Gavin in einen Raum geführt, und man drückte ihm einen langen dünnen Dolch in die Hand. Die schwere Tür fiel zu und blendete den Jubel der Menge völlig aus. Er würde nun von Raum zu Raum gehen. Die Räume reihten sich in einem Halbkreis am Fuß seines Turmes aneinander. Jeder war winzig, mit nur ein paar wenigen einfachen Dekorationsgegenständen, einem Krug mit Wein und einem kleineren mit Mohnschnaps für die Ängstlichen sowie einer gepolsterten Kniebank. Einige Wandler verbrachten die Nacht gern, indem sie wachten und beteten. Andere gingen es entspannt an und unterhielten sich draußen oder in den größeren Räumen mit Verwandten und Freunden, bis die Luxiaten sie rufen ließen. Als Orholams Lieblinge kamen die weiblichen Wandler zuerst an die Reihe.

Die erste Wandlerin war eine ausgezehrte Frau von vielleicht fünfundvierzig Jahren. Sie kniete geduldig auf der Bank vorn im Raum. Den Rücken wandte sie der kleinen Tür zu, wo die Luxiaten ihren Leichnam entgegennehmen würden, und ihr Gesicht war auf Gavin gerichtet, als er eintrat.

»Sei mir gegrüßt, meine Tochter, mögen alle Segnungen des Lichts mit dir sein«, sagte Gavin.

Die Frau antwortete nicht, sondern starrte Gavin nur an.

Gavin trat auf sie zu und nahm auf dem Stuhl vor der knienden Frau Platz. »Ich bin gekommen, um dir die Beichte abzunehmen.«

Keine Antwort. Normalerweise sollte der Luxiat, der mit Gavin sprach, wenn er von einem Raum zum nächsten ging, ihm Bescheid sagen, wenn es besondere Umstände gab – wenn etwa ein Wandler stumm war oder vielleicht gewalttätig werden könnte, was auch immer. Die Luxiaten hatten jedoch nichts anderes gesagt als den Namen der Frau.

»Hast du etwas zu beichten, Vell Parsham?«, fragte Gavin unbehaglich.

»Das …«, begann die Frau. »Das hier ist Unrecht. Es ist nicht das, was Orholam will. Es spricht ihm Hohn. Es schreit für mich danach, dass sich hier einfach Männer und Frauen mit den Fingerspitzen an die Macht krallen, indem sie jemand anderen zahlen lassen.«

»Es ist normal, Angst zu haben«, sagte Gavin.

»Ich habe keine Angst um mein Leben. Ich fürchte um Eure Seele, Hoher Lord Prisma. Orholam möge Euch vergeben, denn das, was Ihr in dieser Nacht tut, ist Mord.« Sie zog den tiefen Kragen ihrer Bluse beiseite, damit Gavin direkt in ihr Herz treffen konnte. »Macht jetzt ein Ende, Lord Prisma, aber eines Tages möget Ihr das alles beenden oder selbst Euer Ende finden. Wisset, dass Orholam gerecht ist, und zittert vor ihm.«

Gavin stand auf und befeuchtete sich die Lippen. Sie waren so trocken. Er blinzelte und trat wie in Trance an sie heran. »Gesegnet seist du, meine Tochter.«

Er sah der Frau in die Augen, als er ihr das Messer ins Herz stieß. Hielt dem Blick dieser Augen ohne Zorn stand, bis das Licht in ihnen erlosch. Dann zog er an der Glockenschnur an der Kniebank. Zwei Luxiaten traten ein und fingen den knienden Körper auf, noch bevor er umfallen konnte. Die Nebentür wurde geöffnet.

»Perfekt im Zeitrahmen, Hoher Lord Prisma. Nach dem nächsten Raum gibt es Wasser und Feigen. Ihr Name lautet Delilah Tae, eine Infrarote.«

Und dann war er im nächsten Zimmer.

Die Frau auf der Kniebank konnte nicht älter als fünfundzwanzig sein. Sie hatte geweint.

»Meine Tochter, mögen die Segnungen des Lichts mit dir sein.«

Sie brach in Tränen aus.

Gavin nahm Platz. »Ich bin gekommen, um dich von deinen Sünden loszusprechen, auf dass du rein und ohne Scham und Schande im Licht wandeln mögest.«

»Ich habe eine Tochter, Hoher Lord Prisma. Sie ist drei. Bitte, sagt mir, dass ich kein Unrecht tue, wenn ich sie verlasse. Aber ich kann das Infrarot nicht mehr viel länger kontrollieren. Ich weiß es. Ich … ich hätte es während des Krieges nicht so viel einsetzen dürfen. Ich hätte klüger sein sollen.«

»Wie heißt deine Tochter?«

»Essel.«

»Man wird sich um Essel kümmern, Delilah Tae. Ich werde persönlich dafür sorgen.«

»Wir haben seit dem Krieg keine Familie mehr. Ich bin neben einem der Waisenhäuser aufgewachsen. Manche der Luxiaten haben ja gute Absichten, aber … sagt mir, dass sie nicht dorthin kommen wird, Hoher Lord, bitte. Ich verdiene es nicht, irgendetwas von Euch erbitten zu dürfen, aber …«

»Ich werde mich um sie kümmern. Ich verspreche es.«

Die Glocke ertönte, um Gavin wissen zu lassen, dass er zu viel Zeit mit Delilah verbracht hatte.

Sie schluckte nervös. »Ich habe noch mehr zu sagen. Es tut mir so leid, ich weiß ja, dass andere auf Euch warten.«

»Jetzt bin ich hier. Ich bin bei dir. Sag mir, was du zu sagen hast«, erwiderte Gavin.

»Es war meine Idee. Garriston. Mein Mann war ein Roter. Er und ich haben immer so ein Kunststück gemacht, bei dem er einen Luxin-Strom in die Höhe schoss, den ich dann anzündete. Wir haben es unserem Kommandanten gezeigt, und er hat die Idee übernommen und als seine eigene ausgegeben … aber es war meine. Pollos hat mir gesagt, ich solle nicht darüber reden und dass man schlimmen Gebrauch davon machen würde, aber ich habe es getan. All die Menschen. Die ganze Stadt hat gebrannt. Es heißt, allein in dieser Stadt seien achtzigtausend Menschen gestorben.«

Erneut brach sie in Tränen aus, außerstande zu sprechen. Das war nicht deine Schuld, wollte Gavin sagen. Sondern meine. Die meines Bruders. Wir haben derartige Dinge befohlen. Wir wussten Bescheid. Wir wussten Bescheid, und wir haben Menschen wie dich die Last tragen lassen.

Die Glocke erklang erneut, diesmal nachdrücklicher.

In stiller Wut sandte Gavin blaues Luxin aus und riss die Glocke von der Wand. Er kniete sich Delilah gegenüber und ergriff ihre Hände. »Herr des Lichts, Orholam, Gott, sieh deine demütige Dienerin. Wir beten zu dir, dass du uns erforschst und kennst. Wir beten, dass dein heilendes Licht uns von Sünden des Tuns und des Unterlassens reinigt. Im Feuer des Krieges haben wir Unaussprechliches getan. Die Luxiaten mögen sagen, dass unsere Befehlshaber die Last dieser Verbrechen tragen, aber Orholam, Vater, wir spüren diese Last auf unseren Seelen. Wir bereuen unsere Wut und unsere Rücksichtslosigkeit, alle Pflichten, die wir zu erledigen verabsäumten. Vergib deiner Tochter, Orholam, nimm ihre Schuld und Scham von ihr und lass sie auf ewig an deiner Seite wandeln.«

Während er sprach, ließ Gavin sein Gesicht sanft aufleuchten; Ultraviolett, Gelb und Gavins Wille entfachten die zerbrochenen Kristalle der Paste, so dass es schien, als erstrahle er in

Orholams Licht. Delilah sah zu ihm auf, mit großen feuchten Augen voller Staunen, aber auch voller Frieden. Er lächelte sie an, bis auch sie lächelte. Er stach ihr den Dolch ins Herz.

Und sein eigenes Herz wurde eiskalt.

Aber er hatte Wort gehalten. Seine Mutter hatte ihm geholfen, eine Familie zu finden, die das Kind großzog. Essel war jetzt Schwarzgardistin.

Der Hohe Luxiat Jorvis öffnete die Tür. »Lord Prisma. Wir liegen zurück. Wir werden Eure Erfrischungen aufschieben müssen, bis …«

»Nein.«

»Also gut. Eure nächste Büßerin wartet. Sie heißt …«

»Nein!«

Und in dem Moment, da er seine Stimme erhoben hatte, stand auch schon Hauptmann Anamar von der Schwarzen Garde da, drohend, seine Aufmerksamkeit finster auf Gavin gerichtet. Gavin würde ihn dafür zugrunde richten.

»Die Zeit ist zu knapp«, sagte Gavin.

»Wir haben keine Wahl. Die Zeremonie muss bis zum Morgengrauen abgeschlossen sein. Wir sind übereingekommen …«

Wütend ging Gavin den Flur entlang, in Richtung zu den Feiernden draußen. Hauptmann Anamar trat vor ihn hin und blockierte die Tür.

»Wenn Ihr Euch jemals wieder Eurer Knie bedienen wollt«, verkündete Gavin, »werdet Ihr Euch jetzt sofort auf selbige niederlassen und machen, dass Ihr mir aus dem Weg geht.«

Der Mann sah zum Hohen Luxiaten Jorvis hinüber, dann trat er beiseite. Er fiel nicht auf die Knie.

Gavin ging an ihm vorbei und stieg die Treppenstufen zum Podium hinauf, nahm immer zwei Stufen gleichzeitig. Er sandte zwei Stichflammen in die Luft, um die Aufmerksamkeit aller auf sich zu ziehen.

Er konnte sich nicht daran erinnern, was er an Worten alles aufgeboten hatte. Die Redekunst war ihm zur zweiten Natur geworden. Etwas über ein bedeutsames, herzzerreißendes Jahr. Etwas über die bevorstehende Bereicherung für Orholams Himmel, wofür jene, die diese Wandler vermissen würden, den Preis zu zahlen hätten. Etwas über besondere Umstände, die besondere Taten erforderten. Dazwischen ein bisschen falsche Demut und Irreführung.

»Ich, der ich euch als euer Prisma diene, ich verlange, die Zeit gewährt zu bekommen, die ich mit jedem Bußwilligen in Orholams Gegenwart brauche. Das sind die heiligsten Momente, die ich kenne, und um meinetwillen habe ich Orholam gebeten, mir kein allzu harter Meister zu sein. Und Orholam ist barmherzig! Er hat mir eine Sondererlaubnis erteilt! Ich werde mich mit jedem zu befreienden Büßer so lange wie notwendig treffen und ihm die Beichte abnehmen, selbst wenn es drei Tage dauert! Die Feiern hier werden auf meine eigenen, persönlichen Kosten fortdauern, bis wir unsere wertvollen Wandler geziemend geehrt haben!«

Daraufhin erhob sich ein brausendes Getöse. Zwei Minuten, um seine Beichte abzulegen? Nachdem man sein Leben für die Satrapien gegeben hatte? Keinem hatte das gefallen. Nicht einmal den Luxiaten, die darauf bestanden hatten. Zu behaupten, dass diese Sondererlaubnis ihm und seiner eigenen Schwäche galt, hatte Gavin demütig erscheinen lassen.

Er sprang vom Podium und ging wieder hinein, vorbei an Zeremonienleitern, Sklavenaufsehern und Luxiaten, die alle sprachlos waren, nachdem sie soeben erfahren hatten, dass sich die von ihnen verlangten Arbeiten ebenfalls in die Länge ziehen würden; der organisatorische Alptraum, die langen Stunden, die sie würden investieren müssen, damit Gavin gut dastand. »Ihr schafft das«, sagte Gavin. »Es ist mir gleich, wie. Macht es einfach.«

Drinnen ging er an Hauptmann Anamar vorbei zum nächsten Raum. An der Tür blieb er stehen und drehte sich zu dem stirnrunzelnden Schwarzgardisten um. »Oh, Hauptmann, das hätte ich fast vergessen.« Er hatte, als er den Flur entlanggegangen war, Netze aus unsichtbarem Ultraviolett um die Beine des Hauptmanns gelegt, und jetzt schoss er grünes Luxin in diese Netze hinein. Das grüne Luxin schlang sich um die Knie des Hauptmanns, bevor er reagieren konnte. Gavin ballte die Faust, und das grüne Luxin zerschmetterte beide Knie des Mannes.

Der Hauptmann fiel zu Boden, erstaunlicherweise ohne aufzuschreien.

Gütiger Orholam, Gavin war dreist gewesen, aber es hatte funktioniert. Heute hätte er erst einmal gründlich darüber nachgedacht, welche Freunde der Hauptmann hatte, wer daran Anstoß nehmen könnte, ob sie auf Rache sinnen würden – und in der Zeit, die er dazu gebraucht hätte, wäre die Gelegenheit für eine solche Strafaktion verstrichen. Gavin war mit einer Menge durchgekommen, allein aufgrund seines brutalen Charismas.

»Euer Ersatz soll sich bei mir melden, wenn ich fertig bin«, sagte er.

Aber hier endete der Traum noch nicht.

Er ging in den kleinen Raum und sprach eine atashische Grüne von ihren Sünden los, Prayan Navayed, die beichtete, ihren Dienstherrn betrogen zu haben und im Dienst faul gewesen zu sein; sie sei regelmäßig aufsässig gewesen und habe die anderen Sklaven unnötig hart geschlagen.

Dann kam Jaleh Rodrez. Sie war eine Rote. Wollust, Stolz, Zorn.

Tahlia Blau. Zorn, Neid, hatte die Heirat ihrer Schwester hintertrieben.

Khordad Cruzan. Eine Blau-Grüne. Stolz. Hass auf den größten Teil ihrer Familie, Hass auf ihren Dienstherrn, Hass sogar auf Orholam.

Estefania Kamael. Eine Rote. Verbitterung und Hass.

Nairi Patel. Eine Grüne. Dem Durchbruch ihres Halos so nah, dass sie kein Wort herausbringen konnte.

Belit Beraens. Eine Blaue. Stolz.

Bilit Beraens. Ihre Zwillingsschwester. Eine Blaue. Stolz. Selbst noch stolz darauf, länger gelebt zu haben als ihre ältere Zwillingsschwester, und sei es auch nur um wenige Minuten. Gavin verzichtete darauf, sie darauf aufmerksam zu machen, dass Belit ja auch einige Minuten früher geboren worden war, so dass ihr etwas früherer Tod nur bedeutete, dass sie ziemlich genau gleich lang gelebt hatten.

Alondra Patel. Eine Ultraviolette. Der Verwandlung in einen Wicht so nah, dass sie festgehalten werden musste.

Ada Khan. Neid. Furcht. Sie war in Tränen aufgelöst. Schaffte es nicht, Mut und Tapferkeit aufzubringen, so sehr sich Gavin auch bemühte, ihr Kraft zu geben. Die Luxiaten mussten sie festhalten.

Mahnaz. Eine Rote. Hatte bereits gebeichtet.

Ameretet. Eine Blaue. Hatte bereits gebeichtet.

Pelagia Phloraens. Ketzerei. Hatte dem Ketzertum zwar inzwischen abgeschworen, hing ihm aber insgeheim immer noch an.

Ihsan, die Schneiderin. Hatte ihre Kundinnen betrogen und behauptet, sie habe Magie eingesetzt, obwohl es nur selten wirklich der Fall gewesen war.

Niga Reh. Hatte ihren Dienstherrn ausspioniert, der gut zu ihr gewesen war.

Nin-Ki-Gal Tag. Grün. Hatte bereits gebeichtet.

Yiska Stark. Eine Grün-Gelbe. Eine der wenigen Wandlerinnen von angarischer Abstammung in der Gruppe. Neid. Stolz. Ungläubigkeit.

Eine kurze Pause fürs Abendessen. Weitere Gebete. Gavin hörte sie nicht einmal. Schmeckte das Essen in seinem Mund nicht. Ging zurück an die Arbeit.

Hagnes. Eine Grüne. Hatte sich während der Zeremonie heftig betrunken, brachte keinen zusammenhängenden Satz heraus und war nicht in der Lage zu beichten. Gavin versuchte, die wesentlichen Sünden abzudecken, indem er für sie betete, bevor er sie tötete.

Fidelia Tür. Eine Ultraviolette. Behauptete, keine Sünden begangen zu haben. Hatte aber einen langen Katalog von zerbrochenen Beziehungen. Begriff auch nach sanftem Zureden nicht, dass sie selbst bei alledem das verbindende Glied war.

Li-Lit Ohwarea. Eine Rot-Orange-Gelbe. Hatte heimlich versucht, zum Wicht zu werden. Gestand, dass sie nicht begriff, was das Problem dabei sei.

Mylitta Ali. Eine Rote. Eine Kriegerin, die gefangen genommen worden war und der ein Kommando der Blauäugigen Dämonen, die Dazen gedient hatten, die Zunge herausgerissen hatte. Sie konnte weder lesen noch schreiben, daher musste Gavin Zeichensprache und Ja-nein-Fragen benutzen, um sie von ihren Sünden lossprechen zu können. Sie wirkte erleichtert. Keiner der Luxiaten, die sie zuvor aufgesucht hatte, hatte daran gedacht oder die entsprechende Zeit aufgebracht, als sie versucht hatte, ihnen ihre Sünden zu beichten. Arschlöcher.

Ghila, die Steinmetzin. Eine Infrarote. Ruhige Frau. Attackierte Gavin, als sie dachte, er passe nicht auf.

Bitte, lass mich aufwachen.

Elpida Bogenmacher. Eine Gelbe. Beichtete, ihre Kinder mehr zu lieben als Orholam. Und meinte es ernst. Sie hielt es für eine echte Sünde. Sie musste Gavin ermutigen, sie zu töten.

Nukimmut Rose. Eine Blaue. Sagte nichts. Augen voller Hass, starrte Gavin die ganze Zeit an. Er erwartete, dass sie ihn angriff, aber sie tat es nicht.

Zenana Zenamus. Eine Rote. Nutzte stolz jede Sekunde ihrer Zeit mit ihm für eine Aufzählung ihrer Sünden. Alle möglichen Grausamkeiten, abscheuliche Sachen mit Tieren, Folter, Kannibalismus, zahlreiche Morde, Gotteslästerung, die Schändung von Altären mit den Luxiaten, die sie verführt hatte, alles, um Chaos und Grauen zu säen. »Und jetzt«, schloss sie, »da ich von meinen Sünden losgesprochen in den Tod gehe, werde ich mich zu Orholam ins Paradies gesellen.« Sie lachte.

Tahirith. Eine Gelbe. Hatte lediglich ihren Ehemann umgebracht, der sie ständig verprügelt hatte. Nach Zenana eine Erleichterung.

Kyriaka Kyraeus. Eine Blaue aus einer Familie von Edelleuten. Hatte sich Dazens Rebellen angeschlossen, und als sie verloren hatten, hatte sie Sklavenhändler bestochen, ihnen all ihre Diener versprochen, wenn sie nur sie selbst verschonen würden. Hatte seither nach den Versklavten gesucht, um sie loszukaufen, doch schließlich war ihr die Zeit davongelaufen.

Loida. Eine Rote. Hatte während des Krieges an einem kleinen Massaker in irgendeinem atashischen Dorf teilgenommen. Fühlte sich dagegen nicht schuldig, weil sie rotes Luxin über Garriston versprüht hatte.

Tsul. Eine Infrarote. Sie gestand tausend kleine Grausamkeiten, die, wie sie erkannte, die Folge eines Lebens voller Hass gewesen waren. Sie hatte eine Unmenge von Menschen gehasst und beneidet, und auch wenn der Hass nie so groß geworden war, dass er sich in Gewalt und Zerstörung entladen hatte, hatte sie doch all ihre Jahre und Begabungen darauf verschwendet. Sagte, sie habe sich am schlimmsten gegen Orholam versündigt, indem sie sein Geschenk an sie verschwendet habe – ihr Leben.

Sar-Rat Bibiana. Eine Infrarote. Sie hatte versucht, zum Wicht zu werden, und so starke Beruhigungsmittel erhalten, dass sie nicht beichten konnte.

Shala Schmied. Eine Rote. Trunken und von Mohn berauscht. Konnte nicht beichten.

Tasmituv. Eine Orangefarbene. Beichtete, dass sie lüge. Immer habe sie gelogen und die Dinge verfälscht. Vor langer Zeit hatte sie einem Luxiaten gebeichtet, dass sie ihren Mann betrogen hatte, fühlte sich aber auch deswegen immer noch schuldig.

Edna. Eine Blaue. Sagte, sie könne nicht über ihre Sünden sprechen, sie seien so abgrundschwarz. Nicht einmal mit dem Prisma. Sie war durch kein Zureden davon abzubringen.

Illi Patel. Eine Gelbe. Griff Gavin an. Hatte verborgen gehalten, wie weit sie schon auf dem Weg zum Wicht war.

Lemta. Eine Rote. Wicht. War an die Kniebank gefesselt, als Gavin eintraf. Konnte nicht sprechen.

Meghighda. Eine Blaue. Wicht. War gefesselt. Sagte etwas, war aber nicht zu verstehen.

Tamayyurt. Eine Ultraviolette. Eine schwere Kriegsverletzung hinderte sie am Sprechen, Verbrennungen und nässende Wunden bedeckten ihren Körper, aber sie lächelte Gavin an. War hellwach und und bereit für ihre Erlösung; weigerte sich, ihre Mohndosis zu nehmen. Gavin hatte danach eine volle Minute gebraucht, bis er imstande war, zum nächsten Raum weiterzugehen.

Parvin. Eine Rote. Eine Diebin.

Tamazzalt. Eine Blaue. Wieder eine mit einem langen Katalog von Sünden, die aber so haarsträubend waren, dass Gavin vermutete, dass sie log und nicht ganz richtig im Kopf war.

Dulceana Havid. Eine junge Infrarote und ruthgarische Edeldame, die in Atash geboren war. Sie hatte ihren Mann mit einer jungen Edeldame namens Eirene Malargos betrogen. Eine erinnernswerte Information, die er sich einprägte. Das erste Mal an diesem Abend, dass Gavin seine Stellung zu selbstsüchtigen Zwecken missbraucht hatte.

Tamment Schneider. Eine Blaue. Sagte nur: »Neid, Wollust, Hass, Habgier, Faulheit. Ihr habt heute Nacht viel zu tun, also lasst uns zügig zu Werke gehen, ja?«

Tazêllayt. Blau. Und Gavin entdeckte den wahren Grund, warum sie seinen Körper mit Öl gesalbt hatten: Man konnte leichter seine Haut abwischen, wenn jemand einen mit Blut bespuckte. Eine schnelle Wäsche – zwischen allen Räumen stand ein Waschbecken – und ein rascher Wechsel der Zeremonienkleider, die die Luxiaten stets griffbereit hatten, und er war im nächsten Raum, als sei nichts geschehen.

Tinsin Khan …

An Tinsin Khan hatte er sich nie erinnern können. Er hatte sie sogar in den Akten nachgeschlagen, hinterher. Tinsin Khan, Grüne, aus der Schwimmenden Stadt im Blutwald, im Dienst des Haushofmeisters des Satrapen. Nicht die geringste Erinnerung an sie. Etwas war in ihm zerbrochen, als die Luxiaten ihm das Blut vom Gesicht gewaschen und ihn in neue Kleider gesteckt hatten, als sei das völlig normal. Und dieses Zerbrechen hatte selbst seine Erinnerungsgabe ausgelöscht, auf die er so stolz war.

Und wiewohl er sich an die Farben, Geschichten, Sünden und Einstellungen der Wandlerinnen erinnern konnte, wenn er es versuchte, sah er jede einzelne von ihnen jetzt doch anders; er schob sie von sich, weit weg. Sie wurden zu einem bloßen Namen und einer Sünde, von der sie losgesprochen werden mussten.

Illi Alexander. Klatschmaul.

Loida Moss. Giftmischerin.

Tinsin. Rebellisch.

Tahlia. Neid.

Bell Spatz. Verführerin.

Li-Li Solaens. Wicht.

Xenia Delaen. Wicht.

Myla Loros. Wicht.

Pelagia Wind. Spionin.

Meghida Talor. Hass.

Tahirith Khan. Habgier.

Edna Holz. Faulheit.

Tasmituv. Wollust. War es möglich, dass Wollust die Hauptsünde einer Frau sein konnte, die als Jungfrau starb? Ja, musste Gavin erfahren, ja, es war möglich.

Aber er verfiel schon bald wieder in Apathie. Jaleh Schmied. Anstiftung zum Mord.

Nairi Vielwasser. Wollust.

Lemta. Hass.

Aber dann begannen selbst die Sünden gleich zu klingen. »Mein Mann hat mich nie verstanden«, »Wenn ich nur so viel gehabt hätte wie meine Nachbarin«, »Es war nicht gerecht, dass …« Gavin konnte ein Gesicht voller Interesse und Mitgefühl aufsetzen, die gleichen Standardsätze aufsagen und die gleichen Worte in den gleichen Gebeten. Er konnte völlig aufrichtig klingen, aber er hörte seine Stimme, als käme sie vom anderen Ende eines Tunnels. Obwohl er so ein hervorragendes Gedächtnis besaß, blieben von den Beichtenden nur ein Name und ein einziges Detail. Als sei es den Aufwand nicht wert, sich bei jeder Beichtenden auch an eine Sünde zu erinnern, es sei denn, es war eine wirklich gute.

Titrit. Ein Fettkloß.

Ein Teil von ihm war entsetzt über sich selbst. Ein Fettkloß? Nein, sie war … eine Blaue gewesen. Eine fromme und ernsthafte Frau. Ängstlich, aber entschlossen. Zitternde Stimme, die ihre fetten kleinen Wangen erbeben ließ, und absolut … absolut langweilig.

Alé Aribar. Versuchte, ihn zu verführen, um davonzukommen. War aber nicht einmal ansatzweise attraktiv genug, um es verlockend zu machen.

Dianthe Hügel. Perfektes, goldenes Haar.

Titaia Cox. Seltsame Warzen am ganzen Körper. Er wusch sich danach zweimal die Hände.

Hêbê Ali. Behauptete, hundert Affären gehabt zu haben. Hässlich wie die Nacht.

Melite Melaens. Große Hände. Große, dicke Hände.

Agata Steinmetz. Wie hatte sie mit so großen Brüsten je irgendeine Arbeit zustande gebracht?

Leilah Baum. Die mit dem verzerrten Gesicht.

Nurit Hex. Muttermal im Gesicht.

Beulah Blau. Keine Augenbrauen.

Livnah Schmied. Hasenzähne.

Naamiy. Hat sich ständig geräuspert. Bei Orholams Eiern, würde sie denn niemals mit dem Räuspern aufhören?

Ora Orestes. Schien nett zu sein. Graues Haar. Sah aus wie eine Großmutter.

Penina Duraens. Feigling.

Minu. Eine Betrunkene.

Ercilia. Wicht.

Gilberta Gonzala. Fluchte mehr als jeder Soldat, Seemann oder Bierkutscher, dem er je begegnet war.

Neva. So mager, dass sie irgendeine Essstörung haben musste.

Xenia. Hässlich.

Sar-Ra Hesh. Deserteurin.

Bili Eiche. Untersetzt.

Khordad Ali. Hinreißendes Aussehen, emotional völlig abgestumpft. Wegen dem, was man ihr während ihrer Kriegsgefangenschaft angetan hatte, roch sie beständig nach Kot.

Titaia Braun. Bäuerin.

Elpida. Roch, als hätte sie gerade Sex gehabt.

Dianthe … irgendetwas. Heulsuse.

Hagnes. Heulsuse.

Hêbê Braun. Plappermaul.

Podarge. Merkwürdiger Name.

Parvin Nyssani. Gavin verrenkte sich das Handgelenk, als das Messer auf eine Rippe traf.

Ada Gil. Gab ein komisches kleines »Öb« von sich, als er sie erstach.

Livnah Elo. Machte sich ausgiebig nass, als sie starb. Verdammt, es war vorgesehen, sie alle einige Minuten zuvor auf die Toilette zu setzen, um so etwas zu vermeiden.

Naamiy Patel. Erbrach Blut.

Ora Jon. Griff ihn an, ziemlich heftig.

Yiska. Schwaflerin.

Ameretet Ali. Umwerfende Schönheit. Versuchte ihn zu verführen. Gavin spielte sogar mit dem Gedanken, sich darauf einzulassen, bis ihm aufging, dass sie einfach Angst hatte und für einige weitere Minuten Leben alles tun würde.

Ihsan. Durchschnittliche Wandlerin, durchschnittliches Aussehen, durchschnittliche Sünden.

Ercilia. Starb stolz.

Evi Schwarz. Hübscher Name, nicht?

Dulcina Dulceana. Er wollte sich nicht an Dulcina zurückerinnern, aber er konnte sie nicht vergessen. Als er zu ihr kam, hatte er fast neun Stunden lang getötet. Die Wandlerin stand im Raum und lehnte sich entspannt an die Kniebank. Sie war erst etwa sechzehn Jahre alt. Eine dunkelhaarige Schönheit mit zum Zerreißen gespannten Halos voller Rot und Orange, Gelb und Grün. Sie lächelte ihn an, ein volles und unschuldiges Lächeln, weder verführerisch noch ängstlich, einfach froh, ihn zu sehen. Er war sofort hingerissen.

»Sei mir gegrüßt, Tochter. Möge das Licht immer auf dich herabscheinen. Dulcina, wenn du gern …«

»Schscht«, machte sie und legte den Zeigefinger an die Lippen. »Ich habe bereits gebeichtet.«

»Möchtest du dann mit mir gemeinsam beten oder singen?«

Sie schüttelte den Kopf. »Mein Hoher Lord Prisma, Ihr habt den ganzen Tag Orholams Werk getan und werdet es die ganze Nacht und auch den morgigen Tag lang weiter tun. Lasst mich Euch ein Geschenk geben. Das einzige Geschenk, das ich habe. Das Geschenk meiner fünf Minuten. Ihr könnt sprechen, oder wir können schweigen. Ihr könnt mich gleich befreien, wenn Ihr das Alleinsein vorzieht, oder danach, wenn Euch nach Gesellschaft ist. Wie Ihr wollt.«

Er verstand nicht. Es musste irgendeinen versteckten Nutzen für sie geben, irgendeinen Vorteil. Es war alles, was sie hatte. Es waren ihre letzten fünf Minuten, während diese Spanne für ihn nur ein weiteres Sandkorn in einem vollen Stundenglas sein würde.

Es steckte kein Eigennutz dahinter. Da war kein Falsch in ihren offenen Augen. Er starrte sie zehn Sekunden lang an, dreißig. Und dann wurde er ohne verständlichen Grund zornig.

Und dann brach er zusammen.

Und er weinte.

Und sie hielt ihn in den Armen. Und sie weinten zusammen.

Und nach fünf Minuten ertönte die verfluchte Glocke. Und er stand auf. Und er flehte sie um Vergebung an. Und er küsste sie auf die Lippen.

Und er ermordete sie.

Und mit ihr starb sein Glaube an Orholam. Sein Glaube hatte den Krieg überlebt und das Im-Stich-gelassen-Werden, Massaker und Hinterlist, aber die heiligste Nacht des Jahres konnte er nicht überleben.

Es war Mitternacht. Er hatte einhundert Wandlerinnen getötet.

Dreihundertsiebenundzwanzig blieben noch übrig.

Dreißig Stunden später, kurz vor Sonnenaufgang, tötete Gavin den letzten Mann. Und er begab sich in seine Gemächer, und zum ersten Mal, seit er die Hölle auf die Erde gebracht hatte, wandelte er schwarzes Luxin.

25

Kip nahm den Aufzug nach unten, um sich auf den Weg zum Trainingsgelände der Schwarzgardisten zu machen, aber als er im Erdgeschoss anlangte, konnte er sich nicht dazu durchringen auszusteigen. Die vielen Menschen überforderten ihn, und er war tief aufgewühlt von der Tatsache, gerade seinem Großvater getrotzt zu haben. Er zitterte.

Während der Wochen seiner Rückreise zur Chromeria hatte er viel nachgedacht. Nachdem sowohl Kip als auch Gavin in den Wogen des Meeres verschollen waren, würde der Rote sicher dafür gesorgt haben, dass man die Schuld daran nicht ihm zuschrieb. Genauso wenig würde er willens gewesen sein, auf die Dienste seines Lieblingssklaven Grinwoody zu verzichten. Das bedeutete, dass er, welche Geschichte auch immer er sich ausgedacht haben mochte, die Schuld an der Sache Kip angelastet hatte.

Da er wusste, dass er sich für das Verbrechen, das er zu verhindern versucht hatte, würde rechtfertigen müssen, hatte Kip sich so gut wie möglich vorbereitet und sich einen Kurs zurechtgelegt, über den er vielleicht so etwas wie eine gewisse Verständigung mit dem Mann erreichen konnte, der ihn wahrscheinlich des Mordes und Hochverrats angeklagt hatte.

Als er von Bord gegangen war, hatte er den ersten Menschen, dem er begegnete, gefragt, was aus Gavin geworden sei.

Dennoch hätte sein Besuch dieser Versammlung eigentlich der Auftakt zu seiner Einkerkerung und nachfolgenden Hinrichtung sein sollen. Kip war sich immer noch nicht recht darüber im Klaren, warum es doch anders gekommen war. Er hatte nicht zuletzt darauf gesetzt, dass Andross ein Wicht war. Aber er war keiner. Nicht mehr.

Andross trug noch immer seine Kapuze. Trug noch immer seine dunkle Brille, aber Kip hatte es sofort gemerkt. Etwas an seiner Stimme hatte sich verändert, und er hatte keine Handschuhe angehabt.

Kips beste Karte hatte sich plötzlich in Luft aufgelöst. Er hatte geplant, damit zu drohen, Andross' Zustand zu enthüllen. Zumindest hätte er, bevor sie ihn ins Gefängnis brachten, Andross Guile die Kapuze herunterreißen und ihn dadurch als das enthüllen können, was er war.

Vorhin im Versammlungsraum hatte Kip keinen Moment Zeit gehabt, um weitere Schlussfolgerungen zu ziehen: Ein Mann, der zum Wicht geworden war, aber jetzt kein Wicht mehr war? Unmöglich.

Kip hatte einfach nur gesprochen, hatte Lügen mit einem bisher ungekannten Geschick gewoben, und das Rätsel hatte ihn so verwirrt und fasziniert, dass er ganz vergessen hatte, sich von der Tatsache, dass er das Wort an das gesamte Spektrum richtete, verwirren und überwältigten zu lassen.

Und es hatte funktioniert. Irgendwie.

Ein kleiner Schimmer von Vergnügen hatte um Andross Guiles Mundwinkel getanzt. Überraschung, aber dann Freude. Als genösse er es, gegen einen würdigen Gegner zu spielen.

Vielleicht war das der Grund, warum er Kip ungeschoren hatte davonkommen lassen – einfach damit sie weiterspielen konnten.

Kip war plötzlich übel. Er verdankte sein Leben einer Gnade Andross Guiles? Nein, das war falsch. Er lebte, weil sich Andross nach Unterhaltung sehnte. Das war's. Das passte besser zu dem alten Ungeheuer. Das ergab einen Sinn.

Aber jetzt konnte er es plötzlich nicht ertragen, den Menschen zu begegnen, die zu treffen er sich eigentlich am meisten wünschen sollte – seine Gefährten von der Schwarzen Garde –, und er hätte nicht einmal sagen können, warum. Er fuhr mit dem Aufzug immer weiter nach unten und stieg schließlich in jenem Untergeschoss aus, wo das Prisma seinen privaten Trainingsraum hatte. Kip hatte den Schlüssel verloren, den Hauptmann Eisenfaust ihm vor langer Zeit gegeben hatte, aber neben der Tür war ein ultraviolettes Feld. Kip hatte diese Felder zuvor nie wirklich bewusst wahrgenommen – sie waren rein schwarz und nur wenige Daumen breit. Er hatte nicht gewusst, wozu sie dienten, und sich nicht weiter um sie gekümmert, aber jetzt begriff er, dass sie aus dem gleichen Material gemacht waren wie die Steuerfelder in den Gemächern des Prismas.

Nachdem er etwas Ultraviolett gesammelt hatte, ließ er es in das Feld an der Tür fließen. Aha, auf der Innenseite befand sich noch ein weiteres Schloss, so dass die Tür auch für Ultraviolette versperrt werden konnte, aber jetzt war dieses Schloss offen. Kip drückte Ultraviolett hinein, und das mechanische Schloss sprang auf. Er trat in den Raum.

Die Stille war Balsam für seine Seele. Er wickelte sich lange Stoffstreifen um die Hände, so wie es ihn Eisenfaust gelehrt hatte. Die alte Witwe Coreen hatte ihn mit Kleidern versorgt, und auch wenn sie für körperliche Betätigung nicht sonderlich geeignet waren, so wusste Kip doch, dass sie bald ohnehin durch eine neue Schwarzgardisten-Kleidung sowie durch die Kleider eines Scholaren der Chromeria ersetzt werden würden, und so machte er sich daran, den Boxsack zu bearbeiten.

Er ließ es langsam angehen. Sieben bis zehn Minuten brauche es, sagte Eisenfaust, um Fäuste und Gelenke für die Erschütterung des Zuschlagens aufzuwärmen. Kip zerrte sich das Handgelenk, als ihm ein Schlag danebenging. Er grummelte. Er hatte sich die Hände falsch umwickelt. Aber statt das ganze Schlamassel wieder aufzuwickeln, um es dann besser zu machen, fixierte er sein Handgelenk mit grünem Luxin. Als nächsten Schritt machte er einen vollen Handschuh daraus. Das Gleiche wiederholte er bei der anderen Hand.

Viel besser. Er boxte den Sack sieben Minuten lang nicht allzu fest, bis seine Fäuste warm wurden. Der Schmerz war irgendwie angenehm, und es war eine Erleichterung, nicht mehr ständig denken, denken, denken zu müssen.

Er ging zum Boxball hinüber, der kleiner war und nach jedem Schlag zurückschnellte, so dass man seine Reflexe trainieren konnte. Sobald er sich mit dessen Bewegungen vertraut gemacht hatte, blickte er gezielt daran vorbei und reagierte vom Rand seines Gesichtsfeldes aus. Dann ging er zur Klimmzugstange und stellte fest, dass er jetzt drei schaffte. Drei! Es erschien ihm gleichzeitig als eine unglaubliche Errungenschaft und ein ganz und gar jämmerliches Ergebnis. Drei. Dann zurück zum Boxsack.

Durch irgendeinen Zufall hatte er die Lichter auf dem Sack eingeschaltet. Dadurch wurde jeweils der Bereich beleuchtet, der sein nächstes Ziel sein sollte: rechte Niere, Bauch, linke Kieferseite. Der Sack reagierte auf die Härte jedes Boxhiebs mit einem farbigen Aufleuchten. Leichtes Zuschlagen färbte den Sack blau. Kips härteste Treffer erreichten Orange.

Schon bald ließ ihn sein Bemühen, den Sack rot werden zu lassen, vor Anstrengung keuchen.

Er stützte seine behandschuhten Hände auf die Knie. Verdammt, er schlug das blöde Ding doch, so fest er konnte.

Nein, er schlug, so fest es seine Muskeln konnten. Mittels Magie müsste er den Sack noch härter treffen können.

Aber er wollte nicht seine kleinen grünen Bälle des Verderbens durch den Raum schießen. Wenn er seine Muskeln mittels Willenskraft verstärkte, indem er magische Objekte warf, warum konnte er seine Muskeln dann nicht auch direkt mittels Willenskraft verstärken?

Er erinnerte sich an die Wichte in Garriston, die von Dach zu Dach gehüpft waren und im Springen Luxin nach unten geschossen hatten, wobei sie den Rückstoß zur Verbesserung ihrer Sprungkraft nutzten. Es war das gleiche Prinzip, das bei Gavins Gleitern und den Streitgleitern zum Tragen kam. Aber da war es beide Male eine eher äußerliche Wechselwirkung. Aber das *musste* es doch nicht sein, oder?

Kip wandelte einen Schienbeinschützer, dann streifte er seine Schuhe ab. Was jetzt kam, würde wehtun. Das war immer so. Seine ersten Tritte in den Boxsack dienten nur dazu, sich aufzuwärmen. Ihm war viele Male gezeigt worden, wie man den Tritten Kraft gibt, aber irgendwie hatte es bis heute gedauert, bis diese Lektionen Teil seines intuitiv körperlichen Wissens geworden waren. Vielleicht hatte es geholfen, dass er etwas abgenommen hatte. Er schwang beide Arme nach links und straffte sich, drehte den linken Fuß, bis die Spitze nach hinten zeigte und die Hüfte ganz breit wurde, dann schleuderte er die Arme wieder zurück und verstärkte aus der Drehung den Schwung, mit dem nun sein rechtes Bein hochschoss, seitlich in den Sack hämmerte und ihn pendelnd in Bewegung setzte. Nicht schlecht. Er wiederholte den Tritt, nicht ganz so erfolgreich, mit dem linken Fuß.

Genug aufgewärmt. Er füllte sich mit grünem Luxin, dann

ließ er etwas davon durch die Haut hinten in seiner rechten Ferse stechen. Er zuckte zusammen, erweiterte die Öffnung.

Wird schon schiefgehen. Er trat mit dem rechten Fuß hinter den linken, den Fuß gebogen und eingedreht; als der Fuß dann emporschnellte, schoss Kip grünes Luxin aus seiner Ferse.

Die plötzliche Freisetzung von Masse, die aber nun den Körper nicht zurück-, sondern vorwärtswarf, ließ Kips Fuß mit gewaltiger Geschwindigkeit nach vorn schnellen. Er trat so heftig gegen den Sack, dass er mit dem linken Fuß den Halt verlor und auf die Seite plumpste.

Von der Tür her erhob sich Gelächter.

Beschämt sprang Kip sofort wieder auf. Da stand eine Handvoll Schüler aus seinem Schwarzgardisten-Kurs, angeführt von Kruxer, der breit grinste. Wenn es überhaupt möglich war, so schien es, als hätten sich die jungen Rekruten in den wenigen Wochen verändert, da Kip sie nicht gesehen hatte. Kruxer baute immer mehr Muskelmasse auf, sein großer, schlanker Körper wirkte von Tag zu Tag kräftiger. Seine Augen indes schienen fünf Jahre älter, vielleicht wegen des Todes von Lucia, die er geliebt hatte, oder infolge seiner Erlebnisse in der Schlacht von Ru. Der große, freundliche Leo machte den Eindruck, als seien seine eisenharten Arme sogar noch dicker geworden. Der eklige Goss bohrte nicht direkt in der Nase, aber er kratzte sie sich mit seinem fetten Daumen. Der winzige Daelos schien nicht größer geworden zu sein, aber er wirkte nur noch sehr schlank, statt klein und spindeldürr. Ben-hadad hatte immer noch die Brille mit den herunterklappbaren Gläsern, aber er hatte die Konstruktion verbessert. Sie sah nun nicht mehr wie mit Faden und Kleber zusammengeschustert aus. Eher wie ein echtes Meisterwerk, die perfekte Entsprechung zu der hell in seinen Augen leuchtenden Intelligenz. Nur Ferkudi wirkte unverändert, der Trottel mit der markanten Nase. Irgendwie war das unheimlich beruhigend.

»Nur gut, dass Brecher besser kämpft als er … äh, tritt«, sagte Ferkudi. »Ach, aber Treten gehört zum Kämpfen, nicht wahr? Na ja …«

Die jungen Kerle lachten.

»Ruhe, ihr Grünschnäbel«, sagte Kruxer gutmütig. Er war ein so natürlicher Anführer, wie es dem kursbesten Schwarzgardisten gebührte. Er verbeugte sich vor Kip: »Gottestöter.« Er sagte es so ausdruckslos, dass es sowohl im Scherz als auch ernst gemeint sein könnte. Wie Kip Kruxer kannte, sollte wohl jeder, der wollte, es als Scherz aufnehmen können, aber er selbst meinte es wirklich so.

Dieser verdammte … Kip hätte gedacht, der Spitzname sei gestorben, als er selbst damals auf dem Schiff fast gestorben war. »Krux. W…was machst du hier?«

»Du meinst, im Trainingsraum des Prismas? Draußen auf dem Übungsgelände werden jetzt so viele neue Soldaten für den Krieg ausgebildet, dass wir Schwarzgardisten die meiste Zeit in irgendwelche Lagerhallen und Nebenräume abgeschoben werden. Teia hat uns irgendwie die Erlaubnis verschafft, diesen Raum nutzen zu dürfen, wenn draußen alles voll ist. Davor wollte ich sie eigentlich schon aus unserer Truppe rauswerfen. Sie ist nicht besonders gut, aber jetzt, wo sie uns *diesen* Raum besorgt hat …«

»He, he«, sagte Teia. Irgendwie hatte sie Ferkudi einen blauen Luxin-Dolch geklaut, dessen Spitze sie jetzt mit einem zuckersüßen Lächeln gegen Kruxers Niere drückte.

Kruxer grinste. »So viel Ungehorsam hier.«

»Ich hab gedacht, ihr glaubt … ich hab gedacht, ihr würdet mich für einen Verräter halten«, brachte Kip heraus. Das war es. Das war der eigentliche Grund, warum er es nicht hatte ertragen können, zu ihnen hinauszugehen. Sie waren die einzigen Menschen in seinem Leben, die ihm das Gefühl gegeben hatten dazuzugehören, und er hatte geglaubt, sie würden ihn ausgrenzen, als Verräter betrachten.

»Brecher, du bist oft unbeherrscht, aber du bist nicht dumm. Wir haben keinen Herzschlag lang geglaubt, dass du versuchen würdest, den Roten umzubringen. Das ist lächerlich! Du versuchst, ein Schwarzgardist zu werden! Farben beschützen ist ein Teil dessen, was wir tun. Du würdest das nicht alles wegwerfen. Aber deinem Vater hinterherzuspringen, ohne einen einzigen Gedanken zu verschwenden, wenn er über Bord geht? Das bist du. Absolut.«

Autsch. »Wie hast du … wie hast du so schnell davon gehört?«

»Teia. Großes Klatschmaul.«

»He, he«, sagte Teia. Aus irgendeinem Grund hatte sie gerade Daelos zornig angefunkelt, aber mehr sagte sie nicht dazu.

Kruxer grinste wieder. »Hauptmann Eisenfaust hat vermutet, dass du vielleicht hier unten sein würdest. Meinte, manchmal seien Leute, die in einer Schlacht waren, ein wenig zugeknöpft, wenn sie zurückkommen.«

»Das Letzte hättest du doch nicht erzählen sollen, du Esel«, schaltete sich Teia ein. »Was hast du da gemacht, Kip? Mit deinem Fuß?«

Sie schien ganz wild darauf, sich übers Training zu unterhalten. Nun gut, konnte sie ja. Kip und sie würden sich auch noch darüber unterhalten müssen, warum sie blutverschmiert in der Stadt unterwegs gewesen war. Aber nicht jetzt.

»Du blutest«, bemerkte Kruxer.

»Nur ein Experiment«, erwiderte Kip.

Sie scharten sich um ihn. »Erzähl weiter«, bat Ben-hadad. Bis jetzt, da angesichts der Möglichkeit einer neuen Entdeckung seine Augen aufleuchteten, hatte er ungewöhnlich nervös gewirkt.

Also erklärte Kip, was er gemacht hatte, dann trat er erneut gegen den Sack und zeigte es ihnen. Wenn man Luxin wiederholt an der gleichen Stelle einsetzte, gewöhnte sich der Körper irgendwann daran, und es blutete kaum noch. Aber die ersten paar Male war es, als hätte man sich ohne Wandeln ganz normal in die Haut geschnitten. Eine Wolke von unversiegeltem Luxin und Blut schoss aus seiner Ferse wie Rauch aus einem Pistolenlauf, und diesmal verlor er nicht den Halt. Allerdings hätte er sich beinahe das Knie ausgerenkt. Die Wucht war unglaublich.

Aber der Boxsack leuchtete auf. Rot.

Alle standen bloß da und sahen Kip an.

»Man könnte das, ähm, auf alle möglichen Arten einsetzen«, erläuterte Kip. »Man müsste herausfinden, wo man seinen Körperschwerpunkt hat und so weiter, aber wenn man dann beim Rennen Luxin aus seinen Schultern schießt, wird man schneller. Oder wenn man hochspringt, könnte man etwas Luxin …«

»Aus dem Arsch schießen! Du wärst der Furzflieger!«, rief Ferkudi. Er erinnerte Kip an einen aufgeregten Welpen.

Sie lachten auf, aber nur kurz. Der Gedanke fesselte sie alle.

»Aus den Hüften, wollte ich sagen«, fuhr Kip fort. »Ich meine, wenn man es aus den Füßen schießen lassen würde, würde man wahrscheinlich umkippen und auf die Nase fallen.«

»Aber *du* könntest es aus deinem Arsch schießen, wenn du Lust hast, Ferkudi«, warf Teia ein. »Du dürftest die entsprechend große Abschussrampe haben.«

Sie lachten wieder, dann beruhigten sie sich.

Der große Leo drehte sich zu Kruxer um. »Ich habe noch nie von etwas Derartigem gehört. Ist es verboten?«

Kruxer schüttelte den Kopf. »Es ist nicht inkarnativ, daher wüsste ich nicht, warum es verboten sein sollte. Andererseits, wenn man das macht, würde man wahrscheinlich im Handumdrehen sein Leben ausbrennen.«

»Aber das gilt für jedes Wandeln«, sagte Teia. »Wohl überlegt eingesetzt, stellt euch das nur mal vor. Wir wären stärker und schneller, könnten weiter springen.«

»Das kann ja wohl nicht das erste Mal sein, dass irgendwer daran gedacht hat«, sagte Kip, dem das Ganze plötzlich peinlich war.

»Jede brillante Entdeckung liegt irgendwie auf der Hand, sobald irgendwer sie gemacht hat«, gab Ben-hadad zu bedenken.

»Ist dir das wirklich gerade einfach so eingefallen?«, fragte Kruxer. »Niemand, der dich dazu angeregt hat?«

Kip zuckte die Achseln.

»Er wird ein Genius der Magie sein«, sagte Ben-hadad leise, als zitiere er etwas. Die Übrigen verstummten, blickten ihn an, sahen einander an. Kip merkte, dass sie schon zuvor miteinander darüber gesprochen hatten.

»Bedeutet das, dass wir uns mit Löchern vollmachen müssen?«, fragte Ferkudi.

26

Aliviana Danavis stand hoch oben auf der Großen Pyramide von Ru und beendete soeben ihre Einweisung der Frauen, die sie ersetzen sollten. Zu den vier Ultraviolettwandlerinnen, die während der letzten vier Monate Livs Schülerinnen gewesen waren, gesellte sich Livs Leibgarde. Sie war aus der Kerntruppe jener Männer hervorgegangen, die ihr im Zuge der Befreiung von Ru dabei geholfen hatten, ebendieses Gebäude zu erobern.

Phyros war Livs Fels. Etwa zwei Meter groß und breit wie ein

Berg. Als sie heimlich in die Stadt eingedrungen waren, hatte er seinen Umhang nicht getragen, weil er zu auffällig war, aber für gewöhnlich ging er ohne diesen Umhang, seinen Glücksbringer, nirgendwohin. Er bestand aus einem Löwenfell, das brüllende Maul formte eine Kappe für seinen Kopf, die Mähne bauschte sich um seine Schultern. Über einer mit vielen Riemen versehenen Weste aus Alligatorleder trug er einen Gürtel aus Jade und Türkis, der von den großen, gewölbten Hauern eines Riesenjavelinas zusammengehalten wurde. Als Scheide für sein Gürtelmesser diente der ausgehöhlte Reißzahn eines Säbelzahntigers. Er behauptete, jedes der Tiere selbst getötet zu haben, einzig mit diesem Messer bewaffnet. Er verachtete Musketen und Pistolen, hatte ansonsten aber keine Lieblingswaffen. An speziellen Riemen auf seinem Rücken trug er zwei Äxte, die aussahen wie Hellebarden mit verkürzten Griffen. Eines Tages werde er eine Waffe aus dem Zahn eines Meeresdämons schmieden, sagte er.

Bei jedem anderen hätte Liv diese Worte für leere Prahlerei gehalten, aber Phyros glaubte sie. Sie hatte ihn ohne Hemd gesehen, und er war übersät mit Narben von Klauen und Reißzähnen, wie man es von einem Mann erwarten würde, der genau all das auch getan hatte, was er behauptete.

Der Rest ihrer Leibgarde war weniger auffällig, aber vielleicht nicht weniger gefährlich. Tychos war ein Orangewandler, und kaum einer unter den Blutröcken verstand es besser als er, Dinge mit einem Zauber zu belegen. Er war ein kleiner Kerl, gewalttätig und eigentümlich direkt für einen Orangen. Magie ist dem Menschen nicht gewachsen, wie ein altes Sprichwort besagte. Es gab durchtriebene Infrarote und leichtsinnige Blaue. Aber bei ihm war genau das wahrscheinlich einer der Hauptgründe, warum er nicht zum Kreis derjenigen gehörte, die als Kandidat des Prinzen für den neuen Mot in Frage kamen. War einer von Tychos Zaubern in ihren Umhang eingewebt, konnte

Liv jeden, der den Umhang ansah, vor Ehrfurcht erstarren lassen. Oder auch vor Grauen. Man musste sich für gewöhnlich einfach nur des Zaubers bewusst sein, um seine Wirkung aufzuheben – er war nichts als aufgezwungener Wille, und dieser Zauber konnte gebrochen werden, doch die meisten Menschen hatten eben seit Hunderten von Jahren keine derartigen Zauber mehr bekämpfen müssen. Tychos war ein Khat-Kauer, und seine Zähne waren vom ständigen Konsum dieses Aufputschmittels rot verfärbt. Mit seinen roten Zähnen und den orangefarbenen Augen hätte er für Liv noch vor wenigen Monaten wie ein Dämon ausgesehen.

Aber sie hatte einen weiten Weg zurückgelegt, seit sie die Chromeria verlassen hatte.

Und nun war sie also gerade dabei, ihre Unterweisung der Ultraviolettwandlerinnen in der Kunst, wie man den großen Spiegel auf der Pyramide bediente, zu beenden. Sie beantwortete ihre Fragen, leitete sie bei ihren noch etwas ungelenken Bemühungen an, mittels Wandeln die Hebel des Spiegels zu steuern und den Spiegel so zu bewegen, dass sich sein Licht in jeden erdenklichen Winkel der Stadt ergießen konnte, um den dortigen Wandlern sofort die nötige Energie zum Wandeln zu geben, selbst noch spät am Tag, wenn die Schatten schon lang waren. Zwar konnte Ru nie so hell sein wie Großjasper mit seinen Tausend Sternen, aber dieser Spiegel war dennoch ein Wunder. Sein Licht war geballter und wirkmächtiger als alles, was Liv je gesehen hatte. Es hatte geholfen, einen Gott zu gebären – einen Gott, den Gavin Guile zwar unmittelbar danach getötet hatte, aber dennoch einen Gott.

Den Spiegel in diese und jene Richtung zu drehen, um die Stadt zu beleuchten, bedeutete leider auch, einen Blick über die Stadt selbst werfen zu müssen. Anders als Garriston hatte Ru seine Befreiung nicht mit Freuden aufgenommen.

Der Farbprinz hatte geglaubt, dass das der Fall sein würde. Ru hatte ebenso viele Gründe, die Guiles zu hassen, wie alle anderen Städte: Gnadenlos hatte man dort die Rebellionen niedergeschlagen, die von der alten Königsfamilie unterstützt worden waren. Und da war das Massaker am atashischen Adel im Krieg des Falschen Prismas. Selbst danach hatte es noch zwei, wenn auch kleine und kurzlebige Aufstände gegeben. Auf den Straßen von Ru waren Ströme von Blut geflossen, Blut, das die Chromeria vergossen hatte. Nach der Befreiung von ihrem Satrapen hätten seine ehemaligen Untertanen eigentlich natürliche Verbündete sein sollen.

Stattdessen hatten sie erbittert gekämpft. Der Prinz war außer sich vor Zorn gewesen. Er hatte ein Ultimatum gestellt, das forderte, dass ihm mehrere der Anführer des Widerstands zur unverzüglichen Hinrichtung ausgeliefert werden sollten. Als das nicht geschah, war er wahnsinnig geworden vor Wut. Er hatte seinen Soldaten die Erlaubnis gegeben, drei Tage lang zu tun, was immer sie wollten, um die Stadt zu bestrafen.

Livs Bewacher hatten ihr eindringlich nahegelegt, nicht in die Stadt zu gehen – auch wenn sie das selbst, im Wechsel, durchaus getan hatten. Der Rat war genauso vernünftig, wie er bevormundend war. Sie hatte dergleichen überhaupt nicht beabsichtigt. Aber sie würde sich von niemandem daran hindern lassen, das Gebäude zu verlassen. Die Chromeria bemäntelte Unangenehmes gerne mit sanft und freundlich wirkenden Ritualen. Doch Liv zog es vor, dass ihr die nackten Tatsachen im grellen, unverstellten Tageslicht präsentiert wurden.

Phyros hatte noch ein letztes Mal versucht, Einwände zu erheben, während sie alle unbehaglich von einem Bein aufs andere getreten waren und nach ihren Waffen gegriffen hatten: »*Eikona*« – das war die Bezeichnung für die beste Wandlerin ihrer Farbe; die Blutröcke hatten sogar neue Titel eingeführt –,

»Eikona, ich verstehe, dass Ihr Euch umsehen wollt. Das ist nur natürlich. Aber Ihr seid – wie alt? Siebzehn Jahre? Hübsch und eine Frau noch dazu.« Er machte ein finsteres Gesicht. Als wäre Liv ihr Geschlecht bisher entgangen.

»Achtzehn«, erwiderte sie, obwohl sie erst in zehn Tagen Geburtstag hatte. »Danke für Eure Besorgnis, und *leckt mich doch.*«

Sie waren also gegangen und hatten für aller Augen sichtbar ihre Blutröcke in der Stadt präsentiert.

Es war ein Alptraum gewesen. Die Bilder hatten sich in ihren Augen eingebrannt. Es war auch jetzt noch unerträglich, daran zu denken, auch wenn nicht wenige der vielen Feuer, die noch immer in der Stadt unter ihr brannten, nun Scheiterhaufen waren. Gewaltige Flammenpyramiden. Und es war noch nicht vorbei. Es gab Stadtgebiete, in denen die Patrouillen die Leichen nicht zum Verbrennen einsammeln konnten. Es war nach wie vor zu gefährlich. Also breiteten sich Krankheiten aus.

Je früher sie von hier wegkam, desto besser. Sie tastete nach dem schwarzen Edelstein in ihrer Tasche. Schwarzes Luxin, behauptete der Prinz. Sie glaubte es ihm nicht so recht. Es war wahrscheinlich nur Obsidian, obwohl Fäden der Finsternis in dem Stein zu schwimmen schienen. Sie wusste nicht, wie der Farbprinz darangekommen war. Wie auch immer, er glaubte jedenfalls, dass man damit Kontrolle über andere ausüben konnte. Sie hatte zuerst gedacht, dass er sie vielleicht dadurch ausspionieren konnte – aber sie einfach nur sehen zu können, würde ja wohl nicht ausreichen, um einen Gott aufzuhalten, oder? Bestimmt handelte es sich um etwas Gefährlicheres.

Doch daran dachte sie nicht gern. Sah sich das Ding nicht gern an. Mochte dessen Gefühl auf ihrer Haut nicht. Aber er hatte ihr verboten, ohne den schwarzen Stein irgendwohin zu gehen.

»Du hast meine Sachen?«, fragte sie Phyros.

»Sie sind gepackt und schon auf der Galeere.« Phyros' Stimme war ein tiefes, erfüllendes Dröhnen. Sie bewirkte, dass einem förmlich die Lunge vibrierte, wie eine angeschlagene Stimmgabel. Aus irgendeinem Grund hatte diese Stimme etwas ungemein Beruhigendes. Liv hatte ihn zornerfüllt mit dieser Stimme brüllen hören, und dieses Organ auf ihrer Seite zu wissen nahm ihr alle möglichen Ängste. Nicht, dass sie es ihn jemals wissen lassen würde.

Der Farbprinz besaß nicht annähernd die nötige Anzahl an Schiffen, daher würden Liv und ihre Garde auf einer billigen und schlecht ausgestatteten Galeere reisen. Natürlich gab es überall am Ufer Dörfer, wo sich Galeeren mit Vorräten versorgen konnten. Per Schiff zu reisen war zwar nicht schnell, vor allem nicht, wenn sie bei jedem Wintersturm einen Hafen aufsuchen mussten, aber es war doch schneller, als zu Fuß zu gehen oder zu reiten, und viel weniger gefährlich. Und falls ihnen Piraten auflauerten, konnten diese sich gleich auf mehrere unangenehme Überraschungen gefasst machen – wiewohl es im Allgemeinen schon reichte, einfach die Anwesenheit eines Wandlers verlauten zu lassen, um Piraten von einem Angriff abzuhalten. Eine kleine Luxin-Explosion am Himmel sollte genügen, um alle bis auf die tollkühnsten Seeräuber in die Flucht zu schlagen.

Ihre Schülerinnen machten sich nun eine nach der anderen auf den Weg. Darunter befand sich auch eine Frau, die bereits in ihren mittleren Jahren war und erst nach dem Tod ihres Mannes herausgefunden hatte, dass sie Ultraviolett wandeln konnte. Ein Wandler der Blutröcke war in ihrem Gasthaus abgestiegen und hatte sie aus einer Laune heraus der Prüfung unterzogen. Wandler in mittleren Jahren: Es erschien Liv merkwürdig, aber die Vision des Farbprinzen hoffte auf den Tag, an dem es kein Todesurteil mehr sein würde zu wandeln. Vielleicht würde dieser Tag sogar bald genug kommen, um Liv ihre Vorbehalte zu nehmen.

Sie trat ein letztes Mal vor den großen Spiegel. Es war jetzt alles ganz einfach. Wer immer ihn gebaut hatte, hatte gewollt, dass man auch Gebrauch von ihm machte. Irgendein lang verstorbener Meisterhandwerker. Statt weiter darüber nachzusinnen, drehte sie den Spiegel zum Horizont. Seefahrer und Naturphilosophen hatten seit mindestens einem Jahrtausend von der Erdwölbung gewusst, aber es war das erste Mal, dass sich Liv jemals damit hatte beschäftigen müssen. Soweit sie verstand, war die Erdwölbung außerdem der Grund, warum all die großen Spiegel auf den Dächern hoher Gebäude aufgestellt worden waren.

Jedenfalls war sie der Grund, warum zuerst der Rumpf verschwand, wenn man ein davonfahrendes Schiff beobachtete, und dann mit zunehmender Entfernung auch die Masten. Die Naturphilosophen hatten berechnet, dass diese Absenkung zwei Fuß pro Meile betrug – wenn man auf einer flach erscheinenden Oberfläche überhaupt von »Absenkung« sprechen konnte. Auf dieser Grundlage schien die Berechnung, wie hoch ein Gebäude zu sein hatte, eigentlich ganz einfach: Man müsste nur die Summe der Erdwölbung pro Meile von der Gebäudehöhe abziehen. Da die Große Pyramide zweihundertachtzig Ellen hoch war, also vierhundertachtzig Fuß, müsste man demgemäß ihren Lichtstrahl über eine Entfernung von zweihundertvierzig Meilen werfen können. Und wenn der das Signal empfangende Turm genauso hoch war, müsste man diese Distanz verdoppeln können. Richtig?

Nein, falsch, hatte sie herausgefunden. Sie hatte sich mit ihren Berechnungen abgemüht und sie mit ihrer Leibgarde durchgesprochen. Die Sache mit der Erdwölbung hatte sie Phyros zweimal erklären müssen, aber dann war er es gewesen, der ihr Modell besser begriffen hatte als sie selbst. Sie hatte es auf ein Stück Pergament gezeichnet und es dann gebogen, um ihm das mit der Wölbung zu zeigen. Er hatte darauf hingewiesen, dass sie die Spiegeltürme behandele, als stünden sie in Relation zueinander gerade. In Wirklichkeit standen sie in Relation zum Erdboden gerade, der aber war gekrümmt. Es war, als messe man die Größe eines Mannes, der einmal aufrecht und einmal gegen einen Türrahmen gelehnt stand. Der angelehnte Mann mochte immer noch einen Meter achtzig groß sein, aber der Scheitel seines Kopfes war nicht mehr einen Meter achtzig vom Boden entfernt.

Sie hatte weitere Berechnungen angestellt und schließlich geglaubt, alles richtig gelöst zu haben – aber es stimmte immer noch nicht. Sie hatte keine Ahnung, warum.

Schließlich hatte der Farbprinz Samila Sayeh zu ihr geschickt. Die Blauwandlerin war im Krieg der Prismen zu einer Legende geworden. Sie hatte in Garriston gegen den Farbprinzen gekämpft, dabei aber den Halo durchbrochen, war gefangen und eingekerkert worden, doch der Farbprinz hatte ihr Gnade gewährt und ihr verziehen. Jetzt kämpfte sie auf seiner Seite. Wenn die Armeen des Farbprinzen den blauen Gottesbann finden konnten, war die Frau einer der aussichtsreichsten Kandidaten, um der nächste Mot zu werden.

Samila Sayeh hatte die Verwandlung zum vollständigen Wicht anders begonnen als alle anderen Blauwandler, von denen Liv je gehört hatte. Sie fing allein mit der linken Hand an. Sie meinte, sobald sie herausgefunden hätte, wie sie kristallin-hartes blaues Luxin in gerade diesem Teil ihres Körpers einsetzen könne, von dem so viel Geschicklichkeit und Biegsamkeit verlangt wurden, wäre der übrige Körper ganz einfach. Angesichts der besonderen Stellung und des messerscharfen Intellekts dieser Frau hätte Liv sich eigentlich nicht von ihr bedroht fühlen sollen, aber irgendetwas behagte ihr nicht. Samila bekümmerte das nicht, falls sie es überhaupt wahrnahm.

Samila hatte sich Livs Problem angesehen und die richtigen Gleichungen aufgestellt, wozu sie ganze Listen von wichtigen und scheinbar unwichtigen Zahlen wissen wollte. Alle Berechnungen erledigte sie im Kopf, und nur ihre Hand hatte gezuckt, als bewege sie unsichtbare Abakus-Perlen. Ohne zu erklären, was sie getan hatte, gab sie Liv die Lösungen. Und dann hatte sie eine uralte Krakelschrift unter dem Spiegel übersetzt – aus einer Sprache, die Liv nicht einmal kannte. Es waren Anweisungen, wie man den Spiegel genau auf Dutzende von wichtigen Punkten auf der Welt einstellen konnte.

Daraufhin war sie ohne ein Wort verschwunden. Nicht einmal das bloße Minimum eines Kopfnickens und die Livs Stellung eigentlich gebührende Anrede »Eikona« konnte sie sich abringen.

Die Schoßhund-Luxiaten der Chromeria predigten, dass die Sünde der Ultravioletten der Stolz sei. Vielleicht waren sie zumindest in diesem einen Punkt auf der richtigen Spur, denn Liv konnte ihren Zorn darüber kaum zurückhalten, dass diese Frau sie wie eine Idiotin hatte dastehen lassen.

Selbst mit dieser Hilfe hatte Liv eine peinliche halbe Stunde gebraucht, um herauszufinden, wie sie diese Anweisungen zu interpretieren hatte. Schließlich war es ihr gelungen, den Spiegel so auszurichten, dass er die See nach jenen Resonanzpunkten absuchte, auf die sie der Farbprinz hingewiesen hatte. Seine Informationen hatten gestimmt. Es gab einen in der Nähe der Ewigdunklen Pforten – und hoffentlich nicht hinter ihnen. Dieser Punkt war Livs Ziel. Irgendwo dort befand sich der ultraviolette Gottesbann, entweder auf Land oder im Meer.

Und dort war er auch heute noch. Liv war sich dessen sicher. Ihre Mission war einfach: Sie und ihre Garde sollten dort entweder finden, was der Farbprinz ein Saatkristall nannte, oder auch den sich darum herumformenden Gottesbann, und was sie gefunden hatten, sollten sie für ihn mitnehmen.

Liv, die ihr Knie allein vor ihm beugte, sollte Göttin werden. *Treue einem,* wie das Motto der Danavis lautete. Dem Einzigen.

»Der Prinz gibt uns einen Vorsprung von zwei Wochen, ehe er die nächste Gruppe ausschickt. Vergeuden wir diese Zeit nicht«, sagte Liv. Bevor sie ihren Abstieg von der Pyramide begann, reichte sie Phyros ihre Jacke, die sie über ihrem tadellos gepflegten gelben Seidenkleid getragen hatte, dessen Besatz mit dem Sekret der Purpurschnecke gefärbt war. Er steckte die Jacke in das dicke Bündel mit all den Dingen, die sie eventuell benötigen würde.

Eine zukünftige Göttin hatte immer ihre Leute für so etwas.

27

Liv hatte mit ihrem Gefolge kaum den Hafen erreicht, als eine junge Frau mit Nasenringen, die zugleich mit Ketten an ihren Ohrringen befestigt waren, auf sie zutrat. Sie trug ein sehr schönes, gischtgrün wallendes Kleid mit rotem Saum. Wohlhabend. »Lady, Lady Aliviana!«, rief die Frau. »Euer Gnaden. Äh, *Eikona.*« Sie warf sich der Länge nach auf die Straße, ohne sich um den Staub zu kümmern.

Eine Narrheit. Solche Gewänder in den Schmutz zu tauchen, und wofür? Um Respekt zu erweisen? Liv gegenüber? Das war verrückt … und schmeichelhaft.

»Schenkt mir einen Moment Eurer Zeit, Lady Aliviana, bitte«, fuhr die Frau fort.

Phyros sah Liv an. In seinen Bärenfellen und mit seinen hervortretenden Muskeln sah er barbarisch aus, furchteinflößend. »*Eikona?*« In Livs Fall war es beinahe beschämend einfach gewesen, sich diesen Titel zu verdienen. Es gab Hunderte von Grünwandlern, Hunderte von Blauen, Hunderte von Roten. Und zehn Ultraviolette. Sie wusste, dass sie nicht so herausragend gut war wie die *Eikonos* von Grün, Blau oder Rot, doch der Farbprinz behandelte sie alle gleich und gebot allen anderen, das ebenfalls zu tun. Dafür stand sie in seiner Schuld.

Liv nickte. Phyros trat zu der Frau hin und zog sie am Hals hoch. Obwohl er so groß war, schaffte er das irgendwie, ohne sie zu erwürgen, während er seine gewaltige Hand ganz um ihren Hals herumlegte. Er stellte sie auf die Beine und suchte sie unter Missachtung aller Anstandsregeln rasch nach Waffen ab. Die Frau wirkte entsetzt, aber sie sagte kein Wort. Zuletzt legte er ihr seine große Hand unters Kinn und hob ihren Kopf an. Instinktiv versuchte sie, sich wegzudrehen, aber er wartete, bis sie ihm in die Augen schaute, dann blickte er ihr sorgfältig abwechselnd in beide Augen.

Auch nachdem er sich davon überzeugt hatte, dass sie weder Waffen bei sich trug noch eine Wandlerin war, gestattete er ihr immer noch nicht, direkt vor Liv zu treten. Phyros bestand darauf, sich sein Schlachtfeld stets selbst auszusuchen, wie umständlich das bisweilen auch sein mochte. Er führte die Frau an Deck ihrer auf den Strand gezogenen Galeere. Liv folgte ihnen.

Phyros zog das Fell zur Seite, das über der Öffnung zu Livs Kabine hing, und ließ sie hinein. Die beunruhigt wirkende Frau folgte ihr. Sie griff nach dem Fell, um die Öffnung zu schließen, doch Phyros hielt es ungerührt fest. Er sah Liv an. Sie nickte.

»Ruft mich, falls …«, sagte Phyros. Er hatte die seltsame

Angewohnheit, solche alltäglichen Äußerungen nicht zu beenden. Er nahm es für selbstverständlich, dass beide wussten, wie es weiterging, so dass es nur unnötiger Aufwand wäre, den ganzen Satz zu sagen.

Die Frau zog das Fell fest zu, drehte sich um und holte tief Luft. »Eikona, ich danke Euch, dass Ihr Euch mit mir trefft. Meine Nachricht ist geheim und wichtig. Vergewissert Euch bitte zuerst, dass ich keine Bedrohung darstelle.« Sie kniete sich geschmeidig hin und breitete die Hände aus, die Innenflächen nach oben gedreht.

»Sprecht weiter und beeilt Euch, das Schiff legt in wenigen Minuten ab.«

»Ja, Herrin, natürlich. Ich komme vom Orden des Gebrochenen Auges. Wir wollen Euch nichts Böses. Tatsächlich vielmehr das genaue Gegenteil.«

Ein Schauer durchfuhr Liv. Sie hatte glauben wollen, dass Mistress Helels Versuch, Kip zu ermorden, eine Verirrung gewesen war, begangen von einer Frau, die krank im Kopf war und Wahnvorstellungen hatte. Sie hatte glauben wollen, was Gavin und Eisenfaust gesagt hatten: dass der Orden nur ein loser Zusammenschluss von irgendwelchen Schurken war, die einen legendären alten Namen übernommen hatten, um höhere Honorare verlangen zu können. Aber diese Frau wirkte ruhig und professionell. Sie war keine Aufschneiderin. Und jemanden wie Mistress Helel als Attentäterin einzusetzen war geradezu brillant gewesen. Wer würde schon eine dicke Frau mittleren Alters verdächtigen, eine Meuchelmörderin zu sein?

Also war es durchaus möglich, dass es den Orden wirklich gab. Kein Wunder, dass diese Frau so sorgfältig darauf bedacht war zu zeigen, dass sie keine Bedrohung darstellte.

Als sie sah, dass Liv nicht das Wort ergreifen würde, beeilte sich die Frau fortzufahren: »Der Prinz hat Euch eine Halskette gegeben, an der ein Stein aus lebendem schwarzem Luxin hängt. Dieser Edelstein ist ein Todesurteil. Auf diese Weise glaubt er, Euch kontrollieren zu können.«

»Was? Wie kann das gehen?«

Sie zögerte gequält. »Wir wissen es nicht. Nur, dass er glaubt, es zu beherrschen gelernt zu haben und dass es unbedingten Gehorsam erzwingt. Er glaubt es fest genug, um Götter erschaffen zu wollen.«

»Ihr sprecht gefährliche Worte.«

»Macht er auf Euch den Eindruck eines Mannes, der sich damit zufriedengeben würde, dass andere mehr Macht haben als er selbst? Er will selbst der Gott der Götter sein.«

»Was wollt Ihr von mir?«, fragte Liv scharf. »Glaubt Ihr, meine Loyalität so leicht auf die Probe stellen zu können?«

»Der Prinz hat sich der Sache der Freiheit verschrieben, ja? Wie aber kann eine Leine Freiheit sein?«

»Freiheit heißt nicht, keine Verantwortung zu übernehmen. Sondern vielmehr, eine Wahl zu haben, welche Verantwortung man übernimmt. Er will mich zu einer Göttin machen.«

»Entschuldigt, Eikona, aber Ihr werdet Euch selbst zur Göttin machen müssen oder scheitern. Ganz auf Euch allein gestellt. Und schwarzes Luxin lässt sich nicht so leicht zähmen, wie der Prinz glaubt.«

Ein lauter Ruf drang von draußen herein. »Wir legen in zwei Minuten ab! Ruderer an eure Plätze!«

»Schwarzes Luxin«, höhnte Liv. »Es ist doch nur Obsidian.«

»Wie könnt Ihr das sagen? Wo Ihr es doch gesehen habt.«

Liv wandte sich ab. Der wirbelnde Edelstein war in ihrer Tasche, immer in ihrer Tasche. Und die Anweisungen des Prinzen waren glasklar: Sie musste die Kette mit dem Stein anlegen, bevor sie den Gottesbann für sich beanspruchte. »Er ist ... nur sehr raffiniert geschliffen. Optische Täuschungen.«

»Die Gesteine sind verwandt, Herrin. Die alten Geschichten sind keine Lügenmärchen, aber sie sind in Teilen verfälscht worden. Obsidian ist schwarzes Luxin, aber totes schwarzes Luxin. Es heißt, dass sämtlicher Obsidian auf der Welt das letzte Überbleibsel eines großen Krieges sei, der Tausende von Jahren vor Lucidonius stattgefunden hat. Ein Inferno, das über Jahrtausende hinweg Licht und Leben vernichtet und von dem sich die Welt noch heute nicht ganz erholt hat. Und das lebende Luxin ... Eikona, es hat einen Willen. Es ist in Form gegossener Wahnsinn. Es ist ein Loch von nichts, das niemals gefüllt werden kann. Wenn Ihr es Euch um den Hals legt, so dass es sich nähren kann, und dem Prinzen auch nur für einen Augenblick die Kontrolle entgleitet, wird es Euch umbringen. Es hat einen Willen; es könnte auch einen Verstand haben. Und wenn es eine Göttin verschlingt – wer weiß, was es dann als Nächstes tun würde?«

Also hatte Liv gut daran getan, das Ding lieber nicht auf der Haut zu tragen. Sofern diese Frau die Wahrheit sagte. »Was will der Orden?«

»Den vielen blutigen Säuberungswellen ist es geschuldet, dass der größte Teil unseres Wissens verloren gegangen ist. Wir sind nur noch ein matter, schwacher Abglanz. Der Schatten eines Schattens. Und, für den Fall, dass man mich gefangen nehmen und foltern würde: Ich bin die Geringste der unseren. Wir sind nicht Eure Feinde, Eikona. Werdet Ferrilux. Dient dem Farbprinzen. Tut, was immer Ihr zu tun wünscht, aber verflechtet Eure Macht nicht mit dem schwarzen Luxin. Macht es nicht zum Zentrum des Gottesbanns. Ein einziger Fehler, ob von Seiten des Prinzen oder von Eurer Seite – wer weiß, ob es dann nicht alle Magie der Welt verschlingen würde?«

28

Sie mussten das klären. Teia steckte in irgendwelchen Schwierigkeiten, und Kip wollte sie dazu bringen, ihm zu sagen, was los war. Während einer Trainingspause hatte er seiner Rekrutengruppe ein wenig von seinem Abenteuer berichtet und fast die ganze Wahrheit darüber erzählt, was mit Gavin passiert war.

»Es hat einen Kampf gegeben, wegen eines Dolches. Grinwoody hat versucht, ihn an sich zu reißen, und ich hab mich mit ihm angelegt. Andross ist dazugekommen, und dann ist Gavin dazwischengegangen. Alle waren irgendwie ineinander verknäult. Damit ich nicht erstochen wurde, hat mein Vater die Klinge so umgelenkt, dass sie ihn getroffen hat.«

Daraufhin hatte es ringsum mehr als nur ein paar verwunderte Blicke gegeben. Warum war es schwerer, eine Halbwahrheit zu erzählen als eine komplette Lüge? Hastig fuhr Kip fort: »Aber das war noch nicht das wirklich Erstaunliche. Ich bin ihm also nachgesprungen. Ich habe etwas Rot angezündet, um ein Leuchtsignal zu machen, und als wir von diesem Piraten aus dem Wasser gezogen wurden, war der Dolch plötzlich kein Dolch mehr. Er war ein Schwert in voller Länge mit sieben Edelsteinen in der Klinge – einer für jede der sieben Hauptfarben. Und als die auf dem Schiff das Schwert herausgezogen haben … da hat Gavin gelebt. Er hat nicht mal geblutet.«

Dann hatten sie ihm allerlei Fragen gestellt, die er größtenteils nicht beantworten konnte, und sie mussten sich Kruxer gegenüber alle zur Geheimhaltung verpflichten. Daraufhin hatte Kruxer beschlossen, da sie ihre Pause nun schon auf eine halbe Stunde ausgeweitet hatten, für heute Schluss zu machen.

Teia war danach gleich davongeschlüpft, bevor Kip sie hatte aufhalten können, und beim Abendessen hatte er sie nicht gesehen, also wartete er nun oben in ihrer beider Zimmer auf sie.

Er hatte bereits eine halbe Stunde gewartet und war immer ungehaltener geworden, als ihm ein Gedanke kam. Er ging zu dem winzigen Schreibtisch hinüber und fand dort keine Papiere. Es war ihm vorhin nicht aufgefallen, weil da eben einfach nichts war. Seine Besitzdokumente von Teia, die er ihr bereits überschrieben hatte – sie musste sie aus seinem Zimmer geholt haben, weil sie ihn für tot gehalten hatte, und dann hatte sie sie eingereicht.

Natürlich. So war es. Er konnte es ihr nicht übel nehmen, dass sie sich Sorgen gemacht hatte, nun, wo er nicht mehr da war, könnte irgendjemand seine bereits unterzeichnete Besitzüberschreibung an sich reißen. Das war auch der Grund, warum sie nicht hier war. Jetzt, wo sie nicht mehr seine Sklavin war, war sie in die Quartiere der Schwarzgardistinnen umgezogen. Gut für sie.

Sie schuldete ihm nichts, und das Band zwischen Herr und Sklave – so unangenehm es gewesen war – existierte nicht mehr. Aber vielleicht war das das einzige Band zwischen ihnen beiden gewesen, und es gab ihm das Gefühl, dass sie ihn aufgegeben hatte.

Er hatte gewollt, dass sie frei war, aber zugleich hatte er wohl auch gewollt, dass sie weiter in seiner Schuld stand, dass sie ihm ewig dankbar war, sich ihm daher irgendwie unterordnete. Er wollte, dass sie frei war, aber er wollte auch für sie entscheiden können, wie sie diese Freiheit nutzen sollte.

Kip fluchte laut und ging ins Bett.

Am nächsten Morgen ging er zum Frühstück, dann sah er nach den aushängenden Listen. Er war für keine besonderen Arbeiten eingetragen. Was vermutlich bedeutete, dass er in den Unterricht gehen sollte.

Unterricht. Igitt. Er stand mit all den anderen Schülern vor dem Aufzug und verkroch sich in sich selbst, trug seine kleine schwarze Sturmwolke mit sich herum.

Natürlich gab es tausend Dinge, die Kip noch lernen musste. Er hatte ein wenig Erfahrungswissen gesammelt, aber das war es auch fast schon. Sein mangelndes Wissen würde ihn auf Dauer beeinträchtigen, so viel wusste er. Verdammt, das hatte es bereits. Sein ganzes Wissen beschränkte sich auf seine grünen Bälle des Verderbens. Nun ja, so gut wie. Jedenfalls reichte es nicht, um ihn im kommenden Krieg am Leben zu erhalten.

Außerdem hatte er es geschafft, jenes Messer zu verlieren, das, wie er zunehmend befürchtete, sehr wichtig war. Andross Guile hatte es das Messer des Blenders genannt. Bloß weil sich Kip seiner Rekrutengruppe gegenüber recht unbestimmt darüber ausgedrückt hat, wo es herkam, hatten sie nicht weiter danach gefragt. Er hatte sie glauben lassen, dass es Gavin gehört hatte.

Und wie ist wohl meine Mutter überhaupt erst einmal dazu gekommen?

Kip marschierte in Magistra Kadahs Klassenzimmer. Es war kaum zu glauben, dass er es erst vor wenigen Monaten zum ersten Mal betreten hatte. Er fühlte sich zehn Jahre älter. Er setzte sich in eine der hinteren Reihen. Auch wenn er nun wieder die Scholarenkleidung angezogen hatte, ging er nicht davon aus, unbemerkt bleiben zu können, doch gab es keinen Grund, durch vorlautes Benehmen gleich Magistra Kadahs Aufmerksamkeit auf sich zu lenken.

Jedenfalls nicht, wenn es sich vermeiden ließ.

Eine Stimme flüsterte ihm ins Ohr: »Ich habe gehört, du

hast dir irgendwie einen Weg erschlichen, zum legitimen Sohn erklärt zu werden, kleiner Bastard. Glaub ja nicht, dass das irgendetwas ändert. Ich weiß, was du bist.«

Kip wandte den Kopf. »Es ist so schön, Euch zu sehen, Magistra.« Er sagte es so, als meine er es ernst.

Sie bedachte ihn mit einem bösartigen Grinsen. Kips Ausbildung und Kämpfe hatten ihn so sehr verändert, dass es ihm vielleicht ein kleiner Trost sein sollte, dass Magistra Kadah völlig unverändert aussah: verhutzelt wie eine alte Frau, obwohl sie erst Anfang dreißig war, mit zerzaustem Haar, das keinen Kamm mehr gesehen hatte, seit Kip das letzte Mal in ihrem Unterricht gewesen war; eine grüne Brille, die an der Goldkette um ihren Hals befestigt war. »Sollte ich gleich meinen Rohrstock hervorholen?«

»Keine Ahnung«, äußerte Kip. »Ich bin nur der ungebildete, dumme Sohn einer Hure.« Er zuckte zusammen. Der schnippische Kip war anscheinend doch noch nicht so weit weg und ein Ding der Vergangenheit.

»Noch mehr solche Ausdrücke, Kip Guile, und es setzt auf die Knöchel. Ich nehme an, du erinnerst dich?«, drohte Magistra Kadah.

Kip legte die Hände vor sich auf das Pult. Die Finger seiner linken Hand bogen sich noch immer nach oben, blieben steif und störrisch, obwohl er weiter an ihrer Beweglichkeit arbeitete. Der Schmerz von Stockschlägen auf diese Hand wäre die Hölle. Die ganze Hand fühlte sich immer noch wie ein einziger offen liegender Nerv an.

Er schaute zur Magistra empor und wunderte sich. Was? Er sollte Angst davor haben, Schläge auf die Fingerknöchel zu bekommen?

Teia und Ben-hadad kamen herein, unmittelbar bevor der Unterricht anfangen sollte. Sie sahen Kip und blickten einander an, wobei sich im Gesicht der einen die Überraschung des anderen über Kips Anwesenheit spiegelte und umgekehrt, dann setzten sie sich auf die freien Plätze neben ihm.

Die Magistra ging nach vorn, räusperte sich und wartete den kurzen Moment lang, bis alle verstummt waren. »Scholaren.«

»Magistra«, antwortete die Klasse. Kip stimmte mit ein. Ein neuer Anfang, Kip.

»Scholaren, heute wollen wir über Orange sprechen. Irgendwelche Orangewandler anwesend?«

Ein paar Scholaren hoben die Hand. Kip fragte sich, ob er seine auch heben sollte, und reckte schließlich zwei Finger.

»Orange ist außerordentlich nutzlos«, fuhr Magistra Kadah fort. Sie lächelte gemein. »Wenn ihr Orangewandler seid, werdet ihr euer Leben damit verbringen, Schmiermittel für allerlei Gerätschaften und für die Lagerung von Metall zu machen, damit es nicht rostet. Immerhin habt ihr ein relativ leichtes Leben. Euer Schutzherr dürfte euch dieses Zeug jeden Tag fässerweise wandeln lassen, was euch dann vielleicht von Sonnenaufgang bis Mittag beschäftigt, und damit ihr nicht zu früh das Zeitliche segnet, werdet ihr jeden Nachmittag freihaben. Einige Arbeitgeber dürften glücklicherweise auch andere Pflichten für euch haben. In der Regel nichtmagischer Natur: Ställe ausmisten, Möbel abstauben, die Quartiere fegen. Ja, Ben-hadad?«

»Orange kann noch für vieles mehr eingesetzt werden«, erklärte Ben-hadad. »Und angesichts des drohenden Krieges, der uns allen den Tod bringen könnte, meine ich, wir sollten anfangen, die Orangefarbenen so auszubilden, dass sie ihre vollen Möglichkeiten ausschöpfen können.«

»Ihre vollen Möglichkeiten?«, wiederholte Magistra Kadah. In ihrem Tonfall lag eine Warnung, aber Ben-hadad schien wohl zu glauben, dass es sich um eine echte Frage gehandelt hatte.

»Orange können Zauber wirken. Es heißt, dass in Ru Orangewandler als Spione in die Stadt eingedrungen sind und dort Angstzauber gewirkt haben, die mit bloßem Auge unsichtbar sind, aber dennoch so mächtig, dass die Stadtbewohner daraufhin ganze Viertel gemieden haben – was den Ketzern ermöglicht hat, völlig ungehindert einen Tunnel durch die Stadtmauer zu graben. Orangefarbene können auch Essen und Trinken mit dergleichen versetzen. Furcht-Wirken. Tromoturgie. Pathomantie. Abstumpfung des Willens.«

»Verboten!«, blaffte Magistra Kadah. »Und auf eurer Bildungsstufe ist es sogar verboten, auch nur darüber zu sprechen!«

»Wir sind im Krieg!«, entgegnete Ben-hadad. »Ich habe gerade gehört, dass die letzte Festung unterhalb der Meerenge von Ru gefallen ist. Danach gibt es nichts mehr, was den Farbprinzen aufhalten könnte, bis seine Armee den Fluss Ao erreicht. Selbst wenn Ihr den Orangefarbenen nicht beibringt, Zauber zu wirken, solltet Ihr uns alle zumindest lehren, wie man sich gegen sie wehrt, und natürlich auch, wie man sie erkennt.«

»Dieser Farbprinz wird zweifellos binnen weniger Wochen besiegt werden, wenn er nicht ohnehin bereits besiegt worden ist. Niemand von euch wird sich ketzerischen Orangewandlern entgegenstellen müssen.«

»Es gibt Leute hier, in diesem Raum, die sich den Blutröcken bereits entgegengestellt haben«, wandte Ben-hadad ein.

Oh ja, danke, Ben.

»Ich verstehe. Ihr seid jetzt also tatsächlich Freunde, ist es das?«, wandte sich Magistra Kadah an Ben-hadad und ließ ihren Blick von ihm zu Kip und wieder zurück wandern. »Du versuchst, diesen ›Guile‹ gut dastehen zu lassen? Gebt ein hübsches Paar ab, ihr zwei, nicht wahr? Der Dummkopf und der Junge, der nicht einmal lesen kann? Wie hast du das alles eigentlich erfahren können?«

»Ich kann lesen«, zischte Ben-hadad.

»Ihm geraten bloß die Wörter durcheinander, das ist alles, Magistra«, schaltete sich Teia ein. »Wenn er langsam macht, kann er auch lesen.«

»›Langsam‹ ist nur eine etwas nettere Art, ›dumm‹ zu sagen«, entgegnete Magistra Kadah.

Kip seufzte. Er hatte wirklich die besten Absichten gehabt.

»Ben-hadad, denkst du, dass die Freundschaft mit diesem Burschen, der ein Lord sein will, dir irgendwie weiterhelfen wird?«, fragte Magistra Kadah. Die ganze Klasse schwieg in gespannter Erwartung.

»Ich bin nicht deshalb sein Freund, weil er etwas für mich tun könnte«, antwortete Ben-hadad. »Und mir sind Eure Andeutungen zuwider. Das ist erniedrigend für mich, und Ihr erniedrigt Euch selbst, wenn Ihr solch schäbige Gemeinheiten verbreitet.«

Eine Schockwelle lief durch die Reihen der Jugendlichen. Sie wirkten, als wollten sie auch nicht für einen einzigen Herzschlag den Blick abwenden, für den Fall, dass sie dann verpassten, wie Magistra Kadah der Kopf explodierte.

Magistra Kadahs Augen weiteten sich, und sie ballte die Fäuste. »Du glaubst wohl, er könnte dich schützen?«, herrschte sie ihn an. »Geh dich auf der Stelle melden, Ben-hadad … zur Schulverweisung.«

Alle im Raum keuchten gleichzeitig auf.

»Schulverweisung?«, fragte Ben-hadad ungläubig.

»Wegen gröbster Widersetzlichkeit. Seit drei Jahren habe ich nicht mehr von meiner Macht, einen Scholaren der Schule zu verweisen, Gebrauch gemacht. Vielleicht wird es Zeit. Du bist als Wandler wertlos; jetzt kannst du wenigstens ein nützliches Exempel sein.«

Der alte Kip wäre jetzt von seinem Sitz gesprungen und hätte angefangen, wild herumzuschreien. Er hätte tief aus jenem Brunnen von Abscheu vor angetanem Unrecht geschöpft, den er mit sich herumtrug, seit er bei seiner ständig benebelten Mutter aufgewachsen war. Als er heranwuchs, hatte er es nie gewagt, wegen all des Unrechts, das sie ihm selbst angetan hatte, wütend auf sie zu sein, aber wenn er gesehen hatte, wie andere ungerecht behandelt wurden, war die Wut da gewesen, kochend und tatbereit, ein mächtiger Wahnsinn, der über ihn kam und erst von ihm abließ, wenn er erschöpft war. Kip war schon zum grünen Golem geworden, lange bevor er hatte wandeln können. Selbst Ram hatte sich vor ihm gefürchtet, wenn ihn diese blinde Wut gepackt hielt.

Langsam stand Kip auf. Teia griff nach ihm, versuchte, ihn auf seinem Sitz zu halten.

»Was tust du da, Kip ›Guile‹? Du glaubst wohl, ich könnte dich nicht ebenfalls der Schule verweisen lassen?«

Natürlich konnte sie das nicht. »Ihr könnt nicht einmal Ben-hadad der Schule verweisen«, sagte Kip. Seine Stimme klang gelassen, respektvoll, sogar ein wenig traurig. Er hob die Stimme nicht, aber er redete laut genug, dass alle es hören konnten. »Er ist ein Rekrut der Schwarzen Garde, und wenn Ihr glaubt, Hauptmann Eisenfaust würde es zulassen, dass Ihr mitten im Krieg die bereits überstrapazierten Reihen seiner Kämpfer weiter ausdünnt, wünsche ich Euch viel Glück bei der Katastrophe, die das Ende Eurer Karriere für Euch bedeuten wird.«

Tiefstes Schweigen legte sich über den Raum. Die eben noch wispernden Jugendlichen wisperten nicht einmal mehr, und Kips Tonfall nahm Magistra Kadah irgendwie den Wind aus den Segeln.

Respektvoll und bedauernd fuhr Kip fort: »Magistra, Ihr seid nicht immer so gewesen. Ihr mögt keine Kinder, das verstehe ich. Es ist eine menschliche Schwäche, aber alle Söhne und Töchter Orholams haben Schwächen. Ihr seid von einem verärgerten Vorgesetzten oder vielleicht durch grausamen Zufall einer Arbeit zugeteilt worden, für die Ihr nie geeignet wart. Auf diese schwierige Position versetzt, habt Ihr dort ruhig und still Euren Dienst geleistet, weil Ihr Orholam liebt und die Chromeria und die Sieben Satrapien. Aber Ihr hasst Eure Arbeit, und ich wette, dass Ihr auch hasst, was aus Euch geworden ist. Ihr seid besser als das. Ihr seid für irgendetwas oder vielleicht auch grundlos bestraft worden, und Ihr habt Eurerseits eine Menge Schaden angerichtet. Ihr habt Euch nicht zuletzt selbst geschadet. Ich werde tun, was ich kann, um Euch zu helfen.«

Kip verließ das Klassenzimmer, ohne abzuwarten, wie die Magistra reagieren würde, und trat auf den Gang hinaus. Er ging direkt zum Aufzug und fuhr hinauf ins oberste Stockwerk. Nach dem Aussteigen meldete er sich bei den diensthabenden Schwarzgardisten. Er kannte sie beide: Es waren Baya Niel, der Kip und den anderen geholfen hatte, den grünen Gott zu töten, sowie eine großbusige Frau, die seines Wissens Essel hieß. Teia hatte sie immer sehr gemocht. »Ich würde gern mit der Weißen sprechen, wenn sie heute Zeit hat«, sagte Kip. »Bitte.«

Baya Niel antwortete: »Wir können sie fragen, ob sie dich zwischen ihren anderen Verpflichtungen einschieben kann. Es könnte jedoch ein paar Stunden dauern. Wenn du heute Nachmittag zu spät zum Training der Schwarzen Garde kommst, musst du die Konsequenzen allein tragen.«

Kip zuckte die Achseln. Konsequenzen ...

Er wartete eine Stunde, bis Baya Niel ihm ein Zeichen gab und ihn durchließ. Kip ging den Gang zum Raum der Weißen hinunter, vorbei an den Schwarzgardisten am Kontrollpunkt und an weiteren Schwarzgardisten vor ihrer Tür. Es habe einen

Mordanschlag auf sie gegeben, während Kip fort war, hieß es, den das Prisma persönlich vereitelt habe. Kip wurde zweimal von den Wachen abgetastet.

Als er das Büro der Weißen betrat, war er überrascht, wie gesund sie aussah. Sie bat ihn, vor ihren Schreibtisch zu treten, und musterte ihn für einen langen Moment. Sekretäre und Botensklaven halfen ihr bei der Erfüllung ihrer Tagesgeschäfte. Kip stand stumm da; er wusste, dass er erst sprechen durfte, wenn er angesprochen wurde.

»Weißt du, ich hätte erwartet, dass du eine größere Ähnlichkeit mit Gavin haben würdest. Du siehst eher so aus, wie dein Großvater als Junge ausgesehen hat. Weißt du, dass du genau das bist, worauf so viele der großen Familien hoffen, die ihre Söhne und Töchter wie Zuchthengste und Zuchtstuten behandeln, mit denen man gezielt diese oder jene Eigenschaft hervorbringen will? Ich fürchte, die Blutkriege haben viele Menschen, die es besser hätten wissen sollen, dazu gebracht, sich selbst wie Tiere zu verhalten.«

»Hohe Herrin?«

»Deine Augen sind blau, um möglichst wirksam das Licht bündeln zu können, deine Haut dunkel, so dass du es verbergen kannst, wenn du wandelst, dazu ein muskulöser Körperbau für den Krieg und über allem anderen selbstverständlich immer und ewig deine Fähigkeit, sieben Farben zu wandeln. Es ist natürlich nicht so einfach, Menschen zu züchten. Und während einige Eigenschaften mit einem ziemlichen Grad an Genauigkeit vorab bestimmt werden können, kennen wir letztlich die menschliche Komplexität doch nicht auch nur annähernd. Ich habe noch nie ein Kind mit blauen Augen gesehen, das nicht mindestens zwei Eltern- oder Großelternteile mit der gleichen Augenfarbe gehabt hätte, aber ich habe ein Mädchen gesehen, das dunkler war als du und von Eltern abstammte, die heller waren als ich.

Die Sache hätte beinahe dazu geführt, dass der Vater, dieser eifersüchtige Idiot, die Mutter umgebracht hätte. Er zog seine Vaterschaft weiterhin in Zweifel, bis das Mädchen schließlich alt genug war, dass er sehen konnte, dass sie sowohl seine Nase als auch seine Augen hatte. Die Welt ist wunderbarer, als wir wissen, Kip. Aber du bist aus einem bestimmten Grund hier. Was willst du von mir?«

»Einen Gefallen«, antwortete Kip. »Im Grunde sind es zwei.«

»Das dachte ich mir. Es ist selten, dass jemand nur um meiner Gesellschaft willen herkommt.«

»Entschuldigt bitte, habe ich irgendetwas getan, was Euch kränkt? Ich kenne das Protokoll hier nicht«, sagte Kip. Ihm lastete immer noch ein schweres Gewicht auf der Seele.

Sie schüttelte den Kopf. »Bitte, sprich weiter.«

»Es gibt da eine Magistra namens Kadah. Ich vermute, sie hat um ihre Versetzung zu anderen Pflichten nachgesucht. Wahrscheinlich mehrere Male. Vielleicht schon vor langer Zeit, und sie hat es irgendwann aufgegeben. Ich nehme an, dass ihre Versetzung von einem Feind von ihr verhindert wurde. Könntet Ihr vielleicht ihrem Antrag stattgeben?«

Die Weiße wirkte nachdenklich. Sie hob die Hand und gab mehrere schnelle Zeichen, die ein Sekretär verstand. Ein Sklave eilte leise zur Tür hinaus. »Eine merkwürdige Art, eine Magistra loszuwerden, die du nicht magst«, bemerkte die Weiße.

»Es geht nicht um mich. Es geht mir um sie. Sie ist unglücklich, und deshalb macht sie ihre Arbeit schlecht.«

»In einer Stunde weiß ich die Wahrheit. Dann werde ich entscheiden. Und dein zweites Anliegen?«

Ich will, dass Ihr mir vom Lichtbringer berichtet, wollte Kip sagen. Ich will, dass Ihr mir vom Messer des Blenders berichtet.

»Ich brauche einen Tutor«, sagte er stattdessen. »Ich will nicht arrogant klingen, aber ich habe so viel zu lernen. Ich bin ein Vollspektrum-Polychromat, und ich kann nicht in einem Unterricht sitzen, wo ich nur Dinge höre, die ich schon weiß. Oder gar meine Zeit damit verschwenden, mich mit einer eifersüchtigen Magistra in die Haare zu kriegen.«

»Du glaubst also, ich könnte einen Magister für dich finden, der *nicht* auf einen Vollspektrum-Polychromaten eifersüchtig ist, der dazu noch der Sohn eines Prismas ist und bevorzugt behandelt wird?«

»Das habe ich gehofft, ja«, antwortete Kip.

Sie lachte, aufrichtig überrascht. »Oh, Kip. Ich hatte ganz vergessen, wie wagemutig ihr jungen Leute sein könnt.«

»Ich bin … wichtig«, betonte Kip.

Das gefiel ihr schon weniger. Ihr Lächeln verflog. Erstarb.

»Genau genommen meine ich einfach …«, fuhr er fort. Er suchte angestrengt nach Worten. »Meine Wichtigkeit besteht nicht darin … Ich sollte nicht wegen meiner Person bevorzugt behandelt werden. Ich bin nur insofern wichtig, als ich eine bedeutsame Funktion zu erfüllen habe.«

»Und die wäre?«, fragte sie ihn, wachsam, beunruhigt.

Ich soll meinen Vater retten, wollte er sagen. Das war eine gute Bestimmung. Vielleicht sogar diejenige, zu der ihn Orholam berufen hatte. Aber er würde lügen, wenn er das sagte. »Ich weiß es nicht«, gestand er. »Aber es ist die Aufgabe, die zählt. Ich bin lediglich das Werkzeug, durch das sie erfüllt wird, und ich bitte Euch, mich darauf vorzubereiten. Mein Wagemut besteht darin, Orholam ohne Furcht zu dienen, zu glauben, dass er mit mir durchs Feuer gehen wird.« Er wollte sich dessen ganz sicher sein und glaubte, sich dessen auch ganz sicher sein zu müssen, und so merkte er erst, als die Worte bereits aus seinem Mund waren, dass es eine Lüge war.

»Kip, wir sind hier alle Kinder des Willens. Alle, jeder Mann und jede Frau, die Licht umwandeln, haben ein Stück Göttlichkeit gekostet. Wir sind alle wichtig, sonst hätte Orholam uns diese Werkzeuge nicht gegeben, uns nicht diese Macht anvertraut.«

»So wie er dem Farbprinzen vertraut hat.« Die Worte waren ihm entschlüpft, bevor er sie hatte zurückhalten können. »Bitte vielmals um Entschuldigung, Hohe Dame.« Er senkte den Kopf.

»Siehst du denn nicht, Kip, dass der Wahnsinn des Farbprinzen und sein Streben nach Göttlichkeit dem, was ich gesagt habe, keineswegs widersprechen? Macht ist die stärkste Bewährungsprobe für einen Menschen. Je mehr Macht man erhält, desto mehr Gelegenheiten hat man, sie zu missbrauchen. Dass viele an dieser Bewährungsprobe scheitern, bedeutet nicht, dass Orholam irrt; es bedeutet, dass der Mensch frei ist. Und große Seelen haben entweder überwältigenden Erfolg, oder sie scheitern in Bausch und Bogen.«

»Wie mein Vater«, sagte Kip.

»Dein Vater am allermeisten.« Sie zögerte, dann bedeutete sie ihren Sekretären, sich zurückzuziehen. Sie standen sofort auf und traten an die Tür. Einer zog einen Vorhang zwischen sie und Kip und die Weiße. Nur ein Schwarzgardist blieb und verfolgte das Geschehen.

Und mein Großvater, hätte er ergänzen sollen. Es wäre die ideale Überleitung gewesen, um auf das zu sprechen zu kommen, was er gesehen hatte. Aber was sollte er ihr sagen? Andross war ein Wicht gewesen und dann wieder keiner? Ach ja, und ich habe Euch und das ganze Spektrum darüber belogen, was auf dem Schiff passiert ist. Kip hatte ohnehin schon sehr hoch gepokert. Er verhielt sich wie ein Anfänger im Neun-Könige-Spiel. Auf dem Boot hatte er sich den nächsten Zug im Voraus zurechtgelegt, und die vorbereiteten Lügen hatten beim Spektrum durchschlagenden Erfolg gehabt. Aber jetzt spielte er einfach jede Karte aus, die ihm gerade in die Hand kam. Die Lügen wurden zu einem einengenden Gitter, die alten Züge setzten den neuen enge Grenzen.

Wie macht Andross das? Erinnert er sich daran, welche Lügen er jedem einzelnen Spieler erzählt hat?

Natürlich tut er das. Genau dafür ist das Guile-Gedächtnis ja da, jedenfalls für ihn. In seinem Fall wusste Kip nicht einmal, wer genau die anderen Spieler waren. Die Weiße mochte ihn. Doch glaubte er nicht, dass sie die Lügen eines Sechzehnjährigen amüsant oder meisterhaft finden würde. Sie war alt, und alte Menschen wollten junge Menschen gerne als erfrischend direkt sehen, als einfach, liebenswert und unschuldig.

Er mochte genau die Karte in der Hand halten, die sie brauchte, um gegen Andross zu spielen – schließlich zog sich ihr beider Spiel bereits über Jahrzehnte hin –, aber Kip konnte ihr diese Karte nicht geben.

Vielleicht konnte man in diesem großen Spiel gar keine Karten austeilen. Sondern nur tauschen.

Die Weiße stöberte in ihrem Schreibtisch und zog ein kleines gerahmtes Bild hervor. »Wenn ich sterbe, Kip, sollst du das hier haben. Und wenn du davon Gebrauch gemacht hast, möchte ich, dass du es Gavin gibst, falls er noch lebt.« Sie drehte das Bild um, und Kip sah, dass es eine der neuen Neun-Könige-Karten war. »Das Werk einer lieben alten Freundin …«

»Janus Borig«, sagte Kip. Er erkannte ihre handwerkliche Meisterschaft. Die Weiße reichte ihm die gerahmte Karte. Sie hieß »Die Unzerbrechliche« und war wunderschön. Janus Borig hatte diesem Werk offensichtlich sehr viel Sorgfalt und Zeit gewidmet. Während einige ihrer Karten das Produkt von Hast und Zeitdruck waren – wenngleich alle ihr meisterhaftes Können spiegelten –, war diese Karte so kunstvoll und diffizil gemalt wie kaum eine andere, die Kip je gesehen hatte.

Eine junge Frau mit feuerrotem Haar stand auf einem Hügel, der von einer großen Eiche beherrscht wurde. Zu ihrer Linken die rauchenden Trümmer eines Gutshofes, zu ihrer Rechten ein Abgrund. Winzige Einsprengsel von Blau und Grün in ihren grauen Augen. Tränen glänzten auf ihren Wangen, aber sie biss die Zähne zusammen, und ihr Blick war auf einen Punkt in weiter Ferne gerichtet.

»Ich hatte gerade meine jüngste Tochter begraben«, sagte die Weiße. »Mich ›Die Unzerbrechliche‹ zu nennen, ist mir manchmal wie ein grausamer Scherz erschienen und dann wieder wie ein Versprechen. Ich habe mich dafür entschieden zu leben, zu kämpfen, selbst wenn Kämpfen bedeutete, gegen die Verzweiflung und den Hohn der Bedeutungslosigkeit anzukämpfen – gegen den Abgrund. Diese Karte ist nicht nur angenehm und liebenswürdig, aber ich möchte eines Tages gern verstanden werden.«

»Verdammt, wart Ihr schön. Und wild und leidenschaftlich! Und … und ich kann es gar nicht fassen, dass ich das gerade laut ausgesprochen habe«, sagte Kip. In der Karte Janus Borigs Kunst zu erkennen hatte ihn so eingenommen, dass er diesen Patzer gemacht hatte. Indem er nun versuchte, seinen Patzer in eine andere Richtung umzubiegen, hoffte er, sie vielleicht rechtzeitig davon abzulenken, wissen zu wollen, woher er Janus Borigs Karten kannte.

Die Weiße lachte. »Nun ja, danke. Wahrscheinlich hat mir Janus einfach ein wenig geschmeichelt.«

»Janus schmeichelt nicht. Sie ist ehrlich«, sagte Kip. »Genau das, was ein Spiegel …« Mist. Kannst du einen Gedanken keine sechs Sekunden lang für dich behalten, Kip?

»Mach dir nichts draus«, erwiderte die Weiße. »Ich durchschaue jedes noch so geschickte Ausweichmanöver sofort. Und ich habe viel zu lange mit deinem Vater und deinem Großvater zu tun gehabt, um dich zu unterschätzen, Kip, selbst wenn du jung bist.«

»Ihr habt schon Satrapen heulend aus dem Zimmer geschickt, nicht wahr?«

»Das ist vorgekommen«, sagte sie trocken. »Janus«, erinnerte sie sich dann.

Also erzählte ihr Kip von seinen Begegnungen mit Janus Borig. Er ließ sie wissen, dass Janus an seiner Karte gearbeitet hatte. Er berichtete ihr von den Meuchelmördern mit den Schimmermänteln. Und davon, wie Janus Borig in seinen Armen gestorben war.

Er konnte sehen, was für ein Schlag das für die Weiße war.

»Kip, das ist jetzt überaus wichtig: Hat sie irgendetwas aus dem Feuer retten können?«

Kip hatte sich während des ganzen Gespräches auf diese Frage vorbereitet. »Sie wollte, dass ich etwas mitnehme, aber das Feuer brannte so stark, und überall waren Häufchen von Schießpulver. Ich konnte mir nur noch die Schimmermäntel schnappen.«

Die Weiße musterte eingehend sein Gesicht. »Du bist ein guter Lügner, Kip, aber ich habe es schon mit den besten zu tun gehabt. Die Schimmermäntel taugen gut dazu, Menschen zu töten, aber die Karten lassen sich für Tausende Zwecke einsetzen. Janus hätte dich die Zeit nicht mit der Suche nach irgendwelchen Waffen verschwenden und dabei die Wahrheit verbrennen lassen. Das war ihr gesamtes Lebenswerk.«

»Sie war nicht bei Bewusstsein«, erwiderte Kip. Er hatte nicht vor, eine gute Lüge einfach aufzugeben.

Die Weiße seufzte. »Ich will nicht weiterfragen. Ich hoffe, du hast sie an einen sicheren Ort gebracht. Schau nicht oft nach ihnen, sonst könnten Spione sie mit etwas Glück finden. Hüte dich davor, von ihnen Gebrauch zu machen, wenn du allein bist.

Ich kenne nicht alle neuen Karten, aber ich könnte mir vorstellen, dass einige Ereignisse der jüngeren Geschichte dir innerlich förmlich die Haut vom Leib ziehen.«

Da er sich erst vor kurzem die gesamte Haut seiner eigenen Hand weggebrannt hatte, weckte diese Metapher in Kip schlimme Erinnerungen.

Er machte Anstalten zu sprechen, begriff aber, dass er zugeben würde, gelogen zu haben, wenn er sie dahingehend korrigierte, dass er nicht wirklich wusste, wo die Karten waren. In welche Richtung er sich auch bewegte, sie gewann immer.

»Wie kommt es, dass ich Euch nicht hasse, wenn Ihr mir so etwas antut?«, fragte Kip.

»Du meinst, wenn ich dich in die Enge treibe?«

»Ja.«

»Im Unterschied zu Andross, wenn er Ähnliches macht?«

»Ja.« Das kam mit Nachdruck.

»Weil du weißt, dass ich dich liebe und das Beste für dich will.«

»Dass Ihr mich liebt?«, schnaubte Kip. »Ihr kennt mich kaum.«

»Wenn man entweder eine sehr kurze oder eine sehr lange Zeit gelebt hat – und auf die richtige Weise gelebt habt –, kann man auch leicht lieben. In gebrochenen Herzen entstehen neue Stellen, um sich mit neuen Gesichtern zu verbinden.«

Kip war sich nicht sicher, wie er das auffassen sollte und ob er es glauben konnte. Er fragte: »Ihr hattet auch andere Töchter? Ich meine, abgesehen von der, die … ähm, tut mir leid.«

»Hatte, ja. Auch Enkelkinder. Hatte.« Sie sah ihn für eine Weile undurchdringlich an und legte die gerahmte Karte weg. Einen Moment lang fragte sich Kip, ob sie vergessen hatte, weshalb er hierhergekommen war. Dann sah er ein erheiteres Funkeln in ihren Augen. Sie merkte, dass er sich fragte, ob sie nun alt und senil war, und sie ließ ihn zappeln. Für sie war es ein Spiel.

Und diese Frau bereitete sich auf ihren Alterstod vor? Sie war aufgeweckter als der ganze Rest des Spektrums zusammengenommen!

Kip wartete.

»Ich bin zu beschäftigt, um dich selbst zu unterrichten, obwohl du mich faszinierst, kleiner Guile. Ich hoffe sehr, dass du es schaffst, deine Fähigkeiten zur vollen Entfaltung gelangen zu lassen. Du bist ein Junge mit einem ungeheuren Potenzial.« Sie schloss kurz die Augen, wie um sich selbst zu tadeln. »Entschuldige bitte: ein junger Mann. Ich fürchte, dass alle Männer unter vierzig für mich inzwischen Jungen sind. Nein, ich kann dich nicht unterweisen. Aber ich werde mich um die Angelegenheit mit dieser Magistra kümmern. Und … du brauchst tatsächlich einen Tutor; so viel ist klar. Du fährst mit den Kursen fort, die sie nicht unterrichten kann, aber in allem, was sie kann, wird Lady Guile deine Tutorin sein.«

»Lady Guile?« Hatte Felia Guile nicht damals in Garriston an der Befreiung teilgenommen? Kip dachte manchmal darüber nach. Sie war zur gleichen Zeit in Garriston gewesen wie er und hatte niemals auch nur den Wunsch geäußert, ihn zu sehen, ihren einzigen Enkelsohn. Vielleicht war ein Bastard ja eine zu große Schande für sie. »Ach so! Ihr meint Karris?!«

»Ganz recht«, sagte die Weiße mit einem kleinen Lächeln.

»Das ist großartig!«, rief Kip. Selbst wenn er ein wenig Angst vor ihr hatte. Sie wusste offensichtlich alles, und sie genoss seine ungeteilte Hochachtung.

»Besuche weiterhin ganz normal deine Kurse – deine *anderen* Kurse –, bis ich mit ihr gesprochen habe. Es wird vielleicht ein wenig Überzeugungsarbeit vonnöten sein.« Das Lächeln der Weißen verflog. »Kip, Orholam schickt jeden Tag Menschen durchs Feuer. Daran glaube ich. Aber bevor du durchs Feuer gehst, vergewissere dich erst einmal, dass es auch ein Feuer ist, durch das zu gehen er dir aufgetragen hat.«

29

Nach drei Tagen schwächte sich der Sturm ab. Kanonier ließ den *Bitteren Kolben* im Schutz einer kleinen Insel vor Anker gehen, während er darauf wartete, dass der Himmel aufklarte, so dass sie sich wieder orientierten konnten. Die Piraten waren immerhin so freundlich, den Sklaven zu essen zu geben, bevor sie sich schlafen legten. Kanonier war sehr darauf bedacht, dauerhaft die maximale Leistungsfähigkeit seines Besitzes auszuschöpfen.

Gavin schlief wie ein Stein, wachte auf und schlief wieder ein. Er träumte erneut und wusste, dass er träumte. Er war ein Kind, und alle waren fort. Mutter und Vater waren in der Chromeria: Vater zu irgendwelchen Zeremonien und Mutter, um in seiner Nähe zu sein. Gavin hatte mitkommen müssen, weil er älter war. Dazen und Sevastian mussten mit den Dienern und den Haussklaven zu Hause bleiben. Dazen wachte allein in seinem Bett auf und dachte daran, nach seiner Kinderfrau zu rufen. Er war elf Jahre alt, jedenfalls fast. Zu alt, um vor der Dunkelheit Angst zu haben. Er war sich nicht darüber im Klaren, was er gehört hatte, aber er lag im Bett und lauschte und fürchtete sich so sehr, dass er kaum mehr atmen konnte.

Er war elf. Zu alt, um ein solcher Angsthase zu sein.

Also warf er die Decken zur Seite, griff vom Bett aus an die Stelle, wo sein Kinderschwert zu Boden gefallen war, und versuchte, es aufzuheben, ohne aus dem Bett zu steigen. Es war zu weit weg. Er nahm seine Decke und warf sie über das Schwert, behielt aber einen Zipfel in der Hand. Er zog sie wieder zu sich heran, und das Schwert bewegte sich ein Stück in seine Richtung. Nach drei weiteren Versuchen hatte er es.

Er schluckte und zog das Schwert aus der Scheide. Dann hörte er das Bersten von Glas. Es klang, als käme es von draußen, aber er wusste, dass es eine Sinnestäuschung war, die etwas damit zu tun hatte, wie das Haus der Guiles angelegt war. Die Türen waren gewaltig und dick. Das Bersten von Glas konnte nur bedeuten, dass eines der Fenster weiter unten im Flur eingeschlagen worden war. Sevastians Zimmer!

Dazen vergaß seine Angst und sprang aus dem Bett.

Er riss seine Zimmertür auf und rannte. Doch der Flur wurde immer länger und länger. Er raste in vollem Tempo, aber die Wände verformten sich. Er wurde kleiner und kleiner, schwand immer weiter dahin.

Als er Sevastians Tür erreichte, ging seine Hand einfach durch die Klinke hindurch. Er konnte nichts berühren. Konnte nichts ändern. Auch seine Hand durchdrang das Holz.

Er warf sich gegen die Tür – und durch die Tür hindurch.

Der Blauwicht knurrte; er stand über Sevastians Bett, ganz blaue Haut und rotes Blut. Er sprang zum Fenster und verschwand in der Nacht. Dazen sah nur den blutverschmierten, zerstörten Leib seines kleinen Bruders. Er schrie. Der Geruch von Blut drang auf ihn ein, als er Sevastian hochhob.

Er war tot. Der kleine Junge war durchbohrt worden, man hatte ihm ein Schwert oder einen Speer mitten in die Brust gerammt. Der hemmungslos heulende kleine Dazen hatte keinen Raum für irgendeinen anderen Gedanken, aber der Träumende sah mehr, als er in bewusster Erinnerung behalten hatte. Dieser Schwert- oder Speerstoß hatte Sevastian weit oben in die Brust getroffen und war in der Mitte seines Rückens wieder ausgetreten. Sevastian hatte vor dem Eindringling gestanden und war auch im Stehen getötet worden. Ein einziger, sicherer Stich. Der gutherzige kleine Sevastian hatte nicht einmal Zeit gehabt, auszuweichen oder zu kämpfen, er hätte nie gedacht, dass jemand mitten in der Nacht hereinkommen würde, um ihn zu ermorden.

Seine Hände schmierten Blut auf Sevastians makelloses, engelsgleiches Gesicht, und Dazen heulte und klagte. So wie er dort lag, die Augen geschlossen, hätte Sevastian auch nur schlafen können. Dazen schüttelte ihn.

»Wach auf! Wach auf!«

Gavin erwachte, weil Orholam ihn schüttelte.

Gavin brauchte einige lange Sekunden, bis das Schaukeln des Schiffes und die Härte des Holzes unter seinem Rücken zu ihm durchdrangen. Ein Alptraum ersetzte den anderen.

»Sind das die Träume, die du mir schickst, Orholam?«, fragte er aufgebracht. »Scher dich zum Teufel!«

30

»Eine Galeere. Ilytanische Segel«, vekündete Leonus.

Gavin fand, dass das eine schlimme Neuigkeit war, aber die Sklaven wisperten untereinander, als sei es eine gute Sache. »Was bedeutet das?«, fragte er.

»Ilytanische Segel, äh, äh, bedeutet ilytanisches Schiff, äh, scheiße, höchstwahrscheinlich«, antwortete Fuckelot.

»Haben die Ilytaner nicht die besten Kanonen?«, hakte Gavin nach.

»Spielt keine Rolle«, sagte der Rudersklave Wanze auf der anderen Seite des Mittelgangs. Der Mann hatte irgendeine Krankheit, die seine Augen aus den Höhlen hervorquellen ließ. Es fiel schwer, ihn anzusehen, selbst wenn man nur Grauschattierungen sah. »Behandeln ihre Sklaven schlechter als ihre Hunde. Lassen sie hungern und prügeln sie so schlimm, dass sie kaum rudern können. Ilytanische Galeeren können nicht so schnell fahren, können nicht so schnell wenden wie wir. Bei weitem nicht.«

Passt ganz gut zusammen, überlegte Gavin. Die Ilytaner fingen mehr Sklaven als alle anderen und weigerten sich, die Versklavungsgesetze zu befolgen, die die Chromeria in den anderen sechs Satrapien durchgesetzt hatte. Wenn Sklaven billig waren, war es nicht nötig, sich besonders um sie zu kümmern. Die Toten konnten leicht ersetzt werden. Die Ilytaner waren echte Dreckskerle.

Kanonier war Ilytaner.

Gavin hatte ihn ganz amüsant gefunden, als er noch nicht in seiner Gewalt gewesen war. Er hatte es witzig gefunden, ihm einen Streich zu spielen, indem er ihm den Musketenlauf blockierte, statt ihn zu töten, als er in der Nähe von Garriston sein Schiff versenkt hatte. Wenn er ihn damals getötet hätte, wäre er jetzt nicht hier.

Komisch, wie die Gedanken abschweifen können, selbst wenn man rudert. Gavins regelmäßig blutige Hände waren mittlerweile in Baumwolle gewickelt. Er verspürte neues Mitgefühl für Kip, der sich die linke Hand verbrannt hatte, als er vor der Schlacht von Garriston in ein Feuer gestürzt war. Gavins eigene Hände waren nun jeden Tag die pure Qual. Zuvor hatte er geglaubt, die Hände eines Mannes zu haben: rau und schwielig. Er hatte sich überschätzt.

»Sieg oder Tod«, schrie Leonus.

Die Sklaven schrien die Antwort nicht zurück. Sie hassten Leonus.

»Ihr wertlosen Drecksäcke! Ihr antwortet, oder ich werde jeden Einzelnen von euch kielholen!«, schimpfte Leonus. »Junge!«, rief er dann dem jungen Mann zu, der seinen alten Posten als zweiter Aufseher übernommen hatte. »Peitsch diese Reihe da. Sofort!«

Der Junge zögerte.

»Sofort!«

Der Junge ließ die Peitsche über die nackten Rücken in einer der hinteren Reihen krachen. Die Männer schrien vor Schmerz. Lauter als nötig, dachte Gavin. Der Junge hatte sie nicht so hart geschlagen, wie Leonus es eigentlich gern gehabt hätte.

»Sieg oder Tod!«, rief Leonus.

»Rudert zur Hölle!«, antworteten die Sklaven.

»Niemals ermüden!«

»Rudert zur Hölle!«

»Rührt euch vom Fleck für den dunklen Jack!«, schrie Leonus.

»Rudert zur Hölle!«

»Und gleich wieder zurück!«, rief er.

Die Trommelschläge begannen ihr Tempo vorzugeben, und Leonus verschwand in Richtung nächstes Sklavendeck.

»Ich glaube nicht, dass ich es durch diese Schlacht schaffen werde«, sagte Nummer neun.

»Du glaubst überhaupt nie, es zu schaffen, alter Krätzbock.«

»Diesmal ist es anders. Das spür ich.«

Wie stets, wenn in der Enge des Ruderdecks Dutzende von Männern schwitzten, wurde es schnell heiß. Draußen war ein heller, ruhiger Tag, was bedeutete, dass es ein sauberes, einfaches Rennen bis zum tödlichen Ende sein würde.

Die Trommeln gaben ihr stetes Tempo vor, und Gavin ruderte.

Und ruderte. Und ruderte. Zwanzig Minuten. Der Junge ging herum und gab ihnen Wasser. Immerhin schlug er ihnen nicht mit dem Becher an dem langen Stiel gegen die Lippen. Zumindest nicht absichtlich. Dreißig Minuten.

Schließlich streckte Leonus seinen hässlichen Kopf unter Deck. »Trommeln, *corso!*«

Die Trommeln beschleunigten, und Gavin übernahm freudig das neue Tempo. Freudig. Wie seltsam war das denn? Es hatte etwas eigenartig Befreiendes, keine Entscheidungen treffen zu müssen. Loslegen, wenn sie *Los!* sagen. Aufhören, wenn sie *Stopp!* sagen. Essen, wenn sie *Iss!* sagen. Die Peitsche meiden. Sich seine doppelte Ration Starkwein sichern.

Was soll ich denn auch machen, wenn ich freikomme, Karris? Ich kann nicht mehr wandeln. Wirst du mich immer noch lieben, wenn du feststellen musst, dass ich nicht mehr bin, was ich war?

Er konnte sich den Ausdruck in den Augen der Menschen vorstellen, das Mitleid. Er war in jedem Winkel der Sieben Satrapien geachtet, geliebt und gefürchtet worden, aber das Fundament seiner Macht war stets sein Wandeln gewesen. Er war darin so viel besser gewesen als alle anderen – und das mit müheloser Leichtigkeit –, dass nie etwas anderes aus ihm geworden war. Er war kein Mann; er war ein Wandler. Man konnte nicht an Gavin denken, ohne zu wissen, dass er das Prisma war, dass er *wandelte.* Dass er der Beste war. Der Beste heute und wahrscheinlich auch für die nächsten Jahrhunderte. Ohne das Wandeln war er … ja, was?

Eine arrogante Repräsentationsfigur, die jedes Jahr Dutzende von Wandlern rituell ermordete. Ein Hitzkopf, der junge Frauen von seinem Balkon warf, wenn er mit ihnen unzufrieden war. Und damit durchkam.

Anderen Wandlern gelang der Übergang von magischer

zu politischer Macht ohne Probleme. Die Weiße hatte ihn in Würde vollzogen, sein Vater weniger. Aber Gavin? Es war nicht seine Natur. Außerdem war es etwas anderes, so wie diese beiden mit dem Wandeln aufzuhören, weil man glaubte, immer noch einen Dienst leisten zu müssen – etwas ganz anderes, als eben einfach nicht mehr wandeln zu können. Ein Mann mochte ein Keuschheitsgelübde ablegen und dennoch geachtet werden, ein kastrierter Mann wurde bestenfalls bemitleidet.

Und der Verlust ließ sich nicht verbergen. An diesem Sonnentag würde es vorüber sein, wie auch immer die Sache ausging. Er würde entweder wandeln, während er die Sonnentagsrituale zelebrierte, oder daran scheitern, und wenn er es nicht rechtzeitig zurück zur Chromeria schaffte, würde jemand anders zum Prisma ernannt werden. So einfach war das. Wie viel Zeit war jetzt noch bis dahin? Vier Monate?

Karris, mein Leben wird in vier Monaten vorbei sein, was immer geschieht. Es tut mir sehr leid. Ich habe so viel Zeit verschwendet. Ich wollte, dass wir ein gemeinsames Leben haben. Ich wollte, dass wir Kinder haben, wollte sehen, wie du neues Leben in deinen Händen hältst, wollte mit dir ein Ganzes sein.

Plötzlich hätte sich Gavin am liebsten übergeben, und das lag nicht an der Anstrengung.

Der Trommler beschleunigte das Tempo erneut, und Gavin bekümmerte es nicht. Und wieder der große Endspurt, aber Gavin war im Inneren reglos, undurchdringlich, alle Bewegungen geschahen ganz weit weg.

Dann ein gerufener Befehl, und die Sklaven verstauten ihre Ruder mit gelassener Präzision.

Das Krachen riss Gavin aus seinem Tagtraum. Kreischend schrammte Holz auf Holz. Ruder brachen wie Holzspäne. Männer schrien vor Schmerz, Panik und Zorn. Musketen knallten. Eine Kanone donnerte. Der Gestank von Schwarzpulver und Angst. Männer, die von ihren Bänken gerissen wurden. Gavin starrte plötzlich einen Matrosen mit Zahnlücken auf dem anderen Schiff an. Der Mann stand gerade wieder auf, nachdem die Kollision ihn umgeworfen hatte. Er hielt eine Lunte in der Hand und stand direkt hinter einer geladenen Kanone.

Gavin schleuderte die Hand vor und wollte dem Mann einen blauen Nagel in die Augen jagen.

Nichts.

Der Mann sah ihn spöttisch an, dann zerschmetterte ein Ruder sein Gesicht. Er stürzte, aber jemand anders griff nach der Lunte.

Die Schiffe glitten weiter aneinander vorbei, und die Kanone krachte. Holz barst, die Explosion riss die Stufen nach oben ab und füllte das Sklavendeck mit brennend heißem, alle Sicht raubendem Rauch. Der Schiffsjunge des *Bitteren Kolbens* taumelte im Rauch an Gavins Ruderbank vorbei, ein verbogenes Stück Metall ragte aus seinem Rücken.

Das Donnern einer weiteren Kanone war zu hören, riss weiter oben ein Loch in die Schiffswand und ließ blendendes Sonnenlicht herein, das den wabernden schwarzen Rauch erhellte. Die Luft selbst schien in Flammen zu stehen. Alle Sklaven husteten, ließen sich auf den Boden fallen und kümmerten sich nicht mehr um ihre Aufgabe, ihren Gegenstücken von drüben die Ruder in den Leib zu rammen.

Gavin hörte das Klappern der Enterhaken an den Enden der Enternetze, die über den nun wieder wachsenden Abstand zwischen den Schiffen geworfen wurden. Piraten schrien durcheinander, und das unverkennbare Krachen von Kapitän Kanoniers Muskete ertönte mit einer Häufigkeit, die eigentlich unmöglich schien. Gebrüllte Befehle und das eilige Getrappel von Füßen auf den Decks über ihren Köpfen, als sich die Piraten daranmachten, das andere Schiff zu entern.

Dann war es mit einem Schlag still auf dem *Bitteren Kolben.* Der Wind wehte durch die Öffnungen für die Ruder, und der Rauch begann durch die zwei von den Kanonen in die Schiffswand gerissenen großen Löcher abzuziehen. Einer nach dem anderen setzten sich die Sklaven wieder auf und begutachteten den Schaden, während zugleich von dem nur wenige Schritt entfernten anderen Schiff Wutschreie und gellende Rufe um Gnade ertönten.

Der Schiffsjunge lag tot – oder jedenfalls bewusstlos und sterbend – im Mittelgang. Ein junger Kerl und weder mit gutem Aussehen noch sonstigen Vorzügen gesegnet, aber das hier hatte er dann doch nicht verdient.

Der Aufgang zum zweiten Deck war halb abgerissen. Eine halbe Reihe von Sklaven war regelrecht zermalmt worden. In den hinteren Reihen war das Deck vor Blut glitschig.

Bevor sich Gavin einen vollständigen Überblick verschaffen konnte, schwang sich jemand die Enternetze herunter und ließ sich durch eines der Löcher gleiten, die die Kanone gesprengt hatte. Jeder der Sklaven in der Nähe hätte ihn ins Meer werfen können, aber sie waren alle vor Überraschung wie erstarrt. Der Mann war hellhäutig, blond, prächtig gekleidet. Gavin konnte ihn auf den ersten Blick nicht als ein Mitglied der Besatzung erkennen. Schlimmer noch, es sah auch nicht so aus, als würde ihn einer der anderen Sklaven erkennen. Er war also keiner der Matrosen des *Bitteren Kolbens,* und er hatte ein Schwert.

»Ich werde euch nichts tun«, sagte er. »Wenn ihr für mich rudert, werde ich euch befreien.« Er ließ sie das einen Moment lang verdauen, dann fügte er hinzu: »Ich werde euch jetzt befreien, wenn ihr mir dabei helft, die Enternetze abzuwerfen. Aber es muss schnell gehen!«

An seiner Stimme erkannte ihn Gavin sofort. Der junge Mann konnte nur Antonius Malargos sein, ein Cousin von

Tisis Malargos, die für kurze Zeit die Grüne gewesen war, bis Gavin sich ihrer entledigt hatte, sowie ein Neffe von Dervani Malargos, der für einen kurzen Moment zu einem Gott geworden war, bis Gavin ihn getötet hatte.

»Wer stellt sich auf meine Seite?«, fragte Antonius.

Ein Sklave hob seine mit Ketten gefesselte Hand, und Antonius' bleiche Haut leuchtete vor rotem Luxin auf. Mit dem roten Luxin füllte er das Schloss der Ketten des Sklaven, dann steckte er es in Brand und ließ es ausbrennen. Die Hitze verbrannte auch das Handgelenk des Sklaven, aber er war frei.

»Schnell! Uns bleiben nur wenige Augenblicke«, sagte Antonius. »Die meisten der Piraten sind auf dem anderen Schiff. Wir töten die wenigen Männer, die noch hier an Bord sind, schneiden die Enternetze los und machen, dass wir wegkommen. Ich werde euch alle befreien, ich schwöre es in Orholams Namen.«

Es war ein ganz passabler Plan, wenn auch ein tollkühner. Die andere Galeere hatte auf der einen Seite keine Ruder mehr. Wenn Antonius den *Bitteren Kolben* wirklich in seine Gewalt bringen und die Enternetze über Bord werfen konnte, standen seine Chancen gar nicht schlecht. Wenn er zehn Schritt weit kam, würde er es wahrscheinlich auch in den nächsten Hafen schaffen.

Und als ein Malargos hatte er nicht den geringsten Anlass, Gavin lebend nach Hause kommen zu lassen. Wäre er selbst an dessen Stelle, überlegte Gavin, würde er Antonius wohl kaum nach Hause bringen. Der Todfeind seiner Familie, seinen Händen überantwortet. Gavin rutschte das Herz in die Hose.

Er sah, dass Leonus zwischen zwei Sklavenbänke gestürzt war. Mittlerweile hatte er sich wieder auf Hände und Knie hochgerappelt. Ströme von Blut troffen von seiner Kopfhaut. Sah schlimmer aus, als es war: Kopfwunden bluteten nun mal heftig. Aber er wirkte benommen. Sollte Gavin Antonius warnen?

Ein Sklave hinter Gavin hob seine gefesselten Hände in die Höhe. Antonius seufzte vor Erleichterung, dass ein weiterer Sklave sein Angebot annahm. Er machte sich auf den Weg zu dem Mann hinüber. Sein Blick fiel kurz auf Gavin, dann ging er weiter. Kein Wiedererkennen. Das Prisma war tot. Diese bärtige Kreatur in verdreckten Lumpen war ein Nichts.

Gavin überkam die jähe Hoffnung, dass er vielleicht überleben würde – und ein Gefühl der Abspaltung von sich selbst, das tiefer war, als er es je zuvor erlebt hatte. Antonius hatte Gavin zuvor schon in Person gesehen, und er hatte außerdem sein Gesicht auf Hunderten von Gemälden, Radierungen und Mosaiken gesehen. Und trotzdem hatte er *ihn* jetzt nicht gesehen. Sondern einen Sklaven. Gavin hatte geglaubt, von seiner Macht, seinem Titel, seiner Stellung untrennbar zu sein. Dabei war er nicht einmal von seinem eigenen Gesicht untrennbar.

Antonius blieb stehen. Sah Gavin abermals an, nun mit fragendem Blick. Seine Augen weiteten sich. Gavin verpasste, was als Nächstes auf dem Gesicht des jungen Mannes geschah, weil er auf dessen erhobenes Schwert starrte. Eine solche Möglichkeit für die Familie Malargos, Rache zu üben, jetzt, hier, direkt vor ihm.

Gavin kannte den Tod, und er sah ihn kommen, ohne zu blinzeln.

Antonius fiel auf die Knie. »Eure Heiligkeit? Ihr lebt!«

Gavins Augen schnellten zurück zu den Augen des Jungen. Weit entfernt von allem Rachedurst, schien Antonius eher den Tränen nahe zu sein. Tränen der Verehrung, der Bewunderung, der Hoffnung.

Ein Kind, nicht gebunden an das, was seine Eltern hassten.

Ein Unschuldiger, der in seinem Glauben auf einen Mann setzte, den er persönlich nie näher kennengelernt hatte.

»Eure Heiligkeit, lasst uns Euch diese Ketten abnehmen!«

Wie lange war es her, seit Gavin einer solchen Herzensgüte begegnet war, wie lange, seit er sie selbst verspürt hatte? Zu lange, und jetzt war es zu …

Zu spät sah Gavin die Bewegung. Schwankend erhob sich Leonus hinter Antonius auf die Beine. Gavins Hand schnellte vor, um ihn aufzuhalten – und wurde zurückgerissen, als er das Ende seiner Kette erreichte, die sich blutig in sein Handgelenk grub. Und, was viel schlimmer war, ihn aufhielt. Gavin konnte nur noch sehen, wie Leonus in Antonius' Rücken krachte, die Klinge voraus. Er stieß Antonius gegen Gavin und stach wiederholt auf den jungen Mann ein. Die Wucht des Aufpralls riss Gavin von seiner Bank, und die Bank zog ihm die Füße unter den Beinen weg. Das Ruder über ihm und seine Ketten verhinderten, dass er ganz zu Boden stürzte. Seine Rudergefährten, von der Attacke zunächst völlig überrascht, versuchten nun, Gavin aus der Gefahrenzone zu zerren.

Gavin konnte sich gar nicht schnell genug bewegen. Er zog sich den Verband von den Händen und wickelte ihn so rasch wie möglich auf, dann ließ er sein Knie hochschnellen. Er verfehlte sein Ziel, weil er zu weit entfernt war. Als Nächstes trat er mit dem nackten Fuß nach Leonus. Irgendwie traf er ihn an der Kehle.

Keuchend taumelte Leonus zurück. Das gab Gavin einen Sekundenbruchteil, den er dazu nutzte, Leonus seinen Verband um den Hals zu legen. Einmal, zweimal wickelte er ihn herum, dann zog er zu. Leonus verlor sein Gleichgewicht, der Ruck beförderte ihn zu Gavin.

Sofort ließ Gavin von seinem Plan ab, den Mann zu erwürgen, und drückte Leonus' Kopf fest gegen seine Brust. Zugeschnürt und verdreht, war Leonus' Kehle so dick angeschwollen wie der muskelbepackte Hals eines Stiers. Gavin ließ seinen Körper nach links und rechts peitschen und wieder nach links und rechts. Er konnte kein knackend brechendes Genick hören oder spüren, also schlug er ihn weiter hin und her, bis er sich sicher war, dass Leonus sich nicht mehr bewegte. Er war ein wildes Tier, fleischgewordener Zorn.

Und er kam zu spät.

Er ließ Leonus los, wickelte den Verband wieder ab und wälzte den widerlichen Körper des Toten in den Mittelgang. Er schaute zu Antonius hinüber, der zwischen den Bänken lag.

Da lag er … und blinzelte zu Gavin empor. »Ich glaube, ich muss mich bei meiner Tante Eirene entschuldigen«, sagte der junge Mann, sehr lebendig. Er zog seinen Waffenrock auseinander, wo Leonus' Klinge ihn aufgeschlitzt hatte, und brachte darunter ein Kettenhemd aus feinstem ilytanischem Stahl zum Vorschein. »Sie hat es mir zum Geburtstag geschenkt. Ich hatte mir ein Rennpferd gewünscht. Ich habe mich bei ihr beschwert.«

»Sch-sch-scheiße«, sagte Fuckelot beeindruckt.

Antonius sprang auf und wandte sich von der Vergangenheit wieder der drängenden Gegenwart zu. Er begann seine Taschen abzutasten, als suche er irgendetwas. »Meine Brille. Meine Rotbrille! Wo ist sie? Ohne sie kann ich eure Ketten nicht aufbrennen!«

Die Sklaven begannen sich hektisch überall umzusehen. Plötzlich war die Freiheit so nah – und jetzt, wo Leonus tot war, schien sie plötzlich auch eine reale Möglichkeit zu sein.

»Da!«, rief jemand. Er hob einen verbogenen Rahmen hoch. Die roten Gläser waren zu winzigen Splittern zertrümmert worden, von denen keiner auch nur annähernd groß genug war, um durch ihn hindurch zu wandeln. Da war auch Blut auf dem Deck – konnte das vielleicht reichen? Nein, das Licht war zu schwach. Für Gavins Augen war das Blut nur eine schwarze Lache.

Dann stand Orholam auf und hob die Hand. In den Fingern hielt er den Schlüssel für die Ketten.

31

Arys Grünschleier erhob sich aus dem Bett, in dem völlig verausgabt ihr neuer Liebhaber lag. Sie zog ein Seidenkleid um ihren hochschwangeren Bauch. Kind Nummer dreizehn schien ihren Schoß noch nicht verlassen zu wollen. So stur wie seine Mutter. Ihre eigene Mutter hatte ihr beigebracht, Sex würde helfen, ein Kind ans Licht zu befördern, und Arys hatte keine Vergleichsdaten, um zu beweisen, dass ihre Mutter damit falschgelegen hätte – sie hatte es bei jeder Schwangerschaft mit Sex versucht. Bei ihrem dritten, Jalen, hatten sich orgasmische Verzückung und Wehenschmerzen unmittelbar vermischt, und Jalen war mit Abstand das süßeste ihrer Kinder geworden.

Aber dieser Junge jetzt, Nummer dreizehn – die Zahl Orholams addiert mit der Zahl des Menschen – würde etwas ganz Besonderes werden, das wusste sie. Geradeso wie sie wusste, dass es ein Junge werden würde. Sie trat an ihren Schreibtisch und begann ihre Korrespondenz zu lesen. Arys Infrarot hatte stets unendlich viel Korrespondenz. Briefe von ihrem Satrapen natürlich, aber auch Schreiben von ihrer Familie, die um Gefälligkeiten bettelte, sowie von Familienfreunden, die um Gefälligkeiten bettelten, und von Freunden von Familienfreunden, die ebenfalls um Gefälligkeiten bettelten. Manche baten um Gefälligkeiten hinsichtlich von Angelegenheiten, die sie in hundert

Jahren nicht würde beeinflussen können. Ihr Sekretär war so freundlich, all die Bettler in verschiedene Stapel vorzusortieren, und er machte seine Sache normalerweise hervorragend, aber es gab so ein paar Sachen, die eine Frau selbst erledigen musste.

Arys führte ihre eigenen Listen von gewährten und geschuldeten Gefälligkeiten, und wo sie konnte, passte sie beide Listen so aneinander an, dass ihr die richtigen Leute etwas schuldig blieben und sie auf sie zurückgreifen konnte, wenn Zeiten wie die gegenwärtigen anstanden. Ihre Heimatsatrapie, der Blutwald, würde überfallen werden, vielleicht binnen Wochen. Keine ermutigende Neuigkeit. Entgegen seinen Befehlen bereitete sich General Azmith darauf vor, sich der Armee des Farbprinzen nahe einer Stadt namens Ochsfurt am Fluss Ao mit geballter Streitmacht entgegenzustellen. Ihre Informanten hielten nicht viel von dem Mann und seinem Plan.

Atash war so schnell gefallen wie die Röcke einer Hure und hatte den Vormarsch des Farbprinzen kaum verlangsamt. Wenn dieses riskante Wagnis in Ochsfurt scheiterte, waren ihre eigenen Leute die nächsten. Arys war entschlossen, alles zu tun, was sie konnte, um ihr Volk zu retten.

Ihr fiel einer ihrer persönlichen Briefe in die Hand. Er kam von ihrer Schwester, Ela. Ela war mindestens so leidenschaftlich wie Arys und nicht halb so vernünftig. Ela behauptete, Gavin Guile habe ihre Tochter Ana verführt und ermordet. Sie bettelte, forderte, befahl und bettelte wieder, dass Arys doch alles in ihrer Macht Stehende tun solle, um ihre Nichte zu rächen.

Nicht, dass Arys untätig geblieben wäre. Sobald sie von Anas Tod erfahren hatte, hatte sie begonnen, eigene Nachforschungen anzustellen. Eines stand für sie fest: Nicht Gavin hatte Ana verführt, sondern Ana hatte versucht, Gavin zu verführen. Ihrer Mitbewohnerin zufolge hatte sich Ana dem Prisma trotz zunehmend energischer Zurückweisung schon davor eine ganze

Reihe von Malen in entsprechender Absicht genähert. Die Mitbewohnerin hatte außerdem angegeben, Ana habe unter gewaltigem Druck von Seiten ihrer Mutter Ela gestanden, Gavin zu verführen, auch wenn Arys gehörig hatte stochern müssen, um diese Information aus dem verängstigten Mädchen herauszubekommen. Was immer in diesem Raum geschehen war, die verdammte Idiotin Ana war jedenfalls aus eigenem Antrieb hingegangen, und sie hätte dort eigentlich nichts zu suchen gehabt. Die diensthabenden Schwarzgardisten hatten mindestens dreimal geschworen, dass Gavin sie zornig angeschrien habe, und dann war sie in Panik vom Balkon gesprungen.

Ana war ein hübsches Mädchen gewesen, und auch wenn Arys sie sehr gern gehabt hatte, fand sie doch auch, dass sie schrecklich verwöhnt worden war. Wenn Menschen weniger als ein halbes Dutzend Kinder hatten, verwöhnten sie sie immer. Ana war wahrscheinlich in ihrem ganzen Leben noch nie von einem Mann angeschrien worden. Aber deshalb gleich von einem Balkon springen?

War Ana *so* dumm gewesen? Arys glaubte das nicht, aber es gab wohl keine Möglichkeit, es zu beweisen. Es gab drei Zeugen, und sie sagten alle das Gleiche. Arys hatte die schönste Kurtisane in Dienst genommen, die sie auftreiben konnte, und der Frau eine gewaltige Summe gezahlt, um einen der damals diensthabenden jungen Schwarzgardisten zu verführen, einen Gill Gräuling. Die Kurtisane hatte ihn verführt und betrunken gemacht und über den Vorfall befragt. Seine Geschichte hatte sich nicht verändert. Die Kurtisane hatte gemeint, sie glaube, dass er lüge, aber wenn ein Mann von einer Lüge nicht abließ, selbst wenn er betrunken und blind vor Wollust war, dann ließ sich die Wahrheit eben nicht aus ihm herausschütteln. Eine Sackgasse.

Scher dich zum Teufel, Schwesterherz. Was wäre das Schlimmste, was sich Gavin Guile hier hätte zuschulden kommen lassen können? Dass er wütend auf deine Tochter geworden ist, die du wiederholt zu ihm geschickt hast, um ihn zu verführen? Und als sie es endlich erfolgreich in sein Bett geschafft und damit beinahe seine Beziehung zu Karris Weißeiche zerstört hatte, die er, wie allen bekannt, seit fünfzehn Jahren liebte, hat er sie von seinem Balkon geworfen. Wenn es das gewesen war, was sich ereignet hatte, war Ela mindestens genauso dafür verantwortlich wie jeder andere mögliche Schuldige.

Nicht, dass Arys Gavin nicht auch dafür würde bezahlen lassen, wenn sie herausfand, dass es sich wirklich so verhielt. Familie war alles. Das Motto der Grünschleiers lautete *Fásann Ár Gciorcal,* »Unser Kreis wächst«. »Kreis« waren die Familie und ihr Grundbesitz und Machtbereich, ihre Freunde und ihr Einfluss. Weiß Orholam, Arys hatte in dieser Hinsicht das Ihre und noch mehr getan. Aber jeder, der diesen Kreis kleiner werden ließ, sollte dafür bezahlen müssen – verdammt noch mal, Ana. Arys hatte das Mädchen gemocht, meistens zumindest, auch wenn Ana ihr Verführungsglück sogar an Männern versucht hatte, die sich eigentlich für Arys interessiert hatten. Sie hatte sich hohe Ziele gesetzt, war sie aber bisweilen reichlich stümpferhaft angegangen. Doch wie könnte man daran Anstoß nehmen, wenn ein Wandler einen starken Willen hat? Ana war hübsch genug gewesen, um meistens ungestraft davonzukommen.

Und dann ereilte sie eine Strafe, die bei weitem zu hart für sie war.

Aber Gavin Guile war vorerst außer Reichweite. Eines Tages würde Arys ihn selbst fragen. Mit Sicherheit jedenfalls, bevor sie noch einmal für ihn abstimmte – obwohl es ihre Stimme letztendlich dennoch nicht beeinflussen würde. Sie war pragmatisch, überaus pragmatisch. So pragmatisch, wie nur je eine Infrarote es gewesen war. So dachte sie jedenfalls gern.

Und im Wissen, dass sie nach einer Geburt immer mindestens für einige Tage bettlägerig war, machte sie sich ganz pragmatisch an ihren Stapel von Briefen, die sie unbedingt lesen musste.

Ein weiterer Brief von ihrem Satrapen, Briun Weidenzweig, der ihr Dinge mitteilte, die sie bereits wusste. Dringend, helft bitte sofort, Ihr dient uns für Zeiten wie diese, und so weiter. Was glaubte er wohl, was Arys hier eigentlich machte? Am Ende des Briefes fragte er, ob sie nicht vielleicht ersetzt werden solle, weil sie allzu schwanger sei. Da sah Arys rot. Zu schwanger? Dieser emporgekommene Sohn eines Fuhrmanns stellte *sie* in Frage? Sie würde ihm sein schielendes rechtes Auge ausreißen, es mit einem Fleischklopfer platthauen, kurz in der Pfanne braten, und dann sollte er es essen, dieses geifernde Stück Sch…

Sie atmete langsam ein und aus. Immer mit der Ruhe, Arys.

Das Infrarot war nah, in letzter Zeit immer ganz nah. Noch zwei Jahre, Arys. Du kannst noch zwei Jahre schaffen, wenn du vorsichtig bist.

Sie legte diesen Brief auf einen anderen Stapel. Sie musste ihn beantworten, wenn sie nicht mehr wütend war. Manchmal hasste sie ihre Arbeit. Im Spiegel erhaschte sie einen Blick auf ihren Liebhaber, wie er sich im Bett umdrehte.

Doch die Arbeit hatte auch ihre Vorzüge.

Mit ihrem nicht gerade modischen knallroten glatten Haar und ihren Sommersprossen hätten es viele andere Frauen von fünfunddreißig Jahren schwer, sich Liebhaber zu beschaffen. Sie tat, was sie konnte, um ihre Haut dunkler zu machen und die Sommersprossen und Kummerfalten zu verbergen, und nur wenige Menschen würden vermuten, dass sie zwölf Kinder geboren hatte (obwohl die meisten, seien wir ehrlich, wohl schon annehmen würden, dass sie ein oder zwei geboren hatte), aber selbst gut gekleidet war Arys' Schönheit nicht die Art von

Schönheit, die in der Chromeria bewundert wurde. Ihre blauen Augen waren das Beste, was sie zu bieten hatte – jeder liebte blauen Augen. Aber sie hatte einmal einen Liebhaber gehabt – in ihren jüngeren Tagen, bevor sie gelernt hatte, sich Männer auszusuchen, die den richtigen Gebrauch ihrer Zunge beherrschten –, der unmittelbar nach dem Liebemachen erklärt hatte, ihre Sommersprossen seien eine Tragödie. Dass sie ansonsten eine Schönheit gewesen wäre, die die Männer in den Himmel heben würden.

Sie war damals noch jung gewesen und hatte sich nicht so gut im Griff gehabt wie heute. Sie hatte seine Klöten gepackt und versucht, sie abzureißen. Sie hatte sich alle Nägel abgebrochen, aber sein Hodensack war in ihrer Hand immerhin gerissen. Und dann hatte er sie brutal geschlagen.

Wenn man so viel Macht hatte, vergaß man leicht, dass manchmal die einzige Macht, die zählte, die Macht der Muskeln war.

Während sie von diesem schreienden, verängstigten, wütenden Mann, der mit der einen Hand seinen gerissenen Hodensack hielt und die andere als Faust einsetzte, geschlagen und gegen die Wand geschmettert worden war, hatte sie eine ganze Minute gebraucht, um sich auch nur daran zu erinnern, dass sie wandeln konnte. Und als sie dann endlich wandelte, hatte sie ihn zu einer leeren Hülle verbrannt. Sie hatte das Kind verloren, mit dem sie damals schwanger gewesen war, und nie gewusst, ob die Prügel daran schuld waren oder die gewaltige Hitze, die sie gewandelt hatte. Oder vielleicht beides.

Sie hatte mittlerweile Frieden mit ihrem nur leidlich guten Aussehen geschlossen. Ihre Macht machte die diesbezüglichen Mängel wett. Hübsche Männer und Jungen waren hinter ihr her. Meistens jedoch bevorzugte sie jene, die nicht allzu hübsch waren, stattdessen aber in vielfacher Beziehung stark genug, um das Blut der Familie Grünschleier entsprechend aufzubessern. Das konnten Wandler sein oder andere Männer, die besonders intelligent oder charismatisch waren – wenn sie nach einem Vater suchte, mussten die Kandidaten in irgendeiner Weise herausragend sein. Ihr gegenwärtiger Liebhaber war dagegen wahrscheinlich nur eine kurzzeitige Sache. Elijah war schrecklich interessant mit seinen Bernsteinaugen und wunderbar eigensinnig, ein erfahrener Liebhaber, sehr intelligent, und er hatte so etwas merkwürdig Gefährliches an sich. Aber sie war sich nicht sicher, ob sie ihn als den Vater von Kind vierzehn wollte. Sie hatte so ihre Zweifel, dass sie ihn noch weitere sechs Monate behalten würde. Aber bis dahin wollte sie sich einfach amüsieren.

Sie wandelte ein wenig Infrarot und atmete tief ein. Das Infrarot fachte die Glut ihrer Begierde neu an.

»Elijah?«, fragte sie.

Er richtete sich im Bett auf. Er war genau das, was sie an diesem Punkt ihres Lebens gerne haben wollte. Schlank und muskulös, mit einigen interessanten Narben auf Armen und Brust, das orangerote Haar stets ganz kurz geschoren, die Sommersprossen auf Gesicht und Armen verblasst, die Haut rötlich und dazu wunderschöne, weiße Zähne. Er sah sie – schwanger wie sie war – mit unverhohlenem Begehren an. Einen Mann zu haben, der den weiblichen Körper anbetete, wenn man hochschwanger und entsprechend plump war, war vielleicht der größte Luxus, den es für eine Frau gab.

Aber als sie nun aufstand, um zu ihm hinüberzugehen, verspürte sie das vertraute Krampfen in ihrem Bauch. Sie zögerte. Sie hatte seit Monaten immer wieder Übungswehen gehabt, und sie wollte sichergehen.

Elijah stand auf und kam nackt auf sie zu. »Ist es so weit?«, fragte er. Er hielt sie von hinten, küsste ihren Hals und umfasste ihre geschwollenen Brüste mit beiden Händen.

Für einen Moment konnte sie nicht atmen. Ihr Bauch fühlte sich so gespannt an wie eine Trommel.

»Ja«, antwortete sie schließlich und schob seine Hände weg. »Ich muss mich fertig machen. Wenn zwischen den Krämpfen noch Zeit bleibt, brauche ich dich vielleicht wieder. Zieh dir etwas an.«

»Soll ich deine Sklavinnen holen?«, fragte Elijah.

Sie zögerte. Der Schmerz verging wieder. »Noch nicht. Es könnte noch Stunden dauern. Vielleicht kannst du diesen einen Umhang anziehen, mit nichts darunter«, sagte sie. Die Wahrheit war, dass sie sich jetzt, wo die Wehen tatsächlich begonnen hatten, nicht vorstellen konnte, Sex zu haben. Aber wenn es nur Vorwehen waren, wollte sie ihn hier bei sich haben. Sie könnte sich die Frustration aus dem Leib vögeln.

Wenn sie ehrlich zu sich selbst war, wollte sie ihn so oder so hier haben. Wenn sie je bedauert hatte, nicht geheiratet zu haben und nur mit einem einzigen Mann zusammen zu sein, dann in seltenen Momenten wie diesem, wo sie sich jemanden wünschte, der sich liebend um sie sorgte und auf alberne Weise versuchte, sie vor Dingen zu schützen, vor denen er sie nicht schützen konnte. Sie hätte Elijah gern gesagt, dass sie ihn dafür brauche, aber sie konnte es nicht.

Sie setzte sich an ihren Spiegeltisch und zog ihre Kajalstifte, ihre Puder und öligen Schminkfarben hervor, um dem Schweiß etwas entgegenzusetzen, der über die nächsten Stunden hinweg ihr Los sein würde. Die Grünschleiers stammten tief aus dem Wald und befolgten in diesem Punkt die alten Sitten. Neue Ländereien und neue Titel waren schön und gut, aber wer das Zentrum seines Kreises verliert, ist verloren. Wie die Pygmäen, von denen sie letztlich abstammten, bereiteten sich die Frauen der Grünschleiers auf eine Geburt so vor wie auf eine Schlacht. Arys hatte ein gutes Händchen für Farben. Als sie noch nicht so hoch aufgestiegen war, dass es unziemlich für sie war, anderen Frauen beim Schminken zu helfen, hatte sie das oft getan. Sie vermisste es.

Bei ihren ersten paar Kindern hatte sie detailliert durchgeplant, wie ihre jeweilige Bemalung aussehen würde, und geglaubt, dass diese Bemalung ein Omen dafür sei, welches Temperament das Kind entwickeln würde. Das hatte sie inzwischen aufgegeben und malte nun frei nach Laune. Sie band sich ihr langes rotes Haar in einfachen Zöpfen zurück und trug die neun schwarzen Punkte auf ihre Stirn auf, symmetrisch um eine Mitte, in der bald die Zeichnung eines Feuerkristalls Gestalt annahm. Dann verband sie die Punkte mit gelber Farbe und malte Flügel, die sich zu ihren Schläfen hin erstreckten. Ein auf dem Kopf stehendes Dreieck unter dem einen Auge, eine Träne unter dem anderen. Sie hatte gerade angefangen, Rouge auf ihre Lippen aufzutragen, als sie der nächste Krampf überkam, ihr den Atem raubte und einen Blitz durch ihren Leib und den Rücken hinauf sandte.

Mit geschlossenen Augen verharrte sie eine volle Minute bewegungslos. Dann, obwohl der Schmerz nicht verflogen war, fuhr sie mit dem Rougeauftragen fort. Malte sich die Lippen übertrieben voll und rot. Trug goldfarbene Linien auf, um ihre Wangenknochen zu betonen. Die Wehe ebbte ab, und Arys legte einen Zahn zu. Dornen.

Wie konnte man diesen Schmerz je vergessen? Wie konnte irgendwer ihn überhaupt noch ein zweites Mal durchleben wollen?

Arys zeichnete schwarze Dornen auf beide Handrücken, auf die Vorderseite ihrer Oberschenkel, in die Mitte ihrer Brust, um ihre Brüste und ihren geschwollenen Bauch herum.

Für die Perfektionistin in ihr war es noch nicht gut genug, aber als die nächste Wehe kam, beschloss Arys, dass es doch gut genug war. Sie griff nach ihrer Schelle.

Und Elijah hielt ihre dornengeschmückte Hand fest.

»Was tust du da?«, fragte sie.

»Ich könnte dich das Gleiche fragen«, sagte er. »Neun Punkte auf deiner Stirn? Für neun Götter, von denen du nie etwas gewusst hast?«

Da war etwas Merkwürdiges in seinen Bernsteinaugen. Sein Lächeln war ein klein wenig zu breit und so weiß. »Elijah, jetzt ist nicht der richtige Zeitpunkt«, erwiderte sie.

»Ach, Arys, aber es ist genau der richtige Zeitpunkt. Du musst mir nur für ein paar wenige Minuten genau zuhören, um dann die wichtigste Entscheidung deines Lebens zu treffen.« Er nahm ihre Hand von der Schelle. »Möchtest du, dass ich dir beim Schminken helfe? Ich habe ein feines Händchen für dergleichen.«

»Nein!«, sagte sie. »Nimm die Finger von mir, oder ich schreie.«

»Wenn du schreist, werden du und dein Baby sterben.«

Das sagte er mit einer angenehm unbeteiligten Stimme, so dass sie gar nicht glauben konnte, richtig gehört zu haben. Sie erstarrte.

»Ich habe dich verführt, damit ich genau in diesem Moment hier sein konnte, Arys Grünschleier. Ich heiße nicht Elijah, sondern ich bin Mörder Spitz vom Orden des Gebrochenen Auges. Aber ich habe auch so meine Nebenarbeiten. Und wenn ich zwei Lager gleichzeitig zufriedenstellen kann …« Er lächelte. »Ich bin ein Wandler ganz spezieller Art. Ich kann dich töten, ohne eine Spur zu hinterlassen. Und komme damit davon. Eine Geburt ist doch sehr gefährlich, nicht wahr? Vor allem für eine ältere Frau wie dich. Und bevor du irgendwelche Tricks versuchst, lass dir gesagt sein, dass ich dich sehr, sehr schnell und lautlos töten kann. Wenn du versuchst, irgendetwas zu sagen, wirst du sterben. Dein Tod würde den einen meiner Auftraggeber mehr freuen als den anderen, aber mich würde er sehr bekümmern. Wie dem auch sei, im Licht sind wir alle frei. Licht kann nicht in Ketten gelegt werden, ebenso wenig wie der Wille eines Wandlers.«

Die Wehe ließ etwas nach, so dass sie wieder Luft holen konnte, und sie verspürte schreckliche Todesangst. Er hatte sie betrogen! Ließ sie wie eine Idiotin dastehen. Ihr Zorn wuchs, und das Infrarot, das zu einem Teil von ihr geworden war, von ihrem Körper, ihrem Geist, fachte diese Flammen weiter an.

Elijah ohrfeigte sie. Nicht hart genug, um ein länger bleibendes Mal zu hinterlassen, aber doch fest genug, um sie benommen zu machen. »Denk an dein Kind, du Närrin«, blaffte er. »Ich habe dir noch nicht einmal gesagt, worum es geht. Hör zu.«

Eine plötzliche Wehe schien sie entzweizureißen. Selbst wenn sie es gewollt hätte, hätte sie nicht sprechen können.

»Ich brauche deine Stimme und dein Schweigen. Wenn das Spektrum das nächste Mal zusammenkommt, wird es darüber abstimmen, Andross Guile zum Promachos zu machen. Du wirst für ihn stimmen. Als Gegenleistung wird Andross, wenn es an der Zeit ist, das Seine dafür tun, einen deiner Söhne oder eine deiner Töchter zu einer Farbe zu machen, und er wird sofort Hilfe für deine Familie und dein Land im Kampf gegen den Farbprinzen schicken. Es ist ein großzügiges Angebot. Einwände werden nicht akzeptiert. Mit diesem Angebot erkauft er sich außerdem dein Schweigen über diesen Besuch. Wenn du dieses Schweigen jemals brechen solltest, werde ich persönlich all deine Kinder töten, deine Schwestern und deinen Bruder. Ich werde eine Seuche sein, die das Haus der Grünschleiers heimsucht. In der Tat wird das auch unsere Ausrede für so viele Todesfälle in einer einzigen Familie sein – eine Seuche.«

Als der Schmerz endlich abebbte, hatte Arys auch ihren Verstand wiedergefunden. »Warum tust du das? Arbeitest du nicht mit den Ketzern zusammen?«

»Der Orden des Gebrochenen Auges ist … pragmatisch. Etwas, was du eigentlich bewundern solltest. Wenn es uns vorläufig hilft, für Andross Guile zu arbeiten, warum sollten wir es dann nicht tun? Aber eine Farbe zu töten, ist wiederum etwas, was dem Orden gefällt.«

»Hilf mir aufzustehen«, sagte sie. »Ich muss die Geburtskammer aufsuchen.« Sie streckte die Hände aus. Plötzlich fiel einer ihrer Arme herunter, schaukelte leblos an ihrer Seite und schlug gegen ihren Stuhl.

»Das hat noch genug Zeit. So dumm bin ich nicht, dass ich das nicht weiß. Und du solltest ein wenig über meine Macht Bescheid wissen. Das eben war nur der kleinste Teil davon«, sagte Mörder. Er machte eine Schnippbewegung, in ihrem Arm begann es zu kribbeln, und sie spürte, wie langsam das Gefühl in das Fleisch ihres Arms zurückströmte. »Übrigens, es ist ein Junge. Willst du, dass ich mache, dass sein Herz zu schlagen aufhört? Ist es das, was du brauchst, um dich überzeugen zu lassen?«

»Du Ungeheuer.«

»Der Krieg macht Ungeheuer aus uns allen, und Lucidonius hat diesen Krieg begonnen, nicht wir.«

»Fahr zur Hölle.«

»Das ist deine Antwort? Deine Entscheidung bei der Abstimmung?«, fragte Mörder.

»Du würdest das Baby nicht töten. Ich habe in deine Augen geschaut, als wir uns geliebt haben. Ich habe deine Seele gesehen, Elijah.« Sie konnte sich doch nicht so sehr in ihm getäuscht haben, oder doch? Er hatte ihr nur wegen seines Körpers etwas bedeutet, wegen seiner Schmeicheleien, seiner Eigenwilligkeit und seiner schnellen Zunge. Und darüber hinaus hatte sie ihn kaum angesehen. Er war eine bloße Zerstreuung gewesen. Vorsichtig begann sie, mit dem Knie die Schublade aufzuziehen.

»Elijah war einmal mein Name«, sagte er. Er klang wehmütig. »Ich habe ihn aufgegeben, als ich die Scheuklappen von meinen Augen genommen habe, um die Pracht einer Welt zu sehen, die ihre Ketten abgeworfen hat. Es hat mir gefallen, wenn du meinen Namen gesagt hast. Es gefällt mir immer noch.« Dann wurde seine Stimme plötzlich scharf. »Arys«, fuhr er fort, »ich weiß, dass du eine Pistole in dieser Schublade hast. Ich habe die Kugeln herausgenommen.«

Sie erstarrte in ihrer Bewegung.

»Ich habe meine Zeit mit dir viel mehr genossen, als ich erwartet hätte, Hohe Dame Grünschleier. Du bist schön und intelligent und wilder als alle Frauen, die ich seit Jahren gehabt habe. Du kannst zu Andross Guile Nein sagen, weil er deinetwegen zum Teufel gehen kann, nicht wahr? Ich verstehe das. Ich wollte selbst das eine oder andere Mal Nein sagen. Wenn du Nein sagst, aber über mich schweigst, werde ich das Baby am Leben lassen. Und dein Dahinscheiden so schmerzlos wie möglich machen.«

»Ich könnte dich jetzt anlügen.«

»Auf Großjasper sind sechs deiner Kinder. Glaubst du, du könntest sie von der Insel schaffen, ohne dass Andross erfährt, auf welchem Schiff sie sind? Denn wenn du lügst, sterben sie als Erste. Dann gehe ich nach Grünhafen und arbeite mich durch deinen Kreis hindurch. Er wird nicht restlos verschwinden, so weit reichen meine Möglichkeiten nicht, auch ist meine Zeit nicht unbegrenzt. Aber so eine Seuche kann binnen Tagen ein ganzes Lebenswerk zerstören.«

»So ein Schlächter bist du?«

»Ich bin ein heiliger Krieger. Ich erledige meine Befehle nicht immer gern, aber ich befolge sie immer.« Seine Stimme war leise, doch voller Überzeugung.

»Ich hätte es merken sollen«, murmelte sie. Als sie jung gewesen war, hatte sie mit einer geradezu paranoiden Hartnäckigkeit Nachforschungen über jeden der vielen Männer angestellt, die sie umworben hatten. In den letzten Jahren hatte sie nicht mehr so viel Aufmerksamkeit darauf verwandt. Zu viel Infrarot, zu lange Jahre der dahinwelkenden Schönheit.

Er antwortete nicht, sagte ihr nicht, dass er sehr gut in dem war, was er tat. Natürlich war er das. Es war klar, dass sie nur die Besten schickten.

»Lunna Grün?«, fragte sie plötzlich. Diese Farbe war vor einigen Monaten auf unerklärliche Weise gestorben.

Er nickte, bekannte sich zu seinem Werk.

»Für wen war das? Für Guile oder für deinen Orden oder für beide?«

Er schüttelte den Kopf. »Das brauchst du nicht zu wissen.«

»Hilf mir in die Geburtskammer«, sagte sie. Sie würde hockend sterben, so wie viele Frauen aus ihrer Familie zuvor.

»Du brauchst weder meine Hilfe noch die irgendeines anderen Menschen«, erwiderte Elijah.

Es stimmte. Ihr letzter Strohhalm der Hoffnung – ihre Kampfkünste gegen ihn einzusetzen – war in ihrem schwangeren Zustand ohnehin nur eine Lächerlichkeit gewesen. Besser ihre Würde nicht verlieren.

Würde. Ich denke an Würde, während ich mich auf dem Weg zu den Geburtskammern befinde? Ich werde wirklich alt. Sie sah Elijah an, der gerade in seinen grauen Umhang schlüpfte. Aus einer Tasche oben am Hals zog er ein goldenes Halsband hervor, das mit Haken innen am Umhang befestigt war, und schloss es fest um seinen Hals.

»Das ist deine Vorstellung von Freiheit?«, fragte sie.

»Ich diene in Ketten, damit andere ohne sie leben können«, erklärte Elijah. Aber er war nicht mehr ihr Elijah.

»Eines Tages, in deiner idealen Welt?«, fragte sie.

»Eines Tages«, pflichtete er ihr bei.

Sie stand aus eigener Kraft auf. »Und du wartest, bis das Baby geboren ist?«

»Ja.« Er schwieg einen Moment, und zum ersten Mal wirkte er plötzlich verlegen. »Ich fürchte, ich werde außerdem einen deiner Zähne benötigen. Ich warte aber, bis es vorbei ist. Ich fand nur, dass du es wissen solltest. Dein dritter Backenzahn unten links ist ziemlich schön.«

»Ich werde ihn wohl nicht mehr brauchen«, antwortete sie ehrlich verwirrt.

Er schien erleichtert, dass sie nicht in Panik geriet oder ihn beleidigte.

»Wie gedenkst du, dich zu verbergen … Oh«, sagte sie, als er seinen Umhang schloss, eine schimmernde Welle durch seinen Mantel ging und er verschwand. Jeder Teil von ihm verschmolz mit der Wand hinter ihm, bis auf seine leuchtenden Bernsteinaugen, die im Leeren zu hängen schienen. Sie erweiterte ihre Augen auf Infrarot, und da stand er. Schlau gemacht, so ein Mantel zum Nebelgehen wie in den alten Geschichten. So wollte er sich also in den Raum schleichen, in den Männer keinen Zutritt hatten. So wollte er sich vergewissern, ob sie seine Anweisungen befolgte.

Ein Teil von ihr war darüber empört, dass ihr Mörder sie in einem so intimen Moment beobachten würde, ein Moment, der allein den Frauen vorbehalten sein sollte. Aber dieser Teil von ihr war klein und müde. Ihr schmerzte alles, und es reichte zu wissen, dass dieser Schmerz jetzt enden würde. Nicht nur der Schmerz der Schwangerschaft, sondern auch der Schmerz des Sich-wieder-Erholens und Heilens, der wunden Brustwarzen und der schlaflosen Nächte – die Grünschleiers waren den alten Sitten treu und kümmerten sich selbst um die Ihren, keine Ammen, kein Abgeben von Freud und Leid der Mutterschaft an andere. Eine Familie musste ihre Wurzeln hegen und pflegen, wenn sie reiche Frucht tragen wollte. Arys hatte Schmerzen vom Wandeln und vom Wunsch zu wandeln. Während jeder neuen Schwangerschaft hatte sie größere Schwierigkeiten gehabt, damit aufzuhören, und sie spürte, wie sich die Klauen des Infrarots immer stärker um sie schlossen, wenn sie dann wieder damit anfing. Sie wusste nicht, wie lange sie noch durchhalten würde. Zwei Jahre, hatte sie sich eingeredet. Sie hatte sich etwas vorgemacht.

Aber Hochverrat und Feigheit kamen nicht in Frage. Die nächste Wehe durchrollte sie, und als sie wieder nachließ, wusste Arys, dass sie bereit war, ein Ende zu machen. Sie hatte noch einen letzten Kampf zu bestehen. Einen letzten, kostbaren Kampf, aber keinen Kampf, um zu töten. Sie würde mit ihrem eigenen Leib ringen, um ein weiteres Kind ans Licht zu stoßen, und dann würde sie ihre Last niederlegen und darauf hoffen, dass der Kreis, den sie aufgebaut hatte, für sich selbst sorgen würde.

Sie griff nach der Schelle, um ihre Sklavinnen zu rufen. »Möge mein Fluch auf dir ruhen, Mörder Spitz.«

»Und mein Segen auf dir, Arys. Ich werde es ganz schmerzlos machen.«

»Richte Andross Guile aus, dass er sich ins Knie ficken soll«, sagte sie. Sie läutete.

32

Soll das jetzt mein Leben sein? Geheimtreffen, Spionage, Lauschen und So-tun-als-ob? Bei der Schwarzen Garde war ein Dolchstoß von hinten immer eine reale, blutige Gefahr gewesen. Jetzt, beim Schmieden und Aufdecken von Ränken und Intrigen, sah man niemals das Blut.

Doch musste man gerechterweise auch anerkennen, dass so ein Dolchstoß im metaphorischen Sinn bei ihrer jetzigen Tätigkeit den tatsächlichen Tod von Tausenden zur Folge haben konnte, statt nur einen allein umzubringen. Hmm. Dieser Gedanke verlieh all den Wortgefechten doch ein wenig zusätzliches Gewicht, nicht wahr? Vor allem wenn Karris sich im Versammlungsraum des Spektrums umblickte und nicht besonders von dem beeindruckt war, was sie sah.

Farben sollten von ihrem Satrapen eigentlich aufgrund ihrer besonderen Vorzüge und ihrer Frömmigkeit ernannt werden. In Wahrheit war es wie bei allen herausgehobenen Machtpositionen viel komplizierter. Familienbande, dreiste Bestechung und sogar Fehler der um dieses Amt konkurrierenden anderen Familien konnten dazu geführt haben, dass einer wie Klytos Blau auserwählt wurde. Und je nach der Stärke des Satrapen oder der Satrapa, von dem oder der die Farbe ernannt wurde, konnte die Farbe eine reine Marionette sein, ein Repräsentant, ein Delegierter oder ein wandelndes Pulverfass.

Es war nicht immer so gewesen. Die Satrapen waren einst

echte Könige gewesen, und das Spektrum hatte Wochen und Monate warten müssen, um über die banalsten Dinge abzustimmen, während die Farben auf die Befehle ihrer Satrapen warteten. Generationen von Weißen, Prismen und Farben hatten – in diesem Punkt einmal geeint – zusammengearbeitet, um die Macht hier in der Chromeria zu bündeln, genau hier in diesem Raum.

Und trotzdem langweilte sich Karris. Langeweile war gefährlich. Ein Mitglied der Schwarzen Garde wusste das. Langeweile machte nachlässig, unvorsichtig, tot. Man durfte in der Nähe von Andross Guile nicht nachlässig werden. Sie warteten immer noch auf das Eintreffen einiger Farben. Andross hatte die Versammlung einberufen. Karris musterte die Gestalt auf der anderen Seite des Tisches.

Etwas war anders an ihm. Etwas hatte sich im Laufe der letzten Wochen verändert. In ihrer Zeit als Schwarzgardistin hatte Karris mögliche Bedrohungen immer intuitiv erkannt. Ihr Training hatte sie gelehrt, dieses Bauchgefühl zu übersetzen – nicht nur das große Ganze einer Bedrohung zu sehen, sondern zu sehen, dass der Mann schwitzte und nervös war und nicht auf die anderen um ihn herum achtete. Seit der Schlacht von Ru war Karris mehr und mehr klar geworden, dass Andross Guile eine Bedrohung war.

Sie hatte das als übertriebene Wachsamkeit abgetan, als Paranoia, Hass. Jetzt, wo sie mit seinem widerspenstigen Sohn verheiratet war, eine Verbindung, der sich Andross über fast zwei Jahrzehnte hinweg widersetzt hatte, hatte er mehr Grund denn je, sie zu hassen. Es gab Hunderte von Gründen, Andross als Bedrohung anzusehen. Aber warum sah sie ihn nun als die Art von Bedrohung, die ihre Schwarzgardisten-Intuition kribbeln ließ?

Andross war immer eine Bedrohung gewesen, hatte immer nahe an den Steuerhebeln der Macht gesessen. Aber diese

Macht war für ihn seit Jahren keine konkret-direkte mehr gewesen. Doch jetzt … war etwas anders.

Er ging nicht mehr gebeugt. Tatsächlich hatte er schon unmittelbar nach Ru aufgehört, gebeugt zu gehen und zu stehen, oder? Er wirkte stärker, hatte wieder die breiten Guile'schen Schultern, vielleicht einfach deshalb, weil es ihm wieder besser ging, aber vielleicht war es auch neue Muskulatur – oder Schlimmeres. Und er ging auch schneller. Warum? Er war älter. Er hatte seinen letzten Sohn verloren. Einen normalen Menschen würde etwas Derartiges eher schwächen, würde ihn nur schneller ins Grab bringen. Aber nicht Andross Guile.

Gütiger Orholam, er war ein Rotwicht geworden! Direkt vor ihren Augen. Er war so lange aggressiv und eigensinnig gewesen, dass niemand seine Verwandlung bemerkt hatte. Vom Roten zum Rotwicht.

Karris hatte plötzlich das Gefühl, keine Luft mehr zu bekommen. Sie kannte Wichte. Hatte sie mit Gavin gejagt. Manche konnten monatelang die Fassade eines gesunden Verstandes aufrechterhalten. Sie waren eine wandelnde Ketzerei, aber sie konnten von Orholam erzählen. Sie konnten fast alles verbergen – nur ihre Augen nicht.

Und Andross Guile hatte seine Augen seit Jahren verborgen. Er hatte gesagt, er halte das Licht von sich ab und die Versuchung. Was, wenn er stattdessen alle anderen davon abhielt herauszufinden, was er geworden war?

Karris griff sich unbewusst an die Hüfte, aber da war kein Ataghan, keine Bich'hwa zu fühlen. Ihr eigener Atem klang ihr hart in den Ohren, während ihr Puls sich beschleunigte und neue Kampfenergie sie durchpulste. Er würde sie sehen, er würde einen einzigen Blick in ihr Gesicht werfen und Bescheid wissen.

In der Tat, diese Brille war anders als jene, die er vor Ru getragen hatte. Die neue war einfach nur dunkel. Er war nicht mehr blind. Brauchte es nicht mehr zu sein, weil er die Versuchungen des Wandelns nicht fürchtete – er war ihnen bereits erlegen.

Und jetzt registrierte ihr rationales Denken auch all die Details, die ihr schon früher hätten auffallen sollen – Andross schaute die Menschen direkt an, bemerkte Einzelheiten, die er nicht hätte sehen sollen, wenn ihn geschwärzte Linsen blind gemacht hätten. Fehler, Nachlässigkeitsfehler, die ein Mann, der ein Geheimnis hütete, nicht begehen sollte. Doch für einen Rotwicht vielleicht verständliche Fehler. Rotwichte waren nicht gerade für ihre Umsicht bekannt.

Ein Teil von Karris hatte Angst – aber ein anderer Teil von ihr frohlockte. Wenn er ein Wicht war, konnte er demaskiert werden. Und war er einmal demaskiert, würde er sofort befreit werden, Farbe hin, Farbe her. Und dann war er weg. Lieber Orholam, sie konnte ihn endlich loswerden.

Sie wusste, dass eine bessere Frau über den Verlust ihres Schwiegervaters durch einen gewaltsamen Tod trauern würde und noch mehr darüber, dass er sich dem Wahnsinn und der Blasphemie verschrieben hatte, statt ein würdevolles Ende zu wählen – aber Karris war nicht diese Frau. Sie wollte Andross Guile tot, tot, tot. Und wenn er dabei entlarvt und entehrt wurde, umso besser.

Als Delara Orange nach Branntwein stinkend hereinkam, begann Karris einen Plan zu entwickeln, wie sie Andross enttarnen und sich selbst vorher eine Waffe beschaffen wollte. Entlarvte Wichte waren oft vernichtend schnell in ihren Reaktionen, und Menschen, die einem Wicht gegenüberstanden, den sie für einen geliebten Menschen gehalten hatten, waren umgekehrt oft tragisch langsam. Selbst Schwarzgardisten.

Und es waren die Schwarzgardisten, die als Einzige in diesem Raum Waffen hatten.

Vielleicht war dann Magie die richtige Methode. Sie würde Andross' Haut beobachten müssen – aber der gewiefte alte Ziegenbock war von Kopf bis Fuß eingehüllt und trug sogar Handschuhe.

Dann brauchte sie also einen Beweis.

Karris hatte geschworen, nicht zu wandeln, aber sie hatte nicht vor, durch ihren Gehorsam gegenüber diesem Schwur – der sie ja gerade länger am Leben erhalten sollte – in den Tod zu gehen. Sie fragte sich, ob sie sich mit grünem Luxin füllen konnte, ohne dass irgendeiner der Wandler oder der Schwarzgardisten im Raum es bemerkte. Von allen Menschen auf der Welt waren gerade sie wohl am schwersten zu täuschen.

Und doch gab es keine andere Möglichkeit.

Karris beugte sich vor, schob ihren Stuhl zurück und stützte die Ellbogen auf den Tisch – eine höchst undamenhafte, aber nachdenklich wirkende Pose. Sie schaute rund um den Tisch, von einem zum anderen, aber es war alles nur Getue. Sie dachte nicht nach; sie hoffte.

Die Weiße wurde langsam hereingerollt, und sie wirkte abgespannt, als würde sie sich geschlagen geben. Karris richtete sich auf, und als merke sie soeben, dass ihr Stuhl dem Rollstuhl der Weißen den Weg versperrte, erhob sie sich und stieß dabei gegen den jungen Schwarzgardisten Gavin Gräuling. Sie schob ihren Stuhl mit einer Entschuldigung aus dem Weg, dann setzte sie sich und ließ den soeben stibitzten Dolch in eine Tasche gleiten.

Ein Dolch – gegen einen Rotwicht. Das gab ihr nicht gerade die Erfolgsaussichten, die sie sich wünschte, aber es war gut, eine Absicherung zu haben, wenn sie nicht rechtzeitig wandeln konnte, bevor er angriff.

»Bevor wir diese Versammlung beginnen«, erklärte die Weiße, »muss ich leider eine traurige Mitteilung machen. Unsere

Freundin und Kollegin Arys Grünschleier ist heute Nachmittag bei der Geburt ihres Kindes verstorben.«

»Orholam sei gnädig«, sagte die Orangefarbene. Sie legte sich die Hand auf den Mund.

»Nein, nein, nein«, sagte Jia Tolver. Die Infrarote war ihre Cousine gewesen.

»Was ist passiert?«, fragte Andross Guile.

Die Weiße schüttelte den Kopf. »Ihre Geburtsärztinnen haben angegeben, dass sie ungewöhnlich angespannt gewirkt habe, als hätte sie gewusst, dass etwas nicht stimme, wolle aber nicht sagen, was. Sie habe sich nur für ihr Baby interessiert, Ben-Oni hat sie ihn genannt, Sohn meiner Qual. Nachdem sie seine ersten Schreie gehört hatte, habe sie ihn umarmt, ins Leere geschaut und das Bewusstsein verloren. Sie ist nicht wieder erwacht.«

»Die verdammte Närrin«, sagte Delara Orange mit echtem Kummer in der Stimme. »Ich habe ihr gesagt, dass sie nicht ewig weiter Kinder bekommen könne.«

»Jeder von uns dient nach bestem Wissen«, erklärte Andross leise. Es war tröstend gemeint, und für einen Moment glaubte Karris ihm. Sie hatte vergessen, dass es sich bei ihm, bevor er die Spinne geworden war, um einen Mann mit einem Charisma gehandelt hatte, das fast so groß war wie das seines Sohnes.

Sie sah ihn an und überlegte. Konnte ein Rotwicht so gut eine Fassade aufrechterhalten? Vielleicht gehörte die Trauer auch zu den Leidenschaften.

Die Weiße begann für die Verblichene ein Gebet zu sprechen, und das Spektrum stimmte mit ein. Das gleichmäßige Auf und Ab der Stimmen schenkte Karris ein wenig Frieden und Ruhe. Tod bei der Geburt eines Kindes. Sie erinnerte sich an die Geburt ihres eigenen Kindes. Den Schmerz. Sie hatte selbst gedacht, sie würde dabei sterben. Für eine Weile hatte sie sterben wollen. Und dann hatte sie begriffen, dass sie nicht sich selbst hasste, sondern nur ihre Schwäche. Sie war zurückgekommen, war ein anderer Mensch geworden und der Schwarzen Garde beigetreten, war mutig geworden.

Und doch war sie vor diesem Kind davongelaufen. Lief noch immer davon. Schon allein beim bloßen Gedanken daran wurde ihr übel. Sie hatte Gavin nichts davon erzählt, als er ihr all seine schändlichen Geheimnisse offenbart hatte. Er hatte vor ihr alle Deckung fallen gelassen, und sie hatte ihn im Arm gehalten und zugehört, als sei sie selbst makellos und rein.

Ihr Kind – ihr Sohn, denn man hatte ihr das Geschlecht des Kindes versehentlich verraten, obwohl sie darum gefleht hatte, es ihr nicht zu sagen – war jetzt irgendwo da draußen, tief in den Wäldern des Blutwaldes, auf der Vormarschlinie einer Armee von Wichten. Es drehte ihr den Magen um.

Du kannst nicht ewig davonlaufen, Karris.

»Es tut mir leid, eure Trauer stören zu müssen«, sagte Andross Guile schließlich, als die Gebete beendet waren. »Aber wie wir alle wissen, erlaubt die gegenwärtige Krise kaum einen Aufschub, ganz gleich, wie dringlich wir eine Ruhepause nötig hätten.«

»Oh verdammt, Andross«, sagte Delara. »Kommt zur Sache.«

Karris umklammerte den Dolch in ihrer Tasche. Ein Rotwicht, dem man grob Kontra gab? Hallo Pulver, mein Name ist Funke. Aber …

Andross Guile lächelte traurig. »Delara, entschuldigt bitte«, sagte er. »Ich war unhöflich zu Euch. Gefühlskalt. Ihr habt in den letzten Monaten viel ertragen müssen, und ich habe Euch zusätzliche Lasten aufgebürdet, statt Eure Last zu erleichtern. Ich bitte Euch um Vergebung.« Zuerst dachte Karris, dass er sie verspottete und aus seinen Worten ein gehässiger, eiskalter, knochentrockener Sarkasmus sprach. Aber seine Gesten waren begütigend, sein Tonfall aufrichtig.

Irgendwer lehnte sich auf seinem Stuhl zurück, und das Knarren tönte durch den ganzen Raum, laut wie ein Musketenschuss.

Andross Guile schaute auf seinen Schoß hinab, als schäme er sich. »Die letzten Jahre waren hart für mich. Ich habe meine eigene Macht dahinwelken sehen. Ich habe aufgehört zu wandeln, um bei Verstand zu bleiben, und es war für mich, als würde ich mich von den Quellen von Orholams Herrlichkeit abschneiden. Ich habe in Finsternis gelebt. Die körperliche Finsternis hat mich krank gemacht und die moralische Finsternis ebenso. Ich habe nur an mich selbst gedacht. Ich habe Euch schlecht behandelt, meine Mitfarben, und ich habe mit jenen Schindluder getrieben, die mir am nächsten standen: mit dem letzten mir gebliebenen Sohn und mit meiner Ehefrau. Jetzt wurden mir beide genommen. Meine Frau hat entgegen meinem Wunsch an der Befreiung teilgenommen. Hat sich davongeschlichen, weil sie – zu Recht – befürchtete, dass ich ihr meine Erlaubnis nicht geben würde. Als ich meinen letzten Sohn verloren habe …« Seine Stimme stockte, und er brach ab. Dann hob er wieder den Kopf und wandte seine bebrillten Augen der Weißen zu. »Ich und Ihr haben jahrelang miteinander konkurriert und im Streit gelegen«, sagte er bekümmert. »Und jahrelang habe ich mich gegen Eure Weisheit gesträubt. Jahrelang war ich am äußersten Rand meines Halos angelangt. Ich habe es mir zur Gewohnheit gemacht, Handschuhe zu tragen und eine schwarze Brille, nicht nur um mich vor dem Licht zu schützen, sondern auch um Euren Blicken zu entgehen. Damit Ihr nicht wusstet, wie nah ich jenem Feuer war.« Er stieß einen Seufzer aus. Karris umfasste ihren Dolch fest und fragte sich, ob er gleich von seinem Stuhl springen und anfangen würde, die Menschen ringsum zu töten.

»Es ist Zeit für die Wahrheit«, fuhr Andross fort.

Karris stellte ihre Beine auseinander, positionierte die Füße zu beiden Seiten ihres Stuhles, so dass sie rasch aufspringen konnte.

Andross begann, seine langen Handschuhe abzustreifen. »Zu meiner Schande muss ich zugeben, dass ich bei unserer letzten Versammlung schon an dem Punkt angelangt war, da mein Halo brach, und als wir um ein Wunder gebetet haben, war mir nur noch ein Senfkorn des Glaubens geblieben, dass Orholam irgendetwas für uns tun könnte. Für mich.« Er blickte auf, und die Eindringlichkeit dessen, was er zu sagen hatte, sprach aus jedem seiner Gesichtszüge. »Aber ich bin heute hier, um Euch zu sagen, dass Orholam *mächtig* ist. Und er ist gut. Ich bin über meinem Gebet eingeschlafen, in dem Glauben, dass nichts mich retten könne, bereit, mir, wenn ich erwachte, den Tod zu geben. Ich schlief. Ich träumte. In meinem Traum verkündete mir Orholam, dass, so alt und gebrechlich ich auch sei, er doch größer sei als meine Gebrechen. In meiner Schwäche lobpreise ich ihn. Er ist mächtig und kann retten. Wir sind seine irdenen Gefäße, aber wir können seiner Ehre dienen, und er wird uns die Macht verleihen, ihm so zu dienen, wie es sein Wille ist.« Andross zog seine Handschuhe aus und warf sie auf den Tisch. Er riss sich die Kapuze vom Kopf. »Ich habe gebetet, habe geschlafen, habe geträumt und gehört, und ich wurde zu einem neuen Menschen.« Er öffnete seinen Umhang und ließ ihn auf seinen Stuhl fallen, dann nahm er seine verdunkelte Brille ab und legte sie auf den Tisch.

Karris hatte gewusst, dass Andross Guile Mitte sechzig war – Wandler heirateten für gewöhnlich früh und bekamen so schnell wie möglich Kinder, da sie wussten, dass sie jung sterben würden –, aber innerlich hatte sich in ihr die Vorstellung festgesetzt, er müsse mindestens neunzig sein. Er war alt, er war hinfällig, er stand mit einem Fuß im Grab.

Aber dieser Andross Guile war nicht der, den sie gekannt hatte. Sie ließ den gestohlenen Dolch aus ihren kraftlosen Fingern gleiten.

Andross Guile trug einen mit Goldbrokat geschmückten luxinroten Überrock, der die Breite seiner Schultern, die Kraft seines geraden Rückens betonte. Sein einst strähniges Haar war nun kurz geschoren, gewaschen und gekämmt. Seine Haut wirkte jung und straff, wo sie schlaff und schwabbelig gewesen war. Aber die eigentliche Überraschung war etwas anderes. Er legte die Hände auf den Tisch, dann drehte er sie um.

Weder Handrücken noch Innenflächen wiesen rote Luxin-Flecken auf. Als er nun alle der Farben der Reihe nach musterte und schließlich zu Karris kam, sah sie das wahre Wunder: Andross Guiles Halo umfasste nicht einmal die Hälfte seiner Iris. Er sah aus wie ein Mann, der noch zehn weitere Jahre des Wandelns in den Augen hatte.

Es war unmöglich. Es musste Zauberei sein, ein Phantasma der orangenen Magie.

»Berührt mich«, verlangte er. »Schaut und seht. Delara, ist es ein Zauber?«

»N-nein«, antwortete sie. Sie schien außerstande, etwas anderes zu sagen.

Jia Tolver berührte Andross tatsächlich. Sie berührte seine Hand und seine Arme in unverhohlener Verwunderung. Die Übrigen brauchten keinen solchen Beweis.

»Orholam sei gepriesen«, sagte Klytos, und wenn nichts von dem, was Andross während der letzten Minuten gesagt oder getan hatte, kalkuliert gewirkt hatte, so machte Klytos' Anrufung Orholams nun ganz offensichtlich diesen Eindruck. Sie riss Karris zurück in die Wirklichkeit. Was immer mit ihm passiert war, Andross Guile war immer noch Andross Guile. Sie sollte ihren gesunden Menschenverstand nicht einfach ausschalten, nur weil das Unmögliche geschehen war. Er war ein Guile, und in dieser verdammten Familie war immer mit dem Unmöglichen zu rechnen.

Natürlich bin ich jetzt auch eine Guile. Verflixt.

Andross dehnte das Schweigen in die Länge, dann sagte er: »Orholam hat mich mit einer Aufgabe betraut, und er hat mich dafür gerüstet. Und heute bitte ich das Spektrum, seinem Willen beizustimmen. Mein Auftrag ist es, dieser Ketzerei ein Ende zu bereiten, diesen lästerlichen Farbprinzen zu besiegen, und um das tun zu können, müsst Ihr mich zum Promachos machen.«

Es kam ein wenig hastig, aber vielleicht sah Andross Guile keinen Nutzen darin zu warten.

»Ich nominiere Andross Guile zum Promachos«, verkündete Klytos Blau.

»Ich unterstütze die Nominierung«, erklärte Andross.

»Eine Frage zur Geschäftsordnung!«, meldete sich Delara zu Wort. »Sind wir überhaupt in beschlussfähiger Anzahl anwesend? Grün ist tot, und es wurde noch kein Nachfolger ernannt, das Prisma fehlt, und Arys ist noch nicht einmal zur letzten Ruhe gebettet worden.«

»Die Wahl eines Promachos erfordert eine Mehrheit der gegenwärtig dienenden Farben«, stellte Andross fest.

Carver Schwarz nickte bestätigend. Alle am Tisch rechneten rasch durch, was das bedeutete. Schwarz hatte keine Stimme. Weiß stimmte nur in Pattsituationen ab. Da die Infrarote tot und noch kein Ersatz für sie benannt war und Gavin fehlte – zusammen mit der Stimme, die er als der Repräsentant der auf die Seherinsel gezogenen Exil-Tyreaner innehatte –, brauchte Andross nur drei von fünf Stimmen, um eine Mehrheit zu haben.

Er fuhr fort: »Natürlich ist das eine hohe Hürde, aber Orholam hat uns eine Möglichkeit gegeben, dennoch einen Weg zu finden. Ihr kennt mich alle seit vielen Jahren, und Ihr kennt Orholam und sein Wirken. Ihr alle wisst um die Krise, die vor uns liegt. Ich sehe keine Notwendigkeit für weitere Überlegungen. Ich ordne hiermit die Abstimmung an.«

Klytos stimmte natürlich mit Ja. Andross stimmte mit Ja und meinte dazu, dass eine Enthaltung falsche Bescheidenheit sei. Damit blieben noch Jia Tolver Gelb und Delara Orange. Er brauchte nur eine von ihnen. Wenn beide gegen ihn stimmten, wäre die Weiße am Zug.

»Ich stimme mit Nein.« Delara Orange verschränkte die Arme vor der Brust. »Ihr habt mich zum Narren gehalten, und das über all die letzten …«

»Jetzt ist nicht die Zeit für Ansprachen«, blaffte Andross. »Es ist Zeit, um abzustimmen. Jia?«

Jia legte die Stirn in Falten, ihre eine, zusammengewachsene Augenbraue krümmte und wand sich, während ihr Gesicht ein Dutzend unterschiedliche Ausdrücke durchlief. »Ich kann mich Orholam nicht in den Weg stellen. Ungeachtet all unserer persönlichen Differenzen scheint mir das Geschehen ein echtes Wunder zu sein. Ich stimme mit Ja.«

Ein tiefes Durchatmen ging um den Tisch herum.

»Die Ja-Stimmen haben den Sieg davongetragen«, sagte die Weiße. Ihr Tonfall und ihr Gesichtsausdruck waren undurchdringlich. »Die Amtseide werden morgen in der großen Halle abgelegt. Ist Euch das genehm, erwählter Promachos?«, fragte sie.

»Mehr als genehm, Hohe Dame.« Andross Guile lächelte. Er versuchte nicht einmal, seinen Triumph zu verbergen.

Sie vertagten sich. Karris stand auf und ging hinaus. Sie gab einem verwirrten Gavin Gräuling seinen Dolch zurück, als der junge Schwarzgardist auf den Gang trat, aber ihre scheltende Stichelei blieb ihr im Hals stecken, als sie eine vertraute Gestalt den Flur entlangtapsen sah.

»Caelia?«, fragte sie. Die kleine Frau war auf der Seherinsel die rechte Hand des Dritten Auges gewesen und für General Danavis – jetzt Satrap Danavis – beim Regieren der Insel, die Gavin zu einer neuen Satrapie gemacht hatte, eine unverzichtbare Hilfe geworden. »Was macht Ihr … Oh, Mist.« Sie ahnte es schon: Caelia hatte nicht nur einen scharfen Verstand, sie war auch eine Wandlerin.

»Von jetzt an Caelia Grün, ernannt vom Satrapen Corvan Danavis von Tyrea«, entgegnete die Frau mit einem Grinsen. »Das Schiff hat erst vor wenigen Stunden angelegt. Ich wäre schon eher hier gewesen, aber es gab im Hafen irgendeine Verwechslung. Habe ich etwas Wichtiges verpasst?«

Das war also der Grund, warum Andross so gehetzt gewirkt hatte. Er hatte herausgefunden, dass eine Nein-Stimme auf dem Weg war. Eine Stimme hätte ausgereicht, um ihm einen Strich durch die Rechnung zu machen. Eine Verwechslung im Hafen? Andross' Leute hatten Caelia so hingehalten, während das Spektrum zu seinem Treffen zusammengekommen war.

Und wegen einer Zeitdifferenz von drei Minuten nimmt die Geschichte einen anderen Lauf.

33

Es war unheimlich, nach allem, was ihm widerfahren war, wieder in die Bibliothek zu gehen. Alles war ganz genau so, wie er es zurückgelassen hatte. Er ging an Lesetischen vorbei, in deren Tischplatten sich Vertiefungen für die Tintenfässer befanden, damit sie nicht umgestoßen werden konnten. Er passierte Gang um Gang voller Bücher. Die Gänge waren speziell so angelegt worden, dass sie sich in den runden Raum dieser Bibliothek einpassten, und auch die Bücherregale waren alle leicht gekrümmt. Es war nur eine der vielen Bibliotheken auf Kleinjasper, aber es war die einzige, zu der selbst die Scholaren des ersten Jahres Zugang hatten, daher hatte er hier einen Großteil seiner Zeit verbracht.

Eine plötzliche Anwandlung von Wehmut überkam ihn, und er ging zu einem der Pulte. Dort saß ein kurzsichtiger junger Bibliothekar mit gebeugten Schultern. »Entschuldigung«, sagte Kip. »Ich suche nach Rea Siluz.« Die freundliche Bibliothekarin hatte ihm bei seinem Studium der Neun-Könige-Karten und allem anderen geholfen. Sie war es auch gewesen, die ihn an Janus Borig, den Spiegel, weiterverwiesen hatte.

»Aha«, sagte der junge Mann. Er wandte sich wieder seiner Arbeit zu. Er hatte ganze Stapel mit Büchern und Notizen vor sich, in die er regelrecht versunken schien.

»He, ich habe …«

»Es gibt keine Bücher über Rea Siluz. Wenn du damit ein

Problem hast, wende dich an die Kongregation für den reinen Glauben.«

»Hä?«, fragte Kip. »Ich suche nicht nach einem Buch *über* sie, ich suche nach *ihr.* Ungefähr so groß, mager, schmales Gesicht, dunkles Haar? Arbeitet für gewöhnlich in der Spätschicht?«

»Sag Timaeus, sehr witzig und dass ich hoffe, dass seine Abhandlung im Archiv vermodert.«

»Ich kenne niemanden namens Ti …«

»Pst!« Der Bibliothekar wandte sich wieder seiner eigenen Arbeit zu.

Kip gab auf. Vielleicht kannte sie jemand aus einer der späteren Schichten. Trotzdem war es merkwürdig. »Ich brauche Zutritt zu der Bibliothek oben«, sagte Kip.

»In welchem Jahr bist du?«, fragte der Bibliothekar gereizt.

»Ich bin ein Rekrut der Schwarzen Garde.«

»Beweis es«, verlangte der Bibliothekar.

»Tretet etwas näher heran, dann kann ich es Euch am eigenen Leib zeigen«, erwiderte Kip und ballte die Fäuste.

Der Mann wirkte nicht im Mindesten eingeschüchtert. »Wenn du dich an einem Bibliothekar vergreifst, hast du für ein Jahr in allen Bibliotheken Hausverbot.«

»Ein Jahr?«, frage Kip. »Während des Krieges? Obwohl ich ein Schwarzgardist bin, der dieses Wissen zum Kämpfen braucht? Kann ich mir nicht vorstellen.«

Der Bibliothekar fuhr sich mit der Zunge über die Lippen. »Name?«, fragte er dann und stöberte in seinen Stapeln nach einer Liste.

»Kip Guile.«

Der Bibliothekar hustete. »Der Gottestö…!« Er wühlte in seinen Papieren. Brach ab. Schaute zu Kip auf und schien ihn zum ersten Mal zu sehen. »Äh, Ihr könnte direkt nach oben gehen, Meister Guile«, sagte er. Er hatte noch nicht einmal seine Liste gefunden.

Aber Kip freute sich nicht darüber. Gottestöter. Es war eine weitere Last, eine weitere Erwartung, als würde er das, wo er es doch schon einmal getan hatte, sicherlich wieder tun.

»Ähm, eine Frage«, begann er. Er setzte ein charmantes Lächeln auf. »Hätte ich auch, ohne zu fragen, einfach nach oben gehen können?«

»Natürlich. Aber wenn irgendjemand in diesen Bibliotheken entdeckt wird, der dort nicht hingehört, setzt es strenge Strafen. Allerdings bewachen wir die Tür nicht oder so was. Ich meine, es sind *Bücher*.«

Die erste Person, die Kip im nicht öffentlich zugänglichen Teil der Bibliothek entdeckte, war Hauptmann Eisenfaust. Was?

»Hauptmann! Wie schön, Euch zu sehen!«, grüßte Kip. »Das ganze Trara von wegen ›nicht öffentlich zugänglich‹ hat mich irgendwie eingeschüchtert, aber …«

Der Hauptmann sah auf und blickte ihn streng an. »Ich bin hier bei der Arbeit, Brecher.«

»Woran arbeitet Ihr?«, fragte Kip erwartungsvoll.

»Brecher. Sieh zu, dass du weiterkommst.«

Kip reckte den Hals nach dem Buchtitel und las laut vor: »›Mutter von Königen, eine unkonventionelle Untersuchung über aborneanische Blutlinien‹? Worum geht es da? Und in all den anderen Büchern?«

»Wie weit glaubst du, dass du in vierundzwanzig Stunden rennen kannst?«, fragte Eisenfaust brüsk.

Ein schwaches Licht leuchtete in Kips allzu winzigem Gehirn auf: *Warnung, Dummkopf!* »Ja, Herr!«, sagte Kip und machte, dass er wegkam.

Kip ging zu einem Schreibtisch, wo ein anderer Luxiat, der fünf oder sechs Jahre älter war als er, in seine Studien vertieft war. »Verzeihung, könnt Ihr mir sagen, wo die Ahnentafeln zu finden sind?«

Der junge Luxiat blickte auf. Sein Auge zuckte schuldbewusst, als lese er etwas, was er nicht lesen sollte. Das Buch war jedoch in einer Sprache geschrieben, die Kip nicht kannte, daher konnte er sich auch keinen Reim darauf machen, was es wohl war. Der junge Luxiat sah ihn finster an und sagte: »Du bist dran vorbeigegangen. Dort, wo dieser riesige Schwarzgardist ist.«

Der riesige Schwarzgardist? Hauptmann Eisenfaust war zu Recht berühmt. Die Menschen auf Großjasper blieben stehen und starrten ihn an, wenn sie ihn sahen, und das nicht nur, weil er riesig und gutaussehend war.

Aber die Chromeria war nun einmal eine sehr große Gemeinschaft, und für einige waren die berühmten Leute hier eben Gelehrte oder Luxiaten – Menschen, die Kip kaum je überhaupt einmal gesehen hatte. Dieser junge Mann wäre wahrscheinlich genauso verblüfft darüber, dass Kip die sechs Hohen Luxiaten nicht auseinanderhalten konnte, wie es Kip erstaunte, dass der Luxiat Eisenfaust nicht kannte. Für ihn selbst bedeutete das eine kleine Dosis Demut.

Für gewöhnlich muss man mir die etwas direkter verpassen.

So gern sich Kip die Ahnentafeln und Familiengeschichten auch hätte anschauen wollen – wie viel Zeit und Blut hatte er darauf verwandt, Zugang zu diesen Schriften zu erhalten, und war nicht dieses Ziel ursprünglich der Grund gewesen, warum er der Schwarzen Garde beigetreten war? –, er konnte nun nicht hinübergehen und sich neben Eisenfaust setzen, nicht jetzt. »Schwarze Karten«, sagte er. Es rutschte ihm einfach heraus.

Der junge Luxiat sah ihn nur an. Er kam Kip irgendwie bekannt vor, aber das lag wahrscheinlich daran, dass sie in diesen affigen Röcken alle gleich aussahen.

»Die ketzerischen Decks«, sagte Kip. Weitergraben, Kip.

»Ihr jungen Kerle. Da bekommst du schon früher als alle anderen Zugang, und trotzdem legst du es immer noch darauf an.« Der junge Luxiat schüttelte den Kopf. »Diese Bücher befinden sich in der nicht öffentlich zugänglichen Bibliothek.«

»Das hier *ist* die nicht öffentlich zugängliche Bibliothek«, sagte Kip. »Oder etwa nicht?«

»Du glaubst, es gibt nur eine?«

»Bis jetzt habe ich das geglaubt, ja.«

»Bist klüger, als du aussiehst.«

»Hä?«

»Aber offenbar nicht viel.« Der Luxiat schloss sein Buch. Er wirkte immer noch angespannt. »Tut mir leid, Junge. Hör mal, du bist ein Rekrut der Schwarzen Garde, so viel kann ich sehen. Das verleiht dir aber noch nicht überall Zugang. Ketzerische Unterlagen und verbotene Magie sind tabu für alle außer den Farben und jenen, die von ihnen eine besondere Erlaubnis erhalten haben. Die schwarzen Karten sind schwarz, weil sie ketzerisch sind, also …«

»Also befinden sich Bücher über sie in der Abteilung für Ketzerei.«

»In den nicht öffentlich zugänglichen Bibliotheken, aber immerhin nah dran.«

Kip erkannte, dass das alles nirgendwo hinführte. Weitere Genehmigungen einholen? Er hatte gerade mit der Weißen gesprochen. Er hätte sie fragen können. Sie würde sein Interesse an den schwarzen Karten zumindest verstehen, aber das war keine Garantie, dass sie auch der Ansicht wäre, er solle Zugang zu ihnen haben. Und was machte er hier überhaupt? Er versuchte, irgendwelche Skandale aufzudecken, um damit Klytos Blau zu vernichten … Wer wusste schon, ob sein Vater das überhaupt noch erledigt haben wollte? Zu spät, Kip. Mal wieder.

Gavin wurde auf einem Piratenschiff gefangen gehalten. Zweifellos würden die Piraten ihn gut behandeln – er war schließlich das Prisma –, obwohl Kip annahm, dass sie ihm wohl die Augen verbunden haben mussten oder etwas in der Richtung, um zu verhindern, dass er sie mit all seiner Macht in Stücke riss. Trotzdem, wer wusste, wann er zurück sein würde?

»Wie heißt Ihr?«, fragte Kip.

»Quentin. Entschuldigung. Quentin Naheed.« Ein nervöser Typ, dieser Quentin. Schien Mühe zu haben, Kip in die Augen zu sehen. Ach, na ja, die Gelehrten.

»Nett, Euch kennenzulernen, Quentin. Wie soll ich es zeigen, wenn ich eine Genehmigung habe?«, wollte Kip wissen.

»Du willst dir einfach eine Genehmigung holen?«, fragte Quentin und lächelte, als fände er es irgendwie putzig, dass Kip glaubte, die Sache wäre so einfach.

Kip antwortete nicht. Er mochte diese grinsende Herablassung nicht besonders.

Quentin schüttelte den Kopf und gab auf. »Bin gleich zurück.« Er ging zum Pult einer der Bibliothekarinnen, stöberte in einer Schublade und plauderte ein wenig mit der Frau dort. Dann kam er zurück und reichte Kip ein kleines Quadrat aus rotem Pergament.

Kip füllte das Formular rasch mit den geforderten Informationen aus, und Quentin sah ihm verblüfft nach, als er zu Hauptmann Eisenfaust hinüberging. »Könnt Ihr das hier für mich unterschreiben, Herr?« Er reichte ihm die Feder, die er bereits in Tinte getaucht hatte.

»Brecher, weißt du, auf wie viele verschiedene Arten ich dich mit dieser Feder kampfunfähig machen könnte?«

»Nein, Herr.«

»Möchtest du es herausfinden?«

»Nur wenn dieses Wissen eher gelehrter als am eigenen Leib erfahrener Natur ist, Herr.«

Eisenfausts Mundwinkel zuckten, aber vielleicht hatte Kip sich das auch nur eingebildet.

»Danach wirst du verschwinden, ja?«, sagte Eisenfaust. Es war keine Frage.

»Auf der Stelle, Herr.«

Eisenfaust unterzeichnete das Formular, auf das er kaum einen Blick geworfen hatte. »Brecher, den Mutigen gehört die Welt … aber sei mir gegenüber nicht noch einmal mutig.«

»Ja, Herr.«

Kip ging zurück, um seine Sachen zu holen und nach dem Weg zu den verbotenen Bibliotheken zu fragen. Quentin gab ihm die gewünschten Informationen und schien verblüfft, dass es so einfach für Kip gewesen war. »He, ähm, Quentin, danke. Ihr wart mir eine große Hilfe.«

»Ich … ich kann nicht glauben, dass du einfach …«

»Ich weiß, es ist nicht fair. Versucht, mich dafür nicht zu hassen. Meine Familie ist irgendwie ein Haufen von … Nun ja, wir haben es besser, als wir es verdienen. He, was studiert Ihr eigentlich? Kann ich dort vielleicht ein Buch für Euch besorgen, das für Euch hilfreich sein könnte? Ich kann Euch natürlich nicht erlauben, die Bibliothek damit zu verlassen, daher müsste ich hier sein, während Ihr darin lest, aber wenn ich helfen kann …«

»Das klingt wirklich gefähr… fantastisch! Ich wüsste das wirklich zu schätzen. Ich, ich studiere alle möglichen Dinge. Ich bin … bin ein Universalgelehrter.« Er errötete. Kurz sah er Kip in die Augen, dann schaute er wieder weg und redete hastig weiter. »Entschuldige, ich habe daran gearbeitet, meine falsche Bescheidenheit zu überwinden, aber es ist wirklich … wie dem auch sei, ich habe mich intensiv mit den Heiligen des ersten Jahrhunderts beschäftigt; ich habe alles über Alban und Strang auswendig gelernt einschließlich der Kommentare. Übergangsriten aus der Zeit von Karris Schattenblender. Ein wenig über alternative Geschichtsschreibung. Deine Augen werden glasig. Dass ich all diese Kommentare auswendig kenne, bringt mir normalerweise viel An… Es sind fünf Bände, weißt du? Na ja, spielt keine Rolle.«

Er hatte all diese Dinge studiert? Das klang nach möglichem Nutzen. »Auch irgendwas Modernes? Oder ist das zu gefährlich-fantastisch?« Dazu grinste Kip jedoch, um zu zeigen, dass er nur neckte.

»Mit modern meinst du zeitgenössisch?« Es war jedoch als eine echte Frage gemeint, und Quentin schien seine Schüchternheit zu vergessen, als sich das Gespräch nun zunehmend auf sein Terrain verlagerte.

»Mir war nicht klar, dass es da einen …«

»Entschuldige, pedantische Frage. Strukturen fortdauernder Stammeshierarchien in Abornea? Ähm, moderne Märtyrer? Ich habe eine Zeit lang irgendwie geglaubt, mein eigener Lebensweg würde wohl eine Wendung zum Missionarischen nehmen, um nicht zu sagen zum Märtyrerhaften. Tempelbautechniken?«

»Ihr wisst wohl nicht etwa ein wenig über moderne Familienchroniken Bescheid? Familien von Edelleuten jetzt und während des Kriegs des Falschen Prismas?«

»Nein.«

»Hm.« Es wäre wohl auch zu schön gewesen, um wahr zu sein, dachte Kip. Als würde Orholam ihm genau den einen Gelehrten schicken, der alles wusste, was Kip wissen wollte. Mehr überraschte es ihn, mit welcher Mühelosigkeit ihm die Bezeichnung ›Krieg des Falschen Prismas‹ über die Lippen gekommen war. In seiner Kindheit in Tyrea war es immer der ›Krieg der Prismen‹ gewesen. Kip hatte die Bezeichnung ›Krieg des Falschen Prismas‹ nicht bewusst gewählt, um sich an die hier üblichen

Gepflogenheiten anzupassen; es war für ihn nicht einmal eine Wahl gewesen. Dieser Ort veränderte ihn. »Ihr kommt mir irgendwie bekannt vor. Sind wir uns schon mal begegnet?«, fragte er.

Quentin schüttelte den Kopf, blinzelte und erstarrte förmlich, plötzlich wieder schüchtern. Was für ein seltsamer Kerl. »Ich weiß nicht. Möglich. Bitte, sei nicht gekränkt, aber ich achte nicht sonderlich auf Schwarzgardisten.«

Das war nur fair. Kip glaubte nicht, in seiner gesamten Zeit in der Chromeria einem Luxiaten auch nur einmal wirklich ins Gesicht geschaut zu haben. Da kam ihm ein Gedanke. Quentin hatte gesagt, dass er sich beeindruckende Wissensmengen eingeprägt habe, und er hatte offensichtlich die Erlaubnis erhalten zu studieren, was immer ihm gefiel. Das war ungewöhnlich, also musste er ganz besonders begünstigt worden sein. Hierin vielleicht Kip gar nicht so unähnlich – obwohl sich Quentin seine Privilegien bestimmt auch wirklich verdient hatte. »Sagt mir, Quentin, Ihr seid in Euren Kreisen wahrscheinlich richtig berühmt, nicht wahr?«

»Ich würde es nicht berühmt nennen – Pest und Cholera! Da ist sie wieder. Falsche Bescheidenheit.« Er seufzte. »In meinen begrenzten Kreisen, ja.« Er wurde erneut rot. »Und entschuldige, dass ich geflucht habe.«

»Wie lange hat es gedauert, bis sie versucht haben, Euch in ihre politischen Ränke hineinzuziehen?«

»Was? Wer? Tut mir leid, ich verstehe nicht.«

»Die Luxiaten. Wer immer über Euch steht.« Kip war indes klar, dass Quentin in Wirklichkeit ganz genau wusste, wovon er sprach.

»Das Magisterium ist Orholams Hand auf Erden. Es ist nicht wie andere Institutionen von der Politik bestimmt«, sagte Quentin. Nervös. Abwehrend.

Für einen Moment hatte Kip die Wahl. Der schnippische Kip sein oder nicht der schnippische Kip sein. Und dann sagte er: »Ein Lügner. Ach, das ist wirklich schade. Du hast auf mich den Eindruck gemacht, als könntest du ein Freund sein. Dir noch ein schönes Leben, Bruder Naheed.«

34

Kip hatte nicht genug Zeit, um die nicht öffentlich zugängliche Bibliothek sofort aufzusuchen, und Karris hatte sich immer noch nicht bei ihm gemeldet, daher begab er sich zu seiner nächsten Unterrichtsstunde. Die Magistra war Tawenza Goldauge. Sie war uralt für eine Wandlerin, vielleicht sechzig, und stand im Ruf, außerordentlich kratzbürstig zu sein. Es hieß, sie nehme nur drei Scholaren pro Jahr an – allesamt gelbe Superchromatinnen. Kip würde nun natürlich dazustoßen, nachdem sie die Klasse bereits seit Monaten unterrichtet hatte.

Er begab sich in Richtung gelber Turm, durchschritt den hoch oben in den Lüften hängenden Verbindungsgang, wobei er nur ein einziges Mal vor Höhenangst schlucken musste, und erreichte Minuten später die Tür eines kleinen Vorlesungsraums. Vor der geschlossenen Tür blieb er stehen. An der Tür befand sich ein Schild: »Keine Männer zugelassen.« Er zauderte. Legte die Stirn in Falten.

Kip Guile tötet Götter und Könige und hat Angst, an eine Tür zu klopfen.

Sind auch vollkommen verschiedene Dinge. Das hier war so, als ginge man in eine Damentoilette.

Er schaute auf seine von Brandnarben bedeckte linke Hand,

die sich immer so leicht zu einer Faust ballte. Dann leg mal los, Faust.

Er klopfte; ein energisches, aber zugleich verhaltenes dreifaches Pochen.

Die Tür öffnete sich mit dem dritten Anklopfen.

»Was hast du hier zu suchen?«, fragte eine ältere Frau mit goldenen Augen und leuchtender Haut. Nicht schwer zu erraten, wer sie war.

»Seid mir gegrüßt, Magistra Goldauge, ich habe das Schild gesehen …«

»Aber es nicht gelesen? Kannst nicht lesen? Hinweg mit dir.« Sie warf die Tür zu.

Kip schob den Fuß dazwischen, ohne nachzudenken. Die Tür schlug auf seinen Schuh und schwang wieder auf. Magistra Goldauge hatte ihm bereits den Rücken zugekehrt und erstarrte bei dem Geräusch.

Die beiden jungen Frauen, die hinter ihr im Raum auf ihren Stühlen saßen, reckten die Hälse nach Kip und wirkten plötzlich entsetzt.

»Bitte um Verzeihung«, sagte Kip. »Ich bin Euer neuer Scholar, Kip. Ich habe gedacht, dass Schild sei ein Versehen. Bestimmt bedeutet es eigentlich ›Zutritt nur für Superchromaten‹.«

»Und?«, fragte sie und drehte sich um. Sie sah ihn an, als sei er ein Insekt.

Kip zögerte, unsicher, was sie wohl vorhatte. Er sagte: »Ich bin ein Superchromat.«

»Ein Superchromatenjunge ist wie ein Hund, der ›Ich liebe dich‹ bellen kann. Ein alberner Krimskrams, nichts von Bedeutung.« Sie knallte die Tür zu.

Kip gab sich geschlagen. Gerade jetzt, wo sich bei ihm das Gefühl eingestellt hatte, er sei der kleine Lord Guile, der immer seinen Willen bekam. Letztendlich hatte er es wahrscheinlich auch wirklich nicht besser verdient. Außerdem gab es ihm die Möglichkeit, eine verbotene Bibliothek aufzusuchen, bevor Andross Guile einen Weg fand, ihm einen Strich durch die Rechnung zu machen.

Er merkte, dass er die Tür versperrte und dass eine unscheinbare aborneanische Scholarin von ungefähr zwanzig mit schwachen gelben Halos versuchte vorbeizukommen. Er trat zur Seite.

Als sie in den Raum schlüpfte, lächelte sie entschuldigend und sagte: »So ein paar Dinge wird allein der Lichtbringer in Ordnung bringen können.« Sie schloss die Tür hinter sich.

Wenige Minuten später war Kip wieder im Turm des Prismas und näherte sich einem der Räume, von denen Quentin ihm erzählt hatte. Auf einem Stuhl vor der Tür saß ein Bibliothekar und las. Er wirkte geradezu begeistert, tatsächlich einmal einen Menschen zu sehen. »Oh, seid mir gegrüßt!«, sagte er. Er zog einen Schlüssel aus einer Tasche und streckte die Hand aus.

Kip reichte dem Mann das rote Pergament.

»Kip Guile?«, fragte der Bibliothekar. Er konnte offensichtlich lesen, daher war Kip unschlüssig, wie er die tiefer schürfende Frage in seiner Stimme deuten sollte.

»Richtig.«

»Ihr wart dabei.« Der Bibliothekar leckte sich die Lippen. »Ist er am Leben? Wirklich? Sie behaupten, dass er noch am Leben ist, aber es ist ja klar, dass sie das tun, nicht wahr? Damit wir bis zum Sonnentag die Hoffnung behalten, nicht? Lebt das Prisma wirklich noch?«

»Ich schwöre es«, sagte Kip. »Ich habe geholfen, ihn aus dem Wasser zu ziehen. Er hat noch geatmet. Es braucht wohl mehr als ein paar Piraten, um einem Gavin Guile den Garaus zu machen.«

Der Bibliothekar nickte ermutigt, und sein ganzes Gesicht hellte sich auf. »Das stimmt. Das stimmt. Nach allem, was er getan hat.« Der Bibliothekar blickte stirnrunzelnd auf das rote Pergament hinab und sagte: »Danke, und ich wünschte, ich könnte Euch hineinlassen, allein schon weil Ihr mir diese Nachricht überbracht habt. Aber es tut mir sehr leid, Herr. Neue Regeln. Euer Großvater hat verfügt, dass nur diejenigen mit seiner persönlich geschriebenen Erlaubnis Zugang zu dieser speziellen Abteilung erhalten dürfen.«

»Was?« Besaß Andross überhaupt die Befugnis dazu?

Der Bibliothekar sagte: »Der Erlass kam erst heute Morgen hier rein, vor nicht einmal zwei Stunden.«

Vor zwei Stunden. Bevor Kip überhaupt auf seinen brillanten Plan gekommen war, Eisenfaust um seine Unterschrift zu bitten. Kip wusste nicht, ob er sich jetzt besser fühlen sollte, weil das bedeutete, dass die Spione seines Großvaters doch nicht *so* gut waren, oder schlechter, weil sein Großvater Kips Plan schon vereitelt hatte, noch bevor Kip ihn sich auch nur ausgedacht hatte.

Ja, ja, der kleine Lord, der immer seinen Willen bekommt. Es nahm ihm den Wind aus den Segeln. Am Ende besuchte er an diesem Tag nur eine einzige Unterrichtsstunde. In Ingenieurskunst. Thema der Stunde waren Einfallswinkel, die Beschaffenheit von Spiegelrüstung und die Lichtbrechung durch Luxin. Die Qualität der Vorträge war zweifellos vorzüglich – Plattner, die Rüstungen anfertigten, und Kriegswandler dozierten darüber, warum diese oder jene spezielle Art von Spiegelrüstung vor einem Wurfgeschoss aus blauem Luxin aus genau diesem einen Winkel schützen würde, aber nicht aus jenem anderen, und warum es eines der größten Probleme war, wie man die Rüstung sauber halten konnte, denn jede Form von Schmutz machte sie weniger spiegelnd.

Einige Spiegelmänner – meist entweder die Eliteinfanterie irgendeines Satrapen oder einfach die reichsten von ihnen – hatten es sich angewöhnt, sehr dünne Baumwollbezüge über ihrer Rüstung zu tragen, mittels deren ihre Rüstungen beständig auf Hochglanz poliert wurden. Diese Bezüge konnten sie, wenn sie in die Schlacht zogen, entweder ablegen oder auch die ganze Zeit über anlassen. Letzteres sei weniger eindrucksvoll, sagte einer der Plattner, aber es gebe keinen Grund, das Zerschneiden der Bezüge nicht den Luxin-Waffen der Angreifer zu überlassen. Die meisten Spiegelmänner wollten jedoch auf den mentalen Vorteil nicht verzichten, den ihre glänzende Rüstung ihnen Wandlern gegenüber verlieh. Wahrscheinlicher war wohl, überlegte Kip, dass sie einfach damit angeben wollten, sobald sie die Gelegenheit dazu erhielten.

Für heute gaben die Unterrichtenden nur einen allgemeinen Überblick und beschäftigten sich allein mit einer Farbe: Blau. Die Reihe von Vorträgen würde jedoch fortgesetzt, und Kip hoffte, jedes Mal kommen zu können.

Dennoch: Plötzlich wirkte der Besuch aller Kurse für ihn wie freiwillig. Er würde mit Sicherheit nicht wieder in den Kurs über die Grundlagen des Wandelns bei Magistra Kadah gehen, aber das war streng genommen der einzige, den blauzumachen ihm erlaubt worden war. Doch angesichts des heraufziehenden Krieges gab es zu viel anderes zu tun, um seine Zeit mit historischen Themen zu verschwenden, die nicht direkt mit dem Krieg in Bezug standen.

»Die Verwendung von Luxin in der Kunst«? Jetzt? Machten die Witze?

Von den Ingenieuren einmal abgesehen schien niemand von der allgemeinen Weigerung, die Realität des Krieges zu akzeptieren, abgelassen zu haben – eines Krieges, den sie vielleicht verlieren würden.

Nach seinem Kurs ging Kip zum Mittagessen. Keiner der Rekruten der Schwarzen Garde war da. Die meisten hatten einen gestaffelten Zeitplan, damit sie ihre Kurse besuchen, aber weiterhin zum Training gehen konnten. Kip fiel der Tisch der Ausgestoßenen ins Auge, wo erst vor wenigen Monaten auch er gesessen hatte. Von ihrer Rekrutengruppe war praktisch niemand mehr da. Teia und Ben-hadad waren fort, gehörten nun dem höheren Kulturkreis der Schwarzen Garde an. Kip selbst hatte nur am Rande dazugehört, und das Mädchen mit dem Muttermal, Tiziri, war wegen Kips Versagen nach Hause geschickt worden – sie war der Spieleinsatz in einem Neun-Könige-Spiel mit Andross Guile gewesen, das Kip verloren hatte. Somit war nur Aras übrig geblieben.

Der Junge saß allein am Tisch. Kip zögerte einen Moment, dann ging er auf ihn zu.

Aras blickte auf, bevor Kip sich setzen konnte. »Was machst du da?«, herrschte er Kip an.

»Ich wollte … essen«, antwortete Kip. »Kann ich mich zu dir …«

»Ich brauche dein Mitleid nicht.«

»So etwas sagen nur Leute, die Mitleid brauchen«, entgegnete Kip, und die Worte waren ihm aus dem Mund gerutscht, bevor er sie zurückhalten konnte.

»Sprich nie wieder mit mir.«

Kip gab es auf. Er ging davon, setzte sich allein an einen Tisch und aß schweigend seine Mahlzeit.

Da er nicht wusste, was er sonst mit sich anfangen sollte, ging er in die Untergeschosse hinab. Später hatte er noch sein Schwarzgardisten-Training, aber er konnte es nicht ertragen, einfach untätig dazusitzen. Beeil dich und fang an, mit mir zu trainieren, Karris.

Er fand den Trainingsraum seines Vaters fast genauso vor, wie er ihn verlassen hatte, nur dass der Hindernisparcours neu angeordnet worden war. Aber Kip fühlte sich zur Klimmzugstange hingezogen.

Vor der Schlacht von Ru war diese verdammte Stange seine tägliche Demütigung gewesen. Er war allein hierhergekommen, damit die anderen nicht sahen, wie kläglich er versagte.

Er sprang hoch und machte ohne jede Mühe einen Klimmzug. Nun ja, er hatte ein wenig gemogelt. Schließlich hatte er noch etwas Schwung von seinem Sprung gehabt. Er machte einen zweiten Klimmzug. Und vier weitere. Sechs?

Sechs!

Er ließ sich zu Boden fallen, und zum ersten Mal erschien ihm der brennende Schmerz in seinen Muskeln mehr wie ein Beweis für seine Fortschritte denn als eine Strafe für Versagen. Er umwickelte seine Hände, begab sich zum altgewohnten Boxsack und setzte mit ein wenig Ultraviolett die Lichter in Gang. Für eine halbe Stunde, vielleicht auch eine ganze, versenkte er sich in den schlichten Akt des Zuschlagens. In der Hitze der Übungen stiegen in ihm Erinnerungen an erlittenen Spott und erduldete Verachtung an die Oberfläche wie geschmolzene Schlacke, und Schlag für Schlag hämmerte er sie aus sich heraus: Mutters höhnische Seitenhiebe, Rams Hänseleien, General Danavis' Enttäuschung. Aras' Verbitterung. Doch allmählich ging er dazu über, den Sandsack mehr mit leidenschaftsloser Präzision zu bearbeiten statt mit wütender Ungenauigkeit.

Er begann nun auch die Abläufe der Körpermechanik mehr und mehr zu verinnerlichen. Er schlug schneller, präziser und härter, Kraftlinien liefen von seinen in den Boden gestemmten Füßen hinauf durch seine Hüften und seinen angespannten Unterleib, um sich wie eine knallende Peitsche zu entladen, wenn er die Faust in den Boxsack rammte. Das Gefühl war … herrlich.

Weit oben im Boxsack befand sich ein kleiner Riss in der Ledernaht, und Kip stellte sich vor, die Stelle so hart zu treffen, dass die Naht aufriss. Es passierte natürlich nicht, aber diese Vorstellung hielt ihn bei der Stange.

Er hatte gerade Schluss gemacht und seine Hände freigewickelt, als sich die Tür einen Spaltbreit öffnete. Es war Teia.

»Dachte ich's mir doch, dass ich dich hier finden würde«, sagte sie schüchtern. »Du Riesentrottel, jetzt wirst du im Training nichts mehr taugen. Wir werden wahrscheinlich beide rennen müssen.« Sie verzog das Gesicht. »Entschuldige, das ist jetzt völlig falsch rübergekommen.«

Kip grinste. »Schön, dich zu sehen, Teia.«

»Dich auch.« Sie zögerte. »Es tut mir leid, dass ich nicht da war. Oben auf Deck, meine ich. Du bist mein Partner, und ich war nicht da, als du mich gebraucht hättest. Ich fühle mich ziemlich mies deswegen. Und dann bist du zurückgekommen, und es – es war nicht ganz die Art Wiedersehen, die ich mir gewünscht hatte.«

»Darüber wollte ich …«

»Kip, ich … ich muss da ein paar Geheimnisse hüten. Selbst vor dir. Kannst du mir vertrauen?«

Wenn Kip an Teia dachte, dachte er an das kleine Mädchen, das er vor Monaten irrtümlich für einen Jungen gehalten hatte. Eine unsichere junge Sklavin, die tief im Schlamassel steckte. Aber auch ein Mädchen, das jedes der vielversprechenden Schwarzgardisten-Talente sehr genau einstufen und sich auf diese Weise ausrechnen konnte, dass sie die Viertbeste von ihnen war – aber zugleich irgendwie nicht begriff, wie sehr sie diese Fähigkeit allen anderen gegenüber auszeichnete, weil sie alle so genau einschätzen konnte.

Diese Teia jetzt war nicht mehr *jene* Teia. Kip begriff, dass er – während er selbst älter wurde und sich veränderte, durch all die Kämpfe hindurch und weil ihm bewusst wurde, dass die alten Sprüche und Weisheiten, die er sich selbst erzählt hatte,

Lügen waren – irgendwie gedacht hatte, dass alle anderen unverändert bleiben würden. Und das war der Gedanke eines Trottels gewesen.

Teia war klein, aber das machte sie nicht zu einem Kind. Sie war reifer, als Kip es wahrscheinlich in seinem ganzen Leben gewesen war.

»Ich habe gehört, dass ohne dich der Angriff auf den Kopf von Ru wohl gescheitert wäre«, sagte Kip.

Teia zuckte die Achseln.

»Wachhauptmann Tempus hat gesagt, Hauptmann Eisenfaust habe dir eine Medaille verleihen wollen.«

»Was?«

»Offenbar wurde seine Entscheidung von jemandem in einer höheren Position wieder verworfen.«

»In einer Angelegenheit, die die Schwarze Garde betrifft? Wer könnte so etwas tun – oh, sag es mir nicht.«

»Genau«, bestätigte Kip. »Solange du also nicht für dieses alte Krebsgeschwür arbeitest, Teia, vertraue ich dir, klar. Du bist noch immer auf unserer Seite, oder?«

Sie lachte, aber da schwang ein wenig Unsicherheit in ihrem Lachen mit.

»Teia, du hast doch wohl nicht angefangen … du arbeitest doch nicht für meinen Großvater, oder?«

»Kip – Brecher, ich darf dir *gar nichts* sagen. Aber ich werde dich niemals verraten. Du bist mein bester Freund.«

»Bin ich das?«

Sie wandte verlegen den Blick ab. Kip hätte sich ohrfeigen können. Nicht ganz die richtige Reaktion.

»Ich meine, ich hab einfach gedacht, da du ja meine Sklavin warst …«

»Was?!« Ihre Augen blitzten verärgert.

»Warte, warte, warte!« Er holte tief Luft. »Ich wollte dein

Freund sein, Teia. Ich hatte immer Angst, dass wir, als ich … als ich deine Besitzpapiere gewonnen hatte … dass das bedeutete, dass wir keine Freunde mehr sein könnten. Ich hab nicht gewusst, wie viel davon immer noch geblieben ist. Selbst danach, weißt du. Vielleicht würde ich dich ja immer daran erinnern. Du bist auch *meine* beste Freundin.«

Sie wirkte einigermaßen besänftigt, aber immer noch ein wenig aufgebracht. »Ich bin mehr als mein Sklaventum, Kip.«

»Und ich bin mehr als ein Guile, aber es ist immer da, ob es mir gefällt oder nicht.«

Sie schob die Lippen zu einem trotzigen Schmollmund vor, dann nickte sie. Sie legte ihre Hand an die Kette, die sie um den Hals trug, und Kip wollte sie schon danach fragen, aber er merkte, dass es etwas Persönliches war. Vielleicht das Geschenk eines ihrer ehemaligen Herren? Ihr Gesicht hellte sich wieder auf, wiewohl sich ihr Mund zugleich verdrießlich verzog. »Ich wollte dich nicht in Verlegenheit bringen. Du weißt schon, indem ich dich meinen besten Freund genannt habe, als wollte ich damit sagen … als wollte ich damit sagen, dass …« Sie schnitt eine Grimasse.

»Ich habe es schon richtig verstanden«, eilte ihr Kip zu Hilfe.

»Du hast es doch nicht deshalb auch gesagt, weil ich … na ja, vergiss es. Können wir von hier verschwinden?« Sie lief rot an.

Er verspürte den plötzlichen Drang, nach ihrer Hand zu greifen, aber er tat es nicht. Warum fühlte er sich auf einmal so unbeholfen und jung?

Teia fügte hinzu: »Und du musst es vor der Gruppe geheim halten.«

»Niemand wird von mir erfahren, dass wir Freunde sind«, erwiderte Kip ernst.

»Brecher!«

Er grinste, machte schnell das Zeichen für die Drei und die Vier, um sein Versprechen zu unterstreichen. Sie grinste zurück.

Sie machte Anstalten, erneut das Wort zu ergreifen, um sich irgendwie zu verteidigen und ausführlicher zu erklären, aus welchen Gründen sie nicht erklären konnte, warum sie blutbesudelt in die Chromeria zurückgekehrt war, aber dann ließ sie es doch dabei bewenden, und er schrieb es ihr als ein Zeichen von Reife zu. Die unreife Teia hätte sich gewiss mehrfach rückversichert. Oder sollte er denken: Die *Sklavin* Teia hätte sich mehrfach rückversichert? Vielleicht war ja diese Teia, die, die er jetzt vor sich hatte, die Teia, die sie eigentlich immer gewesen war und die nur von ihrer Sklaverei unterdrückt worden war?

Nun gut, ich habe in meinem ganzen Leben jedenfalls immerhin eines richtig gemacht.

»Ich habe dich vermisst, Kip.« Sie lächelte und warf ihm ein Handtuch zu.

Er fing es auf, und sein eigenes Lächeln erschien ihm so breit, als drohe es ihm die Wangen zu zerreißen.

»Bist du bereit hinaufzugehen?«, fragte sie.

Er wischte sich das Gesicht ab. Das ist das Gute am Schwarzgardisten-Training, dachte er – es ist völlig in Ordnung, verschwitzt dort aufzukreuzen.

Die Tür öffnete sich hinter ihnen, und Grinwoody trat ein. Kips Lächeln verflog.

»Guten Tag, junger Herr … Guile«, sagte der alte Sklave. Wie immer war er sorgfältig gekleidet, wirkte verschrumpelt wie ein alter Apfel, und sein Auftreten war so angenehm wie eine Nacht mit Durchfall.

»Grinwoody, du siehst gut aus!«, erwiderte Kip mit aufgesetzt guter Laune und wählte absichtlich die Vertrautheit signalisierende namentliche Anrede. Wie lange hatte Grinwoody schon dort an der Tür gestanden? Gütiger Orholam.

»Euer Großvater verlangt nach Euch.«

»Will er Neun Könige spielen?«, fragte Kip.

»Ich glaube, ja.«

»Ich habe Training für die Schwarze Garde«, machte Kip deutlich. »Ich will jetzt nicht mit ihm spielen.«

»Eure Wünsche tun nichts zur Sache. Der Promachos lässt Euch rufen. Ihr werdet mit mir kommen. Unverzüglich.« Der alte Mann schien es zu genießen, Kip in Rage zu bringen.

Der Promachos? Gütiger Orholam, nein. Deshalb hatte Andross also die Befugnis, den Zugang zu den Bibliotheken zu verbieten. Verdammt!

»Sonst passiert was?«, fragte Kip. Er konnte es sich einfach nicht verkneifen.

Der parianische Sklave drehte sich zu Teia um. »Sonst wird Eure Freundin hier der Chromeria verwiesen.«

»Wie bitte?«, sagte Teia.

»Ich habe nicht mit dir gesprochen, Sklavin. Schweig still«, blaffte der alte Sklave. Arschloch.

»Ich bin keine Sklavin«, blaffte Teia zurück.

»Mein Fehler«, sagte Grinwoody. Es war offensichtlich kein Fehler gewesen.

Nun gut, das beantwortete immerhin eine Frage. Teia arbeitete nicht für Andross. Er würde sicher niemanden von seinen eigenen Leuten bedrohen, oder? Oder vielleicht ja doch, weil er felsenfest davon überzeugt war, dass Kip schon nicht zulassen würde, dass ihr etwas Schlimmes widerfuhr?

War Andross derart gut, dass er unbekümmert gegen seine eigenen Karten spielte, im Wissen, dass jemand anders schon dafür sorgen würde, dass sie nicht gefährdet waren?

Kip fühlte sich unwohl, und Angst stieg in ihm auf. Wollte er es denn wirklich wagen, sich angesichts dieser Lage auf ein geistiges Kräftemessen einzulassen? Andross Guile war gottähnlich in seinen intellektuellen Fähigkeiten und in seiner Skrupellosigkeit. Kip hatte Magistra Kadah zwingen können, Farbe zu bekennen, indem er ihr gesagt hatte, sie könne niemals jemanden der Schule verweisen lassen, der schon fast ein voller Schwarzgardist war. Aber Andross Guile konnte rauswerfen, wen immer er rauswerfen wollte. Er war jetzt der Promachos. Es war eine Katastrophe.

»Ich bin noch nicht dafür bereit«, sagte Kip.

»Das spielt keine Rolle. Er verlangt Eure Anwesenheit.«

Kip fluchte halblaut. »Ich hasse dich wirklich, Grinwoody«, sagte er.

Grinwoody lächelte schmallippig. »Mir bricht das Herz, Herr.«

35

Ein paar der Galeerensklaven jubelten über den Fund des Schlüssels. Die anderen waren vorsichtiger, ängstlicher, vielleicht misstrauischer. Orholam nahm den Schlüssel, stürmte durch die Galeere und öffnete die Ketten von Sklaven.

»Schnapp dir zehn von uns und mach sie los, damit wir die Enternetze durchschneiden können«, kommandierte Gavin. »Den Rest von ihnen brauchen wir nach wie vor an den Rudern.«

»Befreit uns alle!«, rief einer weiter vorn.

»Wenn die Zeit dafür gekommen ist!«, erwiderte Gavin.

»Du lügst uns an! Freiheit jetzt oder nie!«, rief der Mann zurück.

Gavin konnte es nicht glauben. Das konnte den ganzen Fluchtversuch gefährden. Für so etwas hatten sie jetzt keine

Zeit. »Ein paar von uns stehen im Begriff, ihr Leben zu riskieren, um das Schiff freizuschneiden. Wenn wir uns nicht so schnell wie möglich von dem anderen Schiff losmachen, kommen sie einfach über die Netze zurück, oder sie laden drüben die Kanonen und töten uns alle. Wenn es euch nicht gefällt, dann rudert eben nicht. Nur zu, bringt uns alle um.«

Gavin stürzte auf den Aufgang zu. Die Stufen waren von der Wucht der Kanonenkugel halb weggerissen worden. Er griff sich ein abgeborstenes langes Holzstück und sprang mit einem Satz zu den verbliebenen Stufen empor. Antonius Malargos folgte ihm, ohne zu fragen. Die Stufen führten an den verwirrten Sklaven auf dem nächsten Deck vorbei und hinauf zu einem engen Treppenabsatz.

Die Luke war hinter zwei halben Treppendrehungen verborgen. Und sie war geschlossen. Gavin, Antonius und ein halbes Dutzend Sklaven sammelten sich unter der Luke und drückten dagegen. Sie war verriegelt. Gavin versuchte sich mit der Schulter gegen die Luke zu werfen. Ein recht unbeholfenes Unterfangen angesichts der Tatsache, dass sie fast direkt über ihm war.

»Orholam sei uns gnädig, was sollen wir jetzt tun?«, fragte Antonius.

Einer der Sklaven griff über Antonius' Schulter und fand einen in der Dunkelheit verborgenen Riegel. Er schob ihn auf und grinste. In der Dunkelheit waren nur seine Zähne zu sehen. Gavin hatte gehofft, dass ihm seine Farbenblindheit vielleicht helfen würde, im Dunkeln besser zu sehen. Soweit er erkennen konnte, war das jedoch nicht der Fall. Sie war in *jeder* Hinsicht eine Behinderung. Anders als in den kaum glaubhaften Geschichten, die er über blinde Männer gehört hatte, welche einen geradezu übernatürlich ausgeprägten Geruchssinn oder ein außergewöhnliches Gehör entwickelt hatten, besaß er keine ausgleichenden Fähigkeiten.

Es war vielleicht nur gerecht. Als er das Prisma gewesen war, hatte er keinerlei Behinderung gehabt. In allem hatte er seine Kraft und seine Stärken unter Beweis gestellt. Jetzt war ihm das alles genommen.

»Wir brauchen etwas zum Schneiden«, sagte er. »Hat irgendjemand ein Messer? Ein Schwert? Weiß jemand, wie die Enternetze befestigt sind? Mit Enterhaken? Oder sind sie auf unserer Seite hier festgebunden?« Gavin war stolz auf sein Gedächtnis, aber er war bewusstlos gewesen, als er an Bord gebracht worden war. »Spielt keine Rolle«, überlegte er laut. »Wenn sie unter Spannung stehen, können wir sie ohnehin nicht losbinden. Wir müssen sie in jedem Fall losschneiden.«

Jemand reichte ein Messer herauf. Ein einziges.

Gavin gab es zurück. Er war durchtrainiert und hatte ein Stück Holz in der Hand. »Die Enternetze zuerst«, erklärte er. »Unser einziger Vorteil ist unsere Überzahl. Wenn sie Verstärkung von drüben bekommen, wäre das schlecht für uns. Netze weg und etwas Abstand gewinnen. Tötet die Männer an Bord, um an ihre Messer zu kommen, und schneidet diese Netze durch. Seit ihr bereit?«

Er wartete nicht auf Antwort. Er warf die Luke auf und sprang an Deck.

Das plötzliche grelle Licht blendete ihn so sehr, dass er fast nichts sah, und als er nun aus der Enge des Schiffsbauchs heraustrat, brandete eine Flut von Geräuschen auf ihn ein. Eine Muskete krachte in fünfzehn Schritt Entfernung, aber der Pirat feuerte auf einen Schützen in der Takelage der anderen Galeere. Gavin lief zu ihm hinüber.

Der Pirat sah Gavin nicht einmal kommen. Er drehte sich zur Seite, um nachzuladen, und kehrte Gavin dadurch den Rücken zu. Gavins Behelfsknüppel krachte auf den Kopf des Piraten herunter wie ein Ruder, das das Meer durchpflügt. Blut spritzte hoch, der Mann flog aufs Deck, und Gavin war in Sekundenschnelle auf ihm, um ihm das Messer aus dem Gürtel zu reißen.

Dann war er wieder auf den Beinen und rannte los. Schnelligkeit und das Überraschungsmoment waren die einzigen Vorteile der Sklaven. Ein einzelner Pirat mit einem Schwert wäre in der Lage, ein halbes Dutzend unbewaffneter Sklaven aufzuspießen und ihrer Flucht ein Ende zu machen, bevor sie überhaupt begonnen hatte.

Am Heck des Schiffes war ein weiterer Pirat postiert, und der sah Gavin kommen. Entweder aus Dummheit oder Schock stieß der Mann keinen Alarmruf aus, aber er zückte seinen Säbel.

Gavin drosselte sein Tempo kaum. Er hob das Messer und stieß es nach vorn, als wolle er es werfen. Der Mann zuckte zusammen, seine Muskeln spannten sich an, und er zielte mit seiner Säbelspitze auf Gavin. Im Näherkommen senkte Gavin das Messer, um den Säbel zu parieren, und warf seinen Körper auf die Seite. Messer und Säbel klatschten gegeneinander, und das minderwertige Metall sprühte Funken. Gavins mit der linken Hand geschwungener Knüppel landete nur einen Streifhieb auf der Stirn des Seeräubers.

Aber es reichte, um ihn benommen zu machen. Gavin ließ dem ersten Schlag einen Volltreffer aus der Rückhand folgen. Zähne flogen durch die Luft, und der Mann stürzte zu Boden. Gavin kniete sich auf seinen Rücken und rammte ihm das Messer direkt unterhalb des Schädels durchs Genick. Er packte den Säbel, stand auf und warf das Messer mit dem Griff voraus dem ersten Mann zu, der ihm gefolgt war. Es war Antonius, und für eine Sekunde machte er den Eindruck, als meine er selbst angegriffen zu werden, von den eigenen Leuten.

Antonius wich dem Messer aus, und es fiel klappernd aufs Deck. Er bückte sich, um es aufzuheben, da zischte eine Musketenkugel über seinen Kopf und schlug drei Meter hinter ihm ins Deck ein.

Die andere Galeere war höher als der *Bittere Kolben,* und das konnte von Vorteil oder ein Nachteil sein, je nachdem, wie wütend und unvorsichtig die Piraten waren. Wenn sie möglichst schnell zu ihrem Schiff hinüberwollten, dann konnten sie ihre Schwerter in die Scheide stecken und einfach die Enternetze herunterrollen, um in Sekundenschnelle drüben zu sein. Niemand, der bei klarem Verstand war, würde das allerdings in einer solchen Situation tun, und ein steil herabfallendes Netz aus Seilen hinunterzuklettern war nicht einfach.

Natürlich – es empfahl sich nicht unbedingt, darauf zu bauen, dass die Piraten in Kanoniers Gefolgschaft »bei klarem Verstand« waren.

Als Gavin die Bordwand erreichte, stellte er fest, dass die Netze nicht einfach nur mit Enterhaken am Holz festgemacht waren, was ihm erlaubt hätte, die Haken herauszuziehen und die Netze herabfallen zu lassen. Stattdessen waren die Enterhaken erst mit Schlaufen befestigt worden, die um die Reling gewickelt und dann wieder an den Enterhaken gebunden worden waren, bevor man sie in der hölzernen Reling verankert hatte. Schlechte Neuigkeiten. Aber durch diese Schlaufe war das Hanftau straff gegen die Reling gespannt. Gavin machte sich daran, das Seil zu durchtrennen, und beim zweiten Hieb gab es nach. Er warf einen Blick über das Schiff. Es gab vier weitere Enterhaken. Vier Hanftaue zwischen ihm und der Freiheit.

Vier Galeerensklaven hatten mitschiffs einen Piraten niedergerungen und schlugen und traten ihn mit Fäusten und Füßen tot. Antonius stürmte zum am weitesten entfernten Tau – kluger Junge – und überließ es Gavin, sich einem weiteren schwertschwingenden Piraten in den Weg zu stellen. Aus dem Augenwinkel sah Gavin, während er rannte, einen Piraten mit einer

Muskete auf ihn zielen; also ließ er sich im Rennen zur Seite fallen, schlitterte auf der Hüfte übers Deck und sprang auf, als er den schwertschwingenden Piraten zwischen sich und den Mann mit der Muskete gebracht hatte.

Noch während Gavin den Kampf mit dem Piraten aufnahm, sah er andere Piraten auf die Netze springen, um zum *Bitteren Kolben* herüberzukommen. Ihm lief die Zeit davon. Sein Säbel und der dünnere, nach vorn gebogene Athagan des Piraten klirrten aufeinander, und Gavin wurde bewusst, wie lange es her war, seit er sich das letzte Mal im Fechten geübt hatte. Wie lange es her war, seit er es das letzte Mal hatte können müssen. Aber ein Pirat war letztlich nicht mehr als ein Seemann mit der Bereitschaft zu töten. Nicht dasselbe wie ein ausgebildeter Krieger. Gavin ließ sich zwei gute Gelegenheiten zu tödlichen Hieben entgehen – er war zu langsam, um seinen Vorteil auszunutzen, und zu vorsichtig, um einen Vorteil zu erzwingen.

Aber eine dritte Gelegenheit kam. Nachstoßen und töten: Der Säbel glitt gerade tief genug in die Brust seines Gegners, um dessen Herz zu öffnen, dann zog Gavin die Klinge zurück. Er machte einen Schritt nach hinten, um einem möglichen Gegenhieb auszuweichen – bloß weil ein Mann binnen Sekunden sterben würde, bedeutete das nicht, dass er einen in der Zwischenzeit nicht töten konnte.

Er begriff, dass er durch sein Zurücktreten dem Musketenmann die Schusslinie freigemacht hatte. Er schlug die Klinge des Schwertkämpfers ein weiteres Mal beiseite und packte den Mann unter den Achselhöhlen; genau in diesem Moment hörte er die Muskete feuern. Der Mann zuckte zusammen, und die Kugel fuhr ihm direkt zwischen Gavins Fingern hindurch in die Schulter. Zumindest *hoffte* Gavin, dass sie zwischen seinen Fingern getroffen hatte. Im Moment ließ sich nur sagen, dass sich der Zeigefinger seiner rechten Hand heiß anfühlte.

Er ließ den immer noch zuckenden Mann fallen, stellte fest, dass sein Finger blutete, aber noch da war, und schlug auf das Tau ein, wo es über die Reling lief.

Ein Pirat kam das Entertau herunter, flinker, als Gavin es für möglich gehalten hätte. Er ging aufrecht und sprang mit der Beweglichkeit eines Tänzers von Tau zu Tau – und zwar *schnell.* Aber das Seil zerriss beim ersten Hieb, und das Enternetz sackte plötzlich weg. Der Mann sprang, streckte die Hände aus, um die Bordwand zu erreichen und – schaffte es gerade so. Auch die Erschütterung des An-den-Rumpf-Schlagens ließ den Mann nicht den Halt verlieren. Gavin schlug mit seiner Klinge die Bordwand hinab, und als Antwort platzten acht Finger auf.

Ein kurzer Schrei und ein befriedigendes Klatschen verkündeten Erfolg.

»Rudert!«, rief Gavin, während er über das Loch sprang, das das Kanonenfeuer ins Deck gesprengt hatte. Aber sie waren bereits dabei, die Ruder wurden ausgefahren, schoben das Schiff zunächst vom anderen Schiff weg, spannten die Enternetze. Noch waren zwei Enterhaken übrig – und mit einem Schnalzen lösten die Sklaven achtern den einen vom Netz. Damit blieb nur noch der eine mittschiffs. Gavin rannte darauf zu.

Musketenkugeln ließen um ihn herum Holzsplitter durch die Luft fliegen. Ein Pirat sprang vom Enternetz, und Gavin schlitzte ihm den Unterleib auf, ohne auch nur das Tempo zu drosseln. Er sah einen Piraten, der soeben eine Drehbasse auf dem Deck des anderen Schiffs geladen hatte und sie nun in seine Richtung schwenkte. Er warf sich zu Boden, als sie ihren Tod auf das niedrigere Schiff regnen ließ.

Gavin sprang auf und tastete nach dem Säbel, den er bei seinem Hechtsprung verloren hatte.

»Guile! Guile!«, rief eine vertraute Stimme. Kanonier.

Als Gavin aufblickte, wusste er bereits, welcher Anblick ihn erwartete. Kanonier stand keine zwanzig Schritt entfernt, die prächtige schwarz-weiße Muskete auf Gavins Gesicht gerichtet. Aus dieser Entfernung konnte Kanonier ihn nicht verfehlen.

Die Ruder tauchten in die Wellen, aber angesichts der Trägheit des schwer beladenen *Bitteren Kolbens* würden noch lange Sekunden vergehen, bis sich das Schiff einigermaßen schnell bewegte.

Der Säbel war in Gavins Hand. Wenn Kanonier Gavin in den Kopf schoss, würde er den Streich nicht mehr ausführen können. Er würde für nichts und wieder nichts sterben. Aber wenn Kanonier Gavin in die Brust traf – der sicherere Schuss –, konnte Gavin sein Leben für die Freiheit der Sklaven hingeben.

Was war der Wert von ein paar Sklaven, was der Wert von tausend Sklaven im Vergleich zu dem eines Prismas? Was würde es der Welt nutzen, wenn sich Gavin entschied, dieses Opfer zu bringen?

Nichts.

»Tu, was du tun musst«, sagte Gavin, ebenso zu sich selbst wie zu Kanonier.

Er schlug mit dem Säbel auf das Seil ein und erwartete, dass eine Musketenkugel seinen Körper zerfetzte. Sie kam nicht. Er hatte sich so sehr auf den kommenden Aufprall konzentriert, dass er das Seil nicht gleich beim ersten Hieb ganz durchtrennte. Er schlug erneut darauf ein, und es zerriss. Das Enternetz fiel ins Wasser und verteilte Piraten in alle Richtungen.

Gavin sah Kanonier an. Er zielte immer noch mit seiner Muskete, als wisse er selbst nicht genau, warum er nicht gefeuert hatte. Kanonier schaute zum Horizont. Gavin folgte seinem Blick.

Das Schiff, das Kanonier jahrelang verfolgt hatte, hatte sie eingeholt. Während des Angriffs hatte der *Bittere Kolben* alle

Ruder auf der einen Seite der Galeere abgebrochen, auf der sich Kanonier nun befand.

Kanonier würde nicht mehr vor dem rachsüchtigen Kapitän, der ihn jagte, fliehen können. Und da die Reihen seiner Piraten ausgedünnt waren und ihnen wahrscheinlich die Munition ausgegangen war, konnte seine Besatzung den Kampf unmöglich gewinnen.

Gavin nicht zu töten bedeutete, dass Kanonier selbst sterben würde. Was zum Teufel? Der Mann war halb wahnsinnig, aber in all seinem Wahnsinn ging es ihm dennoch letztlich immer um den eigenen Nutzen, oder?

Mit einem Fluch, den Gavin nicht hören konnte, senkte Kanonier seine Muskete. Sein Kopf bewegte sich auf und ab, während er in schneller Folge ein Dutzend Kraftausdrücke von sich gab. Dazu huschten seine Augen hin und her, aber Gavin konnte sich keinen Reim darauf machen, was er tat. Dann flog irgendetwas in hohem Bogen über das Wasser – ein Speer? Gavin sprang rückwärts, als das Musketenschwert vom Himmel fiel und klappernd nicht weit von ihm entfernt auf dem Deck landete.

Was sollte das?

Die Sklaven des *Bitteren Kolbens* tauchten ihre Ruder wieder ins Wasser, und das Schiff begann sich mit einer ordentlichen Geschwindigkeit zu bewegen und den Abstand zwischen beiden Schiffen zu vergrößern. An der Bordwand des anderen Schiffes standen Piraten, die all ihr Pulver verschossen hatten. Sie fluchten und wirkten völlig verblüfft.

Eine hohe Welle neigte die Galeere zur Seite, und das Musketenschwert glitt auf eine Öffnung in der Bordwand zu, wo eine Kanonenkugel ein Stück herausgerissen hatte.

Gavin sprang hinterher und packte es, bevor es ins Meer fallen konnte. Dann stand er auf und fragte sich, was zum Teufel geschehen war.

Einen Moment später sah er, dass es auf dem anderen Schiff einen Tumult gab. Ein Pirat wurde so hart angerempelt, dass er zur Seite stürzte, als jemand – nicht *jemand*, sondern Kanonier! – das Deck entlangrannte. Als sich die Schiffe nun völlig voneinander lösten, wurden sie von den Wellen bewegt, wodurch sie fast Heck an Bug zueinander zu liegen kamen. Kanonier rannte direkt zum Bug des übel in Mitleidenschaft gezogenen Schiffes und sprang von der Bordwand in die Luft, wobei er etwas rief, bei dem es sich vielleicht um »Leck mich, Ceres!« gehandelt haben könnte.

Einen Moment lang dachte Gavin, der verrückte Pirat würde es tatsächlich schaffen, die Kluft zwischen den beiden Schiffen zu überspringen. Er flog durch die Luft, ließ Arme und Beine kreisen – und stürzte mit einem lauten Platschen ins Meer.

Gavin rannte zum Heck. Die Galeerensklaven fuhren unbeirrt mit ihren langen Ruderzügen fort, und der Abstand zwischen den Schiffen wurde immer größer. Als Gavin das Heck erreicht hatte, sah er mehrere Piraten im Wasser, aber keiner von ihnen war Kanonier. Dann schaute er hinab.

An einem Seil durchs Wasser gezogen, das vom Deck des *Bitteren Kolbens* herabhing, zog sich Kanonier Hand um Hand ans Schiff heran. Er erreichte eine Ladeleiter hinten am Schiff und kletterte geschickt herauf. Gavin wartete oben auf Deck und hatte das Musketenschwert fast vergessen.

Kanonier erreichte das Ende der Leiter, schüttelte sich das Seewasser aus Bart und Augen, und streckte eine Hand nach Gavin aus. »Worauf wartest du?«, fragte er. »Hilf Kanonier hoch. Er hat dein Leben verschont.« Und er grinste sein irres, wahnsinniges Grinsen.

36

Mit einem vertrauten Gefühl von schlimmer Vorahnung folgte Kip Grinwoody zu Andross Guiles Gemächern. Jedes Mal, wenn Kip mit dem alten Mann zu tun gehabt hatte, war Kip dabei am schlechtesten weggekommen.

Grinwoody führte sie an der Stelle vorbei, wo der Eingangsflur zu den Quartieren der Guiles gewesen war. Jetzt war dieser Flur zugemauert. Andross Guile hatte die Räume seiner Frau für sich beansprucht, so dass eine viel größere Zimmerflucht entstanden war. Aus irgendeinem Grund hatte Kip geglaubt, Andross würde Felias Räume als eine Art geheiligte Gedenkstätte bewahren und unberührt lassen.

Offenbar hatte er den Worten der alten Spinne zu viel Glauben geschenkt.

Sie gingen an den Schwarzgardisten vorbei, die vor der äußeren Eingangstür Wache hielten – und die nicht allzu erfreut darüber wirkten, so weit draußen postiert zu sein – und traten ein. Felia Guiles größtes Zimmer war zu einem Vorzimmer für Bittsteller umfunktioniert worden, wo sie warten konnten, bis der Promachos sie empfing.

Im Raum verteilt saßen acht adlige Wandler, einige plauderten, und andere musterten den Rest mit offener Feindseligkeit. Kip erkannte in ihnen ein paar der bedeutendsten Wandler jeder Farbe, obwohl er nur wenige mit Namen kannte. Der älteste war der grauhaarige Lord Eichenkron, der in aller Ruhe eine Schriftrolle mit Gebeten las – oder, so wie Kip die Chromeria kannte, wohl eher so tat, als lese er Gebete, während er Schreiben von Spionen verbarg. Die Übrigen waren in den Dreißigern. Da war eine zwergenhafte Frau, die, wie er gehört hatte, die neue Farbe für Tyrea war. Er erkannte eine Crassos – die Schwester oder Cousine des aufgrund seines Fehlverhaltens in Ungnade gefallenen und hingerichteten Gouverneurs von Garriston – sowie Akensis Azmith und Jason Jorvis, dessen Schwester in der gleichen Nacht, da Gavin Karris geheiratet hatte, unter skandalumwitterten Umständen von Gavins Balkon in den Tod gesprungen war. Manche sagten, aus übergroßem Kummer, von ihm zurückgewiesen worden zu sein. Die Familie Jorvis behauptete, dass Gavin irgendwie für Anas Tod verantwortlich war, und forderte eine Entschädigung.

Kip kannte nur noch eine der Übrigen: Tisis Malargos, die schöne junge, hitzige Grüne, die versucht hatte, ihn glauben zu machen, dass ein Nichtbestehen der Mangel den Tod bedeuten würde, und die ihn dann hatte scheitern lassen, indem sie ihm das Seil wieder in die Hand gedrückt hatte. Nicht gerade der Mensch, den er am liebsten sah. Kip hatte keinen Hehl aus seiner Freude gemacht, als sein Vater sie dazu überlistet hatte, sich selbst aus dem Spektrum herauszuwählen.

Als Kip einmal aus Andross Guiles Quartieren herausgekommen war und geglaubt hatte, sich gleich übergeben zu müssen, hatte Eisenfaust zu ihm gesagt, er habe schon Satrapen in einem weit schlimmeren Zustand aus diesem Raum kommen sehen.

Ganz gleich, wie schlimm sich Kips Auseinandersetzung mit Andross Guile gestalten würde, auch Tisis stand die Begegnung mit ihm bevor. Genieße es, mein Schätzchen.

Er nickte ihr freundlich zu.

Sie wirkte verwirrt, und auch das erfüllte ihn mit Genugtuung.

Grinwoody war bereits vor ihm in den Räumen verschwunden, und ein anderer Sklave, der weggeschickt worden war, kam heraus. Kip holte tief Luft, und all sein draufgängerischer Heldenmut sickerte aus ihm heraus wie Urin, der über das Bein eines Feiglings rinnt.

Er bereitete sich innerlich auf den Geruch im Raum vor. Und auf die Dunkelheit.

Er blickte wieder zu Tisis hinüber – nicht, weil es ihn gekümmert hätte, was sie wohl von ihm dachte, sondern weil sie schön anzuschauen war – und sah, dass sich ein fieses kleines Lächeln auf ihre Züge gelegt hatte, das seiner Ängstlichkeit galt.

Kip atmete aus, blies die Wangen auf. Das hatte er wohl verdient. Er wandelte eine Fackel aus ultraviolettem Licht. Grinwoody bat ihn herein, sein ewig höhnisches Grinsen im Gesicht, und Kip trat durch die schweren Vorhänge.

Hinein ins Licht.

Einen Moment lang dachte Kip, Grinwoody müsse ihn an den falschen Ort geführt haben, aber kaum war ihm der Gedanke gekommen, da wusste er auch schon, dass er sich irrte. Er erinnerte sich an diesen Raum, wenn auch nur dunkel. Im wahrsten Sinne des Wortes. Dieser Stuhl, dieser Tisch, dieses Gemälde über dem Kaminsims, sie hatten im kalten, feinen Licht der ultravioletten Fackeln, die Kip stets gewandelt hatte, sämtlich anders ausgesehen, aber es waren dieselben Gegenstände wie damals. Da war der luxuriöse Teppich, auf den Kip gefallen war, als ihm der alte Mann in der Dunkelheit einen heftigen Hieb verpasst hatte.

Andross Guile lehnte an der Kante seines Schreibtisches, halb saß er, halb stand er. Es war die Pose eines viel jüngeren Mannes, aber jetzt schien sie zu Andross zu passen. Kip stand da wie vom Donner gerührt.

Andross sah aus, als sei er ein oder zwei Jahrzehnte jünger

geworden. Er wirkte ein wenig wie ein robuster alter Bauer oder Zimmermann. Er hatte immer noch das kleine Bäuchlein, das Kip schon vor langer Zeit aufgefallen war, aber es schien nun schnell zu schrumpfen. Er wirkte voller Kraft, jetzt, da seine breiten Guile-Schultern und sein ausgeprägtes Guile-Kinn nicht mehr unter Schicht um Schicht von Kleidung verborgen waren. Er lächelte freundlich, aber auch wenn dieses Gesicht Gavins Gesicht war, nur gealtert, war das Lächeln nicht das gleiche. Es fehlte irgendwie die Wärme darin. Gavin hatte dieses verwegene, unbekümmerte Grinsen, im Wissen, dass er, gutaussehend und mächtig wie er war, mit allen möglichen Dingen durchkam, aber man hatte bei alldem immer das Gefühl, dass es ihn amüsierte und dass er, hinter diesem Grinsen, die Menschen wirklich mochte. Andross Guile sah durch einen *hindurch*, die Menschen waren nur Mittel und Ziele für ihn.

»Als man mir sagte, du seist zurück«, begann Andross, »haben sie mir nicht erzählt, wie wenig von dir zurückgekehrt ist.« Er feixte. Natürlich hatte er Kip beim Treffen des Spektrums gesehen. Er wollte damit wohl sagen, dass seine Spione ihm schon zuvor mitgeteilt hatten, dass Kip zurück war.

»Ich sehe, dass ich nicht der Einzige bin, der etwas verloren hat«, erwiderte Kip.

»Ich meinte das als Kompliment.«

»Ich auch. Ihr wart ein Wicht.«

»Kip, ein Mensch bekommt nur eine begrenzte Anzahl von Möglichkeiten, im Leben oder in einem Gespräch noch einmal von vorn anzufangen. Verpass keine wichtige Chance.«

Ob er von einem Ungeheuer kam oder nicht, es war jedenfalls ein guter Rat. Kip hielt seine Zunge im Zaum.

He! Zum zweiten Mal in meinem Leben!

»Neun Könige?«, fragte Andross.

»Mit Freuden, aber ich habe meine Karten nicht dabei.«

Moment, hatte Andross das gerade als Frage formuliert? So als könnte Kip Nein sagen?

»Mir fehlen selbst ein paar meiner Decks«, erwiderte Andross. »Aber ich besitze jede Menge. Du kannst dir jedes ausborgen, das du möchtest.«

»Was ist diesmal der Einsatz?«, erkundigte sich Kip. Er war ein wenig aus der Übung, aber wenn er genug Zeit hatte, sich die Decks anzusehen, konnte er zumindest ein gutes Deck von einem schlechten unterscheiden.

»Also hast du es nicht gestohlen«, folgerte Andross.

»Was?«

»Irgendjemand ist in meine Räume eingebrochen und hat einige Wertgegenstände gestohlen. Der Betreffende hat sich auch eines meiner Lieblingsdecks geschnappt. Es erschien mir die Art von impulsiver Tat, wie sie vielleicht dir zuzutrauen wäre.«

Und er hatte allein an Kips Gesichtsausdruck ablesen können, dass Kip nicht der Schuldige war.

Sie setzten sich, und Andross legte zwei Decks auf den Tisch. »Ich dachte, wir könnten vielleicht eines der alten Duelle ausprobieren: die Zwillinge oder Götter und Ungeheuer.« Beides waren klassische Paarungen. Bei solchen Spielen besaßen die Decks weitgehend gleiche Stärken, verfolgten aber sehr unterschiedliche Strategien. Von jedem Spieler wurde erwartet, dass er sich alle Karten in jedem Deck eingeprägt hatte. Das Glück spielte immer noch eine Rolle, aber ein Spieler mit einem guten Zahlengedächtnis konnte die Wahrscheinlichkeit abschätzen, dass sein Gegner eine Karte ziehen würde, mit der er die jeweils gewählte Strategie durchkreuzen konnte. Es war die Art Spiel, bei der Kip in Bausch und Bogen verlieren würde, auch wenn er die meisten Karten in jedem Deck kannte.

»Götter und Ungeheuer«, entschied Kip.

»Interessante Wahl«, erwiderte Andross. Und Kip sah, dass Andross glaubte, Kip wolle selbst mit dieser Wahl eine bedeutungsvolle Aussage machen. Natürlich hatten sie beide soeben erst Göttern und Ungeheuern gegenübergestanden.

Doch Kip hatte diese Karten nur ausgewählt, weil er dachte, dass sie unterhaltsamer sein würden.

Jetzt werde ich *über*schätzt.

Er war sich nicht darüber im Klaren, ob das besser oder schlechter war.

»Welches Deck willst du, Enkelsohn?«, fragte Andross.

Jetzt, da Kip wusste, dass sein Großvater dachte, Kip wolle mit seiner Wahl auch etwas Bestimmtes ausdrücken, dachte er anders über die Sache. »Seltsam, dass sie auf entgegengesetzten Seiten stehen, nicht wahr? Nach meiner Erfahrung haben die Götter und die Ungeheuer zusammen gekämpft.«

»Ganz und gar nicht seltsam«, widersprach Andross. »Was kann sich einem Gott entgegenstellen außer einem Ungeheuer?«

»So rechtfertigt Ihr das also?«, fragte Kip. Direkt und ungefiltert.

»Wenn irgendwann in zukünftigen Friedenszeiten verweichlichte Männer meine Entscheidungen aus lange vergangenen Zeiten kritisieren werden, dann ist die Tatsache, dass sie leben und das tun können, schon Beweis genug, dass ich recht hatte«, stellte Andross fest. Er griff nach einem Deck. »Ein Mann, der zaudert, könnte niemals ein Gott werden, daher nimmst du die Ungeheuer.« Kip sah zu, wie er beide Decks mischte und dann die Karten austeilte. »Wir spielen nicht auf Zeit. Ich möchte ein geruhsames Spiel, und wir haben ja gesehen, welche Fehler du unter Zeitdruck machst.«

Kip rührte seine Karten nicht an, drehte sich nicht um. »Sagt Grinwoody, dass er nicht hinter mir stehen soll.«

Andross lachte. »Ich frage mich wirklich, Kip, ob ich meinen

Vater Draccos auch vor solche Rätsel gestellt habe wie du mich. Manchmal so klug, so gerissen, so erwachsen und in der nächsten Minute das reine Kind, das streitlustig um sich schlägt und Dinge zerstört, die ihm selbst mehr nutzen als irgendjemandem sonst, einfach nur aus Verärgerung.« Er gab Grinwoody einen Wink, der sich daraufhin von seinem Spickplatz hinter Kips Schulter entfernte.

»Wer fängt an?«, fragte Kip. Er griff nach seinem Blatt.

»Ich. Das Privileg des Alters.«

Kip warf sein Blatt auf den Tisch. »Ihr habt mir acht gegeben.« Es war eine Karte zu viel.

»Habe ich das? Anscheinend lässt das Alter uns alle verblöden.« Er grinste, und diesmal mit echtem Humor. So sprach der Mann, der nur wenige Monate zuvor zwanzig Jahre älter ausgesehen hatte.

Kip konnte es sich nicht verkneifen, ebenfalls zu grinsen. Ein klein bisschen.

»War sowieso kein gutes Blatt, hm?«, fragte Andross. Er griff nach Kips Karten, mischte mit schnellen Bewegungen neu und gab ihm dann sieben.

»Lausig«, bestätigte Kip.

Andross lachte, und Kip erinnerte sich daran, wie er einmal gesagt hatte, dass er Kip möge – ein wenig. Dann begriff er, dass Andross ihn auf die Probe gestellt hatte, um zu sehen, ob er mogeln würde. Oder vielleicht hätte Andross es auch gar nicht als Mogeln betrachtet, sondern einfach als ein Sichzunutze-Machen der Fehler des Gegners. Aber es war ein wirklich schlechtes Blatt gewesen, deshalb hatte Kip auch alle Karten auf den Tisch geworfen, um neu mischen zu lassen, statt Andross eine Karte wegnehmen zu lassen, so dass er nur sieben in der Hand gehabt hätte.

Der Promachos stellte den Sonnenstandsanzeiger auf »Vor

Morgengrauen« und spielte seine erste Karte. »Also, Enkelsohn«, begann Andross. »Die Chromeria steht kurz davor, in einen Kampf um ihr Überleben einzutreten, und die meisten haben das immer noch nicht begriffen. Was müsste deiner Ansicht nach in Ordnung gebracht werden?«

Kip legte den Kopf schräg. »Meint Ihr das ernst? Ihr wollt wirklich wissen, was ich darüber denke?«

»Ist das so überraschend?«

»Ja, ist es.«

»Es gibt vieles, was man von Sklaven und Spionen erfahren kann, und was das betrifft, weiß ich alles. Aber manche Dinge kann man nur mit eigenen Augen sehen. Meine Augen waren …«

»Gebrochen?« Kip konnte sich den kleinen Seitenhieb auf die Tatsache nicht verkneifen, dass Andross damals diese Attentäterin des Ordens beauftragt hatte, Mistress Helel. Kip sah, wie Grinwoody sich anspannte, aber Andross fuhr fort, ohne mit der Wimper zu zucken.

»Nicht verfügbar. Ich könnte Dinge übersehen haben.« Er musterte Kip scharf. »Junge, ich bin furchtbar und unerbittlich, wenn man sich mir in den Weg stellt, ich leugne es nicht. Ich finde es unerträglich, von Narren regiert zu werden. Aber im Sieg bin ich großherzig. Ich tue, was getan werden muss, um zu gewinnen, und zwar ohne dabei falsches Bedauern oder aufgesetzten Widerwillen zur Schau zu stellen; meinst du, das macht mich zu einem abscheulichen Menschen? Andere tönen fromm, so wie es den Gepflogenheiten entspricht, aber ihre Handlungen strafen diese Lippenbekenntnisse Lügen. Ich bin lediglich direkter. Orholam braucht gerechte, ehrliche Männer, nicht wahr?«

Seine Augen funkelten. Diese Verdrehung der Tatsachen, wie sie so typisch für diese Familie war. Gavin deutete immer mal wieder religiösen Unglauben an und ging dabei bis an die Grenze. Andross schoss unbekümmert über die Grenze hinaus – aber wenn sein Vorhaben sie dennoch alle vor dem Bösen errettete, warum sollte er dann nicht auch ein Werkzeug Orholams sein? Ihre Ziele waren schließlich dieselben.

Er war der Promachos. Mit Sicherheit würde er, schon allein um seine eigene Macht zu wahren, gegen den Farbprinzen kämpfen.

Also erzählte ihm Kip von seinen Kursen und davon, dass die Magister Themen unterrichteten, die nichts mit dem gegenwärtigen Konflikt zu tun hatten, während allein die Ingenieure das Problem zu erfassen schienen. Außerdem, so fügte er hinzu, sollten sie ein ganzes Kontingent von Kriegswandlern haben, nicht nur die Schwarze Garde und einige vereinzelte Wandler, die die Kampfkünste im Auftrag ihrer Gönner lernten. Und alle Bücher mit verbotener Magie sollten zugänglich gemacht und die Wandler entsprechend unterrichtet werden – zumindest sollten sie lernen, wie sie sich gegen diese Magie verteidigen konnten.

»Und wer soll all diese neuen Kriegswandler unterrichten?«, fragte Andross.

»Die Schwarze Garde«, antwortete Kip. »Zumindest jene, die nicht direkt mit der Suche nach meinem Vater zu tun haben. Wenn sie nicht damit beschäftigt sind, das Prisma und die Farben zu beschützen, kann man sie bis zum Frühling auch für etwas anderes einsetzen. Sie werden sich beschweren, aber in vielem ist es manchmal sogar besser, andere auszubilden, als selbst ausgebildet zu werden.«

Der Sonnenstandsanzeiger des Spiels rückte auf Mittag vor – auf die Zeit, da die mächtigsten Karten problemlos gespielt werden konnten. Kip zog einen Meeresdämon. Solange andere Karten auf dem Tisch lagen, musste der Meeresdämon angreifen, aber wenn nur man selbst noch eine andere Karte auf dem Tisch hatte, griff der Meeresdämon die eigene Karte an. Wie ein guter Dolch war auch dieser Trumpf zweischneidig.

»Es heißt, Kanonier habe einmal einen Meeresdämon getötet«, sagte Andross.

»Ich habe auch davon gehört«, erwiderte Kip. »Glaubt Ihr, dass es wahr ist?«

»Es könnte möglich sein. Es sind schon Kadaver ans Ufer gespült worden, also sind diese Ungeheuer nicht unsterblich.«

»Wie soll Kanonier es denn geschafft haben?«, fragte Kip.

»Es heißt, er habe ein Floß mit dem ganzen Pulvervorrat des Schiffes beladen und es fünfhundert Schritt hinter der *Aved Barayah* treiben lassen. Irgendetwas an diesem kleinen Floß hat den Meeresdämon gereizt, ich habe nicht vernommen, was es genau war – anscheinend neigt dieser Kanonier dazu, jene zu reizen, die mächtiger sind als er. Er wartete, bis der Meeresdämon an die Oberfläche kam, und jagte das Floß mit einer Kanonenkugel in die Luft, gerade in dem Moment, als das Untier es verschluckte. Und das bei schwerer See, wenn man den Geschichten Glauben schenken darf.«

Kip gab einen anerkennenden Laut von sich.

Andross fuhr fort: »Ich würde wetten, dass es eher zweihundert Schritt Entfernung waren. Aber dennoch, beeindruckend. Eine andere Version der Geschichte behauptet, er sei selbst auf dem Floß mitgefahren, habe Seemannslieder gesungen und mit gebrüllten Flüchen irgendeine Hure verwünscht, die er einst geliebt hatte. Und dann soll er die Zündschnur selbst in Brand gesteckt und sich im letzten Moment aus dem Staub gemacht haben. Aber Seeleute und wahre Geschichten scheinen ohnehin miteinander auf Kriegsfuß zu stehen.«

»Ich glaube die Sache mit den fünfhundert Schritt«, entgegnete Kip. »Ich habe den Kerl schießen sehen.«

Andross hatte eine beachtliche Armee von Wichten auf seiner Seite des Tisches. Jede Menge Futter für Kips Meeresdämon, also spielte Kip seine schwere Galeone aus, um in der nächsten Runde an Andross' Verteidigungslinien vorbeisegeln und ihn direkt anzugreifen zu können.

»Ich möchte etwas von dir, Kip«, sagte Andross.

»Außer von mir zu erfahren, ob ich Euch bestohlen habe, und mich in ein paar Spielen zu zerstören?«

»Ja. So schwer es zu glauben sein mag, ich möchte sogar noch mehr als nur deine vortreffliche Gesellschaft.« Er sagte es so tonlos, dass es genauso als Hänselei wie als Kompliment gemeint sein könnte.

Kip musste gegen seinen Willen grinsen. Das hier war der Mann, der ihn hatte töten lassen wollen, der selbst versucht hatte, ihn zu töten, und der schuld daran war, dass sie alle Gavin verloren hatten. Und dennoch grinste Kip.

Und Andross grinste zurück. Gott oder Ungeheuer, der Alte mochte es, wenn jemand seinen Sinn für Humor zu schätzen wusste.

»Also ...?«, drängte Kip. Er konnte die Spannung nicht aushalten.

Andross blickte von den Karten auf. »Ich will wissen, wo mein anderer Enkelsohn ist.«

Ein Tritt in die Magengrube. »Ein anderer?«, fragte Kip. Hatte er zu lange gezögert?

Kip musste bleich geworden sein, denn Andross' Grinsen wurde nun wölfisch. »Ich mag es, Menschen zu überraschen. Eines der Dinge, die mir während meiner Abgeschiedenheit am meisten gefehlt haben. Es ist viel befriedigender, dein Gesicht sehen zu können.«

»Reden wir über diese Abgeschiedenheit«, nahm Kip den Faden auf, plötzlich kampfbereit. Zum Teufel mit diesem alten

Mann und seinen Tricks. »Grinwoody, geh weg.« Er drehte sich nicht nach dem Sklaven um. »Grinwoody, wir wissen beide, dass ich dir, wenn ich gewollt hätte, vierzig Hiebe oder noch schlimmere Strafen hätte aufhalsen können, als ich vor dem Spektrum gesprochen habe. Ich habe dich verschont. Mach, dass du hier rauskommst. Hier unterhalten sich Leute, die höher stehen als du.«

Ein Moment verstrich. Kip sah Andross nicken.

Grinwoody ging, und Kip verspürte einen Anflug von Freude.

So fängt es an. Das Opiat der Macht. Befehl und Gehorsam in einem wechselseitigen Tanz, bis man sich weit genug nach oben gearbeitet hat, dass alle einem gehorchen müssen und man selbst niemandem.

»Wälzt du tiefschürfende Gedanken?«, fragte Andross.

»Bin ich so leicht zu durchschauen?«, erwiderte Kip.

»In den Momenten, wo du nicht aufpasst. Du bist noch jung, steckst mitten in diesem Zwischenbereich, wo du einerseits erwachsene Gedanken und Einsichten hast, die weit über das hinausgehen, was dir andere zutrauen, und dich andererseits in deinen wilden Impulsen absolut nicht kontrollieren kannst. In deinem Alter ist die Macht der Gefühle zu groß, als dass der Verstand sie beherrschen könnte. Langsam, ganz langsam, wirst du ihrer Herr werden, so dass du sie zügeln oder zumindest verbergen kannst. Falls du so lange überlebst.«

Kip blickte auf die Karten hinab, aber er nahm sie nicht wahr. »Manchmal klingt Ihr so sehr wie mein Vater, dass ich verzweifeln könnte.«

»Bisweilen klingst du so sehr wie er, dass ich meine wahre Freude daran habe«, erwiderte Andross. »Ich habe durchaus Hoffnung für dich, Kip. Aber es ist noch ein weiter Weg von dem, wo du jetzt sitzt und was du jetzt fühlst, bis dahin, wo du einst stehen und handeln sollst, und dazwischen liegen harte

Lektionen. Bis dahin ist dein Mund ein unberechenbarer Risikofaktor, schnippischer Kip.«

»Ich weiß. Ich bemüh mich ja, ich bemüh mich.«

»Halt den Mund und hör zu. Du reagierst genau falsch. Du sagst erstaunliche Sachen, oft unhöfliches Zeug, aber manchmal mit verblüffendem Tiefblick. Eines Tages wirst du deine Zunge in diesen Dingen kontrollieren können. Bis dahin solltest du, wenn du etwas sagst, was deinen Gesprächspartner schockiert, deine Aufmerksamkeit genau darauf richten, statt dich zu schämen und deinen Blick nach innen zu wenden. Schau nicht auf dich selbst, wenn du eine brisante Wahrheit verbreitest, sie platzen lässt wie eine Bombe. Verschieb dein schwächliches Rotwerden und dein Entsetzen über dich selbst auf später und beobachte in diesem Moment stattdessen genau das, was andere tun.«

Sofort waren Kip seine eigene Schwäche und Torheit peinlich. Das war genau das, wovon Andross sprach. Also platzte es aus ihm heraus: »Warum führt Ihr Euch auf, als wärt Ihr mein Freund?«

»Nicht dein Freund«, antwortete Andross ohne Zögern. »Dein Großvater, welchen Preis auch immer wir beide dafür zahlen.«

»Ihr habt Angst vor mir«, sagte Kip.

Das Erstaunen auf Andross' Gesicht war wahrhaft unbezahlbar. Dann lachte er. »Ich verstehe. Du hast es versucht. Nein, Kip. Und ja. Keine Angst vor dir. Aber Angst, dass du diese Familie in Gefahr bringen könntest, auch wenn einstweilen jeder weiß, dass du nicht für mich handelst, wenn du entsetzlichen Mist baust. Wenn du älter und kultivierter wirst, wird diese unterschiedliche Wahrnehmung aber ein Ende haben. Damit du mir also von Nutzen sein kannst, musst du schneller erwachsen werden, als die landläufige Meinung es für möglich hält.«

Oh, er wollte also keinerlei Druck auf ihn ausüben, klar.

Kip begriff, dass sein Vater ihn genau hiervor hatte beschützen wollen, als er vorschlug, Kip solle sich für seinen Eintritt in die Chromeria einen falschen Namen zulegen. Kip jedoch hatte blindlings mitten in all das hineingeworfen werden wollen. Hatte es verlangt, lange bevor er dazu bereit war.

»Was habt Ihr für Pläne für mich?«, wollte Kip wissen.

»Du hast diese Frage schon einmal gestellt.«

»Ihr wart damals ein Wicht.«

Andross Guile schwieg. Betrachtete die Karten. »Glaubst du, Enkelsohn, dass mein ganzer Zorn allein aus rotem Luxin geboren war?« Er fixierte Kip mit seinen vielfarbigen Augen: Strahlendes, natürliches Blau bildete den Untergrund für Infrarot, Rot, Orange und Gelb, die wie Schlangen ineinander verschlungen waren.

»Ich verrate Euch nichts einfach umsonst, ohne Gegenleistung«, erwiderte Kip. Er schluckte. »Wir handeln und tauschen. Wie Erwachsene.«

»Du spielst einen Erwachsenen, während du einen Erwachsenen spielst, der einen Erwachsenen spielt – von mir aus«, sagte Andross.

Dann spielte er seine nächste Karte aus: den Makellosen Spiegel.

Kip verstand nicht, welchen Sinn das haben sollte. Andross' Deck enthielt jedenfalls keine Prismen, und wenn er einen Brennstrahl spielen wollte, brauchte er dafür zwei Runden. Bis dahin wäre er tot, getötet von Kips schwerer Galeone.

Ließ er ihn das Spiel etwa absichtlich gewinnen? Kip erklärte: »Ich werde Euch von Eurem anderen Enkelsohn erzählen … wenn Ihr mir die schriftliche Erlaubnis gebt, alle Bibliotheken in der Chromeria aufsuchen zu dürfen. Wirklich alle.«

Andross zog die Augenbrauen hoch. »In manchen dieser

Bibliotheken gibt es Dinge, die die ganze Chromeria gefährden könnten.«

»Ein Grund mehr dafür, dass jene, die sie verteidigen, sie kennen sollten.«

»Einen vollständigen Bericht über deinen Halbbruder«, verlangte Andross. »Alles, was du weißt.«

»Abgemacht.«

»Nein, nicht abgemacht. Das war dein Eröffnungsangebot. Hier ist mein Gegenangebot. Ich habe dir erzählt, wie sehr ich Überraschungen mag. Ich will eine von dir kaufen.«

»Und die wäre?«, fragte Kip. Das klang nicht gut.

»Erzähl Karris nichts von Zymun.«

Was? Als *wollte* Kip ihr von Zymun erzählen. Hallo, Stiefmutter, ich bin deinem wahren Sohn begegnet. Dem, den du anscheinend versucht hast zu verstecken. Deinem Bastard, genau, und er ist der schlimmste Mensch, der mir je begegnet ist. Er hat versucht, mich umzubringen. Ach ja, und außerdem hat er noch versucht, deinen Mann zu ermorden, seinen Vater.

»Abgemacht«, sagte Kip schnell. »Wenn.«

Andross fragte nicht »Wenn was?«, stattdessen erwiderte er: »Wenn du jemand anderem davon erzählst, der es ihr erzählen könnte, ist es natürlich ein Verstoß gegen unsere Abmachung.«

Ich bin der Schildkrötenbär, kein Wiesel. »Natürlich«, sagte Kip gereizt.

»Und das Wenn?«, fragte Andross.

»Wenn Ihr die Schwarze Garde auf Gleitern ausschickt, um nach meinem Vater zu suchen.«

»Auf Streitgleitern«, korrigierte Andross. »Ja, natürlich.«

Etwas an seinem Tonfall verriet Kip, dass es eine halbe Lüge war. Andross hatte nicht vorgehabt, die Schwarze Garde auszuschicken – oder wenn, dann hatte er geplant, sie nach etwas anderem suchen zu lassen. Aber jetzt, wo er ihn dazu aufgefordert hatte, würde er sie ausschicken. Das war dann also ein Sieg, vermutete Kip. »Und ich darf mit ihnen kommen.«

»Du hast hier viel zu viel zu lernen. So hätte es auch dein Vater verlangt.«

»Ich werde in diesem Punkt nicht nachgeben. Wenn es nicht anders geht, wandle ich mir meinen eigenen Gleiter und suche selbst nach ihm.«

Andross schob missmutig die Lippen vor. Kip stellte seine Geduld auf eine harte Probe. »Du darfst einmal mitkommen. Aber den Zeitpunkt bestimme ich.«

»Und Ihr schwört, dass sie auch wirklich nach ihm suchen werden?«

In Andross Guiles Augen blitzte es verärgert. Kip hatte ihn erwischt. Er hatte bereits gesagt, dass er es tun würde; wenn er jetzt also Ausflüchte machte, wäre die Lüge offensichtlich.

»Abgemacht. Ich schwöre es«, sagte Andross Guile.

»Also abgemacht«, antwortete Kip.

»Und jetzt erzähl mir, was du weißt, damit ich sehen kann, wie gut der Handel ist, den ich da blindlings abgeschlossen habe.«

»Zymun war am Leben, als ich ihn das letzte Mal gesehen habe«, begann Kip. »Er hat mich nach der Schlacht von Ru gefangen genommen, nachdem Kanonier mich ins Meer zurückgeworfen hatte. Zymun hat mich am Strand gefunden und in seine Gewalt gebracht. Er kämpfte auf Seiten des Farbprinzen, wisst Ihr?«

»Ich weiß. Ich werde behaupten, dass ich ihn als Spion ausgeschickt habe, wenn es in meine Pläne passt.«

In Kip machte sich schon jetzt das Gefühl breit, hier den schlechteren Handel gemacht zu haben. Was, wenn er in den Bibliotheken nichts Brauchbares fand?

Er erzählte seinem Großvater die ganze Geschichte seiner Gefangennahme und seiner Zeit auf dem Boot mit Zymun. »Und er ist eine Schlange«, schloss er. »Es ist keine menschliche Wärme in ihm. Er ahmt Gefühle nach, als hätte er welche, aber da ist nichts in seinem Inneren. Er ist dünner als Pergament und böser als …«

»Als?«, hakte Andross nach.

»Als eine alte, vor Gift aufgeblähte Spinne«, sagte Kip ausdruckslos, so dass es vielleicht auch auf Andross selbst zutreffen könnte.

Auf all das zeigte Andross überraschenderweise überhaupt keine Reaktion. Er wandte sich dem Spiel zu und ließ seine Karten angreifen – sie alle, verzichtete auf jede Chance zur Verteidigung. Kip bewegte die Hand zu seinen Spielsteinen, zögerte.

»Nein«, sagte Andross. »Sie greifen einander an.« Und so rissen Andross' sechs Wichte einander gegenseitig in Fetzen, statt Kip anzugreifen und ihm nur noch einen einzigen überlebenswichtigen Spielstein zu lassen. »Oh, verdammt«, murmelte Kip.

»Du bist dran.«

Kips Meeresdämon griff als Erstes an, und in Ermangelung irgendwelcher Gegner musste er Kips schwere Galeone attackieren. Er versenkte sie mühelos. Kip sah in seine Karten. Er hatte nichts. Aber das bedeutete nicht, dass auch alles vorbei war. Die Karte, die Andross brauchte, war der Zündende Brennpunkt, um den Makellosen Spiegel damit auszustatten. Diese Karte war Teil des Decks, und Andross spielte, als habe er sie bereits, aber das bedeutete nicht, dass dem auch so war.

»Möchtest du aufgeben?«, fragte Andross.

»Niemals.« Kip hatte gerade Amun-Tep gezogen, aber da die Sonne nun schwand, würde er zwei Runden brauchen, um die nötige Macht zu sammeln, um die Figur auszuspielen. Verdammt! Kip spielte stattdessen einen ungeschlachten Duellanten in Spiegelrüstung: Grath Hrozak. Kip wusste aus seinen Geschichtsstudien, dass der reale Grath Hrozak Hunderte persönlich getötet hatte, all die Morde, die er angeordnet hatte, nicht eingerechnet. Er hatte dem tyreanischen Reich lange vor Lucidonius gedient. Ihm war das Kommando abwechselnd erteilt und wieder entzogen worden, weil er so brutal gewesen war. Er hatte nie eine Stadt eingenommen, ohne die meisten Bewohner durch Kreuzigung, Enthäutung oder beides zugleich getötet zu haben.

Andross war an der Reihe. Er warf einen Blick auf die Karten und seufzte. »Nimm dir diese Lektion zu Herzen, Enkelsohn.« Er spielte den Zündenden Brennpunkt und verband ihn mit dem Makellosen Spiegel. Der Sonnenstandsanzeiger stand noch immer auf kurz nach Mittag, was dem Spiegel genug Zerstörungskraft gab, um durch Grath Hrozaks Spiegelrüstung zu dringen, wodurch zusammen mit Grath Hrozak auch Kip getötet wurde.

»Und welche Lektion wäre das?«, fragte Kip, der sich nur mit größter Mühe beherrschen konnte. Es war für Andross eine sehr glückliche Abfolge von Karten und Zügen gewesen. »Dass man manchmal all seine Männer opfern muss, um zu siegen? Dass manchmal selbst ein Ungeheuer wie Grath Hrozak einen nicht retten kann? Dass ich niemals mit dem mächtigen Andross Guile Neun Könige spielen sollte?«

»Ich werde deinen Bruder hierherholen, sobald ich ihn finden kann. Und ich werde ihn finden. Ich kann nicht alles allein tun, was unsere Familie tun muss. Ich brauche eine rechte Hand. Andere Lösungen … haben leider nicht funktioniert. Da sind nur Zymun … und du. Einen von euch beiden werde ich zum nächsten Prisma machen. Nach allem, was du mir über Zymun erzählt hast, wird es dich das Leben kosten, wenn ich ihn wähle. Er wird keine Rivalen in seinem Rücken haben wollen.«

Ein Schauder überlief Kip. Er erinnerte sich an Janus Borigs Worte: »Ich versuche immer wieder, dich als das nächste Prisma zu zeichnen, und ich kann es nicht. Du wirst kein Prisma sein, Kip.« Er reckte das Kinn und grinste höhnisch. »Darum geht es also? Ihr erwartet von mir, dass ich mich jetzt bei Euch einschmeichele? Ihr glaubt, ein Stückchen Zucker an die Peitsche zu binden, würde alles ändern? Ihr habt schon einmal versucht, mich zu töten.«

»Ja, ja, wir haben über dieses kleine Missverständnis gesprochen …«

»Und Ihr seid *gescheitert.* Vergesst das nicht, alter Mann.«

Andross Guiles Lippen wurden zu einem schmalen weißen Strich. Ein gefährliches Schweigen folgte. »Meine Warnung war ein Zeichen der Höflichkeit. Und ich habe sie zum Teil eben wegen dieses Missverständnisses ausgesprochen. Ich suche nicht nach einer Marionette oder einem speichelleckenden Lakaien, Kip. Größtenteils war ich mit der Führerschaft deines Vaters sehr zufrieden. Ein schwacher Mensch gibt auch ein schlechtes Prisma ab. Wenn du mir deinen Respekt erweist, ist das kein Zeichen von Unterwürfigkeit, Enkelsohn, es ist ein Zeichen von Klugheit.« Andross Guile ging zu seinem Schreibtisch, kritzelte etwas auf ein Blatt und reichte es Kip. »Mach dich selbst stark, Kip. Du hast wenig Zeit. Du bist entlassen. Gib das Grinwoody, wenn du hinausgehst.«

»Wie kann ich Euch davon überzeugen, dass ich das nächste Prisma sein sollte?«, fragte Kip. Nicht, dass er sich darum scherte. Nicht, dass er Angst hatte.

»Ich erteile dir eine Aufgabe, sobald du mir meine gestohlenen Karten zurückgegeben hast …«

»Ich habe gedacht, Ihr würdet mir glauben, wenn ich Euch

sage, dass ich sie nicht …« Kip brach ab, als er den hässlichen Ausdruck sah, der über Andross' Züge glitt, nachdem er ihm ins Wort gefallen war. »Entschuldigung.«

»Ich glaube dir, dass du sie nicht gestohlen hast. Wahrscheinlich war der Dieb mein lieber Sohn. Oder du bist ein besserer Lügner, als ich denke. Wie dem auch sei, ich will sie zurückhaben – und ich will die neuen Karten. Mach es dir zur Aufgabe. Du hast bis zum Sonnentag Zeit. Die Ernennung eines Prisma-Erwählten kann nicht länger warten. Wenn du mir die Karten nicht gibst – alle Karten –, wird es in jedem Fall jemand anders sein als du.«

»Ihr habt meinen Vater wirklich aufgegeben.«

»Ein großer Stratege hat einmal gesagt, dass sich jede militärische Katastrophe mit zwei Wörtern zusammenfassen ließe: ›Zu spät‹. Wenn der eine Plan scheitert, steht man nicht da und ringt die Hände, sondern macht mit dem nächsten Plan weiter.«

Mein Vater war lediglich ein Plan, der gescheitert ist?

Kip verspürte keinen Zorn, was ihn überraschte. Stattdessen dachte er: Es ist dein Sohn. Es ist dein Sohn, und das ist alles, was du zu sagen hast? War es so einfach für seinen Großvater, war er so kalt, oder war da irgendwo tief in ihm ein gebrochenes Herz verborgen?

Statt das jedoch auszusprechen, fragte Kip: »Was war die Lektion? Die ich aus dem Spiel lernen sollte, meine ich.«

»War es eine Lektion, oder waren es viele?«, fragte Andross, als rede er mit sich selbst. »Das Folgende ist jedenfalls eine davon: Du drängst einen Mann in die Enge, ohne ihm irgendeinen Ausweg zu lassen; er ist also völlig in deiner Gewalt, aber noch nicht tot, ja? Genau das ist der Moment, in dem du ihn am schärfsten im Auge behalten musst.« Andross zog mehrere Karten aus seinen Ärmeln und warf sie auf den Tisch.

Es waren ausnahmslos die besten Karten in seinem Deck. »Jetzt geh …« Er drehte ihm den Rücken zu, bevor er den Satz mit »Enkelsohn« beendete und hinzufügte: »Schick das Malargos-Mädchen herein – Tisis? Ich will sehen, wie wild sie wirklich darauf ist, die nächste Weiße zu werden. Wenn ich mich nicht irre, wird sie entsprechend aufgetakelt sein, um mir zu gefallen.«

37

Kip machte sich unverzüglich daran, die verbotene Bibliothek aufzusuchen. Unterwegs stoppte er nur einmal kurz, um seine Tasche und ein paar Bogen Papier zu holen und außerdem diejenigen seiner Rekrutengruppe einzusammeln, die sich gerade in ihren Quartieren befanden. Die Grünschnäbel waren verpflichtet, jeden Tag zwei Stunden mit Lernen zu verbringen. Jede Gruppe musste sich hierzu im Allgemeinen vollständig am selben Ort befinden, obwohl Kruxer einzelne abmelden konnte, wenn sie irgendeine Entschuldigung hatten, was bei Teia offenbar häufig der Fall war.

Aber die Regeln legten nirgendwo fest, wo genau sich die Gruppe ihren Studien zu widmen hatte, und wenn Kip für sein Vorhaben ein paar Stunden abknapsen wollte, waren diese Lernstunden die einzig möglichen, es sei denn, er wollte auf eine Mahlzeit verzichten.

Undenkbar.

Außerdem war Andross' Schreiben recht allgemein formuliert: »Kip hat in den Bibliotheken Angelegenheiten für mich zu erledigen. Er ist nicht zu behindern. – Promachos Guile.«

Kip bedauerte nur den Zusatz »in den Bibliotheken«. Ohne ihn wäre es ein Freibrief gewesen zu tun, was immer er wollte.

Er rief seine Rekrutengruppe zusammen; allerdings war Teia wieder einmal verschwunden. Sie waren alle gespannt auf die Aussicht, verbotenes Terrain zu betreten. Und wurden auch nicht enttäuscht, als sie ungehindert an dem Bibliothekar vorbeirauschten, der die Tür bewachte. Der Mann warf einen Blick auf das Papier, wurde blass und ließ Kip und seine Truppe ohne ein Wort herein.

Diese verbotene Bibliothek beanspruchte fast ein halbes Stockwerk des blauen Turms. Überall glänzendes Hartholz, poliertes Kupfer und Armsessel. Luxuriöse Schreibtische mit bequemen Stühlen, dazu Sklaven, die dem Besucher jeden Wunsch erfüllten – jeder dieser Sklaven trug einen kupfernen Halsring mit zwei schwarzen Steinen, in die eine parianische Rune eingraviert war, die Kip nicht kannte. Er erkundigte sich bei den Sklaven danach.

»Sie sind alle Analphabeten und stumm«, erklärte Ben-hadad leise. »Damit sie nicht ausspionieren können, was man hier liest.«

»Ach, davon habe ich gehört«, sagte Ferkudi laut und aufgeregt. »Einigen Sklaven wird die Zunge herausgeschnitten, eigens damit sie in den Bibliotheken dienen können. Also, das muss echt übel sein.«

»Sie sind nicht *taub*, Ferk«, raunte Ben-hadad.

»Oh, Entschuldigung«, erwiderte Ferkudi und senkte die Stimme. »Moment, warum entschuldige ich mich eigentlich bei Sklaven?«

Er musterte verärgert einen der Sklaven, und Kip sah, als die anderen nicht hinschauten, wie der Sklave mit dem Zungenstummel in seinem Mund in Richtung Ferkudi wedelte. Ferkudi zuckte zusammen. Als sich die anderen im nächsten Moment umdrehten, um zu sehen, wo Ferkudi geblieben war, stand der Sklave ruhig und friedlich da, als habe er sich nie bewegt.

Ferkudi fluchte leise vor sich hin, machte aber keine Anstalten, es dem Sklaven heimzuzahlen.

Ben-hadad trat zu einem Bücherstapel und warf einen Blick auf die Titel. Er brauchte eine Weile, bis er mit ihnen durch war, aber sie ließen ihn gewähren. Ben-hadad nahm Hilfe an, wenn er viel Text aufnehmen musste, aber ansonsten konnte er leicht wütend werden. Schließlich sagte er: »Diese Bibliothek macht den Eindruck, als hätten die Hohen Luxiaten sie als eine Art privates Wohnzimmer benutzt. Diese Bücher sind nicht verboten. Ich nehme an, die ehrwürdigen Magister wollen einfach nicht auf den gleichen harten Bänken sitzen wie wir Übrigen.«

»Gibt es bei diesen Sklaven eigentlich auch Wein?«, fragte Daelos. »Meint ihr, ich könnte …«

»Nein«, sagten Ben-hadad, Kip, Kruxer und der große Leo gleichzeitig.

Abgesehen von vier Sklaven und dem Luxiaten, der die Tür bewachte, war diese zugangsbeschränkte Bibliothek leer. Die Gruppe schob mehrere Tische zusammen und bewegte die Möbelstücke mit der Dreistigkeit der Jugend beziehungsweise von Schwarzgardisten – oder eben wie die Freunde eines jungen Herrn, der eine schriftliche Genehmigung von seinem Großvater hatte. Es war ein tolles Gefühl, aber Kip umklammerte die Genehmigung fest mit der Hand, davon überzeugt, dass jeden Moment irgendjemand kommen und sie anschreien würde.

Kurz darauf saßen sie jedoch, um sich ihren Studien zu widmen. Kruxer bestand darauf. Nur Kip gab er frei, um die Regale zu durchstöbern. Er griff blind einzelne Bücher heraus, die in Leder gebunden und mit ausgebleichten Runen beschrieben waren. Darin fanden sich grazile Schriftzüge, und Kip brauchte einen Moment, bis er begriff, dass es eine Sprache war, die er lesen konnte. Ein Bericht über irgendein Dorf, von dem er noch nie gehört hatte, in den viele Wörter eingestreut waren, die fremdländischen Ursprungs sein mussten. Dann eine Schriftrolle, die landwirtschaftliche Methoden zu behandeln schien. Eine weitere, zur Gänze in Altparianisch verfasst. Noch eine in einer Sprache, die Kip noch nie gesehen hatte. Eine weitere in Runenschrift.

Eine Abhandlung über Pygmäen – nicht über diejenigen des Blutwaldes oder der Blutebenen aus lange vergangener Zeit, sondern über die Pygmäen von Tyrea. Tyrea? Klang faszinierend, auch wenn die angeführten Daten in einer Kurzschrift notiert waren, die Kip noch nie gesehen hatte, daher hatte er auch keine Ahnung, wie lange es her war, dass dieser Text verfasst worden war – und handelte er nicht ohnehin von einer Zeit mehrere Jahrhunderte vor seiner Niederschrift?

Er hatte keine Ahnung, wie dieser Teil der Bibliothek sortiert war, und wenn er immer nur willkürlich nach Schriftrollen griff, würde ihm das nie helfen, etwas Nützliches zu finden. Kip ging nach vorn Richtung Eingang, um den Wächterbibliothekar zu suchen, der draußen im Flur stand. Als er näher kam, hörte er hastiges Getuschel. »Nein!«, sagte jemand. Durch die Regale versteckt schlich Kip näher heran, bis er den Bibliothekar von vorhin sah, der mit mehreren jüngeren Luxiaten sprach: »… und meldet dem Hohen Luxiaten, dass er jetzt keine mehr bringen lassen kann … Ich kann es ihn wissen lassen, wenn diese Spione fort sind, aber …«

»Ihr könnt uns doch nicht dazu zwingen, sie den ganzen Weg zurückzutragen. Können nicht die Sklaven …«

Kip trat vor und sah vier junge, noch in der Ausbildung befindliche Luxiaten schuldbewusst zusammenzucken. Jeder trug einen Stapel Schriftrollen oder Bücher. »Was ist hier los?«, fragte Kip.

Alle blickten sie den älteren Luxiaten an, und Kip wusste, dass ihm gleich Lügen aufgetischt werden würden. »Bloße Routinearbeit, restaurationsbedürftige Schriftrollen, die zurückgebracht werden.« Er wandte sich an die jungen zukünftigen Luxiaten. »Danke, Ihr könnt sie hier ablegen und gehen.«

»Aber bevor ihr geht«, unterbrach Kip, »sagt ihr mir eure Namen.«

Wieder sahen sie den Bibliothekar an.

Kip seufzte und stellte eine ziemlich gut gespielte Verärgerung zur Schau. »Wer ist der Höchste Luxiat?«, fragte er. Er wartete gar nicht erst ab, dass der Mann »Das Prisma« sagte, und fuhr fort: »Das ist mein Vater. Und wer ist während seiner Abwesenheit für die ganze Chromeria zuständig? Der Promachos. Das ist mein Großvater. Der Euch aufgetragen hat, mir zu helfen, während ich Arbeiten für ihn erledige. Glaubt Ihr, er bekommt nicht mit, was Ihr da tut?«

Der Bibliothekar wurde blass. »Nennt ihm eure Namen«, sagte er.

Sie taten wie ihnen geheißen, und Kip erklärte: »Gut, jetzt will ich, dass ihr euch alle auf die Suche nach einem Luxiaten namens Quentin Naheed begebt. Sagt ihm, er soll mich hier aufsuchen, und zwar sofort. Es ist ein Befehl des Promachos. Verstanden?«

Sie stoben auseinander. Kip blieb mit einem sehr unbehaglich wirkenden Bibliothekar zurück. Kip starrte ihn einfach nur an und versuchte, etwas Andross Guile in seine Miene zu legen. Der Bibliothekar wandte den Blick ab, und Kip musste unwillkürlich breit grinsen. Es funktionierte!

Er versuchte, es noch einmal genauso grimmig hinzubekommen, aber während die Minuten verstrichen, schaffte er es nur noch, mürrisch dreinzublicken.

»He, Kip! Geht es dir auch gut? Du wirkst, als würdest du

unter Verstopfung leiden.« Quentin Naheed war in die Bibliothek getreten.

Kip zuckte zusammen.

»Wie hast du es geschafft, hier … Oh, seid mir gegrüßt, Bruder Anir.«

Der Bibliothekar zog ein finsteres Gesicht und machte Anstalten zu sprechen. »Bruder Anir«, kam ihm Kip rasch zuvor, »Ihr dürft Euch jetzt wieder auf Euren Posten begeben.«

Der Mann verschwand, und Quentin sah Kip voller Überraschung darüber an, dass er Macht über einen Luxiaten hatte.

»Ich brauche deine Hilfe«, sagte Kip. »Nicht nur heute.« Kip zeigte ihm das Schriftstück.

»Ich hätte auch ohne das geholfen«, erwiderte Quentin. »Ich habe über unser Gespräch nachgedacht und … du hast recht, ich habe dich tatsächlich belogen, und das ist unter der Würde eines Luxiaten Orholams. Es wird nicht wieder vorkommen, nie wieder. Das schwöre ich im Licht und bei meiner Hoffnung auf die Ewigkeit. Du sollst die Wahrheit von mir hören, was immer sie auch kosten mag.«

Kip zog die Augenbrauen hoch. Was für ein seltsamer junger Mann. Aber Quentin wirkte todernst. Kip nahm an, dass, wer Luxiat wurde, wohl zwangsläufig etwas eigenartig sein musste.

»Also gut …«, sagte Kip. Er hatte das Gefühl, nun mit irgendeiner nüchternen Erklärung reagieren zu sollen, aber ihm fiel nichts ein. »Diese Texte hier. Was sind das für welche?«, fragte er stattdessen.

»Ich kann mir jeden einzeln ansehen und dir sagen, was drinsteht. Sind es die, nach denen du gesucht hast?«, fragte Quentin verwundert.

»Nein, nein. Ein paar jüngere Luxiaten in der Ausbildung hatten die Aufgabe, diese Bücher hierherzubringen, und ich will wissen, warum. Bruder Anir sagte, sie seien frisch restauriert worden. Ist das wahr?«

Quentin ging die Bücher und Schriftrollen durch, und sein Gesicht verfinsterte sich. »Es widerstrebt mir, irgendjemanden der Unwahrheit zu bezichtigen, aber … der Zustand dieser Bücher entspricht nicht dem von Büchern, die aus der Binderei kommen. Mistress Takama würde so eine Arbeit niemals durchgehen lassen. Einige der Bücher sind seit Jahrzehnten nicht ausgebessert worden. Andererseits sind viele noch in durchaus gutem Zustand, das passt also weder dazu, dass sie aus der Binderei kommen, noch dazu, dass sie dort hinmüssten.«

»Was sind es jetzt also für welche?«, bohrte Kip nach.

Quentin zögerte, atmete tief aus und sagte dann: »Diese Bücher stammen vermutlich aus den anderen nicht öffentlich zugänglichen Bibliotheken.«

»Und das heißt?«, fragte Kip.

Der Rest der Schwarzgardisten-Gruppe war zu ihnen getreten. Kip machte sie miteinander bekannt, und Quentin schien immer schüchterner zu werden. Doch sobald alle einander vorgestellt worden waren, wiederholte Kip seine Frage. »Und das heißt?«

»Das heißt, dass für die verschiedenen Bibliotheken unterschiedliche Genehmigungen benötigt werden: Man kann Zugang zu einigen dieser Bibliotheken erhalten, aber nicht zu anderen. Hier befinden wir uns in einer Bibliothek, die den höchsten Zugangsbeschränkungen unterliegt. Ich bin selbst noch nie zuvor hier gewesen.«

»Oh, wie raffiniert«, murmelte Ben-hadad kopfschüttelnd, als er begriff.

»Was?«, fragte Ferkudi.

»Ich sage es nur ungern, aber ich muss mich in dieser Frage Ferkudi anschließen«, räumte Kruxer ein.

»Promachos Guile hat die Zugangsbeschränkungen zu fast

allen nichtöffentlichen Bibliotheken aufgehoben, damit man sich mit verbotener Magie befassen kann – ausschließlich zu Verteidigungszwecken«, erklärte Ben-hadad.

»Dem Magisterium gefiel das gar nicht«, ergänzte Quentin.

»Also haben die Luxiaten Bücher aus den jetzt neu zugänglich gemachten Bibliotheken in jene Bibliotheken gebracht, die noch immer geschlossen sind«, fuhr Ben-hadad fort.

»Es ist, wenn man es genau nimmt, kein Ungehorsam«, erklärte Quentin. »Ich meine, der Befehl des Promachos hat ja lediglich angeordnet, dass die Bibliotheken geöffnet werden, nicht aber, dass auch alle Bücher in diesen Bibliotheken zum Studium zugänglich sein sollten.«

»Das ist einfach nur Quatsch«, sagte Kip.

»Schon«, gab Quentin zu. »Aber du musst verstehen, dass die Luxiaten gerade eine harte Zeit durchmachen. Mehrere der angesehensten Gelehrten unter uns wurden zum Gespött gemacht, als sich herausstellte, dass der Gottesbann tatsächlich existiert. Das Privileg zu verlieren, als Einzige diese verbotenen Schriften studieren zu dürfen, ist schwer für uns gewesen – und die Tatsache, dass manchmal ganz gewöhnliche Wandler und Schwarzgardisten ohne spezielle Ausbildung Entdeckungen gemacht haben, die uns zuvor über viele Jahre hinweg entgangen sind, hat es für uns nur noch schwerer gemacht. Eine sprudelnde Quelle der Demütigung.«

»Du wirst große Schwierigkeiten kriegen, weil du mit uns gesprochen hast, nicht wahr?«, fragte Kruxer.

»Oh ja.«

»Nun ja, jetzt hängst du sowieso schon mit drin. Es könnte an der Zeit sein, neue Freunde zu finden«, sagte Ferkudi. Mit einem breiten, freundlichen Grinsen legte er seinen muskulösen Arm um Quentins schmale Schultern.

Quentin lächelte unsicher.

38

Für eine Stadt, in der das Licht nie erlischt, gab es in Großjasper eine ganze Menge finsterer Orte. Und es hatte den Anschein, als würde der Orden sie alle kennen.

Stadt und Himmel hatten sich offenbar verschworen, um gemeinsam für Dunkelheit zu sorgen. Teia zog die Schultern hoch, fest entschlossen, keine Angst zu haben. Der Mond war wie von dunklen Wolken erdrosselt worden, deren Finger dicker wurden, als sie sich um ihn krümmten und die Spiegelscheibe des Nachtgestirns erlosch. Nebel wogte vom Wasser herein, stürzte sich auf die Mauern der Stadt wie eine lebensmüde Armee und rollte dann dicht über sie hinweg. Für einige Augenblicke konnte Teia sehen, wie der Nebel sich über den Mauern zusammenballte, dann schob er sich schwer in die Straßen hinab.

Während er über sie hinwegschwemmte und ihr die Sicht raubte, hörte sie in einer nahen Straße einen Schrei. Nein, keinen Schrei. Nur das ergrimmte Miauen einer Katze. Dann verstummte das Tier.

Die Pflastersteine der Straßen waren glitschig vor Feuchtigkeit. Teia sah einen Stern über ihr auf und ab hüpfen, und ihre Fantasie brauchte lange Augenblicke, um sich zu beruhigen und zu begreifen, dass es nur die Laterne eines Wachmanns war. Er ging direkt über ihr auf der Mauer vorbei und bemerkte sie nicht einmal. Teia ließ ihre eine Hand über die

Mauer streichen und sagte sich, dass sie es nicht tue, um sich zu beruhigen.

Du gehst in deinen Tod, schien die Laterne zu wispern, während sie in die Ferne davonschwebte. Suche das Licht!

Ich bin eine Sklavin, keine …

Sie führte den Gedanken nicht zu Ende. Sie war keine Sklavin. Sie konnte jederzeit fortgehen. Sie hatte Geld in der Tasche. Und noch mehr Geld in den Quartieren der Schwarzen Garde. Sie konnte sich von der Schwarzen Garde freikaufen und nach Hause gehen. Sie konnte gehen und … was dann?

Doch da könnte sich ja etwas finden. Sie hätte Zeit. Sie wäre bei ihrer Familie. Sie würde …

Deine Angst macht dich dumm. Schau doch, was du hier hast. Was du erreicht hast. Wer daheim würde glauben, dass du selbst mit der Weißen gesprochen hast, ja, dass sie dir sogar einen Auftrag gegeben hat, der für alle Sieben Satrapien von größter Bedeutung ist? Wer würde glauben, dass du mit Hauptmann Eisenfaust trainiert hast, ihm bei einem Angriff auf die Festung auf dem Kopf von Ru sogar als Anführerin vorausgegangen bist?

Verdammt, mit meiner Farbe, wer wird mir auch nur glauben, dass ich eine Wandlerin bin?

Welchen Zweck hat Paryl schon draußen in der weiten Welt? Ich kann in aller Heimlichkeit Menschen töten? Oh, wunderbar. Ich werde jede Menge Gelegenheiten haben, in den gehobenen Kreisen der anständigen Gesellschaft davon Gebrauch zu machen. Ich kann durch Kleidung hindurchsehen? Oh, großartig, bitte sag mir doch, was Lord Graupelz so in der Hose hat! Haha.

Du bist keine Sklavin mehr, Teia. Also, wer willst du jetzt sein?

Der Orden hat nicht vor, mich zu töten. Wenn sie das hätten tun wollen, hätten sie es bereits getan. Stimmt's? Aber was, wenn sie ihre Meinung geändert hatten? Wenn sie sie in Zukunft töten wollten, wäre es ja wohl nicht schwer für sie, sie zu finden, oder? Sie oder ihre Familie.

Teia musste sich für einen Moment an die Mauer lehnen, da sich ihre Kehle zuschnürte. Die Dunkelheit und der Nebel waren so bedrückend, lasteten auf ihr und machten das Atmen schwer, drangen ihr in die Kehle, in den Körper. Ihre Augen weiteten und weiteten sich, und sie spürte das Kribbeln von Paryl, das sie in sich zog.

Hab es gewandelt, während ich Angst hatte. Schon mal ein Fortschritt, oder?

Eine Paryl-Laterne erstrahlte in ihrer Faust und durchdrang die Dunkelheit in alle Richtungen. Sie durchschnitt den Nebel, als sei er gar nicht da, und verlieh den Steinen und dem Straßenpflaster einen seltsamen metallischen Glanz. Teia meinte, ein Geräusch gehört zu haben, und sah hinter sich. Nichts.

Als sie sich wieder umdrehte, stand ein Mann in einem Kapuzenumhang vor ihr. Mörder Spitz. Er wirkte zufrieden mit sich selbst oder vielleicht auch erfreut, sie zu sehen. »Eine gute Farbe hast du da. Das Spektrum sehr knapp gewählt, fast nichts am Rand abgeschnitten. Du hast den Bogen raus. Bei Parylen müssen wir nehmen, was wir kriegen können. Begleite mich ein Stückchen.«

»Ihr seht verändert aus«, sagte Teia. Als sie ihn das letzte Mal gesehen hatte, hatte er einen Kranz orangefarbenen Haars um einen kahlen Schädel gehabt. Anscheinend war es ein Täuschungsmanöver gewesen, denn er war nicht kahl. Jetzt war ihm überall Haar gewachsen, auch wenn es nur kurze Stoppel waren. Es ließ ihn um einiges jünger aussehen. Er hatte sich auch einen Bart wachsen lassen.

»Ich leide unter dem Fluch, leicht erkennbar zu sein. Ich muss noch stärker an meinen Verkleidungen arbeiten. Ich beneide dich um dein nichtssagend hübsches Äußeres.«

»Danke …?«

»Es war als Kompliment gemeint. Hast du eine Ahnung, wie wertvoll es ist, über eine Beschreibung wie deine zu verfügen, die da lautet: ›Schlank, durchschnittliche bis dunkle Hautfarbe, mittelgroß, vielleicht ein wenig klein, dunkles Haar, recht hübsch‹? Jedes charakteristische Merkmal, an das die Menschen sich erinnern, kann da eines sein, das man auch wieder entfernen kann, wie ein aufgetragener Schönheitsfleck oder eine Perücke – und bei deiner Hautfärbung kannst du eine Perücke aus gewelltem dunkelblondem Haar oder schwarze parianische Locken tragen und beide Male problemlos den Eindruck erwecken, dass es sich dabei um dein natürliches Haar handelt. Ob andere sich an einen erinnern oder ob man vergessen wird, ist bei meiner Arbeit eine Sache von Leben und Tod; also, ja, ich beneide dich. Hier wären wir.«

Er klopfte einen seltsam synkopierten Rhythmus an die Tür.

Toll, zusätzlich zu allem anderen soll ich wohl auch noch Trommlerin werden.

Die Tür wurde geöffnet, Licht strömte auf die Straße hinaus, und Teia zog ihre Pupillen zusammen und ließ das Paryl los.

Wer immer die Tür geöffnet hatte, zog sich in einen anderen Raum hinter dem Eingang zurück. Mörder Spitz reichte ihr einen weißen Überrock, den sie über ihre Kleider streifen sollte. »Gib dich in keiner Weise zu erkennen. Je mehr sie wissen, desto mehr werden die anderen in Gefahr gebracht. Es ist schon schlimm genug, wenn sie deine Stimme hören.« Er gab ihr auch eine dunkle Brille und einen Schleier aus weißem Stoff. Nachdem er sich ähnlich ausstaffiert hatte, führte er sie ins Nebenzimmer.

Bei dem Gebäude handelte es sich um eine Schmiede. Laternen sorgten für lebhaftes Licht und durchdrangen die Dunkelheit draußen. In dem Raum befanden sich etwa ein Dutzend Gestalten, die in Gruppen leise miteinander plauderten. Aber alle trugen Umhänge, Hüte und Schleier. Die Schleier waren simple Tücher aus weißem Stoff, die bei jedem Anwesenden vom Hut herabhingen und nur die Augen sehen ließen. Die Hüte waren rein weiß und hinten mit Ziegenhörnern versehen. Einige der Gestalten trugen dunkle Brillen. Das mussten Wandler sein, die sicherstellen wollten, dass niemand sie aufgrund der Luxin-Muster in ihren Augen wiedererkennen konnte.

Natürlich stellten die Verkleidungen für einen Paryl-Wandler kein Hindernis dar. Wenn Teia es versuchte, könnte sie durch ihre Kleider blicken, durch ihre Verhüllung, durch ihre Dummheit. Eben noch verängstigt, war sie in der nächsten Sekunde schon drauf und dran, verächtlich zu lachen.

Nun gut, vielleicht war es ein hysterisches Lachen, das sie sich kaum verkneifen konnte. Immer mit der Ruhe, Teia. Sie folgte Meister Spitz in die Schmiede, und in dem roten Licht des Schmiedefeuers blickte sie von einer Gestalt zur anderen.

»Ich bitte um Ruhe!«, sagte ein Mann mit einer schroffen Stimme.

Teia versuchte sich zu räuspern, aber es klappte nicht gleich, und dann wagte sie es nicht mehr, aus Angst, die neue, jungfräuliche Stille zu stören.

Obwohl der Schroffe klein war, ordneten sich ihm die anderen offensichtlich unter – und er war der Einzige, der zwei Schleier trug. Der, der sich unter dem weißen Stoffschleier befand, schien aus einer Art fein gewebtem Kettenpanzer zu bestehen.

»Wenn die Chromeria oder ihre Schergen euch hier finden oder sie irgendwann davon erfahren, wird die Kongregation für den reinen Glauben euch festnehmen lassen. Man wird euch foltern. Man wird euch eure Ländereien und Besitzansprüche nehmen. Eure Familien werden bestraft, euer Vieh und eure Häuser verbrannt werden, als könne man Ketzerei mit Feuer ausmerzen.« Nach einer Pause fuhr er fort: »Wenn Ihr nicht den Mut habt, in Schweigen zu sterben, geht jetzt und hört fortan auf, Teil dieser Gemeinschaft zu sein. Die Tür ist dort.«

Bei der Vorstellung, von ebenden Menschen gefoltert zu werden, denen sie diente, verkrampfte sich Teias Herz. Würde die Weiße Teia ihren Schutz zukommen lassen, wenn sie gefangen genommen wurde?

Nur wenn es ihren Zielen diente. Und in einem solchen Krieg wäre es vielleicht nicht der beste Schachzug der Weißen, sich für Tea einzusetzen. All die Bedrohungen, von denen Teia da hörte, bestanden auch wirklich. Und das war nur, was geschehen würde, wenn ihre Freunde hinter ihr Tun kamen. Um wie viel schlimmer wäre es wohl, wenn sie vom Orden entdeckt würde? Sie blickte zur Tür und fragte sich, ob sie es wirklich ernst damit meinten. Könnte sie jetzt noch fortgehen?

»Wir haben keine Feiglinge unter uns«, stellte der Mann fest. »Gut.«

Teia wollte rufen: Wartet! Ich glaube, ich könnte vielleicht ein Feigling sein! Kann ich noch ein Weilchen darüber nachdenken?

Aber es war zu spät.

Die Anwesenden bildeten einen Kreis, der nur an der Stelle, wo heiß die Schmiede brannte, unterbrochen wurde. Seltsam, so tief in der Nacht. In der Mitte stand ein einfacher Tisch. Ein Schauder überlief Teia, als sie die dort aufgehäuften Gegenstände erkannte. Es waren all die Dinge, die Teia für Aglaia Crassos gestohlen hatte – das ideale Erpressungsmaterial, um Teia zu entlarven und zu ruinieren, hätte sie nicht bereits alles der Weißen gebeichtet.

»Hört die Predigt des ersten Kreises.«

»Hört, ihr Betrogenen«, murmelten die Gestalten, als beteten sie.

»Alles, was ihr über die Chromeria wisst, sind Lügen«, sagte der schroffe Mann.

»Hört, ihr Betrogenen«, brummten die Gestalten.

»Gavin und Dazen Guile haben die Welt um ihrer Wollust und ihres Stolzes willen zugrunde gerichtet. Aber aus diesem Flächenbrand mit seinen Hunderttausenden von Toten ist etwas Gutes erwachsen. Jene unter uns, die auf Dazen Guiles Seite gestanden hatten, sahen ihre Hoffnungen dahinsterben, als bei den Getrennten Felsen Gavin Guile aus dem Rauch gestolpert kam. Die Weiseren von uns liefen fort. Die meisten versteckten sich. Aber einige wurden von den Rachedürstenden verfolgt, von Mördern, die danach trachteten, im Schatten des Krieges ihre Verbrechen zu verbergen, von Attentätern, ausgeschickt, uns für das, was wir wussten, zum Schweigen zu bringen.«

Er brach ab und sagte lange kein Wort, als würde eine aufwühlende Erinnerung in ihm wach. Keiner der Anwesenden redete dazwischen, und so blieb auch Teia still stehen.

»Auf unserer Flucht haben wir viele aus unseren Reihen verloren. Gute Männer und Frauen, die sich kein anderes Vergehen hatten zuschulden kommen lassen, als unterlegen zu sein. Andere wurden verschleppt, wurden als Sklaven an die Ilytaner verkauft – ein Handel, den die Chromeria zwar verurteilte, ohne aber Anstalten zu machen, ihn zu unterbinden.«

»Hört, ihr Betrogenen.«

»Aber.« Er hob den Zeigefinger. »In jeder Dunkelheit ist Hoffnung auf Licht. Denn Licht kann nicht in Ketten gelegt werden.«

»Licht kann nicht in Ketten gelegt werden«, fielen sie mit ein.

»Eine kleine Gruppe von uns floh in die atashische Wüste, durch das Geborstene Land, wurde über einen Monat lang in die Ödländer hinein verfolgt, bis unsere Häscher aufgaben. Wir hatten nicht genug Wasser, um die Rückreise nach Hause zu schaffen, also zogen wir weiter. Am Tag nachdem wir den letzten Rest unseres Wassers getrunken hatten, stießen wir auf den Großen Graben. Wir kletterten seine steilen Wände hinab und verloren dabei zwei weitere Brüder. Am Fuße des Großen Grabens entdeckten wir eine uralte verlassene Stadt, direkt in die Felswände hineingegraben. Wir fanden große, mit Wasser gefüllte Zisternen, die von einem kleinen Bach gespeist wurden, sowie wilde Ziegen, die wir essen konnten, und wir fanden Luxin von einer Beschaffenheit, wie wir es zunächst gar nicht für möglich hielten, aber das Kostbarste von allem war, dass wir die Wahrheit fanden.«

»Hört, ihr Betrogenen.«

»Wir waren nicht die ersten Wanderer, die diesen Ort entdeckten. Dieser Ort, eine jahrtausendealte Stadt, war Braxos. Die Pygmäen des dunkelsten Blutwaldes behaupten, von den gleichen Vorvätern abzustammen wie die Braxianer. Wir fanden dort die Hinterlassenschaften einer kleinen Gemeinschaft aus späterer Zeit – gegründet von einem Gelehrten und seiner Schülerin, die später seine Ehefrau wurde. Sie waren auf der Suche nach dieser Stadt gewesen und waren, so wie wir, dabei fast gestorben, das aber zweihundert Jahre vor uns. Sie blieben zwei Jahre in Braxos, versuchten dann, wieder zur Chromeria zurückzureisen, gaben es jedoch auf und kehrten nach Braxos zurück, überzeugt, dass das Geborstene Land unpassierbar war. Sie blieben für den Rest ihres Lebens, bekamen Kinder. Die Gemeinschaft hielt sich drei Generationen lang, bevor sie der Inzucht zum Opfer fiel, die sie zu schwach gemacht hatte, um in diesem rauen Land zu überleben. Aber was sie in diesen Generationen vollbracht haben! Sie haben tausend Jahre alte Pergamenthäute übersetzt und sie in einer Schrift bewahrt, die auch wir lesen konnten. Zum ersten Mal hörten wir etwas über die Zeit vor Lucidonius.« Er sah Teia an, als erforsche er ihre Seele. »Es wird Zeit, dass du die Wahrheit hörst und dich entscheidest.«

»Hört die Wahrheit, ihr Betrogenen.«

»Die Braxianer lebten dort unter beschwerlichen Verhältnissen, auch wenn die Gegend damals noch nicht das Geborstene Land gewesen war. Sie war dennoch eine Wüste, und das Leben war hart. In jenen Zeiten glaubte man, dass jede Farbe ein Gott oder eine Göttin sei, und die Menschen verschrieben sich jeweils der einen oder der anderen Farbe. Ein Wandler konnte niemals zwei Farben dienen, weil jede mit jeder im Krieg lag oder bestenfalls einen Widerwillen gegen sie hegte. Die Wandler strömten in jene Teile der Welt, wo ihre Farbe zu finden war, und eben dadurch vertieften sie die Unterschiede noch. Die fruchtbaren Ebenen von Ruthgar gaben reichlich Grün, daher verließen die Grünen der Welt ihre eigenen Völker und zogen dorthin, errichteten ihren Tempel und kultivierten Jahr um Jahr die Ebenen, machten sie noch grüner. Ähnlich verhielt es sich auch mit den Roten Klippen von Atash, den Vulkanen tief im Inneren von Tyrea und so weiter. Die Braxianer hatten jedoch einen anderen Glauben. Für sie war Magie nicht in erster Linie eine Sache des Lichts; Licht war vielmehr eine Art Auslöser, das Medium, das es dem Willen erlaubt, in die Welt und in unsere Gemeinschaft zu strömen. Auch glaubten sie nicht – wie später die Chromeria –, dass dieser Wille endlich ist. Sie glaubten nicht, dass sie allmählich ihre Seelen aufbrauchten, um zu Golems zu werden. Sie waren vielmehr der Überzeugung, der Wille sei wie ein Muskel und werde mit jedem Gebrauch gestärkt, statt wie der Sand in einem Stundenglas immer weniger zu werden. Während wechselnde Götter aufstiegen und untergingen, stöhnten alle Neun Königreiche unter der Last ihrer Kämpfe. Als sich die

Roten unter das Banner von Dagnu dem Dreizehnten scharten, in den Krieg zogen und die Blauen bis auf das letzte Kind auslöschten, brachten sie die Welt aus dem Gleichgewicht. Da es keine wandelnden Blauen mehr gab, lief Rot eine ganze Generation lang Amok, die Wüsten wuchsen, es bildeten sich Risse, und Länder barsten, die Meere versandeten. Überall breiteten sich Dürren aus, und die Braxianer waren unter allen Völkern die verwundbarsten. Ihre Bruderstämme in der Wüste gingen zugrunde. Es wurde auch nicht besser, als die Blauen zwei Generationen später Rache nahmen: Das Wasser stieg und überflutete die Talsohlen der Schluchten. Das viele Wasser spülte den guten Boden weg. Die Braxianer entschieden, dass sie etwas finden mussten, was ihnen Macht gab – ein Mitspracherecht bei den Vorgängen in einer Welt, die sie völlig missachtete und sie, ohne es im Geringsten zu ahnen, in ihren Kriegen zu vernichten drohte. Mögen wir, für unseren Teil …«

»… hören und glauben«, stimmten die Anwesenden mit ein.

Teia gewann den Eindruck, dass die genauen Worte dieser Geschichten von Mal zu Mal variierten, aber es gab bestimmte Signalwörter, die die entsprechenden Antworten auslösten. Eine Gänsehaut kroch ihr über den Nacken.

»Das war die Geburtsstunde des Ordens. Zuerst gab es nur einen Schatten: Ora'lem, den Verborgenen, den ersten Schatten. Er trug einen Umhang, der mit dem ganzen Willen eines polychromatischen Lichtspalters durchtränkt war, einer Frau, die jene Begabung besaß, über die den betrügerischen Beteuerungen der Chromeria zufolge nur Prismen verfügen. Aber Ora'lem wurde im Kampf mit einem Infraroten getötet – denn sein Umhang verbarg ihn nur vor dem sichtbaren Spektrum. Nach seinem Tod konnte dieser Mantel nur mit großer Mühe zurückerlangt werden, und der Orden beschloss, dass die Schatten fortan immer als Paar arbeiten sollten, je ein Mann und eine Frau, denn es gibt Orte, zu denen Männer, und Orte, zu denen Frauen keinen Zugang haben, und die jeweiligen Stärken des einen sollten die Schwächen des anderen abdecken. Über die Generationen hinweg häufte der Orden vierzehn dieser Umhänge an, einige kostbarer als andere. Zwei, die jetzt verloren sind und den Nebelgängern von einst gehört hatten, funktionierten in allen Farbspektren als Tarnmäntel. Diese vierzehn Krieger, die ersten Schatten, bewegten sich ungesehen unter allen Völkern der Welt. Vierzehn redliche Klingen, die Gerechtigkeit brachten. Vierzehn Nebelgänger schützten die Bewohner von Braxos und alle Verwundbaren überall. Sie bewegten sich unter allen Arten von Wandlern und flüsterten in die Ohren jener, deren Macht das Gleichgewicht bedrohte, forderten sie auf, von ihrem Wandeln abzulassen. Das klappte – einige wenige Male. Aber meistens klappte es nicht, und die vierzehn brachten einigen wenigen den Tod, um das Leben für viele zu erhalten.«

Sie brachten die Farben ins Gleichgewicht, wie das Prisma es tat, jedoch mit Gewalt. Mittels Mord.

»Braxos blühte auf und erlebte größeren Wohlstand denn je. Die Braxianer brauchten nur zu wünschen, dass die Roten weniger Magie einsetzten, und die Roten leisteten dem Folge und kontrollierten ihre eigenen Priester, ohne dass Mord und Tod notwendig waren. Es herrschte Frieden, und die Magie blühte und gedieh. Wenn Wichte in einem Gebiet ihr Unwesen trieben und niemand sonst helfen konnte, waren es die Schimmermäntel, die eingriffen. Der Orden und seine Mitglieder waren die strengen Wächter einer gnadenlosen Welt. Aber die Welt ist ein verwöhntes Kind; sie kann Wächter nicht lange ertragen, selbst wenn sie sie am meisten braucht.«

Die Gestalten im Kreis sprachen alle zusammen: »Wir sind die Wächter. Wir sind die Hände der Nacht. Wir sind die ungesehenen Wandler. Wir sind das Schwert des Morgens und die

Keule der Mitternacht. Wir stehen bereit. Für Krieg, für Frieden, für Leben, für Tod, wir stehen bereit.«

Meine neuen Freunde, die Bürgerwehr der wahnsinnigen Wandlermörder.

»In dieser Welt, die beständig am Rand des Abgrunds stand, während nur unsere Hände sie ins Gleichgewicht bringen konnten, erschien in einer Zeit des Aufruhrs ein junger Mann. Damals wurden zahlreiche neue Techniken entdeckt, und das Gleichgewicht war von allen Seiten bedroht. Der junge Mann wurde ein Schimmermantel, und er zählte, wie wir bald wussten, zu den größten, die je unter uns gelebt haben. Diakoptês war sein Name.«

»Diakoptês, der Verräter!«

»Die braxianischen Linsenschleifer waren die besten der Welt, und sie waren es auch, die entdeckten, wie man Metall zu Glas schmelzen kann, um jene Gläser zu fertigen, die die Welt verändern sollten. Pechblende und Blei für Rot, Theion und Kalzium für Gelb, Kadmium und Schwefel für Orange, Auripigment und Eisen für Grün, Kobalt und Theion für Blau. Dieses Wissen sollte unser Geheimnis sein und unsere neue Macht. Wir sollten uns nicht länger allein auf die sieben Zweiergruppen verlassen müssen und darauf, dass wir polychromatische Lichtspalter ausfindig machten, die uns neue Schimmermäntel anfertigen konnten, wenn die alten gestohlen oder zerstört wurden. Dann kam ein junger Mann. Diakoptês war sein Name.«

»Diakoptês, der Verräter!«

»Diakoptês der Schatten hatte in jedem einzelnen der Neun Königreiche für uns getötet. Er war für sein heftiges Temperament ebenso berühmt wie für sein Geschick im Umgang mit Klinge und Knüppel. Er begann mit schwarzem Luxin zu experimentieren, einer Farbe, die nur von jenen gewandelt werden kann, die sehr viel Böses in ihrem Herzen tragen. Er erlag den Lockungen des Bösen, und es begann ihn nach Macht zu gelüsten. Wir sandten Leute zu ihm, alte Freunde, die ihn anflehen sollten, sich zu besinnen. Er tötete sie. Er stahl die Erfindungen seines Volkes, das Juwel der braxianischen Handwerkskunst und das Produkt von zweihundert Jahren beständiger Innovation, und rüstete ein Heer damit aus. Mit seinen Armeen brachte er den blutigsten Krieg, den die Neun Königreiche je erlebt hatten. Er zermalmte sie unter seinem Stiefel und nannte sich selbst einen Retter. Er bezeichnete freie Männer als Ketzer und hochbegabte Frauen als Ungeheuer. Wir kennen ihn unter seinem wahren Namen: Diakoptês war sein Name.«

»Diakoptês, der Verräter!«

»Aber du kennst ihn vielleicht unter seinem anderen Namen. Dem Namen, den er sich selbst gab, um sich zu einem Gott zu machen: Lucidonius, der Lichtgeber.«

Teia hätte eigentlich nicht überrascht sein sollen, dass Mörder und Ketzer gotteslästerliche Ansichten über Lucidonius hatten, aber irgendwie war sie es doch. Selbst die Klagen der ungehobeltsten Sklaven darüber, dass Lucidonius der Not der Sklaven keine Beachtung geschenkt habe, gingen immer noch davon aus, dass Lucidonius, als ein Sterblicher, sie lediglich übersehen hatte, und nicht davon, dass er böse war.

Sie biss sich auf die Unterlippe und schwieg, schaute nur von der einen vermummten Gestalt zur nächsten. Als Letztes blickte sie auf den Tisch, wo aufgehäuft all die Gegenstände lagen, die sie gestohlen hatte.

»Das Magisterium lehrt, dass wir nur ein einziges Leben haben, dass es für uns nur einen einzigen Urteilsspruch und eine einzige Ewigkeit gibt. Dass es kein Erbarmen gibt für jene, die in niedrige Verhältnisse geboren wurden, nur die falsche Wahl; als ob die Tochter des Adels und die Tochter der Schande die gleichen Chancen auf ein tugendhaftes Leben hätten. Die Braxianer waren gütiger, humaner. Wir wissen …«

Sie intonierten: »Im Tod liegt die Reinigung von Sünden. In der Wiedergeburt liegt die Hoffnung auf Erlösung.«

»Er nannte sich das zweite Auge Orholams. Und so wurde der Orden zum Brechen des Auges geboren. So kam es, dass wir unseren Lieblingssohn Diakoptês töteten. Nicht im Hass, sondern in der Hoffnung. Hoffnung auf seine Wiedergeburt. Hoffnung auf Erlösung.«

Gemeinsam sagten sie: »Wir harren mit Hoffnung und Erwartung. Ihr ungebrochenen Brecher, unsere lange Wache währet fort.«

»So endet die Predigt des ersten Kreises. Mögen wir alle würdig sein, mehr zu erfahren.«

Sie stimmten einen Sprechgesang an, in einer Sprache, die Teia nicht verstand. Einigen von ihnen ging es offensichtlich ebenso, denn sie stolperten den anderen bei den unvertrauten Silben hinterher. Dann, schien es, folgte eine freie Übersetzung, die nicht ganz so rhythmisch war: »Wahr im Dunkel. Wahr im Licht. Wahr am Tag. Wahr in der Nacht. Ehrlich, unerbittlich, treu, mächtig, aber verborgen, bis wir das Unrecht zu Recht machen.«

Der schroffe Anführer trat näher an Teia heran und senkte die Stimme, so dass die anderen über das Zischen des Gebläses hinweg, das einer von ihnen betätigte, wohl höchstens noch Bruchstücke hören würden. »Du weißt, was das für Gegenstände sind.« Er hob ein silbernes Armband auf und legte es wieder hin.

»Dinge, die ich auf Befehl meiner Herrin gestohlen habe.«

»Erpressung«, sagte er.

»Erpressung«, pflichtete sie ihm bei.

Er senkte die Stimme noch weiter: »Unter den Betrogenen,

Adrasteia, wirst du immer eine ehemalige Sklavin sein. Das Höchste, was du erreichen kannst, ist die Schwarze Garde. Eine Schwarzgardistin zu sein ist eine gute Stellung für eine ehemalige Sklavin. Normalerweise. In Kriegszeiten ist es weniger gut. Jeder weiß, dass die Qualitätsmaßstäbe der Schwarzen Garde gesenkt werden mussten, um ihre Reihen wieder auffüllen zu können. Du wirst auf eine Weise mit Problemen konfrontiert werden, wie es die Schwarze Garde in Friedenszeiten niemals zulassen würde. Vielleicht wirst du für die Weiße sterben, obwohl die gegenwärtige Weiße fast tot ist. Sie wird keine zwei weiteren Jahre mehr leben. Und wer wird an ihre Stelle treten? Jemand, den du lieben und respektieren kannst? Wirst du mit Freuden dein Leben für den Roten geben? Ist das das Leben, das du dir wünschst? Eine Sklavin, die zu einem höheren Rang aufgestiegen ist, aber trotzdem eine Sklavin. Ist das das Beste, was du erreichen kannst?« Er nickte zweien der Kapuzengestalten zu und trat einen Schritt zurück. Mit nun erhobener Stimme fügte er hinzu: »Wir wollen dich, Initiantin, aber wir werden dich nicht dazu erpressen, uns zu dienen. Der Orden sucht nicht nach Sklaven. Du kannst eine Soldatin für sie sein, die sie als ihr Kanonenfutter einsetzen, für uns aber kannst du mehr sein. Wir suchen nach Schatten. Wir wollen dir eine Möglichkeit geben, etwas zu bewirken, den Lauf der Geschichte zu verändern. Das Almosen an dich zu reißen, das diese Welt dir gegeben hat, und mehr zu verlangen und deinerseits wiederum auch mehr zu geben. Keine Arbeit ist so schwer wie jene, die wir dir anzubieten haben, aber gemeinsam können wir die Welt neu formen.«

Die Gestalten traten vor und legten die silbernen Gegenstände in einen schartigen Kessel am Ende einer langen Stange. Sie hoben sie ins Feuer, und Teia sah zu, wie das Silber zu zittern begann, seine Form verlor und schmolz, bereit, neu erschaffen zu werden.

39

»Ich will, dass Ihr mir die Klinge in den Leib jagt«, sagte Gavin. Er und Antonius, der junge Malargos, standen im frühen Morgenlicht auf Deck.

»Wie bitte?«

»Ich bin schon damit durchbohrt worden. Vielleicht zweimal.«

»Wo?«, fragte Antonius.

»Einmal vor Garriston und einmal vor Ru. Versteht Ihr? Es ist sogar beide Male auf Schiffen geschehen.«

»Ich habe gemeint: Wo an Eurem Körper?«

»Oh, einmal im Rücken, hier, und dann direkt durch die Brust, hier.« Sie hatten immer noch Mangel an Kleidungsstücken, daher lief Gavin wie all die übrigen ehemaligen Sklaven mit nacktem Oberkörper umher. Es hatte den jungen Herrn entsetzt, der ihm seine eigenen Gewänder angeboten hatte, aber aus Gründen, die er nicht hätte benennen können, wollte Gavin sie nicht annehmen. Wie dem auch sei, als er nun auf die Stellen wies, wo er angegriffen worden war, zeigte er auf nackte Haut.

Antonius beugte sich näher heran. »Keine Narben – keine Narben?«

»Ich gehe davon aus, dass es Teil dieser Magie ist. Muss es wohl sein.«

Antonius hob das Schwert und stieß es ins Deck. Die Spitze

versank tief in dem polierten, feuergehärteten Holz. Er sah Gavin skeptisch an.

»Ich glaube, bei mir ist das anders«, sagte Gavin.

Er hatte während dieses ersten Tages in Freiheit eine Menge nachgedacht. Zuerst hatte er an Karris gedacht, Karris, an die zu denken so schmerzlich gewesen war, als er in der Hölle unter Deck gefangen war. Er konnte ihr Lächeln sehen, die Wölbung ihres Halses, ihr Haar – das jetzt blond war – und ihre Tränen des Glücks, wenn sie sich wieder umarmen würden. Er konnte ihre Finger spüren, wie sie, während er schlief, sein Gesicht berührten, um sich zu vergewissern, dass er wirklich real war. Er konnte sich vorstellen, wie er sanft in ihre Finger biss, um sie zu überraschen, und wie sie dann zusammen lachen würden. Er stellte sich vor, wie sich ihre schlanken Beine um seine Hüften legten, ihre warme Umarmung – doch dann tat auch das noch immer weh. Sein Körper war ausgehöhlt worden wie eine Schale für Kummer und Leid, und die Vorstellung, diese Schale könnte erneut von Freude erfüllt werden, war eine Qual. Er versuchte sich vorzustellen, was Karris sagen würde, wenn sie seine Augen sah. Sie hatte ein Prisma geheiratet. Sie hatte den Preis dafür in Kauf genommen, mit dem mächtigsten Mann der Welt verheiratet zu sein, aber sie hatte auch die entsprechenden Belohnungen in Kauf genommen.

Er war nicht mehr dieser Mann. Was er zu sein versprochen hatte, war nicht das, was er ihr geben konnte. Was würde sie zu dieser verdorrten Hülse von einem Mann sagen?

Ich bin nicht mehr, was ich früher einmal war. Welches Werk von edler Natur könnte jetzt noch von mir vollbracht werden? Von diesem Krüppel?

Auch dieser Gedanke war zu grausam, um ihm neuen Mut zu spenden. Also hatte er über das Musketenschwert nachgedacht. Besonders das Schwarz in ihm faszinierte Gavin. Es sah aus wie Obsidian. Aber niemand vermochte Obsidian zu derart zarten Spiralen zu verarbeiten: Das Zeug war nicht biegsam, nicht formbar. Obsidian zerbrach und bildete harte, scharfe Kanten. Während des Krieges hatten jene, die sich Obsidian leisten konnten, ihre Pfeilspitzen damit besetzt, da es noch besser als Stahl durch Luxin schnitt. Allerdings konnten es sich nur wenige leisten. Es war jedoch bekannt, dass es das Wandeln störte. Höllenstein nannten es die Wandler und betrachteten es als die personifizierte Dunkelheit, eine Negation des Lichts, und daher als ein Werkzeug des Feindes.

Gavin – der echte Gavin – hatte seine Männer alle mit Höllenstein besetzten Waffen sammeln lassen, sowie auch entsprechende Juwelen oder Schmuckstücke, dann hatte er sie in ein paar Kisten gepackt, die »verloren gegangen« waren, als sie nach Großjasper zurückkamen. Es war Krieg, wenn auch Kriegsende, und Dinge verschwanden eben. Er selbst wiederum hatte diesen Schatz dazu verwendet, um die Tunnel von Gavins Gefängnis unter der Chromeria auszukleiden. Er kannte sich sehr gut mit Obsidian aus.

Und hierauf konnte er sich absolut keinen Reim machen.

»Können wir es vielleicht Stück für Stück versuchen, statt dass ich es Euch durch den ganzen Körper ramme und dann auf das Beste hoffe?«, fragte Antonius.

»Wenn Ihr es so formuliert«, sagte Gavin, »erscheint mir das irgendwie durchaus sinnvoll.«

Antonius verzog das Gesicht. Er hob das Schwert und richtete es auf Gavins Brust. »Wie wäre es, wenn ich das Schwert einfach festhalte, und Ihr könnt Euch so weit vorwärtsbewegen, wie Ihr wollt, und die Besatzung wird mich dann vielleicht nicht dafür kielholen, dass ich Euch umgebracht habe?«

»Das ist nur gerecht.« Gavin hielt sich die Spitze des schwarzweißen Schwertes an die Brust. Er drückte sich dagegen …

… und sprang fluchend zurück. Blut rann ihm über die Brust.

Antonius sprang ebenfalls zurück, die Augen geweitet. Es folgte ein Moment der Stille, während sich Gavin die Wunde rieb. »Also … ist das zuvor anders abgelaufen?«, fragte Antonius.

Gavin schimpfte nur noch lauter, fluchte zum Himmel. Es war unmöglich, dass er sich das nur eingebildet hatte. Zumindest nicht beim zweiten Mal. Der Dolch war einfach ein Dolch gewesen, als er mit seinem Vater, Grinwoody und Kip darum gekämpft hatte, und danach war er ein Schwert gewesen. Kanonier hatte zugegeben, dass er es aus Gavins Brust gezogen hatte – dass es Gavin zur Gänze durchbohrt hatte.

Vielleicht funktionierte es nur ein Mal. Es nahm einem alle magischen Fähigkeiten, und damit war die Sache vorbei. Aber Obsidian konnte das nicht leisten. Obsidian konnte einem Luxin aus dem Blut ziehen, sicherlich, aber er nahm einem nicht das Vermögen, jemals wieder zu wandeln. Selbst aller Obsidian der Welt vermochte das nicht.

»Kann ich es bei Euch ausprobieren?«, fragte Gavin.

»Ihr habt gesagt, es hätte Euch die Fähigkeit zum Wandeln genommen«, gab Antonius zu bedenken.

Nicht, dass Gavin es ihm hatte sagen wollen, aber es hatte sich auch nicht vermeiden lassen. Der junge Mann hatte ihn gebeten, eine kleine Reparatur an der Galeere zu wandeln, und Gavin hatte keine Lüge bereitgehabt, um zu begründen, warum er es nicht tun wollte. »Das stimmt«, erwiderte er. »Es ist natürlich nur eine Vermutung, aber beides fällt zeitlich zusammen.«

»Also wollt Ihr, dass ich, um Eure Neugier zu befriedigen, meine Fähigkeit opfere, Magie zu wirken?«, fragte Antonius. »Versteht mich nicht falsch, ich will ja helfen, aber … vielleicht könnten wir noch warten und es auf eine andere Weise versuchen?«

Gavin seufzte. Er konnte dem Jungen eigentlich keinen Vorwurf machen. »Gleich kommt die Morgenwache. Die Zeit ist abgelaufen. Wir müssen uns entscheiden.«

Gestern, von ihrem anfänglichen Überschwang und ihrer Angst getrieben, waren sie nur gerudert, bis es dunkel wurde, einfach um wegzukommen. Keiner der Sklaven hatte daran gedacht, mittels Sextant und Kompass ihre Position zu bestimmen, außerdem war es bewölkt gewesen. Antonius Malargos war der Ansicht gewesen, dass sie sich zwischen Rath und den Jasperinseln befänden, etwa zwei Tage von Rath entfernt.

Die Besatzung versammelte sich auf Deck. Viele hatten dort auch geschlafen, weil sie immer noch befürchteten, jemand könnte kommen und sie wieder an ein Ruder ketten. Im zunehmenden Licht der rosigen Morgenröte nahmen sie ihre Plätze ein.

Antonius ergriff als Erster das Wort: »Heute müssen wir über unser Ziel entscheiden. Wir haben Wasser und Nahrung für wie lange? Fünf Tage? Ich habe Geschichten über eure Ruderkünste gehört, und ich bin mir sicher, ihr könntet in dieser Zeit die halbe Küste des Blutwaldes erreichen und genauso auch die halbe Küste von Ruthgar. Aber es gibt nur zwei praktikable Möglichkeiten: Entweder wir steuern Großjasper oder Rath an.«

»Warum sollten wir Rath ansteuern?«, fragte jemand.

»Ihr habt die dritte Möglichkeit weggelassen«, meldete sich ein anderer zu Wort. »Wir könnten weiterhin Piraten sein. Der Sonnentag naht, da ist das Wasser voller großer, dicker Fische, die wir uns nur zu schnappen brauchen.«

»Hört mich an!«, sagte Antonius. Er war allzu ängstlich, allzu jung. Er glaubte, die Aufmerksamkeit der Seeleute zu verlieren. Doch das war nicht der Fall. Sie wollten einfach für ein Weilchen ihre Freiheit auskosten. Was konnte einem Mann stärker das Gefühl von Freiheit geben, als Höhergestellte ohne Konsequenzen unterbrechen zu dürfen? Für Männer, die unter der Knute gelebt hatten, war es wie köstlicher Wein.

»Ich biete euch die Freiheit und mehr«, fuhr Antonius fort. »Meine Cousine, Lady Eirene Malargos, ist schön und reich und hat gute Beziehungen. Wenn ihr in der falschen Stadt an Land geht, wird man euch als entflohene Sklaven betrachten, als Freiwild für jeden, der euch wieder einfangen will. Oder es trifft euch noch schlimmer, und ihr geltet als Meuterer. Man könnte euch hängen oder kielholen. Meine Cousine wird euch mit Papieren ausstatten, die in jeder Hauptstadt eingereicht werden können. Freiheit. Nie wieder weglaufen müssen. Es versteht sich von selbst, dass wir das Frachtgut untereinander aufteilen. Gleiche Anteile für alle. Ich aber verzichte auf meinen Anteil, obwohl ich euch gerettet habe. Das alles und zusätzlich fünfzig Danar für jeden von euch.«

»Wir wollen auch das Schiff behalten!«, rief jemand.

»Der *Bittere Kolben* wird verkauft, und der Profit auf die jeweiligen Anteile verteilt«, sagte Antonius. »Das ist die einzige Möglichkeit, wie jeder einen gerechten Anteil bekommen kann. Wenn einige von euch sich zusammentun und das Schiff kaufen wollen, dann ist das eure Angelegenheit.«

Gavin stand auf. »Lord Antonius«, begann er und neigte den Kopf leicht zur Seite. »Ich will, dass Ihr wisst, wie sehr wir alle Euch und Eure Taten schätzen. Wir werden sicherstellen, dass man Euch großzügig belohnt. Aber dennoch – und ich verstehe nicht ganz, warum Ihr es überhaupt versucht –, wir rudern nach Großjasper, denn was immer Ihr bietet: Ich werde es verdoppeln.«

Die Männer jubelten.

Doch Antonius hob die Hand, stumm abwartend. Jemand rief: »Haltet den Schnabel, ihr Gesindel, lasst den Lord den

Preis nach oben schrauben.« Die Männer lachten und beruhigten sich bald wieder.

»Zwei Dinge«, sagte Antonius. »Das eine wisst ihr, das andere könnt ihr nicht wissen. Zunächst einmal wisst ihr alle, welchen Ruf Eirene Malargos genießt. Sie ist eine harte Geschäftsfrau, aber sie hält immer Wort, was auch geschieht. Zweitens: Ja, in normalen Zeiten könnte Gavin Guile in der Tat verdoppeln, was immer sie und ich euch anbieten können. In normalen Zeiten, das weiß ich, würde Gavin Guile sein uns gegebenes Versprechen halten, obwohl wir alle wissen, dass die Guiles ihrem Namen, der so viel wie ›Tücke‹ bedeutet, in jeder Generation tausend Mal alle Ehre gemacht haben.«

Das war für die Seeleute ein wenig zu kompliziert formuliert. Es waren einfache Männer. Aber Gavin unterbrach Antonius nicht. Lass den Jungen ruhig seinen Schachzug machen. Gavins Stern war nun wieder im Steigen. Das hier war sein Spiel. Er würde sich eine Schiffsbesatzung, mit der er monatelang seine Dienste geleistet hatte, nicht einfach wegnehmen lassen. Das würde er nicht gestatten. Er sah, dass Orholam ihn mit eindringlichen Prophetenaugen anstarrte.

»Aber wir haben keine normalen Zeiten. Wie ich gestern Abend von euch allen gehört habe, hat Luxlord Andross Guile seinen eigenen Sohn mit einem Dolch durchbohrt und über Bord geworfen.« Er machte eine kurze Pause. »Ich muss euch jetzt berichten, dass der Luxlord nicht untätig war, seitdem sein Sohn verschwunden ist.«

Die Männer sahen Gavin an, und Panik stieg in ihm auf.

»Andross Guile ist zum Promachos ernannt worden«, fuhr Antonius fort. »Und er hat seine Macht auf eine Weise gefestigt, wie es nicht einmal Gavin Guile während des Kriegs des Falschen Prismas vermocht hat. Er will nicht, dass der feindliche Sohn zurückkehrt, von dem er glaubte, ihn ermordet zu haben. Um eurer selbst und um Gavins willen ist Großjasper der letzte Ort, an den ihr euch begeben solltet.«

Es verschlug Gavin den Atem. Im gleichen Moment wusste er, dass es die Wahrheit war.

Und zu spät begriff er, dass Antonius seine Worte einfach in den Raum gestellt hatte, ohne dass die Seeleute einen Beweis dafür hatten, dass sie auch stimmten. Aber diese Männer, die in der Redekunst ungeschult waren und von denen viele nicht einmal lesen konnten, konnten doch in Gesichtszügen lesen. Gavins unverhülltes Erschrecken diente ihnen als Bestätigung all dessen, was Antonius gesagt hatte.

»Aber Gavin ist das Prisma. Das muss doch etwas zählen und …«

»Ist er das?«, fragte Antonius. »Ich weiß, dass ihr das glaubt. Ich glaube es ebenfalls. Aber wenn er nach Großjasper käme und die Schergen seines Vaters ihn ergriffen und er riefe: ›Ich bin das Prisma!‹, würden sie nicht sagen: ›Dann wandle, Prisma, beweise es, rette dich!‹? Er kann nicht mehr wandeln. Er kann nicht beweisen, wer er ist. Gavin ist unser Freund und unser Prisma – jawohl, ich glaube es! Aber wenn er jetzt nach Hause zurückkehren will, ist er wie ein betrunkener Freund, der übers Meer schwimmen will. Wer diesen Betrunkenen dazu ermutigt zu schwimmen, ist kein guter Freund. Beweist eure Freundschaft gegenüber Gavin und eure Hingabe an euer Prisma – indem ihr ihm nicht erlaubt, sein Leben wegzuwerfen.«

Gavin wusste keine Antwort, konnte nichts dagegensetzen. Seine goldene Zunge war zu schwer, um Worte zu formen. Er hatte das Ganze nicht durchdacht, hatte zu viel damit zu tun gehabt, über die falschen Dinge nachzugrübeln. Ein Junge hatte ihn ausmanövriert. Die Sache entglitt ihm. Er war verloren.

»Wisst ihr«, sprach Antonius weiter, »was mit dem einfachen Seemann geschieht, der zwischen zwei kämpfende Riesen gerät?

Ich kann euch sagen, was *nicht* geschieht. Ein einfacher Seemann wird jedenfalls nicht doppelt bezahlt. Er wird überhaupt nicht belohnt. Er wird auf der Stelle getötet. Also, sagt mir, wer will mit mir Rath ansteuern?«

40

Kip wusste nicht, warum er überrascht war. Er hatte gedacht, dass seine Probleme gelöst wären, sobald er erst einmal Zugang zu den verbotenen Bibliotheken hätte. Als bedeute es, nur weil man für etwas kämpfen musste, müsse das, was man dafür bekam, auch gut und nützlich sein. Doch die Wahrheit war nicht so einfach. Die Bücher waren voller Inhalte, die die Luxiaten nicht gelesen haben wollten, aber genau das zu finden, was Kip suchte – wo er doch gar nicht wusste, was das war –, war weitaus schwieriger.

Die verbotene Bibliothek war zum zweiten Zuhause der Rekrutengruppe geworden. Wann immer Kip nicht mit Karris oder der Schwarzen Garde trainierte oder den Unterricht besuchte, war er hier. Anfänglich war Andross Guile darüber verärgert gewesen, dass Kip seinen Freibrief dazu genutzt hatte, auch all seinen Freunden Zugang zur Bibliothek zu verschaffen, doch hatte er sich beruhigt, nachdem Kip ihm darüber Bericht erstattet hatte, wie sich die Luxiaten heimlich den Befehlen des Promachos widersetzten.

Kip zweifelte nicht daran, dass es danach einige sehr unangenehme Gespräche zwischen Andross und den Hohen Luxiaten gegeben hatte, aber natürlich bekam er von alldem nichts mit. Er war außerdem froh festzustellen, dass Andross verhindert hatte, dass die Luxiaten in irgendeiner Form Rache an Quentin nahmen. Nicht, dass das den jungen Gelehrten mit großer Hoffnung erfüllte. »Licht vergisst niemals«, sagte er.

»Hm?«, fragte Kip.

»So drücken wir aus, dass Luxiaten ein gutes Gedächtnis haben«, erwiderte Quentin und schaute gar nicht erst von seinem langweiligen Wälzer über die Theologie der Vorzeit auf. Quentin verwandte den größten Teil seiner Zeit auf seine eigenen Forschungen und nutzte den Zugang zu den nur eingeschränkt zugänglichen Schriften, den ihm Kip verschafft hatte, um eine Abhandlung zu schreiben, aber er war für die Schwarzgardisten-Gruppe auch zu einer unverzichtbaren Wissensquelle und einem guten Freund geworden.

»Orholam steh uns bei«, sagte Kruxer. Er hatte seine eigenen Studien für diesen Tag beendet und Kip geholfen, nach Büchern über die schwarzen Karten zu suchen. Er hatte eine Schriftrolle vor sich ausgebreitet, von der er sich nun zurücklehnte.

»Was ist?«, fragte Ferkudi.

Sie saßen alle um einen Tisch herum. Ferkudi und Daelos – die erst im letzten Jahr lesen gelernt hatten und darin immer noch sehr langsam waren – taten sich mit ihren eigenen Studien fast genauso schwer wie Ben-hadad, der seit Jahren lesen konnte, aber immer noch Mühe hatte, die über die Seiten schwimmenden Wörter zusammenzusetzen.

Alle blickten von ihrer jeweiligen Beschäftigung auf. Es hatte sich herausgestellt, dass das Magisterium jede Menge langweilige Schriften verbannt hatte, aber ab und zu fanden sie doch eine Perle.

Der große Leo sagte: »Du darfst es uns auf keinen Fall verschweigen. Ich lese seit zwei Stunden etwas über Blütenpflanzen. Hörst du, Kruxer? Blütenpflanzen. Blüten-Pflanzen.« Kip mochte den großen Leo sehr. Seine Mutter und sein Vater waren bei einem Wanderzirkus gewesen, sie als Akrobatin, er als Kraftprotz. Sie waren beide im Krieg des Falschen Prismas getötet worden; laut Ferkudi deshalb, weil sein Vater trotz seiner enormen Stärke nicht gewusst hatte, wie man richtig kämpft. Der große Leo hatte geschworen, nun selbst der bestmögliche Kämpfer zu werden, um niemals schutzlos zu sein. Aber abgesehen von der Heftigkeit, mit der er manchmal Rot oder Infrarot wandelte, war er umgänglich und voller trockenem Humor.

Kruxer fuhr fort: »Ich hatte da diese Schilderung von Grünen, wie sie bei ihrem Götzendienst ...« Er drehte sich zu den Übrigen um und wirkte plötzlich verlegen. »Entschuldige, Teia.«

»Halt den Mund«, sagte sie. »Erzähl weiter.« Die Rekrutengruppe behandelte sie die meiste Zeit genauso wie einen der Jungen, aber weder die Gruppe noch Teia waren sonderlich konsequent, was die Frage betraf, wann sie *nicht* wie einer der Jungen behandelt werden sollte.

Er schüttelte den Kopf. »Es klingt nach einer Menge Spaß, nicht wahr? Orgien und wilde Sauferei und Tanzen und, ähm, Tempelmädchen ...«

»Es gab nicht nur Tempel*mädchen*«, unterstrich Teia.

Alle starrten sie an.

»Vergesst es«, sagte sie.

Kruxer räusperte sich. »Äh, wie dem auch sei. Ich bin gerade auf Anweisungen für den Pflanzritus gestoßen. Es handelt sich, äh, um Anweisungen, wie man die Säuglinge für das Menschenopfer vorbereitet. Es geht nicht nur darum, wie man das Herz aus einem so kleinen Leib entfernt, sondern es wird auch gefordert, dass man die Musikinstrumente möglichst laut spielen lässt, sobald der Säugling zu schreien beginnt, wenn sie ihn aufschneiden, damit die Gläubigen ... nicht an ihrem Glauben zu zweifeln beginnen.«

Die ganze Gruppe schwieg einen Moment. »Orholam verfluche sie«, sagte der große Leo dann.

»Damit könnte ich noch fertigwerden. Ich meine, ich hatte schon gehört, dass sie Babys durch Flammen hindurchreichen, und ich …« Kruxer zuckte die Achseln. »Es war für mich nur eine Geschichte. Aber das … das Schlimmste daran sind die Einzelheiten darüber, wie die Babys durch das Los bestimmt werden, ›aufgrund des bekannten Problems, dass die Eltern viel mehr Säuglinge opfern wollen als das benötigte Dutzend‹. Da hat nicht irgendein böser Priester einer jungen Mutter ihren Säugling aus den Armen gerissen. Sie haben es freiwillig getan. Unsere Vorfahren. Unsere Familien. Wie konnten sie nur?«

Quentin meldete sich zu Wort: »Wenn ich etwas sagen dürfte? Es gab mal einen Kriegerpriester namens Darjan, der, wie es heißt, das Schlimmste des Krieges gesehen und daran teilgenommen hat: Massaker, Mord, Folter und Schlimmeres, und in alledem zeichnete er sich durch besondere Großtaten aus. Er war der oberste der heidnischen Priester, aber er wurde von Lucidonius persönlich bekehrt, und nach einem kriegerischen Leben, das ihn durch sieben der neun Königreiche geführt hatte, zog er nach Tyrea und lebte dort den Rest seiner Tage als Asket. Jeden Tag kletterte er auf – nun ja, auf eine Statue beziehungsweise auf das, was jetzt die Getrennten Felsen sind oder … darüber gibt es Meinungsverschiedenheiten und … aber nicht so wichtig. Die letzten dreißig Jahre seines Lebens verbrachte er jedenfalls damit, von Sonnenaufgang bis Sonnenuntergang zu beten und … aber das ist auch nicht so wichtig. Er sagte einst: ›Über den größten Teil unseres Lebens hinweg sollte das Wissen, dass Orholam gerecht ist, uns mit Furcht erfüllen, aber es gibt Momente, in denen diese Wahrheit das Einzige ist, was uns mit Frieden erfüllen kann.‹«

»Moment«, warf Kip ein. »Willst du mir erzählen, dass ich

genau das verpasst habe, weil ich die Unterrichtsstunden über das Leben der Heiligen geschwänzt habe? Mörderische Kriegerpriester, die dort draußen in Rekton hausten? Ich bin auf dieser Statue herumgeklettert!«

»Du kannst wirklich ganz schön am Thema vorbeigehen, Brecher«, schaltete sich Teia ein.

»Man muss eine Menge Unterrichtsstunden über sich ergehen lassen, um die guten Themen nicht zu verpassen«, räumte Quentin ein. Sie alle lachten kurz auf, und alle wussten, dass sie damit nur überdecken wollten, was sie eben gehört hatten.

»Geht es da um so etwas nach dem Motto: ›Richte deinen Blick zuerst nach innen, aber richte ihn auch nach außen‹?«, wandte sich Teia an Quentin. Es war ein altes Sprichwort.

»So ungefähr – das genaue Zitat stammt von Ambrosius Abraxes: ›Richte deinen Blick zuerst auf deine innersten Wesensteile. Erforsche und erkenne sie, so wie Orholam selbst sie kennt, und dann magst du dein Auge auf die Taten jener richten, die dich verfolgen.‹ Einige der Heiligen waren richtig wortgewandt, während andere …« Er grinste.

Immer noch ernst sagte Kruxer: »Genau das ist es, wogegen wir kämpfen. Hier ging es nicht um die Schuld eines Einzelnen – etwa eines verkommenen Priesters, der eine ihn fürchtende Gemeinschaft unterdrückt. Sondern die ganze Gemeinschaft war begierig, an etwas mitzuwirken, wovon sie wusste, dass es böse war.«

»Es gibt keine Belege, dass die Leute des Farbprinzen irgendetwas dergleichen getan haben«, sagte Ben-hadad. Seine Stimme klang angespannt.

»Das ist es, wozu sie zurückkehren wollen!«

»Wahrscheinlich wissen sie noch nicht einmal etwas darüber«, beharrte Ben-hadad. »Diese Schrift befindet sich hier, in dieser Bibliothek. Woher sollten sie …«

»Bist du etwa auf ihrer Seite?«, fragte Kruxer. »Lies es selbst und sag mir dann, ob solche Dinge nicht viel dazu beitragen zu erklären, warum die Chromeria Luxoren in die Welt hinausgeschickt hat.«

Es wurde still am Tisch. Von ihnen allen sah Quentin am bedrücktesten aus. »Das war ein … ein dunkles Kapitel in der Geschichte des Magisteriums. Wir würden am liebsten nicht einmal darüber sprechen.«

Teia sagte: »Ich habe gerüchteweise gehört, dass einige der Hohen Luxiaten sich persönlich dafür starkgemacht haben, der Kongregation für den reinen Glauben einen Teil ihrer alten Macht zurückzugeben.«

Quentin schüttelte den Kopf. »Andere Luxiaten waren so idiotisch, derartige Dinge zu behaupten, ja, aber ich glaube nicht, dass die Sache bis zu den Hohen Luxiaten hinaufgeht.«

»Doch sie haben diese Gerüchte auch nicht aus der Welt geschafft«, wandte Kip ein.

»Sie haben Angst«, erklärte Quentin. »Aber sie sind klüger, als sie ängstlich sind. Wir können ihnen vertrauen.«

»Bestimmt haben das die Menschen auch damals schon gedacht, als die ersten Luxoren eingesetzt wurden«, bemerkte Ben-hadad.

»Dennoch hat Quentin recht«, sagte Teia. »Ihre Angst besteht zu Recht. Wann immer wir etwas über den Krieg hören, geht es um einen Verlust wie den am Kopf von Ru. Nicht einmal unsere Siege scheinen wirklich einen Sinn zu haben. Ein Sieg bei den Quellen von Sitara? Und dann zwei Wochen später ein Sieg bei Amitton? Unsere Armeen sind also zurückmarschiert, so schnell sie konnten, um den nächsten ›Sieg‹ zu erringen? Ich glaube, dass wir an allen Fronten verlieren.«

»Genug vom Krieg«, mischte Kruxer sich ein. »Ich finde, dass wir uns diese Bücher nicht weiter ansehen sollten. Diese

Bände waren aus gutem Grund nicht öffentlich zugänglich. Ich finde, dieses Wissen hat es verdient, verloren zu gehen.«

»Das kann doch wohl nicht dein Ernst sein«, entgegnete Ben-hadad.

»Nehmen wir nur mal das, was ich gerade gelesen habe«, sagte Kruxer. »Ich kann das nicht wieder vergessen machen! Ich habe euch nicht einmal alles vorgelesen. Es kommt noch schlimmer. Und ich habe nicht einmal bis zum Ende gelesen. Was ist falsch daran zu sagen, dass es andere Leute in manchen Fällen am besten wissen?«

»Ich würde niemandem darin vertrauen, dass er weiß, was das Beste für mich ist«, wandte Ben-hadad ein.

»Dann gehörst du vielleicht nicht in die Schwarze Garde«, blaffte Kruxer, »denn mit jedem Befehl, denn du annimmst, erklärst du dich genau damit einverstanden.«

»Genug davon!«, ging Kip dazwischen. »Kruxer, es tut mir leid, dass du das lesen musstest. Wenn du damit aufhören willst, dann sei es so. Aber ich muss es tun.«

»Musst du wirklich? Du weißt ja nicht einmal, wonach du suchst.«

Es war ein wunder Punkt. Sie hatten sich eine ermüdende Anzahl von langweiligen Ahnentafeln und Familienchroniken angesehen: Wie die meisten Edelleute war Klytos Blau mit fast jedem verwandt, und wiewohl sie Hinweise auf Dutzende von Skandalen gefunden hatten, war Klytos in keinen davon direkt verstrickt. Es fiel immer schwerer, nicht zu dem Schluss zu kommen, dass sie nur ihre Zeit verschwendeten. Kip schoss zurück: »Wenn du mit den Schrecken dessen nicht fertigwirst, was Menschen einander antun können, bist vielleicht du derjenige, der nicht in die Schwarze Garde gehört.«

Stille senkte sich über den Tisch.

Kruxers sonst so warme Augen wurden kalt. »Brecher, wir

werden Teil dieses Krieges sein, ob es uns gefällt oder nicht. Er wird auch einige von uns hier an diesem Tisch töten. Und er wird uns alle verändern. Aber das bedeutet nicht, dass wir auf diese Veränderungen begierig sein sollten. Die meisten von ihnen sind keine Veränderungen zum Guten.«

»Diese Bücher könnten uns die Härte geben, die wir zum Siegen brauchen«, wandte Kip ein.

»Das Beste, was sie tun können, ist, uns verbotene Magie zu lehren.«

»Zur Verteidigung!«, warf Teia ein. »Wie könnten wir uns auch gegen etwas verteidigen, was wir nicht einmal kennen?«

»Wissen ist wie eine Muskete«, gab Kruxer zu bedenken. »Du kannst eine Muskete auch nur als Knüppel benutzen, aber wirst du es tun? Wenn dein Leben auf dem Spiel steht? Das wahre Wunder scheint mir zu sein, dass die Luxiaten überhaupt in der Lage waren, dieses Wissen in Beschlag zu nehmen und unter Verschluss zu halten. Brecher, als ich die sterbende Lucia in den Armen gehalten habe, in diesem Moment hätte ich mit jeder bekannten oder unbekannten Magie Verdammnis über mich selbst gebracht, wenn es nur auch Rache an ihrem Mörder bedeutet hätte.«

Die Gesichter der um den Tisch Versammelten blickten düster. Der junge Luxiat schien einer Ohnmacht nahe. Wohl irgendwelche skrupulösen Empfindlichkeiten angesichts der Rede von Verdammnis, nahm Kip an.

»Da ist nicht nur die Gefahr für unsere Seelen«, fuhr Kruxer fort. »Wenn wir diese Magie einsetzen … dann werden die Wandler des Farbprinzen es ebenfalls tun.«

»Wenn sie herausfinden, wie sie funktioniert. Sie haben nicht unsere Bücher«, erwiderte Teia.

»Sie haben wahrscheinlich ihre eigenen Bücher«, meinte Benhadad.

»Aber was, wenn sie diese Magie durch ihre Kämpfe mit uns kennenlernen?«, fragte Kruxer. »Dann würden sie denken, sie müssten diese Magie einsetzen, weil wir es tun.«

»Sie arbeiten wahrscheinlich schon an alldem«, vermutete der große Leo. »Wir waren es, die dieses Zeug verboten haben – wir, die wir von ihnen gehasst werden und die sie zu vernichten wünschen. Wir sollten realistisch sein: Sie werden sich nicht von irgendwelchen religiösen Überzeugungen zurückhalten lassen, die sie selbst nicht teilen.«

»Wir reden hier davon, einen Rüstungswettlauf zu beginnen«, mahnte Kruxer.

Teia erwiderte: »Wir beginnen nicht damit; wir fangen nur endlich an zu rennen, bevor sie die Ziellinie erreichen.«

»Den einzigen Ausweg aus einem Rüstungswettlauf bietet der Sieg«, unterstrich Ben-hadad.

»Bei solchen Siegen verlieren alle«, setzte Kruxer dagegen.

»Besser, seinen Idealismus zu verlieren als sein Leben«, konterte Kip.

»Ihr seid also alle damit einverstanden?«, wollte Kruxer wissen.

Niemand wirkte sonderlich begeistert, aber ein Nicken lief durch die gesamte Runde. »Vielleicht sollten wir in diesem Punkt auf Kip hören, Hauptmann«, sagte Ferkudi. »Ich meine, er ist der Li… Aua! Was zum Teufel soll das, Teia?!« Er rieb sich die Rippen.

Sie starrte ihn wild an. Rund um den Tisch gab man sich Mühe, ein Grinsen zu unterdrücken.

»Oh, klar, wir wollten ja überhaupt gar nicht reden über den Li…, den li…, den lieben Kerl in unserer Gruppe, nicht?«, sagte Ferkudi.

Rund um den Tisch hörte man ein Stöhnen und Ächzen. Der große Leo vergrub das Gesicht in den Händen.

»Schon wieder diese Geschichte?«, sagte Kip. Er wusste, welche Spekulationen sie angestellt hatten. Jeder will schließlich in einer entscheidenden Zeit der Geschichte leben, nicht wahr? Und wenn man schon nicht arrogant genug war, sich vorzumachen, man *selbst* sei der Lichtbringer, war es gewiss das Zweitbeste zu glauben, dass man ihn kenne. »Da steckt ihr aber nicht alle dahinter, oder?«

»Also …«, setzte Teia an, um das Gespräch wieder zum Thema zurückzubringen. »Ja, Hauptmann, wir sind uns alle einig.«

Kruxer stieß die Luft aus. Er sah von Gesicht zu Gesicht. »Ich kann nicht führen, wohin ihr nicht folgen wollt, also bin ich mit dabei. Aber ich will, dass ihr euch alle an diesen Augenblick erinnert. Wir hatten hier eine Wahl.«

Kip wollte noch etwas über den Lichtbringer-Unsinn bemerken, aber nach diesen unheilvoll bedeutungsschweren Worten war es ihm zu peinlich.

Sie vertieften sich erneut in ihre Studien. Allmählich nahmen sie ihre Klagen über die allzu altertümliche Ausdrucksweise der Schriften wieder auf oder darüber, wie viel Arbeit die Magister ihnen aufhalsen zu können meinten, oder über die Belastungen, die ihre Schwarzgardisten-Ausbildung mit sich brachte, oder, in Quentins Fall, darüber, dass er das Ordnungssystem der verbotenen Bibliothek noch immer nicht zu durchschauen vermochte, da es keinem der gewohnten Schemata folgte.

Als sie aufstanden, um zu gehen, nahm Kruxer Ben-hadad beiseite. »Ben. Auf ein Wort.«

Kip verzögerte sein Tempo etwas.

»Ben, diese Rekrutengruppe von Schwarzgardisten ist wie ein einziger Körper. Darin haben wir alle unsere unterschiedlichen Rollen zu spielen, aber wir müssen zusammenarbeiten. Ich muss wissen …«

»Geht es darum, dass ich gesagt habe, ich würde niemandem darin vertrauen, dass er weiß, was das Beste für mich ist?«, fragte Ben-hadad.

»Genau.«

»Krux«, fuhr Ben-hadad fort. »Ich vertraue nicht darauf, dass du weißt, was das Beste für mich ist. Aber ich vertraue darauf, dass du weißt, was das Beste für unsere Gruppe ist. Für die Schwarze Garde. Und sie zählt mehr als ich. Das ist der Grund, warum ich von dir Befehle entgegennehme. Und warum ich es auch weiterhin tun werde. Bis in den Tod.«

Kruxers gesamte Haltung schien sich zu entspannen, und er war plötzlich weniger der besorgte Anführer und mehr der glückliche junge Mann, der froh war, einen Freund zurückgewonnen zu haben.

»Außerdem«, fügte Ben-hadad hinzu, »braucht jeder Körper auch ein Arschloch.«

Kruxer stöhnte.

»Habt ihr das gehört?«, machte sich Kip bemerkbar. »Er hat sich gerade freiwillig dazu gemeldet, den ganzen Scheiß unserer Schwarzgardisten-Gruppe zu übernehmen.«

»Ich wollte damit nicht sagen, dass *ich* das Arschloch bin!«, protestierte Ben-hadad.

»Es läuft am Ende immer auf Fäkalwitze hinaus, nicht wahr?«, sagte Kruxer.

»Aber was dabei letztlich hinten rauskommt, ist ja wohl …«, begann Teia.

»Lass es, bitte.«

41

Es schien, als würde Kip jedes Mal, wenn er meinte, alles von der Chromeria gesehen zu haben, herausfinden, dass noch viel, viel mehr dahintersteckte. Heute traf er sich mit Karris in den Werkstätten unter dem blauen Turm. Hier befanden sich die Schmelzereien und die Glasbrennöfen, Gestelle mit Werkzeugen säumten alle Wände, und mindestens hundert Männer und Frauen wuselten umher, Wandler und Nichtwandler, jeder mit der ihm zugewiesenen Aufgabe beschäftigt.

Obwohl an einer Wand die Brennöfen brannten, war da kein Rauch, und die Temperatur war nur geringfügig erhöht. Überall führten Schächte nach oben – zur Belüftung, aber auch um Licht hereinzulassen. Die reinsten Linsen, die Kip je gesehen hatte, warfen gebündelte Lichtstrahlen in den zum Wandeln idealen Farben auf die Tische im Raum. Hier fanden die Arbeiten zur Fertigung von Gegenständen aus Licht und die Forschung zu den praktischen Anwendungen für Luxin statt. Überall sah Kip Menschen auf Papiere und Tafeln mit Berechnungen starren, die sie in den Studierzimmern oben angestellt hatten, und nun ihre theoretischen mit den praktischen Ergebnissen vergleichen.

Kip entdeckte seine Tutorin, wie sie neben einer reizlosen hellhäutigen Frau stand, die ihr blondes Haar in einem schlichten Pferdeschwanz trug. Die Ärmel der Frau waren hochgekrempelt, und ihre Haut war leicht fleckig von grünem und gelbem Luxin, obwohl sie nicht viel älter als dreißig sein konnte. Sie brannte schnell durch ihr Leben.

Karris winkte ihm zu, und Kip ging zu ihr hinüber. Seit sie angefangen hatte, Kip zu unterrichten, hatte sich Karris angewöhnt, die feinsten Kleider in den neuesten Moden zu tragen. Kip hatte sie einmal darauf angesprochen, und sie hatte geantwortet, dass die Leute sie aufgrund ihrer kleinen schlanken Gestalt ständig für jünger hielten, als sie war, und sie daraufhin viel zu oft ansprachen – was für sie eine lästige Herausforderung darstellte. Indem sie sich nun so kleidete, dass man ihr den Reichtum einer Guile auch ansah, ging Karris derartigen Schwierigkeiten aus dem Weg. Kip wusste, dass sie stattdessen lieber ihre schwarze Schwarzgardisten-Uniform getragen hätte, aber etwas Ähnliches trug sie nur noch, wenn sie mit Kip trainierte – allerdings war ihre »schwarze Uniform« nun rot oder grün statt schwarz, selbst wenn das mit nicht unbeträchtlichen Kleidungskosten verbunden war. Dieser Teil ihres Lebens sei tot und vorbei, meinte sie. Und gerade die gleichmütige Art, wie sie das sagte, ohne Kip dabei je in die Augen zu sehen, verriet ihm, wie sehr es ihr zu schaffen machte.

»Das ist Lady Phoebe Kalligenaea«, erklärte Karris. Ihr Haar hatte sich Karris erst vor kurzem kastanienbraun gefärbt, mit helleren Strähnchen darin, das ließ sie zugleich reich und langweilig aussehen. Sie ließ es auch länger wachsen, als sie es als Schwarzgardistin jemals getan hätte.

»Von allen bekannten gelben Superchromaten – Gavin eingeschlossen – beherrscht sie ihre Farben am besten. Lady Kalligenaea, das ist der Sohn meines Ehemannes, Kip.«

»Mistress Phoebe reicht«, stellte die Frau klar. »Ich bin Meisterwandlerin, und hier unten bedeutet das mehr als nur einen albernen Titel, der durch den Zufall der Geburt weitergegeben wird.«

»Ist es nicht auch ein Zufall der Geburt, als gelber Superchromat geboren zu werden?«, fragte Kip.

Der schnippische Kip. Aber diesmal kniff er nicht die Augen zusammen und versank in Scham. Stattdessen beobachtete er sie.

»Ach ja? Vielleicht schon, aber ich arbeite daran, aus *diesem* Zufall das Beste zu machen.« Sie grinste und entblößte eine breite Lücke zwischen ihren Schneidezähnen.

»Ihr seid also besser als das Prisma?«, hakte Kip nach.

Sie sah aus, als hätte sie in eine Zitrone gebissen. »In kleinen Dingen. Ich hätte niemals die Leuchtwassermauer bauen können, so viel steht fest.«

»Worin seid Ihr dann besser als er?«

Mistress Phoebe sah zu Karris hinüber. »Er ist ganz schön direkt, nicht?«

»Es ist erfrischend«, meinte Karris. »Jedenfalls manchmal.« Sie warf Kip einen strengen Blick zu. Er verstand.

»Ich habe mit dem Prisma gearbeitet, habe ihn unterrichtet«, erklärte Mistress Kalligenaea. »Er begreift den Umgang mit Luxin ganz intuitiv. Karris hat mir erzählt, dass du genauso bist. Sein Erkennungszeichen ist eine Magie, die in ihrer schieren Verwegenheit schön und atemberaubend ist – eine ganze Mauer aus gelbem Luxin errichten, wer würde so etwas wagen? Erst recht nicht, während eine ganze feindliche Armee im Anmarsch ist. Aber … es fehlt eine gewisse Eleganz. Aus Gelb gefertigt, könnte man eine Mauer herstellen, die nur ein Drittel so dick ist wie diejenige, für die Gavin sich entschieden hat, und die dennoch alle Stabilitätsanforderungen erfüllt, also fortdauerndem Kanonenbeschuss standhält. Wenn er sich nicht sicher ist, entscheidet er sich immer für mehr und größer, statt sich mit Papier und Abakus hinzusetzen. Wohlgemerkt, das ist lediglich als eine milde Kritik gemeint. Wenn man unbegrenzt wandeln kann, so viel man will, ist es eine logische Entscheidung, mehr zu wandeln, wenn das schneller geht. Aber wir Übrigen würden auf diese Weise binnen Tagen ausbrennen. Wir *müssen* die Eleganz der rohen Gewalt vorziehen. Das andere, was Gavin besonders gut macht, ist, dass er sich an alles erinnert. Er macht das wirklich entnervend gut, um ganz offen zu sein. Wenn er einmal den richtigen Entwurf hat, braucht er ihn nur intensiv anzusehen und in den Händen hin und her zu drehen, und schon hat er ihn auch in seinem Kopf. Dann gehen zehn Jahre ins Land, und man bittet ihn, das gleiche Abkühlgitter für Brot noch einmal zu wandeln, und er tut es. Es ist ein Wunder. Nun, aber wir sind nicht hier, um über Gavin Guile zu sprechen, sondern um dich zu unterrichten. Ich höre, du bist ein Superchromat.«

Die Worte seiner Prüfer hallten in seinen Ohren wider: Sonderling. Anomalie. »So mancher würde sagen: Ein Superchromatenjunge ist wie ein Hund, der ›Ich liebe dich‹ bellen kann …«, begann er.

»›Ein alberner Krimskrams, nichts von Bedeutung‹?« Sie rümpfte die Nase. »Tawenza Goldauge ist eine begabte Lehrerin, besser als ich, aber sie ist auch eine böse Zicke. Karris hat mir erzählt, dass sie sich geweigert hat, dich zu unterrichten. Selbst nachdem Karris mit ihr ins Gericht gegangen ist. Hat es rundheraus abgelehnt.«

»Hat mich eine Dirne genannt«, ergänzte Karris. Sie schien das nicht lustig zu finden.

»Tut mir leid«, sagte Kip.

»Egal. Wenn sie sich nicht geweigert hätte, hätte Lady … ich meine *Mistress* Phoebe dich nicht angenommen«, sagte Karris.

»Wenn ich dich jetzt annehme und du je die Gelegenheit hast, Goldauges Scholaren so richtig zu blamieren, möchte ich, dass du es auch tust, verstanden? Was bedeutet, dass du besser sein musst als sie.«

Kip grinste. »Mit Vergnügen. Zumindest insofern bin ich wie mein Vater.«

»Kannst du stabiles, festes Gelb wandeln?«

»Wenn ich einen guten Tag habe«, antwortete Kip.

»Wenn ich mit dir fertig bin, wirst du auswendig wissen, wie du allein aus dem Gedächtnis ein gelbes Schwert wandeln kannst, und das innerhalb von … na ja, acht Sekunden.«

»Drei«, warf Karris ein. »Höchstens. Und das bis zum Sonnentag.«

Für einen Moment erinnerte sich Kip daran zurück, wie er auf dem alten Schlachtfeld bei den Getrennten Felsen herumgekrochen war und im Licht der aufgehenden Sonne nach dem verräterischen Glanz von gelbem Luxin Ausschau gehalten hatte. Festes gelbes Luxin brachte beim Wiederverkauf am meisten ein. Wie er damals im Schlamm gewühlt und auf Steine gespuckt hatte, die er dann mit seinem längst schon dreckigen Ärmel einigermaßen sauber wischte, in der verzweifelten Hoffnung, heute Abend für sein Essen bezahlen zu können, statt wieder auf die Mildtätigkeit anderer angewiesen zu sein. Wie er sich selbst und seine Mutter dafür gehasst und sich zugleich dafür schuldig gefühlt hatte.

Jetzt war alles anders. Er hätte nicht sagen können, warum ihn, nach all den radikalen Veränderungen, die er durchlebt hatte, nun ausgerechnet dieser kleine Erinnerungsfetzen so besonders berührte.

Falls ich alles irgendwann einmal verlieren sollte, könnte ich mein Leben immer noch besser fristen, als ich mir das in Rekton je auch nur hätte vorstellen können, einfach indem ich kleine gelbe Luxin-Stückchen zum Verkauf wandle.

Aller ererbter Reichtum und gesellschaftlicher Stand waren irgendwie äußerliche Angelegenheiten. Aber dieser winzige Erinnerungsfetzen war sein ureigener. Er würde nie wieder derjenige werden, der er gewesen war. Das ging gar nicht.

»Innerhalb von nur vier Monaten?«, hörte er Mistress Phoebe sagen. »Hm. Hast du auch das Gedächtnis deines Vaters? Und bist so klug wie er?«

»Nein, nicht einmal ansatzweise«, antwortete Kip. Er kehrte wieder in die Gegenwart zurück, schob all diesen selbstbezogenen Unsinn beiseite.

»Immerhin bescheidener als er – nicht dass das schwer wäre«, bemerkte Mistress Phoebe. »Gut. Ich werde dich härter arbeiten lassen, als er es je getan hat. Wir bloße Sterbliche arbeiten für Kost und Logis. Eine Stunde pro Tag, junger Guile.«

»Jeden zweiten Tag«, widersprach Karris. »Er muss noch an sechs weiteren Farben arbeiten, und dazu kommt sein Training in der Schwarzen Garde.«

Kip stöhnte. Leise. So viel würde ihm Karris schon durchgehen lassen.

»Schade«, erwiderte Mistress Phoebe. »Ich hatte mich schon darauf gefreut, ihn alle möglichen mühseligen Pflichtarbeiten ausführen zu lassen. Sieht so aus, als würde es stattdessen beim Lernunterricht bleiben.«

Und genauso war es auch mit allen anderen Farben weitergegangen. Kip wusste nicht, ob Karris im Hintergrund bettelte, bestach und Druck ausübte, aber sie beschaffte ihm Tutoren in jeder einzelnen Farbe. Sie ließ ihn weiterhin ein paar seiner Kurse besuchen – Ingenieurswesen und einen einführenden Geschichtskurs –, aber andere musste er schwänzen. Heiligengeschichte müsse erst einmal warten, sagte sie, dafür sei später noch Zeit, wenn er dann noch lebe. Seine Lehrmeister waren alle ohne Ausnahme ausgezeichnet. Manche waren die besten auf ihrem Gebiet, wie etwa Mistress Phoebe. Andere waren einfach hervorragende Lehrer.

Im Kämpfen unterwies ihn Karris persönlich, wobei sie das Wandeln mit dem rein profanen Kampf verband, in dem die

Rekruten der Schwarzen Garde für gewöhnlich ausgebildet wurden. Sobald auch der Rest der Grünschnäbel damit anfangen würde, das Wandeln in ihre Kampfkünste einzubeziehen, so meinte Karris, wäre Kip entweder viel besser als der Durchschnitt oder viel schlechter: Jeder von den anderen verfügte nur über ein oder zwei Arten von Luxin, die sie im Kampf zu beherrschen lernen mussten. Kip indessen über sieben.

Es gebe mehr zu lernen, als in die Lebensspanne eines Mannes hineinpasse, sagte sie, und bis eine Frau alles gelernt habe, sei sie körperlich alt und schwach. Aber sie würde ihm beibringen, so viel sie konnte.

Und sie war eine gute Lehrerin, trotz der Erschwernis, dass sie ihm das Wandeln beibringen musste, während es ihr selbst zugleich verboten war. Sie besaß einen unheimlichen Instinkt dafür, es zu merken, wenn er versuchte, seine Kräfte zu schonen, aber sie war nicht grausam.

Er konnte erkennen, dass sie sich auch in ihre eigene neue Rolle erst hineinfinden musste. Als sie mit ihm von den Werkstätten im blauen Turm zu dem großen Übungsgelände hinüberging, wo sich die Schwarze Garde traf, sah er Kummer in ihren Augen aufblitzen.

Ausbilder Fisk salutierte ihr, die Hand aufs Herz gelegt. Sie machte Anstalten, den gleichen Gruß zu erwidern, dann besann sie sich und nickte ihm stattdessen zu; eine Dame, keine Schwarzgardistin.

Kip kam ein Gedanke, bevor er hinüberlief, um sich bei den anderen einzureihen, und platzte gleich damit heraus: »Er kommt zurück. Mein Schwur darauf.«

Sie machte keine Anstalten zu leugnen, dass auch sie darüber nachgedacht hatte. »Die Welt ist nicht immer so barmherzig, Kip.« Sie drehte sich abrupt um und ging davon, den Kopf hoch erhoben. Es wirkte irgendwie so starr und steif, dass Kip begriff, dass ihr gar keine andere Wahl blieb, wenn sie nicht zusammenbrechen wollte.

Sie war so anders als seine eigene Mutter, für die jedes harsche Wort gleich ein Vorwand gewesen war, um mehr Nebel zu rauchen oder gar zur Flasche zu greifen. Er wünschte, seine Mutter wäre auch nur halb die Frau gewesen, die Karris war.

Und diese Überlegung ließ ihn an Zymun denken. Bei Orholams heiliger Scheiße. Kips Schwur, den er Andross Guile so bereitwillig geleistet hatte, für den er einen Preis gezahlt hatte, der ihm damals nichts bedeutet hatte, schien ihn nun von Tag zu Tag mehr zu kosten.

Aber Karris hatte Zymuns bloße Existenz über sechzehn, siebzehn Jahre hinweg geheim gehalten. Von Andross, der mit Kip immer noch regelmäßig Neun Könige spielte, erfuhr Kip, dass Karris nach dem Krieg verschwunden war; sie sei erst über ein Jahr später in die Chromeria zurückgekehrt.

Das war nichts Ungewöhnliches gewesen. Der Krieg hatte viele Familien auf alle erdenkliche Weisen zerstört, und viele der alten Gardisten waren nach der Schlacht von den Getrennten Felsen überhaupt nicht mehr zurückgekommen. Andere waren für lange Zeiten fortgeblieben, einfach um den Schaden zu beheben, den ihre Güter in ihren jeweiligen Satrapien genommen hatten, und sie hatten neue Leute einstellen und ausbilden müssen, die nun die Arbeit derjenigen erledigten, die der Krieg getötet oder ins Exil getrieben hatte. Mit der trägen alten Untätigkeit, der so viele Familien vor dem Krieg hatten frönen können, war es nun aus und vorbei gewesen. Eine Abwesenheit von einem Jahr war für den Spross einer einstmals großen Familie nicht weiter bemerkenswert gewesen.

Andross hatte gemeint, er habe lange gebraucht, um herauszufinden, was geschehen war. Karris hatte bei einigen entfernten

Verwandten im Blutwald gelebt und das Kind bei ihnen zurückgelassen.

Sie glaubte, es sei noch immer ihr Geheimnis. Aber selbst wenn Kip bereit gewesen wäre, sein Wort zu brechen und Andross' Zorn in Kauf zu nehmen – warum sollte man jemandes geheime Schande aufdecken, um sie dann nur noch schlimmer zu machen?

»Ach, und dieser Sohn, von dem Ihr geglaubt habt, er sei ein Geheimnis? Andross weiß alles darüber, und er ist schon dabei, ihn hierherzubringen. Euer Sohn dürfte Andross treuer ergeben sein als irgendwem sonst. Außerdem fehlt ihm jedes bisschen menschlicher Anstand, und er kennt kein Gefühl außer Ehrgeiz.« Wie Kip das Gespräch auch immer lenkte, es würde schnell einen unschönen Verlauf nehmen. Einmal ganz abgesehen von Andross' Rache, die unweigerlich folgen würde.

Ich bin der schnippische Kip, aber in dieser Angelegenheit kann ich *nicht* einfach mit der Wahrheit herausplatzen.

Bei einem ihrer Spiele hatte Andross ihn eine Weile einfach schweigend ins Auge gefasst. Kip hatte ihn gedrängt, ihn Neuigkeiten über den Krieg wissen zu lassen. Das Letzte, was er gehört hatte, war, dass die Chromeria zwar am Kopf von Ru verloren, gleichwohl aber – mochte Teia darüber spotten, wie sie wollte – bei den Quellen von Sitara und vor einer Stadt namens Amitton gesiegt hatte. Andross besaß natürlich die genauesten und neuesten Informationen, die verfügbar waren. Schließlich sagte Andross: »Du darfst es niemandem weitererzählen, verstanden?«

»Natürlich.«

»Wir sind gegenwärtig am Verlieren. Und das wird noch Monate so weitergehen. Würden wir jetzt Schiffe mit Verstärkung oder Kriegsmaterial aussenden, könnten die Winterstürme sie alle zum Kentern bringen. Wir ziehen an Truppen zusammen, was wir können, und liefern ihnen Verzögerungsgefechte, um ihren Vormarsch zu verlangsamen. Erst nach dem Sonnentag werden wir unsere volle Kampfkraft entfalten können. Wir werden ganz Atash verlieren und vielleicht auch ein Drittel des Blutwaldes, je nachdem.«

»Ist das so schlimm?«, fragte Kip. Manche Leute redeten immer noch so, als erwarteten sie jetzt, wo die Satrapien gegen die Bedrohung vereint waren, einen raschen Sieg.

»Es ist schlimmer.« Dann hatte Andross lange geschwiegen.

»Was ist der Schwur eines Mannes, Kip?«

Er erwartete keine Antwort.

»Was ist der Schwur eines Mannes anderes als sein in Worte gefasster Wille? Wenn ein Mensch seine Worte falsch wählt und so Willen gegen Wort stellt, werden dadurch nicht beide geschwächt?«

Kip musste seine Skepsis – nicht gegenüber dem ausgedrückten Gedanken, sondern gegenüber dessen Herkunft und Absicht – anzusehen gewesen sein, denn Andross fuhr fort: »Merke, Enkelsohn, dass, obwohl ich oft irreführe und manipuliere …«

»Lüge.«

»Ja, lüge«, sagte er, als fiele der Unterschied nicht ins Gewicht. »Aber jedenfalls leiste ich fast niemals einen Schwur. Und wenn ich es tue, dann halte ich mich daran. Ohne jede Ausnahme. Von dem Moment an, da Orholam dem Menschen das Licht der Vernunft gegeben hat, haben alle Völker die kleinen Lügen gekannt und geduldet, die so natürlich sind wie das Atmen; jene Worte, die vom Willen losgelöst sind. Und alle Völker haben einen Unterschied gemacht zwischen diesen kleinen Lügen und einem Schwur. Einem Gelübde. Der Moment der Schöpfung selbst war ein vollendetes Wort, vollendet vermählt mit dem vollendeten Willen.«

»Und das glaubt Ihr?«, fragte Kip. »Ich habe gedacht, Ihr wärt ein Atheist.«

Die alte Eindringlichkeit kehrte unvermittelt in Andross' vielfarbige Augen zurück. »Ein Wort, von dem ich hoffe, dass du es nicht in der Öffentlichkeit mit mir in Verbindung bringst, sei es aus Versehen oder sonst wie.«

»Niemals«, versicherte Kip.

Andross schien beruhigt. »Ich habe … nuanciertere Glaubensvorstellungen als die meisten Menschen. Orholam ist ein Gesetzgeber in einem fernen Land. Er ist der König tausender Welten. Das genügt ihm in seiner Erhabenheit, und die Taten der Menschen sind größtenteils oder zur Gänze seiner Beachtung nicht wert – ihre Liebe und ihr Hass, ihre Triumphe und Tragödien …«

»Und ihre Lügen?«, fragte Kip, ihn provozierend, indem er ihn erneut unterbrach.

»Muss der Stein es wahrnehmen, wenn du ihn loslässt, damit er fällt? Orholam ist der Gesetzgeber. Wenn junge Liebende Unzucht treiben und einen Bastard zeugen, werden sie nicht bestraft. Es ist nur die natürliche Konsequenz der Gesetze, die über das System herrschen. Bist du so stumpfsinnig wie die Luxiaten, dass du den Unterschied zwischen dieser Sicht und dem Atheismus nicht erkennen kannst?«

»Orholam ist ein fürsorgender Herr«, sagte Kip. Weniger weil er es glaubte, vielmehr weil er auf Andross' Reaktion gespannt war.

»Fürsorgend genug, um uns vernünftige und stimmige Gesetze zu geben, was in der Tat eine besondere Fürsorge bedeutet. Gesetze, die für alle gelten; für die Gläubigen und die Abtrünnigen, für die Heiden und für jene in den riesigen Regionen jenseits unbekannter Ozeane, die das Wort ›Orholam‹ nie auch nur gehört haben. Ich finde das unendlich fürsorglicher als die

Vorstellung von einem bärtigen Riesen, der sich liebevoll der einen annimmt, während er andere ohne Grund straft.«

Kip überkam eine Ahnung. Was macht man mit einem Nebel aus Täuschung und Irreleitung? Man zerrt ans Licht, was immer sich dahinter verbirgt.

»Es hat mir wirklich Spaß gemacht, mit Karris zu trainieren«, bemerkte Kip. Wenn jetzt sein Großvater nicht darauf ansprang, hatte Kip wohl die falsche Schlussfolgerung gezogen.

Aber dieses eine Mal klatschte Andross Guile voll echter Freude in die Hände. »Gut gespielt, mein Junge!«

»All dieses Gerede über Orholam und Gesetze, nur um mich daran zu erinnern, dass ich meinen Schwur halten und ihr nichts von Zymun erzählen soll?«, fragte Kip.

»Schwerter werden vom ständigen Gebrauch stumpf, während der Geist geschärft wird«, erklärte Andross. Aber das sagte er lediglich, um ihn hinzuhalten. Er spielte seine Karte aus, und Kip hatte inzwischen genug Neun-Könige-Partien gespielt, um zu wissen, dass Andross mit an Sicherheit grenzender Wahrscheinlichkeit in wenigen Runden gewinnen würde.

Kip zog eine Karte, er brauchte den »Tag der Dunkelheit«. Er bekam ihn nicht.

Andross schien beschlossen zu haben, die Sache weiter ausführen zu wollen. »Du willst deinen Schwur brechen und suchst nach Vorwänden dafür. Aber – nein. Ich sage das alles nicht nur deshalb. Ich bringe dir bei, ein Mann zu sein, Kip. Einer, der seiner Familie gegenüber Verpflichtungen hat. Auch hier gibt es Gesetze. Dieser Aufgabe war deine Mutter nicht gewachsen, und jetzt, da du eine Vollwaise bist, gibt es niemanden sonst, der dir das beibringen kann.«

Kalte Wut griff nach Kip und legte sich über ihn wie die Schichten aus Eis, die die Gipfel der Karsos-Berge bedeckten; Eis, das noch den heißesten Sommern trotzte, in der Umarmung der Felsen gefrorene Reinheit. Die grausame Direktheit traf seinen Glauben wie ein Eisenhammer das Eis, das er zerschmettert und zerstäubt. Kip *musste* glauben, dass Gavin noch lebte, denn ohne seinen Schutz, seine mögliche Rache gegen alle, die Kip ein Leid antaten, war Kip nackt und verletzlich und von Feinden umringt. Kip glaubte, weil er glauben wollte.

Was macht man mit einem Nebel aus Selbsttäuschung?

Obwohl das Spiel noch nicht fertig war, sammelte Kip schweigend seine Karten ein, ohne seinem Großvater auch nur für eine Sekunde in die Augen zu schauen, und ging.

Andross Guile sagte kein Wort, bis Kip an der Tür war. »Ich hätte wissen sollen, dass du noch nicht bereit warst. Ich habe dich falsch eingeschätzt. Du bist immer noch ein kleiner Junge.«

Aber Kip hatte seinen Schwur gegenüber Karris gehalten, was bedeutete, dass Andross womöglich genau das bekommen hatte, was er wollte.

Die Sache beschäftigte ihn genug, um ihn bis spät in die Nacht wachzuhalten, und er fragte sich, was er stattdessen hätte tun oder sagen sollen – was das Training zu einer willkommenen Ablenkung machte. Hier konnte er sich einige Stunden lang völlig in sein Tun versenken. Der Kampf Mann gegen Mann sprach eine einfache und direkte Sprache – die sich in Kips Fall eines sehr begrenzten Vokabulars bediente –, und alle Täuschungsmanöver wurden binnen Sekunden offengelegt.

»Nehmt Aufstellung!«, bellte Ausbilder Fisk. »Heute Gruppe für Gruppe. Es gibt Sonderaufträge.«

Ein anerkennendes Murmeln lief durch die Reihen der Rekruten. »Sonderaufträge« war die Bezeichnung für die unkonventionellen und gefährlichen Aufgaben, die sich Ausbilder Fisk und Hauptmann Eisenfaust ausdachten, um das kreative Denken der Rekruten zu fordern. Das Ganze bedeutete eine Abweichung von den bisherigen Gepflogenheiten, aber Hauptmann Eisenfaust kannte da keine Furcht. Er brauchte sofort neue Schwarzgardisten, daher war auch das alte System passé, das eine Beförderung nach Altersgruppen vorsah.

Jetzt, so hatte er ihnen erklärt, konnten sie befördert werden, sobald sie sich alle nötigen Fähigkeiten angeeignet und bewiesen hatten, dass sie auch über die entsprechenden Charaktereigenschaften verfügten. Das könnte bei einigen von ihnen vielleicht schon bald der Fall sein, sagte er.

Alle nahmen an, dass er damit Kruxer und ein paar Jungen aus den fortgeschritteneren Rekrutengruppen meinte, aber jeder hoffte insgeheim, dass es auch für ihn selbst galt.

Die Neuregelung sorgte natürlich für einiges Murren unter den Gruppen der Älteren, aber das verstummte zum großen Teil, als Eisenfaust sofort die Hälfte von ihnen die Abschlussgelübde ablegen ließ. Es gab auch neue Frischlinge; junge Männer und Frauen, die sogar schon zu den Rekruten voller Ehrfurcht aufschauten. Ein wirklich merkwürdiges Gefühl.

Bis zum Fest der Längsten Nacht hatten sie ein Dutzend Mal Sonderaufträge ausgeführt, und zwanzig Rekruten waren als volle Schwarzgardisten vereidigt worden.

Aber nicht alle diese Veränderungen waren von Hauptmann Eisenfaust in die Wege geleitet worden. Als Promachos hatte Andross Guile sofort die meisten der voll ausgebildeten Schwarzgardisten dazu abgestellt, die kleine Armee der Chromeria zu trainieren. Zusätzlich waren jetzt sämtliche Wandler auf den Jasperinseln verpflichtet, Kampfunterricht in speziellen Kursen zu nehmen, die von Schwarzgardisten geleitet wurden.

All das war auf Kips Vorschlag gegenüber Andross hin geschehen – und *darüber* verlor er zu niemandem auch nur ein Sterbenswort. Auch wenn die Schwarzgardisten ihn wohl dafür lynchen würden, war er immer noch davon überzeugt, dass es das Richtige war.

Obwohl viele der Rekrutengruppen starken Veränderungen unterlagen, blieb Kips Gruppe konstant: mit Kruxer, Teia, dem großen Leo, dem dusseligen Ferkudi und Ben-hadad mit seiner mechanischen Brille, sowie dem kleinen Daelos und dem ekligen Goss, der gerade an einem Stückchen Schorf zupfte.

»Wenn du das in den Mund steckst, dann setzt es was«, sagte Daelos.

»Wollte ich gar nicht«, maulte Goss.

»Na klar.«

»Ich versteh nicht, was daran so schrecklich sein soll.«

»Nehmt Aufstellung, Grünschnäbel«, befahl Kruxer. Er war der unbestrittene Anführer der Gruppe, obwohl jeder Anführer einmal in der Woche herausgefordert werden konnte. Kruxer war der stärkste und beste Anführer. Die Gruppe wusste, warum sie ihn in Ruhe ließ.

»Gruppe Aleph!«, raunzte Ausbilder Fisk. »Ich schwöre bei Orholam, wenn ihr euch jetzt nicht am Riemen reißt, werde ich euch nächste Woche hinter Yod zurückstufen. Bringt eure Ärsche in Aufstellung. Sofort!«

Kips Gruppe war, obwohl auch er dazugehörte, die beste der Rekrutengruppen: Sie waren Aleph – das war der erste Buchstabe im altparianischen Alphabet, wie Kip erfahren hatte. Natürlich wurden regelmäßig Mitglieder aus den guten Gruppen zu vollen Schwarzgardisten befördert, mit der Folge, dass diese Gruppen durch die Umwälzungen in ihrer Zusammenarbeit geschwächt wurden. Man hatte auch Kruxer eine Beförderung angeboten, was ihn zu einem der jüngsten voll ausgebildeten Schwarzgardisten aller Zeiten gemacht hätte, aber er hatte abgelehnt.

Zehn Rekrutengruppen von sechs, sieben oder acht Mitgliedern reihten sich auf. Die Sonderaufträge waren jedes Mal anders, aber sie zielten immer darauf ab, den Gruppen eine vertiefte Lektion über das Leben der Schwarzgardisten zu erteilen. Manchmal bestand die Sonderaufgabe einfach im Beobachten einer Straßenecke – wo nicht das Geringste passierte. Die Gruppen, die eine derartige Aufgabe bekamen, beklagte sich natürlich immer bitter darüber, weil die anderen Aufgaben für gewöhnlich viel mehr Spaß machten.

»Gruppe Yod! In der Nähe der Botschaften gibt es einen Juwelier namens Meister Athanassos. Er hat einen Rubin im Wert von zwanzigtausend Danar erhalten. Bringt ihn hierher. Geht! Im Eilschritt, marsch!«

Sobald sie außer Hörweite waren und bereits die Rampe hinaufliefen, sagte er: »Gruppe Teth! Stehlt Gruppe Yod diesen Rubin, bevor sie zurückkommt. Wenn sie es gar nicht erst geschafft haben, ihn zu stehlen, erwarte ich, dass ihr es tut. Keine Verletzten. Schaltet euren Verstand ein. Geht!«

Und so ging es weiter. Gruppe Kheth erhielt Order, einen Diplomaten zu beschatten, der seine Geliebte auf der anderen Seite der Stadt besuchte. Sie sollten in wechselnden Schichten arbeiten, damit sie nicht gesehen wurden, und dabei vor den Leibwächtern des Mannes auf der Hut sein, die Mitglieder der Söldnertruppe »Der gespaltene Schild« waren. Gruppe Zayin musste eine Gasse in den Elendsvierteln beobachten und sollte nur dann irgendetwas unternehmen, wenn ein Rekrut der Schwarzen Garde durch die Gasse gelaufen kam – in diesem Fall sollten sie ihm abnehmen, was immer er oder sie bei sich trug, und es zu einem Haus in den Elendsvierteln bringen. Was das für ein Gegenstand war, erfuhren sie nicht. Gruppe Vav sollte sich einen Kaufmann aus einem der wohlhabenderen Märkte heraussuchen, dann sollte jedes Mitglied der Gruppe etwas aus seinem Stand oder Laden stehlen. Wenn sie dabei auch nur bemerkt wurden – selbst wenn sie nicht geschnappt wurden –, müssten sie ihm alle aus eigener Kasse das Doppelte zurückzahlen. Wenn sie nicht geschnappt wurden, hatten sie ihre Beute einem vollen Schwarzgardisten vorzuzeigen, der auf dem Markt anwesend sein würde. Gruppe He hatte dann die Aufgabe, alles zurückzubringen, erneut ohne dass der Kaufmann es bemerkte.

Gruppe Daleth musste den Anführer einer der kriminellen Banden aufspüren, die unter den Flüchtlingen an Einfluss gewannen, und ihn sowie seine beiden ersten Stellvertreter verprügeln – ohne jemanden durch Verletzungen zu verlieren. Nachdem die Gruppe aufgebrochen war, bekam Gruppe Gimmel den Auftrag, einen Posten zu beziehen, von wo aus man das Geschehen beobachten konnte. Sie sollten als Verstärkung dienen, falls es so aussah, als sei Daleth in ernsten Schwierigkeiten. Sie durften niemanden töten, aber alles andere war erlaubt. Wenn sämtliche Mitglieder von Gruppe Daleth einen Eid schworen, gar keine Hilfe gebraucht zu haben, würden beide Gruppen ihre jeweiligen Plätze in der Rangfolge tauschen.

Gruppe Beth musste sich ein Rennen nach dem Motto »Schnapp dir das Ding!« liefern. Derartige Aufgaben waren die schlimmsten. Manchmal waren sie ganz einfach, und dann wieder konnte es vorkommen, dass die Gruppe von so ziemlich allem und jedem angegriffen wurde. Es war natürlich eine ziemlich gute Prüfung für junge Schwarzgardisten, die nie wissen konnten, wann sie es mit einem Mordanschlag zu tun bekommen würden, und die lernen mussten, mit der Langeweile fertigzuwerden, ohne in ihrer Wachsamkeit nachzulassen.

Und damit blieb nur noch Kips Gruppe übrig.

Ausbilder Fisk sah sie an und verzog das Gesicht. Sie rechneten mit nichts anderem, als den härtesten Auftrag zugewiesen zu bekommen. Sie waren schließlich die Besten. »Ihr habt einen Neuen in der Truppe. Junge, nimm Aufstellung!«

Die Gruppenmitglieder sahen einander an, als ein junger

Bergparianer vortrat. Er war nicht groß und hatte noch ein wenig Babyspeck, wo sein Volk doch für seine hageren, hochgewachsenen Menschen berühmt war. Aber sie erkannten ihn alle. Es war Winsen. Er war einer aus ihrem Kurs gewesen, bis er in der letzten Prüfung durchgefallen war, als er Kip unterlag – und nur Kip hatte gewusst, dass er absichtlich verloren hatte, um seinem Herrn eins auszuwischen.

»Wir bekommen jetzt wohl den Ausschuss?«, fragte der große Leo.

»Wie kommt es, dass gerade er aufgenommen wird?«, fragte Ferkudi. »Er war die Nummer zwanzig. Warum nicht zuerst fünfzehn bis neunzehn reinlassen? Selbst diese Versager wären noch besser als er, oder?«

Kip unterließ es, darauf hinzuweisen, dass *er* die Nummer fünfzehn war.

»*Brecher* war die Fünfzehn«, sagte Daelos.

Danke vielmals.

»Vielleicht waren die anderen bereits weg? Wurden anderswo angeworben oder sind nach Hause gefahren?«, fragte der große Leo.

»Ihr glaubt doch nicht etwa, dass die Lichtgarde sie angeworben hat, oder?« Das kam von Ferkudi.

»Die Lichtgarde«, spottete der große Leo. »Die ist doch bloß ein Gerücht.«

Jetzt ging Kruxer dazwischen. »Na, wie schaut's aus, Winsen?«

Winsen warf Kip einen raschen Blick zu. »Ich schätze, ich hatte einfach Glück.«

»Seid ihr Damen mit eurem Kopi-Kränzchen fertig?«, fragte Ausbilder Fisk scharf.

»Damen?«, murrte Teia. »Ich war die Einzige, die nicht …«

»Unterbrichst du mich, Grünschnabel?!«, herrschte Ausbilder Fisk sie mit erhobener Stimme an. Er ging zu ihr hinüber und baute sich direkt vor ihr auf.

Sie schluckte und schüttelte den Kopf.

»Gut! An einer Straßenecke steht ein Mann und posaunt Ketzereien in die Welt hinaus, nennt sich Lord Arias. Ist aber kein Lord, von dem ich je gehört hätte. Ihr findet ihn an einer Kreuzung südlich der Verrosh-Straße. Prügelt ihn windelweich, jedoch nicht in eurer Schwarzgardisten-Uniform. Normale Straßenkleidung.«

Die Anführer einer Bande zusammenzuschlagen, die die Armen und Verängstigten terrorisierte, war das eine. Aber einen verrückten Prediger? Das war etwas völlig anderes.

»Wie viele Leibwachen hat er?«, erkundigte sich Kruxer.

»Soweit wir wissen, keine.«

»Also, warum sollten wir … ich meine, warum sollte es dann uns alle benötigen, ihn zusammenzuschlagen?«, fragte Teia. Kip merkte, dass sie sich nur mit knapper Not die Frage verkniff, die sie eigentlich fragen wollte: Warum schlagen wir jemanden nur wegen seines Geredes zusammen?

»Es ist ein Befehl«, betonte Ausbilder Fisk. »Hast du ein Problem damit, Befehle zu befolgen?«

42

»Seelengift«, sagte Orholam. »Du hast mir nie von dem Seelengift erzählt. Warum hast du mir nicht von dem Seelengift erzählt?«

»Hör auf damit«, erwiderte Gavin. »Hör auf, das zu sagen.«

»Wurde dir nicht gesagt, dass es böse ist, Mord und Tod

bedeutet? Es frisst dich auf, zerstört dich!«, sagte Orholam, und seine Augen leuchteten vor Inbrunst. Der *Bittere Kolben* hatte es in der vergangenen Nacht bis vor den Hafen von Rath geschafft, ehe er vor Anker hatte gehen müssen. Sobald die Sonne aufging, würde der Hafenmeister kommen, um Gebühren zu bestimmen und ihnen einen Liegeplatz zuzuweisen. Gavins Aussichten auf Flucht schwanden rapide dahin.

Nein, das stimmte so nicht ganz. Es hatten sowieso keine sonderlichen Aussichten bestanden. Sobald der Hafenmeister eintraf, musste Gavin mit ihm mitgehen oder sich der Obhut des jungen Malargos anvertrauen. Er würde zweifellos der »Gast« der Familie sein. Ohne zu wandeln, war er hilflos.

Nun ja, einen Hafenmeister einzuschüchtern konnte ja wohl nicht so schwierig sein, oder?

Gavin wandte sich von Orholam ab und sprang auf die Bordwand. Er konnte immerhin schwimmen. Haie und Krokodile schwärmten in Scharen zu dem Aas, das ganz unvermeidlich in die Gewässer einer großen Stadt gespült wurde – und das zu keinem geringen Teil aus den Leichen der Menschen bestand, deren man sich auf die altbeliebte Methode des Ins-Wasser-Werfens entledigt hatte. Mit Harpunen bewaffnete Fischer jagten wiederum die Haie und Krokodile, um an ihre Flossen, ihr Leder und ihre Zähne zu kommen. Das Ganze war ein allzu kurzer Naturkreislauf, als dass Gavin sich damit wohlfühlen konnte.

Selbst wenn er es an Land schaffte und tropfnass und schmutzig aus dem Schlamm und Dreck am Ufer auftauchte, würde er als Nächstes fliehen müssen. Ohne Geldstöcke, ohne Freunde, ohne zu wandeln. Gavin war schon splitternackt gewesen und hatte sich trotzdem weniger nackt gefühlt als in diesem Moment. Er blickte auf das ruhige Wasser unter ihm, in dem jede Menge Unrat schwamm, und zum ersten Mal wurde ihm bewusst, dass er darin ertrinken könnte.

Verwundbarkeit und Sterblichkeit saßen Hand in Hand. Sie winkten Gavin, sich zu ihnen zu gesellen.

»Erzähl mir von dem schwarzen Luxin«, sagte Orholam leise, angespannt. Gavin hatte sein Herannahen nicht bemerkt.

Mich so überraschen zu lassen. Ich werde alt.

»Es ist ein Mythos, um jungen Wandlern Angst einzujagen.«

»Du möchtest dir selbst gegenüber absolut ehrlich und aufrichtig sein. Doch in diesem Punkt bist du daran gescheitert. Es muss dir schreckliche Angst gemacht haben. Hat dich mit Panik erfüllt. So dass du dir die Hosen vollgemacht hast und weggelaufen bist. Aber du konntest nirgendwo hinlaufen, nicht wahr? Ganz plötzlich war die Welt nicht mehr so, wie du geglaubt hattest. Hast du sie gesehen?«

»Sie? Ich habe nicht die geringste ...«

»Du warst ein besserer Lügner, als dich Kanonier seinerzeit aus dem Meer gefischt hat. Oder ist es besonders schwer, mich zu belügen?«

»Es ist ja wohl zu hoffen, dass es besonders schwer ist, Orholam zu belügen, meinst du nicht auch?«, sagte Gavin leichthin.

»Die ersten bekannten Worte des Menschen an Orholam waren eine Lüge, also nein, das ist demnach nicht schwer. Männer lügen Orholam genauso unbekümmert an, wie sie ihre Frauen anlügen. Zeig mir deine Hände.«

Gavin stieg von der Bordwand herunter. Der Himmel erhellte sich zunehmend, aber es waren immer noch nur wenige Matrosen wach. Sie waren ungestört. Nicht, dass er das wollte. Er streckte seinem Gegenüber die Hände hin.

»Bemerkenswert«, sagte Orholam. »Wie unsere Münder sowohl Segnungen als auch Flüche aussprechen, sauberes und schmutziges Wasser aus demselben Brunnen, so verhält es sich mit deinen Händen. Du hast auch weißes Luxin gewandelt.«

»Wovon zum Teufel redest du da?«, gab Gavin zurück.

»Hoho! Du bist fürwahr ein Rätsel! Du erinnerst dich daran, das Schwarz gewandelt zu haben, nicht aber das Weiß?!«

»Gib Ruhe, verdammt!«

Gavin hatte Männer gesehen, denen die Achillessehnen durchschnitten wurden und die nicht so schnell umgefallen waren. Der Prophet war einfach zu Boden gesackt. Gavin beugte sich über den Mann …

Der seinerseits zu ihm emporblinzelte. Dann stand er kopfschüttelnd auf. Sein Blick begegnete demjenigen Gavins, und er blieb wie gebannt stehen. Schluckte. Versuchte zu sprechen. »Du hast der Wahrheit Auge in Auge gegenübergestanden und dich geweigert, sie zu sehen. Du hast die Feigheit gewählt, wo du doch auch den Mut hättest wählen können. Du hast Schwarz gewählt statt Weiß. Du hast versagt, Guile.«

»*Ich* habe versagt? Du hast mir diese Träume geschickt, nicht wahr? Durch irgendeine Form von Magie, die ich nicht kenne, eine Art von Willensübertragung. Du hast mir das angetan. Du und er.«

»Pass auf, was du sagst, oh Sohn von Am.«

»Ich sage, was mir gefällt! Ich habe nicht versagt. Gott versagte.«

»Es gibt keinerlei sinnvolle Weise, wie diese beiden Wörter zusammengefügt werden könnten.«

»Gott hat *mir gegenüber* versagt. Er hat mich im Stich gelassen.«

»Weil ein inniges Gebet nicht auch mit Nein beantwortet werden könnte?«

»Lügen!«, zischte Gavin.

»Dann wird Orholam dir reinen Wein einschenken: Wenn du deine Lügen weiter aufrechterhältst, wirst du mit Blindheit geschlagen werden.«

Es war eine so bizarre Drohung, dass Gavin überrascht war. »Ich bin bereits blind.«

»So viel zumindest könnte wahr sein«, räumte Orholam ein. »Wer sich weigert zu sehen, ist in keiner besseren Lage als derjenige, der nicht sehen kann.« Dann hinkte er davon, vorsichtig bemüht, auf keinen der an Deck schlafenden Männer zu treten.

Musste sich bei seinem Sturz das Bein verletzt haben. Ein Glück, dass ich nicht noch mal kräftiger zugeschlagen habe.

Der junge Kerl konnte nun jeden Moment auf Deck erscheinen. Von da an würde Antonius Gavin folgen wie ein Schoßhündchen. Auch wenn er nicht dumm war – das hatte er zur Genüge bewiesen, als er die Seeleute davon überzeugt hatte, Rath anzusteuern –, so war er doch unwissend. Er hatte keine Ahnung davon, dass seine Familie Gavin hasste. Keine Ahnung davon, dass sein Onkel zu einem Gott geworden war und dass Gavin ihn getötet hatte. Keine Ahnung davon, dass Gavin die Aufnahme seiner Cousine Tisis ins Spektrum vereitelt hatte. Entweder er wusste von alldem nicht das Geringste, oder es war ihm einfach egal.

Aber jetzt zu hoffen, dass Eirene Malargos die Unbekümmertheit ihres Neffen teilen würde, hieße, sich zu weit aus dem Fenster zu lehnen.

Würde Eirene sich zu einer Verbündeten machen lassen? Sie war dafür bekannt, dass sie ihre Familie mit leidenschaftlicher Fürsorglichkeit beschützte, dass sie zu Ärger und Eifersucht neigte, aber in ihren geschäftlichen Angelegenheiten stets peinlich genau und gerecht war. Sie brach niemals ihr Wort, scheute aber keine Mühen und Ausgaben, um jene zu vernichten, die ihr gegenüber ihr Wort gebrochen hatten, sei es in Geschäftsdingen oder im Bett. Sie hatte darauf bestanden, dass ihre eigenen Familienmitglieder sich an die von ihnen geschlossenen Geschäftsverträge hielten, selbst wenn sie schlecht waren und sie ihre wachsende Macht dazu hätte einsetzen können, diese

Vereinbarungen aufzuheben. Kurzum, sie war eine Frau, die es verdiente, zugleich gefürchtet und bewundert zu werden. Sie war genau der richtige Mensch, um Gavin daran zu erinnern, dass nicht alle Macht magischer Natur war. Wenn Gavin ihren Zorn überleben konnte … aber nein. Er hatte ihrer Familie zu viel Leid angetan.

Wenn er immer noch ein Prisma gewesen wäre, wäre das etwas anderes, aber jetzt? Was könnte er in ein solches Bündnis einbringen?

»Worüber hast du mit dem Schwätzer Gottes geredet?«, fragte eine leise Stimme. Kanonier.

Die Besatzung hatte im Frachtraum einen Käfig gefunden, der zuvor dafür verwendet worden war, um einen in den Randgebieten der Grünen Ebenen gefangenen Geparden zu befördern. Sie hatten den Käfig auf Deck festgebunden und Kanonier hineingesteckt, nachdem sie ihm zuvor eine ordentliche Tracht Prügel verpasst hatten. Seine Augen waren zu Schlitzen zugeschwollen. Gavin hatte sie aufgehalten, bevor sie ihn hatten töten können.

»Sprich mich nicht an«, erwiderte Gavin. »Ich habe für heute genug von verrückten Männern, und dabei ist die Sonne noch gar nicht mal aufgegangen.«

»Kanonier ist nicht verrückt«, erklärte Kanonier. »Kanonier ist wahnsinnig! Das ist etwas anderes.« Er kicherte in sich hinein, aber nur sehr leise. Er hatte offensichtlich Schmerzen.

Gavin blickte zu der Stadt hinüber, die in den ersten Sonnenstrahlen erglühte. Die Stadt hatte sich um eine gewaltige Festung auf einem Hügel über dem Mündungsdelta des Großen Flusses herum ausgedehnt. Vor langer Zeit war die Feste Eichenschild über eine einzige Generation hinweg die Burg Guile gewesen, doch dann hatte sich das Geschick der Familie zum Schlechten gewendet, und aus der Festung wurde Burg Corinth und dann

Rath Skuld. Jetzt war sie einfach nur als die Burg bekannt. Während der Zeit von Taya Eichenschild waren zwei große Mauern entstanden, die sich wie zwei Beine von der Burg hinunter zum Hafen erstreckten, so dass diese nicht von Nachschub und sonstigen Lieferungen abgeschnitten werden konnte. In späteren Kriegen und den Friedensphasen dazwischen waren außerhalb dieser ursprünglichen Mauern weitere Mauern entstanden, für deren Steine man sich bei den ursprünglichen Mauern bedient hatte. Dann waren die neuen Mauern von einer Armee aus dem Blutwald niedergerissen worden, und man hatte die ursprünglichen Mauern wieder aufgebaut.

Als die Blutkriege endlich beendet waren, waren die Gesuche der Stadt an das Spektrum nach einem Wiederaufbau der äußeren Mauern ein ums andere Mal abgelehnt worden. Besonders Andross Guile hatte sich für diese Ablehnung starkgemacht, indem er Friedenssicherung durch gegenseitige Verwundbarkeit predigte – was, wie immer, nur für andere galt. Natürlich war die Armee, um die sich die Stadt jetzt sorgen musste, keine der Blutwäldler, sondern eine der Blutröcke. Die erzwungene Verwundbarkeit der Stadt war eine weitere Sache, die einen Guile bei Eirene Malargos nicht so rasch beliebt machen würde.

Noch besorgniserregender war, was alle Mächtigen der Stadt über die Art und Weise dachten, wie Gavin den Blutkriegen ein Ende gesetzt hatte – verwegen, blutig und wirksam. Für den jüngeren Gavin hatte dabei einzig die Tatsache gezählt, dass es funktioniert hatte. Es war unwahrscheinlich, dass er hier Verbündete finden würde.

Gavin sah sich auf dem Schiff um. Der *Bittere Kolben*, fürwahr.

»Gib mir diese Büchse, und ich werde für dich ein Loch in den Hafenmeister schießen«, sagte Kanonier. »Ein einziger Schuss, keine Tricks. Von hier aus würden sie nicht einmal auf die Idee kommen, dass der Schuss von uns gekommen wäre. Sie werden auf diesem Schiff da drüben nach der Herankunft des Schusses suchen.«

»Herkunft«, korrigierte Gavin. »Und was zum Teufel meinst du mit Büchse?« Männer gaben ihren Waffen ständig alle möglichen Namen, aber mit dieser Bezeichnung war er nicht vertraut.

»Eine Büchse. Das nennt man so. Wegen der spiraligen Züge im Lauf. Kannte mal einen Waffenschmied, der an dieser Idee gearbeitet hat. Hat richtig gut funktioniert, aber die Musketenkugeln müssen wirklich makellos gegossen sein, und dann muss man sie abfeilen, so dass die Kugelform ganz exakt ist. Ich glaube nicht, dass diese Büchse hier kugelförmige Munition verschießt. Jener Waffenschmied würde die Hand, mit der er seinen Schwanz hält, geben, um mein Mädchen hier kennenzulernen.«

Gavin schenkte Kanonier keine Beachtung. In der Ferne ging der Hafenmeister an Bord einer anderen Galeere, eine halbe Meile westwärts. Das Ufer lag eine halbe Meile in nördlicher Richtung. Eine lange Schwimmstrecke, die letzten paar hundert Schritt mit Schaum bedeckt, der wahrscheinlich vom Abwasser stammte. Da durchzuschwimmen war nicht einfach nur ekelhaft. Gavin hatte während des Krieges gute Schwimmer gekannt, die eine solche Jauche durchqueren mussten, um von einem Spähauftrag zurückkehren zu können. Einen Tag später hatten sie Fieber und Schüttelfrost. Drei Tage später waren sie tot.

»Das ist eine halbe Meile«, sagte Gavin schließlich. »Diese Jungs haben, was immer du noch an Verstand im Hirn hattest, aus dir rausgeprügelt.«

»Vielleicht auch zwei Schüsse. Nicht mehr als drei.«

Das musste man Kanonier lassen, der Kerl zweifelte niemals an sich selbst. Es war etwas, was sie gemeinsam gehabt hatten, früher einmal.

Gavin musste es nicht bis ganz ans Ufer schaffen. Da gab es Barkassen für die Binnenschifffahrt und Rudergaleeren von dem Typ, wie er bevorzugt für den Transport auf dem Großen Fluss und überall im Mündungsdelta verwendet wurde. Jetzt, da die aufgehende Sonne die Augen blendete, war es gut möglich, dass Gavin nicht gesehen wurde.

Und es gab ja nicht nur Haie und Krokodile in diesen Gewässern, nicht wahr? Gavin erinnerte sich daran, etwas über freundliche Flussdelfine gehört zu haben. Vielleicht war das aber auch ein Mythos gewesen. Er hatte gehört, sie seien *rosa.* Freundliche, rosa Delfine?

Klar, hörte sich ungeheuer realistisch an.

»He, Fuckelot«, sagte Gavin. Der ehemalige Galeerensklave war nicht weit von ihm entfernt aufgewacht. »Und auch ihr Übrigen, hört zu.« Er hob die Stimme nicht und hielt den Zeigefinger an die Lippen. Er wollte nicht, dass Antonius es mitbekam. »Das hier ist meine Muskete. Wie einige von euch wissen, habe ich mit all meiner Magie dafür gezahlt, sie zu bekommen. Ich habe jetzt nichts mehr, nichts außer dieser Waffe. Es gab mal eine Zeit, da hätte ich eure Dienste eingefordert. Jetzt bitte ich einfach nur. Falls ich euch je einen guten Dienst erwiesen habe …« Er konnte nicht anders. Falls ich euch je einen guten Dienst erwiesen habe? Diese Formulierung sollte ihn mehr als einen von ihnen erscheinen lassen, einen, der dazugehörte. Zu heucheln war für ihn so natürlich, wie es einst das Wandeln gewesen war. »Passt für mich darauf auf, ja? Das ist alles, was ich will. Keinen Anteil. Ihr wisst, dass ich mich in die Riemen gelegt habe, wann immer es Zeit war, uns in die Riemen zu legen. Ihr wisst, dass wir immer noch an den Rudern säßen, wenn ich nicht jene Taue durchgeschnitten hätte. Ich kann euch nicht zwingen, das für mich zu tun, und ich würde euch auch nicht zwingen, selbst wenn ich es könnte.« Nun gut, das war die nächste Lüge, aber eine ganz harmlose. »Versteckt diese Muskete vor dem Jungen und vor dieser Malargos-Frau und vor meinem Vater und vor dem da.« Er nickte zu Kanonier hinüber. »Wenn die Zeit kommt, werde ich euch hundertfach dafür belohnen, wenn ich kann. Aber ich kann sie nicht mitnehmen.«

»Wa-wa-warum nicht?«, fragte Fuckelot.

»Weil …«, begann Gavin und schenkte ihm sein strahlendstes, sorglosestes Grinsen. Er grinste immer auf diese Weise, wenn er Angst hatte. »Weil ich kein genügend guter Schwimmer bin, um sie mitzunehmen.«

Er warf Fuckelot die Büchse zu, während der Seemann einen bewundernden und Kanonier einen frustrierten Fluch ausstieß und sich Gavins Kehle vor Beklommenheit zusammenzog.

Es war eine dumme, aber auch einfache Entscheidung: Bleib und lass das Geschehen auf dich zukommen, oder nimm die Krokodile, die Haie und das verseuchte Abwasser in Kauf. Abwasser dürfte während der Hochwasserzeit schon nicht so schlimm sein, oder? Oder wurde es umgekehrt dadurch nur schlimmer? Gavin balancierte frei auf der Bordwand, ohne auch nur nach einem Tau greifen zu müssen. Er wandte sich wieder an den Propheten, der ihn immer noch mit glühenden Augen von der anderen Seite des Decks beobachtete.

»Orholam«, sagte Gavin, »habe ich deine volle Aufmerksamkeit?«

»Immer.«

»Gut.« Er drehte den Hals nach rechts und links. »Nur noch eins: *Leck mich.*«

Gavin sprang ins Wasser.

43

Das Wasser war warm und tragend. Für Gavin ein erstes Warnzeichen. Jetzt, wo er im Wasser war und in einem Stil schwamm, den ihm vor langer Zeit, in einem anderen Leben, einer der guileschen Haussklaven beigebracht hatte, erinnerte er sich, dass durch den Zusammenfluss von Großem Fluss und Azurblauer See im gesamten großen Delta seltsame Strömungen und Stellen mit warmem Wasser entstanden – und dass die Haie das Süßwasser nicht mochten, das vom Fluss her kam. Umgekehrt mochten die Krokodile das Salzwasser nicht. Krokodile hielten sich zudem mit größerer Wahrscheinlichkeit dichter am Ufer auf. Also könnte es Gavin durchaus mit beiden Arten von Beutejägern zu tun bekommen.

Und dennoch. Da lag etwas von jenem alten, blauen Frieden hier über dem Meer. Besser wäre es natürlich, auf einem schnittigen blauen Luxin-Gleiter zu treiben. Besser die Sonne wie eine Liebkosung auf der Haut zu spüren, während das Wasser einen kühlen Gegensatz dazu bildete. Bei weitem besser, das Blau sehen zu können. Er spürte einen kurzen Stich des Verlustes, dann überkam ihn die reine, blanke Wut.

Während seine Arme und Beine geschmeidig durch das Wasser schnitten, wünschte er sich plötzlich, ein Hai würde kommen. Er wollte kämpfen. Nein, er wollte töten. Er wollte die Todesangst des Beinahe-sterben-Müssens erleben und dann die überlegene Macht des Tötens, des Triumphes.

Den Wahnsinn.

Er steuerte direkt das Ufer an, ohne auch nur einmal zurückzuschauen. Er streifte die lästige zerfetzte Kleidung ab, um so schnell wie möglich schwimmen zu können. Er entdeckte eine Flussgaleere vor sich und schwamm darauf zu. Er war ein schnellerer Schwimmer, als er es in Erinnerung hatte. Vielleicht waren die schlankeren Muskeln, die er vom Rudern hatte, besser zum Schwimmen geeignet, als der massige Rumpf, den er beim Gleiterfahren ausgebildet hatte, wenn er im Wasser den Gleiter aus dem Stillstand in rasendem Tempo über die Wellen fliegen ließ. Eine Freiheit, die er niemals wieder erleben würde.

Die Flussgaleere begann sich langsam zu bewegen, als er noch zweihundert Schritt entfernt war. Ihre Trägheit sollte ihm die Chance geben, sie noch zu erreichen. Er strampelte.

Keine verdammten Haie. Bitte, keine verdammten Haie.

Das durch seinen Bart strömende Wasser erzeugte einen Widerstand, den er in seiner glatt rasierten Vergangenheit niemals verspürt hatte.

Mach, dass sie mich nicht bemerken, nur ein kleines Weilchen noch.

Aber die Galeere setzte sich in Bewegung und war binnen Sekunden nicht mehr auf einer Linie zu ihm. Er veränderte seinen Winkel, war kurz auf gleicher Höhe, um dann hinter das Binnenschiff zurückzufallen.

Und dann fuhr es davon und ließ ihn erschöpft zurück.

Aber er hatte eine Art Fahrrinne erreicht, die zu beiden Seiten mit Bojen markiert war. Eine Minute lang trat er Wasser. Als er sich umschaute, lag der *Bittere Kolben* in der Ferne zurück. Aber die Ruder waren ausgefahren, und das Schiff wendete auf ihn zu.

Verdammte Hölle.

Doch eine zweite Flussgaleere, die von weiter draußen kam, glitt durch die Fahrrinne. Sie würde fünfzig Schritt weiter südlich an ihm vorbeiziehen – also schwamm er zurück in Richtung *Bitterer Kolben.* Nach einer Minute begriff er, dass er sich verrechnet hatte; oder die Flussgaleere hatte gewendet, denn nun kam sie direkt auf ihn zu. Er würde mit ihr zusammenstoßen.

Er begann zur Seite zu schwimmen, doch dann sah er in dieser Richtung eine Rückenflosse und einen dunklen Schatten auftauchen. Das Herz schlug ihm bis zum Hals, als er kehrtmachte und eine weitere Flosse auf der anderen Seite entdeckte.

Es war zu spät, um in die eine oder andere Richtung auszuweichen. Die Galeere ragte nun über ihm auf und versprühte nach beiden Seiten des Bugs kleine Gischtspritzer, während sie das Wasser durchschnitt.

Gavin holte so tief Luft, wie er nur konnte, wirbelte herum, so dass seine Füße zum Rumpf zeigten, und tauchte rückwärts ab. Noch während er hinabsank, schlug der Rumpf gegen seine Füße, aber er stemmte sich dagegen und stieß sich ab, ließ sich vom Schwung des Rumpfes tiefer unter Wasser drücken.

Im Sinken bog er den Rücken durch und hoffte, es tief genug hinunter zu schaffen, um nicht vom übrigen Rumpf zerquetscht oder von den daran klebenden Seepocken zerfetzt zu werden. Er drehte sich um und öffnete die Augen, die Ohren voller Wasser, Druck lastete auf seiner Brust. Der gewaltige Schatten glitt über ihn hinweg. Es war unmöglich zu erkennen, wie weit der Rumpf genau von ihm entfernt war.

Eine gute Neuigkeit, wenn man es denn so nennen konnte: Auf dem Rumpf waren keine Seepocken. Natürlich, es musste ein Flussschiff sein, die waren leichter sauber zu halten. Es bewegte sich schnell.

Das bedeutete, dass er auftauchen konnte, und wenn er sich

dabei verschätzte und mit dem Bug in Kontakt kam, würde er wohl nicht an Schürfwunden mit nachfolgenden Infektionen sterben. Allerdings wären in jedem Fall die Haie nicht weit, falls er im Wasser Blut verlor.

Er strampelte mit den Füßen und spürte, wie seine Hand über etwas Raues, Muskulöses strich. Er sah kaum einen Schatten, da war der Hai auch schon wieder in der trüben Brühe verschwunden. Er musste unwillkürlich ausatmen und stieß Luftblasen aus. Er hatte nur eine einzige Chance.

Eine Reihe von Rudern tauchte auf der einen Schiffsseite ins Wasser und wühlte es auf. Eine scharfes Wendemanöver. Die Ruder verlangsamten das Schiff genau im richtigen Moment. Mit brennender Lunge schwamm Gavin rasch zur Oberfläche empor und hätte sich beinah den Schädel aufgeschlagen, als das Rumpfende über ihn hinwegglitt.

Er schoss aus dem Wasser und griff wild um sich, die spritzende Gischt nahm ihm die Sicht.

Seine Finger bekamen etwas zu fassen, aber die linke Hand verlor sofort wieder den Halt. Er hielt sich allein mit der rechten Hand fest, während sein hin und herbaumelnder Körper durch die Wellen gezogen wurde. Fast wäre ihm auch noch die Rechte weggerutscht, doch dann gelang es ihm tatsächlich, auch die Linke in das Netz zu krallen.

Er blinzelte und hustete, versuchte sich zu orientieren. Seine Beine schleiften immer noch durchs Wasser, und mit den Händen hielt er sich an dem dicken Netz fest; die einzelnen Fäden schnitten in seine Finger, als die engen Maschen nun sein ganzes Körpergewicht tragen sollten.

Das Netz war nicht leer. Es war ein Tigerhai darin. Lebend. Eine von Gavins Händen befand sich direkt neben einer Brustflosse. Die andere hätte er beinahe in den klaffenden, hechelnden Rachen des Hais gestopft. Gavins Gewicht hielt seine Hand von den Reihen rasiermesserscharfer Zähne weg, aber ein einziges Um-sich-Schlagen …

Der Hai schlug zappelnd um sich.

Gavin ließ mit der einen Hand los, und sein Körper wirbelte herum. Angesichts der schnellen Bewegung des Schiffes, das ihn durchs Wasser zerrte, konnte er seinen Schwung nicht bremsen. Die andere Hand wurde schmerzhaft ins Netz eingedreht. Fast hätte er aufgeschrien.

Als er nun mit dem Rücken zum Schiff durchs Wasser gezerrt wurde, bot sich ihm ein Anblick, der ihn erneut beinahe hätte aufschreien lassen. Vier Rückenflossen im Wasser – nein, sechs. Und alle folgten dem Schiff. So, wie er hier hinterhergeschleift wurde, war er der Köder. Und das Schiff bewegte sich nicht annähernd so schnell, wie die Haie schwimmen konnten.

Er sah Blut an seinem ausgestreckten Arm hinabrinnen. Es war nicht seins. Der Hai in dem Netz über ihm war von einer Harpune getroffen worden. Da Gavin am tiefsten Punkt des Netzes hing, musste das Blut auf seinem Weg ins Wasser über seinen Körper fließen. Gavin war kein Haifischexperte, aber er hatte die Tiere in ihrem wilden Rausch erlebt – und Blut war immer der Auslöser.

»Das Blut lockt sie an, Kleos. Sieh zu, dass du noch einen erwischst, bevor wir ins Süßwasser kommen!«, rief eine Stimme über Gavin auf dem Deck.

Er hörte das schwere Atmen eines dicken Mannes über ihm, das selbst noch das Klatschen der Wellen übertönte, und er konnte kurz die Spitze einer Harpune auftauchen und wieder verschwinden sehen.

Gavin hätte dem Mann beinahe etwas zugerufen. Aber er wusste, wie er aussah: wie ein entflohener Sklave. Die meisten Matrosen würden ihn als ein Geschenk des Meeres für sich reklamieren und ihn sofort wieder an ein Ruder setzen. Ohne

Papiere, die bewiesen, dass er kein Sklave war, konnte er nichts tun, außer zu versuchen, sie davon zu überzeugen, ein Lösegeld für ihn zu fordern – von wem? Würde Karris von seiner Notlage hören, bevor sie Andross Guile zu Ohren kam? Würden die Männer glauben, dass sich das Prisma höchstpersönlich auf ihr Schiff verirrt hatte, oder würden sie alles als das Gefasel eines Wahnsinnigen abtun?

Er würde nicht wieder an einem Ruder schuften. Lieber wollte er sterben.

Das Netz, das seine Hand hielt, bewegte sich, als der fette Mann darauf trat und die Harpune in die Wogen schleuderte. Gavin wirbelte erneut herum, diesmal so, dass das Netz seine Hand wieder freigab. Er konnte die Hand nicht einmal mehr spüren, wusste nicht, ob sein Klammergriff halten würde. Er strampelte, trat in die Wellen, versuchte durch verzweifelte Schwimmbewegungen wenigstens ein klein wenig mehr Halt zu bekommen.

Zwei Finger der anderen Hand bekamen das Netz zu fassen. Seine Hände waren von den Monaten am Ruder vernarbt und schwielig, und der Griff dieser beiden gesegneten Finger hielt allem stand. Jetzt wurde er mit dem Rücken direkt zum Schiff mitgeschleppt, was ihm eine perfekte Sicht auf den näher kommenden Hai bot. Gavin wusste, dass der Hai nicht nur mal neugierig schnuppern wollte. Er würde angreifen.

Langsam von links nach rechts schaukelnd, bekam Gavin das Netz fest mit beiden Fäusten zu fassen. Er hatte keine Zeit, um nachzusehen, ob er eine Hand in das Maul des gefangenen Hais über ihm steckte; er konnte den Blick nicht von dem Hai im Wasser abwenden.

Er zog die Knie bis an die Brust, als der Hai angriff. Kiefer blitzten an seinen Füßen vorbei – und verfehlten ihr Ziel. Der Hai drehte in den Wellen bei und zog in einer breiten Kreislinie davon. Die Tiere näherten sich dem Rumpf nur ungern. Und es gefiel ihnen nicht, dass sie nur direkt von hinten angreifen konnten.

Zumindest hoffte Gavin, dass sie so tickten und dass keiner tief unter den Wellen herangetaucht kam, um ihn von unten anzugreifen.

Der Mann auf dem Deck hatte seine Harpune jetzt fast wieder eingeholt, und Gavin erkannte seine Gelegenheit. Das Gewicht der Harpune würde sie in Gavins Reichweite am Heck herabbaumeln lassen. Wenn sie in Griffweite war, würde er sie packen und fest daran ziehen. Der Matrose, auf so etwas nicht vorbereitet, würde über Bord geschleudert werden. Für die Haie.

Was bedeutete, einen Fremden zu töten. Einen Mann, über den Gavin nicht das Geringste wusste. Einen Unschuldigen.

Scheiß auf ihn. Gavin würde leben und frei sein. Und er hätte eine Waffe.

Das Seil mit der Harpune kam einen kurzen Moment lang in Reichweite, aber Gavin konnte seine verkrampften Hände nicht rechtzeitig lösen, um danach zu greifen – und dann zog der Seemann die Harpune zur Seite weg, damit sie sich nicht im Netz verhedderte. Verdammt!

Gavin richtete den Blick wieder auf die Haie, aber keiner von ihnen ging zum Angriff über. Tatsächlich fielen sie sogar immer weiter und weiter zurück. Der Seemann mit der Harpune fluchte.

»Süßwasser«, brummte er vor sich hin.

Und jetzt, da der Kampf nicht mehr Gavins gesamte Aufmerksamkeit beanspruchte und er wieder einen Blick um sich herum werfen konnte, sah er, dass sie die eigentliche Flussmündung erreicht hatten, nicht weit entfernt vom westlichen Ufer. Der Fluss selbst war riesig, breiter als jeder andere Fluss auf der Welt. Aber das westliche Ufer war nah – und lag in der trägen Strömung so schmutzig vor ihm, wie er es befürchtet hatte. Wenn das Schiff, an dem er hing, irgendwo in der Nähe anlegte, würde immerhin dessen Rumpf durch die schlammige Brühe hindurchschneiden, und ein Kai würde Gavin jede Menge Versteckmöglichkeiten bieten. Wenn das Schiff stattdessen weiter flussaufwärts fuhr, wollte er an der Großen Brücke abspringen.

Binnen weniger Minuten begriff er jedoch, dass sein Plan allzu optimistisch war. Er hing am Heck eines Schiffes, und auch wenn seine Arme nicht das volle Gewicht seines Körpers tragen mussten, da er halb im Wasser eingetaucht war, musste er doch gegen die Wellen kämpfen, die ihn vom Schiff wegzerrten, und erneut verlor er das Gefühl in seinen Händen.

Er versuchte, am Netz emporzuklettern, aber sobald er die eine Hand überredet hatte, ihren festen Klammergriff zu lösen, versagte ihm die andere Hand den Dienst. Er stürzte ins Wasser.

Der Schmerz, als sich seine Finger öffneten, war zuerst höllisch, aber während er sich zur Oberfläche hocharbeitete, fühlte er sich dann doch beinahe angenehm an, wie ein Versprechen, dass seine Hände wieder voll funktionstüchtig sein würden. Eines Tages.

Während sich die Flussgaleere nun von ihm entfernte, bemühte sich Gavin, die Orientierung wiederzufinden. Hier in der Flussmündung, von der aufgehenden Sonne bestrahlt, war er viel leichter zu sehen als zuvor. Wenn er weit genug den Fluss hinaufkam, würde er unter die Gerichtsbarkeit der Stadt fallen, und dann konnte er zumindest hoffen, einem Stadtvogt überstellt zu werden, statt direkt versklavt zu werden. Je nachdem, wie gesetzesfürchtig der Kapitän des Schiffes war, das ihn auffischte.

Besser, gar nicht gefangen zu werden.

Glücklicherweise war er nicht allzu weit von der Großen

Brücke entfernt. Wenn er es in ihren Schatten schaffte, wäre er erheblich weniger gut sichtbar. Zu einem der riesigen Brückenträger schwimmen, das Gerüst hinaufklettern und weiter ans Ufer.

Sofort begann er die Brücke anzusteuern. Nicht durch Zögern hatte er es in seinem Leben so weit gebracht.

Als er zweihundert Schritt von der Brücke entfernt war, sah er zwei Dinge gleichzeitig, die ihm beide den Atem verschlugen – aus unterschiedlichen Gründen. Eine ruthgarische Kriegsgaleere tauchte aus dem Schatten der Großen Brücke auf, und auf der Fahne, die an der Spitze ihres niedrigen Masts flatterte – seine Höhe war mit Absicht so gewählt, dass er noch knapp unter die Große Brücke passte –, prangte der stolze Stier der Familie Malargos. Gleichzeitig sah Gavin einen Delfin durchs Wasser auf ihn zukommen. Er sprang über die Wellen, und obwohl Gavin seine Farbe nicht sehen konnte, erinnerte er sich an Zeichnungen: kräftiger Körper, mit einer langen schnabelähnlichen Schnauze. Ein Flussdelfin.

Bitte, komm näher, du kleines Wunder.

Gavin hatte von Delfinen gehört, die Schwimmer gerettet hatten. Er hatte gehört, dass sie sie sogar auf ihren Rücken steigen und auf ihnen reiten ließen. Der Delfin war seine einzige Hoffnung, es rechtzeitig in den Brückenschatten zu schaffen.

Ein Flussdelfin. Er konnte natürlich nicht erkennen, ob er rosa war oder nicht. Was Gavin betraf, hätte er auch pissgelb sein können: Es bedeutete Rettung.

Gavin schwamm weiter, und der Delfin glitt direkt neben ihn. Aber im letzten Moment machte er eine Drehung und stach Gavin die Schnauze in die Rippen. Die Luft schoss Gavin aus der Lunge, und er atmete Wasser ein. Bevor er es auch nur aushusten konnte, tauchte der Delfin wieder wie aus dem Nichts auf und schlug abermals zu, ließ eine Rippe bersten.

Gavin ruderte mit den Armen und rang um Atem. Dann traf ihn der Delfin erneut, diesmal krachte er gegen seinen Kopf. Benommen nach Atem ringend, füllte Gavin seine Lunge mit Wasser. Er verlor das Bewusstsein.

44

»Ich kann das nicht tun«, sagte der große Leo. »Dieser Lord Arias ist nur eine halbe Portion.«

»Was ist so schwer daran?«, fragte Daelos. »Geh zu ihm hin und pack ihn am Kanthaken. Ich hab schon erlebt, dass du das kannst.«

»Am Kanthaken?«, fragte Ferkudi.

»Ich hab nicht gemeint, dass ich es nicht kann. Ich hab gemeint, dass ich es nicht *kann*«, erklärte der große Leo.

»Das ergibt doch keinen Sinn«, grübelte Ferkudi.

»Ich meine, nicht mit gutem Gewiss…«, setzte der große Leo an.

»Nein, ich meine den Kanthaken. Sind Kanthaken nicht gefährlicher, wenn man mit ihnen zuschlägt, als wenn man jemanden daran …«

»Vielleicht ist ja genau das die Prüfung, Leo«, überlegte Benhadad, der an seiner Brille herumhantierte. »Vielleicht erwarten sie von uns, dass wir einen unmoralischen Befehl zurückweisen.«

»Oder vielleicht sollen wir einen Befehl ausführen, obwohl wir den größeren Zusammenhang nicht verstehen«, meinte Ferkudi.

Die anderen sahen ihn an. Drei Viertel der Zeit führte Ferkudi sich auf wie ein Trottel, und dann überraschte er sie plötzlich mit irgendeiner scharfsinnigen Beobachtung.

»Was denn?«, fragte er. »Was ist los?«

In Straßenkleidung hatte Kips Rekrutengruppe das Areal an der Kreuzung von Verrosh- und Harmonia-Straße ausgespäht. Soweit sie sehen konnten, hatte diese Ecke nichts Besonderes. Niemand sonst beachtete sie. Die Gegend war nicht sonderlich wohlhabend und auch nicht der belebteste Teil der Stadt. Vielleicht bedeutete das für einen Ketzer, dass er es mit nicht so vielen Wachen von Häusern oder Kaufleuten zu tun haben würde, die Steine nach ihm werfen oder ihm sonst wie Schwierigkeiten machen könnten. Vielleicht war er aber auch einfach nur vollkommen übergeschnappt und hatte sich diese Ecke ohne besonderen Grund ausgesucht.

Daelos und Goss waren immer noch ein Stück entfernt und überwachten die Zugänge zu der Straßenecke, während Teia über die Kreuzung selbst schlenderte und die Augen weit offen hielt. Alle Übrigen jedoch saßen im Kreis hinter einem Laden gekauert und überlegten, was sie tun sollten. Für gewöhnlich suchten sie sich einen Treffpunkt, der etwas weiter vom Einsatzort entfernt war, aber heute hatten sie keine gute Stelle gefunden.

»He! Was macht ihr Jungs da? Los, haut ab, seht, dass ihr fortkommt!«, blaffte ein Ladenwächter mit behaarten Armen.

Kruxer stieß einen leisen Fluch aus, der ihm selbst galt. Kip wusste, dass der junge Mann es als ein persönliches Versagen ansehen würde, dass jemand ihre Versammlung bemerkt hatte. Kruxer machte ein Zeichen, und einer nach dem anderen trottete sie von dem Laden weg.

»Ja, so ist's recht. Weg mit euch, ihr kleinen Schmeißfliegen«, sagte der Ladenwächter.

Sie knirschten mit den Zähnen und antworteten nicht. Nur

zu wissen, dass man einen Kampf gewinnen konnte, war noch kein guter Grund, eine Mission zu gefährden.

So verlockend es auch war.

Der Schlägertyp lachte höhnisch. Er war sichtlich überzeugt, dass sie nichts Gutes im Schilde führten, aber solange sie den Laden seines Arbeitgebers nicht bedrohten, war es ihm egal. Er folgte ihnen nicht.

»Kommt mir so vor, als wäre das alles eine Finte«, sagte Kip.

»Stimmt«, pflichtete Teia ihm bei, die sich ihnen lautlos wieder anschloss. »Aber nicht, was uns betrifft.«

»Inwiefern?«, fragte Kruxer leise.

»Auf der anderen Straßenseite beobachtet eine Frau den Prediger. Sie hat Verbandsmaterial bei sich. Und der Prediger, der ist ein ganz besonderer Fall. Er ist einer von den Blutröcken. Er hat versiegelte Schatullen mit Schriftenrollen, die er an bestimmte Leute weitergibt, wenn sie an ihm vorbeigehen. Er ist der Kontaktmann von Spionen.«

»Oh ja, ich *kann* das tun. Dieser Lord Arias ist nur eine halbe Portion«, sagte der große Leo. Er lockerte seine Schultern, neben denen ein Ackergaul vor Neid erblasst wäre.

»Warte«, griff Kruxer ein. »Wir wissen nicht, ob er allein ist. Aber ich fühle mich besser, wenn ich weiß, dass wir einen Plan haben, selbst wenn ich nicht weiß, womit wir es zu tun bekommen. Gebt mir eine Sekunde.«

Und das Verrückte bei Kruxer war, dass es wirklich nur eine Sekunde dauerte. Er machte ein finsteres Gesicht, musterte seine Gruppe und erteilte dann die Befehle.

Wenige Momente später ging die Gruppe auseinander, und jeder machte sich an die Erfüllung seiner oder ihrer Aufgabe. Nur Kip blieb untätig zurück. »Kruxer«, sagte Kip. »Hauptmann, meine ich.« Wenn sie mit einem Auftrag unterwegs waren, sollten selbst die Rekruten die offizielle Rangordnung aufs Gewissenhafteste beachten. »Du hast mir stets die besten Dienste erwiesen. Wir wissen beide, dass ich ohne dich nicht in der Schwarzen Garde wäre, aber du kannst mich nicht aus den Kampfhandlungen heraushalten. Dadurch bleibe ich nur immer weiter hinter denjenigen zurück, die jetzt schon besser sind als ich. Wenn es hart auf hart kommt, muss ich mittendrin sein.«

Kruxers braune Augen, um die Iris herum kaum sichtbar mit Grün und Gelb umrandet, richteten sich auf Kip wie die Mündung einer vernichtenden Waffe. »Ich bin der Hauptmann«, betonte Kruxer.

Mehr gab es nicht zu sagen. »Ja, Herr«, antwortete Kip.

»Ich kenne einen guten Aussichtspunkt. Aber wir werden klettern müssen«, erklärte Kruxer. Und dann ging er.

Eine Kletterpartie, so schwierig, dass es für Kruxer der Rede wert war? »Na großartig«, sagte Kip und lief hinter dem älteren Jungen her.

Sie umrundeten in großem Bogen einige Häuserblocks, wobei sie die Hauptstraßen im Schritttempo überquerten, und erreichten schließlich ein Gebäude, das sich auf der gegenüberliegenden Seite der Kreuzung mit dem Spion befand. Auf der Rückseite des Gebäudes stand ein Gerüst, da gerade Ausbesserungsarbeiten an der schäbigen Kuppel des Hauses durchgeführt wurden. Die Leiter hatte man von dem Gerüst weggestellt – zweifellos um böse Buben am Hinaufklettern zu hindern.

Kruxer lehnte sich breitbeinig an die Wand, verschränkte die Hände zu einer Räuberleiter und wartete darauf, dass Kip auf diesem Weg auf das Gerüst hochsprang.

»Ich könnte eine Leiter wandeln«, schlug Kip vor.

»Du springst«, sagte Kruxer.

»Gut, ich springe.«

»Von der Hand auf die Schulter, und dann ziehst du dich hoch.«

Der hatte leicht reden. Kip ließ die Schultern kreisen, schüttelte den Kopf und holte tief Luft.

»Wir haben nicht den ganzen Tag Zeit, Brecher.« Kruxer drehte eine seiner Schultern nach vorn, um Kip eine bessere Trittfläche zu bieten.

Kip kam mit der Anmut eines betrunkenen Schildkrötenbärs angestürmt, trat in Kruxers verschränkte Hände und mit dem anderen Fuß auf seine Schulter, während Kruxer zugleich seinen Fuß hochdrückte, und sprang. Seine Hände packten mühelos die Kante des hölzernen Gerüstbodens, und noch immer hatte er Aufwärtsschwung. Er zog sich hoch und klatschte auf den Bretterboden.

Er drehte sich auf dem Bauch liegend um und streckte eine Hand nach unten. Kruxer stand schon bereit, sprang direkt nach oben, griff nach Kips Hand, stieß sich von der Mauer ab, landete – aufrecht stehend – oben auf dem Gerüst und machte einen vorsichtigen Schritt über Kip hinweg.

Und genau *das* war der Grund, warum er der Hauptmann war.

Das Gerüst, auf dem Stapel von Ziegelsteinen darauf warteten, verbaut und weiß getüncht zu werden, erstreckte sich um das gesamte Gebäude, bis hin zur Vorderseite. Geduckt schlichen Kruxer und Kip vorwärts. Die Kreuzung war an dieser Stelle mindestens vierzig Schritt breit, und vor dem Hintergrund der schäbigen Kuppel und der Ziegelsteine sollten die beiden so gut wie unsichtbar sein. Hier waren sie weit genug von der Kreuzung entfernt, um nicht gesehen zu werden, und doch nahe genug, um zu beobachten – oder zu helfen, wenn die Sache schiefging.

»Brecher«, sagte Kruxer. »Es ist an der Zeit, dass wir einer Tatsache ins Auge sehen.«

Das klang nicht so gut. »Hm?«, fragte Kip.

»Du wirst niemals ein Schwarzgardist.« Es klang nicht wie eine Drohung, sondern wie eine simple Tatsache.

Kip rutschte das Herz in die Hose. »Ich werde besser. Ich werde aufholen, das versichere ich dir.«

»Darum geht es nicht.«

Dann verstand Kip. »Hör mal, ich weiß, dass in der Gruppe so eine Idee die Runde macht, ich solle der Lichtbringer sein«, sagte er. »Aber …«

»Spielt keine Rolle.« Kruxer streckte den Kopf über die Kante. Der große Leo war immer noch auf seinem Weg die Verrosh-Straße hinauf. Selbst wenn er sich duckte, um kleiner zu erscheinen, war der junge Hüne schwer zu übersehen. »Sie werden dir niemals erlauben, die Abschlussgelübde abzulegen.«

»Sie?«

»Sagen wir mal, du schaffst es und wirst ein voller Schwarzgardist. Und dann wirst du dazu beordert, im Wechsel mit anderen den Roten zu bewachen, mit dem du, wie jeder weiß, in Fehde liegst. Schwer vorstellbar, nicht? Oder vielleicht hast du auch deine Fehde mit ihm beigelegt, und dann passiert dir das Gleiche mit der Weißen, und du musst sie beschützen – wo doch jeder weiß, dass *er* mit ihr in Fehde liegt. Schwer vorstellbar, nicht? Ich bin mir sicher, dass dein Großvater seine Pläne mit dir hat. Als Schwarzgardist wärst du auf alle möglichen Arten vor ihm geschützt. Auf keinen Fall würde er das zulassen. Vorausgesetzt, dass die Weiße nicht ihre eigenen Pläne für dich hat.«

»Vielleicht ist es ja Teil ihrer Pläne, mir diesen Schutz zu verschaffen, indem ich in der Garde bleibe.« Aber Kip widersprach nur, weil er wollte, dass es falsch war, was Kruxer da sagte.

»Schwarzgardisten stellen sich der Wahrheit, Brecher. Es wäre ein Wunder, wenn sie lange genug lebt, dass du die Abschlussgelübde ablegen kannst.«

Kip wurde flau im Magen. Jeder wusste, dass der Weißen noch ein Jahr blieb, höchstens zwei. Kruxer hatte recht. Auf keinen Fall würde Kip bis dahin so weit sein, ein voller Schwarzgardist werden zu können. Er war überhaupt nur so weit gekommen, weil Eisenfaust die Regeln aufgeweicht hatte.

»Und wenn dein Vater rechtzeitig zurückkommt, um seine Spezialmagie zu wirken, bin ich mir sicher, dass er wiederum *seine* eigenen Pläne für dich haben wird.«

Kip dachte an die Ansichten seines Großvaters zum Thema Schwüre. Wenn Andross Guile seine Worte an Kip ernst gemeint hatte, würde er definitiv nicht wollen, dass Kip einen Schwur ablegte, der Kip gegen ihn in Stellung bringen könnte – aber genau das könnte der Schwarzgardisten-Schwur womöglich bewirken. Kip rang die Hände. »Warum hast du mich dann überhaupt in der Gruppe?«

Kruxers enttäuschter Blick rammte ihn förmlich in den Erdboden. »Jetzt verwandle dich mal nicht wieder in den quengelnden fetten Jungen, Kip. Du bist jetzt Brecher.«

Aua.

»Du bist in der Gruppe, weil du es verdienst«, fuhr Kruxer fort. »Da wir wissen, dass deine Zeit bei uns begrenzt ist, ist die Frage für dich vielmehr, was du währenddessen hier erreichen willst. Oh, es geht los.«

Der große Leo ging so unverdächtig wie möglich durch den schwachen Verkehr auf der Straße, bis er ungefähr zehn Schritt von dem Prediger entfernt war, der seine Reden schwang, obwohl niemand ihm Beachtung zu schenken schien. Von ihrem Standort aus konnte Kip kein Wort von dem verstehen, was unten gesagt wurde, aber er wusste, dass Leo vorhatte, die Ketzer zu beschuldigen, seine Schwester getötet zu haben.

Leo rief etwas, und dann stürzte er sich auf den Prediger, bevor der Mann fliehen konnte.

Da er als einfacher Arbeiter getarnt war, achtete Leo darauf, nicht wie ein ausgebildeter Krieger zu kämpfen. Er packte den Prediger lediglich mit einer Hand am Schopf und schlug ihm mit der anderen schnell ins Gesicht. Wenn man noch nie einen Schlag ins Gesicht bekommen hat, ist es ein tiefer Schock, selbst wenn der Schlag mit wenig Wucht ausgeführt wird. Kip wusste, dass Leo den Mann mit einem einzigen Hieb hätte töten können. Stattdessen hielt er sich bei jedem Zuschlagen etwas zurück und schlug den Mann abwechselnd auf Wange, Auge, Nase, Mund, Wange, Auge. Das Blut floss in Strömen, und der Mann würde so aussehen und sich so fühlen, als sei er gerade noch mit dem Leben davongekommen – ohne dass die Gefahr schlimmerer Verletzungen tatsächlich sonderlich groß war. Als der Mann zusammenbrach, zerrte der große Leo ihn mit seinem ganzen Gewicht an den Haaren hoch, dann schlug er ihm zweimal in die Rippen, fest genug, um sie zu brechen.

Er ließ den Mann fallen und drehte sich um, und diesmal rief er laut genug, dass Kip ihn hören konnte: »Schande über euch alle, dass ihr diese Ketzerei in eurer Mitte duldet! Diese Menschen sind Ungeheuer! Mörder! Ihr lasst ihn hier frei herumlaufen und sein Gift verteilen? Eine Schande!« Leo spuckte auf die Steine und stapfte davon.

Niemand unternahm irgendetwas. Nicht, dass die Gruppe es von den Passanten erwartet hätte, aber es war schön zu sehen, dass ihr selbst geschmiedeter Plan aufging: Sie hatten gehofft, dass Leo unbehelligt davonkommen konnte, wenn sie den Spion öffentlich als Ketzer anprangerten.

Doch unbemerkt hatte sich Lord Arias hinter Leo wankend

wieder auf die Beine erhoben. Er zog ein Messer. Leo wandte ihm den Rücken zu. Der Spion torkelte auf ihn zu.

Leo war zu weit weg, als dass ein Schrei etwas genutzt hätte. Schlimmer noch, er hätte Leo vom Geräusch des näher kommenden Spions ablenken können.

Der Spion hob das Messer, um es in Leos Rücken zu stoßen – und sein Arm fiel schlaff herunter. Das Geräusch der auf die Pflastersteine fallenden Klinge ließ Leo herumfahren. Gleichzeitig sah er das Messer und den taumelnden Mann, und blitzschnell hob er die Faust.

»Töte ihn nicht!«, wisperte Kruxer, als könne er Leo mit bloßer Willenskraft zur Untätigkeit zwingen.

Der große Leo öffnete die Faust und packte den Spion an Kragen und Hosenbund. Er wirbelte den Mann schnell im Kreis herum und schleuderte ihn auf die Straße. Dann stand er für einen langen Moment da und ballte die Fäuste. Kip konnte erkennen, dass die Kampfeswut in ihm die Oberhand gewonnen hatte. Der große Leo hatte mit einem schnellen Faustkampf gerechnet und wäre letztlich beinahe ums Leben gekommen. Da war es schwer, rational zu denken. Leo machte einen Schritt auf den am Boden liegenden Spion zu.

Teia kam aus der Menge geschossen. »Bruder!«, rief sie. »Orholam sei gedankt!« Kip konnte den Rest nicht hören, aber sie fasste Leo am Arm und zerrte ihn weg. Er leistete keinen Widerstand. Ihr Auftauchen hatte ihn aus seiner blinden Wut gerissen.

Sie zog ihn die Verrosh-Straße hinunter.

»Was zum Teufel war das?«, fragte Kip.

»Glück?«, schlug Kruxer vor. Aber er grinste. Kip sah, dass er genau wusste, was bewirkt hatte, dass dieses Messer zu Boden gefallen war.

»Ich meine es ernst.«

»Das war Paryl. Du bist nicht der Einzige, der hier die Dinge verändert. Teia hat auch so einige Tricks auf Lager. Doch den hier bekommt sie für gewöhnlich noch nicht hin. Daher, ja: Glück.«

Zusammen hielten sie Ausschau. Teia war schon bald nicht mehr zu erkennen, aber der große Leo brauchte länger, um in der Menge zu verschwinden. Dann traten Ferkudi und Benhadad auf die Verrosh-Straße, einige Häuserblocks weiter unten, schon fast außer Sicht, und gingen getrennt auf den Platz zu. Sie passierten den großen Leo, ohne dass einer den anderen zur Kenntnis zu nehmen schien.

»Siehst du irgendjemanden Leo folgen?«, fragte Kip. Er hatte niemanden bemerkt.

»Möglicherweise einen. Wir werden es gleich wissen.«

Wenn der Spion einen Verbündeten hatte, der auf schnelle Rache aus war oder auch nur feststellen wollte, woher Leo gekommen war, dann war es von entscheidender Wichtigkeit, dass dieser Verbündete keinen Erfolg hatte.

Ferkudi stolperte in irgendjemanden hinein, und sie stürzten beide der Länge nach zu Boden, wobei es Ferkudi weitaus schlimmer erging. Er zog eine große Schau ab, krachte in den Stand eines parianischen Kopftuchverkäufers und ließ seine Tücher durch die Luft fliegen.

Nur einer wie Ferkudi konnte sich derart selbst am Kanthaken packen.

Eine schlanke Parianerin kam sofort aus dem Stand gesprungen, schrie und fuchtelte gestenreich mit den Armen.

»Können sie entwischen?«, fragte Kip.

»Wenn sie *das* nicht schaffen, werde ich sie mir eigenhändig vornehmen«, betonte Kruxer.

Auf der Kreuzung direkt unter ihnen spielte sich jedoch ein anderes, stilleres Drama ab. Die Frau, die Teia bereits zuvor gesehen hatte, war zu dem am Boden liegenden Spion hinübergegangen und verband seine Wunden.

»Irgendeine Idee?«, fragte Kruxer.

Kip betrachtete die Frau. Teia hatte gemeint, sie habe bereits Verbände griffbereit gehabt, bevor überhaupt irgendetwas geschehen war. »Eine Spionin, um den Spion auszuspionieren«, meinte Kip. »Eine bessere Methode, sich in ihre Reihen einzuschleichen, als einfach aufzutauchen und zu sagen: ›Hallo, ich hasse die Chromeria ebenfalls! Kann ich mich Euch anschließen?‹«

»Guter Ansatz. Und siehst du den da hinten? Perlen im Bart, goldene Ohrringe?«

Kip brummte zustimmend. Er hatte ihn bisher nicht wahrgenommen.

»Das ist der eigentliche Kontaktmann des Spions. Er hätte seine Tarnung beinahe abgelegt, als Leo zugeschlagen hat, und dann wäre er um ein Haar weggerannt. Jetzt beobachtet er nur. Ich denke, wir können diese Mission als Erfolg verbuchen.«

»Solange niemand *uns* gesehen hat«, sagte Kip.

»Wir sollten noch ein Weilchen hier warten.« Kruxer lehnte sich gegen die Ziegelsteine. Kip setzte sich neben ihn.

Minuten verstrichen, und Kip kam ein Gedanke, den er schon Dutzende Male gehabt hatte. Der jetzige Zeitpunkt war so gut wie jeder andere. Es hatte den Anschein, dass Kip fast genauso oft Schwierigkeiten bekam, weil er nichts sagte, wie weil er zu schnell etwas sagte. Aber er war zu viele Male ein untätiger Feigling gewesen.

»Hauptmann …«, begann Kip. »Ich wollte nur … wegen Lucia. Der Attentäter – der Attentäter hat auf mich gezielt.« Er konnte sich noch immer gut daran erinnern, wie Lucia, den Rücken zum Attentäter, in letzter Sekunde in die Schusslinie getreten war. Er würde nie den Ausdruck auf Kruxers Gesicht vergessen, als der junge Mann den blutenden Körper aus Kips wie gelähmten Armen genommen und in die eigenen gelegt hatte.

Kruxer starrte in weite Leere. Schließlich zuckte sein Mund und verzog sich, im Gedanken an Lucia, zu einem traurigen Lächeln. »Ich weiß«, erwiderte er dann.

»Du weißt?«

»Ich bin in diese Gasse zurückgegangen. Habe den Mord nachgestellt. Das Ziel konntest nur du gewesen sein.« Er zuckte die Achseln.

»Du … du bist nicht wütend?«, fragte Kip.

»Ich bin fuchsteufelswild. Aber ich bin nicht wütend auf dich. Brecher, wenn Lucia gestorben ist, als sie dir das Leben gerettet hat, kann ihr Tod immer noch ein Unfall gewesen sein, aber er ist nicht mehr bedeutungslos. Unser Leben für ein Ziel hingeben? Was könnte man Größeres von uns verlangen? Lucia war nicht gut genug, um es in die Schwarze Garde zu schaffen. Sie wusste es, und sie begann gerade, sich irgendwie mit dem Tod dieses Traums abzufinden. Sie hätte es niemals in unsere Reihen geschafft, aber sie ist trotzdem im Dienst an unseren höchsten Idealen gestorben. Es war nicht umsonst.«

Das ist also der Grund, warum er unbedingt will, dass ich der Lichtbringer bin. Wenn ich es bin, ist Lucia für die wichtigste Persönlichkeit der Geschichte gestorben.

»Aber was, wenn ich nicht der Lichtbringer bin?« Es rutschte ihm einfach heraus, leise und traurig.

»Dann nimmst du ihr das auch nicht weg«, erwiderte Kruxer. »Es hat nichts damit zu tun. In Orholams Augen sind alle gleich: Sie starb für einen Freund, einen Kameraden aus ihrer Schwarzgardisten-Gruppe. Es ist unsere irdische Pflicht als Schwarzgardisten, für Farben und Prismen zu sterben. Aber in Orholams Augen bedeutet es genauso viel, für einen Bettelmann zu sterben wie für einen Prinzen.«

Kip saß einige Minuten schweigend da. Er wusste, dass Kruxer es ernst meinte. Aber Kruxer sah überall Orholams Hand. Er glaubte, dass Orholam sich in das Weltgeschehen einmischte – ständig. Hauptmann Eisenfaust schien Orholam als einen fernen König zu betrachten, der eingreifen konnte, wann immer es ihm beliebte, aber es beliebte ihm nur selten. Andross glaubte, Orholam habe eine geordnete Welt geschaffen, sie aber seither nicht mehr angerührt und zugelassen, dass das ganze System der Chromeria und des Magisteriums zu einem Schwindel geworden war, mit dem die Edelleute und die Chromeria die Sieben Satrapien zum Narren hielten.

Seltsamerweise schien Letzteres auch die Ansicht des Farbprinzen zu sein.

Wie Gavin die Sache sah, wusste Kip nicht. Genauso wenig, wie er wusste, was die Wahrheit war.

»Hauptmann. Ich weiß nicht, ob jetzt der richtige Moment dafür ist, aber was wissen die Menschen wirklich über den Lichtbringer? Einmal hat Klytos Blau bei der Anbetungsfeier gesagt, wir seien alle Lichtbringer, und ich habe einige Stunden damit verbracht, in den Bibliotheken Deutungen der Prophezeiungen nachzuschlagen, aber sie haben einander alle widersprochen, daher habe ich es wieder aufgegeben. Ich habe nur herausgefunden, dass er die wahre Verehrung wiederherstellen wird – was immer das ist. Er wird die Geplagten trösten, den Blinden die Augen öffnen, Altäre und Kultstätten zerstören, die Geknechteten erheben und die Frevler niederstrecken.«

»Und Götter und Könige töten«, fügte Kruxer hinzu. Er feixte.

»Götter und Könige, Mehrzahl?«, fragte Kip unbehaglich.

»Ich kann mich nicht genau erinnern. Natürlich hängt es davon ab, welche Seher du als kanonisch anerkennst. Diese Dinge werden von so ziemlich allen anerkannt. Ein paar der eher versponnenen Seher sagten, ähm, ich kann mich nicht an die genaue Formulierung erinnern, irgendetwas über ›seinen Bruder töten‹ …«

»Ja, gut, das ist vielversprechend.« Zymun hatte es verdient, ordentlich getötet zu werden.

»Und zweimal sterben.«

»Ich nehme das zurück«, sagte Kip.

»Du bist über Bord gegangen, und wir haben geglaubt, du seist tot, das könnte also schon als einmal zählen«, überlegte Kruxer. »Und jeder stirbt am Ende seines Lebens, also könnte es hinhauen.«

»Oder … die Piraten, die mich gerettet haben, haben mich zurück ins Wasser geworfen, also war *das* vielleicht das zweite Mal«, sagte Kip. Doch er glaubte selbst nicht daran. »Na großartig! Wirklich hilfreich. Jetzt weiß ich, dass ich nur noch einmal oder zweimal oder null Mal sterben muss. Ich könnte vielleicht noch mindestens einen weiteren Gott und einen weiteren König töten müssen. Ich muss herausfinden, wie man Blinde heilt, und vielleicht ein bisschen was über die wahre Verehrung aufschnappen.«

»Brecher, wenn das Ganze einfach wäre, wären alle einer Meinung. Die Vision, die ein Seher oder eine Seherin sieht, ist wahr, aber sie müssen sie auch in Worte übersetzen, und das bedeutet, in ihre eigene Sprache und ihre eigenen Metaphern. Vorausgesetzt, dass sie überhaupt wahre Seher sind – es hat auch falsche gegeben. Es gibt Luxiaten, die solche Fragen zu ihrem Lebenswerk machen. Luxiaten, die viel bessere Gelehrte sind als Klytos Blau, sollte ich vielleicht hinzufügen.«

»Aber wenn es alles nur theologische Vielschichtigkeit und vage Unsicherheit ist, ist es nutzlos! Ich meine, wenn ich nicht herausfinden kann, was es bedeutet, was soll dann das Ganze?«

»Vielleicht ist es nicht für dich bestimmt.«

»Ja, aber gesetzt den Fall, dass ich der Lichtbringer *wäre,* müsste ich dann nicht …«

»Nein, nicht mal dann.«

Kip sah ihn verwirrt an. »Ich … äh, kann nicht ganz folgen.«

»Die Prophezeiungen vom Lichtbringer brauchen nicht für den Lichtbringer selbst da zu sein. Sie sind für alle anderen. Für den Soldaten, der nur einen Bruchteil davon versteht, aber es hilft ihm, die Stellung zu halten. Für die trauernde Witwe. Für den jungen Scholaren, der auf der Suche nach Sinn ist. Was spielt es schon für eine Rolle? Du hast deine Sache bisher ziemlich gut gemacht, ohne die Prophezeiungen zu kennen«, gab Kruxer zu bedenken.

»Bewusstes Nichtwissen. Die Vorstellung gefällt mir«, erklärte Kip. Er überlegte einen Moment. »Alles, was wir gesagt haben, könnte sich auch auf meinen Vater beziehen. Die Menschen hielten ihn für tot, nachdem er ins Wasser gefallen war …« Und irgendwie hat er es überlebt, mit einem Messer niedergestochen worden zu sein, das sich in ein Schwert verwandelt hat, während es ihn aufspießte. *Diesen* Teil der Geschichte hatte Kip niemandem erzählt. Sie hatten ihm schon nicht geglaubt, als er einfach nur gesagt hatte, sein Vater sei nicht ertrunken. Wer würde den Rest glauben? Kip selbst glaubte es nicht; die meiste Zeit war er davon überzeugt, dass seine Augen ihm einen Streich gespielt haben mussten. »Und wir haben bereits darüber gesprochen, dass die Tötung eines Gottes auf Gavins Befehl durchaus zählen könnte, selbst wenn Gavin nicht selbst den letzten Schlag geführt hat.«

»Seine Kindheit passt nicht ins Bild. Die Prophezeiungen sagen, der Lichtbringer werde von außen kommen, von außerhalb des akzeptierten Bereichs oder so was. Es passt auf einen Bast… eine Person, die man ursprünglich für einen Bastard gehalten hat und die aus Tyrea kommt. Viel mehr ›außerhalb des akzeptierten Bereichs‹ geht nicht. Gavin Guile ist der Sohn von Andross. Er ist hier aufgewachsen. Er wurde dazu erzogen, die Macht zu übernehmen. Viel mehr *innerhalb* geht auch nicht.«

»Davon hast du mir aber nichts erzählt!«, beschwerte sich Kip.

»Ich bin ein Schwarzgardist, kein Luxiat. Wenn du über Prophezeiungen sprechen willst, solltest du zu einem … na ja, eigentlich sind diese Leute die Letzten, an die du dich wenden solltest. Ich bin sogar unschlüssig, ob wir überhaupt Quentin in all das mit einbeziehen sollten.«

»Quentin? Warum nicht?«

»Irgendwie hab ich geglaubt, das sei für dich offensichtlich. Ich habe vergessen, dass du in Tyrea aufgewachsen bist.«

»Warum sollte ich nicht zu den Luxiaten gehen?«

»Weil, wenn es stimmt, dass jetzt die Zeit gekommen ist, die wahre Verehrung wiederherzustellen, es bedeutet, dass die Luxiaten ihre Sache so falsch machen, dass Orholam selbst eingreift, um es wieder zu richten.«

»Ja, aber sollten sie Orholams Eingreifen nicht *willkommen* heißen? Ich meine, sie sind Luxiaten.«

»Brecher … bist du wirklich so naiv?«

»Sie dienen Orholam! Das ist ihre Aufgabe!«, rief Kip.

»Sprich leiser.«

»Entschuldigung, Hauptmann.«

»Wir Schwarzgardisten sind dazu da, um Mordanschläge zu verhindern. Das bedeutet nicht, dass wir sie herbeisehnen.«

»Das ist etwas vollkommen anderes«, sagte Kip.

»Je mehr Macht man hat, desto skeptischer ist man, wenn jemand daherkommt und einem alles wegnehmen will. Es hat schon früher falsche Lichtbringer gegeben. Wenn du aus dem Nichts auftauchst, ohne unleugbare Beweise dafür, dass du derjenige bist, für den wir dich halten, stehst du schnell am Rande eines Schismas. Es hat bereits Versuche gegeben, dich zu töten, Brecher. Was glaubst du, woher die gekommen sind?«

Einer von meinem Großvater, aber die anderen hat er geleugnet.

»Wer denn sonst könnte überhaupt davon wissen, dass du lebst?«, fragte Kruxer. »Ich glaube nicht, dass der Farbprinz dich, als du hierhergekommen bist, für wichtig genug gehalten hat, um dich zu töten. Du hast ihm höchstens einen Gefallen getan, indem du König Garadul getötet und ihn selbst an die Macht gebracht hast.«

»Danke, dass du mich daran erinnerst.«

»Also, wenn nicht er, Brecher, wer dann?«

Der Orden des Gebrochenen Auges? Aber die waren doch nur gedungene Meuchelmörder, die für Bezahlung alles machten, oder nicht?

Wenn es irgendwo dort draußen nicht noch weitere unbekannte Feinde gab, waren es also wahrscheinlich Luxiaten gewesen, die versucht hatten, Kip zu töten. Aber, *Luxiaten*? Konnte das wirklich sein?

»Hölle noch mal«, sagte Kip. Noch mehr Feinde.

Dann fiel ihm auf, dass es von allen ausgerechnet Kruxer war, der hier eine so zynische Sicht des Magisteriums vorbrachte. »Hauptmann? Erschüttert es denn nicht deinen Glauben, ich meine, wenn es wirklich die Luxiaten waren, die Lucia getötet haben?«

Kruxer wandte den Blick ab. »Es sind nicht die Menschen, an die ich glaube.«

Worauf Kip nun keine Antwort mehr einfiel.

Aber dergleichen hatte ihn noch nie aufhalten können. »Also«, sagte er. »Wenn ich niemals ein Schwarzgardist werde, wie, denkst du, soll ich dann diese Zeit nutzen?«

»Lerne zu töten. Lerne zu führen. Lerne, wer deine Freunde

sind, und ziehe sie dann so eng an dich, dass es *jedes* Mal, wenn jemand eine Musketenkugel auf dich abschießt, einen deiner Freunde trifft und nicht dich.«

»Das … das ist eine absolut fürchterliche Art und Weise, an Freunde zu denken.«

»Brecher, wenn du eine Farbe oder ein Prisma oder gar der Lichtbringer wirst, bist du nicht mehr lediglich unser Freund. Dann bist du an allererster Stelle unser Herr. Es ist gut und richtig, dass wir für dich sterben sollten. Es ist unser Daseinszweck.«

Plötzlich überkam Kip das Gefühl, man hätte ihn wieder in diesen Schrank gesperrt, über und über mit Ratten bedeckt, die an ihm nagten, nagten, nagten. Aber jetzt waren die Ratten Sorgen, Pflichten, Lasten; Menschen, die er nicht enttäuschen durfte; Menschen, die sterben würden, wenn er versagte; Menschen, die sterben würden, selbst wenn er Erfolg hatte. Plötzlich überkam ihn Übelkeit und ein panisches Gefühl der Enge. Ihm war heiß und kalt zugleich.

»Im Wissen, dass ich für dich sterben würde – wie würdest du leben, um dich dieses Opfers würdig zu erweisen? Genau so sollst du leben«, sagte Kruxer.

»Ganz einfach, nicht?«, fragte Kip sarkastisch.

»Einfach. Aber nicht leicht.«

Schweigend saßen sie noch einige Minuten da. Kip fühlte sich elend. Als sie aufstanden, um zu gehen, fragte er: »Sollen wir ihnen zu unserem geheimen Unterschlupf folgen und nach ihnen sehen, oder sollen wir direkt zurückgehen?«

»Gehen wir direkt zurück. Sie sind unbemerkt davongekommen.«

45

Schon drei Häuserblocks weiter begriff Teia, dass sie nicht unbemerkt davongekommen war. Sie hätte gedacht, praktisch unsichtbar zu sein, aber jemand folgte ihr. Wie bei allem, gab es beim Verfolgen jede Menge Tricks, aber zu den Dingen, die man bei der Schwarzen Garde lernte, gehörte eben auch herauszufinden, ob man verfolgt wurde. Also schlich sich Teia vorsichtig und auf Umwegen durch die Viertel der Stadt. Nachdem sie sich vom großen Leo getrennt hatte, hatte sie zunächst ein schnelles Tempo vorgelegt. Sie war nicht gerannt, hatte sich aber sehr zielstrebig fortbewegt. Als sie die fünfte Abzweigung nahm, war sie sich sicher: Sie wurde verfolgt.

Eigenartig. Es wäre hundertmal leichter gewesen, dem großen Leo zu folgen. Aber vielleicht hatten die Verfolger sich gedacht, dass der große Leo viel vorsichtiger sein würde. Oder vielleicht hatten sie Angst vor ihm. Oder Leo wurde ebenfalls verfolgt.

Der Mann, den sie im Verdacht hatte, sie zu beschatten, war klein. Arbeiterkleidung, dunkles, straff zurückgekämmtes Haar und ein verfilzter Bart, der mit glanzlosen Perlen geschmückt war. In der Hand trug er einen zusammengelegten Petasos. Er setzte den Hut abwechselnd auf und wieder ab, um seine beständige Gegenwart hinter Teia weniger auffällig zu machen. Kein schlechter Trick.

So wie er ging, schien er die durchquerten Stadtviertel zu kennen – er hielt nicht nach Orientierungspunkten Ausschau.

Als Teia ihr Tempo verlangsamte, kehrtmachte und in Richtung des Viertels zurückging, aus dem sie ursprünglich gekommen war, ganz als halte sie es nun nicht mehr für nötig, sonderliche Vorsicht walten zu lassen, folgte er ihr. Das war der Augenblick, in dem sie Gewissheit hatte.

Und nun kam der Augenblick, wo sich zeigen würde, warum es wunderschön war, mit einer Gruppe zusammenzuarbeiten.

Teia musste beinahe grinsen, als sie den vereinbarten Ort ihres Hinterhalts für den Bedarfsfall ansteuerte. Es war Kruxers Idee gewesen, und Teia war stolz auf seine hierbei bewiesene Hinterlist. Kruxer wirkte stets so aufrecht und gutherzig, dass sie sich schon Sorgen gemacht hatte, er könne nicht hinterhältig sein. Goss und Winsen würden hier warten, um ihren Verfolger außer Gefecht zu setzen. Ferkudi sollte im Abstand von einer Minute folgen. Daelos würde sich darum kümmern, dem großen Leo Hilfe zu leisten. Kip und Kruxer sollten sich dem großen Leo an die Fersen heften, wenn es aussah, als würde er verfolgt.

Es war die richtige Arbeitsteilung. Kein Feind würde einen Mann hinter dem großen Leo herschicken, der nicht auch gegen ihn kämpfen konnte. Trotzdem: Die beiden Gruppenmitglieder, denen Teia am wenigsten Bewunderung – oder, in diesem Fall, Vertrauen – entgegenbrachte, waren fraglos Goss und Winsen.

Wie gewöhnlich, wenn sie in der Stadt zugange waren, durfte keiner von ihnen wandeln, es sei denn, es ging um Leben und Tod: Sie durften nicht verraten, wer sie waren.

Teia bog in eine Gasse ein und setzte ihre Kapuze auf. Es war ein frischer Wintertag, daher sollte das für ihren Verfolger nicht sonderlich besorgniserregend sein, aber die Kapuze war ihr Zeichen für Goss und Winsen, dass die beiden sie von ihrem Schatten befreien sollten. Doch nun zuckte sie zusammen. Hatte sie sich etwa auffällig geduckt, als sie sich um die Ecke herumdrückte?

Sie ging die Gasse entlang, vorbei an den Verstecken von Goss und Winsen, und flüsterte: »Schwarzes Haar, atashischer Bart.« Dann ging sie weiter.

Nicht umdrehen, Teia. Nichts verraten. Sie gab acht, nicht wieder geduckt um die nächste Ecke zu biegen, aber sie blieb stehen, sobald sie außer Sicht war. Sie holte tief Luft und zog ein Messer mit flacher Klinge hervor. Sie ging in die Knie und streckte das Messer an der Ecke vorbei, versuchte, in der spiegelnden Klinge zu sehen, ob ein Schatten den Eingang zur Gasse verdunkelte.

Nichts. Jedenfalls konnte sie nichts sehen. Sie musste sich für solche Fälle unbedingt mal einen guten kleinen Spiegel kaufen.

Sie wartete, überzeugt, gleich die Geräusche eines Handgemenges zu hören oder ein gellendes Aufheulen, wenn Goss, wie geplant, ein Stück Holz gegen die Schienbeine des Mannes schlug. Sie würden ihn ausrauben, wenn sie konnten, damit es wie ein zufälliger Überfall wirkte, doch ihr Hauptaugenmerk lag darauf, den Verfolger aufzuhalten.

Nichts. Wo ist er?

Teia brauchte die Frage nur zu denken, da wusste sie schon, dass sie in Schwierigkeiten steckte. Sie nahm statt der knienden eine hockende Position ein und wollte gerade aufspringen, als sie die Arme spürte, die sich um sie schlossen.

Der Mann riss sie zurück, und sein Arm über ihrer Brust nahm ihr den Schwung. Ihre Reaktion kam schnell genug, um jeden Bogenschützen mit Stolz zu erfüllen: Wenn man kaum je einmal so stark ist wie die, gegen die man kämpft, lernt man, die Regeln zu verändern. Statt zu versuchen, sich in die Gegenrichtung von dem Mann loszureißen, stemmte sie sich mit aller Kraft in seine Zugrichtung *hinein*: Er hatte sie nach hinten gezogen, also sprang sie nun ebenfalls zurück.

Überrascht torkelte der Mann zurück, und zusammen krachten sie gegen eine Hauswand. Der Körper des Mannes federte Teias Aufprall ab. Sein Griff lockerte sich, und sie warf sich zu Boden.

Doch als sie ihren Arm aus seinem Griff riss, knallte er ihre Hand gegen die Wand, und während sie nun in unterschiedliche Richtungen zu Boden stürzten, richtete ihrer beider Blick sich plötzlich auf Teias Messer, das ihr aus der Hand gefallen war.

Sie machten beide einen Sprung auf das zwischen ihnen liegende Messer zu und erreichten es genau gleichzeitig. Aber während der Mann den Griff des Messers packte, als sie erneut zusammenkrachten, packte Teia gleich das Handgelenk des Mannes. Da er abermals keinen Widerstand fand, wo er ihn erwartet hatte, konnte der Mann das Messer nicht aufhalten, dem Teias Bewegung zusätzlichen Aufwärtsschwung verlieh – bevor sie ihm im letzten Moment das Handgelenk verdrehte, so dass er sich die Klinge mit voller Wucht in den eigenen Bauch rammte.

Schock blitzte in seinen Augen auf, als er spürte, wie sich die Klinge in sein Fleisch bohrte, und das gab Teia die Gelegenheit, den Dolch aus seinen Fingern zu zerren. Im nächsten Moment wurden sie fest gegeneinandergepresst. Er umgriff ihren Rücken, bekam eine Handvoll von ihrem Haar zu fassen und zog mit aller Kraft daran. Sein Atem auf ihrem Gesicht war heiß und stinkend.

»Adrasteia, die Unerbittliche, fürwahr«, sagte er. »Segne mich, Göttin. Segne mich!« Er lachte schwach und hielt sie fest.

Wo zum … wo war Ferkudi? Er war ihr als Absicherung zugeteilt. Wo war er?

Teia war gefangen. Sie geriet in Panik. Ihre Hand mit dem Messer war frei, und sie stach zu. Stach zu, stach zu, immer wieder. Nicht kunstvoll und geschickt, sorgfältig im richtigen Winkel zwischen den Rippen hindurch, wie es ihr über so viele

Stunden hinweg beigebracht worden war. Sie schlug um sich und schrie, ohne dabei die eigene Stimme wirklich wahrzunehmen. Ihr Gesichtsfeld wurde rot, und die ganze Welt stürzte auf sie ein, war heiß und unerträglich.

Jemand schrie. Schrie ihren Namen. Sie wand sich und schlug mit den Ellbogen um sich, während der Mann mit schwächer werdendem Griff an ihr herabrutschte.

Jemand riss den kleinen Mann von ihr weg. Ferkudi legte seine Arme unter den Mann und hob ihn hoch. Dann lief er zur gegenüberliegenden Gassenwand, senkte im letzten Moment die Schulter und ließ den Mann gegen die Steine krachen. Er rutschte in einer blutigen Schmierspur die Wand hinunter und fiel in den Dreck.

Teia wirbelte herum und duckte sich, ein wildes Tier, Messer in der Hand.

Goss und Winsen standen mit erhobenen Händen vor ihr. »Bei Orholams Eiern, Teia, wir sind's!«, rief Goss.

»Donnerwetter«, murmelte Winsen. »Du hast den Knaben sauber abgeschlachtet.« Es klang ... anerkennend.

Teia warf einen Blick auf den toten Mann. Er war jetzt nur noch ein Haufen aus Lumpen und Blut. Seine Haare und sein perlengeschmückter Bart waren mit Blut verklebt. Wie war das Blut in seine Haare gekommen? Sie erinnerte sich nicht, seine Kopfhaut aufgeschlitzt zu haben. Sie wollte sich übergeben, aber stattdessen fühlte sie sich im Inneren eiskalt. Tot. Eine Mörderin.

»Habt ihr einen Lappen?«, fragte sie leise. »Ich bin vollkommen verdreckt.«

Goss und Winsen sahen einander an, sahen Ferkudi an. Schüttelten alle gleichzeitig ehrfürchtig den Kopf. Das war komisch. Sie lachte.

Ein betroffener Blick trat in ihre Gesichter, als mache sie

ihnen Angst. Oh, sie glaubten, dass sie darüber lachte, diesen Mann getötet zu haben. Aus irgendeinem Grund war das ebenfalls zum Schreien komisch. Sie lachte lauter. Sie klang, als sei sie verrückt.

Dann ging sie zu dem Toten hinüber. Sie fand einen sauber gebliebenen Fetzen Hose und wischte sorgfältig den Dolch ab. Anschließend suchte sie sich ein Stück Hosenbein aus und begann einen Streifen Stoff abzuschneiden. Die jungen Männer standen nur da und sahen ihr zu.

Sie erhob sich. Seltsamerweise fand sie den Anblick des nackten, behaarten Beins des Toten verstörender als die Tatsache, dass er tot war. Warum waren manche Männer so … so haarig?

Sie nahm den Stofflappen und wischte sich das Gesicht ab. Der Lappen war anschließend blutig, klebrig. Sie untersuchte sich. Sie trug eine hellbraune Bluse. Jedenfalls war sie hellbraun gewesen. Jetzt war sie völlig ruiniert und überall blutverschmiert. Schon wieder überall Blut …

»Ferkudi«, sagte sie. »Gib mir deinen Kittel.«

»Hä?«

»Den Kittel, Idiot.«

»Warum?«

»Weil du ohne Kittel diese Gasse verlassen kannst, und in zehn Minuten wird sich niemand mehr an dich erinnern.« Sie sah ihn fordernd an. Er verstand nicht. »Im Gegensatz zu *mir*, wenn ich ohne Kittel hier weggehe.«

Ein Moment verstrich. Ferkudis Gesicht legte sich in Falten.

Goss sagte leise: »Oder wenn sie mit einem blutigen Kittel hier weggeht, Ferkudi.«

»Oh!«, rief Ferkudi. Er löste seinen Gürtel und schälte sich aus seinem Kittel.

Teia zog ihre Bluse aus. Die Gesetze des Schlachtfeldes, oder? Sie brachte es nicht einmal fertig, deswegen ein ungutes Gefühl zu haben, so nach dem Motto: Oh nein, die Jungs aus meiner Gruppe haben meinen nackten Bauch gesehen! Das Blut war auch durch ihr kurzes Unterhemd gesickert, verdammt. Von den dreien, die sie besaß, war es ihr Lieblingshemd, das einzige, das wie angegossen passte. Sie schnürte es auf und zog es ebenfalls aus. Keiner der jungen Männer schaute sie an. Ferkudi hielt ihr stumm seinen Kittel hin, den Blick abgewandt.

Jetzt kannte sie noch einen weiteren Grund, warum die Schwarze Garde Schwarz trug. Es verbarg das Blut. Schlaue Sache. Sie schlüpfte in Ferkudis Kittel, schlang ihren Gürtel lose um die Taille und griff sich den Petasos des Toten. Die jungen Männer standen herum wie Bauerntrampel und rührten keinen Finger. Sie versetzte ihren blutigen Kleidern einen Tritt, so dass sie in Winsens Richtung flogen, und sagte: »Falte die zusammen, Grünschnabel. Ferkudi, du ziehst den Leichnam dort hinüber und versteckst ihn unter dem Schutt und Abfall. Goss, du verteilst mit deinen Füßen Erde über den Blutlachen.«

Die jungen Männer standen noch immer reglos da, noch immer wie gelähmt von der Tatsache, dass da ein Toter zu ihren Füßen lag.

»Orholam!«, fluchte sie. »Sofort. Sofort!«

Das riss sie aus ihrer Erstarrung. Sie setzten sich in Bewegung.

Und zwei Minuten später verließen sie die Gasse. Einer nach dem anderen, zeitversetzt und in verschiedene Richtungen. Niemand versuchte, sie aufzuhalten. Niemand schlug Alarm. Es war, als sei das alles nie geschehen.

46

Gavin erwachte gefesselt und geknebelt auf der Ladefläche eines Wagens und begann zu lachen. Diese Idioten hatten keine Ahnung …

Dass er das Prisma war.

Nicht mehr. Nun ja, *das* war es wohl, was einen schlechten Geschmack in Gavins Mund hinterließ. Vielleicht kam er aber auch vom Blut und von dem schmutzigen Flusswasser. Der Wagen rutschte über einen Pflasterstein und schüttelte Gavin durch. Au, Orholam, gebrochene Rippen.

Zumindest schienen sie nicht in irgendwelchen krummen Winkeln aus seinem Körper zu ragen. Also vielleicht nur angebrochen. Und er war nicht ertrunken. Immerhin etwas. Doch hatte er nicht vor, in absehbarer Zeit wieder schwimmen zu gehen. Angreifende Delfine. Was zum Teufel sollte das? Delfine sollten doch eigentlich nette Tiere sein.

Er rollte sich langsam herum, wobei er sich vom Geholper des Wagens unterstützen ließ, und konnte nun über die Seitenwand sehen. Die Sonne war mittlerweile hoch über das hinter dem großen Delta aufragende Vorgebirge aufgestiegen, und beleuchtete die weitläufigen Ackerflächen, die Rath sowie darüber hinaus einen großen Teil der übrigen Ländereien der Sieben Satrapien ernährten. Während Gavin den Blick über den Großen Fluss und das umliegende Ackerland schweifen ließ, lernte er seine Sehbehinderung zum ersten Mal schätzen. In

Schwarz-Weiß und Grau schien der optische Missklang der großen, hässlichen Stadt gedämpft. Graue und schwarze Gebäude erhoben sich vor dem strahlend weißen Fluss und den gleichfarbigen Bauernhöfen, aber ausnahmsweise einmal wirkten sie nicht erdrückend, lenkten nicht von der größeren Schönheit der Natur ab.

Es war viele Jahre her, seit Gavin das letzte Mal während der Hochwasserzeit in Rath gewesen war. Als Junge hatte er auf den Mauern ihres Anwesens oben in Jaksberg gestanden und über die blanke Größe der Wasserfläche gestaunt. Ja, sogar jetzt erfüllte sie ihn immer noch mit Ehrfurcht. Jedes Jahr überflutete der Große Fluss ein so gewaltiges Gebiet, dass Landkarten, die zu verschiedenen Zeiten eines Jahres gezeichnet wurden, ganz andere Küstenlinien zeigten – Karten, wohlgemerkt, die in so kleinem Maßstab gezeichnet waren, dass sie alle Sieben Satrapien umfassten. Auch war es nicht nur die Küste, die sich veränderte. Während Gavin Ausschau hielt, war es, als blicke er über einen Ozean, und die Dörfer in der Ferne ragten wie winzige Inseln aus einem Meer aus Glas hervor. So spät in der Hochwasserzeit war das Wasser nur noch einige Fingerbreit tief, und aller Schlamm hatte sich abgesetzt. Wenn es hieß, dass das Azurblaue Meer morgens ruhig sei, so verstand sich von selbst, dass damit eine relative Ruhe gemeint war. So früh am Morgen wie jetzt war der Große Fluss derart ruhig, dass es ans Unwirkliche grenzte.

Als Erwachsener, der an gewaltigen Bauanstrengungen beteiligt gewesen war, war es die technische Organisation des Ganzen, was ihn mit Ehrfurcht erfüllte. Die Menschen, die am Großen Fluss lebten, hatten die Natur nicht bezwungen, doch sie hatten ihr ein Joch übergestreift. Jedes Jahr kamen die großen Fluten, und die Bauern zogen sich in ihre kleinen Dörfer zurück und die Reichen auf ihre Landgüter. In jedem Fall waren die Grundmauern tief ausgehoben worden, tief in den lebenspendenden Schlamm hinein. Ganze Dörfer erhoben sich nur knapp zwei Meter über die Ebenen ringsum. Die Dorfbewohner wussten ganz genau, wie hoch der Fluss steigen konnte. Die Überflutungen waren für sie ohne Schrecken.

Die Hochwasserzeit war stets eine Zeit verhältnismäßiger Ruhe. Es wurden Ehen geschlossen, Feste gefeiert, Häuser repariert, Werkzeuge scharf geschliffen, Lieder gesungen, Instrumente abgestaubt, Liebe gemacht. Bis Gavin den Blutkriegen ein Ende gesetzt hatte, waren auch Mauern befestigt sowie Männer und Jungen gedrillt worden, und man hatte Waffen für die Überfälle gewetzt, die einige Monate später unausweichlich bevorstanden.

Aber das Ins-Joch-Spannen des Flusses kam niemals wirklich an ein Ende. Während das Wasser stieg, kontrollierten die Dorfältesten die Geschwindigkeit des Wasserzuflusses, indem sie Kanäle schließen oder öffnen ließen, womit sie auch verhinderten, dass fruchtbarer Boden weggeschwemmt wurde. Während der Hochwasserzeit hielten die alten Männer Wache über den Fluss, so wie die alten Frauen Wache über die Menschen hielten. Wenn die Flut sich endlich zurückzuziehen begann, gaben die Ältesten Anweisungen, welche Kanäle geöffnet werden sollten – das Wasser sollte einerseits langsam abfließen, damit sich zuvor der gesamte Schlamm absetzten konnte, während man andererseits die Wachstumsperiode so lange wie möglich auszudehnen bestrebt war. Für den Fall von heftigen Regengüssen stand man stets bereit, um die vorhandenen Deiche abzusichern und zu verstärken.

Die schonende Bändigung von Land und Fluss durch seine Bewohner und deren meisterliche Geschicklichkeit bei der Arbeit hatten zur Folge, dass die Bewohner dieser Ebenen regelmäßige Rekordernten einfuhren, um die sie der Rest der Satrapien nur beneiden konnte. Und genau das taten sie auch.

Dasselbe flache Land, das ihnen so reichlich Nahrung spendete, bot hingegen kaum Verteidigungsmöglichkeiten. Der Große Fluss selbst diente nur zur einen Seite hin als Verteidigungswall. Auch gab es viel zu viel Fluss und zu wenige Menschen, um seine ganze Weite überwachen zu können – selbst vorausgesetzt, dass kein Dorfoberhaupt sich bestechen ließ, gegenüber Angreifern ein Auge zuzudrücken, die ihm versprachen, dafür das übernächste Dorf dem Erdboden gleichzumachen, wo irgendein Rivale lebte oder ein altes Unrecht darauf wartete, gerächt zu werden.

Dieses Land wurde nicht umsonst von alters her die »Blutebenen« genannt, wiewohl das auch der Name eines der neun Königreiche gewesen war, das die beiden heutigen Satrapien Blutwald und Ruthgar umfasst hatte. Zusammen waren die Krieger der Wälder und die Bauern der Flusslande unaufhaltsam gewesen. Sie hatten die erste kriegstaugliche Marine der Geschichte gehabt sowie den nötigen Reichtum, um eine Flotte, die diesen Namen verdiente, aufzubauen, zu unterhalten und zu bemannen.

Und die Könige hatten diese Flotte auch eingesetzt; einer hatte sogar den ganzen Weg den Großen Fluss hinauf bis zur Schwimmenden Stadt zurückgelegt – eine Reise, die in jenen Zeiten nur während der Hochwasserzeit möglich gewesen war. Diese Fahrt war mehr wegen der damals zu bewältigenden logistischen Herausforderungen eine beeindruckende Leistung gewesen und weniger aufgrund der dabei geleisteten militärischen Großtaten. Niemand sonst hatte damals von einem stehenden Heer auch nur träumen können. Die Summen, die es kostete, Bauern dafür zu bezahlen, dass sie ihre Felder nicht bestellten, mussten den damaligen Machthabern als der blanke Wahnsinn erschienen sein. Jeder wusste, dass das Kriegführen und Plündern eine Sache für den Spätsommer war.

Und so waren die Verteidiger vollkommen unvorbereitet gewesen, als jene Flotte die Schwimmende Stadt erreicht hatte. Diese Meute halb verhungerter Männer, die nach der beschwerlichen Reise, zu der auch zahllose Transporte über Land gehört hatten, voller geballter Aggressionen aufeinander waren, hatte bei der Einnahme der Stadt unaussprechliche Gräueltaten begangen. Und ihre Befehlshaber, weit davon entfernt, die niederen Leidenschaften ihrer Männer zügeln zu wollen, hatten sie darin nur weiter befeuert.

Sie hatten ihr Bestes getan, die Spuren ihrer dortigen Schandtaten zu verwischen und nur ihren glorreichen Sieg zu verkünden. Aber eine Karte aus jenen Tagen hatte die Zeiten überdauert.

Gavin hatte sie sich nie angeschaut. Er hatte in seinem Leben genug Gemetzel gesehen. Einige Karten konnte man nicht wieder vergessen, wenn man sie einmal betrachtet hatte. Manchmal fragte er sich, ob es vielleicht das gewesen war, was sein älterer Bruder Gavin an seinem dreizehnten Geburtstag getan hatte. Hatte sein Vater ihn mitgenommen, damit er sich Karten ansah?

Mit dreizehn? Gewiss wäre ihr Vater nicht derart unklug gewesen.

Und doch war Gavin nie wieder derselbe gewesen und hatte sich geweigert, darüber zu sprechen; er war auf ihn, Dazen, losgegangen, und als er nicht hatte lockerlassen wollen, hatte sein Bruder ihm zum ersten Mal überhaupt ins Gesicht geschlagen. Es hatte eine Kluft zwischen den Brüdern aufgerissen – jenes unschuldige Gefrotzel und der Schlag ins Gesicht. Dazen hatte gedacht, es sei seine eigene Schuld gewesen, weil er seinen Bruder allzu sehr provoziert hatte. Er hatte Tränen in Gavins Augen aufsteigen sehen, als hätte auch er nicht glauben können, dass er seinen kleinen Bruder geschlagen hatte. Aber er war hart geblieben. Hatte sich nicht entschuldigt. Hatte sich niemals entschuldigt.

Damals hatte angefangen, was an den Getrennten Felsen seinen Höhepunkt gefunden hatte.

Es tut mir leid, Dazen.

Was zum Teufel soll das? Es tut mir leid, *Dazen*? Ich habe diese Maske schon zu lange getragen.

Was habe ich mir auf dem Schiff eigentlich gedacht? Denen zu sagen, ich sei Dazen? Wahnsinn. Warum sollte ich so etwas bloß tun?

Sie hatten ihn deswegen nicht einmal anders behandelt. Wichtiger noch war, dass es in ihren kurzen Tagen mit Antonius Malargos anscheinend keiner dem Jungen weitererzählt hatte. Vielleicht waren sie davon ausgegangen, dass er bei seiner Ankunft auf dem Schiff im Fieberwahn gewesen war.

Wie dem auch sein mochte, es war ein Ausrutscher gewesen. Ein Ausrutschen, wenn man ganz am oberen Ende des Seils war, hieß, dass man ein paar Knoten daran herunterrutschte. Aber ein Ausrutscher am unteren Ende bedeutete einen Sturz in den Abgrund, und Gavin war ungefähr so weit unten, wie es nur ging.

Draußen rollte die Landschaft vorbei, schön, aber für ihn war sie tot. Dann, während sich der Weg unter ihnen nach Jaksberg hinaufschlängelte, bemerkte jemand, dass seine Augen offen waren. Statt ihm mit etwas Stumpfem auf den Kopf zu schlagen, waren sie so gütig, ihm nur eine Decke über den Kopf zu streifen, damit er nichts sehen konnte. Manchmal überraschen einen Menschen mit Höflichkeiten, wenn man sie am wenigsten erwartet.

Vielleicht eine Stunde später, nachdem man ihn – die Decke immer noch über dem Kopf – langsam durch eine Reihe von Türen geleitet hatte, wurde Gavin in eine Zelle geführt, und erst jetzt durfte er wieder etwas sehen. Kurze Zeit später wurde eine Tür geöffnet, und eine Frau kam herein.

»Willensablenkung mit einem Flussdelfin«, sagte Gavin. »Raffiniert.«

Eirene Malargos ließ sich nicht zu einer Antwort herab. Trotz jener höflichen Decke befand er sich hier in einem Kerker, was ihm so ziemlich alles darüber sagte, was er über seine Aussichten wissen musste.

»Auf diese Art von Magie steht die Todesstrafe, aber sie ist unleugbar raffiniert«, fuhr Gavin fort.

Sie schwieg noch immer. Eirene Malargos hatte nicht das so selten zu findende blonde Haar ihrer Schwester, stattdessen war ihr Haar braun und glatt und fiel ihr wie ein Vorhang, der manchmal die Hälfte ihres Gesichts bedeckte, bis zum Kinn herab. Auch wandeln konnte sie nicht. Noch hatte sie die üppigen Kurven ihrer jüngeren Schwester, obwohl es in dem Männerkittel und der Hose, die sie trug, schwer zu erkennen war. Sie hatten allerdings beide das gleiche herzförmige Gesicht, aber Eirene besaß eine Heftigkeit, die Tisis fehlte.

»Bei Euch dreht sich alles um Magie, nicht wahr? Man braucht euch Guiles nur aus eurer Sphäre zu reißen, und ihr seid hoffnungslose Fälle.« Sie schüttelte den Kopf. »Wie wollt Ihr die Welt dazu bringen … *dem* zu folgen, was ich nun hier vor Augen habe? Wir haben die Delfine *dressiert.* Mit Leckerbissen und Liebe, mit Beharrlichkeit und einer festen Hand.«

»Wobei es sich höchstwahrscheinlich um eine Lüge handelt, aber ich weiß Eure gerechte Entrüstung zu schätzen«, erwiderte Gavin. »Sehr überzeugend.« Er schwang seine Füße über die Kante seiner Pritsche und versuchte aufzustehen. Der Schmerz in seinen Rippen raubte ihm den Atem. Angebrochene Rippen. Immerhin hatte man sie ihm verbunden, und er war gewaschen worden, als er bewusstlos war. Vielleicht hatte er doch eine Chance. Er holte einige Male flach Atem, raffte seine Kraft zusammen und stand auf. Es gibt eine Dynamik der Macht, die man sich aneignen kann, indem man sitzt, während andere stehen, oder indem man steht, während andere sitzen – oder indem man beides verweigert.

Er war größer als Eirene Malargos, und die Sprache des Fleisches spricht Bände. Die Dominanz, die seine Größe und seine Muskeln ausstrahlten, während sie zugleich von seinem attraktiven Gesicht und sonstigen Erscheinungsbild abgemildert wurde, vermochte im Allgemeinen jeden Widerstand nicht unwesentlich zu unterhöhlen.

Selbst Frauen, die Frauen mögen, mögen einen gutaussehenden Mann.

Eirene Malargos runzelte die Stirn, was ihm verriet, dass er Erfolg hatte. Natürlich öffnet Attraktivität die Türen nur einen Spaltbreit. Vor allem wenn es sich um eine Zellentür handelt.

»Darf ich fragen«, begann er, »warum ich mich hier in einer Zelle wiederfinde? Ich bitte um Entschuldigung für meine Unfreundlichkeit vorhin. Ich habe große Schmerzen. Wirklich genug, um einen Mann übellaunig zu machen.« Er lächelte und verzog zugleich leidend das Gesicht.

Gib acht, dass du es nicht übertreibst, Gavin.

Eigentlich war der Kerker kein richtiger Kerker. Es war lediglich ein Keller, in dem ein paar Zellen eingerichtet worden waren. Er war trocken, und es gab keine Ratten, was bedeutete, dass sie Katzen hielten. Aber es waren weder Spuren von Katzenhaaren noch der Gestank von Katzenurin wahrzunehmen, was bedeutete, dass sie Personal hatten. Angesichts der stattlichen Dachbalken über ihm musste er sich in den unteren Stockwerken eines großen Hauses befinden. Also ein großes, wohlhabendes Haus in einem der besten Viertel von Jaksberg. Es war unwahrscheinlich, dass es sich dabei um ein anderes

Haus handelte als um das eigene Herrenhaus der Familie Malargos.

Was wiederum bedeutete, dass er sich in Rufweite von seinem eigenen Zuhause befand. Auch wenn er es seit Jahren nicht besucht hatte – die Guiles besaßen hier ein Anwesen. Sie waren Nachbarn der Familie Malargos. Natürlich war das Haus der Guiles noch ein klein wenig besser gelegen.

Das musste schon immer ein stetiger Dorn im Auge aller Mitglieder der Familie Malargos gewesen sein: Eine Generation zuvor hatten die Guiles hier nur einen Streifen Sumpfland mit einer Hügelfestung besessen, die diesen Namen kaum verdient hatte. Die Familie hatte einen Machtkampf angezettelt und Familien auf beiden Seiten des Flusses an sich gebunden, dabei aber einen Rückschlag erlitten, so dass ihnen schließlich nur ihre Besitztümer im Blutwald und diese eine lumpige Hügelfestung geblieben waren. Andross Guile hatte sich dieser Hügelfestung bedient, indem er sie zum Sitz des Roten in Ruthgar erklärte. Und mit diesem Sitz sowie mit List und Gewalt hatte er sich schließlich das beste Anwesen in Jaksberg gesichert – das die Familie Malargos nach vollbrachtem Sturz der Familie Maltheos zweifellos zu ihrem eigenen Eigentum zu machen gehofft hatte.

Nachdem sie das Anwesen erworben hatten, hatten die Guiles nicht einmal hier gelebt; sie kamen nur selten zu Besuch, und doch besaßen die Guiles das beste Haus vor Ort, so wie es Andross' Stolz verlangte. Dieses Haus war, so sagten manche, besser noch als das Herrenhaus der Satrapa selbst, und die musste ihr Anwesen zudem noch mit dem gesamten Verwaltungsapparat teilen. Und genau an diesem Ort war Gavin nun gelandet. Er hatte die ganze Welt bereist, nur um in eine Zelle heimzukehren.

Eirene schwieg eine Zeit lang und musterte ihn nur. Er

hielt sein Gesicht freundlich neutral, für den unwahrscheinlichen Fall, dass sie ein Missverständnis einräumen würde. Wie ein Stratege bemerkt hatte: Wenn man will, dass ein Feind bis auf den Tod kämpft, muss man ihm alle Fluchtmöglichkeiten abschneiden; wenn man will, dass der Feind sich zurückzieht, muss man einen Ausweg offen lassen. Als junger Mann hatte Gavin gern die Fluchtwege abgeschnitten, hatte gern überwältigt, beherrscht und zerstört, selbst wenn dadurch das Risiko einer Niederlage höher wurde.

Auf irgendein Signal hin, das Gavin nicht bemerkt hatte, kam ein Diener aus dem Flur, wo er außerhalb von Gavins Gesichtsfeld gestanden haben musste. Mit seidenbehandschuhter Hand reichte er seiner Herrin ein Glas Branntwein auf einem Tablett aus Elektron. Ein zweites Glas gab es nicht.

Sie trank. Zuckte leicht zusammen.

Gavin konnte den Alkohol von seinem Platz aus riechen. Es roch nach verbranntem Torf und dem gegorenen Schweiß eines Riesen. Er war eigentlich ganz glücklich, dass sie ihm nichts angeboten hatte.

»Was bedeutet Euch Sieg, Gavin Guile?«

»Wie bitte?«, fragte er.

»Wie sieht Euer Plan aus? Es ist offensichtlich, dass Ihr ein Galeerensklave gewesen seid. Der Schorf auf Euren Handgelenken ist noch nicht abgeheilt, also habt Ihr während der letzten zwei Wochen Ketten getragen. Die Striemen auf Eurem Rücken sind rot, aber verheilt, also seid Ihr im Laufe des letzten Jahres ausgepeitscht worden, aber nicht im letzten Monat. Wenn Ihr Euch das letzte Mal rasiert habt, als Ihr noch frei wart, verrät Euer Bart, dass Ihr vielleicht sechs Monate lang versklavt gewesen seid. Das entspricht dem Zeitpunkt der Schlacht von Ru. Gewiss habt Ihr in all Eurer Zeit am Ruder Pläne geschmiedet.«

»Vielleicht kreisten all meine Pläne ja darum, mich aus der Sklaverei zu befreien. Das zu schaffen ist immerhin mehr, als die meisten Galeerensklaven in sechs Monaten zuwege bringen.«

»Die meisten Sklaven haben auch nicht meinen Cousin, um sie zu retten.«

»Also, äh, wisst Ihr davon?«

»Er hat uns ein Zeichen gegeben, als Ihr im Hafen eingetroffen seid.«

Oh, der Junge hatte einen Spiegel gehabt. So hatte Eirene gewusst, dass sie gleich in aller Frühe eine Galeere schicken musste, um Gavin aus dem Wasser zu fischen. Ein Spiegel. Daran hatte Gavin nicht einmal gedacht.

Es sind die kleinen Dinge, über die man schließlich stolpert.

»Ihr seid ein sehr, sehr dummer Mann«, stellte Eirene fest. Sie kippte ihren Branntwein hinunter. »Ich habe schon mit ihm gesprochen. Wisst Ihr, dass er ganz vernarrt in Euch ist? Nach all den Legenden, mit denen Ihr Euch zu umgeben gewusst habt. Er glaubt sie alle. Als er Euch in dieser Galeere entdeckte, dachte er, er sei von Orholam geschickt worden, um Euch zu retten. Dass es eine Fügung des Schicksals sei. Er ist jung, und es gibt keine Männer in seinem Leben, versteht Ihr. Er stellt Euch auf ein Podest.«

»Er ist ein guter Junge. Und wird nicht mehr lange ein Junge sein«, sagte Gavin aufrichtig.

Ein weiteres Glas Branntwein erschien in ihrer Hand, aber sie wartete, bis der Diener – der es vermied, auch nur in Gavins Richtung zu schauen – ganz außer Hörweite war, bevor sie fortfuhr: »Wisst Ihr, dass Ihr ihm nur ehrlich den wahren Grund, warum Ihr nicht nach Rath kommen wolltet, hättet sagen müssen, und er hätte wahrscheinlich seiner ganzen Familie den Rücken gekehrt und wäre mit Euch gegangen? Aber Ihr seid ein Lügner. Ein ängstlicher kleiner Mann, der Geschichten wie Mäntel um sich hüllt. Unter all diesen Mänteln seid Ihr leer, Gavin Guile. Er hätte sogar mir die Stirn geboten, die ihm gleichzeitig Mutter wie Vater gewesen ist. Versteht Ihr? Ich muss selbst jetzt noch vorsichtig mit ihm sein, um sicherzustellen, dass er nicht versucht, Euch zu retten oder etwas ähnlich Törichtes zu tun. Aber ich werde aufpassen. Ich werde ihm nicht erlauben, sich an Euch zu binden. Ihr werdet aus dieser Richtung keine Hilfe erhalten.«

»Und Ihr werdet eine ganze Schiffsbesatzung zum Schweigen bringen?«, erkundigte sich Gavin.

Das gefiel ihr nicht. »Es lässt sich machen«, antwortete sie. »Ich habe noch nicht entschieden, ob ich es auch wirklich tun muss.«

Es gab nur eine Möglichkeit, hundertzweiundzwanzig Seeleute zum Schweigen zu bringen. Sie hatte das Schiff samt Besatzung beschlagnahmt; jetzt musste sie noch darüber entscheiden, ob sie sie töten würde. Wie lange konnte man so viele eingekerkerte Männer durchfüttern, ohne dass es sich herumsprach? Wie lange, bis sich einer von ihnen daran erinnerte, dass Gavin behauptet hatte, Dazen zu sein, und wie lange, bis er diese Information in der Hoffnung auf Freilassung weitergab?

»Also, zurück zu meiner Frage«, fuhr sie fort. »Was habt Ihr für einen Plan, und wie denkt Ihr, ihn von hier aus umsetzen zu können?«

Er schwieg, aber nicht einmal Schweigen konnte die ganze Wahrheit vor dieser Frau verbergen.

»Denn ich habe einen Plan«, sagte sie, und da war nichts auch nur annähernd Freundliches in ihrer Stimme. »Mein Plan besteht darin, Euren Plan aufzudecken und Euch dann zu erlauben, ihn umzusetzen, wenn Ihr wirklich so tüchtig seid.«

»Aber …«, begann er zaghaft.

»Aber.« Sie lächelte ihn an, und ihre großen weißen Zähne

glänzten wie Grabsteine in der Sonne. Sie griff nach den Gitterstäben seiner Zelle und setzte zu sprechen an, dann verzog sie ihre dünnen Lippen voller Abscheu und löste die Finger wieder von den schmierigen Stäben. Sie rieb sich angeekelt die Fingerspitzen und blickte auf. Sofort war ein Diener mit einem Tuch zur Stelle. Sie nahm es und winkte den Diener mit einer knappen Handbewegung weg. »Gavin Guile, ich will Euren Plan wissen. Ich will Eure Definition von Sieg wissen, damit er, falls er Euch entgegen aller Wahrscheinlichkeit vergönnt ist, wie Wasser im Mund eines Ertrinkenden schmeckt.«

»Aber das klingt nach etwas Schlechtem.« In gönnerhaftem Ton. Als würde ihn das verwundern.

Ihre Augen blitzten auf, aber sie ließ nur ihre Schultern kreisen und leerte ihr Glas, statt ihm eine Ohrfeige zu geben. »Ihr seid alles Mögliche, Gavin Guile, aber Ihr seid weder leichtgläubig noch dumm. Ihr müsst einen Plan haben.«

»Und jetzt, da Ihr mich ausgiebig bedroht habt, soll ich Euch auch noch davon erzählen? In welcher irrsinnigen Welt würde jemand das tun?«

»In dieser.«

»Ja, das glaubt Ihr offensichtlich. Die Sache ist nur, dass Ihr auch mich davon überzeugen müsst.«

»Wenn Ihr mich nicht in Euren Plan einweiht, bringe ich Euch um. Auf der Stelle.« Sie klang gekränkt und entschieden, absolut zum Töten bereit, ohne je auch nur einen Funken Reue zu verspüren. Es war die Stimme einer Frau, die schon zuvor getötet hatte, ohne der Tat eine besondere Bedeutung beizumessen. Er dachte an das Schiff voller Männer, die allein auf ein Wort von ihr hin vielleicht sterben würden. Konnte sie mit so etwas durchkommen? In Rath? Unwahrscheinlich. Aber selbst wenn, so würde es diesen Männern und ihm nichts mehr nutzen, waren sie erst einmal tot. Was wirklich zählte, war, ob sie *glaubte,* damit durchkommen zu können, oder ob ihr dieser Punkt einfach gleichgültig war.

»Na ja. Nicht sehr einfallsreich von Euch«, bemerkte er.

Sie schenkte ihm nicht einmal ein Lächeln. Sein Charme war hier verlorene Liebesmüh. »Brutale Gewalt vermag häufig zu erreichen, was dem Einfallsreichtum verwehrt bleibt.«

»Ich verstehe, dass …«

Sie unterbrach ihn: »Ich will kein weiteres Wort von Euch hören, es sei denn, Ihr sagt mir …«

»Ihr müsst wirklich …«

»Das gilt als ein weiteres Wort. Und wagt es nicht, mir zu sagen, was ich tun oder lassen muss. Ich werde keine weitere Unterbrechung dulden.«

Gavin biss sich auf die Zunge.

»Stellt mich auf die Probe: nur eine unpassende Bemerkung.« Ihr Blick richtete sich ausdruckslos auf den Mann, der Satrapen und Farben hatte zittern lassen, und er sah ihr an, dass sie hoffte, er würde sie in der Tat auf die Probe stellen.

Sie lachte, als hätte sie nur einen Scherz gemacht. »Ha! Ihr hättet Euch jetzt sehen sollen, Gavin Guile!«

Er grinste unsicher.

»Vielleicht solltet Ihr Euch ja tatsächlich sehen!« Sie blickte sich um und tat, als würde sie suchen, aber es wirkte wenig überzeugend. »Allerdings sehe ich hier keine Spiegel. Wisst Ihr, ich kenne einen Folterknecht, der behauptet, er könne ein Auge so herausreißen, dass es noch mit dem Sehnerv verbunden bleibt und dass man einen Menschen auf diese Weise sein eigenes Gesicht sehen lassen könne. Sollen wir es vielleicht einmal versuchen?«

Eine Schlange kroch durch Gavins Eingeweide, und er verspürte jene Angst, wie er sie im Krieg verspürt hatte, als er sich Wandlern hatte entgegenstellen müssen, die ihren Halo durchbrochen hatten und ihn mit Augen voller Verzweiflung anstarrten, die ihm sagten, dass sie zu allem fähig waren. Er erinnerte sich an einen Mann, der eine brennende Lunte in der Hand gehalten hatte; die Lunte hatte Funken geschlagen und gezischt, während der Mann in der Mitte eines Feldlagers auf einem Fass voller Schießpulver saß. Er hatte leise und geistesabwesend gesungen, während sich Dazen und vierhundert Männer in einer kleine Höhle zusammendrängten, wo sie sich vor den Patrouillen seines älteren Bruders versteckten. Keiner seiner Männer konnte sich fortschleichen, ohne Gavins Truppen auf sie aufmerksam zu machen und sie alle dem Untergang zu weihen; aber wenn der Wahnsinnige seine Lunte nun an das Schießpulver hielt, würden die meisten von ihnen mit Sicherheit sterben. Gavin – damals Dazen – hatte es irgendwie geschafft, sich aus der ganzen Sache herauszulavieren. Mit Vorsicht, mit Worten und ohne Magie.

Gavin ließ ihr einen Moment Zeit, um sicherzustellen, dass sie ihre Worte tatsächlich als Frage gemeint hatte und er jetzt ihre Erlaubnis hatte zu sprechen, dann sagte er: »Ich bin mir sicher, ich wäre ein wahrhaft hübscher Anblick für ein so malträtiertes Auge.«

Ihre Brauen zuckten, aber sie lächelte nicht.

»Womit ich sagen will, nein danke«, fügte er hinzu.

»Die Frage ist also ganz einfach, Gavin Guile, aber ich bin kein Einfaltspinsel, der sich von Eurem flotten Charme und einem Lächeln zum Narren halten lässt, das einst die Jungfrauen im Umkreis von zehn Meilen feucht werden ließ. Sagt mir weniger als die volle Wahrheit, und Ihr werdet sterben. Sagt die volle Wahrheit, und ich werde alles in meiner Macht Stehende tun, um Euren Sieg beinahe unmöglich zu machen – und zugleich völlig ohne Bedeutung. Was sagt Ihr dazu?«

Ich sage, du bist völlig irrsinnig, und ich werde dir einen angespitzten Löffel von der Seite in den Hals rammen.

»Ihr wollt also, dass ich Euch in meinen Plan einweihe, damit Ihr ihn fast unmöglich machen könnt, aber nicht ganz unmöglich?«

»Und dann werde ich alles tun, was ich kann, um ihn zu einem leeren, bedeutungslosen Sieg zu machen, sobald Ihr ihn erringt. Ihr seht, ich glaube an Euch, Gavin Guile.«

Sie sagte immer wieder seinen Namen. Es beunruhigte ihn genauso sehr wie ihr entschiedener, hasserfüllter Blick.

»Vielleicht hat Eure Zeit auf der Galeere Euren Verstand abgestumpft«, fuhr sie fort. »Sagen wir einmal, Euer Traum ist es, eine Linie von Satrapen, Prismen und Farben zu zeugen. Dann lasse ich Euch lebend hier heraus, statt Euch zu töten. Aber ich werde Euch einen Eurer Hoden abschneiden und den anderen zerquetschen. Ihr werdet leben und hoffen, dass Ihr vielleicht ja trotzdem immer noch Söhne zeugen könnt. Und sollte es Euch in der Tat gelingen, werde ich Euch auf Eurem Sterbebett wissen lassen, dass ich Euren Sohn kastriert habe. Versteht Ihr jetzt?«

Gavin sagte: »Ihr scheint aus irgendeinem Grund wütend auf mich zu sein.«

Sie senkte den Blick und schüttelte ungläubig den Kopf. Dann begann sie zu grinsen. »Ihr seid wirklich recht charmant. Ich verstehe, warum Ihr so oft Euren Willen bekommt. Aber nicht bei mir, Gavin. Ich warte.«

»Wie wär's, wenn Ihr mir Euer Ziel zeigt, und ich zeige Euch das meine?«, schlug Gavin vor. »Ich weiß nicht einmal, warum Ihr mich hasst.« Das war natürlich eine Lüge.

»Für Euch ist alles ein Konkurrenzkampf, nicht wahr?«, fragte sie. Ihre Stimme klang beinahe traurig, und bei Gavin machte sich die dunkle Vorahnung breit, dass das ein sehr, sehr schlechtes Zeichen war. »Es ist alles eine Sache des Willens, und Gavin Guile ist der fleischgewordene Wille. Ist es das, was Ihr denkt? Wie Ihr die Welt seht? Selbst gebrochen und hinter Gittern glaubt Ihr, Ihr bräuchtet nur so zu tun, als seien die Gitterstäbe nicht da, und sie würden sich in Luft auflösen. Vielleicht war das einst auch so. Ihr seid nicht mehr das Prisma, Guile. Ihr seid eine leere Hülse. Ihr seid ein kaputter Galeerensklave, mehr nicht. Nur ein weiterer Mann, der von mir verlangen will, dass ich mich ihm ergebe. Wisst Ihr, was Eure Schwäche ist, ehemaliges Prisma?«

»Frauen. Vor allem glamouröse Frauen. Eine Frau, die nicht nur weiß, wie man ein Ballkleid trägt, sondern es wirklich *ausfüllt*, ist seltener als Höllenstein. Und durchtrainierte Frauen. Und Frauen mit einem üppigen Busen. Oder schlanke Frauen. Vergessen wir auch die intelligenten Frauen nicht. Der Wert, den eine Frau mit sündigen Gedanken im Schlafzimmer hat, darf nicht unterschätzt werden.« Und über allem eine Frau, die genau das alles ist und noch mehr. Unter seiner dummen Grinsemaske schmerzte Gavin plötzlich das Herz.

»Legt die Hände auf die Gitterstäbe«, verlangte Eirene.

Gavin gehorchte.

»Spreizt die Finger.«

Kein gutes Zeichen. Aber sie stand weit genug weg, dass er seine Hand bestimmt würde zurückreißen können, bevor sie ihn verletzte. Er tat es.

»Wählt eine Zahl zwischen eins und zehn.«

Die Sache begann einen Lauf zu nehmen, der ihm nicht behagte. »Eins«, sagte er, als wähle er diese Zahl, weil er eben immer die Nummer eins wählen würde.

»Eins«, wiederholte sie und zeigte auf den kleinen Finger seiner linken Hand. »Sie lächelte unangenehm. »Ich werde Euch eine Wahl treffen lassen, die Euch, wie ich glaube, Eure wahre Schwäche unter Beweis stellen wird.«

»Ich gebe zu, wenn ich über zehn hinauszählen muss, während meine Füße in Stiefeln stecken, habe ich tatsächlich Probleme.«

»Ihr habt die Wahl zwischen den folgenden Dingen, Gavin Guile.«

Gütiger Orholam, sie sagte seinen Namen so oft, dass es ihn wahnsinnig machte. Es war, als wisse sie Bescheid.

»Wäre es Euch lieber, in so großen Buchstaben wie irgend möglich das Wort ›IDIOT‹ über Euer Gesicht tätowiert zu haben, oder wollt Ihr lieber Euren kleinen Finger verlieren? Ihr habt die Wahl«, sagte sie und verschränkte die Arme vor der Brust.

»Das ist ein schrecklicher Test. Er zeigt nicht einmal ansatzweise das, was Ihr glaubt, dass er unter Beweis stellen soll«, entgegnete Gavin.

Sie erwiderte: »Sagt noch ein weiteres Wort außer ›Finger‹ oder ›Tätowierung‹, und ich werde Euch beides verpassen.«

Wenn er sich dafür entschied, den Finger zu opfern, würde sie sagen, dass er eitel sei und dass diese Eitelkeit seine Schwäche wäre. Aber welche Armee auf der Welt würde einem Mann folgen, auf dessen Gesicht »IDIOT« eingegraben war? Beim Versuch, das Volk zu führen, würde er nach dem Verlust seines Wandelns bereits genug Hürden zu überwinden haben. So eine bleibende Schmach im Gesicht würde jede Führerschaft unmöglich machen. Und so etwas ließ sich auch nicht verbergen. Gavin hatte Menschen gesehen, die versucht hatten, unvorteilhafte Tätowierungen zu verdecken. Der Versuch würde ihn nur noch lächerlicher machen.

Er blickte den Flur hinab, wo zwei Diener standen, durch die offene Tür spähten und auf ein etwaiges Zeichen von Lady Malargos warteten. Er atmete tief und langsam durch. Mit seinen angebrochenen Rippen tat es höllisch weh. Was bedeutete, dass das, was er als Nächstes vorhatte, noch zehnmal schlimmer schmerzen würde.

»Ich bin Gavin Guile!«, brüllte er in Richtung der Diener, in Richtung der offenen Tür. »Und mein Vater wird jedem ein Vermögen bezahlen, der ihm davon berichtet, dass ich hier bin! Mein Vater ist Andross Guile! Alle, die bei dieser Folter mitwirken, werden dafür ihren Preis zahlen müssen!«

Sobald er zu schreien begann, gerieten die Diener in Panik. Sie sahen Eirenes Zeichen, die Tür zuzuschlagen, nicht sofort, und bis sie endlich reagierten, war er schon fast fertig.

Gavin sank zu Boden, und Tränen liefen ihm aus den Augen. Er versuchte, in winzig kleinen Atemzügen Luft zu holen. Vielleicht doch keine angebrochenen Rippen. Vielleicht doch richtig gebrochene.

»Was zum Teufel war das?«, herrschte Eirene ihn an.

»Ihr wolltet meinen Finger, und Ihr könnt ihn haben. Meinen Stinkefinger.«

47

Teia starrte immerfort auf ihre blutigen Hände. Halblaut sagte sie: »Es war nicht recht.«

»Hm?«, fragte Kip.

»Was wir getan haben. Das war nicht recht«, antwortete sie. Sie sah zu ihm auf und spürte, wie sich das Gefühl von Schmach und Schande über sie legte wie eine Schneewehe, die direkt vom Höllenberg hergeblasen wurde. Dann fügte sie hinzu: »Ich habe einen Mann *ermordet.*«

Der Unterschlupf, in dem sie sich versammelt hatten, war nicht einmal ein richtiges Haus, sondern ein ehemaliger Hühnerstall, der an die Wand der Werkstatt eines Küfers angebaut worden war. Keiner von ihnen wusste, wann die Schwarze Garde das Gebäude für sich erworben hatte, aber man hatte es von der Küferwerkstatt abgetrennt, und verschiedene Werkzeuge lehnten an der niedrigen Vordertür, so dass das Häuschen nach außen hin wie ein Schuppen wirkte. Im Inneren war der Boden ausgehoben worden, um den einzigen Raum darin viel größer zu machen, als es von außen möglich schien. Ein paar dreistöckige Betten säumten die Wände. An einer Wand stand ein Herd, dessen Rauchabzug geschickt so gebaut war, dass er in den Kamin des Küfers mündete. Essensvorräte sowie Stapel von Waffen und Kleidung beanspruchten fast den gesamten übrigen Raum.

»Du? *Wir* haben einen Mann *getötet*«, korrigierte Kip.

»Ach, wo ist da der Unterschied? Er ist tot! Ich habe es vermasselt!«

»Wir sind Krieger, Teia«, entgegnete Kip in einem Tonfall, als sei sie dumm. »Darum geht es bei alldem.«

»Ich weiß! Ich weiß«, sagte sie. Sie sah den Rest ihrer Gruppe an und schüttelte den Kopf. Sie enttäuschte sie. Sie sollte einfach den Mund halten. »Ist gut. Ich werde schon klarkommen. Kannst du mir endlich das verdammte Handtuch rüberwerfen, Ferkudi?«

»Du bekommst es, wenn ich fertig bin, Miststück«, antwortete Ferkudi. Er war im Allgemeinen gutmütig, aber wenn er es nicht war, war er ein Ungeheuer.

Kip bewegte sich schneller, als es Teia für möglich gehalten hätte. Er packte Ferkudi mit beide Händen an seinem Kittel, hob ihn in die Luft und rammte ihn mit dem Rücken gegen die Wand. »Das ist meine Partnerin«, sagte er. »Und deine Gruppenkameradin. Ich weiß, dass du aufgewühlt bist. Aber. Mach. So was. Nicht.«

Ferkudis Füße berührten nicht einmal den Boden – und

Ferkudi war einer der größten Jungen in der Gruppe. Heiliger Orholam. Kip wurde *stark.*

Kip ließ ihn los. »Das Handtuch. Bitte.«

Ferkudi reichte ihm das Handtuch. Wandte den Blick ab. »Tut mir leid«, murrte er.

»Zu ihr.«

»Tut mir leid, Teia«, brummte er. »Ich wollte kein solches Arschloch sein.«

»Ich werde mich im Training revanchieren«, erwiderte Teia. Sie boxte ihm in den Arm, nicht allzu zart. Aber sie war froh, dass er sich entschuldigt hatte. Sie mochte Ferkudi, doch das eben hatte sie wirklich geärgert, und sie hatte nicht die Kraft, ihn selbst zu maßregeln. Jedenfalls nicht im Moment.

Kip reichte ihr das Handtuch weiter. »Was wolltest du gerade sagen?«

Sie nahm das Handtuch verärgert entgegen, obwohl sie wusste, dass er ihren Ärger nicht verdiente, was sie nur noch verärgerter machte. »Lass es bleiben, Brecher. Du bist nicht mein Vater.« Es war unfair. Sie war dankbar, dass er ihr zu Hilfe geeilt war, aber sie war plötzlich einfach so wütend, den Tränen so nah.

»Nein, das bin ich nicht, aber ich habe schon Menschen getötet. Spuck's aus.«

Teia wischte sich die Hände ab. Blickte starr auf das Handtuch, ihre Hände, ihr Tun. »Was, wenn … was, wenn sie nicht ganz unrecht haben? Die Blutröcke meine ich.«

»Zum Teufel mit ihnen«, ergriff Winsen das Wort. »Wir sollten sie alle töten. Orholam soll ihnen zeigen, was sie verdienen.«

Teia hatte ähnliche Bemerkungen schon zuvor gehört, aber sie waren kindische Prahlerei gewesen. Bei Winsen schien es keine Schau zu sein.

»Nein«, sagte Kip. »Teia … *natürlich* haben sie nicht ganz unrecht.«

»Was redest du da?«, fragte Kruxer, der zum ersten Mal das Wort ergriff. Er war es zufrieden gewesen, seine Gruppe die Sache selbst erledigen zu lassen, aber Teia merkte, dass er das Gespräch nicht in Ketzerei abgleiten lassen wollte.

»Niemand sagt, die Chromeria sei perfekt, Teia. Das Gesetz hat seinen Preis, und wir sehen das überall um uns herum. Die Chromeria hat Macht, und an manchen Stellen missbraucht sie ihre Macht. So ist die Menschheit nun mal. Aber auch Gesetzlosigkeit hat einen Preis. Ich bin in Tyrea aufgewachsen, dem Ort, der dem gesetzlosen Paradies, das die Blutröcke in Aussicht stellen, am nächsten kommt. Tyrea ist ja alles Mögliche, aber ein *Paradies*?« Kip stieß ein verächtliches Schnauben aus. »Denkt an die Schwarze Garde. Denkt daran, wie sie geführt wird. Hauptmann Eisenfaust könnte gut der Beste sein, den wir alle kennen. Wachhauptmann Klinger ist ein sehr, sehr guter Mann. Nicht sehr fantasievoll …«

»Brecher, du kannst doch nicht …«, begann Kruxer, aber Kip fuhr ihm über den Mund.

»Natürlich kann ich!«, betonte er. »Wir sind Schwarzgardisten! Wir haben keine Angst vor der Wahrheit, erinnerst du dich? Nicht sehr fantasievoll, aber pflichtbewusst, fleißig und von einer fast schon übertriebenen Loyalität. Ein hervorragender Führer der zweiten Reihe. Wir haben offensichtlich Wachhauptfrau Weißeiche verloren, doch auch sie war ungeheuer fähig. Wachhauptmann Tempus? Ein Buchmensch, aber schlau, besser im Planen und Steuern als im Kämpfen, aber tüchtig. Wachhauptfrau Beryll? Sie ist ein wenig zu freundlich für eine Offizierin, aber auch sie ist sehr gut. Stumpf? Der wiederum ist nicht freundlich genug, aber ebenfalls ein guter Mann. Dann blicke ich zu den Gruppen über uns auf, und zum größten Teil bewundere ich sie. Ich blicke auf uns und muss sagen, wir sind die Besten, die ich mir überhaupt vorstellen kann. Habe ich recht, Hauptmann?«

»Das ist der Grund, warum ich auf meine Beförderung verzichtet habe«, erwiderte Kruxer leise. »Na ja, jedenfalls der halbe Grund.« Teia und die übrige Gruppe kannten auch die andere Hälfte. Es war derselbe Grund, aus dem auch sie ihrer Gruppe treu bleiben wollten. Lichtbringer.

»Worauf willst du hinaus?«, wandte sich Teia an Kip.

Kip antwortete: »Wenn Kruxer nicht bereit gewesen wäre, seine eigene Karriere aufs Spiel zu setzen, wäre jetzt Aram in dieser Gruppe. Er war eine miese Ratte, und obwohl wir all diese guten Anführer haben, war er ganz nahe dran, in die Schwarze Garde aufgenommen zu werden. Vielleicht wäre er entlarvt worden, bevor er es zum vollen Schwarzgardisten geschafft hätte, aber unterbesetzt, wie wir sind, bezweifle ich es. Er hätte wahrscheinlich binnen eines Jahres die Abschlussgelübde abgelegt. Und das, obwohl die Schwarzgardisten fast alles richtig gemacht haben. Und wenn wir ehrlich sind, müssen wir uns auch an die eigene Nase fassen. Einige von denen, die es hineingeschafft haben, sind nicht hundertprozentig sauber. Einige von uns – selbst von uns Rekruten – haben es erlebt, dass man versucht hat, sie zu erpressen oder zu bestechen. Warum? Weil wir mächtig sind und bald noch mächtiger sein werden; weil wir haben, was andere wollen. Ein paar von uns geraten ins Straucheln, und einige andere sind richtiggehend korrupt – obwohl wir doch alle Vorteile genießen, nicht wahr? Ich meine, wir sind hoch angesehen, wir werden gut bezahlt, wir haben alles, was wir brauchen, man schenkt uns zusätzliche Aufmerksamkeit, wir haben das Beste, was uns die Chromeria geben kann – und wir haben immer noch unsere Schwächen, und es gibt Bestechlichkeit und Verrat unter uns.«

»So schlimm ist es nun auch wieder nicht«, meinte Ferkudi.

»Doch, das ist es«, sagte Kip. »Du willst dich diesen Dingen nur noch nicht stellen.«

»Niemand hat versucht, mich zu bestechen oder mich zu erpressen«, erklärte Ferkudi.

»Ferk«, entgegnete Kip entnervt. »Es liegt daran, dass sie denken, du seist zu dumm, um bestochen zu werden, zu unberechenbar für eine Erpressung und zu geschwätzig, um dich für ihre Zwecke zu gewinnen. Im ersten Punkt sind sie im Unrecht.«

Ferkudi blinzelte wie ein Hund, der eins auf die Nase bekommen hat.

Aber Kip fuhr fort: »Doch das ist es nicht, worauf ich hinauswill. Wenn in einer Gruppe, die so klein und wohlhabend sowie mit einer so guten Führung und derart vielen sonstigen Vorteilen gesegnet ist wie die Schwarze Garde, einzelne Mitglieder auf die schiefe Bahn geraten, wie könnten wir da erwarten, dass eine Gruppe, die um so vieles größer und mächtiger und über alle Satrapien verteilt ist – mit einer in manchen Bereichen *schlechten* Führung –, rechtschaffener und tugendhafter ist, als wir es sind?«

»Du meinst die Chromeria«, warf Teia ein.

»Ja.«

»Ich erwarte es, weil sie alle ihre Gelübde vor Orholam abgelegt haben«, ergriff der große Leo zum ersten Mal das Wort. »Weil sie Orholams Hände auf Erden sind. Sie sollten dieses heilige Vertrauen nicht enttäuschen.«

»Nein«, sagte Kip. »Das sollten sie nicht. Männer und Frauen sollten ihre Gelübde niemals verletzen.«

»Aber sie tun es doch«, sagte Ferkudi. Immer verkündete er das Offensichtliche, der Gute. Allerdings tat es dem Offensichtlichen manchmal auch ganz gut, demonstrativ ans hellste Tageslicht befördert zu werden.

»Die Blutröcke sind Lügner, die Leichtgläubige anführen«, betonte Kip. »Sie wollen sich nicht an das von ihnen geleistete Gelübde halten, in den Tod zu gehen, wenn sie zu einer Gefahr geworden sind. Sie haben Angst und sind illoyal, und so behaupten sie, dass ihre Schwüre nicht zählen. Sie wollen ihre Macht anderen aufzwingen, und daher behaupten sie, die Chromeria würde ihnen ungerechterweise *ihre* Macht aufzwingen. Die Chromeria sagt, dass unter Orholams Blick alle Menschen gleich sind, dass all unsere Kräfte und Privilegien uns nur umso mehr zu Sklaven unserer jeweiligen Gemeinschaft machen. Ich schätze Magistra Kadah nicht, aber in diesem Punkt hat sie recht. Der Farbprinz wiederum vertritt die Ansicht, Wandler stünden von Natur aus über anderen Menschen – und spricht gleichzeitig davon, die Sklaverei abschaffen zu wollen. Wenn Wandler von Natur aus über anderen Menschen stehen, dann sagt mir mal, warum man die Sklaverei abschaffen sollte?«

Eine Zeit lang herrschte Schweigen.

»Weil er eine Armee brauchte«, sagte Kruxer schließlich. »Und auf seinem Weg von Tyrea musste er die Minen von Laurion und Zehntausende von Sklaven dort passieren.«

»Und um den Feind zu entzweien«, fiel Daelos ein. »Armeen, die Angst vor dem haben, was ihre eigenen Sklaven tun werden, wenn sie in einem anderen Land sind, werden nicht weit von zu Hause weggehen.«

»Wenn man verstanden hat, dass der Farbprinz alles, was er tut, um der Macht willen tut, hat man sein gesamtes Handeln verstanden«, erklärte Kip.

»So einfach kann es doch auch wieder nicht sein, oder?«, meinte Teia. »Wenn ja, wie kommt es dann, dass du es siehst und niemand sonst?«

»Weil ich ein schlechter Mensch bin und daher verstehe, wie schlechte Menschen denken.«

Was zum Teufel meinte er damit? Wollte er sie dazu provozieren, dass sie ihm Komplimente machte?

Aber Kip war noch nicht zu Ende. »Beurteile einen Menschen nicht nach den Idealen, die er zu vertreten behauptet, beurteile ihn nach dem, was er tut. Sieh dir an, was der Farbprinz getan hat. Er und seine Leute sind im Unrecht, Teia. Sie sind Lügner und Mörder. Das bedeutet nicht, dass alles, was wir tun, richtig ist. Es bedeutet nicht, dass in unserem Haus nicht mal gründlich aufgeräumt und sauber gemacht werden müsste. Aber ich denke einfach nicht, dass wir es dazu bis auf die Grundmauern niederbrennen müssen.«

Ferkudi nickte. »In meinem Volk gab es ein Sprichwort: Die Tatsache, dass dein Hund Flöhe hat, ist kein Grund, einem Wolf die Tür zu öffnen.«

»Mein Vater hat auch so einen ähnlichen Spruch gebraucht. Aber bei ihm waren es die Ehefrau, ein Ausschlag, eine Hure und das Bett«, warf Winsen ein.

Goss sagte: »Eine Lektion, die er zweifellos am eigenen Leib erfahren hat.«

Ferkudi lachte mit ihnen. Dann sagte er: »Ich hab's nicht kapiert.«

»Wieder mal so ein typischer Fall, Ferk«, sagte Goss.

»Wo man den Witz nicht erklären kann, weil dann die Pointe hinüber ist?«, fragte Ferkudi. Diese Witze kannte er gut. Er fluchte laut auf.

»Du glaubst, es sei so einfach, Brecher?«, hakte Teia nach, ohne den Jungen Beachtung zu schenken.

»Im Krieg des Falschen Prismas haben Gavins Generäle befohlen, Garriston niederzubrennen. Es war dumm. Es war falsch. Grauenhaft. Die Brände breiteten sich aus, und sie haben Zigtausende getötet. Es war nicht strategisch begründet; es war einfach Rache für das, was in Ru passiert war, jedoch weitaus schlimmer. Aber Gavin musste den Krieg gewinnen. Und nachdem er gewonnen hatte, konnte er jene, die es getan hatten, nicht bestrafen, obwohl ich mir sicher bin, dass er es gerne getan hätte. Sie sagten – und vielleicht glaubten sie es sogar –, was sie getan hatten, sei für den Sieg notwendig gewesen. Also verlieh er ihnen Orden und wies ihnen die Tür. Kein einziger der beim Niederbrennen von Garriston Beteiligten ist heute noch hier auf den Jasperinseln. Glaubst du, das ist Zufall? Diese Männer sind nicht länger in einer Position, in der sie so etwas erneut tun könnten. War das, was Gavin getan hat, nachdem die Untat einmal vollbracht war, gut? Nein. Aber es war das Bestmögliche.«

»Und das?«, fragte Teia und zeigte ihre immer noch blutigen Hände sowie den blutigen Lumpen, mit dem sie die Flecken nicht ganz hatte entfernen können. »Ist das auch das Beste?«

Kip blickte ihr hart in die Augen. Er nahm das Handtuch in seine eigenen sauberen Hände und schmierte Blut zuerst auf eine Handfläche und dann auf die andere. »Nicht das Beste, Teia. Aber das Bestmögliche? Tausendmal Ja.«

Und als sie in seine Augen sah, glaubte sie ihm. Krieg war, verdammt noch mal, eine abscheuliche Sache, aber ihn zu führen hieß für sie nicht, verdammt zu sein. Es machte ihre Bürde ein wenig leichter – nicht viel, aber doch genug.

Zwanzig Minuten später, nachdem alle in der Gruppe sich frischgemacht hatten und Kruxer mit ihnen den Einsatz nachbesprochen hatte, nahmen sie an der Tür des Unterschlupfs Aufstellung, um zusammen zur Chromeria zurückzukehren und Bericht zu erstatten. Es war offensichtlich eine Pflicht, die Kruxer nicht gerade Vergnügen bereitete.

»Teia«, sagte Kruxer. »Nach vorn.«

»Hä?«

»Du bist jetzt meine Nummer zwei. Erster Sergeant.«

Teia sah Ferkudi an, dessen Platz sie einnehmen sollte. Er

wirkte nicht verärgert. »Die Beförderung war meine Idee, Teia«, erklärte er. »Uns ist dort draußen das Blut gefroren. Mir ist das Blut gefroren. Du hast es verdient.«

Es verdient? Sie war dort draußen durchgedreht. Sie hatte Angst, dass ihr die Stimme versagen würde, daher nahm sie einfach ihren neuen Platz ein.

»Was ist mit Brecher?«, fragte sie.

»Brecher ist Brecher«, antwortete Kruxer. »Er, äh, passt nicht so richtig in die Befehlskette. Wenn es an der Zeit ist, auf ihn zu hören, tun wir das. Den Rest der Zeit hört er auf uns. In Ordnung, Brecher?«

Kip blickte drein, als habe man ihm etwas genommen, aber er wirkte entschlossen. »Dann fängt es jetzt also an?«, fragte er Kruxer leise.

Teia hatte keine Ahnung, wovon sie redeten.

»Es hat schon vor langer Zeit angefangen, Brecher«, erwiderte Kruxer. »Und die einzige Frage ist, ob du gegen das Schicksal ankämpfst oder versuchst, es zu lenken.«

»Schicksal?«, fragte Kip. »Du hast mir den Namen Brecher überhaupt erst gegeben.«

»Tatsächlich?«, sagte Kruxer. Ein schiefes Grinsen im Gesicht. »In Ordnung, Hauptmann. Ich werde diesen halben Schritt nach draußen tun. Letztlich habe ich es mehr als alles andere gewollt. Du weißt das, nicht?«

»Ich weiß, was es bedeutet, das … Unmögliche zu wollen.« Sein Mund verzog sich, und Teia wusste, dass er an Lucia dachte.

Kip sagte: »Du bist der Beste von uns, Kruxer. In jeder Hinsicht. Wage es ja nicht zu sterben, hörst du?«

»Meinetwegen, mein Junge; dann bin ich eben unbesiegbar«, erwiderte Kruxer. »Jetzt lass uns zurückgehen, im Laufschritt. Vielleicht können wir ja noch ein bisschen mehr von dem da abtrainieren.« Er pikste Kip in den Bauch, und beide grinsten.

Jungs. Wie sehr Teia die beiden doch liebte.

48

Wochen später standen sie wieder vor Trainer Fisk aufgereiht. Er warf einen bösen Blick über den großen Hof unter der Chromeria. Überall trainierten Schwarzgardisten Männer und Frauen, die keine Schwarzgardisten waren. Auf einen bestimmten Abschnitt des großen Kreises starrte Fisk jedoch mit besonderem, unverstelltem Hass.

Die Lichtgarde, die bisher nur ein Gerücht gewesen war, war nun Realität geworden. Die Grünschnäbel teilten Fisks ablehnenden Groll. Mit einem Federstrich des neuen Promachos gegründet, war die Lichtgarde Andross Guiles persönliche Armee, beauftragt, die Jasperinseln zu verteidigen, wie er sagte, und nur ihm allein Rechenschaft schuldig.

Die Schwarzgardisten begriffen, was er da tat, auch wenn es anscheinend niemand sonst in einer Machtposition durchschaute. Die Lichtgarde bestand aus Söldnern, Schurken, Veteranen aus dem letzten Krieg und jedem anderen, der bereit war, für Geld und den Schutz vor Verfolgung oder vor Rache für etwaige von ihm begangene Verbrechen zu tun, was immer Andross Guile von ihm wollte. Sie wurden vorwiegend von ehemaligen Schwarzgardisten, die nicht mehr für den Dienst taugten, sowie den Söhnen armer Edelleute angeführt, die gewillt waren, sich Andross Guile auf Gedeih und Verderb auszuliefern.

Sie hatten mit Rockschößen versehene weiße Jacken mit großen Messingknöpfen bekommen und Orden und Medaillen für irgendwelche Nichtigkeiten. Schlimmer noch war, dass sie einige Vorrechte der Schwarzen Garde teilen durften: Zum Beispiel hatten sie die Erlaubnis, bewaffnet durch die Chromeria zu gehen.

Und sie wurden – durch die unumstößliche Order des Promachos – von Schwarzgardisten unterrichtet. Es war, wie gezwungen zu sein, sich selbst mit einem verrosteten Messer die Därme aus dem Leib zu schneiden.

»Heute gibt es Sonderaufträge«, sagte Trainer Fisk und spuckte in Richtung der Lichtgarde, wandte sich dann aber von dem Anblick ab.

Fast ihr gesamtes Training bestand jetzt aus Sonderaufträgen, unter dem nur noch recht oberflächlich vorgeschobenen Vorwand, dass es sich dabei um reines Training handele. Die Vereidigung der besten Rekruten zu vollen Schwarzgardisten war inzwischen gestoppt worden. Hauptmann Eisenfaust hatte erfahren müssen, dass seine Leute, sobald sie ihre Gelübde abgelegt hatten, zu solchen Pflichten wie der Ausbildung der Lichtgardisten abgestellt wurden, also behielt er sie lieber bei sich.

Einige Schwarzgardisten erhielten andere Aufträge: Ein paar sollten nach Gavin suchen, andere verschwanden für Tage oder Wochen, und als sie zurückkamen, mussten sie über das, was sie unternommen hatten, Stillschweigen bewahren. Es sprach sich jedoch zumindest in den Kreisen der Schwarzen Garde herum: Sie suchten nach dem Gottesbann. Sie sagten, es gebe vielleicht für jede der sieben Farben irgendwo dort draußen Verknüpfungen. Was in Kips Ohren nach weiteren Göttern klang, die es zu bekämpfen galt.

Einige von ihnen berichteten über außergewöhnliche Dinge, die sie gesehen hatten, eigenartige Phänomene, denen sie begegnet waren. Einer brachte eine kleine Eidechse aus Atash mit, einen sogenannten Sanddrachen. Für die Grünschnäbel war es der langweiligste Drache aller Zeiten. Er spuckte weder Feuer, noch tat er sonst irgendetwas Interessantes, aber nachdem sie ihn getötet hatten, konnten sie ihn ohne jedes Feuer in Brand setzen, und er brannte drei Tage lang. Irgendwie hatte diese Kreatur rotes Luxin in ihrem Körper eingelagert, ganz ähnlich wie es einst bei den Atasifusta-Bäumen der Fall gewesen war. Es war der erste Sanddrache, der seit vielen Jahren gesichtet worden war.

Auch Geschichten über die Grasländer von Ruthgar machten die Runde: Zu dieser Jahreszeit waren die Grassavannen für gewöhnlich braun, und alles Wachstum ruhte, doch jetzt wuchsen auf ihnen große, grüne neunzackige Grassterne. Es hätte durchaus das Werk abtrünniger Grünwandler sein können, die die Ebenen fruchtbar machten, um damit ihre Unterstützung des Farbprinzen auszudrücken, aber zwei der Schwarzgardisten hatten einen dieser Grassterne gesehen. Sie glaubten, er sei viel zu groß gewesen, selbst um das Ergebnis der Zusammenarbeit von drei oder vier Grünwandlern sein zu können.

In Paria hatte eine Gruppe von Schwarzgardisten eine Stadt entdeckt, in der die Hälfte der Brunnen voller orangefarbenem Luxin waren. Die Dorfältesten schworen, dass es keine Orangewandler in der Nähe gab. Und nach einer Woche war das Luxin einfach verschwunden.

Es gab auch wildere Gerüchte, von Feuerstürmen in Tyrea, wo, statt der üblichen Blitze, zusammen mit Regen, Hagel und Schnee auch ein wahrer Feuerregen vom Himmel niederging. In Abornea bildeten sich Krater im Boden. Vor Pericol kochte die See. Tiere benahmen sich seltsam, und selbst Pflanzen schienen mit Absicht zu handeln. Es war unmöglich, Wahrheit von Unsinn zu trennen, und bald wurde es auch unmöglich, einige jener Bücher aus den zugangsbeschränkten Bibliotheken zu bekommen, die die Mitglieder von Kips Rekrutengruppe förmlich schon auf ihren Tischen liegen gehabt hatten. Von Andross selbst beauftragte Gelehrte kamen herein, schnappten sich einen Haufen Bücher und Schriftrollen und verschwanden ohne ein Wort.

Und die ganze Zeit über nahm der Krieg seinen Fortgang. Der Feind rückte näher. Andere kämpften für sie, weit weg.

Nachdem sie alle Aufstellung genommen hatten, erklärte Trainer Fisk: »Heute besteht die Aufgabe für jede Gruppe darin, zu den Häfen in der Ostbucht zu gehen. Die Listen werden verlesen. Geht.«

Das war alles.

»Und was dann, Herr?«, fragte eine Bogenschützin namens Kerea. »Was sollen wir tun?«

»Ihr hört zu. War irgendetwas unklar an meinen Befehlen? Geht!«

Sie gingen.

»Was sollte das gerade?«, fragte Ferkudi, noch bevor sie den Lilienstiel erreicht hatten.

Kruxer wirkte ernst. Aber er antwortete nicht. Kip folgte seinem Beispiel und antwortete ebenfalls nicht. Zu wissen, welche Lektion einem bevorstand, bedeutete nicht, dass man deren Wirkung auf jene, die es nicht wussten, dämpfen musste.

»Kommt, rennen wir hinüber«, schlug Kruxer vor.

Sie rannten durch die umschlossene Brücke, als der Sonnenaufgang gerade strahlend auf sie herableuchtete. Kip kamen zwei Gedanken: Erstens, dass er nun nicht mehr über die Wunder der Magie auf diesen Inseln verblüfft war. Irgendwie war es für ihn ganz normal geworden, durch eine Luxin-Röhre zu laufen, die genau auf Höhe der Wellen übers Meer schwebte. Er war nun nicht mehr der unbeholfene Bauerntrampel. Er war sich nicht sicher, ob das nicht auch Nachteile hatte. Wie eingeschränkt der Gesichtskreis der Jasperiten auf ihren Inseln doch wurde, die jeden Tag Magie von einer Art begegneten, wie sie ein tyreanischer Obstbauer in seinem ganzen Leben niemals zu Gesicht bekam, und die jeden Tag mit Frauen und Männern Umgang hatten, die sich sozusagen Orholams Atem selbst nutzbar machten. Die ganze Welt drehte sich um die Jasperinseln, aber die Jasperinseln waren nicht die ganze Welt. Das Zweite, was Kip aufging, war, dass nicht die geringste Spur von jenem Angriff des Meeresdämons geblieben war, der diese Brücke beinahe zerstört hätte. Der Meeresdämon selbst war seit dem Fest von Licht und Dunkelheit nicht mehr gesichtet worden, ebenso wenig der schwarze Wal. Alle Schäden waren beseitigt und die Toten weggebracht worden – und keiner von ihnen war jemand gewesen, den Kip oder einer seiner Kameraden gekannt hätte. Es war, als sei das alles nie geschehen.

So ist es, wenn man in dem Kosmos lebt, den die Jasperinseln bilden, dachte Kip. Die Welt verändert sich hier, aber es gibt nicht nur eine einzige Welt, sondern es gibt viele, und wir sehen die anderen nur, wenn sie uns auf die Füße treten.

Sie erreichten den Hafen und verlangsamten ihr Tempo, als sie sich durch das Gedränge der Leiber zwängten. Kruxer diente als Keil, der große Leo folgte als Zweiter und bahnte den Übrigen einen Weg. Niemand leistete ihnen Widerstand, als sie sich in ihrem Rekrutengrau an den Umstehenden vorbeidrückten.

Man hatte ein hohes Podest aufgestellt, das gerade breit genug war, dass ein Ausrufer darauf Platz hatte, und soeben kletterte ein Mann die Leiter empor und stellte sich auf das Podest. Er griff in einen Beutel, den er bei sich trug, und zog eine Schriftrolle hervor. Dann brach er das Siegel, und als die Menge verstummte, ließ er die Rolle sich entfalten.

Gemurmel wogte durch die Massen, als sie sahen, dass sich das Schriftstück bis zu seinen Füßen und weiter entrollte. Aber als der Mann zu lesen begann, wurde die Menge wieder ruhig. Seine Stimme erklang in einem klaren, durchdringenden Tenor, der sich mühelos über die Geräusche der Seeleute erhob, die ihre Schiffe ausluden, sowie über den Lärm der Wagen, die auf alten Rädern vorbeiratterten. »Dies ist die Liste all jener Toten sowie Vermissten und Totgeglaubten, die aus Großjasper oder der Chromeria stammen, Opfer der Auseinandersetzungen mit dem Feind vom Scharmützel an der Meerenge von Ru bis hin zum Ende der Schlacht bei Ochsfurt. Diese Liste ist nach meinem besten Wissen vollständig und wahrheitsgemäß, das schwört der Oberbefehlshaber der Geeinten Armeen der Satrapien, Caul Azmith.«

Und dann begann er Namen zu verlesen. Edelfrauen zuerst, dann Edelmänner. Von beiden gab es allerdings nur wenige. Dann weibliche Wandler, dann männliche. Als dienende Sklaven der Chromeria kamen als Nächstes die Schwarzgardisten – nur knapp vor den einfachen Bürgern, obwohl sie Wandler waren.

»Von der Schwarzen Garde: Elessia, Laya, Tugertent, Ahhanen, Djur, Norl Springer und Pan Harl.«

Und dann las er weiter, als seien das nur einige wenige Namen von Hunderten oder Tausenden gewesen, die er an diesem Tag noch verlesen musste, und als mache er hier einfach seine Arbeit. Was natürlich auch so war.

»Norl *Sprinker,* Orholam noch mal. Sprinker«, murmelte der große Leo leise.

Es war ausgerechnet der schlaue Ben-hadad, der das denkbar Dümmste sagte: »Sie könnten einfach nur vermisst sein, nicht wahr? Ich meine, das bedeutet nicht, dass sie tot sind. Nicht alle. Es ist eine Liste der Toten und Vermissten. Stimmt's?«

Kruxer wandte nicht einmal den Kopf. »Es gibt eine Hoffnung, die stärkt, und eine Hoffnung, die schwächt. Verwechsle die beiden nicht.«

Jemand in der Reihe hinter Kip stieß ein ersticktes Schluchzen aus. Ferkudi? Kip fragte sich, warum er selbst so gar nichts fühlte, außer Verlegenheit darüber, dass er nicht fühlte, was er fühlen sollte. Was stimmte nicht mit ihm? Was, wenn jemand anders aus der Gruppe ihn ansah und merkte, dass er, während die Übrigen dastanden und trauerten, einfach nur so dastand?

Er erinnerte sich an Elessia. Sie war klein, schiefes Grinsen, schiefe Zähne, für eine Schwarzgardistin recht hellhäutig, hatte oft Dienst bei der Weißen geleistet. Laya: Sie war eine Rote, älter. Kip konnte sich an ihr Weinen auf den Barkassen erinnern, als sie von Garriston zurückgekehrt waren. Ach ja, stimmt: Sie hatte ihren Partner töten müssen, der mitten in der Schlacht seinen Halo durchbrochen hatte. Tugertent war eine Bogenschützin gewesen, die beste in der ganzen Schwarzen Garde. Es gab Menschen, die schworen jeden Eid darauf, sie hätten sie um die Ecke schießen und ihr Ziel treffen sehen, was sie selbst nie geleugnet hatte. An Ahhanen konnte sich Kip nur insoweit erinnern, als er immer ausgesehen hatte, als habe er gerade zu Essig umgekippten Wein getrunken. Er war der Partner von Djur gewesen, der das Kunststück beherrscht hatte, zur Unterhaltung seiner Kameraden in den schwindelerregendsten Mustern mit zwei Pistolen und einem Messer zu jonglieren. Djur hatte gerne dem Glücksspiel gefrönt, war aber, soweit Kip gehört hatte, darin recht schlecht gewesen. Norl Sprinker war klein und voller Tatendrang gewesen, nicht allzu schlau, hatte aber immer eine ansteckende Fröhlichkeit an den Tag gelegt. Pan Harl war ein Rekrut gewesen, wie Kip und seine Gruppe. Er hätte nicht einmal bei den Kämpfen dabei sein sollen.

Sie konnten nicht einfach fort sein. Nicht einfach so. Ein laut auf einem Platz verlesener Name, und das war's? Was war mit ihnen passiert? Waren sie als Helden gestorben, oder waren sie einfach am falschen Ort gewesen, so dass das Los auf sie gefallen war?

Eine Frau schrie verzweifelt auf, keine zehn Schritt weit entfernt. Sie stürzte vorwärts, als wolle sie den Ausrufer attackieren, und mehrere Frauen packten sie und hielten sie zurück. Kip merkte, dass er einen Moment lang abgeschaltet hatte. Der Ausrufer hatte Namen um Namen verlesen, geordnet nach Satrapien und den jeweiligen Dienstherren der Toten und Vermissten. Es mussten über tausend Namen auf seiner Liste stehen.

Tausend Namen, und er las nur die Toten von den Jasperinseln vor. Jemand hatte gesagt, dass die ruthgarischen Armeen die bei weitem schlimmsten Verluste erlitten hätten.

Orholam erbarme dich, wie viele Menschen waren gestorben?

Die Gruppen der Schwarzgardisten-Rekruten standen fünfzehn Minuten lang in Habtachtstellung, während die Namen verlesen wurden. Name um Name um Name. Bei jedem adligen Herrn, dessen Tod verlesen wurde, schluchzten und kreischten die einen oder brachen gar zusammen, während andere in der Menge versuchten, sich ihre Erleichterung nicht allzu sehr anmerken zu lassen. Doch während sich die Liste unbarmherzig in die Länge zog, veränderte sich die Stimmung und verdüsterte sich. Die helle Sonne glänzte wie zum Spott herab, als schenke Orholam dem allen keine Beachtung.

In irgendeiner fernen Ecke war unter den trauernden Hinterbliebenen ein Kampf ausgebrochen. Wütend bäumte man sich gegen die Wahrheit auf, und Unschuldige hatten die Strafe zu tragen. Die bitter Verletzten kämpften mit den Noch-mal-Davongekommenen, deren Erleichterung mit Schuldgefühlen durchmischt war.

Als der Ausrufer zum Ende kam, waren da nur Schweigen und

Schluchzen, und die Gebrochenen wurden von ihren sprachlosen Freunden weggeführt.

Kip hätte sie am liebsten angeschrien. »Ihr habt wohl gedacht, das Ganze sei ein Spiel?! Als die Tyreaner gestorben sind, war es für euch aufregende Unterhaltung, aber jetzt, jetzt ist es ernst?!« Für einen Moment verachtete er sie, aber der Moment verstrich; er sah ihren Kummer und war gerührt.

Dass sie gelernt haben, im Krieg zu weinen, ist kein Sieg. Dass sie den Verlust kennengelernt haben, ist kein Gewinn.

Dann verkündete der Ausrufer, wo die Namen der Toten einer jeden Satrapie auf dem Platz angeschlagen werden würden, und stieg von seinem Podest herunter. Es fiel kein weiteres Wort. Kein Bericht über die neuesten Entwicklungen.

Man hatte die Schlacht nicht zum Sieg erklärt oder auch nur behauptet, dadurch den Feind gebremst zu haben. Dieser Verzicht und die große Zahl der verlesenen Namen verrieten Kip, dass es sich um eine vernichtende Niederlage gehandelt hatte.

»Genau deshalb«, sagte Kruxer. Die Gruppe sah ihn an. »Genau deshalb müssen wir die Besten sein.«

49

Erneut folgte Teia Mörder Spitz, diesmal in ein anderes Viertel. Die Winternacht war kalt, aber zumindest gab es diesmal keinen Nebel. Sie fühlte sich dadurch nicht viel besser.

»Also, die Sache mit dem Lichtspalten …«, setzte Teia an. Genau darum sollte es heute Abend gehen, und Teia machte die ängstliche Nervosität zu schaffen, die ihr den Magen zusammenzog und verknotete.

»War das eine Frage?«

»Ich verstehe es einfach nicht. Ich meine, ich verstehe schon. Ein Prisma braucht keine Brille. Bestimmt praktisch für das Prisma, aber ich bin eine Monochromatin, und Paryl erfordert keine Brille. Also, selbst wenn ich eine Lichtspalterin wäre, dann wäre das, wie … ja, was? So als sei man der beste Jongleur in den Satrapien, nur dass man keine Arme hat?«

»Ganz genau so.«

»Wirklich?«

»Nein.«

Sie erreichten ein Haus mit dunklen Fenstern in Wieselfels. Sie bekamen ihre Kapuzenkleider ausgehändigt und wurden in die Dunkelheit hineingeführt.

»Zieh dich nackt aus.« Die Stimme war schroff, bewusst verstellt, die vermummte Kapuzengestalt ein schwarzer Fleck in der Finsternis.

Im Raum war es nahezu stockfinster, nur ein winzig schwacher Lichtschimmer sickerte unter der Tür hindurch, und es war so unheimlich, dass Teia sich vor Angst hätte in die Hose machen können. Aber Teia war niemandes Sklavin. Nicht mehr. Nicht die Sklavin von Aglaia Crassos, nicht die von Kip, nicht die von Andross Guile, und ganz gewiss war sie keine Sklavin der Angst.

»Gut, das beantwortet schon mal eine Frage«, sagte Teia zu der verhüllten Gestalt. »Ihr seid definitiv männlich.« Ihre Stimme war höhnisch, überlegen, alles, nur nicht ängstlich. Dieser Knoten in ihrem Magen war kein Knoten der Angst, sondern der dunklen Vorahnung, der Feindseligkeit, der Verbitterung und der Galle, der Kampfeslust, der Verachtung, des beißenden Spotts und … ein wenig der Zaghaftigkeit.

Scheiße.

Nein, scheiß auf ihn.

»*Ausziehen.*« Definitiv männlich, definitiv verärgert, definitiv nicht sehr gut darin, seine Stimme zu verändern, wenn er wütend war. Ein Nebelraucher, wenn sie sich nicht allzu sehr täuschte, nach seiner rauen Stimme zu urteilen.

»Darauf könnt Ihr lange warten«, erwiderte sie. Innerlich fluchend versuchte sie, sich davon zu überzeugen, was für ein harter Kerl sie doch war. Ihre Knie zitterten nicht vor Angst. Sie zitterten nur, weil es hier drinnen so verdammt kalt war.

Verflucht. Wenn das so weiterging, würden ihre Unterkleider tatsächlich in die Wäsche müssen.

»Dein Ungehorsam wurde vermerkt. Wenn ich jemanden zu meinem Vergnügen demütigen will, so habe ich Huren dazu. Dies hier ist keine Tugendprüfung. Es geht auch nicht darum, deine Willensstärke auf die Probe zu stellen. Hier geht es ums Lichtspalten.«

Ein Teil von ihr wurde von plötzlicher Hoffnung erfüllt, aber sie verbarg die Regung. »Und fürs Lichtspalten brauche ich einen nackten Hintern?«

»Es funktioniert am besten, wenn …«

»Nein danke.«

»Wenn man damit anfängt …«

»Ihr wollt mich aus einem von zwei Gründen nackt haben. Entweder um mich zu demütigen und mich meine Verwundbarkeit spüren zu lassen oder um Eure kranken Begierden zu befriedigen. Schert euch zum Teufel.«

»Ach, Teia.« Das kam leise und mit amüsierter Stimme, die irgendwie umso gefährlicher klang, als er »Teia« sagte. Teufel auch. »Kranke Begierden? Eine hübsche junge Frau nackt zu sehen? In welcher Welt ist das denn eine kranke Begierde? Stimmt natürlich, deine Körperrundungen lassen sich ganz schön Zeit, aber ich habe schon eine Veränderung bemerkt, allein in den letzten paar …«

»Leckt mich doch!« Sie zitterte. Er hatte sie beobachtet? Seit Monaten? Orholam, welche verfluchten Prüfungen erlegst du mir auf! Wie konnte er es wagen, eine Bemerkung darüber zu machen, wie sich ihr Körper … scheiße! Wegen eines Kommentars von diesem Arschloch würde sie ihrem Körper keine zusätzliche Aufmerksamkeit schenken.

Sie sah sich in dem dunklen Raum um. Nichtssagend und unauffällig, da war nichts, was ihn von tausend anderen Räumen in tausend anderen Häusern in den schlechten Wohngegenden von Großjasper unterscheiden würde. Was wurde hier gespielt? Warum war sie hier? Für wen hielt sie sich, wenn sie glaubte, die Spiele dieser Menschen mitspielen zu können?

Sie war bei der Verlesung der Listen zugegen gewesen. Sie wusste, was auf dem Spiel stand. Es mochte eine Zeit gegeben haben, wo es für sie tatsächlich einen Schutz bedeutet hätte, eine Rekrutin der Schwarzen Garde zu sein, eine Zeit, wo die Angst vor dem, was die Schwarze Garde als Rache tun würde, sollte ihr Schaden zugefügt werden, ihr überall auf der Welt Sicherheit gebracht hätte.

Das war vor dem Krieg gewesen. Jetzt wusste sie, dass sie nicht einmal hier auf Großjasper sicher war.

Das Schlimmste war, alles für sich behalten zu müssen. Ihrer Gruppe, Kip nichts davon erzählen zu dürfen, zerriss sie innerlich, aber es war das Einzige, was sicher war. Was deren Sicherheit gewährleistete.

»Wir führen hier keine Diskussion. Entweder du dienst, oder du stirbst. Es wäre eine schreckliche Verschwendung, dich jetzt noch zu verlieren, aber wenn du hierbei nicht gehorsam bist, wie sollen wir dir dann jemals mehr Macht anvertrauen?«

»Ihr seid ein Arschloch«, entgegnete Teia. »Ich werde meine Unterwäsche anbehalten.«

Eine Pause. »Gut, ich hätte dir misstraut, wenn du zu schnell nachgegeben hättest.« Bei diesen Worten verstellte er seine schroffe Stimme etwas weniger stark als zuvor, und das gab Teia das Gefühl eines kleinen Sieges.

Sie zog sich aus. Es war hier drinnen sowieso stockfinster, nicht?

»Zieh das an«, sagte er, und seine Stimme war wieder schroff.

Mit einiger Mühe weitete sie die Augen zu Infrarot und sah, dass er das Bündel nicht direkt in ihre Richtung hielt. Sie hatte einen Schritt zur Seite gemacht, als sie sich ausgezogen hatte, und es war ihm nicht aufgefallen. Dann war er also kein Infrarot-Wandler. Und auch kein Paryl-Wandler. Sie prägte sich die Information ein. Eines Tages würde sie sie brauchen. Zumindest vielleicht. Wie auch immer, irgendetwas zu tun, gab ihr das Gefühl, nicht so sehr nur Opfer zu sein. Sie nahm das Bündel entgegen.

Ein Sack, nein, kein Sack. Eine Kapuze, mit Flicken besetzt und mit Riemen versehen.

Der Mann sagte: »Die Prüfung erfordert, dass du keinerlei Gebrauch von deinen Augen machst. Alle mogeln. Es ist unmöglich, es nicht zu tun.«

Es ist unmöglich, es nicht zu tun? So redet vielleicht jemand, der bei der Prüfung durchgefallen ist.

Teia setzte die Kapuze auf. Sie hatte keine Ahnung, ob sie sie richtig aufsetzte und wo die Riemen hinsollten. Orholam, es war heiß und stickig, und sie konnte nicht atmen …

Jemand berührte ihre nackte Schulter.

Sie schreckte zusammen, aber es war nicht die Reaktion eines erschrockenen kleinen Mädchens, wie sie es noch ein Jahr zuvor gewesen wäre. Sie schreckte zusammen, trat mit einem Fuß zurück und verlagerte ihren Körperschwerpunkt auf diesen Fuß, dann ließ sie eine Faust mit all der Kraft und Geschwindigkeit nach vorn schnellen, die ihr ihre vereinte körperliche und emotionale Anstrengung verlieh.

Ihre Faust grub sich in einen Bauch. Zu einer der weniger spaßigen Übungen beim Schwarzgardisten-Training gehörte es, Schläge in den Magen zu kassieren. Die Partner standen sich gegenüber und schlugen abwechselnd zu. Je nachdem, wie groß man war, gab es verschiedene Strategien. Muskeln anspannen und sich zurückbewegen, so dass man nicht die volle Wucht des Schlages abbekam, oder, wenn man größer war und einen eisern gestählten Körper hatte, Muskeln anspannen und sich in den Schlag hineinbewegen, so dass er einen traf, bevor er seine optimale Wirkung entfalten konnte. Aber in jedem Fall spannte man immer seine Muskeln so fest wie möglich an. Dieser Bauch jetzt war nicht dick, aber auch nicht angespannt: Er war weich, die Muskeln gelockert, und ihre Faust grub sich mühelos hinein.

Es folgte ein Moment der völligen Stille, als Teia bewusst wurde, was sie gerade getan hatte. Das Schrammen eines Schuhs, als der Mann einen Schritt zurücktrat, und dann das Geräusch, wie er auf dem Boden zusammenbrach. Einen Augenblick später ein gewaltiger, keuchender Atemzug, als er wieder Luft bekam.

Teia erstarrte. Gekicher ertönte ringsum im Raum. Fünf, sechs Menschen?

»Schaut weg«, blaffte der Mann. »Ihr sollt sie nicht sehen!«

Teia hörte den Mann, den sie getroffen hatte, aufstehen – war es auch ihr Peiniger gewesen?

»Nein!«, sagte eine zweite Stimme. Meister Spitz? »Wir wollten eine Kämpferin. Und wir haben eine bekommen. Wenn Ihr sie schlagt, werde ich Euch schlagen.«

Der erste Mann stand dicht bei Teia, und sie spürte seinen Atem auf ihrem verhüllten Gesicht. Sie stand ganz still da, um ihm nicht noch mehr Anlass zu geben, sich an ihr zu vergreifen, als sie es bereits getan hatte – und bemerkte, wie groß er war, was sie in ihrem Gedächtnis abspeicherte.

»Ich bitte um Entschuldigung«, sagte sie und legte echtes Bedauern in ihre Stimme. Dabei sprach sie laut und deutlich, so dass es durch die Kapuze hindurch gehört werden konnte.

»Auf zur Prüfung«, sagte er. »Wir wollen nicht die ganze Nacht verschwenden.«

»Ich will dir nur die Kapuze richten«, erklärte der Mann. »Mach das noch mal, und ich werde …« Diesmal verstellte er seine Stimme kaum. Die Stimme eines Adligen. Ruthgarischer Akzent. Noch recht jung. Hab ich dich, dachte Teia.

Er drehte ihr die Kapuze um, so dass zwei dicke Polster über ihren Augen zu liegen kamen und über ihrem Mund ein Loch war. Orholam sei Dank, sie konnte atmen! Dann verschnürte er die Riemen hinter ihrem Kopf und unter ihrem Kinn. Es befanden sich nun viele Schichten von Stoff und Leder zwischen ihren geschlossenen Augen und der Außenwelt. Er trat von ihr weg.

Dann veränderte sich etwas; Teia konnte jedoch nicht erkennen, was es genau war.

Der Anführer sprach: »Licht zu spalten bedeutet, das Rohmaterial der Schöpfung zu berühren und es dem eigenen Willen zu unterwerfen. Licht zu wandeln bedeutet, am Göttlichen teilzuhaben, aber das Licht selbst in seiner Reinform zu beeinflussen bedeutet, göttlich zu *sein*. Adrasteia, wir suchen den Funken der Göttlichkeit in dir. Wir beginnen ganz einfach. Diese Prüfung dient dazu herauszufinden, ob du Farben mit deiner Haut sehen kannst.«

»Wie bitte?« Es rutschte ihr irgendwie heraus. Es klang verängstigt und nach kleinem Mädchen, und, verdammt noch mal, genauso fühlte sich Teia auch.

»Wenn du ein Klingelzeichen hörst, hast du einige Sekunden Zeit, um eine Farbe zu nennen. Wir setzen die Prüfung so lange fort, bis wir auch sicherstellen können, dass du nicht einfach nur zufällig richtig rätst. Wenn du versagst, wirst du dieses Haus nicht lebend verlassen.«

»Wie bitte?« Verflucht. Wieder war es ihr herausgerutscht.

»Wenn du versagst, bist du für uns nutzlos und weißt zu viel. Also, tu dein Bestes.«

»Rot!«, rief sie.

»Immer mit der Ruhe. Wir haben noch nicht angefangen. Beruhige dich.«

»Nein! Ich bin rotgrünblind. Ihr müsst das wissen! Ich kann unmöglich …«

»Dann rate gut.«

Es gab keinen Ausweg. Sie wollten sie umbringen. Sie konnte ihre Verhüllung ablegen und es darauf ankommen lassen.

Aber dann kamen ihr einen Moment lang Zweifel. Bevor in der Chromeria jede Scholarin und jeder Scholar in der Mangel getestet wurden, um festzustellen, welche Farben sie wandeln konnten, erzählte man ihnen allerlei Dinge, um ihnen Angst zu machen – ja, selbst noch während der Prüfung. Furcht bewirkte, dass sich die Pupillen weiteten. Konnte es hier genauso sein? Logen sie Teia an? Teia konnte ihnen doch wohl immer noch von Nutzen sein, selbst wenn sie keine Lichtspalterin war, oder?

Aber geweitete Augen würden ihr bei einer Prüfung nicht helfen, bei der ihre Augen bedeckt waren, und auch wenn sie durchaus von Nutzen sein könnte, könnte dieser Nutzen in den Augen ihrer Prüfer vielleicht doch nicht groß genug sein, um die Gefahr aufzuwiegen, die sie für sie darstellte. Orholam, hab Erbarmen.

Orholam, tut mir leid, wenn ich an deiner Güte gezweifelt und über deine Prüfungen geschimpft habe. Entschuldige meine schreckliche Einstellung hinsichtlich deiner …

Ein Glöckchen ertönte.

Teias erster Gedanke war, dass sie jetzt in strahlendem Licht in ihrer Unterwäsche dastand, während mindestens zwei ältere Männer sie anstarrten. Nicht gerade hilfreich.

Denk jetzt nicht daran, T. Die Rache folgt ein andermal. Halte alles zurück und bewahre es für später auf, und nun klemm dich dahinter und kümmere dich um die erste Farbe. Fühle zuerst.

Sie versuchte, all ihre Aufnahmefähigkeit in ihren Körper zu senken. Der Raum war kühl, und Gänsehaut überzog sie von den Zehenspitzen bis zur Nase. Ihre Beine waren so fest zusammengepresst, dass sie zwischen den Knien eine Walnuss hätte knacken können. Nicht nur, weil es sie fröstelte, sondern auch, weil es ihr Gefühl für Sittsamkeit gebot.

Sittsamkeit lenkt im Moment nur ab, T. Hier gelten die Gesetze des Schlachtfeldes. Spüre deine Haut. Du bist jemand, der sich nicht unterkriegen lässt.

Das Glöckchen ertönte erneut.

»Farbe?«, fragte eine Stimme. Es konnte nur Mörder Spitz sein.

Diese Mistkerle hatten sie nackt sehen wollen, war es nicht so? Dafür war es am besten, wenn sie in strahlendem Licht stand. »Weiß«, sagte Teia mit einer Überzeugung, die sie nicht spürte.

Schweigen.

»Stimmt«, antwortete er. »Vermutlich gut geraten. Wir machen weiter.«

Das Glöckchen erklang.

Neun Höllen! Nicht einmal eine Pause zwischen zwei Farben? Na schön, dann mal los, T. Wir können das schaffen. Teufel noch mal, es ist möglich, dass ich tatsächlich eine Lichtspalterin bin, richtig? Daraus muss logisch folgen, dass ich diese Prüfung ganz zu Recht bestehen könnte, oder etwa nicht?

Das Glöckchen erklang erneut, bevor sie auch nur bereit war, sich wieder in ihren Körper fallen zu lassen.

»Scheiße!«, sagte sie laut.

»Das ist keine Farbe«, entgegnete der Mann. »Deine Antwort?«

Es gab nur sieben Alternativen, nicht wahr? Gut, acht, wenn man Weiß mitzählte. »Blau.«

Ein kurzes Schweigen. »Sehr gut.«

Sie hatte es richtig gemacht? Was zum Teufel?

Ein Klingelzeichen.

Verdammt! Diese Arschlöcher! Wie viele Male konnte sie Glück haben? Wenn sie alle Farben nur einmal testeten, sollten ihre Chancen natürlich mit jedem Mal besser werden. Eins zu acht, eins zu sieben, eins zu sechs, eins zu fünf. Richtig?

Hör auf zu denken und fühle, T.!

Nichts. Sie fühlte nichts.

Dingdong!

»Gelb?«, sagte sie.

»Richtig.« Mörder Spitz klang nicht erfreut.

Dingdong.

Oh Mann! Wie lange konnte ihre Glückssträhne noch anhalten? Sie würden einfach so lange weitermachen, bis sie einen Vorwand hatten, sie umzubringen. Sie saß in der Falle. Sie musste sich befreien. Sie musste diese verdammte Kapuze herunterreißen und Paryl wandeln und sie alle töten. Sie musste …

Dingdong!

»Grün!«, rief sie.

Er antwortete nicht einmal.

Dingdong.

Sie würde jeden einzelnen orholamverdammten Dreckskerl dort draußen töten.

»Rot!«, schrie sie und wartete nicht einmal auf das Glöckchen.

»Richtig«, sagte ihr die Stimme ins Ohr. »Und das hier?«

Das Glöckchen ertönte.

Etwas an dieser eisigen Stimme brachte Teia wieder zu sich. Was machte sie da? Blind um sich schlagen? Sie musste nachdenken, ihre Situation von außen betrachten. Es gab keinen Grund, warum sie erst alle Farben durchgehen sollten, bevor sie welche wiederholten, oder? Es musste ihnen zweifellos klar sein, dass es das Raten leichter machte. Es blieben ihr nicht nur noch drei Farben übrig, sondern alle und gar keine.

Dingdong.

»Ultraviolett«, sagte sie.

Dingdong.

Und plötzlich spürte sie Wärme unter ihrer Haut. Das war nicht geraten. Sie brach beinahe in Tränen aus. *Dingdong.*

»Infrarot«, sagte sie.

Er machte sich nicht einmal die Mühe, ihr mitzuteilen, dass sie richtiglag. Sie wusste es ohnehin.

Dingdong.

Damit blieb ihr nur Orange, aber sie spürte nichts. Nach der körperlich greifbaren, offensichtlichen Wärme von Infrarot war der Kontrast nur umso krasser. Nach dieser Wärme müsste Orange sich kalt anfühlen, oder? Der Raum selbst war schon ziemlich kühl. Aber …

Dingdong.

»Dunkelheit«, sagte Teia. »Schwarz, was auch immer.«

Dingdong.

»Orange«, sagte Teia, »aber ich rate jetzt nur, weil ihr alles andere schon drangebracht habt.« Dann dachte sie sofort: nicht sehr raffiniert, T.

Dingdong.

Sie waren noch nicht fertig mit ihr. Oh, Orholam sei gnädig. Sie hatten sie komplett durchschaut. Mit Glück allein kommt man nur bis zu einem bestimmten Punkt. Es sei denn … Fühle es, Teia, fühle es.

Dingdong.

»Paryl.«

Ein langes, langes Schweigen. Der Raum wirkte irgendwie heller.

»Wir haben keinen Chi-Wandler unter uns, also bist du fertig«, sagte der Mann. »Du hast bestanden. Volle Punktzahl. Zieh dich an und geh. Wir setzen uns mit dir in Verbindung, wenn es an der Zeit ist.«

Nachdem Teia sich angekleidet hatte, half ihr jemand, die Kapuze abzulegen, und schob sie zur Tür hinaus. Bevor sie hinter ihr ins Schloss fiel, hörte sie den Mann sagen: »Brüder und Schwestern, wir haben viel zu besprechen.«

Sie hatte bestanden? Sie hatte *bestanden*?

Mehr als das, sie hatte keinen einzigen Fehler gemacht? Selbst nicht bei Rot und Grün? Wie war das überhaupt möglich? War es Glück? Die mathematische Wahrscheinlichkeit, zehn Farben richtig zu raten, war sicher gering. Selbst wenn man berücksichtigte, dass Infrarot kinderleicht gewesen war. Nein, es konnte kein Glück sein. Es war kein Glück gewesen.

Oder vielleicht … vielleicht versuchten sie einfach, sie zu täuschen. Vielleicht war das Ganze nur ein von langer Hand angelegtes betrügerisches Spiel, weil sie dachten, sie könnte ihnen auf irgendeine andere Weise nützlich sein.

Aber Teia glaubte nicht, dass dem so war. Irgendetwas war jedes Mal tatsächlich ein klein wenig anders gewesen. Ein geringfügiger, jedoch merklicher Unterschied darin, wie sie gedacht, wie sie gefühlt hatte. Aber wenn das stimmte, dann war Teia eine …

Lieber Orholam, erbarme dich. Sie wusste nicht, was es bedeutete oder warum es so wichtig sein sollte, aber … Ich bin keine Sklavin. Ich bin eine Lichtspalterin.

50

~ Samila Sayeh ~

Heute ist der Tag gekommen, an dem wir einen Gott machen. Die Menge versammelt sich, bringt mir und den anderen Erwählten um mich herum ihre Huldigungen dar – und über uns allen auch dem Farbprinzen selbst. Alle versammeln sich heute. Es ist ein besonderer Tag, ein besonderer Triumph, aber wir sind auch zusammengekommen, um des großen Sieges unserer Leute bei Ochsfurt zu gedenken und um unsere Verluste zu betrauern. Der Farbprinz wünscht, dass sich all diese Dinge in den Köpfen der kleinen Leute als eine zusammengehörige Einheit darstellen.

Ich finde das absolut uninteressant, also widme ich mich stattdessen lieber der mathematischen Präzision, mit der ich meine linke Hand mit blauem Luxin neu geschaffen habe. Nein, neu geschaffen klingt zu bombastisch. Verbessert. Meine Hand ist einer menschlichen Hand in den meisten Punkten überlegen, aber ich bin ein bloßer Mechaniker. Vielleicht wäre ich zu einem Schöpfer geworden, hätte der Krieg der Guiles nicht eine Kriegerin aus mir gemacht.

Nichtsdestoweniger ist sie ein Meisterwerk. Blaues Luxin ist auf der einen Ebene kristallin, fest, hart, fast unzerbrechlich, aber dennoch zerbricht es leicht, wenn es von der Seite her getroffen wird. Den menschlichen Körper mit all seinen sich drehenden und biegenden Formen und Bewegungen zu ersetzen ist nahezu unmöglich, ohne seine Funktionen zu beeinträchtigen. Den eigenen Arm mit einem blauen Luxin-Schild ummanteln? Ein Kinderspiel. Aber dann fängt man an zu schwitzen, und der Schweiß und das Öl können nicht mehr abfließen. Die Haut wird weicher, und da sie ständig scheuert, löst sie sich ab. Wenn der Arm nun dem Schweiß, dem Öl und der toten Haut ausgesetzt ist, kommt es nach einiger Zeit zu einer Infektion. Der Körper greift sich selbst an. Da der Arm nicht anschwellen kann, wird das Blut abgedrückt, die Infektion breitet sich aus, Fieber und ständige, unglaubliche Schmerzen stellen sich ein.

Meine Hypothese geht davon aus, dass ein Großteil des Wahnsinns der Farbwichte nichts mit Luxin zu tun hat. Er ist nur die Folge des unendlichen Schmerzes, der bedauernswerterweise selbst auferlegten Tortur, die es bedeutet, Luxin unvollkommen in den eigenen Körper zu integrieren. Vielleicht sind diese Verrückten so gefährlich, dass sie zur Sicherheit der anderen ausgemerzt werden müssen, aber Verrücktheit böse und sündhaft zu nennen ist ein schwerer Fehler. Ein Philosoph aus der Zeit vor Lucidionius sagte einmal: »Jede Handlung beabsichtigt etwas Gutes.«

Der von Wichten angerichtete Schaden geschah aus Unwissenheit. Man bestraft Unwissenheit nicht mit dem Tod. Man bekämpft sie mit Wissen. Licht statt Dunkelheit.

Meine Gefährtin und ich führen lange Gespräche darüber. Sie ist natürlich nicht wirklich da. Sie ist mir nur eine Art Stütze und Hilfe, damit ich mit mir selbst Rede und Gegenrede führen kann. Sie – ich stelle sie mir ein wenig wie meine Nichte Meena vor, allerdings erwachsen, während Meena selbst an der Großen Pyramide ermordet wurde – stellt meine Untersuchungsergebnisse in Frage, und dann diskutieren wir darüber. Es ist für mich hier die einzige Möglichkeit, meinesgleichen zu haben.

Das lässt mich die Chromeria vermissen. So viele kluge Köpfe. Selbstverständlich verbieten sie dort all diese Arten von Untersuchungen, aber wenn sie nur ihre Ängste überwinden könnten, wie ich die meinen überwunden habe … Natürlich weiß ich, dass der Farbprinz Leute in der Chromeria hat, die dort neue Anhänger für uns gewinnen. Die Leute hier sind hoch motiviert, aber sie sind keine disziplinierten Denker. Sie glauben, frei zu sein bedeute, auch frei von den Folgen der eigenen Handlungen zu sein, frei von den Naturgesetzen. Der Farbprinz hält es nicht für angebracht, diese Haltung in ihre Schranken zu weisen. Noch nicht jetzt jedenfalls, nicht, wenn er noch immer Soldaten und Wandler braucht, die bereit sind, für ihn zu sterben. Später, so versichert er mir, werden wir daran arbeiten, diesen Eifer in die richtigen Bahnen zu leiten.

»Licht kann nicht in Ketten gelegt werden, aber es kann gelenkt werden«, verkündet er mir. Er scheint diesen Satz zu mögen, und ich kann schon absehen, dass er ihn in Zukunft wieder verwenden wird. Später. Nach dem Sieg, nachdem ihm der erste Halbsatz opferbereite Märtyrer und Macht gebracht hat, wird er den zweiten Halbsatz anhängen, um den ersten null und nichtig zu machen. Und diese Narrenmärtyrer werden nur dafür gestorben sein, einen neuen König mit einem anderen Titel auf einen neuen Thron an gleicher Stelle zu heben. Das ist stets die Art und Weise, wie sich die Schlinge eines Tyrannen zuzieht, vermute ich. Der Farbprinz holt weiter aus, lässt jene zukünftige Rede in seinem Kopf erste Formen annehmen und sagt: »Die ganze Welt ist dem Lichte offen, aber unsere Augen können immer nur in eine Richtung blicken.«

Ich sehe all diese Abfolgen und Wechsel, mit Meenas Hilfe. Wie aus den neun Königen die sieben Satrapen wurden, wie die gescheiterten Versuche, einen Großkönig einzusetzen, dem erfolgreichen Versuch, ein Prisma zu ernennen, weichen mussten, und wie die Macht von Prisma und Satrapen von den neidischen Farben unterhöhlt wurde. Wie ein Wolf nach Fleisch hungert, so hungert ein Mann nach Macht. In beiden Fällen ist es unklug, zwischen die Hungernden und sein Ziel, seine erstrebte Beute, zu geraten. Das ist kein Verdammungsurteil, sondern lediglich eine Feststellung der Tatsachen. Und nur ein Idiot lässt es zu, selbst zu dieser Beute zu werden.

Das ist auch der Grund, warum jemand anders heute Mot wird, nicht ich, obwohl ich eine erstrangige Anwärterin auf diese Ehre bin. Eine zweifelhafte Ehre, wie ich finde. Wir sollen eine Halskette aus einem Material tragen, von dem der Farbprinz behauptet, es sei schwarzes Luxin. Höchstwahrscheinlich ist es nur eine raffinierte Täuschung, aber ich finde es beunruhigend.

Meena und ich haben die ganze Sache recht ausgiebig durchgesprochen. Sie meint, dass … Oh, neue Jubelrufe. Jeder andere auf dem Podium applaudiert. Ich schließe mich ihnen an.

Sie meint, dass es mir auf die Nerven gehen würde, einen Aufseher über mir zu haben. Ich entgegne: Was ist denn der Unterschied, ob ich über mir *einen* Aufseher habe, der mich anweist, den Willen des Farbprinzen zu erfüllen, oder ob es zwei sind, die ich über mir habe? Außerdem spüren diejenigen, die den Prinzen unumwunden im Stich lassen, genauso unumwunden auch seinen Zorn. Dervani Malargos und Jerrosh Grün haben beide bis aufs Blut darum gekämpft, der nächste Atirat zu sein, und als der Prinz seine Wahl getroffen hatte, gab er dem einen die Göttlichkeit, und für den anderen gab es eine Musketenkugel ins Gehirn. Und Dervani ist schon bald danach Jerrosh in den Tod gefolgt, wenn auch durch die Hand von Gavin Guile. Die Göttlichkeit ist eine gefährliche Angelegenheit.

Dennoch glaubt Meena, dass es für mich zermürbend sein wird, unter der Herrschaft von jemandem zu stehen, der nicht so klug ist wie ich. Ramia Corfu ist sicherlich so ein Mensch, auch wenn er ein schöner Mann ist. Man sollte die Macht der Schönheit nie außer Acht lassen. Auch in diesem Punkt bemerke ich an mir selbst einen Wandel. Es ist nun Monate her, seid ich mich Usef Tep das letzte Mal hingegeben habe. Wir haben uns in der letzten Woche vor der Befreiung neunmal geliebt, im Wissen, dass es das letzte Mal sein würde. Sogar als wir uns schon für die Befreiung eingereiht haben, sind wir dafür noch einmal aus der Schlange der Anstehenden beiseitegetreten. Keiner ließ sich von uns etwas vormachen, und wir haben auch gar nicht erst versucht, ihnen etwas vorzumachen. Im grimmigen Angesicht des Todes bleibt kein Platz für zartfühlige Empfindlichkeiten. Nachdem ich nun all die Zeit seither auf Usefs tägliche Gier nach mir habe verzichten müssen, würde ich den Mangel normalerweise inzwischen sehr stark spüren. Doch all mein Verlangen ist eingeschlafen. Ich blicke in Ramias wohlproportioniertes Gesicht und verstehe, dass andere Frauen hier nur jungenhaften Charme und Willensstärke sehen sowie ein umwerfend gutes Aussehen. Es ist nicht so, dass ich das nicht auch erkennen und nicht aus meiner Erinnerung verstehen würde, was es mit anderen Frauen anstellt; es ist nur so, dass die Wirkung auf mich inzwischen begrenzt ist.

Es spielt keine Rolle. Meine einzige Strategie gegenüber Ramia Corfu besteht darin, mich so erscheinen zu lassen, wie ich auch tatsächlich bin: unverzichtbar, aber gänzlich ohne Ambitionen. Meena tut so, als würde sie sich damit zufriedengeben, auch wenn ich glaube, dass sie höhere Ambitionen für mich hat als ich selbst.

Der Farbprinz spricht weiter, und er scheint seine Sache gut zu machen. Das tut er meistens. Dann gibt er Ramia ein Zeichen, sich zu erheben.

Ramia steht auf, im Gesicht ein arrogantes Grinsen, dass ich, wie mir plötzlich klar wird, sehr, sehr hassen werde, sobald erst einmal eine Zeitspanne von … Ach was, ich hasse es schon jetzt. Er nickt uns Übrigen zu, als könnten wir uns glücklich schätzen, hier mit ihm zusammen gesehen zu werden. Mein Gesicht bleibt unbeweglich, aber auf einigen anderen Gesichtern ist Empörung zu erkennen. In einem solchen Triumph zu schwelgen ist das eine; etwas ganz anderes ist es jedoch, wenn einer sich so aufführt, als sei er zu Recht so weit gekommen, weil er eben schlauer sei als wir Übrigen.

Warum gerade er? Ich weiß, dass der Farbprinz ihn gern hat, aber ich war immer davon ausgegangen, dass es etwas damit zu tun hatte, dass der Farbprinz die Notwendigkeit fühlte, sich mit attraktiven Menschen zu umgeben, da sein eigenes Aussehen für immer zerstört wurde. Der Farbprinz ist inzwischen ein zu bestaunendes Wunder, aber er ist nicht im Entferntesten schön nach menschlichem Verständnis; und allen, die versucht haben, in sein Bett zu kommen, hat er eine Abfuhr erteilt. Das Gerücht macht die Runde, dass die Flammen ihn entmannt haben, was bedeutet, dass das Feuer ihn damals aufs Äußerste versehrt hat. Es ist niemals ein Teil der offiziellen Lehre der Chromeria gewesen, aber die Einsatzmöglichkeiten von Luxin beim Sex sind von den Wandlern seit unvordenklichen Zeiten erkundet worden.

»Ramia Corfu, Herr der Lüfte, kommt nach vorn«, sagt der Farbprinz. Als der junge Mann zu ihm tritt, fährt der Farbprinz fort: »Es ist meine Aufgabe als der Anführer der freien Männer und Frauen, das Herausragende zu erkennen und zu belohnen. In Eurem Aufstieg nach oben müsst Ihr vor keinem Mann und keiner Frau das Knie beugen, außer vor Eurem Prinzen allein. Wir haben unsere Ordnung nicht eingeführt, damit wir Herren haben, wir haben Herren eingeführt, damit wir eine Ordnung haben. Ramia Corfu, schwört Ihr, dass Ihr mir mit Eurer

Magie, Eurem Schwert, Eurem Willen und Eurem Gehorsam treu sein werdet?«

»Ich schwöre«, antwortet Ramia Corfu. Er sinkt auf die Knie und berührt den Fuß des Farbprinzen.

»Dann erkläre ich heute die Wiedererrichtung der Alten Ordnung«, verkündet der Farbprinz. »Es ist nicht mein Wunsch zu herrschen. Mein Wunsch ist es nur, ein Volk zu sehen, das sich selbst beherrscht. Freie Frauen. Freie Männer. Welche Herrschaftsgewalt ihr mir auch immer übertragen habt, ich werde sie euch zurückgeben. Das weiße Licht der Sonne besteht aus allen Farben, die zusammenarbeiten. Unsere Vorfahren, die neun Könige vormaliger Zeiten, haben das vergessen. Sie haben den Kampf gegeneinander aufgenommen, und in ihrer Schwäche hat sich eine Ketzerlehre unter ihnen breitgemacht. Ein Prisma hat sie vernichtet. Wir werden nicht scheitern, wie sie gescheitert sind. Ich bin euer Farbprinz gewesen, nur ein Mensch, ein Verwundeter, der mit vielen Farben wieder heil gemacht wurde. Aber heute sage ich euch, dass ich eine Vision für uns alle habe: vereint zu sein in der Freiheit unter dem Licht. Die Prismen haben das Licht gespalten, haben Satrap von Satrap gespalten, haben uns alle gespalten in diejenigen, die stehlen, und diejenigen, die bestohlen werden. Wir werden uns stattdessen alle vereinen, und zusammen werden wir stark sein. Neun Götter, neun Könige und alle Völker vereint unter dem einen Weißen König.« Er hielt einen vielfarbigen Arm in die Höhe, blaue Platten und grüne Nahtstellen und unter alledem ein beständiger Luxin-Fluss. »Aber welch ein armseliger Weißer König bin ich doch! Eines Tages, wenn wir unsere Königreiche wieder eingenommen haben, werde ich mich neu erschaffen. Eines Tages, wenn ihr die Satrapien vereint, werde auch ich wieder ein heiles Ganzes werden. Meine Freunde, werdet ihr dienen …«

»Ja!«, rufen viele.

»Wir werden dienen!«

Aber er gebietet ihnen zu schweigen, sucht, seine Kritiker an sich zu ziehen. »Werdet ihr diesem hohen Ideal dienen und nicht mir?«

»Ja, das werden wir!«

»Werdet ihr alles dafür geben, damit die neun Königreiche wiedererstehen?«

»Ja, das werden wir!«

Er spricht weiter, aber ich höre nicht mehr zu. Das Übrige ist reines Aufpeitschen der Massen. Interessanter Einfall, seine eigene Heilung mit der »Heilung« der Sieben Satrapien unter seinem Banner in eins zu setzen. Heilung mittels Krieg. Da Zehntausende zuhören, kann ich wohl kaum die Einzige sein, die das amüsant findet, die schwarze Ironie erkennt. Noch besser ist es, wenn er ihnen erzählt, dass er nach jenen sucht, die ihm unter Einsatz aller Kräfte dienen wollen, und dass da noch »Platz oben an der Spitze« ist. Der verhüllte Wink mit dem Zaunpfahl lautet: »Diene mir, und ich mache dich mächtig.« Aber allein schon die Tatsache, dass es ein »Oben an der Spitze« gibt, bedeutet, dass auch ein Unten existiert. Könnte eine Aussage offensichtlicher mit seinem Gerede davon, dass alle gleich sein sollen, im Widerspruch stehen?

Wie dem auch sei: Der Farbprinz hat sich soeben immerhin einen neuen Titel gegeben. Er ist jetzt der Weiße König. Ich glaube mich erinnern zu können, dass er irgendwann einmal geschworen hat, dass es nie Könige unter uns geben würde. Erinnert sich denn sonst niemand daran?

Aber während alledem hat er Ramia Corfu auf seinen Knien warten lassen, und das ist ganz offensichtlich unbehaglich für den jungen Mann, der regelrecht verärgert wirkt.

Als die Rufe – »Der Weiße König! Der Weiße König!« – verhallen, tritt der frisch zum König Ernannte zu Ramia Corfu zurück. Er zieht ein kleines Elfenbeinkästchen hervor und öffnet es. Dann holt er einen vielgezackten Kristall heraus, hält ihn zwischen Daumen und Zeigefinger. Der Kristall dreht sich, scheinbar aus eigenem Antrieb, und funkelt in den tausend Farbschattierungen des Himmels.

Der Weiße König reicht Ramia den Kristall. Der junge Mann steht auf. Für eine lange Weile steht er völlig still, aber als wieder Bewegung in ihn kommt, sieht er sich um und blickt die anderen auf der Tribüne an. Er schaut zu den nahe stehenden Soldaten hinüber. Er blickt den König an.

Ramia Corfus Augen sind von innen beleuchtete Saphire, und Kristalle strömen glitzernd über seine Haut, bersten, als er sich bewegt, und bilden sich wieder, erneuern sich sofort von innen heraus.

»Ein König?«, ruft Ramia. »Was ist ein König vor einem Gott? Ihr habt mir die Macht selbst über das Luxin in Eurem Körper gegeben!« Sein gesamter Körper ist unvermittelt in einen Kristallpanzer gehüllt, so dick, dass eine Kanonenkugel davon abprallen würde. Er hebt einen mit rasiermesserscharfen Klingen versehenen Arm, während die Männer des Königs in alarmierte Schreie ausbrechen.

»Und Ihr habt mir die Gelegenheit zu einer ausgezeichneten Demonstration gegeben«, sagt der Weiße König.

Der Rückenschild aus blauem Kristall zerbirst in Ramia Corfus Nacken, und er sackt auf dem Boden zusammen, als seien die Fäden durchschnitten worden, die ihn bisher gesteuert haben. Sein Kopf rollt davon, und sein gesamter Panzer aus blauem Luxin zerfällt zu Sand. Der Geruch von Kalk und Blut erfüllt die Luft.

Die meisten in der Menge können nicht sehen, was ihn enthauptet hat, ich aber kann es. Es war die Halskette, die der Farbprinz uns gegeben und die er uns beständig zu tragen befohlen hat. Ihr Anhänger aus sogenanntem schwarzem Luxin hat Ramias Hals von vorne bis hinten durchbohrt, sein Rückgrat durchtrennt und ist hinter ihm wieder ausgetreten, und die Kette hat sich immer enger zusammengezogen, bis sie seinen ganzen Hals durchschnitten und seinen Kopf abgetrennt hat.

Vielleicht ist es aber auch kein »sogenanntes« schwarzes Luxin. Vielleicht ist es echtes schwarzes Luxin. Vielleicht habe ich mein ganzes Leben mit dem Studium der falschen Farbe zugebracht.

»Einige von uns haben bedauerlicherweise kein Vertrauen verdient«, erhebt der Weiße König seine Stimme. »Und solche Verräter werden erbarmungslos ausgesiebt. Doch wie dem auch sei: In unseren Reihen gibt es noch viele Getreue mehr, die unserer Sache mit ganzem Herzen dienen und uns niemals betrügen werden. Die uns allen, hoch und niedrig, nach ihren besten Möglichkeiten dienen werden – die wahrhaft groß sind.«

Oh nein. Wieso habe ich es nicht viel früher kommen sehen?

»Samila Sayeh, Heldin der alten Kriege, aber nun eine getreue Bekehrte und Anhängerin unserer Lehre. Samila Sayeh, werdet Ihr als unsere blaue Göttin dienen?«

Ich stehe schwankend auf, fühle das Gewicht des Kristalls aus schwarzem Luxin um meinen Hals, schwer und zerstörerisch. Ich neige den Kopf, unfähig zu sprechen. An der Seite des neuen Königs stelle ich mir Meena vor. Sie sieht triumphierend aus; sie sieht so aus, als stecke sie voller energischer Leidenschaft.

Sie sieht so aus, als habe sie genau das schon die ganze Zeit über geplant.

51

Selbst wenn sie wie jetzt einfach nur in der Bibliothek saß und so lange wartete, bis mögliche Beschatter die Geduld verloren und von ihr abließen, musste Karris feststellen, dass ihr das Spionieren viel mehr Spaß machte, als es eigentlich sollte. Wenn sie zuvor gedacht hatte, in sechzehn Jahren als Leibwache und Kriegerin nichts gelernt zu haben, was sich auf andere Bereiche übertragen ließ, dann stellte sich jetzt heraus, dass sie sich geirrt hatte. Augen, die geschult worden waren, rasiermesserscharf hinzublicken, um nach Verdächtigem Ausschau zu halten, konnten auch weiterhin nach Verdächtigem Ausschau halten. Mit den Augen nach Waffen zu suchen war jetzt weniger wichtig, aber die Unterscheidung zwischen jenen Menschen, die die Mächtigen nur voller Interesse betrachteten, und jenen, die wie Jäger auf Beutefang wirkten, zählte nach wie vor ganz genauso.

Und jetzt hatte sie allerlei Spielzeuge. Es stellte sich heraus, dass Generationen von Weißen gewisse Gegenstände geschaffen oder beschlagnahmt hatten, die sie mit niemandem sonst teilten. Aber das Spielzeug, das sie nun bei sich hatte, hatte Karris noch nie einsetzen müssen.

Sie befühlte das mit spitzen Zacken versehene Halsband, das auf ihrem Schoß verborgen war, versteckt unter einem voluminösen Manuskript über den atashischen Adel des vergangenen Jahrhunderts, das jemand auf einem Stapel liegen gelassen hatte. Es war eigentlich verbotene Magie, allerdings auf eine sehr eingeschränkte Weise, die seit mindestens hundert Jahren von allen Weißen auf ihre Sicherheit getestet worden war. Man musste es eng genug am Hals anliegend tragen, damit zwei kleine Stacheln Blutkontakt hatten, dann bewirkte die jeweilige Körpermagie – vorausgesetzt natürlich, man war ein Wandler –, dass das Halsband die eigene Stimme höher oder tiefer klingen ließ.

Die besten Sachen, die ich lerne, kann ich allesamt niemandem weitererzählen.

Sie drehte den großen Rubinring an ihrem Finger. Manchmal erschien es ihr so, als sei er das Einzige in ihrem Leben, was bewies, dass ihre Ehe Wirklichkeit war. Aber selbst schon den Ring anzuschauen bedeutete eine allzu schmerzliche Erinnerung.

Vielleicht ist es an der Zeit, sich mit der Möglichkeit abzufinden, dass er tot ist.

Es überlief sie abwechselnd heiß und kalt, und die Empfindung war so mächtig, dass es ihr den Atem raubte. Sie blinzelte und zwickte die Lider fest zu. Weg mit diesen Gedanken. Weg, weg, weg. Kip hat gesagt, dass er lebt.

Kip will, dass er lebt. Davon abgesehen hat es nicht einmal das leiseste Gerücht gegeben. Nichts, kein Wort, das vom Prisma berichtet hätte. Glaubst du, Matrosen, die in die Häfen kommen und sich dort betrinken, würden mit so etwas hinterm Berg halten? So, dass nicht einmal ein Sterbenswörtchen die Runde macht?

Ich habe Arbeit, die auf mich wartet.

Ruckartig stand Karris auf und schritt zum Aufzug. Sie fuhr zwei Stockwerke hinunter, dann schnippte sie mit den Fingern, als habe sie etwas vergessen, und fuhr fünf Stockwerke nach oben. Natürlich wäre es eine sinnlose Geste, wenn ihr eine Gruppe von sich abwechselnden Verfolgern auf den Fersen war – aber man kann nicht alles im Voraus planen.

Überschätzt die Fähigkeiten Eurer Feinde nicht, hatte die Weiße zu ihr gesagt. Geht davon aus, dass sie genauso zu Fehlern neigen wie unsere Leute. Wann immer sie jemandem eine Aufgabe übertrug, musste Karris der zweiten Hälfte dieser Feststellung neue Anerkennung zollen. Wie an jenem Tag, als einem Dienstmädchen aus ihrem Wäschekorb ein Geheimcode herausfiel und auf dem Boden liegen blieb. Der war dann – mit offenbar ungeöffnetem Siegel – in dem Korb mit den Fundstücken im Erdgeschoss wieder aufgetaucht.

Da die Angelegenheit jedoch so brisant war, musste der Geheimcode aufgegeben und jeder Spion und Kontaktmann im Netzwerk persönlich kontaktiert werden, damit er einen neuen Geheimcode erhielt. Und natürlich musste Karris sich jetzt einprägen, dass dieses spezielle Dienstmädchen entweder ein Pechvogel oder unfähig oder bestochen worden war. Die schiere Menge von Informationen, die Karris im Kopf zu behalten hatte, war absurd – und es war alles zu brisant, um es niederzuschreiben.

Zwei Treffen an diesem Nachmittag und dann eines am Abend mit ihrem wichtigsten Kontaktmann: ihrem Friseur. Sein Beruf gab ihm nicht nur einen perfekten Vorwand, um sich über eine längere Zeit hinweg mit Karris zu treffen; er gab ihm auch die ideale Tarnung, um die oftmals aus Familien von Edelleuten stammenden Spione, die er betreute, eingehend zu befragen und sich mit dem neuesten Klatsch vertraut zu machen. Allerdings verlangte der Mann für seine Dienste haarsträubende Summen. Er hatte einen sehr exquisiten Geschmack und teure Vorlieben. Manchmal hatte Karris damit noch immer Probleme.

Ich bin einfach zu geizig für diese Arbeit. Aber meine Haarwurzeln müssten nachgefärbt werden. Kommen da nicht neue graue Haare zum Vorschein? Nein, ich glaube, diesmal sind sie schwarz.

Ihr erstes Treffen heute sollte eigentlich eine leichte Aufgabe sein. Ein neuer Kontakt, der nicht wissen durfte, dass Karris Karris war: die zur Schwarzgardistin gewordene Sklavin Teia. Karris hatte ein wenig mit Teia trainiert. Sie mochte das Mädchen, und es erinnerte sie an sich selbst, als sie jünger gewesen war – wenn Karris auch kein Sklavenmädchen wie Teia gewesen war und Teia nicht all die Fehler begangen hatte, die Karris gemacht hatte.

Ja, davon einmal abgesehen – und außerdem von Teias Farbenblindheit, ihrem Paryl-Wandeln und der Tatsache, dass Teia keinen Krieg in Gang gesetzt hatte, der die Sieben Satrapien verwüstete – könnten wir Zwillinge sein.

Doch sie mochte das Mädchen. Aber Teia war erst sechzehn Jahre alt. Zu jung für die Lasten, die man ihr bereits aufgebürdet hatte. Karris wusste, wie das war. Zu jung, als dass man ihr mehr anvertrauen würde, als man musste. Teia arbeitete mit Leuten, die nicht zögern würden, sie zu foltern, um die Identität ihrer Kontaktperson aus ihr herauszubekommen. Besser, sie wusste nicht, wer sie war, auch wenn Karris sich innig wünschte, das Mädchen zu unterrichten.

Und was hat das zu bedeuten? Habe ich mütterliche Gefühle?

Oder ist es die Einsamkeit?

Sie huschte in die leere Wohnung hinein, die sie auf diesem Stockwerk speziell für ihre Treffen unterhielt. Verschloss die Tür hinter sich. Schwere Vorhänge unterteilten den Raum in zwei Hälften, so dass sie ihre Spione befragen und informieren konnte, ohne selbst von ihnen gesehen zu werden. Hinter den Vorhängen verborgen befanden sich Stühle, auf denen es sich Karris zumindest bequem machen konnte, und in den Vorhängen waren Schlitze versteckt, durch die sie hindurchschauen konnte. Vorsichtsmaßnahmen über Vorsichtsmaßnahmen, und alles umsonst, wenn im falschen Moment die falsche Person den Flur entlangkam.

Apropos Vorsichtsmaßnahmen: Als Karris Platz nahm, griff sie nach dem Kettenpanzer mit Kopfhaube und Helmvisier, legte ihn um Kopf und Brust und schloss die Haube, so dass nur ihre Augen herausschauten. Lächerlich, doch Teia war ein schlaues Mädchen und sehr neugierig. Sie würde unweigerlich versuchen, via Paryl-Sicht herauszubekommen, wer ihre Kontaktperson war. Es war etwas irritierend, dass das Mädchen durch Tuch hindurchsehen konnte.

Vermutlich sind ihre anderen Fähigkeiten noch irritierender, überlegte Karris.

Ein schnelles, dreifaches Klopfen, dann wurde die Tür geöffnet, gerade als Karris mit dem Umlegen des Halsbandes fertig geworden war.

»Komm herein und setz dich; bleib dort drüben. Kein Wandeln«, sagte sie, die Stimme zu einem seltsamen Tenor gesenkt.

Teias Körper war gespannt wie eine Bogensehne, bereit zum Angriff. Für eine Schwarzgardistin war diese geschärfte Aufmerksamkeit eine gute Reaktion auf Angst, doch machte Angespanntheit den Körper auch langsam. »Man hat mich beauftragt, Bericht zu erstatten?« Es war die vereinbarte Losung. Gut, das Mädchen konnte Anweisungen befolgen, selbst wenn es Angst hatte.

»Und berichten sollst du, kleine Blume.« Das war die Antwortparole. »Jetzt setz dich.«

»Ich kann Blumen nicht ausstehen«, sagte Teia. »Habt Ihr das gewusst? Meine andere Kontaktperson hat es gewusst. Und was geht hier überhaupt vor? Ich meine, ich verstehe, dass die Weiße mich nicht persönlich treffen kann, aber zwei Kontaktleute in wenigen Monaten?«

Karris stockte der Atem. Es gab andere Kontaktleute?

Für einen Moment war sie dankbar, die Kettenhaube über dem Gesicht zu haben.

»Wisst Ihr, bestimmt habt Ihr gute Gründe dafür, Eure Identität vor mir verborgen zu halten«, begann Teia, »und ich tue mein Bestes, nicht einfach durch diesen Vorhang hindurchzuschauen, obwohl ich es könnte.« Gut, also hatte sie es nicht versucht. Wenn sie es versucht hätte, hätte sie den Kettenpanzer gesehen. »Aber es birgt auch seine Gefahren, dass Ihr vor mir versteckt, wer Ihr seid. Wenn jemand unsere Losungen herausbekommt, könnte er Euch ersetzen, und ich würde es nie erfahren.«

»Du infiltrierst eine Gruppe, die dich mit Freuden foltern würde, um meine Identität herauszubekommen. Willst du dich mit der Bürde der Wahrung dieses Geheimnisses belasten?«

»Ich werde schon damit zurechtkommen«, antwortete Teia.

Ach ja, das Draufgängertum der Jugend. Manchmal vermisste es Karris. Für ein Mitglied der Schwarzen Garde war es eine gute Eigenschaft zu glauben, dass einem nichts unmöglich war. Aber es war auch der Grund, warum die Schwarze Garde Offiziere hatte und warum diese Offiziere letztlich jenen Rechenschaft schuldig waren, die keine Schwarzgardisten waren.

»Mit der Zeit wirst du vielleicht erfahren, wer ich bin«, sagte Karris. »Du hast bereits so viele Lasten zu tragen und machst das so bewundernswert. Apropos, erzähl mir von deiner letzten Aufgabe.« Karris hatte einen kurzen verschlüsselten Bericht über Teias Aufträge erhalten – alles auf Blitzpapier geschrieben, in das Luxin-Zünder eingewoben waren, so dass es verbrannte, wenn sie mit dem Lesen fertig war oder falls sich jemand Unbefugtes daran zu schaffen machte. Der Bericht war, wie andere auch, einfach auf dem Schreibtisch in ihren Gemächern aufgetaucht.

Durch die Schlitze im Vorhang sah sie, dass Teia sich auf ihrem Sitz vorbeugte und die Ellbogen auf die Knie stützte. »Der Orden hat mich einer Prüfung unterzogen. Ich weiß gar nicht mal richtig, wie. Sie sagen, ich sei eine Lichtspalterin. Das heißt, ich habe bestanden. Sie haben gesagt, sie hätten mich getötet, wenn ich nicht bestanden hätte.«

»Erzähl mir alles davon.«

Teia erzählte ihr alles, und unter Zuhilfenahme mnemotechnischer Tricks, die die Weiße ihr beigebracht hatte, tat Karris ihr Bestes, um sich jedes Wort genau einzuprägen. Karris meinte, in groben Zügen erkennen zu können, wie die Sache mit der Lichtspalterprüfung funktioniert haben musste, und war überrascht, dass Teia selbst es nicht begriffen hatte. Andererseits dürfte Teia eben zu sehr mit anderen Dingen beschäftigt gewesen sein, nicht zuletzt damit, fast nackt vor furchteinflößenden und sie anzüglich anstarrenden vermummten Arschlöchern stehen zu müssen.

Wenn sie die Sache so betrachtete, war Karris überrascht, dass sich Teia überhaupt so gut geschlagen hatte. Wenn sie ehrlich war, wusste Karris nicht, ob sie es selbst genauso gut hinbekommen hätte.

»Kanntest du die Identität deiner letzten Kontaktperson?«, fragte Karris.

»Ich habe Euch bereits gesagt, dass ich sie kannte.«

»Wer war es denn?«

Teia neigte den Kopf zur Seite. »Ihr wisst es nicht?«

»Hast du irgendeinen Grund, es mir nicht zu sagen?«

»Entschuldigt, wenn es mir seltsam erscheint, dass Ihr das nicht wisst. In diesem Fall sollte ich es vielleicht nicht …«

»Deine Aufgabe ist es, Befehle zu befolgen«, fuhr Karris sie an. »Du stehst jetzt unter meinem Kommando.«

»Ihr sagt das wie jemand, der in einer Armee gedient hat«,

entgegnete Teia. Sie konnte offensichtlich nicht umhin, zu versuchen herauszufinden, wer ihr Gegenüber war. »Aber in unserem Bereich sind die Dinge nicht ganz so klar.«

Verflucht noch mal, Mädchen. Ich hoffe, wir bringen dir nicht den Tod. Du bist ein wahres Naturtalent.

Und Karris durfte einen Spion, für den sie zuständig war, nicht glauben lassen, dass sie unfähig war. Wenn dein Agent dir nicht traut und du ihm einen Befehl geben musst, der innerhalb seiner begrenzten Wahrnehmungsperspektive keinen Sinn ergibt, wird er ihm vielleicht nicht Folge leisten.

»Du kannst von mir aus gerne alle möglichen Spekulationen über meine Identität anstellen, aber du musst begreifen, je näher du der Wahrheit kommst, umso größer wird die Wahrscheinlichkeit, dass es mich das Leben kostet. Es bringt nichts, wenn …«

»Ich habe Euch bereits gesagt, was es bringt.«

»Wir führen hier keine Diskussionen«, sagte Karris scharf.

Noch während sie es sagte, erinnerte sie sich, wie ihr verstorbenen Vater einmal genau diesen Satz zu ihr gesagt hatte, als sie ein Mädchen gewesen war.

Was soll das denn *sonst* sein als eine Diskussion?, hatte die junge Karris zurückgeblafft. Damals waren ihre Versuche, aufsässig zu sein, stets sehr im Rahmen geblieben.

Teia reckte das Kinn. »Ich bin keine Sklavin«, erwiderte sie.

»Niemand behauptet …«

»Aber ich war eine. Und lasst Euch von mir gesagt sein, Sklaven wissen, wie man einen Befehl befolgt, ohne damit wirklich irgendetwas auszuführen. Menschen wie Ihr denken, Sklaven seien dumm. Sklaven sind schlau genug, um diesen Glauben gegen ihre Herren zu wenden. ›Tut mir so leid, dass ich nur getan habe, was Ihr gesagt habt, und nicht, was Ihr wirklich gemeint habt, Herrin, ich bin eben bloß eine dumme Sklavin.‹

Wenn Ihr mich behandelt, als sei ich dumm, dann werde ich eben dumm sein.«

Das Rot in Karris bäumte sich auf, und um ein Haar hätte sie die Beherrschung verloren. Sie war eine Offizierin. Man hatte ihr zu gehorchen. Aber dann versuchte sie sich für einen Moment vorzustellen, wie die Weiße einen Untergebenen anschrie.

Natürlich war die Weiße die Weiße. Neben der persönlichen Präsenz dieser Frau verkörperte sie auch all die institutionelle Macht ihrer Position. Wenn man ihr antwortete, hatte man es mit dem ganzen Gewicht der Chromeria zu tun. Aber trotzdem.

Wie viele Menschen kamen überhaupt als Teias vorherige Kontaktpersonen in Frage? Denn das Entscheidende war ja nicht, dass es sich um jemanden handeln musste, der klug, ehrgeizig und eigensinnig war – in den oberen Rängen der Chromeria schloss das praktisch niemanden aus –, das Entscheidende war, dass dieser Jemand über die Möglichkeit verfügen musste, der Weißen Bericht zu erstatten. Die Gebrechlichkeit der Weißen hatte sie während der letzten Monate auf ihrer eigenen Wohnetage festgehalten.

Es musste also jemand sein, der leicht Zugang zu ihrem Stockwerk hatte. Wer hatte diesen Zugang? Die Farben … aber die meisten von ihnen waren viel zu sehr mit ihren eigenen Plänen beschäftigt, und es waren schon Spione auf sie selbst angesetzt, weil sie so wichtig waren. Wer sonst? Die Schwarze Garde.

Gnädiger Orholam, ein Schwarzgardist? Natürlich, und es musste jemand sein, der die Wachpläne manipulieren konnte, so dass er oder sie der Weißen sofort Meldung erstatten konnte, sollte es die Situation verlangen. Das bedeutete, dass es ein Wachhauptmann oder eine Wachhauptfrau sein musste.

Wachhauptmann Klinger war zu ehrlich und direkt, um mit Spionen umgehen zu können. Beryll war eine Tratschtante und war es schon seit ihrer Jugend gewesen. Tempus war gut möglich. Liebte seine Bücher, guter Verwalter. Aber er kam nicht herum. Er war immer entweder im Dienst oder in seinem Büro. Stumpf war zu dämlich dazu. Nicht, dass er wirklich ausgesprochen dumm war, aber man musste sehr, sehr klug sein, um eine solche Angelegenheit zu handhaben. Es sei denn, er war womöglich schlauer, als er vorgab?

Nein, nicht Stumpf.

Also, keiner von ihnen. Sie atmete durch. Es sei denn … Hauptmann Eisenfaust? Er war ständig am Arbeiten und unterwegs, traf sich mit Leuten. Karris hatte ihn immer als einen Mann eingeschätzt, der seine Ansichten für sich behielt, aber man konnte ihn genauso gut als verschwiegen, ja verschlossen bezeichnen.

Allerdings schien er eine allzu auffällige Persönlichkeit. Zu berühmt, zu leicht zu erkennen. Andererseits brachten ihn seine offiziellen Pflichten mit allen möglichen Leuten aus sämtlichen Schichten in Kontakt. Niemand wäre überrascht, wenn er in die Küchen ging, um sich nach irgendetwas zu erkundigen. Niemand würde auch nur mit der Wimper zucken, wenn er sich mit den Kammersklaven unterhielt. Auch wenn er mit einer Farbe oder mit den Leibwachen einer Farbe redete …

Er war der perfekte Spion, denn seine Position verschaffte ihm fast überall Zugang. Teias Kontaktmann war kein anderer als Hauptmann Eisenfaust.

»Marissia«, sagte Teia, die offenbar das Schweigen nicht mehr ertragen konnte.

Karris blieb die Luft weg.

»Denn wenn Sklaven nicht unsichtbar sind, müssen sie schön sein. Und wenn eine Sklavin schön ist, kann sie ja nur für einen Zweck taugen, nicht wahr?«, sagte Teia, und ihr beißender Tonfall war wie Gift, das Karris ins Gesicht spritzte und sich in sie hineinbrannte.

Jede andere, nur nicht sie. Nicht Marissia.

»Komisch. Sie hat *mir* ihre Identität anvertraut«, fuhr Teia fort. »Aber für Euch bin ich nur eine ehemalige Sklavin.«

Karris hatte gekämpft, wenn sie verwundet worden war. Hatte mit dem unguten Gefühl gekämpft, dass irgendetwas schrecklich schiefgegangen war, man jetzt aber nicht innehalten konnte, um der Sache auf den Grund zu gehen, denn ein solches Innehalten würde den Tod bedeuten. Hier war es nun genauso. Kämpfe weiter, einfach weiter, richte den Blick auf deine Aufgabe.

Teia war ein gutes Mädchen. Aufmüpfig, aber jeder Schwarzgardist musste stahlhart sein und Rückgrat zeigen können. Hab ein Auge auf sie, finde heraus, wie du sie dir am besten zunutze machen kannst, und lass sie nicht zu nahe an dich heran – weder aus Zorn noch aus Sympathie darf sie dir zu nahegehen.

Du musst Distanz wahren, Karris. Was wird bei der ganzen Sache wohl am wahrscheinlichsten herauskommen?

Dass sie an einem bestimmten Punkt plötzlich verschwindet und einfach *weg* ist. Das entspricht dem Vorgehen des Ordens. Wir gehen auf einem Gebiet gegen sie vor, wo sie am stärksten sind. Sie haben die Spionage mehr oder weniger erfunden.

»An einem bestimmten Punkt«, sagte Karris, als sei der Sturm in ihrem Innern spurlos an ihr vorübergegangen, »werden sie wollen, dass du einen Schimmermantel stiehlst.«

»Was?«, fragte Teia. Sie war auf Streit aus gewesen, das merkte Karris. Als der nun ausblieb, war Teia wie ein Schiff in der Flaute.

»Die Weiße hat die Schimmermäntel untersucht. Man muss ein Lichtspalter sein, um von ihnen Gebrauch machen zu können. Wir haben geglaubt, das Spalten von Licht sei eine Gabe, die nur Prismen verliehen sei. Wir haben uns geirrt. Aber um direkt auf deinen Fall zurückzukommen: Ein Lichtspalter ohne einen Schimmermantel ist nutzlos. Keiner ihrer gegenwärtigen Schatten – wenn es überhaupt noch mehr als einen gibt – wird dir seinen geben wollen. Wenn du dem Orden also dazu dienen kannst, für sie einen Schimmermantel zu stehlen, dann gehen sie aus der Sache in jedem Fall als Sieger hervor, selbst wenn sie dich als Spionin entlarven und schließlich töten müssen. Wenn sie dir misstrauen, wirst du diesen Auftrag schon bald bekommen.«

Teia sackte auf ihrem Stuhl zusammen. Sie erkannte ein Todesurteil, wenn sie es hörte.

»Du musst verstehen, Teia. Die Mitglieder des Ordens sind Meister von List und Betrug. Sie sind sehr, sehr gut darin, Spione ausfindig zu machen und sie zu töten.«

Teia drehte sich um und starrte auf den Vorhang zwischen ihnen. Ihre Augen wirkten leblos. »Ihr geht davon aus, dass ich versage. Und genau deshalb wollt Ihr mich nicht wissen lassen, wer Ihr seid.«

»Es besteht eine gewisse Wahrscheinlichkeit, ja.«

Teias Stimme war voller Verbitterung und Resignation. So klang ein Soldat, der in den Tod geschickt wird und dabei weiß, dass sein Tod nicht das Geringste bewirken wird. »Also, was soll ich tun? Sie in dem Eindruck bestärken, dass ich ein ahnungsloses junges Mädchen bin?«

So zu tun, als sei sie zu dumm, um von den Feinden des Ordens für deren Ziele eingespannt zu werden, aber immer noch klug genug, dass der Orden ihr vertrauen würde? Das wäre eine schwierige Gratwanderung. Für einen so jungen Menschen unmöglich.

Plötzlich erinnerte sich Karris daran, wie es für sie gewesen war, als ihr die eigene Zukunft aus den Händen genommen wurde, damit Ältere darüber entschieden; wie es war, selbst nicht der Beachtung wert zu sein. Sie hatte es gehasst, hatte dagegen gewettert, schließlich dagegen rebelliert und eine Spur der Verwüstung hinterlassen. Sie zahlte noch immer den Preis für diese Rebellion, vermied es noch immer, sich diesem hohen Preis zu stellen – dem Sohn, den sie im Stich gelassen hatte, der Ablehnung, die sie verspürte.

Mit unsicherer Hand zog Karris den Vorhang auf. Teia hob den Blick, die Zähne zusammengebissen, angstvoll. Karris zog sich das Halsband, das ihre Stimme verändert hatte, vom Hals. Sie legte den Kettenpanzer mit Kopfhaube und Helmvisier ab. »Gut«, sagte sie. »Dann sitzen wir jetzt in einem Boot.«

Tränen stiegen Teia in die Augen. »Ich habe gehofft, dass Ihr es sein würdet«, erwiderte sie.

52

Zitterfaust grinste. Kip konnte seinen Augen kaum trauen, aber der sonst stets so missmutige Riese grinste tatsächlich.

Alle Rekrutengruppen drängten sich im Trainingsraum des Prismas zusammen, und jeder Einzelne der jungen Männer und Frauen riss die Augen auf, wagte es kaum zu blinzeln, um ja keinen wichtigen Moment zu verpassen. Zitterfaust stand seinem Bruder Eisenfaust gegenüber. Beide trugen eine lederne Trainingsrüstung, die mit Luxin getränkt war, das jedes Mal, wenn einer der beiden einen festen Treffer landete, barst und einen eindrucksvollen gelben Lichtblitz ausstrahlte. Sie trugen Stahlhelme, die mit korbgeflechtartigen Gittern versehen waren, sowie dicke, lederne Schutzhandschuhe und Bambusschwerter.

Und sie bewegten sich. Und wie sie sich bewegten! Die Bambusschwerter schlugen einen Trommelwirbel gegeneinander, der wie die Musik der Sphären klang, das gedämpfte große Rauschen des gleichmäßig mahlenden Getriebes des Universums.

Aber es währte nicht lange. Jeder Punkt wurde binnen fünf Sekunden gemacht. Bei Kriegern auf dieser Ebene der Könnerschaft hat ein einziger Fehler einen Treffer zur Folge. Für Kip ging alles zu schnell, so dass er manchmal nicht einmal erkennen konnte, wer jetzt eigentlich den Punkt gemacht hatte. Dann wieder sah er nur das Luxin aufleuchten.

Eisenfaust und Zitterfaust ruhten sich zwischen den einzelnen Treffern nicht aus, gingen nicht zum Zentrum des Kreises zurück, sondern nahmen lediglich Kampfposition ein, ließen ihre Schwerter einander berühren und begannen von neuem. Es stand nun fünf zu fünf. Zitterfaust machte sich bereit, aber statt Zitterfausts Bambusschwert mit dem seinen anzutippen, nahm Eisenfaust die linke Hand von seinem Schwert.

Zitterfaust nickte und nahm nun die eigene Linke weg. Kip hatte mit diesen Schwertern trainiert, und auch wenn die beiden Männer größer und kräftiger waren als er, waren diese Schwerter trotzdem zu groß und zu lang, als dass sie sie mit einer Hand perfekt hätten führen können. Wenn man so starke Hände und Arme hatte wie Eisenfaust, verschaffte man sich auf diese Weise eine größere Reichweite, aber man wurde auch langsamer. Wenn man einen Schild in der Hand hatte, konnte das vielleicht von Vorteil sein, jedoch nicht, wenn man sich nicht irgendwie schützen konnte.

Doch beide Männer wechselten fließend in einen Kampfstil über, den Kip noch nie gesehen hatte. Sie hielten das Schwert nicht in einer Hand allein, die Hand hielt lediglich den Griff. Die jeweils andere Hand positionierten beide fast auf halber Höhe der Klinge. Was folgte, war eine seltsame Mischung von Schwertkampf, Stockkampf und Niederwürfen. Angriffe gingen fließend in Paraden und diese wiederum in Fußfeger über, um den Gegner zu Boden zu werfen. Der Kampf war genauso schnell wie zuvor, aber nun spielte die rein körperliche Muskelkraft eine größere Rolle. Jeder der beiden war ständig in Bewegung, umkreiste den anderen und setzte nicht nur die Schwertspitze ein, sondern auch die Klinge, ja selbst den Knauf. Es war ein wirbelndes Durcheinander von Sprüngen und Ausweichmanövern. Die Geschwindigkeit der Männer war unglaublich, aber in alldem konnte Kip die reifen Früchte dessen erkennen, wofür sein eigenes Training die Grundlagen legte – jene Attacke, dieses Ausweichmanöver, die Art und Weise, die Hüften zum Schwungholen rotieren zu lassen.

Ein Zusammenstoß und das Geräusch von aufeinanderschlagendem Bambus; Zitterfausts Hüfte verdrehte sich, und seine Schwertspitze wurde nach unten weggeschlagen, aber er kam dadurch erst richtig in Fahrt: Das Schwert fuhr hinter Eisenfausts Knie herab und wirbelte dann zurück zu Zitterfaust und wieder in die Höhe.

Eisenfaust sprang hoch, als das Schwert herabsauste, versuchte zu verhindern, an der Achillessehne getroffen zu werden. Er machte einen Rückwärtssalto, aber bevor er sicher auf dem Boden landen konnte, stieß ihm Zitterfaust sein Schwert mit besagtem beidhändigem Griff in den Magen. Da Eisenfaust keinen Halt am Boden hatte, warf es ihn nach hinten. Unmöglich konnte er sich auf den Beinen halten. Er flog durch den Kreis und kam schlitternd auf dem Rücken zu liegen.

Eisenfaust auf seine vier Buchstaben geworfen zu sehen war, als würde plötzlich der Mond die Sonne überstrahlen. Die Grünschnäbel waren entsetzt. Natürlich hatten sie von dem berühmten Kampf zwischen den Brüdern gehört, der vor über einem Dutzend Jahren vor der gesamten Chromeria stattgefunden hatte, daher hatten sie gewusst, dass Zitterfaust fast so gut war wie sein älterer Bruder. Aber irgendwie war Zitterfaust seit damals sang- und klanglos in den Hintergrund getreten. Er war nicht einmal ein Wachhauptmann, während Eisenfaust eine Legende war. Es hieß, dass Eisenfaust in der Schlacht von Garriston allein ganze Geschützbatterien ausgeschaltet hatte. Der Kerl konnte auf Wasser wandeln. Zu sehen, dass jemand ihm ebenbürtig war, war ein Schock. Aber dass ihn jemand bezwang? Blasphemie.

Eisenfaust sprang wieder auf und schüttelte den Kopf, während Zitterfaust grinste. Sie begannen erneut. Beide setzten sie Treffer, doch Zitterfaust führte die ganze Zeit über. Eisenfaust schaffte nur mit Mühe ein Unentschieden zum Stand von neun zu neun, nachdem sein Bruder vor einem Schlag nicht weit genug ausgewichen war und sein Kopf zur Seite gerissen wurde, als Eisenfausts Bambusschwert das Stahlgitter seines Helms streifte.

Eisenfaust legte sein Schwert ab und deutete auf den großen Leo und einen Grünschnabel, der Antaeos hieß. »Wählt ihr die Waffen.«

»Krallen-Bich'hwa und Degenbrecher«, sagte Antaeos. Es war eine seltsame Kombination, da beides normalerweise zweitrangige Waffen waren. Aber natürlich war das Teil des Vergnügens, solche Meister durch den Wolf zu drehen – nicht nur einen Eindruck davon zu gewinnen, was sie in ungewöhnlichen Kampfsituationen zu leisten in der Lage waren, sondern auch zu sehen, was in solchen Situationen grundsätzlich noch alles möglich war. Und Hauptmann Eisenfaust hatte ihnen viele Male eingeschärft, dass es im Tumult der Schlacht immer geschehen konnte, dass man irgendwann darauf angewiesen war, mit jeder erdenklichen Waffe zurechtkommen zu müssen.

Der große Leo grinste. »Die schwere Kette.« Er hatte daran gearbeitet, dickere Ketten einzusetzen. Wenn er diese Ketten über seine Ackergaul-Schultern legte, bot er einen imposanten Anblick. Aber Kettenwaffen waren schwierig zu meistern und ziemlich brutal. Die Wahrscheinlichkeit, dass man sich im Umgang mit ihnen selbst verletzte, war größer als bei allen anderen Waffen.

»Das ist eine Prügelwaffe«, entgegnete Eisenfaust.

»Sie ist nicht *ausschließlich* eine Prügelwaffe«, sagte Leo in rechtfertigendem Tonfall.

»Aber bei den meisten Angriffen schon«, erklärte Teia. »Du würdest damit einen von ihnen mit nur einer halben Waffe kämpfen lassen. Gegen zwei.«

»Äh, na ja, dann …« Der große Kerl fühlte plötzlich das lastende Gewicht all ihrer starrenden Blicke auf sich und wurde nervös. Er schrumpfte förmlich in sich zusammen, was ihn trotzdem noch viel größer als alle anderen aussehen ließ; Eisenfaust und Zitterfaust einmal ausgenommen.

»Seilspeer«, schlug Teia leise vor.

»Seilspeer!«, verkündete der große Leo, wie ein verhungernder Mann, der nach einem Stückchen Brot greift.

»Wähle eine Nummer, eins oder zwei«, sagte Eisenfaust. Offensichtlich wollte er auslosen, wer von ihnen beiden die Waffen wählen durfte, mit denen er kämpfen wollte – er oder sein Bruder.

»Eins«, sagte Ferkudi.

»Du sollst sie für dich behalten«, erwiderte Eisenfaust mit ausdrucksloser Stimme.

»Ach so?« Dann ging Ferkudi ein Licht auf. »Oh, ja! Ach, natürlich, Entschuldigung.«

»Bruder?«, wandte sich Eisenfaust an Zitterfaust. »Tu dir keinen Zwang an.«

»Zwei«, sagte Zitterfaust.

»Zwei ist richtig«, verkündete Ferkudi.

Kip und die Übrigen aus Kruxers Rekrutengruppe starrten ihn an.

»Was denn?«, fragte Ferkudi abwehrend. »Was ist los?«

»Ich nehme die Bich'hwa und den Degenbrecher«, erklärte Zitterfaust. Die Bich'hwa, wusste Kip, war Karris' Lieblingswaffe. Die Form mit Krallen konnte als ein normaler Dolch (der Skorpionschwanz) oder als ein Stoßdolch (der Krallenfuß) eingesetzt werden. Beim Trainingsmodell wurden die Krallen aus dem gleichen gekochten Kautschukbaumsaft hergestellt, mit dem auch die Schuhe der vollausgebildeten Schwarzgardisten besohlt wurden. Doch wurden sie in rote Tinte getaucht, um die »Wunden« sichtbar zu machen. Der Degenbrecher war ein Kurzschwert, das auf der einen Seite mit Widerhaken versehen war, die dazu dienten, das Schwert des Angreifers abzufangen, so dass es darin stecken blieb. Richtig eingesetzt, konnte der Degenbrecher dem Angreifer das Schwert aus der Hand drehen oder ihm sogar die Klinge abbrechen.

Der Seilspeer war sogar noch interessanter, auch wenn es für Kip keine Überraschung war, dass Teia gerade diese Waffe vorgeschlagen hatte. Sie hatte damit in privaten Übungsstunden mit Eisenfaust und manchmal auch mit Kip trainiert, der als ihr Partner wie auch als ihr Angriffsziel hatte herhalten müssen. Der Seilspeer glich einem Kurzschwert, das an einem langen Seil festgemacht war. Er konnte als einfacher Dolch, als Kriegsflegel oder, richtig geworfen, als Speer eingesetzt werden. Aber das Seil war es, was diese Waffe so erstaunlich machte. Die meisten Gegner dachten unwillkürlich, sie bräuchten nur in das Innere der wirbelnden Schneise des Todes zu gelangen, die die Klinge durch die Luft schnitt, um in Sicherheit zu sein. Es war fast unmöglich, der Versuchung zu widerstehen, das Seil zu fangen und den Angreifer, der den Seilspeer geworfen hatte, so zu entwaffnen.

Aber genau hier setzte die Hälfte der Seilspeer-Kampftechniken erst an. Mit einer schnellen Drehung des Handgelenks konnte der Angreifer Schlingen um Faust oder Hals seines Gegners werfen. Nach dem Seil zu greifen war schon der erste Schritt zur Niederlage. Nichtsdestoweniger war der Seilspeer eine zweitrangige Waffe – nicht sehr wirksam gegen Gegner in Rüstungen oder an beengten Kampfplätzen –, aber er war so ungewöhnlich und der richtige Umgang mit ihm bedeutete eine solche Herausforderung, dass selbst Eisenfaust hatte zugegeben müssen, dass er die eigenen Fertigkeiten im Umgang mit dieser Waffe erst einmal auf Vordermann bringen musste, bevor er das Training mit Teia begann.

Natürlich hatte er sie auf Vordermann gebracht.

Und er hatte es im Geheimen getan. Zitterfaust hatte höchstwahrscheinlich keine Ahnung, dass er seinem Bruder soeben genau jene seltene Waffe zugewiesen hatte, mit der er besondere Übung hatte.

Kip hätte es trotzdem nicht mit einem Seilspeer gegen einen Degenbrecher aufnehmen wollen, der dazu gemacht war, dass sich Waffen in ihm verfingen.

Aber das war nebensächlich. Eisenfaust kämpfte nicht einfach gegen seinen Bruder, um die Rekruten zu unterhalten. Das war nicht seine Art. Er wollte ihnen irgendeine Art von Lektion erteilen.

Welche Art von Lektion war es also? Es ging jedenfalls nicht darum, ihnen zu zeigen, wie man mit diesen Waffen kämpfte.

Die beiden Männer begannen zu kämpfen, und natürlich war es atemberaubend. Für die meisten der Grünschnäbel musste es so aussehen, als habe Eisenfaust eine Waffe gewählt, an die er seit Jahren nicht einmal einen Gedanken verschwendet hatte und die er dennoch vollkommen beherrschte. Es bot Eisenfaust eine gute Gelegenheit, einen zusätzlichen Nutzen aus all der Zeit zu ziehen, die er in das Wiederauffrischen seiner Fähigkeiten hatte stecken müssen. Es gab ihm außerdem einen Vorteil gegenüber Zitterfaust, der offensichtlich seit recht langer Zeit nicht mehr mit den von ihm gewählten Waffen trainiert hatte.

Eisenfaust gewann, obwohl er die scheinbar schlechtere Waffe hatte, mit neun zu sechs. Ein Kampf mit Doppelschwertern beendete danach den Wettstreit der Brüder. Zitterfaust gewann, aber nur knapp, mit zehn zu neun. Der Gesamtsieg nach Punkten ging an Eisenfaust.

»Nehmt Aufstellung«, kommandierte Eisenfaust.

Und jetzt bekommen wir unsere Lektion erteilt, dachte Kip.

Inzwischen waren die Rekrutengruppen sehr geübt und schnell darin, ihre Plätze einzunehmen. Binnen Sekunden standen sie in geordneten Reihen da.

»Zitterfaust, ich danke dir«, sagte Eisenfaust. Er verbeugte sich tief vor seinem Bruder, wie vor einem Gleichrangigen. Sein Bruder verbeugte sich ein wenig tiefer, doch dabei umspielte ein Lächeln seine Lippen. Eisenfaust gab Zitterfaust ein Zeichen, dass er gehen könne. »Gruppe Yod!«, blaffte er sodann. »Es hat seine Vorteile, die Schlechtesten zu sein. Nehmt euch den Rest des Tages frei. Ihr seid entlassen.«

Die Gruppenmitglieder von Yod sahen einander an. Einige waren dumm genug, um darüber erfreut zu wirken, dass sie den Tag freibekamen. Die klügeren wirkten getroffen. Eisenfaust hatte sie als die Schlechtesten bezeichnet. Es stimmte natürlich. Von zehn Gruppen waren sie die zehnte. Aber diese wenigen hatten genug Verstand, um zu begreifen, dass so früh freizubekommen kein reiner Vorteil war.

Nichtsdestotrotz verbeugten sie sich und gingen.

»Gruppe Teth«, richtete Eisenfaust das Wort an die neunte Schwarzgardisten-Gruppe. »Was habt ihr heute gelernt?«

»Dass Ihr scheißverdammt großartig seid«, flüsterte jemand weiter hinten. Es war weiter zu hören als beabsichtigt.

Alle verstummten, als ihnen klar wurde, dass Hauptmann Eisenfaust es auch gehört hatte. »Gruppe Teth, Schwarzgardisten halten ihre Zunge im Zaum. Eine Stunde Lauftraining.« Sie stöhnten leise und ließen die Köpfe hängen. Nach einer Pause fügte er hinzu: »Minus eine halbe, weil es stimmt.«

Alle Gruppen lachten und johlten.

Eisenfaust grinste. »Gruppe Teth, ihr seid entlassen.«

Sie gingen und klopften demjenigen, dem die Bemerkung herausgerutscht war, auf die Schulter.

Nachdem sie die Tür hinter sich geschlossen hatten, fuhr Hauptmann Eisenfaust fort: »Gruppe Kheth, was habt ihr gelernt?«

Die Gruppen Kheth, Zayin, Vav und He zählten allesamt irgendwelche Techniken oder Kombinationen auf, die die Rekruten noch nie zuvor gesehen hatten.

Einige ihrer Bemerkungen waren recht gut, etwa wenn sie feststellten, dass diese oder jene Gegenparade nur aufgrund von Eisenfausts oder Zitterfausts Stärke oder Reichweite gelungen war.

Nachdem sich die Tür auch hinter He geschlossen hatte, blickte der Hauptmann die verbliebenen vier Gruppen an: Seine dreiunddreißig besten Schwarzgardisten-Rekruten. »Daleth, Gimmel, Beth, Aleph«, sagte er und musterte jede Gruppe der Reihe nach. »Es hat seine Vorteile, der Schlechteste zu sein. Das Gleiche gilt für die Besten. Was ist euer Vorteil?«

Ben-hadad sagte: »Wir erhalten mehr Unterweisungen, sie mehr Freizeit.«

»Und was bedeutet das?«, hakte der Hauptmann nach.

»Sie werden für ihr Stümpertum bestraft«, bemerkte ein Bogenschütze aus der Gruppe Gimmel. »Sie glauben, sie würden etwas gewinnen, indem sie freibekommen, und genau damit beweisen sie, dass sie nicht die Besten sind.«

»Wirkten alle erfreut darüber, gehen zu dürfen?«, fragte der Hauptmann.

»Die Schlaueren wirkten niedergeschlagen«, antwortete Kip.

»Was bedeutet, dass diese Schlauen ihre Bemühungen, sich zu verbessern, verdoppeln werden«, sagte Kruxer. »So trennt sich die Spreu vom Weizen.«

»Ja, und?«, bohrte Eisenfaust weiter.

»Kein ›und‹«, entgegnete Kip. »Ein ›aber‹. Aber das bedeutet …«

»Halt«, unterbrach ihn Eisenfaust. »Gruppe Daleth, ihr seid entlassen.«

Es war für die acht Grünschnäbel der Gruppe Daleth offensichtlich ein Schlag ins Gesicht. Nachdem sie für einen Moment zur Elite gerechnet worden waren, um nun sogleich wieder aus diesem Kreis ausgeschlossen zu werden, wirkte kein einziges Mitglied der Gruppe glücklich darüber, vorzeitig von hier wegzukommen.

»Hauptmann, bitte, lasst uns bleiben«, sagte die Gruppenführerin Aria. Bewundernswerterweise gelang es ihr, es nicht nach Bettelei, sondern einfach wie eine Bitte klingen zu lassen.

»Den Besten ist es nicht *erlaubt* zu bleiben, sie verdienen es sich«, entgegnete Hauptmann Eisenfaust. »Ihr seid entlassen.«

Im Raum hing ein gespanntes Schweigen, als Gruppe Daleth abmarschierte.

Aber Hauptmann Eisenfaust bekümmerte das nicht. Kip hatte nicht den geringsten Zweifel, dass alle in dieser Gruppe ihre Bemühungen verdoppeln würden. »Brecher, mach du weiter.«

Kip holte Luft. »Dass Ihr sie hinauswerft, bedeutet einfach, dass die Besten besser werden. Indem wir mehr trainieren, bleiben wir auch weiterhin die Besten.«

»Gibt es irgendwelche Wege, es anders zu machen?«

»Ihr könntet den schlechtesten Gruppen die größte Aufmerksamkeit zuteilwerden lassen«, schlug Kruxer vor.

»Das würde sie besser machen, aber um den Preis, dass ihr schlechter werdet, als ihr es sein könntet. Wir sind hier nicht an Mittelmaß interessiert.«

»Ihr könntet sie genauso viel trainieren lassen wie uns«, sagte Teia.

»Das tun sie bereits. Sie waren hier; sie haben gesehen, was ihr gesehen habt, aber ich bin mir hundertprozentig sicher, dass auch alle weiteren klugen Bemerkungen von Gimmel, Beth und Aleph gekommen wären, nicht von den Gruppen dahinter. Weil wir all das nicht zum ersten Mal machen. Wir haben es erlebt. Wir haben erlebt, wie die Schlechtesten – selbst in dieser Elitetruppe – alle anderen aufhalten. Und meine Zeit ist begrenzt. Ich kann einen Kurs von hundert Schülern nicht so schnell oder so gut unterrichten wie einen von zehn Schülern. Noch zehn Schüler so gut wie einen. Ich wünschte, es wäre anders. Eine Elite auf irgendeinem Gebiet zu haben, ist im besten Fall ein klein wenig ungerecht. Es gibt immer jemanden, der es fast geschafft hätte, und wenn man den Radius vergrößert, so dass dieser eine noch hineinfällt, gibt es wieder jemand anderen, der es fast in diesen Kreis geschafft hätte. Die Frage ist immer, was erhält man als Gegenleistung dafür, leicht ungerecht zu sein? Die Schwarze Garde könnte tausend Männer und Frauen stark sein oder nur zehn Personen stark. Wir setzen die Bedingungen für diesen Austausch von Leistung und Gegenleistung fest. Wir entscheiden, wann wir den Kreis ausdehnen, um jemanden hereinzulassen, der nicht ganz so gut ist wie der Rest von euch.«

»Aber ab einem bestimmten Niveau gibt es eine Art von Gleichwertigkeit«, gab Kip zu bedenken. »Oder zumindest … spielen dann die Unterschiede keine Rolle mehr. Eine wie Teia hat solche Begabungen, dass Ihr ein Dummkopf wärt, sie nicht in die Schwarze Garde zu holen – selbst wenn sie überhaupt nicht kämpfen könnte. Das habt Ihr mir selbst gesagt. Benhadad kann nicht anführen wie Kruxer, aber er ist so klug, er nützt uns auf andere Weise. Der große Leo mag gegen Kruxer in acht von zehn Kämpfen verlieren, aber seine schiere Größe bringt es mit sich, dass wir oft gar nicht erst zu kämpfen brauchen. Ab einem gewissen Punkt hat jemand genug Fähigkeiten, dass er zu wertvoll ist, um aufgegeben zu werden, selbst wenn er nicht in allem der Beste ist.«

Die Mitglieder der verbliebenen Gruppen sahen Kip an, als habe er etwas Schlaues gesagt.

»Ich gebe dir recht«, erwiderte Hauptmann Eisenfaust. »Das ist auch der Grund, warum ich hier drei Gruppen unterrichte und nicht nur Aleph. Also, welche Lektionen habt ihr gelernt, Gimmel?«

»Dass auch Übung einen in der Schlacht töten kann. Dass man immer im Kopf behalten sollte, dass jedes bloße Training, das man geleistet hat, Grenzen hat«, meldete sich ein einzigartig hässlicher junger Mann namens Knacks zu Wort.

»Eine Binsenweisheit aus den allerersten Tagen unserer Ausbildung«, erwiderte Hauptmann Eisenfaust. »Kannst du das genauer ausführen?«

»Bei Eurem ersten Kampf habt Ihr einen einzigen Fehler gemacht, und es hat sofort zu einem Treffer von Zitterfaust geführt. Vielleicht liegt es daran, dass Zitterfaust so viele Male gegen Euch gekämpft hat, dass er Eure Fähigkeiten genau kennt, aber ich glaube, dass es stattdessen daran lag, dass er durch sein hochaggressives Vorgehen nur den Verlust eines einzigen Punktes riskierte. Hätte er auch so schnell angegriffen, wenn er sein Leben riskiert hätte statt dieses einen Punktes? Ich würde Nein sagen.«

Hauptmann Eisenfaust nickte. »Große Turnierfechter töten in der Schlacht oft viele und sterben schnell. Gut gemacht, Gruppe Gimmel. Ihr seid entlassen. Gruppe Beth, berichtet mir etwas, was genauso gut ist oder besser.«

Nachdem Gruppe Gimmel gegangen war, sagte eine gedrungene junge Frau mit Namen Tensit: »Ihr habt Zitterfaust reingelegt, nicht wahr?«

»Inwiefern?«

»Ihr habt Teia im Kampf mit dem Seilspeer trainiert. Es ist eine ausgefallene Waffe, und die Übungsstunden mit ihr waren nicht öffentlich. Zitterfaust ist davon ausgegangen, dass Ihr außer Übung seid. Was ich allerdings nicht verstehe, ist, wie Ihr es hinbekommen habt, dass die Waffe heute auch von Teia gewählt wurde.«

»Ich kann sagen, wie es dazu gekommen ist«, mischte sich Kruxer ein. »Rekruten, die sich an ungewöhnlichen Waffen schulen, wählen natürlich immer auch die eigene Waffe, um von einem Meister eine Demonstration seines Könnens zu erhalten. Ihr wusstet also, dass der große Leo die schwere Kette wählen würde; die konntet Ihr ablehnen, und Teia stand direkt neben ihm. Ihr habt lange genug mit ihr gearbeitet, um zu wissen, dass sie die Gelegenheit sofort am Schopf ergreifen würde. Also habt Ihr Zitterfaust wirklich reingelegt.«

Ein verschmitztes Grinsen stahl sich auf Eisenfausts breites Gesicht. »Also spricht der Taktiker: ›Er, der sich und seinen Feind kennt, fürchtet nichts.‹ Gruppe Beth, gut gemacht, ihr seid entlassen.«

Sie verbeugten sich tief und traten ab.

»Die Besten zu sein, hat seine Vorteile, Gruppe Aleph«, sagte Eisenfaust. »Aber es bedeutet auch, dass ihr länger arbeitet als alle anderen. Beweist, dass ihr nicht nur im Kampf die Besten seid, sondern auch vom Köpfchen her.«

»Es ist das erste Mal, dass ich Zitterfaust habe lächeln sehen«, überlegte Teia laut.

Ein Schatten glitt über Eisenfausts Gesicht. »Stimmt, aber was ist die taktische Bedeutung dieser Beobachtung? Gibt es da irgendetwas?«

»Ich wollte nicht ... es tut mir leid.«

Niemand sonst sagte ein Wort.

Eisenfaust stieß den Atem aus. »Ihr wisst vielleicht, dass der Geburtsname meines Bruders Hanishu ist. Meiner lautet Harrdun. Ich habe meinen Schwarzgardisten-Namen bekommen, nachdem ich mich durch eine Tür geboxt und einen Einbrecher überwältigt habe, der auf der anderen Seite der Tür eine Geisel gehalten hatte.«

»Überwältigt?«, flüsterte Ferkudi. »Ich habe gehört, dass Ihr dem Mann fast den Kopf abgerissen habt.«

»Aber Hanishu hat seinen Namen selbst gewählt«, fuhr Eisenfaust fort und tat, als habe er nichts gehört.

Für einen Moment fiel Kip auf, wie anders das hier war als das Lernen unter Magistra Kadah. Wo sie verspottete und beschämte und ihre Autorität durch das Verbreiten von Angst sicherte, war das Lernen bei Eisenfaust – einem Mann, den zu fürchten die Gruppe eigentlich allen Grund hatte – mehr so, als seien sie mit ihm gemeinsam unter das gleiche Joch gespannt. Alle mussten sich so hart ins Zeug legen, wie sie konnten, um mit ihm Schritt zu halten, aber man hatte immer das Gefühl, dass er ebenfalls schuftete. Magistra Kadah dagegen ließ ihren Schüler das Joch alleine ziehen und kritisierte dann, wie mangelhaft seine Zugleistung doch sei.

Kip sah in die Gesichter seiner Gruppengefährten. Sie waren aufmerksam, absolut konzentriert, voll banger Sorge, den Hauptmann womöglich zu enttäuschen, aber nicht wirklich ängstlich. Sie waren mit Herz und Seele und all ihrer Kraft dabei, und das nicht weil er ihnen eine unverdiente Anerkennung schenkte, sondern weil er erwartete, dass sie immer und überall ihr Bestmögliches lieferten, und er davon überzeugt war, dass ihr Bestes alles übertraf, was sie selbst dafür hielten.

Hier hatten sie es mit einem großer Mann in Aktion zu tun. Es war dies eine stille Größe, aber Kip wollte sie sich zum anzustrebenden Vorbild für sich selbst machen.

Der Hauptmann hielt inne, als wolle er die Frage, die ihm auf der Zunge lag, eigentlich nicht stellen, habe aber das Gefühl, es der Gruppe schuldig zu sein. »Wisst Ihr, warum Hanishu seinen Namen gewählt …«

»Besser, Zitterfaust genannt zu werden, als der Schlächter«, sagte Kip.

Verlegenes Schweigen machte sich breit. Doch schließlich ergriff Hauptmann Eisenfaust das Wort: »Das Training erschafft uns. Der Krieg bricht uns. Hanishu ist etwas Schreckliches zugestoßen, und er hat zur Vergeltung schreckliche Dinge getan. Seither hat er sich niemals mehr selbst vertraut. Hat niemals führen wollen. Es ist eine persönliche Angelegenheit, und ich möchte sie nicht weiter erörtern. Aber dass dergleichen passiert, ist keine persönliche Angelegenheit. Als Anführer und als Freunde müsst ihr aufeinander achtgeben, einander helfen und dürft einander nie, nie, nie aufgeben. Also.« Er schob den Gedanken beiseite. »Was habt Ihr heute sonst noch gelernt?«

Niemand sagte etwas.

Kip machte Anstalten zu sprechen, bremste sich dann aber.

Kruxer nickte in seine Richtung. Nur zu.

»Er ist besser als Ihr«, stellte Kip fest.

Hauptmann Eisenfaust hob die Augenbrauen.

»Brecher«, sagte der große Leo. »Wir haben den Hauptmann gerade siegen sehen. So wie er auch gesiegt hat, als sie zuvor gekämpft haben.«

»Mit einem Trick«, entgegnete Teia.

»Tricks zählen«, wandte Ben-hadad ein.

»Ich rede nicht von heute«, sagte Kip. »Ich rede darüber, als Ihr Euren großen öffentlichen Schaukampf hattet. Vor Jahren. Damals waren keine ausgefallenen Waffen im Spiel; es ging ganz direkt zur Sache, und Zitterfaust war besser als Ihr, aber Ihr habt gesiegt. Weil er Euch hat gewinnen lassen.«

»Brecher«, ergriff Kruxer das Wort, »bei diesem Schaukampf waren Hunderte geübter Kämpfer anwesend. Unmöglich, dass jemand vor ihrer aller Augen absichtlich verlieren könnte, ohne dass es jemand merkt.« Ach, Kruxer, der Idealist.

»Auf diesem Niveau? Was machen da schon ein paar Punkte?«, fragte Kip.

»Warum sollte er so etwas tun?«, fragte Eisenfaust, leise, gefährlich.

»Aus demselben Grund, aus dem er Zitterfaust als seinen Namen gewählt hat. Er wollte nicht führen, vertraute sich selbst nicht, aber *Euch* hat er vertraut. Indem er einen Namen annahm, der die Menschen automatisch an Euch denken ließ, steigerte er bei jeder hervorragenden eigenen Leistung die Hochachtung der Menschen für Euch nur noch mehr. ›Wenn Zitterfaust schon so gut ist, wie gut muss dann erst Eisenfaust sein?‹ Er hat sich seine eigenen Aufstiegschancen genommen, um die Euren zu befördern. Als Ihr bei diesem Schaukampf miteinander gekämpft habt, musste der Ausgang knapp sein. Es musste eine ganz unglaubliche Sache sein. Aber am Ende musstet Ihr siegen. Er hat vorhin gelächelt, weil er heute versuchen konnte, selbst zu siegen. Weil heute der Kampf nicht zählen würde. Jeder kann einmal Glück haben, und heute würde es Eurem Ruf nicht schaden.«

»Sehr gut, Gruppe Aleph«, sagte Eisenfaust mit rauer Stimme. »Ihr seid entlassen. Macht, dass ihr fortkommt.«

Schnell verließ die Gruppe den Raum. Kip ging mit ihnen, aber als sie am Aufzug waren, kam ihm plötzlich etwas in den Sinn, und endlich begriff er das Offensichtliche.

»Oh, Scheiße«, sagte er. »Bin gleich zurück.«

Er ging schnell den Flur hinunter und öffnete die Tür, aber die Worte blieben auf seinen Lippen kleben. Hauptmann Eisenfaust lag auf den Knien, das Gesicht in den Händen vergraben, und er weinte.

Eisenfaust hatte es nicht gewusst. Über all die Jahre hinweg hatte er geglaubt, sein Bruder habe bei jenem Schaukampf lediglich einen schlechten Tag gehabt. Über all die Jahre hinweg hatte er geglaubt, sein Bruder habe den Namen Zitterfaust wegen seiner eigenen inneren Gebrochenheit gewählt. Und er hatte nicht gewusst, was sein Bruder für ihn geopfert hatte, wie sehr Zitterfaust ihn liebte – über all die Jahre hinweg.

Kip trat schweigend hinaus – und stand plötzlich direkt Zitterfaust gegenüber. Kip schluckte und schaute zu dem Riesen empor, aber der große Mann legte ihm lediglich eine Hand auf die Schulter, drückte sie kurz und ging hinein. Kip schloss die Tür hinter ihm.

Sie erfuhren nie, welche Worte zwischen den Brüdern gefallen waren, aber nach diesem Tag schien Zitterfaust mehr und mehr aus jenem finsteren Schatten hervorzutreten. Er übernahm das Training der Gruppe Aleph, und von Zeit zu Zeit lächelte er.

53

Es kostete Karris all ihren Mut, die Tür zu ihrem Zimmer zu öffnen. Aber es gab hiervor kein Entrinnen. Wenn Marissia nicht jetzt dort wartete, wäre sie später dort, zu einem Zeitpunkt, wenn Karris nicht bereit war. Je mehr sie darüber nachgedacht hatte, desto überzeugter wurde sie, dass Marissia wusste, dass sie es wusste: Natürlich würde eine neue Kontaktperson, deren Auftrag es ja gerade war, Informationen zu sammeln, auch fragen, wer ihr Vorgänger gewesen war.

Indem sie Teia an Karris abgetreten hatte, hatte Marissia auch sich selbst wissentlich an Karris ausgeliefert.

Karris öffnete die Tür. Marissia saß an ihrem Schreibtisch seitlich im Raum, und ihre Feder kratzte leise über Papier. Sie blickte auf und stellte die Feder in ihren Ständer. Sie war völlig ruhig. Eine vollkommene Dame, trotz ihrer eingeschnittenen Ohren. Aufreizend schön. Draußen tobte ein Wintersturm, dichter Regen peitschte gegen die Fenster, Donner erschütterte den Turm.

Während Karris nun direkt auf den Schreibtisch zuging, fühlte sie sich wie eine junge Schwarzgardistin, die ihrer Wachhauptfrau Bericht erstatten wollte, und nicht wie die Dame des Hauses, die sich eine Sklavin vornahm. Eine Sklavin! Trotzdem hatte Karris weiche Knie.

Marissia ergriff das Wort. »Die Weiße hat vor langer Zeit einmal zu mir gesagt: ›Eine Frau, die die Kontrolle über die Informationen hat, hat alles unter Kontrolle.‹«

Karris fühlte sich seltsam steif und starr. Sie trat zu Marissias Schreibtisch, zog einen Stuhl heran und nahm der Sklavin gegenüber Platz. Marissia musterte sie ruhig, und ein Ausdruck, den Karris nicht recht zu deuten vermochte, zuckte ihr um Kinn, Wangen und Schläfen wie eine flatternde Motte, die den Ausgang aus einem Zelt sucht.

»Mein Vater hatte einen anderen Ansatz: ›Eine Frau, die die Kontrolle über das Prisma hat, hat alles unter Kontrolle‹«, entgegnete Karris.

Sie blickten einander lange Zeit an, und zum allerersten Mal sah Karris Marissia als eine Frau; zum ersten Mal ließ sie ihre eingeschnittenen Ohren außer Acht und schaute ihr in die Augen. Wie hatte sie es übersehen können? Sie hatte natürlich gewusst, dass Marissia tüchtig war. Schwarzgardisten schätzten es, mit tüchtigen Sklaven zu arbeiten, die dafür sorgten, dass es bei den anliegenden Arbeiten keine Ablenkungen gab. Marissia leitete ihre kleine Armee von untergeordneten Sklaven perfekt und sorgte dafür, dass alles in ihrem Zuständigkeitsbereich genau richtig und genau zur richtigen Zeit erledigt wurde. Eine solche Aufsichtsfunktion zu haben bedeutete mehr als genug Arbeit für eine einzige Frau, erst recht wenn sie eine Sklavin war.

Erst recht wenn sie eine *Sklavin* war? Ein eigenartiger Gedanke. Sklaven kamen aus allen gesellschaftlichen Schichten und aus allen Ländern. Eine falsche Entscheidung oder eine zu hohe Schuldenlast, während keine Familie bereit war, für die eigene Dummheit zu bezahlen, reichte – oder auch in die Hände von Banditen oder Piraten zu fallen, während keine Freunde bereit waren, das geforderte Lösegeld zu entrichten. Ob man nun selbst Schuld daran trug oder völlig unschuldig war – in vielen Fällen war die Sklaverei nur einen winzigen Schritt entfernt. Als Mädchen hatte Karris mit Taira Apfelmann gespielt, als sie noch jung genug gewesen waren, dass einander ergänzende Persönlichkeiten mehr zählten als ihre unterschiedlichen gesellschaftlichen Stellungen.

Aber im Krieg des Falschen Prismas hatte sich der Dienstherr der Apfelmanns auf Dazen Guiles Seite geschlagen. Das Apfelmann'sche Gut hatte an der Grenze zwischen Blutwald und Atash gelegen, mitten auf der Marschroute von Gavins Armee. Lady Apfelmann hatte gewusst, dass sie vom Feind überrannt werden würden, wenn sie dem Ruf ihres Dienstherrn zu den Waffen Folge leistete. Sie tat es dennoch, stellte ihre Loyalität über den gesunden Menschenverstand, missverstand eine Entscheidung zwischen klug und dumm als eine Frage von richtig und falsch. Noch immer war sich Karris nicht sicher, ob ihr Verhalten eher rühmenswert oder eher tadelnswert war. Binnen einer Woche waren Lady Apfelmanns Besitztümer vom Feind eingenommen worden, ihre sechs Söhne waren tot, und ihren vier Töchtern hatte man die Ohren eingeschnitten und sie als Sklaven verkauft.

Marissia sah Karris unverwandt an, und Karris musterte sie ihrerseits, beide Frauen stumm, jede der anderen ein gesprungener Spiegel, Marissia mit ihrem naturroten Haar und Karris, deren naturrotes Haar jetzt schwarz gefärbt war.

Wo Taira jetzt wohl war? Wo waren ihre Schwestern? Obwohl sie wusste, wie leicht es war, in Sklaverei zu geraten, hatte sich Karris die Sklaven immer vom Leib gehalten, hatte sie zu etwas *anderem* gemacht. Das machte die Tatsache, dass es sie gab, erträglicher. Ein falscher Schritt, und sie hätte an Marissias Stelle irgendeinem Herrn dienen können.

Wenn sie es so betrachtete: Wäre ihr eigener, verhasster Vater nicht sehr darauf bedacht gewesen, die Familie Weißeiche an Gavin und Andross Guile zu binden …

Nein, nein, nein, Orholam, bitte, nein. Sie hatte die Sache

noch nie aus diesem Blickwinkel betrachtet. Sein Taktieren war nichts als Feigheit gewesen; es ging dabei nicht darum …

Sie erinnerte sich an das Gesicht ihres Vaters während jenes Festmahls, als der echte Gavin Guile ihn aufgezogen und zotige Witze darüber gerissen hatte, es seiner Tochter im Bett auf alle möglichen ausgefallenen Arten zu besorgen. Ihr Vater hatte betroffen gewirkt. Und jämmerlich schwach. Aber was hätte er tun können?

Nachdem Dazen ihr Gut auf Großjasper niedergebrannt hatte, hatten die Weißeiches den größten Teil ihres Vermögens und ihre besten Leute verloren. Sie hatten außerdem enorme Schulden bei Adligen, die sich auf Dazens Seite gestellt hatten. Schulden, die sie niemals begleichen konnten. Schulden, die sie vielleicht gar nicht würden begleichen müssen, wenn Gavin den Krieg gewann. Aus der Perspektive ihres Vaters bestand die einzige Hoffnung der Weißeiches darin, sich an den echten Gavin Guile und seinen Vater Andross zu binden.

Was, wenn in dem Moment, als die junge, betrunkene Karris vom Tisch weggebracht wurde, um vom echten Gavin Guile … gezwungen zu werden … was, wenn ihr Vater da gedacht hatte: »Besser einmal gezwungen und mit dem Prisma verheiratet, als zur Sklavin gemacht und für immer von jedem vergewaltigt zu werden, der Lust dazu hat«?

Schwach. Abstoßend. Falsch. Aber nicht selbstsüchtig. Nicht lieblos. Und er hatte sich selbst das Gehirn aus dem Schädel geblasen, als Karris ihn für all das hasste.

Sie hatte nicht eine bittere Träne für ihren Vater vergossen, seit sie sich geweigert hatte, das Abtreibungsmittel zu nehmen.

Ihr war plötzlich sehr, sehr übel, aber sie versuchte, sich wieder zu konzentrieren. Keine Schwäche zeigen, nicht hier vor dieser Frau.

Marissia öffnete einen Schrank, zögerte, wählte und förderte eine Karaffe mit einer bernsteinfarbenen Flüssigkeit zutage. Sie holte ein einziges reich verziertes Kristallglas hervor und füllte es mit einem mehr als großzügigen Doppelmaß. Dann stellte sie das Glas genau in die Mitte des kleinen Tisches. Damit würdigte sie einen alten Blutwaldbrauch, die Frucht einer Gastfreundschaft, die aller Armut trotzte: Eine Familie mochte sich nur einen einzigen schönen Kelch leisten können, aber das war immer der, den sich Gastgeber und Gast teilen würden.

Ob Familien, wenn sie zu Wohlstand kamen, die Tradition aufrechterhielten oder sie schnell aufgaben, damit nun jeder sein eigenes Glas hatte, sagte viel über das Verhältnis einer Familie zu ihren Wurzeln aus.

Marissia nahm das Glas, beugte es leicht in Karris' Richtung und trank.

Die Tradition der Chromeria schrieb indessen vor, dass Sklave und Herr oder Herrin nicht zusammen tranken. Wenn zwei Personen, die nicht den gleichen gesellschaftlichen Rang bekleideten, zusammen speisten oder tranken, wurde zumindest erwartet, dass der Geringere dem Höherstehenden den Vortritt ließ.

Marissias Augen funkelten, als wolle sie Karris herausfordern: Bin ich deine Gastgeberin, die ihren eigenen Trunk mit dir teilt, oder eine Sklavin? Wer bin ich für dich?, fragte sie.

Zum Teufel damit. In diesem Fall *war* Marissia Karris überlegen. Wie lange hatte sie jetzt schon ihr eigenes Spionagenetz? Außerdem war das gemeinsame Getränk im Blutwald immer Wein oder Branntwein gewesen, niemals Whisky. Vielleicht war es an der Zeit für neue Traditionen.

Karris griff beherzt nach dem Glas und nahm einen Schluck. Es brannte höllisch, und nie war Schmerz so angenehm gewesen. Sie rechnete es sich als Sieg an, dass sie nicht husten musste. Während sich das Feuer in ihrem Leib ausbreitete, hielt sie das

Glas hoch, als bewundere sie die Farbe. So machten es Kenner und Genießer. »Kargmoor?«

Whiskys bedienten einen Nischengeschmack, schon wegen der gewaltigen Entfernungen, die die Fässer von den Destillerien in den Hochländern über Grünhafen am Rand des Blutwaldes zurücklegen mussten, was den Whisky, zusammen mit den zusätzlichen Kosten, entsprechend teuer machte. Von ihrem Schwarzgardisten-Sold hatte sich Karris das Zeug nicht leisten können. Kargmoor hatte sie einfach geraten, weil es einer der beiden besten war.

»Zackenfels«, sagte Marissia, musterte nun ihrerseits das Glas und nahm einen Schluck.

»Mmmh«, murmelte Karris. Der andere. Verdammt.

»Leicht zu verwechseln. Das hier ist der sechzehnjährige. Durch die sechzehnjährige Reifung wird er weicher und ist einfacher zu trinken als der Kargmoor. Ich ziehe ihn dem Kargmoor vor, weil er sein feuriges Temperament und die Komplexität bewahrt, während ihn zugleich die Zeit abgerundet und ihm dadurch das ungeschliffen Raue und Ungestüme genommen hat.«

Karris sah Marissia durchdringend an. Sechzehn Jahre? Das ungeschliffen Raue und Ungestüme? Die Augen der Sklavin begannen abermals zu funkeln.

Verdammtes Weib, Karris würde diese Frau *nicht* mögen.

»Und wie schmeckt er, wenn er weiter altert?«

»Zackenfels gibt es noch nicht allzu lange, aber ich bin zuversichtlich, dass er, wenn er mit der Zeit seine volle Reife erlangt hat, Farben und Satrapen in bewunderndes Entzücken versetzen wird.«

Sie tranken zusammen, nahmen abwechselnd kleine Schlucke, und jeder war in Gedanken bei sich. Sie sahen hinaus in den Sturm, der seine ganze Wut an der Chromeria ausließ. Blitze schlugen in die Turmspitzen ein, die ihre Gewalt hinab in den Erdgrund leiteten und verteilten, so dass niemand Schaden nahm. Der strömende Regen schlug so dicht gegen die Fenster, dass es unmöglich war, irgendetwas in der Ferne zu erkennen. Der Wind rüttelte so fest am Turm, dass er leicht zu schwanken begann. Und ob es an der Wärme des Whiskys lag oder am Ofenfeuer oder auch, seltsam genug, an Marissias Gesellschaft – Karris musste feststellen, dass sie den Sturm genoss.

Der Sturm war bereits am Abflauen, als sie ihren zweiten Whisky geleert hatten, und ein klein wenig Licht kämpfte sich durch die Wolken weit am Horizont.

Karris stellte das Glas auf den Tisch, erhob sich und ging wortlos zur Tür. Sie öffnete sie, drehte sich noch einmal um, sah die Frau, den Sturm, das Licht. Das Auge kann alles auf einmal sehen, sich aber immer nur auf eines konzentrieren. Die Wolken waren nach wie vor dunkel und wütend.

Sie sagte: »Weißt du, ein Glas mit dir zu teilen, ist …« *… das eine, aber unter keinen Umständen teile ich meinen Mann mit einer …*

Doch sie dachte den Gedanken nicht zu Ende, und so blieb auch der Satz unvollständig in der Luft hängen. Da war plötzlich eine Steifheit in Marissias Rücken, eine Trauer in ihren Augen, über all das, was ihr verwehrt war. So wie Karris eine Kriegerin in den offenen Schlachten der Chromeria gewesen war, war Marissia eine ihrer geheimen Schlachten, und vielleicht wollten sie sich beide nun nicht mehr damit zufriedengeben, allein zu kämpfen.

Karris setzte erneut an. »Ein Glas mit dir zu teilen war das Beste, was ich seit Monaten getan habe.«